雪岩劲松

独孤氏 著

中国文史出版社

图书在版编目（CIP）数据

雪岩劲松 / 独孤氏著 . -- 北京：中国文史出版社，

2025. 1. -- ISBN 978-7-5205-4944-8

Ⅰ . I247.5

中国国家版本馆 CIP 数据核字第 20247FD070 号

责任编辑：薛媛媛

出版发行：**中国文史出版社**

社　　址：北京市海淀区西八里庄路 69 号院　　　邮编：100142

电　　话：010-81136606　　　81136602　　　81136603（发行部）

传　　真：010-81136655

印　　装：凯德印刷（天津）有限公司

经　　销：全国新华书店

开　　本：787×1092　　1/16

印　　张：40.5　　　　　字数：555 千字

版　　次：2025 年 1 月第 1 版

印　　次：2025 年 1 月第 1 次印刷

定　　价：188.00 元

为付梓《雪岩劲松》题

身世卑微遭罪多，
光阴岂敢任蹉跎。
未因浅薄生伤感，
犹把轻松压重荷。
受谤权充推进剂，
蒙羞且当颂扬歌。
赢亏不计甜和苦，
笑看飙风卷巨波。

总把真情昭日月（序）

王佐书

"酒淡邀朋友，茶香论古今。"我和独孤先生相识于工作，意趣相投成为朋友，近日他嘱我为其新作《雪岩劲松》作序，我欣然应诺。

我钦佩他几十年坚守教育初心，办学效果日益显著，成就了无数学子，也成就了他自己。也正因如此，我比较了解独孤先生其人：他曾任中国民办教育协会中小学专委会副理事长，现为中国民办教育协会小学初中分会理事、市民办教育协会中小学专委会理事长，是全国民办中小学优秀校长、市教育评估专家、新中国成立六十周年教育知名人物，当代著名诗人……

我辗转地听说《诗刊》社编辑部副主任、《中华辞赋》杂志副总编江岚先生曾称其为"诗匪"。当时，我对"诗匪"一号不甚了然，直到拜读了他的《雪岩劲松》，对这一雅号才有了更直观深刻的体会。

"腹有诗书气自华。"他的诗词造诣，在这本《雪岩劲松》中有明显体现。全书共分七十一章，每一章都像章回体小说一样精心拟写回目。这些回目，骈俪工整，音韵和谐，读来朗朗上口。姑且随手拈出几例，比如第一章"贫穷岂夺书生气，耻辱难泯斗士心"、第六章"浮利虚名轻似土，良知道义重如金"、第十八章"不忍黄沙遮望眼，岂容污水灌心田"……这些回目，分明就是一些诗词妙句，看似信手拈来，不事雕琢，实则匠心独运，浑然天成。

除此之外，他还在书中恰当地插入了不少自己创作的诗词。据我不完全统计，本书引用了他的古体诗词二十二首、现代诗（含歌词）五首、楹联十一副。另外，书中还写到了一些明显可以看出作者诗词功力的事例，比如第五章就写到了培训班上与培训专家关于"八千里雷霆轰不断，九万万同胞要团圆"的理解之争；写到了酒桌上行酒令，限韵联句。

可以说，在本书中，他"诗才恰似三江水，滚滚滔滔涌笔端"，甚至也可以说他"诗意满身无藏处，都从书页长出来"。

至于他的"匪"，从书中所记述的纪元初来看，我以为独孤先生借纪元初所表现的"匪"气主要有三：一是他刚毅坚强，豪放不羁，不唯书，不畏上，不媚上，自有一番风骨，故而有领导谓纪元初"不好相处，匪气十足"。二来因为他敢为人先，勇于进取，开拓创新，时破常规，不拘时俗，不惧世俗，故而众人谓之"不讲规矩，匪气十足"。三则因为他嬉笑怒骂皆入诗文，似失谦谦君子之温润，偏涌"草莽土匪"之雄横。

由此小说观之，"诗匪"一号似贬实褒，似毁实誉，实为他文才与气度之高度概括。

当然，小说中的纪元初也有独孤先生的影子。正如纪元初一样，他对自己的个性也有较为全面的认识。他有时爱骂人，甚至和鲁迅先生一样骂出了水平，骂出了特色，骂出了风格，骂过的人也一样涵盖政界、教育界等各个领域。不过，就像有人评价鲁迅先生"他骂过的人不一定都是坏的，也不一定都是错的"一样，纪元初有时候也可能主观武断，略显简单粗暴。从第七十一章中，他写纪元初的一件事可见一斑：有一次，县里刚调来一个分管教育的副县长，而社会上谣传此领导的颇多负面新闻，他因此就瞧不上这个领导。"在一天夜里，别人请我餐叙时，那位领导也在场。我喝多了，与那位领导就话不投机，竟然爆粗口骂了他，他就批评我，可在他猝不及防时，我扇了他一耳光后，居然扬长而去。"而"后来，我和这心宽似海的领导成了好友"。对此，纪元初自己总结道："以上这些叫个性也好，习惯也罢，能列为'好'的不多，列为'坏'的倒不少。对一些坏个性、坏习惯，我多次暗下决心要根除，可是一个习惯一旦养成，要根除，真还比上天入地难。"

从我认识独孤先生这些年来，所感知的他似乎与纪元初是同类项。

不过，读完《雪岩劲松》，我心里最强烈的感受是：总把真情昭日月，雪岩松劲自从容。

这种感受首先源于一种共鸣：我也曾经当过老师，对教育有着特别的感情和深刻的理解。这本书也唤醒了我尘封的记忆和美好的青春，让我对他所描述的社会背景和相关生活有了更深的亲切感和认同感。

综观全书，他回忆了1977到2023年这四十六年的杏坛生涯。近半个世纪的风风雨雨，渲染出一个用赤诚写就的硕大的"情"字。书中的一字一句，都饱蘸着他的真情：有纯真的爱情，有诚挚的友情，有温暖的师生情，有不屈的奋斗情，有无私的奉献情，更有热切的家国情……最让我感佩的，是他的拳拳教育情。读完这本小说，我感受到他的办学理念、办学初心、教育情怀和奋斗精神，进而备受感染。

"四十六年教育情，立德树人满眼春。"四十六年奋斗，披荆斩棘，鹰击长空天风壮；近半世纪拼搏，乘风破浪，鹏飞万里海浪春！

从大处综观，四十六年来，他用满怀真情为教育谱写了一段又一段传奇，为办好公平而有质量、温暖而有良知的教育做出了巨大的贡献。

小说中，纪元初是个有粗有细、睿智、坚毅的男子汉，他以初一都未读完的辍学生身份担任初中语文教师兼班主任，从此步入教坛，在红星民办初中一战成名，到大兴初级中学鹤立鸡群，攀南山顶上办大兴农民文化技术学校战天斗地，徙号子口换大兴初级中学新颜，开西南地区公办学校改革之先河，创大兴教育集团坚实之基业。

这本小说书写了一个敢争一流的教育工作者纪元初，他创办的大兴教育集团已经二十余年，下辖六所学校，在校师生员工有近两万人，教育教学特色突出，办学成绩蜚声西南：自创办以来，纪元初始终坚持贯彻党的教育方针，把立德树人作为学校的办学宗旨，推动学生德智体美劳全面发展。在这样的思想指导下，师生共同努力，在教学成绩上也喜获丰收。高考成绩位列全市前茅，重本上线率已近九成；中考成绩连年稳居全市领先阵营；小学教学质量年年斩获大丰区头等奖。集团荣获"全国民办先进学校""全国艺术教育特色单位""全国教育科研先进单位""全国语文教学十佳示范学校""新中国成立六十周年教育功勋著名特色学校""市民主示范校""市思想道德建设示范校""市五一劳动奖状"等众多荣誉，被媒体誉为"西南地区民办教育一颗璀璨的明珠"。

这些辉煌成就，并非理所当然，在书中你可以看到纪元初带领师生在凄风恶雨中筚路蓝缕的艰辛历程。这些辉煌成就，却又自然而然，在书中，你还可以读出纪元初领导的教育集团锐意进取、美丽蝶变的水到渠成。

从小处细看，他用满怀真情投入管理，让集团的每一处细节都充满人性关怀。可以这样说，从他 1994 年执掌大兴初级中学开始，近三十年来集团的教育教学过程中无处不充溢着真情：全面树人重德育，五心教育蕴温情；锐意改革重民主，铁腕背后是柔情；管理精细重服务，一枝一叶总关情；科研兴校重交流，润物无声自有情。

他提出了"继承传统，面向未来"的教育理念，主张既守住中华民族的根和魂，践行社会主义核心价值观，又面向学生、家庭、社会、国家的未来，培养学生适应终身发展和社会发展需要的核心素养。

其实，"继承传统，面向未来"，根本在一个"情"字，在于对党和人民的教育事业的一片痴情，在于培养学生核心素养、关心学生终身发展的真情，在于服务家长、回报社会的深情。

即使从学生个体这样的细微之处着眼，他也用满怀真情帮助一个又一个学生改变了命运的齿轮，帮助一个又一个家庭实现了梦想。他始终秉持着"为民育好人，为国造良才"的理念，燃烧真情，点亮心灯。

1977 年，还在大讲"以阶级斗争为纲"，他坚持有教无类，冒着犯政治错误被批斗、被判管制生产的风险，擅自招收没被录取的富农儿子入校就读，帮助一个家庭改变命运。

他多次不顾个人利益命运，不怕担责，帮学生渡过各种难关，进而使他们跳出农门，改变了整个家族的命运。

他想方设法，废寝忘食，帮助不少有身体疾病或道德缺陷或心理困扰或学习障碍的学生战胜了困难，走出了困境，改变了人生。

这样的例子，书中俯拾皆是，无一不洋溢着他对学生的拳拳真情。纪元初的教育真情，也体现在不忘办学为公、不为一己之私的初心。他办学不为私利，不为个人小利，这一点在《民办教育促进法》的修订过程中表现得极为鲜明。

2010年，他参加教育部和全国人大在上海召开的会议，获悉《民办教育促进法》大致修改方向，了解到修改的核心有二：一是取消合理回报，二是收回投资者对校产（主要指房地产）之拥有权。纪元初回校后立即召开出资人大会，介绍了相关情况，特别说明这些是法治的必然，因为民办教育是公益性的，许多国家的法典里也是这样规定的。当时，很多人对法治是陌生的，甚至绝对不相信这样的修法会发生。

后来，新修订的《民办教育促进法》正式实施，很多民办学校举办者惶惑不安，大兴教育集团的出资人也顾虑重重。但纪元初高屋建瓴，引导出资人不忘办学初心，不计较个人得失，较好地统一了思想，进一步提高了教育教学质量。

在修法过程中，纪元初不但坚持初心不动摇，还四处奔走，积极为相关部门建言献策。从2011年至2016年，他先后写了调研报告十一万余字。

不管民办教育法怎么修改，纪元初的教育真情不会改变，诚如他自己所说："只要不是法律强行禁止举办民办学校，我将不改搞好教育之初心，鞠躬尽瘁，死而不已。"

从小说中得知，纪元初的不忘初心，还体现在不为利益所惑。新法尚未公布时，有出资人主张在当时法律的框架下把学校卖掉分钱，甚至有买家允诺单独给他两千五百万；也有人主张不能再把结余资金投入基建中去，应该把每年结余的钱全部分掉。对此，他坚决反对，也拒绝了唾手可得的财富。2012年，有两位领导强力推荐一位富豪与他合作，准备在富豪新建的小区内修建大兴教育集团分校，以此拉高房价。他拒绝了这样的诱惑。2013年前后，上级允许民间登记注册开办小额贷款公司，不少人邀他以学校流动资金入伙。面对这些高利润的诱惑，董事会中也有人主张参与，但纪元初坚守办学初心，坚决反对，最终使学校逃过了"倒闭劫"。

纪元初的教育真情，还体现在面对大灾大难时的高瞻远瞩、从容镇定、运筹帷幄和率先垂范。

2020年正月初六，疫情已蔓延到了全国。纪元初果断组织集团几所学校教导主任及以上的干部开会研讨对策。会上，他首先阐明了自己对疫情的预判，要求打好抗疫保学攻坚战，统一了思想，达成了共识。他先后起草了八个抗疫保学的文件，并发在校务委员会工作群里讨论，修改后予以执行。

在抗疫保学阶段，他共进行了六次调研，召开了八次会议，解决了一些重大问题。他还不顾年老多病、容易感染的现实情况，率先垂范，冲锋在前，与师生奋战在抗疫第一线。

在他的带领下，集团全体教职工精诚团结，群策群力，直面这一次凝聚力、战斗力、创新力、组织能力、教育水平的大考，交出了一份学生、家长、社会都格外满意的答卷。

凡此种种，书中不胜枚举，四十余万字的记述，又岂是三言两语所能概括的？

更难能可贵的是，纪元初在大是大非面前，爱国立场坚如磐石。20世纪的1998年，他不仅规定师生不得参加一些西方意识形态渗透满满的洋节，还在全校教师大会上与违纪者辩论。

可以这样说，纪元初情根深种，所以自然热爱学生，热爱教育，热爱家国；所以自然关心家长，关心社会，关心民生；所以自然成为大丰教育改革的开拓者、民主管理的践行者和先进理念的倡导者，而这种种又自然流出笔端，化为汩汩教育清泉，浇艳首首感人诗篇。

由此看来，纪元初既是教育家，也是诗人，这双重身份互相影响，互相促进，相得益彰。正所谓：诗匪从来无匪气，深情自然是情痴。赤心不改昭日月，总把家国入歌诗。

曾国藩说："天下古今之庸人，皆以一惰字致败；天下古今之才人，皆以一傲字致败。"也许，心有大爱，勤勉谦谨，不惰不骄，有傲骨无傲气，便是纪元初成功的秘诀。

现在，纪元初提出了集团"一个愿景、两个创新、四个不动摇"的指导方针，要求坚持办好教育不动摇，坚持学生终身发展不动摇，坚持继承传统、面向未来、求真务实、团结奋进不动摇，坚持办学为公、不为一己之私的初心不动摇。

总之，独孤先生笔下的纪元初是真心可以向丹阳的定海神针，有纪先生这样办学不为谋私利的教育人，大兴教育集团一定可以实现"把集团所属各校打造成西南地区百年品牌强校"的愿景，并继续为家乡的教育事业做出更大的贡献。

最后，我还想说，我知道的独孤先生自幼孤苦伶仃，受过各种各样的苦，但是他从不埋怨小时的不幸，而是把吃的苦变成锻炼自己成长的条件。苦磨炼了他坚毅的性格，而坚毅的性格和对党、对国家赤诚的心推动他为党、为国家贡献自己的一切力量，正因为如此，他才写得出《雪岩劲松》这样的作品，才能状写出一个有血有肉、形象丰满的纪元初来。

在此，对独孤先生的大作付梓表示祝贺，并期待读到他的新作！

是为序。

作者简介：

王佐书，男，汉族，1947年9月生，北京人，大学学历，本科学位，教授，历任哈尔滨师范大学讲师、教授、系副主任、校长助理、副校长、校长，民进黑龙江省委副主委、主委，黑龙江省人民政府副省长，民进中央副主席，中国民办教育协会会长。第八、九届全国政协委员，第十届全国人大常委、财经委员会委员，第十一、十二届全国人大常委，全国人大教科文卫委员会副主任委员。

崎岖一路放豪歌

铺地石

为恩师独孤先生大作《雪岩劲松》作序，我感奋之余又稍觉忐忑。

先生是中国作协会员、当代著名诗人，多次当选市、区人大代表，担任中国民办教育协会中小学专委会副理事长、市民办教育协会中小学专委会理事长等职务，获得全国民办中小学优秀校长、市"九五立功奖章"、市教育评估专家、新中国成立六十周年教育知名人物等荣誉……

为先生这样的名家作序，依例是要名人才可以的。我既非名人，也非雅士，加之文笔粗拙，深恐词不逮意，以致佛头着粪，有伤黼黻，是以忐忑惶惑。

然而回望悠悠来路，与先生相交三十有五年，已占据了我现有人生轨迹的四分之三。几十年来相与深，风霜雨雪总是春。一路走来，先生对我的教导早已超越了一般意义上的"传道授业解惑"，故而不揣谫陋，略缀数语，谨表祝贺。

这本小说，洋洋洒洒四十余万字，再现了主人公纪元初从1977年踏入杏坛到2023年底力挽狂澜的奋斗历程。

先生把故事放到了中国近几十年教育变革和发展的宏阔背景之下，结合各时期的历史事件，叙述了纪元初近五十年跌宕起伏的人生经历，生动地再现了他从初出茅庐的青年教师成长为著名教育家的艰辛历程，全面地展现了他的精神、性格、思想演变、生活工作情况及成就等，大略闪现出"大丰"地区教育乃至中国民办教育的发展概况。这其实也是这段历史的再现,纪元初的经历和相关材料都符合真实历史,甚至还传达出作者本人对相关历史一定的见解,具有一定的历史资料价值。独孤先生曾说:"吾生性粗劣,于教育一行亦是教训颇多的,在这本小说中,老朽也借纪元初之口有所检讨。"这既可看出书中有先生对相关事件的评价,也足见先生谦逊的态度、严谨的作风和自省的精神。

这本小说具有历史的真实性和历史资料价值,并不是说就好像照相一样地呈现历史事件和人物。在真实的基础上,先生以文学的笔法和语言来描写历史事件,对材料进行适当的取舍,或者加入合理的想象。小说通过纪元初的经历来反映时代背景和社会变迁,写出了鲜明的人物形象、生动的情节,既具有历史的真实性,又具有艺术的感染力和很高的可读性,熔真实性与文学性于一炉,聚历史性和艺术性于一体。鲁迅先生评价《史记》是"史家之绝唱,无韵之离骚",这话用来评价这本小说,我相信也是恰当的。

从文学性这个角度来说,这将近半个世纪的风风雨雨,构成了一部人物众多、情节复杂、容量博大、结构宏伟的长篇世情小说。世情小说是中国小说的一种,又称人情小说、世情书等,以"极摹人情世态之歧,备写悲欢离合之致"为主要特点。

这部"世情小说",描绘了大丰地区发展尤其是教育发展的宏阔画卷和复杂微妙的世俗人情,一定程度上展现了大丰地区自粉碎"四人帮"以来整个社会的状况和社会矛盾冲突,揭示了众多人物处理各种矛盾、人际关系时微妙的内心情感和隐秘的精神世界。

单说这是一部世情小说,似乎还不能全面体现出本书的特点,它应该还是一部讽刺小说。

讽刺小说,是一种特殊的小说类型,使用嘲讽的表现手法来揭露生活中的消极、落后、腐朽或反动的事物。而谴责小说则主要通过揭露社会上的种种弊端和时政的严重问题,表达作者对社会现状的不满和改良的呼吁。鲁迅先生在《中国小说史略》中阐述了谴责小说的特点及得名缘由：

"其在小说，则揭发伏藏，显其弊恶，而于时政，严加纠弹，或更扩充，并及风俗。虽命意在于匡世，似于讽刺小说同伦，而辞气浮露，笔无藏锋，甚且过甚其辞，以合时人嗜好，则其度量技术之相去亦远矣。故别谓之谴责小说。"

"讽刺小说"与"谴责小说"主要的区别大致在于：前者的描写比较含蓄，对社会的态度比较温和，对人物有所体贴；而后者的描写比较夸张，对社会的态度比较激进，对人物毫不留情。

独孤先生在书中确实描写了一些假、恶、丑的人物和现象，有时甚至用了漫画式描写等讽刺艺术手段，揭露、否定、贬斥甚至鞭挞了假恶丑，但是描写比较含蓄，态度比较温和，对人物的臧否也有所保留，所以本书是一部讽刺小说，而非谴责小说。

先生对假恶丑的态度，是讽刺而非谴责，究其根本原因，我想大概还是在于一个"情"字。综观全书，纪元初的言行举止都浸透了先生的真情：有纯洁坚贞的爱情，有诚挚深厚的友情，有相扶相携的师生情，也有令人破防的奋斗情，有无私无畏的奉献情，有直抵人心的家国情，更有为国为民的拳拳教育情。

正是因为饱含深情，先生才在言辞之间有所保留。清代学者胡文英说庄子："眼极冷，心肠极热。"我觉得，如此评价先生这本小说，也是很确当的。因为眼极冷，所以蝇营狗苟挤满书页，嬉笑怒骂俱成文章；因为心肠极热，所以万家忧乐涌出笔端，悲欢离合总在心头。

这样一部穷形尽相的世情小说，这样一部眼冷心热的讽刺小说，岂是我三言两语所能概括的？

如果非要勉强概括的话，我还是想用先生的一句诗"崎岖一路放豪歌"。先生在《老叟吟》中写道："已惯征程坎坷多，崎岖一路放豪歌。"我想，这既可以看作本书的精要概括，也是大兴教育集团发展历程的高度浓缩，还是先生本人传奇人生的真实写照。

说这本小说"崎岖一路放豪歌"，我是觉得："崎岖"指的是本书的内容丰富，情节曲折，波澜起伏，引人入胜；"豪歌"指的是本书气象恢宏，气势豪纵，情感雄放，主旨宏大，而且语词宏博，旁征博引，诗词歌赋入文自然，诗意满篇。

说大兴发展"崎岖一路放豪歌"，我是觉得："崎岖"指的是大兴的创业艰辛，筚路蓝缕，险象环生，悬念迭起；"豪歌"指的是师生员工艰苦卓绝，凌霜斗雪，胆气豪雄，椽笔频挥，而且勠力同心，开拓进取，育桃培李之后便是凯歌频奏。

说先生人生"崎岖一路放豪歌"，我是觉得："崎岖"指的是先生的经历曲折，命运坎坷，跌宕起伏，扣人心弦；"豪歌"指的是先生胸怀宽广，直率大度，乐观豁达，豪纵狂放，而且高瞻远瞩，游刃有余，闲庭信步之间即已功成名就。

当然，这远不能概括本书之万一。个中滋味，或许只有读者沉浸式阅读后方可领会。

最后，敬录先生一首七律，希望对读者理解全书有所裨益：

万里征程云漫漫，险峰越过涉凶滩。
芊芊荆棘虎狼谷，步步风霜铁血关。
幸有齐心成劲旅，拼将散粒结强团。
穿杨捷报纷纷至，明日雄风上九天。

谨为是序，略表愚衷。

楔子

 我姓纪名元初，生于 1949 年冬天，那时中国大部分地区已解放，于是初通文墨的父亲便为我取了名字：纪元初。其意为新纪元开始了。

 幼年时，父母病亡。只上了三个月初中的我，因无亲友怜惜，流浪六载，最终为一纪姓人家收养，长大后结婚生子。因妻与养母不和，时生嫌隙，便另起炉灶，分家而居，生活渐渐陷入困顿。幸得领导垂青，出任水库工地负责人，小有成绩，遂被荐为红星小学民办初中班教师。

 我在接到任教通知的当天下午，就赶到中心校所在地参加开学工作会，故事便从这里开始了。

目录

第一章 贫穷岂夺书生气
耻辱难泯斗士心

冒着午后烈日，踏着烧红了铁板似的小径，揣着既欣喜又惶恐的心，我赶了近十里山路，来到中心校。看见三三两两的人，正往靠公路边一间板壁瓦盖的大屋子走去，我估计那里面可能是会场。

走进去一看，果然不出所料，这里正是会场。这是一间教室，里面有几十套旧木桌凳，有的断了胳膊，有的少了腿。这间教室已非"简陋"，实乃"残破"了。靠公路一边的板壁南头开了扇小门，其余的板壁有的还张开了口。靠天井的一面，木板壁已荡然无存。

我找了一个不起眼的角落坐了下来。这会场里的人，我一个也不认识，谁也不理我，我也没法去理睬别人。约莫过了半小时，终于见到另几个民办教师来了。谁知他们给我打了个招呼就去与他们的熟人聊天去了，撂下我一个人"独立寒秋"——心里冷飕飕的。

"纪老师，你来多久啦？"正在感伤的我，突然听到这么一声问候，简直不敢相信有人在招呼我。我定睛一看，原来是张兴老师，他身后紧跟着他妻子苏老师。

"你咋一个人呆坐在这里呢？"素以女汉子著称的苏老师微笑着问道。

"这里对着门，有风，凉爽些。"我笑着应道。

人来得差不多了。这时何筱之、陈彬两位领导好像统一了着装似的，都穿着白衬衣、草绿军裤，手摇蒲扇，微笑着走上讲台。朱老师立即搬上两张木凳，并高声喊道："雅静了，开会了。请吕富组长讲话，大家欢迎。"台下响起了稀稀拉拉的掌声。

这个校领导，背微弓。他面无表情地说："学校其他工作等会儿再做安排，现在欢迎陈副书记做指示。"两位领导相互谦让了一下，最后还是何副书记讲话，他先讲了一番大道理，紧接着他话锋一转："……为了进一步落实上级的指示，让更多的学生学有所成，学以致用，经研究，报批准，决定在双溪大队、红星大队各创办一个民办初中班。现将两个班的民办教师任职名单公布如下：李福同志，任双溪民办初中班语文教师兼班主任；曾嘉文同志，任双溪民办初中班数学教师；郑杉同志，任红星民办初中班数学教师。"公布他们三人的任职情况时，教室里波澜不惊，可当念到"纪元初同志，任红星民办初中班语文教师兼班主任"时，教室里顿时炸开了锅，有人说："哎哟，让初中都没毕业的人来教初中！"

"人家正牌的重点高中毕业生，却比不过这个半文盲，真是怪事！"

"看来，文盲也可以教大学了！"

"大家静一静，静一静！"陈副书记铁青着脸，拍了拍讲桌，大声地吼道。喧闹的声音才低了下来。"你们也是知识分子嘛，这样不遵守会场纪律，咋为人师表呢？你们在下面瞎嚷嚷个啥？纪元初同志虽然学历不高，但读的书却不比你们少，读得也并不比你们差。你们到红星五队去问问，就知道他是怎么读书学习的，他1968年就在省党报上发表了文章，你们做得到吗？"停了停，他扫了会场一眼说："我看不久的将来，他的教学绝不会比你们差，不信大家等着瞧吧！"说完，他拉着何副书记气愤地走出了会场。接下来谁讲了什么，我一句也没听进去，满脑袋轰轰作响。许久，我才发现会场里已空无一人了。

我气蒙了，稀里糊涂地走出了会场。

我从走进会场到离开会场，也不过一小时，可我似乎是在羞辱和痛苦的煎熬中度过了一个世纪。那些冷嘲热讽毒化了会场气氛之时，我真恨不得地上裂开条缝，一下子钻进去。这种当面被人羞辱的滋味，我还真的是第一次品尝到。哪怕是在流浪的几年中，我也未曾遭到过这样冷酷无情的当面羞辱，更何况这种羞辱令人窒息，因为我连回击的对象也找不着……

火红的夕阳已经躲到了山后，一大堆一大堆的乌云挤满了西边天际，一阵阵滚热的气浪又似乎化成一股股火热的飓风，直冲苍冥，把天边的乌云垛推向了天顶。一会儿天顶的乌云崩塌了，压向四面八方。天暗了，地暗了，我的心更暗了。

回到家已是点灯的时候了。我一进屋，就颓然地倒在床上，睁大眼睛死盯着蚊帐顶，一声不吭。"今天晚上想吃啥？未必开会开饱了！"妻子问道。

我一翻身坐了起来，恶狠狠地吼道："吃饭？老子气都吃饱了！"骂完，又"砰"地倒在枕上，不再吱声了。我向妻子发的哪门子火呢？我也说不清楚。

倒在床上，睁开眼睛又想闭上，一闭上又想睁开。睡不着，更不想起床。沮丧、屈辱、懊悔伴随着痛苦，如同无形的钢牙，分分秒秒都在啃噬着我的心！

我真懊悔去拿那张表——自取其辱。

我真懊悔去开会——送上门去让人羞辱。

陶潜公不为五斗米折腰的光辉形象，陡然又涌入我的脑海。我一次又一次地拷问自己：你不是钦羡陶公"采菊东篱下，悠然见南山"的怡然而淡定的心境吗？你不是钦羡老先生"晨兴理荒秽，带月荷锄归"的田园雅趣吗？那你今天为一个月十来元的收入，去领受这奇耻大辱，不是自作自受又是什么呢？

时过半夜，我头痛欲裂，却睡意全无。于是干脆起床点灯准备看书，我顺手从书堆里抽出一本书来，一看，正是《阿Q正传》，这本书我不知看过多少遍了，正想扔下，可仔细一想，何不学学阿Q呢？阿Q的"伟大"不就在于他能自我安慰，自我陶醉吗？陶潜公不为五斗米折腰是辞官归隐田园，可民办教师是官吗？不是！陶潜公有菊可采，有南山可望，我有吗？没有！陶潜公有荒秽可理——自家的田园，我有吗？没有！更重要的是，他有钱买酒喝，有饭吃，我有钱有粮吗？没有，连称盐的钱也没有啊！

再说，毛主席不是说"与天奋斗，其乐无穷；与地奋斗，其乐无穷；与人奋斗，其乐无穷"吗？那些冷嘲热讽我的人，我为啥不与他们一较高下，斗个输赢呢？如果明天我去向他们说"我受不了你们的羞辱，不愿与你们为伍了"，那么他们不就彻底胜了，因为我永远无法证实自己能教书，且能教好书。想到此，我脑海里的万顷波涛，顿时平如冰湖了。

在阿Q精神的安慰下，会上所受的屈辱不仅烟消云散了，反而与他们一决高下，拼斗到底的万丈豪情腾地一下喷发出来了！

这么一想，没多久便酣然入梦了，醒来已是日上三竿。我匆匆扒了几口早饭，背上妻子给我准备好的洗漱用具和生活必需品，就往学校走去。我家到红星小学十二里山路，走一个多小时就到了。

红星小学在县城通往驿亭铺公路旁边的一个小山包上，学校后山是气象站。一条石板路连接学校与公路，南边有一根田埂连接学校与大队代销店。过去，这是一个供过往客商行人歇脚、打尖、喝茶的小店。后来这里设立了代销店，出售油、盐、火柴、烟、酒等日用品，有时也代收废品甚至竹席等物。

红星小学当时只有四间砖壁瓦盖、夯土地板、木棍做窗的教室，两小间办公室。教室里清一色的石桌石凳，乍一看，还以为自己进入的是花果山水帘洞呢！只要是大队小学，一个班的语文、数学、音乐、美术、体育都是一个人教，叫包班。村上初中也只有两个老师，一个教文科，一个教理科。

公办教师咸大光，兼任红星小学主任教师。听说主任教师一个月多领五元钱。这个人脸白净，瘦高个，长相俊朗，声音清朗，衣着颇讲究；有傲气，但品行端正，人也聪慧；中师毕业——业务以外书籍读得不多，但爱好广泛，是一个非常称职的小学全科教师。

民办教师，除了我和郑杉，还有两个：一个是左老师，县重点高中毕业生，与我的表兄是同班同学。此先生身材魁梧笃实，皮肤微黑而宽额大脸，说话嗓门大，教书也还行。

另一个民办教师史朝凯，是县城知青，出身市民家庭，其父为县城师范的职员，其母则为专职主妇。史老师脸黄黑，头发黑而浓密，干瘦身子，长腿。史老师为人小心谨慎，爱动脑筋思考问题。有时别人一句话，他常常琢磨来琢磨去，甚至琢磨得彻夜难眠。他说话总是十分慎重，是个典型的竹叶落下来怕打肿脑袋的主儿。

我的搭档郑杉出身教育世家，也是县城知青，通过一定的人际关系，由代课教师转为民办初中教师，此人乐观，他不仅能说会道，口才极好，而且人也长得英俊潇洒。

红星小学校三个小学班，一个初中班，连我一起共五个成年人。这五个人形成了两个"不共戴天"的小山头，那就是左老师和咸大光。而史、郑二人两边都不得罪。我刚一踏进这个学校，对学校情况一点都不了解，只是事前从表兄口中听到一星半点信息：左老师对人和善，正派坦荡，是当地人，许多事儿都能得到大队或生产队支持。

但后来的事实告诉我，并非如此。然而，我耻于做骑墙式的冬瓜，受表兄的影响，先入为主地选择了一边倒，联左反咸。左与咸对垒，常是于无形无声中软拖软抗。而如斗士般的我，喜怒总形于色，赤膊上阵，毫无遮蔽地与人战斗，岂有不中明枪暗箭之理。

不论按明规矩，还是潜规则，新任的教师，不论公办民办，第一天上班必须向村小主任教师报到，由主任教师——点校校长安排住宿、教室和工作。可我却偏不信这个邪，一进校就找到左老师，由他带着我走进寝室、办公室、教室。

当时红星小学只有两间办公室兼做卧室、厨房。外面仅能放一张木桌，一张凳，权且做办公之用，中间用砖砌一道半截墙，里面便是卧室、厨房。我离家十二里多地，又全是山路，独占一间办公室兼卧室，天经地义；咸大光已来多年，离家二十多里，占一间办公室兼卧室也是地义天经之事。其余老师则只有成为"走读师"了。

学校开学的第一天，一个重要的工作就是给学生报名注册。可就在这一天上午，我就犯下一个藐视领导的大错，如果说犯的第一个错误——不向领导报到，这是不懂规矩的我有意为之的话，那么接下来这个错误则是出于对当时的招生方式的一种自然而然的心理反抗，是发自内心对一种不公平的宣战了。

快到中午了，来报名注册的学生都回家了。我一一对照中心校发来的录取学生花名册，全班六十人均已到齐。正在准备"收摊捡卦"回卧室休息之际，教室门口突然出现一个人影，但一闪又不见了。我追出门去一看，一个瘦矮个子，剪着平头，穿一身蓝斜纹布的男孩子，正背靠砖墙面向土操场站着。

"小同学，你站在那里干啥？"他没开腔。我走到他身边，伸手摸了摸他圆圆的小脑袋说："走，进教室去。你准备储存太阳过冬吗？"我转身进了教室，他也悄悄地跟在我身后进来了。

"小同学，你叫啥名字？"

"王仓生。"

我一边表示疑问，一边重新摊开已收好的录取学生花名册。

"你找我干啥？"

"我想读书。"我看了看录取名册，没有发现王仓生的名字。

"孩子，你没被录取啊？"

他哇的一下大哭大喊起来："我要读书，我要读书！"

我赶紧掏出手帕，一边给他擦泪，一边安抚他说："别哭，我找人问问，看是啥原因没录取你，然后我再给你想想办法！"

孩子十分聪明，一听我会去想办法，立即止住了哭，睁开一对水汪汪的眼睛盯着我。那眼神里充满着渴望和企盼。

"你别乱跑，坐下，在教室等我，我一会儿就回来！"他顺从地坐下了。

我快步走出教室，路过咸老师的办公室门口，顿了顿，想进屋向他请教，但不知咋的，又迈步往左老师的教室走去。我走进左老师的教室，左老师也正在收拾东西，准备下班回家。我把刚才那孩子的事向左老师讲了。左老师一听完，忙站起来压低声音，两手乱摇说道："纪老师，这事你莫要管，千万莫管这事啊！他因家庭原因，在录取时被上面圈掉了，如果你管这事，轻则你可能被批评，重则可能被批斗，连书也教不成！"

"没这么恐怖吧？"

"那你就试试吧，到时莫怪我没提醒你！"

我从左老师的教室走出来，站在火辣辣的太阳下，仰天长叹道："小娃娃何罪之有啊！"我在土坝子里呆立了好大一会儿才回到教室，看了看规规矩矩坐着的孩子说："回去吧，明天自己端张凳子来——上课！"本来我想说"旁听"，但话到嘴边就变成了"上课"。我真的怕伤了孩子稚嫩的心。

送走了孩子，我回到办公室，心里一片自豪，也一片宁静。我认为自己做了一件符合伦理道德的事，纵是被处分了，我也绝不会有半点后悔的。

第二天就发放书本，选举班干部，正式行课了。说实话，我还真的很不适应"教师"这个角色。第一堂课，我就对着全班六十一个学生喊道："同志们……"还没等我把话说完，全班学生哈哈大笑起来。他们笑什么，我却浑然不觉，坐在最前排正中的管班长小声地提醒我："老师，你应该叫我们'同学们'啊。"哦，我这才恍然大悟，也忍不住笑出声来。"同学们，我从水库工地上来的，称呼'同志们'习惯了，请不要见怪。"

备课、上课、改作业。除了做饭吃饭之外，我是全身心地投入教学工作中去了。在忙碌中，一个星期就匆匆而逝，早把冒昧收生的事给忘了。

第二章　风吹浪打浑不怕
阔步昂头向前行

　　星期天下午，我刚从家到学校，就接到一个通知，叫我到中心校去一趟。等我来到中心校见到郑定来校长，才知道有人因擅自招生的事告发了我，上级责成中心校调查处理，并要求将处理结果上报。

　　郑校长笑着对我说："纪老师啊，明天我来你们红星小学调查，你把中心校下发的录取通知书和你的报名册拿出来，我对照一下，就可以看出别人反映的情况是否属实。"

　　我对此事可能引发的后果早有心理准备，故一点也不惊慌，淡然一笑说："好吧，明天恭候大驾。"说完转身就走了。

　　回到学校天色已晚，我草草地做了点饭吃了，就坐在办公桌前思谋起对策来了。"你把中心校下发的录取通知书和你的报名花名册拿出来……"郑校长的话猛然间在耳边回响起来了。我顿时心一狠，把办公桌抽屉里的录取通知书全拿到厨房，一把火烧了个干净。其实这一招是十分愚蠢且鲁莽的，你烧了学生交上来的录取通知书，难道中心校就没有录取花名册的存根了吗？这真是"掩耳盗铃"的现代版。

　　第二天上午，郑校长果然到红星小学来了，他先找咸大光问了问情况，当然，他们之间谈了什么，我是无从知晓的。

　　接着郑校长又来到我办公室，没等他开口问话，我就把报名那天发生的事，大致地向郑校长汇报了，最后说："郑校长，我认为我作为一个教师，对一个可怜兮兮的、哭闹着要读书的孩子，是无理由拒绝的——除非我是冷血动物，更何况我是一个因失学而痛苦了十多年的人呢！"

郑校长听完我愤激的一番话后，满脸凝重，口气沉重地说："纪老师，对你刚才的话，前部分陈述的事实，我听清楚了，也记下了。"说完，他戴上草帽就大步走了出去。不管此事后果如何，当时，我十分钦佩郑校长坦荡的襟怀和敢担当的勇气。

一晃，时间又过去七八天了。上级领导竟然没再来找我谈话，当然也没见到"棍子"的影子。头几天没什么感觉，十多天后，这种水波不兴的平静，倒令我感到莫名其妙的恐惧。

就在我惶恐不安的一天下午，我突然收到红锋村支部转交的请柬，邀请我第二天回水库工地参加水库竣工暨颁奖庆典。红锋村支部一班人没有忘记我，并在请柬中夹了一封盖了公章的短信。信虽然不长，却写道："我们大队人民不会忘记你在水库修建中做出的成绩，恳请你一定要拨冗莅临典礼。"读了信，我兴奋至极，断然忘记了前几天引发的风波。当天下午放学后，我安排好第二天学生的课程后就连夜赶回了家。

吃过早饭，我赶到水库工地民兵连连部所在地曾家大院子时，就听说杨书记、陈副书记、何副书记、宋副书记等人早就到了。我到报到处报到，水库工地喻连长一见到我就亲切地说："纪指挥长，你咋才来？几位书记都问了你好几遍了。快！我领你去！"

喻连长领着我在人堆里穿来钻去，好不容易才在靠近主席台的左侧找到了杨书记他们一大群人。大队支部程书记正在和其他领导有说有笑地谈论着什么。程支书一见我出现，忙从杨书记的身边站起来，把我拉过去，一边硬摁着让我坐到杨书记身边，一边对在场的领导说："这就是我刚才讲的那位纪眼镜，他干事很有一套，归纳起来主要有三点：一是不信邪；二是不怕苦不怕累；三是不计个人得失。"

"曙，就是这个家伙啊！怪不得有人告你没有录取通知书的学生，你也敢收呢！"一个身材魁梧、脸色红润的中年男人站起来一边打量着我一边说。

"纪老师，你不认识他吗？"杨书记问我。

"不认识。"

"哦，他是分管教育的区委宣传委员梁方连同志。"

我忙站起来，点了点头说："梁委员，谢谢您，给您添麻烦了！"

"谢我干啥？你应该谢你们杨书记哟！这次不是他为你硬顶着，你可要倒大霉啦！你这娃儿做事也太胆大了，谁也不请示，就把学生收了。"

"哎呀，这多大个事嘛，我认为纪元初同志做得对，所以我作为书记，就该保护他。"——这就是我们党有担当的基层干部！

听了两位领导的话，我才明白，我这一冲动之举给杨书记惹下多大麻烦，让杨书记承受了多大的压力啊！

1977 年，开始有了真正的教材，初中一年级语文全册共十七篇课文。所开设的课程也少得可怜，初中只开设语文、数学、政治、物理、化学、体育；音乐、美术虽设置而不开，因为没有这方面的教师。更令人喷饭的是：农村初中学制两年，城镇初中读三年。

面对这样的教育大环境，我既惶恐不安，又彷徨无主，在经过几个不眠之夜后，我下定决心，放手一搏，烧他三把火。

首先，我要求每个学生离家上学时，必须给父母打招呼："××，我上学去了。"以示告别。放学回家时，必须给家里人打招呼："××，我回来了。"进校见到老师时必须向老师问好，离校时必须向老师说"再见"，在校外见到老师必须敬礼问好。后来还进一步规定，在校外见到领导也必须敬礼。

这个礼仪教育在红星小学内就遭到众人的非议，认为我是异端。

最值得庆幸的是，坚持礼仪教育，还不到一个月，我班的家长都对我的礼仪教育竖起了大拇指。

我烧的第二把火，那就是利用星期天给全班学生义务补课。那时在小学没学过正规教材，也从未经过考试进入初中的学生，基础知识、基本技能都是十分差劲的，所以我决定采取"时间加汗水"的措施，让他们学到一些知识。这一招更引来了社会的好评。

但是却遭到了我妻子的强烈反对。她骂我："人家那些教师，谁像你这样傻兮兮的？一个月挣十来元钱，吃粮食吃菜还要从家里拿去，你这哪里是教书的老师哟，完全是我们家吃闲饭的活老人。"她的话听起来十分刺耳，但也合情理，我竟无言驳她。

可是在我看来，如果一个教师置学生的学业不顾，千方百计地实现自己的利益最大化，是有损师德的，因为这样一来，你哪有时间来改作业备课呢？你置学生的学业和未来于不顾，这就是缺德，就是泯灭天良！

时至今日我也仍在坚守这一条师德底线——绝不误人子弟。所以我不仅没有随波逐流，而且还逆流而行——那就是不但每个星期天都义务为学生补课，就是暑假也义务为学生补课一个月以上，寒假从腊月二十八到正月初五这七八天时间休息，其余时间都在学校认真为学生补课。

在那个时代，给学生恶补无疑是正确的，可是在今天，谁再这样做，那就应该是千夫所指了。

我烧的第二把火是争议最小的了，但烧的第三把火就争议大了。当时整个西南三省，没有任何一所村级学校的学生住校上早晚自习的——可胆大妄为的我却是第一个吃螃蟹的人。

一天，我召开了一次班委会，在班委会上，我提出了克服困难上早晚自习的建议，这个建议获得了全体班干部的一致赞成。

紧接着我就布置学生回家征求家长意见，这下可炸锅了。那时，时间就是工分，就是粮食。作为现实主义十分强烈的农民来说，大多数是绝不可能让自己的眼前利益遭到伤害的，他们中相当一部分人都是为医眼前疮，不怕剜心头肉的主。六十八个家长——由于我的第一把火和第二把火的感召，有七个学生转学来了，开学时的六十一人变成六十八人——只有十一个家长赞成学生上早晚自习。

任尔风吹浪打，难阻我昂首阔步。我拿定主意的第二天晚上，便让那十一个家长没意见的学生上晚自习了。一星期过去了，来学校上早晚自习的学生越来越多了，达到四十一个了。

老实说，上早晚自习困难真不少。首先是学生家离学校远近不等，又是土路。学生来上早晚自习要解决三个问题：一是来回路上的照明问题；二是上早晚自习时教室的照明问题；三是上早晚自习的学生的早餐、晚餐问题。那个年代打煤油要票，一个五口之家一个月凭票只能买到一斤煤油，这能用几个早晚？用手电筒吗？买电筒买电池也要工业票，可农民是没有工业票的。由于我教的学生是民办班的学生，没有国拨的茶水费，更没有办公费，所以没法子烧开水给学生喝。

在万般无奈之际，我忽然想到了开家长会。于是当天下午放学时，我把第二天中午十二点开家长会的事口头通知了学生，要求他们务必通知家长第二天中午十二点来开会。

第二天从中午十二点到下午一点半，东来一个，西来一串，结果也只有二十来个家长到会。我只好硬着头皮擂鼓开场，先讲了讲上早晚自习的重要性，指出了知识改变命运的现实意义：知识可以改变个人的命运，个人的命运好了，可以改变一家人命运；一个国是由许多家组成的，一个又一个的家好起来，国也就强起来了。我侃侃而谈，讲了一个小时。

我没写讲稿，是临开会前拟了一个讲话提纲。记了一下，就把这提纲撕掉扔了。这样做的目的只有一个：立威。说直白点，就是要让家长佩服我纪某人的口才和"渊博"的学识。这样让他们在家长中、在群众中去为纪某做广告！

下午两点半，上课铃响了，我只好鸣金收兵。记得第一节课是体育课，由郑杉老师上，所以待家长三三两两散去后，我回办公室。刚一坐下，正准备改作业，这时门口走进一个戴着老花眼镜、面容清癯、精神矍铄的老者，一进门就拱手施礼并口称："老朽王久清感谢恩师对犬子的不弃之恩！此大恩大德，老朽一家铭记五内，永生难忘！"我赶忙起身，还礼让老者坐下，可办公室只有一张木方凳，他只好转身出去找来一张小凳坐下。

接着老者又开口言道："今天有幸蒙恩师设座点化，真如醍醐灌顶，使老朽我茅塞顿开。不过乡下人多为文盲，一时难以觉悟，悟化他们，犹须时日，恩师切莫操之过急。今日参会者寡，恩师面有难色。听闻恩师少年困顿，应知当下民生之艰辛。未来与会者，除愚顽难化者外，更有为生计所迫，趁中午之际去自留地背灼烈日劳作者……老夫为恩师献上一策，供恩师参详：可否先至各家访问一番，再定早晚自习之行止。"听完老者一番文绉绉的话，我真是茅塞顿开。

待老者起身拱手辞别时，我也不由自主地拱手相送。并一再真心挽留老人家："可否再稍坐片刻，再赐教些许，也是好的……"

老者一面往外走去，一再回身打拱道："恩师留步！恩师留步！"已至土操场边，老先生站定，回身道："待恩师有闲暇时，老朽备薄酒一杯，诚请恩师光临寒舍，万望赏光不辞为幸。"后来打听，此翁之前曾是远近闻名的私塾先生。

从此，我便与这私塾先生成了莫逆之交。此为后话。

第三章　屠龙自有心中剑
打虎原凭梦里猷

　　老先生走后，我就立即召开了班委会，决定暂停早晚自习一星期。每天下午放学后，我由一名熟悉该区域路径的班干部带路，走村串户，与家长们面对面地交流。我与家长的心通了，对他们面临的困难了解了，解决困难的方案也浮出了水面，更重要的是通过与家长的面对面交流，他们明白了我对孩子们的真心真情，我的设想赢得了家长的支持和尊重。

　　那时农村缺电少煤油，就连我这个老师也没有手电筒。没有月亮或雨夜家访时，只好打着麻秆、十竹竿或柏木皮火把。但这样的火把，燃烧很快，烟雾又大，这就要求我既要跑得快且要踩得稳。如果跑慢了，火把一旦烧完了，我就得摸黑在高低不平且弯来拐去的田间小路上走了。可是我一个近视得近于盲的人，也得在小路上"跑步前进"啊！其难度可想而知了。这时我信奉的"事到万难须大胆"又发挥作用了。每遇到这种情况时，我就不管面前的路高低直弯，不管有水无水，凭着直觉走。这样走绝大多数的时候是走对了的，当然，被摔得鼻青脸肿的时候也是有的。

　　通过家访，我逐步得到了家长的深度认可和高度赞许，反对我的声音逐渐减弱了，直到后来消失殆尽。

　　一个多月后，我班上的早晚自习已成了风雨无阻的常态了。每到下晚自习时，我总是站在操场边看着学生打着电筒、举着火把回家的壮观场面：几条小路上满是火光，一串一串的，像一条条闪光的长龙，越走越远，亮光越来越分散，在黔黑的夜幕下散开来，犹如满天星斗……

第二个学期，转校来我班的学生越来越多了。邻近几个大队的好几个学生也转来我班读书了。我了解到他们离校很远，上早晚自习，花在路上的时间，少则一个小时，多的两个小时。

于是我下定决心，排除困难，组建班上的师生伙食团，接着又开始组织离校远的学生住校。我把办公室腾出来，安上三张木床，一张睡三四个女同学，可住下十一二个女生。有几个男同学从家里搬来了床，也住下了。其间还发生了两个有趣的故事。

在学生还没住校前，我就把两个喜欢的男生留下来和我一起住。一张大木床，可睡三四个人。我和四岁的女儿睡一头，睡另一头的是我班上一个最小的又是最聪明的男学生——小华。一天早上，我起床叠被子，一看，傻眼了，床席上一大摊尿渍。我气极了，认定是小女夜里偷懒不起床，尿到床上了。我把女儿叫来，一顿训斥。女儿死活不认账，我正准备修理她，女儿委屈地一边哭，一边指着床上那摊尿渍说："爸爸，你看，你看，那是在华哥哥睡的那头哦！"我一看，哎呀，原来是那个傻小子干的。后来，霞儿一见到那小子就喊"尿班长"。

20世纪80年代初，石桌子换成了木桌子，晚上学生们把几十张木桌拼成了一张"大床"，我和学生都睡在这"床"上。为了不被蚊子轮番叮咬，他们用衣服把头包裹起来，只留下两个鼻孔出气。一天夜里，在睡梦中，我被挨着我睡的邓伟一伸脚踹下了"床"，摔在地上。那小子也被惊醒过来，他一边把我从地上扶起来，还一边打趣说："老师，你咋睡了个'月亮落土'呢！"

学生伙食团初创时，没有锅没有灶，我再三恳求妻子多给我留下几块钱用于伙食团的"基本建设"。

为了表示我的清白，也为了让家长明白，学生伙食团由学生选出团长、保管、"会计"，实施学生自治。学生把从家里拿来的米交给伙食团长（保管往往由团长兼任）过秤，由"会计"记上账。就餐的头一天，由"会计"统计第二天的就餐人数及就餐的饭量标准，再由团长把米称给炊事员。

饭做好后，由团长根据学生自己登记的用餐标准，把饭分给学生。

最先量米分饭都用秤称，很费时，学生有意见，他们打趣地说："排前面的吃了都拉出来了，后面排队的还没轮上。"后来学生们一商量，创新出一个法子来：米改成量筒量，一两、二两的各做了一个量筒。用量筒量，简便易行——那时学校没有秤，每顿称米分饭都要去农家院子借秤，怪麻烦的。分饭也不再用秤了，改成用小碗量，通过先后几次测试，测定了一两米、二两米量饭用的饭碗，就用这两个饭碗分饭。比如你吃三两米的饭，那么就量一中碗，再加上一小碗；你吃四两米的饭，就两中碗。

当时，只有我一个民办班住校，班上的一切经费全靠自筹，所以没有经济实力给学生准备菜。学生的菜都是从家里带来的咸菜、泡菜、辣椒酱，没有汤，最好的汤就是米汤里撒大把盐，弄成的盐米汤。学生每次带来的菜，就要吃十天半月——冰箱冰柜这些现代化的奢侈品，那时还没听说过呢！

那时伙食团唯一要开支的是买引火柴和煤的钱。这钱是我和学生按就餐的次数均摊的。最先请的炊事员是紧邻学校农家院子的管婆婆。管婆婆娘家姓汪，她老人家生有二女二男，其时四个子女都已长大成人，自立门户了。管婆婆给我和学生煮饭不要报酬，只求学生吃剩的饭和淘米的、洗锅的泔水归她，她把这些废物拿回家去喂猪。

我这人大半生中遇到了许多善人恩人，管婆婆就是其中的一个。老人家心地十分善良，对我也十分关照。

那时，我一个月只有二十来元工资，每到五号领工资那天，妻子就到中心校找到总务申中陆，除给我父女二人留下五元的生活费外，其余的她全领走了。我那时烟瘾大，每天一包八分钱的劣质香烟——"经济牌"，买烟就花去二元四，还要喝酒，称盐打油，所以根本就没钱割肉买菜了。我和小女吃一次肉真比登天还难。2015年，大外孙女蔡珮出嫁时，我到湖北麻城女儿家去做客，当谈到那时我父女二人经常吃辣椒酱下饭时，女儿红着眼睛说："爸，有辣椒酱下饭还好哇，你忘了吗？我们吃盐米汤泡饭可不计其数啊！"在这艰苦的几年中，管婆婆没少帮过我，经常给我带来咸菜、泡菜，还时不时地给我弄来猪油或一小块猪肉。这些当然都是她老人家背着她儿子、儿媳干的哟。

在我这一生中，最喜欢的就是读书。我自以为读书不少，可从一任教开始，就尝到"书到用时方恨少"的滋味。

在任教生涯中，我遇到的第一只拦路虎就是不是科班出身——从没读过师范，对怎么备课可是一无所知，只能四处求人指教。向红星小学的同仁请教吧，但这里初中语文教师只有我一个。

于是我备好课就步行四五公里，到中心校找人请教。我首先选择的是方老师，这个老师矮矮的个子，似乎没看见过他长胡子。鼻梁上老架着一副眼镜，说起话来轻言轻语，从不高声大气，一副十分和善的样子。我找他"问道"的原因：一、他是受排挤的，一定不会排挤我。二、他和善。善者会以助人为乐。

可当我走到中心校找到他时，他正在看书。我走到他身旁，毕恭毕敬地叫道："方老师，你好！我想请你帮我看看我写的教案，有不对的地方，敬请指教一二。"

他抬起头，望了望我，又望了望他手中那本翻开的教案，轻言细语地说："纪老师，你是青年才俊呢，这课备得很好，比我都还备得好哩。"一说完，低头看他的书去了。口气中、神情上明显流露出的是讥讽。但从他的话语中，我又挑不出一点不是来。真是哑巴吃黄连——有苦说不出。

我沮丧极了，决定去找一个教了几年民办初中语文的教师吕福求助。这次倒还好，他接过我的备课本，装模作样地翻了翻，微笑着说："好，很好！我向你老弟学习！"这两句话真噎得我差点背过气去了。

本来我想去找张老师问问，可听说他父亲病了，请假回老家去了，一时半会儿回不来，我只好悻悻地回到学校。这时刚下第一节晚自习，我回到办公室——大队新修的一间办公室（原来的办公室腾出来做了女生寝室）。新修了两间教室，竣工后，我请示了生产大队领导，把其中一间教室一分为二，一半做了学生伙食团，一半做了我的办公室兼寝室。顺便在此补白一下，那些叫嚷着三个月把我赶出红星小学的领导，在"收未录生"事件后，都一致向我伸出了大拇指，所以凡是我向他们请示汇报工作，只要他们力所能及的，他们都会同意、支持的。

闲话少叙，书归正传。我回到办公室，翻出教材、教学参考书，看了又看，想了又想，决心走一条自己的路，不管那些这样那样的规矩，我潜意识中的"狂妄"，又一次冒出嫩芽来。我不管你什么备课方法，只要学生听懂了，成绩好了就行。

我悟出一个"理"来，备课也应分为虚实两个方面，虚的就是教学重点、教学难点，因为这些是任何一本教学参考书上都写得明明白白的，可又实实在在的都没用的。我之所以说这些是虚的没用的，是因为，编教参书的专家们不可能了解全国每所学校的校情，每个班的班情，那么他们编的参考书就只有参考的价值，绝不能悉数搬过来就用。

在我看来，备课应做到"三实"：一是教师钻研教材必须落到实处，也就是要找出哪些是学生自学能懂的；哪些非要教师讲了学生才能懂的；哪些是老师讲了，学生也弄不懂的。这就是备学情，也可以套用现在一些时髦的理念"以学生为中心""一切为了学生""以学生为主体"……第二个实，那就是教材后的作业要落实。不管你的课备得多好，到头来学生连课后的作业也完成不了，学生能学到什么呢？第三是要落实学生的学法。学生不能一生一世身边都带着一个老师吧，所以学生必须学会逐渐丢掉教师这根拐杖的本领，这就需要我们这些当教师的既要授人以鱼，也要授之以渔。授人以鱼是近期目的，是治标的手段；而授之以渔才是终极目的，也可以说这才是教育教学的本质任务，套用当今一些学者金光闪闪的时髦语言来说："教就是为了不教。"

基于以上认识，从那时起，我就按照自己对教材的理解来备课了，第一，在备课前，我会认真熟读教材，若是古文古诗或好的散文，我会先背诵。备课的重点我放在两个环节：一是整体把握，比如一篇课文，我准备几课时授完，哪一课时实现哪些目标，实现这些目标的方法是什么。第二，那就是教学的步骤，我的教学步骤是十分细致的，细致到什么时候讲什么话，什么时候提问，学生答不起问时又如何启发，什么时候讲，什么时候学生练或者讨论，甚至连预习题的设置、作业的纠错我都会一一预设好。再后来，我连哪个环节用多少分钟也在备课时予以考虑了。在那个时候，我十分注意抓学生的语文基础知识的教学和练习，比如组词、造句、扩句、缩句……

备课这一拦路虎终于被我打掉了。但更大更凶恶的龙潭虎穴在等着我，那就是当年语文教材中的语法、修辞等知识。比如词，从音节划分为单音节、多音节；从构词方式来分，可分为单纯词、合成词，合成词中又分并列式、动补式、动宾式……；按感情色彩划分，又是什么褒义、贬义、中性……还有什么反义词、同义词、近义词。

"词"的常识闹灵醒了，又要讲句子了，从语言表达又得分陈述句、祈使句、判断句、感叹句，从动词谓语与主语的关系又得分主动句、被动句，从句子构成来划分还得分单句、复句。在教单句时，除了讲清句子的主、谓、宾、定、状、补这些成分外，还要讲什么省略句、独词句；复句，除了要弄清复句的并列、选择、总分、转折、因果、递进、条件等关系外，还要教会学生判断多重复句之间的关系。在那时的升学考试，语文100分，而以上这些知识最少也要占20分，甚至有一年达到了25分。

这真是准备把每个初中生都培养成现代语法大家。

前几年，什么语文、地理、历史、自然、数学、物理、化学……都没系统地学习过。可现在，似乎学生这个虚弱的群体得大补特补，于是不管三七二十一，什么都得学。

这些现代汉语语法、修辞，还有古代汉语语法等一大堆学问，一时间可把我这个"半文盲"弄得不知所措了。

在遇到拦路虎时，我不止一次地默默地念道："下定决心，不怕牺牲，排除万难，去争取胜利。"在战略上，我那时要藐视"敌人"；在战术上，我要重视"敌人"。我知道这样说有人是非常不高兴的，但我写我的心里话，别人不高兴与我何干？我那时的"敌人"也好，困难也罢，那就是一大堆我自己从没涉猎过甚至听也没听说过的知识。

藐视这些困难就是不被吓倒；重视这些困难，就必须尽快学会，熟练地掌握并运用这些知识，以便斗困难而胜之。

于是，我决心边学边教，边教边学。可是，手里没有有关现代汉语语法的书，想学也无从学起。后来听人说双江师范大学函授部编写了《现代汉语语法》，我急不可待地托人买来了这本没有封面封底的书。这本书除了前言外，近三百页。可惜后来的几次搬家，那"救命稻草"竟被我弄丢了。再后来，一个朋友的丈夫，从纳溪监狱里给她邮回来了《古代汉语知识》《现代汉语语法》《形式逻辑学》《现代汉语修辞》《浅说病句修改》。这些书，朋友说放在她那里用不上，就统统地送给了我。我如获至宝。

买到重师大《现代汉语语法》的当晚，我就通宵夜战，看了四十七页，并将其中的要点一一地背诵默写。事后，我每天挤出时间：一边吃饭一边看此书，一边大便一边看此书，一边走路一边看此书……总之，我白天看，晚上也看，除了备课上课不看之外，我都在看《现代汉语语法》。我不仅看，而且还把重要的例句背下来，作为讲课的例句。比如形容词一般不能充当句子的主语和宾语，若要充当宾语和主语，它的谓语必须是判断词"是"或表示心理活动的动词。

如：一、红是这类花的主色调。二、他喜欢这种红。三、优秀不是他追求的终极目标……就在我奋笔疾书的同时，这一串熟悉的例句就会自然而然地跳出记忆的闸门，挥之不去，争跃于笔端。

我这个人从不死读书，读死书。在读的过程中，常常是一边读一边总结事物的一般规律及其特殊性，并加以概括，形成"纪氏口诀"。比如在给学生讲名词的分类时，我就编出了一些好记、易判别的顺口溜式的口诀："名词表名称，'不'字来区分，前面能加不，就不是名称（抽象名词，如：科学、民主之类除外）。动词表动作，能带着了过……；形容词多得很，能加'不'，也能加'很'，加'不'表否定，加'很'表程度……"

总之，我千方百计地交钥匙，认真地去授之以渔，用眼下时髦的语言叫作"以人为本，为学生终身学习奠定坚实基础"。我用了七个白天黑夜攻下了这个龙潭。接着，我又攻下《古代汉语知识》《现代汉语修辞》这两个虎穴。

第四章　且看朝霞红岭上
休听蓬雀噪檐前

　　我在后来十余年（语法知识考试在学生升学考试中占重要一席，持续到了20世纪90年代中期）语文教学中，每当讲到现代汉语语法及修辞或古代汉语时，我都会自豪地两手空空地进教室，既不带教材，也不带备课本，挥洒自如地讲课，我讲得精彩而接地气，学生学得扎实而又有创意。与此同时，我要求我的学生学以致用，用学过的语法知识检查、修改自己的作文。

　　这些知识，我在任教以前是从没接触过的，甚至连听也没听说过。但我清楚地知道，能否站稳三尺讲台，关键在于我是否有上刀山下火海的意志和胆魄。前面几关均已攻破，此关不过就将功败垂成。

　　在学习中，我坚持熟读中理解，理解中记忆，在记忆理解中创新。我坚持先学好、理解好再教给学生，在教给学生时必须有创新。我坚决反对"拿来""借来"知识，而主张"偷来"知识，因为"拿来""借来"的不需要动脑筋，不需要根据班情、学情加以改造，而是照本宣科即可。若是"偷来"的知识，则必须改头换面、加工更新、修修补补。这个改头换面、加工更新、修修补补的过程就必须研究教材，研究班情和学情，进行符合客观实际的创新，就是现在说的"内化于心"。例如学生在学习修辞时，对借喻与暗喻、借代，排比与对偶，设问与反问，这些修辞手法常常会混为一谈，于是我就找出其区别点加以简析：比如任何借喻都可改成明喻，而借代却不能改成明喻；排比必须具备三个或三个以上的分句，而对偶则只有两个分句，排比个别词可以重复出现，而对偶两个分句间的主要词词性相同，而意义相近或相反，一般不允许词重复出现（那时弄不清楚平仄相对这一概念）。

一番"日夜兼程"，我终于"过五关斩六将"，夺得了学习的"阶段性胜利"，掌握了教语法修辞的主动权。

"功夫不负有心人"，在11月中旬全区九所初中三十多个初中一年级班的统一进行的半期考试时，红星小学初中一年级班的语文、政治独占鳌头，郑杉教的数学居全区第二。这样的成绩引来了一些老师赞许的目光，当然也招来了非议和质疑，一时间谣言满天飞，如："纪眼镜早就把考题捅了出来。""考试时，有人看到纪眼镜递了答案进考场。""他把优生和差生交叉编考号，要求一个优生必须把正确答案递给差生。"诸如此类，不一而足。

不久，这些流言蜚语也传到区文教办公室的领导和区里分管领导耳朵里去了。于是当下一年1月底全区期末考试时，对监考、阅卷等流程做出了近于苛刻的规定。

其后一周，就是考试、阅卷、统分等繁忙而又紧张的工作。在阴冷的隆冬，我心里始终是朝阳一片，但是从来就吝啬笑意的我，那几天就更没向谁挤出过一丝半毫的笑意。

分数统计完了，我们班学生语文成绩平均分、及格率、优生率均居全区同年级三十多个初中班之首，班人平均、优生率、及格率都比第二名高一大截。

公布分数名次那天，主席台上下一片愕然。因为一个低学历的"流浪汉"击败了一大群自以为"饱读诗书"的"夫子"。

我击败了"夫子"们，既带来"名誉"，也招来了忌恨。

那是初夏的一天，时任副班长的龙芬有两天没来上学了，于是我决定下午放学后去她家了解情况。她家住双溪大队，要翻过红星五队的一个高坡才能到。为了不影响学生上晚自习，放学后，我把学习委员和语文科代表叫到办公室做了周密的安排，并再三叮嘱他们一定要维持好上课秩序。一切安排妥帖后，我才叫上搭档理科教师吕善述一同前去。

找到龙芬家，已是傍晚时分了，她父母还在地里干活，而龙芬穿着一条蓝布围腰，正端着一大盆猪食去喂猪。我看着这个十二三岁的瘦弱女孩干如此繁重的劳动，鼻子酸酸的，眼泪差点掉了下来。她一见到我和吕老师，满脸喜悦地叫道："纪老师、吕老师，快请到堂屋坐，我倒了潲就来。"我俩刚一坐下，龙芬就从厨房里端来半面盆温水，找来面巾，说："老师，擦把汗吧，大热天的，你们辛苦了。"多懂事的孩子哦，我心里暗暗赞道。这时她脸上的喜色早已褪尽，而笼罩在脸上的全是惶恐与不安。

"这两天你咋不来念书？"我望着她问。

"我是家里的老大，弟弟妹妹还小。家里活没人干……爸不让我读书了！"话还没说完，她的眼泪就如泉水般地涌了出来。

"不要哭嘛！我们今天就是为这件事来的，我保证能说服你父亲，让你重返课堂。"我信心满满地对她说。

"没用的，我爸说，姑娘家，读再多的书也没用，长大了都是别人家的人，只要弟弟把书读好就行了。"

"咋这么说呢？"一向语言不多的吕老师也开口了。

"你爸他们在哪里干活，我们找他去！"

"在那边的高坡上，路不好走，我去叫他们回来好些！"话一说完，也没等我点头，她就一溜烟地小跑去了。

她和她父母从地里回来时，天已经黑了，我先是耐心开导她父母。龙芬的妈背着她丈夫望着我眨了眨眼，又朝她丈夫努了努嘴，她的意思我全明白，一切问题的关键都在她丈夫身上。

我耐心地从各个方面开导学生的老爸，吕老师也时不时地从旁帮腔，但这个做父亲的就是那么一套歪理："我家人多劳力少，女儿大一点，可以回家帮着干些活儿了。再说女娃儿读那么多书有啥子用？……"

一个多小时就在磨嘴皮子中过去了，一点松动的口气也没有，这可让我的火一下子蹿了上来。我呼地一下子站起来怒斥道："解放二十多年了，你还满脑壳的封建残余思想，那些疾风暴雨也没把你头脑的封建堡垒摧垮吗？亏你还是共产党员，觉悟咋连一般群众也不如？我懒得再和你嚼舌头了，你还是共产党员，又是生产队长。明天我找你们大队姚支书去，让他来给你脑壳里打扫一下清洁，如还不行，我就请公社领导给你打扫清洁……"

你还莫说，我这一通火发出去后，他一下子就成了霜打的茄子——蔫了。他的大眼睛转了几转，狡黠地笑着说："纪老师，你莫冒火，也莫把这个事儿搞那么大好不好？我明天就叫大妹崽来读书就是了。"

"哎呀，你看我这个人，就是沉不住气。动不动就发火。对不起，对不起！"我看目的已达到，立即道歉，准备走人。

他们一家老小却非要留我们吃了晚饭才走，我却说学校还有学生在上晚自习，要立即回校。好不容易才逃脱他们的"围追堵截"，所以连火把也没准备就往回走了。

我和吕老师逃跑似的来到龙芬家对面的山前。翻山两条路，一条是宽一点、缓一点的路，好走一些，但要多绕远路；另一条路窄一点、陡一点，可要近一些。吕老师担心我视力不好，坚持走那条绕远的路，我则坚持要走近的这条。

我对吕老师说："你说我视力不好，今晚上我两个就一较高下，看谁走得快。"说话时，我俩已上山了。我为了显示自己的"神勇"，不顾天黑这个现实，一个劲儿地快走。

"小心，这儿路很……"吕老师的"窄"字还没说出口，我两脚一踏空，一下子掉进了一个废弃的砖瓦窑里。跟在我身后的吕老师一听我在窑里发出的"哎哟"的呻吟声，忙问："纪老师，你摔伤没有？"

"不知道！"我有气无力地回应道，只觉得手脚不听使唤，背上肋间一阵阵钝痛。

吕老师急忙对着龙家院子一阵大吼："小龙，小龙，快叫你爸爸拿架长楼梯来啊！"这一阵大吼，打破了山村夜间的静谧，引发了四周护家犬的狂吠。

不大一会儿，小龙和她的父母打着火把，扛着毛竹楼梯来了。她父亲放下楼梯，和吕老师一前一后下到砖瓦窑的石炉桥上。他俩争着要背我，结果小龙的父亲抢先把横躺在炉桥上的我小心翼翼地背了起来，一手反过背来，搂住我的屁股，一手扶着楼梯，往上爬去。爬上砖瓦窑后，他坚持不放我下来——其实就是放我下来，我也站不起，走不动的。

小龙的母亲一再抱怨说："就是你这个老车夫不准芬妹子去读书。要不，纪老师会受伤吗？"我和吕老师再三劝她母女俩回去了。她们往回走后，吕老师在前打着火把，小龙的爸爸背着我在后面走着。伏在他背上的我，此时除了感激之外还能说什么呢？

把我背回学校，小龙的父亲致歉再三后就走了。我睡在床上觉得肋间、背部热乎乎地痛。吕老师站在我床前一个劲地问："骨头摔断没有？"

"可能没有吧，翻身动弹没加剧痛感，应该是只伤到软组织了！"

"那就好，那就好！"

第二天，我写了几味草药名字，请吕老师到山上去给我挖回来，再打上半斤白酒，然后把草药切碎捣成泥状，调上白酒，敷在痛处，一天换三次药。不知是我的伤不重，还是草药药力强，抑或两种可能兼而有之吧，三天后，我身上的疼痛消减了大半，能起床上课了。

我伤好了后，还留下一段永生难忘的花絮。在我伤好后的一个星期六下午，中心校通知开会。那时的校长、书记二人，性格各异。书记古板正直，并小有才气，非师范生；而校长则三教九流似乎都略知一二，且书法还不错，尤其精于打牌，划拳喝酒。两人心有千千结，但面子上又不得不表现得和气团结，于是他们总是找机会实施指桑骂槐、敲山震虎之计。那天开会，校长长篇大论地讲了一番之后，轮到书记讲话了，他借题发挥地说："……有些老师下班上班也不分，总是爱喝酒。喝酒也就罢了，有的还滥酒！前几天，纪元初老师喝醉了酒，摔在瓦窑子里，造成很不好的……"

没等他把"影响"两个字吐出来，我呼地一下站了起来，哈哈大笑，会场上所有人的目光唰的一下子射向了我，我昂首挺胸地大声调侃道：

"书记，没有调查研究就没有发言权。我酒龄已有十八年了，从来没喝过一滴烂酒，也不知道哪里有烂酒卖！我喝的最差劲的酒就是红苕干酒。你哪里痒就挠哪里嘛，千万不要拿我这个基层教师来撒气！……"我这一席话，赢得许多钦佩、赞许和同情的目光。

书记被我呛得面红耳赤，瞠目结舌，老半天才迸出一句话："我劝你少喝酒，可是为你好啊！"

"我不需要你这种假惺惺的好心。"我忍不住又呛了他一句，气得他脸发白，手发抖。

后来，我才知道，原来是其他几个教初中的教师，对我因妒而生恨，在支书面前有鼻子有眼且成功地造了一次谣。

这次家访以及家访后所衍生出的书记"谏言"的情形，给我留下了终生难忘的记忆。现聊以记下，以正视听。

初战告捷真让我这个凡夫俗子高兴了好一阵。乘初战告捷之余威，在发放成绩册那天，我口头表扬了许多学生及家长，要求学生回家去征求家长意见，再补八天课——直到腊月二十八才放假，正月初六开始上课行不行，同时郑重宣布不收学生一分钱补课费。愿意补课的第二天上午八点到校，不愿来的不强求。

第二天一大早，不但全班到齐，还新来六个学生。原来中心校公办班有四个学生，决心下学期转学过来，双溪民办班有两个学生转学过来，怕来晚了我不收，当然，跟着来的还有这几个学生的家长。这样，原来坐两个学生的石桌子，就只好坐上了三个，没有凳子，由学生从家里搬小木方凳挤在两个小石方凳中间。

那年春节，我吃上了肉和白米干饭。更为重要的是，我信心满满、惬意满满的，真有如坐春风的感觉——或许这叫"小人得志"吧。

正月初五，我就担着吃的穿的赶往学校：担子一头是大米，大米上放着一包换洗衣物，几样蔬菜；另一头则是红苕，因为那时大米金贵。一到校放下担子，我就把过春节这几天备完的语文课再次检查了一遍，又开始备政治课《社会发展简史》了。

初六开学那天真是忧喜参半：喜的是报名交费时，没有一个家长不是眉开眼笑的。他们一见到我总是如是说："纪老师，我家娃儿能遇到你这样的老师，真是运气好！""纪老师，我这死妹崽交给你，我们放心！"

俗话说得好，金杯银杯不如群众的口碑，金奖银奖不如群众的夸奖……一向自诩厌恶吹捧的我听到家长们七嘴八舌的赞扬，口里一再谦虚辞让，但心里还是暗中涌动着几许甜甜的欣慰和扬扬自得。不过，这种情绪没持续到中午，就被一股忧愤弥盖过去了。

"老师，管忠和龚昌元不来上学了。"班长小华还没走进办公室就叫嚷了起来。

"为什么？"

"他们俩要转学去县城。"我一听，不由得一惊，这两个学生一个是副班长，一个是少先队大队长，成绩也在班上的前几名，这一转学若引起了骨牌效应咋个收场？我可是新手上路啊！当时农村初中与城里初中学制不同，城里的读三年，农村的读两年。这种政策上的差别，是两名优生家长通过关系让学生转学的一个原因。还有一个原因可能就是我这个老师学历太低，难入两个孩子家长的法眼吧！想到这里，一股悲凉之气顿时塞满了心田。

不过后来，这两位家长竟然成了我的粉丝，并常和我一起推杯换盏。

我走出办公室来到教室，一个胖嘟嘟、粉团团的女孩子就站在我面前叫了声："纪老师，我想来你这里复学。"

"你叫啥名字？"

"龚运学。"

"哦，这里学习条件不好啊，石桌、石凳，还得三个人坐一桌！"

"我知道，我家长也知道。这些都没关系，只要你收下我。"面对这个求学若渴的农家少女，我真找不出半点拒绝的理由来。

当天下午，一个中等个子、瘦瘦的、小脸、头上有少许几根白发的老者，带着一个黧黑圆脸、大眼的姑娘来到我办公室。一进门，老者就自报家门："我叫常兴田，住在学校斜对面的胜利一队，小女叫常本英，想投到纪老师门下复习，万望收下为幸。"……就这样，今天两个，明天一个，到真正开学——正月十五时，我班上已从原来的六十一人变成了六十七人了（转走了两人去县城，转来和复学的八人）。

新年新气象：喜——忧——喜，总的看来有些差强人意吧。开学没几天，妻子就把四岁的女儿送来学校："我要干农活，没法照顾孩子。"

第五章　霜须换得钓陶事
鹤梦招来石席功

新学期开学不久，一些谣言就不胫而走了，这些千奇百怪的谣言，归纳起来就是一句话："纪眼镜舍生忘死地干，不外乎是想争表现，好当官嘛！"开会时，一些人又用异样的眼光关注起我来了。不过这次的谣言波及面并不大，因为越来越多的人对那些攻击我的言论感到厌倦了，更有一些老师对我的教学态度及才能，由衷地表示了赞许！特别是张老师——这个深具教育情怀的人，在人前人后，都用他特有的方式表达他对我的维护，甚至尊重。比如有人攻击我是时间加汗水的蛮干时，他就会慢条斯理地用江津话说道："我也想学他那种时间加汗水，可就是舍不得下功夫，课余时间总想玩几盘扑克。"又如有人说我是为了入党才认真教书的，张兴老师就笑着调侃道："我教了这么多年书，多次想入党，可都没成，看来我还没认真啊！……"

对这些谣言，我先是尽力忍耐，在沉默中忍耐，可是，我越是如此，有些人就越猖狂，甚至有人当面讥讽我："喂，听说你的入党申请批下来了，是真的吗？"

"谁说纪老师的入党申请才批下来？我听说人家党龄都三四年了。"

不是在沉默中死亡，便是在沉默中爆发！为了打击他们的嚣张气焰，我填了一首词：

定风波·斥佞人

休听狂犬吠声声，只须放胆往前行。流短蜚长真与假，何怕！三尺讲台慰平生。

几度梦中呵斥醒，卑鄙！何必摧眉巧逢迎。回首频年经历处，欣喜！也无风雪也无晴。

写好了，我故意在操场上大声吟诵，事后又用墨汁书写在大纸上，贴在我办公室的门上。

新学期还有一件事叫我窝心透了，那就是理科老师被换了。

当时，恢复了高考制度，真是人心大快、大快人心！消息一公布，全国顿时掀起了报考大学的狂澜，红星小学这山野之地也被此狂澜波及，史老师、郑老师两位教师也先后被大学录取。

郑老师父亲是高中教师，资源丰富，考上大学自在情理之中；而史老师除了家学渊源，为了力求稳妥，则是一番没日没夜的刻苦拼搏，方才修成正果。于此，我仅寥寥几笔，而实际上史老师付出的艰辛，可写成几万字的报告文学，仅厕所里都贴满了高中数学公式，就可见一斑。

郑老师讲课诙谐幽默，数、理、化皆通，学养好，口头表达能力强，美中不足的是上课时爱信马由缰侃大山，扯闲篇。老实说，他的离去，对红星小学初中班的学生真的是惨重损失。

因为继任者温老师言迟口钝，讲课如唱催眠曲，所以一到他讲课，学生往往恹恹欲睡，有时教室里甚至鼾声如雷。他讲课，拖声曳气的，比如他讲几何 A 角不仅大于 B 角，而且大于 C 角时，他就会如是说：A 角——不仅——大于——B 角，而且——大于——C 角。其间每两个字之间间歇时间往往在一两秒以上。不过此公的一手粉笔字却十分了得，他还有一个最让我不能容忍的是私心太重，教育情怀太轻。每天晚来早归，总是争分夺秒回家干农活，一天待在学校的时间就是上正课那三四个小时，什么早自习啊，晚自习啊，他是统统不管的。他上的课，能被称为优质课的为零。

其实，如此把民办教育当副业的岂止他一人，大多数民办教师，谁不如是这般呢？十多元的工资能养活一家老小吗？

温老师来上课两个月，时近初夏了，学生上课睡觉的太多了，有时多达 150%，这是一个学生调侃的原话。我说，哪来的 150% 哟？那个学生笑着答道，有的睡醒了又睡呀！这样的教学质量是可想而知的。

时间一晃，又到了 1978 年的暑假。这一学期的半期考试和期末考试，我带的班仍是全区第一，尽管数学和物理排名第四和第五，但我教的语文、政治却遥遥领先第二名十分左右，所以综合排名我班仍是第一。尽管如此，我却不敢有半点得意劲儿，因为我自知头重脚轻根底浅，不敢去做嘴尖皮厚腹内空的墙上芦苇。

那个学期我努力工作，一边无偿给学生补课，一边备下学期的课，从 8 月 10 日一直到开学，课补完了，我的课也备完了。那个暑假很热，所以，我给学生补课利用的是一早一晚，学生一大早吃了早饭六点到校，上课到十点半，学生回家，帮父母晒谷草，割谷子，甚至也有打谷子的。下午五点到校，学生一直学习到晚上九点半，才回家吃晚饭，洗澡睡觉。这段时间，留在学校住宿的学生极少了。

那时在乡下，电灯可是稀罕之物啊！除了县城有几盏电灯之外，农村可没有这个玩意儿。学生五点钟来校，学到八点过，天黑了，蚊子嗡嗡叫着，满教室飞舞，桌子上点着油灯，它很少来光顾，偏偏往人隐在桌下部分的地方死叮猛咬，往往一个晚自习下来，学生的腿上保准是没有千孔也有百包。这些蚊子叮出的小包又痒又痛，令人难以忍受。后来，我发现蚊子体小怕风，于是就让学生从家里带来一张高凳一张小凳，高凳用来做作业或看书，小凳用来坐，把课堂搬到了操场上。可是困难的是，风既可以吹得蚊子立不住，也可以吹得灯光摇曳不定。

不知是哪个聪明的学生发明了"白打纸"灯罩，即用一小方"白打纸"比着油灯大小折成一个小圆筒罩在灯上，这样虽说透光度略差一点，但解决了一风拂过千灯灭的困窘。一个困难克服了，新问题又出现了，"纸灯罩"太轻了，风小，它能抵御风，但风稍大一点，"白纸灯罩"被风一击，它就自己扑向灯火，忽地一下燃了起来，七十多盏油灯顿时变成了七十多支小火炬，其场景蔚为壮观，可又令人恐惧——万一连凳子甚至连学生的衣物也燃起来了，那可是天塌地陷的事啊！万幸的是，那可怕的一幕没有出现过。

有人会问，为什么8月10日以前不补课呢？那年6月27日至8月9日，区里要组织民办教师集中培训。老实说，这是非常必要的。因为当时民办教师队伍的整体业务水平极差，且由于待遇极差，民办教师社会地位极低，所以绝大多数的民办教师都把教民办当副业，而把主要功夫用到了脸朝黄土背朝天的"伟大事业"上去了。

培训的老师中有一个青年教师姚老师，此人有学识，有能力，是个谦逊正直的佼佼者。但来讲课的大多数是才"解放"出来的，如覃老师、刘老师、王老师、付老师。覃、付两位十分低调，而王老师却有些轻视民办教师。客观地说，他们的知识，他们的学养以及他们的教学经验，无一不比民办教师强若干倍。

但是，他们忘掉了一个真理，不管你是权倾朝野的达官，还是学富五车的学者，你还是一个人，而非神，只要你是人，我也是人，那么人格就是平等的。你有什么资格盛气凌人呢？

培训班开课的第二天正是王老师的课，他第一节课讲的是怎样赏析诗歌，并举了柯岩写的《台湾，可爱的宝岛》为例。第二节课他组织我们讨论，当有人提问诗中"八千里雷霆轰不断，九万万同胞要团圆"中的八千里有何深意时，王邢竟然信口雌黄地说："你们连这个也弄不懂，咋教书啊？八千里是借指反动势力的强大，全句的意思就是像八千里雷霆那样的反动势力也挡不住九亿中国人团圆。"我实在忍不住了，发言问道："王老师，请问你这样诠释，可有佐证吗？"

"佐证？这需要佐证吗？"他怔了一下，反问道。

"我个人认为是需要佐证的，旁征博引方能服众。比如停车坐爱枫林晚之'坐'，当'因为'讲，其佐证可见于《晏子将使楚》：'……酒酣，吏二缚一人……楚王：何坐？对曰：坐盗。'这坐盗之坐，就作'因为'解……"

没等我说完，他满脸恼怒地站起来盯着我说："你念了几天书，懂得什么？"

我也一下站了起来，但又马上坐了下去，好不容易才抑制住愤怒没像火山般地喷发而出。我佯装心情平静地说："各位教育界的前辈，对这个句子，我有不同的理解，可能是错的，但我还是想说出来供大家批评指正。我认为'八千里雷霆轰不断'，在修辞法上是比喻和借代，在语法上应该是倒装句，如果我们把它顺为：雷霆轰不断八千里（河山），那么这整个上下句就好理解了。全句意思即为像雷霆那么凶恶的敌人也没法把台湾从祖国八千里的南北版图中分裂出去，我们九亿中国人早晚是要团圆的。这里的'八千里'从修辞法角度来看，可以看成借代。因为在北宋时代，中国的版图从北到南就是八千里，而北京居北，台湾在祖国地域最南边。岳飞《满江红》一词中不是有'八千里路云和月……待从头收拾旧山河，朝天阙'这样的句子吗……"

我还没说完，王老师就气急败坏地骂道："鬼扯，你这是胡说八道！"在场的大多数人都将赞许的目光投向我，但他们都没敢说什么。只有授课小组成员姚老师一边打圆场，一边讲了他的观点："好了，吃午饭了。对这个句子的理解，教参书上既没明确结论，也没暗示，我看怎么理解都可以，只要讲得顺讲得通，都行。不过我听了纪老师引经据典的一番话后，我个人认为，似乎他那样理解更好。当然，这个'八千里'究竟何解还真只有作者才清楚，自古诗无达诂，似乎说的是对古体诗的诠释，我想现代诗也可能有这样的情形吧。"他最后的几句话，立即引发了我一个大胆的想法，那就是把这场争论写出来，寄给人民教育出版社，向作者求解。当天下午我就付诸了行动。

吃中午饭了，我们这一组去时，大家都吃得差不多了。于是我、王老师、张老师、袁老师、付老师、姚老师等八人坐一桌。那时喝酒很少有人用小酒杯的，而是用能装半斤左右的碗盛着，一人一口地轮着喝。这样喝着，酒还未过三巡，菜未过五味，王老师，这个年近六旬的精瘦、大眼、无须的黄脸老者突发奇想，说："我们都是教书匠，文化人，来点雅趣吧！"

"啥子雅趣啊！喝酒就喝酒哟！"付老师满脸不屑地说。

"我们来限韵联句，接不上或联句的句意未续上的，均得喝两个满杯，押错韵的也喝两个满杯。"

一听他如是说，袁老师几个人纷纷离席而去，张老师也站起来拉了拉我说："走，我们不会的走开。"

"试试看，大不了喝几杯酒嘛。这不要钱的酒，不喝白不喝，喝了也白喝。"我知道王老师是想让我出洋相，因为可能王老师早已风闻我的"最高学历"了。

这时桌上只剩下王老师、付老师和我三人了。

王老师看也不看付老师一眼，就说："我们行下平声'一先'的韵吧。老付你饱读诗书，从你开始。"付老师乜斜着眼睛说："诗书若能读饱，那我就不劳神费力来教书了。我也不会行什么屁令，不过喝辣拈酸我在先就是了。"话一说完，脖子一仰，喝下一杯酒，夹了一筷子凉菜塞进嘴里。

王老师催道："莫客气，出句吧！"

"我不是说了喝辣拈酸我在先吗？"

"举杯望月啸青天。"没等付老师话音落地，我就稳稳地接上一句，且平仄合律。王老师一下子愣在那里接不上茬。因为他只想到我没法接上，根本没料到我能联上了且联得还好，所以一时不知所措，忘了接茬。

付老师逼问道："喂，没接上，喝两杯哟，闷起干啥？"王老师只好极不情愿地喝了两大杯老白干。你还莫小瞧这精瘦老头，两大杯白酒下肚，眉不皱眼不眨的。他一放下酒杯就说："行平声'一东'韵。我先来吧。"这老头真是嘴尖皮厚腹中空的主，他竟然出韵把一个伟人的名字用上了。

"一轮红日照寰中。"付老师一口接了下来。

"人民九亿乐无穷。"我又紧接上了。

又该王老师接了，可他一时竟然又没接上。张老师直向他眨眼说："好了，好了！两圈雅趣下来，你们莫再行啥令了，吃点饭。休息一会儿，下午还有课呢。"

付老师说："算了吧，没有斩龙剑，你偏要下东海，不是打虎将，偏要上梁山,你刚才胡说了什么啊?"说完把一大半碗酒一下子灌下了肚,对着我说:"小纪老师,喝一碗酒,你敢吗?"

"你瞧吧!"说完,我从大酒壶里倾出一大碗酒——少说也有六七两,咕噜咕噜地灌了下去,站起来一边去盛饭一边念叨:"平时一滴不入口,意气顿使千人惊……"

张老师走到王邢老师身后,轻声地提醒道:"你疯了嗦,咋拿伟人的名字来行酒令啊!你太轻狂了吧!若是有人上纲上线,你可就惨了!"他这一说,王老师的脸顿时变成了死灰色。

第三天,学习的是议论文的讲授方法。讲课的是陈老师。此人身高约一米七,清瘦,谈吐做派儒雅,是个谦谦君子。当他讲怎样找寻文章论点时,举了《被敌人反对是好事而不是坏事》一文为例,该文是节选的文章。陈老师说这篇文章的论点是结尾一段话,而在讨论时,我发言说:"本节选段的标题就是论点,因为它旗帜鲜明地对敌人反对我们一事表达了自己的观点和主张,用一个肯定加上一个否定说明了敌人反对我们是好事,正文紧紧围绕这一观点加以论证的……"

接下来,大家七嘴八舌争论开了,到后来,大家似乎都倾向于我的看法,但碍于陈老师的面子,谁也不好挑明。他们争论时,陈老师坐在一个很不显眼的位置上,局外人似的,一言不发,一个劲儿地抽烟。就在争论即将停息之际,他悄无声息地站起来,清了清喉咙说:"我认为纪元初老师的意见完全正确,我刚才上课时讲的是错的。希望老师们在钻研教材上向纪元初老师学习,不唯书,不唯上,只唯实……"这件事不胫而走,陈老师这种谦虚且实事求是的精神赢得了大家的尊重。

接下来是现代汉语语法学习,讲授这门课程的牛老师,这个面容白皙、普通话讲得极流利的老师,工作认真得近乎严苛,且自尊心极强。在把字句、被字句的句子成分的划分上,我这个学员与老师的观点又发生了激烈碰撞,发出了极不和谐的声音。比如:

"我们把敌人打倒了。"

"敌人被我们打倒了。"

我的看法是"把敌人""被我们"这两个介宾短语——当时叫词组,

作状语，而牛老师坚持过去语法学术界的观点，这两个句子为双宾句，"敌人""我们"都是介词"把""被"的宾语。而我坚持认为在现代汉语中介词的动感性十分微弱，不能带宾语，只能构成介宾结构作定语、状语、补语。在讨论时，我说了以下这番话："词在句子中，由于它出现的位置不一样，作用也不一样，它的'身份'也就会发生变化。比如我纪元初，1977 年 9 月 1 日前，我就是农民；1977 年 9 月 1 日后，我的工作地点、对象发生了变化，就成了老师。"

在这场争论中，我是少数派，因为牛老师所持的观点是当时吉林师大、东北师大、华东师大《现代汉语语法》教材中的观点。在当时，许多人都宁肯承认过时的有明显瑕疵的观点，也不愿冒风险承认正确的、较先进的观点。趋利避害，人之常态。于是，我斗胆把这种争论也向那时语文界的权威杂志《中国语文》写了信。

也算我运气好，也赖当时的邮政秩序整顿恢复之功，在培训即将结束的前两天，我收到了人民教育出版社中学语文教材编写组的复函。复函中明确告之："来信收悉。我编写组将两种理解告诉了柯岩同志并于当日收到了柯岩同志回复：纪元初同志的理解是正确的。"第二天，《中国语文》杂志编辑部的复函也到了。复函观点鲜明地说："1957 年前一些大学编写的《现代汉语语法》对句子成分的划分完全照搬英式语法，不仅教条味十足，且不合汉语特点。我们认为 1977 年前后北京师范大学、吉林师范大学、双江师范大学、华东师范大学的教研成果是正确的。所以我们赞成纪元初同志的观点。"

在这次民办教师培训会上的争论中，特别是这两封复函使我收获颇丰：一、相当一部分教师和领导在看到了我的爽直和执着的同时，也看到了我的语文功底——绝不是初中只念了三个月的水平。这就基本上奠定了我在一区初中语文教师的地位——第二年中考，我就被文教干事王乾俊任命为语文阅卷大组长并负责复核作文卷。这既是一种责任，也是一种被认同的荣誉，这是许多公办教师求之而难得的信任。二、我收获的另一点是给了那些瞧不起民办教师的人一记清脆而响亮的耳光。

第六章　浮利虚名轻似土
良知道义重如金

　　时光老人的脚步很快跨进了 1978 年秋季开学的门槛。此时的我，绝非吴下阿蒙了，开学工作早已轻车熟路，故在此无须赘述。但有两件大事值得一提：一是评选县劳模，二是知青大返城。

　　刚一开学，中心校的校长就已走马换将了，郑校长调走，从迎祥镇新调来一位李校长。

　　李校长五短身材，瘦削脸，酒糟鼻。他掌校后不久就与我、咸大光、程晨云结成了"四人组"，凡是教育教学上的重大事务，均由我们四人暗中商定后，再由李校长在教师大会上宣布实施。

　　中秋节一过，又下了两场透雨，天气渐凉。一天下午，中心校那边有人给我捎来口信：校长请你晚上跟他一起去吕福家喝酒。

　　这吕福，倒有几分来历。他是高中毕业生——那时可是农村中的高学历啊——又能说会道。他知道我与李校长交好，所以他请李校长也顺便把我也捎上了。

　　我十分不情愿地跟随校长来到吕家，那时乡下没电，所以既没空调也没电风扇。但那天晚上，皓月当空，凉风习习，于是吕家将桌子搬到了院坝里一棵大树下。开席了，校长非要拉我和他一起坐上席，我坚辞不就座，因为张兴老师不仅是唯一能掏心掏肺地指导我工作的人，而且他还是我妻子的干爹。我妻子是在他叔岳父家长大的，叔岳父家离中心校有十二里路，每到下雨天，乡间小道泥泞难行，那时农民穷，没钱买雨靴，她只好挽起裤腿，赤着脚一步三滑地来到学校，在学校操场旁的水田边洗干净脚，再从书包里掏出布鞋穿上。夏秋两季倒还好，但一入冬，至初春，田水冷刺肌骨，孩子稚嫩的双脚在冰冷的水里一洗，冻得像紫芽姜似的。

后来，每到这时，张兴老师总是烧上两大脚盆热水，让学生洗脚。家长们对这位如慈母般的男教师抱有十二万分的感激，于是妻子的祖母便与张老师结下了这门干亲。你想他老人家在此，我哪敢僭居上位呢？于是打横坐于左侧。

那晚酒席是当时少有的丰盛，有鸡有鱼有猪肉，更有六十度的高粱白酒。笑谈间，酒过三巡，菜过五味。校长带着几分酒意，笑嘻嘻地说："眼镜儿，明年春天，县里要召开群英会，眼下就要评选劳模，我们区教育口分了一个名额，其他几个地方推选的都是公办教师，老子偏要推荐你这个民办教师参评……"

没等他说完，我就接上了腔："喂，评我恰当吗？我参加工作一年多一点点，连教师的饭碗都还没端稳，评啥劳模哇！对明年的升学考试，我连底气都没有。万一考差了，还评上劳模，那不成了天大的笑话了吗？"

"少扯淡，我定了的事就定了！"

"我告诉你，无功不受禄是我一生的信条！"

"放屁！我一校之长，难道你一个民办教师，老子也安排不动吗？"

"放你的狗臭屁！评劳模也得由你安排？民办教师咋啦，难道老子人格比你低？"火气加酒气汇成了怒气，我猛地站起来，"老子民办教师就是不买你的账！"我话到手掌到，啪啪两声，左右开弓，两个耳光结结实实地落在校长干瘦的脸上。校长腾地一下站了起来，向我扑来。这时张老师已站起来抱住了我，吕老师抱住了校长，他们两人好不容易才把我二人拉开。

骂骂咧咧一肚子怒火的我，独步回到红星小学后，写了一篇日记，在日记中，我借用了两句古语："竹可焚，不可毁其节；玉可碎，不可污其白。"以此来表达我的"志向"。

接下来，我照常地上课下课，吃饭睡觉，时间不觉又溜走了三四天，其间李校长托人捎信叫我去中心校。我心想，干啥？横竖那个劳模是不能去参评的，评不上倒还好，若一旦评上了而中考一塌糊涂，那就真是莫大的讽刺——丢人，丢死先人了。

谁知一天下午，李校长竟然骑自行车到学校来找我，他说："哎呀，你娃儿还记仇嗦！那天晚上我也是喝了酒，口无遮拦伤了你，其实，我内心是十分佩服你的。选劳模，你哪一条都比他们……强！"其实现在想起来，我那时的表现还真是"外强中干"，内心脆弱——总怕别人瞧不起自己这个低学历，于是常常把别人的好心当成驴肝肺，造成诸多误会。

听了李校长的一番话，我既没点头，也没摇头。李校长讨了个没趣，只好悻悻而去。李校长走后，我心里顿时涌起了一股内疚，觉得自己做得太过了。人家是领导，我咋可以如此呢？这件事过后，我内心对李校长的尊重倒一天天地增加了。

一天，上头发来一个通知说，第二天领导要前来听课，叫我做好准备。通知下方，还附一段话，大意是希望我认真准备，这是领导对你的信任，应该珍惜……

云里雾里的我，正不知如何是好时，李校长来了。他告诉我，推荐上去后就撤不下来了。区里一听说推荐的是你，几个领导都说选对了人。他一再说明，他并不是想让我出乖露丑，而是一片好心，他说万一有转正名额下来，也为我攒一点政治资本。

我苦笑着说："老兄啊，你可害苦我了，我才教了几天书哟，听说仲局长可是个学者型的领导啊，让我在仲局长眼皮底下上课，吓都吓死我了。"

他一再鼓励我："不用怕，平时怎么教的你明天就怎么教吧。"

"你说得轻巧，像拿根灯草。课讲得不好，评不上什么劳模倒不打紧，让大家笑话，那可是不堪承受之压啊！"

李校长走了，我心里可就翻江倒海似的不能平静了。这时我真像神话小说中的"多宝道人"，从脑海中掏出一件又一件法宝想到如何使用，可一会儿又否定了，又想用另一法宝，总之是无法让自己心如止水。直到凌晨一点，我才迷迷糊糊地昏睡过去。待醒来时，已是黎明时分，似乎是醒着糊涂，梦中明白。一觉醒来，我反而觉得什么压力也没有了，今天听课不就是选县劳模吗？既然我不在乎当不当劳模，那课讲好讲差又有什么呢？就是课没讲好，毫无疑问，那帮人会乘机掀起"讥讽潮"，但这又何足畏惧呢？因为好歹还有人推荐我嘛，还有三级领导亲临听课，你有吗？想清楚了这些，紧张劲儿一扫而光。我全身心顿时轻松无比，脑壳也灵光了许多。

说两句题外话，那时没有集体磨课之说。集体磨课是叫协作呢，还是集体作秀呢？眼下的赛课总像做满汉全席，给人一种好看不好吃的感觉。

上午八点半左右，仲、杨、黄、李一行四位领导推着自行车来到学校。主任教师咸大光和我上前握手问好之后，请领导到办公室入座。那时的办公室很小，容不下这么多人，李校长急中生智，便招呼把凳子端到土操场上，他说："外面空气好些。"——这其实是阿Q现代版。坐下，敬烟、献茶后，"今天该讲哪一课呢？"仲局长满脸慈祥地微笑着问。

"《愚公移山》。"

"该不是炒冷饭吧！"黄社长打趣我说——我俩是酒友，常乱开玩笑。

"我是像你那样惯于弄虚作假的人吗？"我寸步不让地回敬道。

不知不觉，上课钟就敲响了。

几个领导挤在后面靠墙一排。实在没办法让李校长坐进教室，只好在教室外边安了张木凳让李校长坐。因为我班上当时连过道也被插班生"强行霸占"了。

按照往日的习惯，我讲古文是不带教材和备课本进教室的，所以在导入课文、板书课题后，我叫学生翻开书，然后就抑扬顿挫地背诵开了。背诵完毕，我正准备进行下一个环节时，坐在第一排的管班长在本子上大大地写了几个字："亡"读错了，不读"王"，读"无"。我一看，惊出了一身冷汗，这可出洋相了！我心一横，来个死猪不怕开水烫，干脆自曝丑闻。于是，我清了清嗓门，大声问道："同学们，今天老师为什么把通假字'无'读成了死亡的'亡'呢？"

"老师是在考查我们认真听课没有！"这是我讲课时考查学生注意力是否集中时惯用的招数，同学们也就按常规答了出来。

"不是，今天是因为老师心理素质不好，看见后排坐了那么多领导，就慌神了。心一慌就会出错，老师这个教训你们可要吸取啊！你们要记住：每临大事要有静气哈！"

好不容易把这堂课讲完了。下课后李校长陪着仲局长来到我办公室。

"你是哪所师范院校毕业的？"仲局长问。

"我只上了三个月初中，师范院校是啥样儿，我都没见过。"我率直地回答道。

"你在开玩笑吧！"

"我咋敢跟您开玩笑。我是实话实说。"

"喂，李校长，你跟杨委员他们说一声，叫他们先回去吧。我要在纪老师这里摆摆龙门阵。"

李校长去了一会儿就回来了，忙着给仲局长倒开水泡茶。而仲局长却和我聊开了，我告诉他："我只读了三个月初中，但我很喜欢读书，读了很多书，特别爱读历史、小说、散文、诗词，甚至杂文……"

"我还以为是哪所师范大学毕业的，原来你是自学的。我还真不敢相信！你的古文功底还真不错，你引经据典地对'社'的本义、引申义、比喻义——解读出来，真像个老学究。我这两年听了许多初中、高中老师的古文课，还没一个古文功底能超出你的……"

"但我连字都念错了！"我很不好意思地说了一句。

"你忙中出错，是为小疵，何况你应变能力超常，难能可贵的是你勇于认错，并以此示警教化于学生，这就更精彩了……"

其实，我出此洋相的根本原因只有一个：就是我根本不认识汉语拼音，直到今天也是如此。每说到此，没人会相信，他们都睁圆双眼问："这不可能吧！你那近三十年的语文咋教得那么好呢？"其实这就是祸福所倚。由于我不会汉语拼音，但又不能让学生知其究竟，于是就独创一法，每课生字均由学生干部代教，这类作业及试卷也由学生干部代批代改。后来发现，每当考试，这类题，我班上学生的失分率最低。就这样，我找到了一个秘诀，那就是凡是学生能做好的，老师切记不要包办代替。

我教书四十七年，没一个学生发觉我不懂汉语拼音。

握手告别时，仲局长一再叮嘱我说："小纪，好好干，你在教育战线一定会闯出一番天地来的。"接着，他又补了一句："有啥困难可以到局里来找我。"

送走几位领导，我又忙着去上课。领导来校这两个多小时，学校的几个老师包括我的搭档，除了领导们来时，他们出来迎接寒暄了几句外，就没再露面了。当然，他们一个理由是忙于上课，其实，他们各有想法，此处不宜一一道出。

这件事过去后，谁也没再提起，似乎生活之河里从没有过那朵小浪花似的。不过，似乎我的宿命就是不能有较长时期的平静。领导来听课一事发生一个多月后，传来一个好消息：上山下乡知识青年办公室——又叫知青办，正在登记知青相关信息，了解知青返城意愿，起初我以为是谣传，但没几天，章文书就来通知我去区里知青办填表了。

当天下午，我喜滋滋、乐颠颠地来到区知青办。出面接待我的是一个叫汪海西的中年干部，他原是一个橡胶厂的劳资科长，现借调到双江市知青办公室。他问了我一些基本情况，便叫出一个女职员，给我拿出表来。不一会儿，我就把表填好交给了汪组长，他仔细地看了看说："好吧！你回去静候佳音吧！"

大丰县就这么巴掌大的地方，一有点啥风吹草动，要不了半个时辰就会传遍全县，我去区里填表这事早就被一些难兄难弟知道了。

我从区里往回赶，走到大兴时已是夕阳落山、乌鹊归巢时分了。

一走到街口，餐饮店的厨师曾长奇就跑过来，握着我的手说："喂，听说你崽儿要回省城了，今天哥子我做个东，请老弟你醉一台，赏脸吗？"

"曾兄，八字还没一撇呢，只不过填了一张表而已。"

"冬天已经来了，春天还会远吗？"长奇兄读过初中，自小爱好文学，尽管是个厨师，可要论文学功底，绝不输当时的大学专科生，更是强于当今大学本科生。

"咳！不管咋说，能不能回省城不重要，今晚会须一饮三百杯更要紧。"他笑着使劲把我推进了餐馆，接着又找来一本《收获》杂志，笑吟吟地说："老弟，我知道只要有这些玩意儿，你就坐得住了！"说完他就下厨去了。长奇兄出身书香世家，初中一毕业，就被招工进了餐馆——当时这可是一等一的好职业——有吃有喝，饿不着。曾长奇排行老三，大人小孩都叫他曾三哥，身材不高，略高过于我，大概一米六三，白净脸，一字黑胡须，头发蓬松往右梳，在当时看来有点潮。人矮帅矮帅的，为人豪爽，有时口无遮拦，尤其对当官的无好感，此人也好读书，所以与我这个草芥之人交厚。

不一会儿，他就从厨房出来喊道："兄弟，喝酒了。"说完又扯开喉咙对外喊道："犬娃子喊他们过来陪纪老师喝酒了哟。"他话音一落，曾三嫂唐家学就开始上菜了。菜还没上齐，"犬娃子"几个就围了一桌子，七嘴八舌地一个劲儿地喊："纪老师，快来把上位斗起啊！"

我虽不是生于高阳，却是酒徒。那天晚上，一则是因为高兴，再则因为他们热情满溢，这个劝我三杯，那个又劝我两盏，不知不觉之中，从金乌西坠喝到玉兔东升方才罢休。可玉兔东升没多久，乌云就涌了起来，一会儿就下起了小雨。这时我早已喝得酩酊大醉了。

醉得稀里糊涂的我，坚拒曾三哥留宿，冒着雨，摸黑东倒西歪地往红星小学走。当我昏昏然地走到离学校三四十米的时候，一阵阵哭泣声，穿过雨幕，钻进了我的耳鼓。我不由得驻足细听，好像是一群人在哭哩。"哎，哪些人神经病发了哦，在人静更深的雨夜，哭啥？"我暗暗骂道。

我走到学校操场边了，使劲地咳了一声，哭声戛然而止，继而是嘈杂的喊声：

"老师，你回来了啊！"

"老师摔跟头没有？"

"快去点灯！"

"快去扶老师一把。"

"喝醉没有？"

"淋湿了吗？"

一听，我就知道是陶文芳、隆华、常本英、黄国瑛、牛玉学……

"哎呀，你们这些小家伙，哭啥子嘛，我又没死！死了你们一定不会哭的，对吗？你们一定会高兴地狂呼'这个爱发脾气爱打人的纪眼镜，死得好，死得妙，来来来，我们大喊又大笑'。"我几句颇顺口的话把他们逗乐了。

他们说说笑笑地簇拥着我，走进我办公室兼厨房的屋子，这三十多个男女学生一下子挤了一大屋子，有的找来毛巾给我擦干拧得出水的头发，有的给我脱去沾满稀泥的解放鞋，有的给我找来外套，要给我换衣服。更让我感动不已的是常本英从锅里打来热水，拧好毛巾，让我洗脸，接着又打来热水让我洗脚。隆华、黄国英、牛玉学几个又忙前忙后到厨房为我张罗饭菜……

"哎，别瞎忙了，我酒醉饭饱了，咋吃得下？"

"老师，你就吃一口，这是我们的心意。听说你在食店喝酒，我们就商量了一下，给你熬了你最爱吃的绿豆粥。"口齿伶俐、白胖、圆脸、一笑腮边就露出两个酒窝的牛玉学一边为我捶背一边劝道。盛情难却，于是我端起碗喝了半碗稀饭。

衣换了，脚也洗了，饭也吃了，我估摸好戏该开场了。果然，大家如唱诗班唱诗似的一齐说道："老师，你不回省城嘛，把我们教毕业了你再回去吧！"他们先是喊，见我不搭腔，声音小了下去，但仍在坚持一遍又一遍地念叨，大有不获全胜不鸣金收兵的样子。

我闭上眼睛，不敢看他们。因为我害怕这些满脸稚气纯真的孩子，那饱含着真情，饱含着乞求的目光，会把我欲回省城的那钢铁般的意志熔化。一边是紧闭着眼，像死人般安详的我；一边是一直如唱安魂曲似的念叨不停的学生。五分钟过去了，十分钟过去了，这样僵持着——

我终于崩溃了，钢铁般的意志被孩子们的真情之火焰熔化了！我睁开眼猛地站起来，手一挥，吼道："莫念紧箍咒了！老子不走了！"

"真的不走了？"

"太好了，纪老师太好了！"……我背过脸去，因为我脸上也淌满了热泪。

这泪是高兴，辛酸，伤心，还是感动，时至今日我也说不清楚。

其实在闭着眼不理他们的十分钟里，我脑海里翻江倒海想了很多！首先浮出的是我初一只念了三四个月，学校因政策调整，强行解散，我不得不辍学时，全班六十名同学那满脸的沮丧、无奈、无助的情景……接着浮现出来的是背着书流浪，露宿厕所檐前偷光夜读的惨景……当然，我若不返城的未来，会是什么样？一幕又一幕地浮现了出来……但是，我坚信流浪那种惨状绝不会再现了。

"同学们，去睡了吧！我真的不走了。明天我就进城去把填好的表收回来，当着你们的面撕掉。"我的声音一下子变得柔柔的、轻轻的了。这是莽撞的我一生中少有的温柔。他们乖乖地睡了。

第二天一大早，我真的赶到城里，找到汪海西组长，把表翻出来说："汪组长，我决定不回省城了。"

他愣住了："你干啥？你干啥？"

"不想回省城了！"

"不回了！为啥？"

"不为啥！为自己，也为别人！"做出这种抉择是艰难的、痛苦的，但我当时真的就是这么做的。

我害怕自己会改主意，于是一回到学校，跨进教室，当着全班同学的面，"咔嚓、咔嚓"两下，把那张返城知青安置表撕成了四小片。

现在回忆起来，这是唯一的选择，更是必需的选择，也是十分正确的抉择。

没过多久就放寒假了，我照样义务补课到腊月二十八才放假。1976年10月，政策有些许松动，农民日子好过多了，所以1978年农村春节的民俗开始恢复了元气。总之有白米饭吃，有肉吃，有酒喝了。

那年除夕和春节这十几天里，鞭炮声不绝于耳。

欢愉恨时短。吃得好玩得好的春节一晃就过去了。过了新年初五，我就又开学给学生补课，这段时间过得十分平淡且平静。

可是1979年2月21日下午，我突然接到通知，叫我2月12日上午八时到县招待所报到，参加县群英会——劳模会。

这离评选已经三四个月了，繁忙的教学事务之潮早把这评什么劳模啊先进啊冲得一干二净了。猛然间来这么个通知，我还真的有几分诧异且带着惊喜。因为整个区近百所学校，几百名教师，被推荐出来的，除了我还有田明珍等八人。平心而论，不论资历、学历，还是人脉，我都远远落后于他人，为何花落我家？我想那时评选优秀，还真比眼下的网络投票公正、公平得多，当然，公开度不及网投。

我按时报到入住县招待所——这是我从出生以来正式入住过的最高档的宾馆。十四号上午，依惯例是开幕式，领导颁奖做报告，当时报告的最主要内容就是思想大转弯、大解放——反对派性，增强团结，为实现"四个现代化"而奋斗。

中午吃饭的时候，在县水电局任局长的幺舅舅甄川，他也被评为先进，参加了这次会议。在快吃完饭的时候，他走到我桌前说："今天开会，我和你们仲局长坐在一起，他叫我转告你，你是个教书的料，叫你千万别回省城，明年他想办法给你转成公办教师。"我点了点头，又加上了一句："转不转公办无所谓。""你娃子咋这么说呢，人家仲局长瞧得起你嘛，你咋狗坐篾箕不识抬举呢？"

这次会议开得乏善可陈，十四号下午讨论，十五号上午讨论，下午又听报告。报告会快结束时，一个领导的声音从主席台上传来："明天凌晨×时，我国将发动对越自卫反击战，这件事绝对机密，保密到明天早上。"到了第二天早上，中央人民广播电台果然广播了我军在中越边界开始发动自卫反击战这一重磅消息。

第七章 十年离别两茫茫
考场相逢徒感伤

会议开了五天。那天上午一散会，我就立即赶回学校，投入紧张的教学中去了。那时候，教书还真不像现在这样急功近利，总是重过程落实、基础夯实，务求学生基本技能学扎实。不像今天这种教法，上新课如发射火箭，上复习课一题千练。那时，也没啥复习资料可做，也不开什么研讨会、座谈会、吹风会，更没有培训机构雪片儿似的外出考察通知、论坛邀请。那是"真教育"，靠的是"硬功夫"。

新课上到 4 月底才结束。上新课倒轻松，可一进入复习，我就成了"大忙人"了。我一人包揽了两门应考科目：语文、政治。语文教材两年共四册，政治上下两册，在两个月内复习完毕，迎战中考。这六十天一千四百四十个小时八万六千四百分钟，分分秒秒都是那么的金贵，不！比金子更宝贵呢，因为这不仅是检验我是否称职，更重要的是这一考关乎几十个青少年的前途和未来。

我那时给学生复习分两步走：第一步，把学生学过的知识分成若干条块复习，又叫纵向复习，比如语文，分成语法（包括造句、修改病句）、词语释义、拼音、改错别字、记叙文、散文、小说、古文……复习一类，过关测试一类，并美其名曰过关题。这类复习一般在 5 月完成，到了 6 月就开始拉网复习，这是第二步，即以教材册次为单位进行复习，然后进行"期末考试"，我把这种复习叫横向复习。一纵一横，漏网之鱼可就小而少了。

这种应试教育，在当时是剜肉补疮的"良药"，到了 1983 年，我在自我反思中认识到了我教学中的失误。此为后话。

初中毕业兼升学考试的日子很快就到了。那时，国民经济还在恢复中，不仅教育教学设备设施落后，而且交通闭塞，老百姓兜里也没几个钱，所以学生参加中考，哪有钱住旅舍住宾馆呢！中考考场设在区中学。于是，我事先找了熟人——当时一区中学的肖校长，借了两间空教室，一间住男生，一间住女生。住宿找到了，可又在哪里吃饭呢？一时间没了主意，就在我束手无策之时，管小勇的妈妈焦秀明对我说，她有一个亲戚就在区中学附近，我们可以在她亲戚家煮饭吃，后来又传来更好的消息，她那亲戚还答应义务为考生煮饭弄菜。万事俱备了，我悬着的心终于放了下来。

考试头一天，全班学生有的背着米，有的扛着柴，有的背着干谷草，还有人扛着竹席……一行人浩浩荡荡地往区中学走去。尽管这一行人活像逃荒要饭的难民，但是一个个精神焕发，自信满满，一路上笑语不断。

到了区中学，带领学生在水泥地上铺好了临时住宿地，我也选了靠墙角处摊开了竹席。接着又带着学生去管小勇亲戚家用餐，用完餐带领学生回到临时住处，已是晚上八点钟了。大多数学生躺下就呼呼大睡，可疲惫不堪的我，却不敢躺下，因为有睡不着的学生需要我劝慰。

我光着脚——不敢穿鞋子，怕惊醒了学生，小心翼翼地在水泥楼板上来回走着，时不时俯下身子静静地听他们细细的鼾声。在女同学住处，我发现了两个女同学佯装熟睡实际却侧着头在暗中流泪的。我把她们悄悄地带出了住处，在走廊另一头的一间没人住的空屋子里，我使尽浑身解数安抚她们，劝慰她们，并以我的亲身经历告诉她们："……考起了高中，那当然好，没考起，也没什么，我不也是一个连初中都没上完的人吗？命运的方向盘是掌握在自己手中的……"劝慰了好半天，两个女同学都笑了，其中一个说："纪老师，你放心，我们回去睡了，这次保证考完才回家，不管考得好不好！"我将她们送回"宿舍"。

我回到地铺上又坐了一会儿，再一次巡视了一次，才和衣躺下。

第二天早饭后，我把学生送进考室，就开始履行自己的职责——监考了。

预备铃一响，我领起试卷迈着八字步踱进了教室，虽然我还是一个民办教师，但第一次踏进如此庄重严肃的考场，真有点忘乎所以，不免有点飘飘然的感觉。铃声响了二遍，该是服务员送草稿纸、备用墨水来了。

"元初，这是草稿纸和备用墨水，有啥需要的，招呼一声，我会立即送来的。"我抬头一看，不由得傻眼了。

"哎呀，咋是你嘞！卢姐！"

"为什么就不能是我呢？"

"你什么时候当上教师的？"

"比你早！顶替我妈。"

"哦，公办教师，了不得！"我调侃了一句，掩盖自己的窘态。

"我才疏学浅，有啥了不起的哟。哪像有些人吃粉笔灰还没一年，就红透了半边天。"说完，她转身走了，因为发试卷的铃声再次响了。我只好收心敛神，发试卷，监考……

可是，任我如何暗自叮嘱自己别分神，要专心致志监考，但就是魂难守舍，脑海老是浮现出十年前那一幕幕令我永铭五内的往事……好不容易熬到考试终场的铃声响了，我收好试卷，正准备去考务室密封试卷，卢姐走了进来问："你昨晚住哪？"

"和学生一起睡楼板！"

"你身体这么差，哼！滚楼板。"她恨恨地说了一句，剜了我一眼，伸手从衣袋里掏出一把钥匙，递给我说，"拿着，住我寝室吧，我今晚上到王老师家去住。"

"卢姐，谢谢了，我还是和学生一起滚楼板吧。我怕他们晚上睡不好，明天考不好！"

"还滚楼板，你不要命啦！"

"啪"的一声，她把钥匙拍在讲桌上，回身走了。走了两步，又回过头剜了我一眼说："谁也不会黏上你的。放心去睡吧。"我彻底被弄糊涂了！身边来来去去的考生发出的嘈杂声提醒我该干什么了。

我慌慌张张地来到考务室，依规依矩地把试卷装订好，贴上密封笺，急匆匆地找到班上的学生，带他们去吃完饭，又把他们带回临时住地休息。

下午，我把学生送进考场，又回到自己的岗位，整个下午，我再也没见到卢姐的身影。当天晚上，我衣袋那把小小钥匙真是让我为难极了。不去睡吧，拂了她的好意；撂下学生不管去床上睡，我睡得放心，睡得安稳吗？左思右想，最后决定让常本英、牛玉学、陶文芳她们几个女同学去睡。

我守护着学生全部进入甜蜜梦乡后，摊在只铺了一张竹席的水泥地板上，辗转反侧，难以入梦……卢姐今天的语气眼神透着满满的怨气！这是为什么？十年前不是她叫三姐写的那封恩断情绝的信吗？重逢时，我不计前嫌，她为何倒反而一副气冲斗牛的样子……难道其中有什么误会？

好了，不想了！下定决心不想了，可是尘封的往事总是一个劲儿地如潮水般往上涌……深夜长谈，竹林幽会……谁能忘却呢？

眼紧闭，头痛欲裂，总想睡，但就是睡不着，没法子，干脆睁大眼睛瞪着天花板！哪知道这样过了一阵子，我反倒迷迷糊糊地睡了一会儿。

第二天又是一天的考试，下午三点半考试结束了，我叫班上纪检组组长常本英、班长隆华带领学生回家了，没人关注学生归家途中是否安全。若是放在今天，谁像当年的我那样做，我非扣他奖金一万元，并给记过处分不可！

学生走后，当官的把我们留下来聚一聚，那时能聚餐喝酒就是天大的喜事美事。太阳快落山了，晚餐开始，两间大教室，临时改作餐厅，两张课桌一拼就成了餐桌，凳子不够，有的也懒得去找，八九个围站成一圈就狼吞虎咽起来。每个人脸放红光，激情飞扬，一边吃喝一边大声喧哗：有讲学校工作的，有讲家事的……总之，家事国事天下事，胡侃；东风西风南北风，乱吹。喧嚣不已的是"高阳酒徒们"，猜子的猜子，喊拳的喊拳，放刁的放刁，耍赖的耍赖，闹声雷动！

我理所当然地被挟裹进了"酒囊"堆里。郁闷了两天的我，此时的心情依然如浓云满天——阴森而沉闷。我似乎生活在另一个世界，没有感受到暑热气息，心里依然是冰天雪地般酷冷，昨天的重逢又勾出了我那段剪不断理还乱，既苦涩又甜蜜的回忆。十年前那段恋情是那样刻骨铭心，而我眼下的婚姻又是这样苦痛而闹心！张兴老师找我喊拳，我摇了摇头；吕善述老师喊我猜子，我摆了摆手。我腔不开气不出，愁云满面喝闷酒。

"哪个是纪元初？"突然一女高音传来。

"那里。"不知谁应道。

"好，我跟他是一个大队的，却还不认识他呢，听说他兄弟酒量不错，今天想来会会他。"话音还没落，一个高挑个子、白皙脸、蛾眉隆鼻的少妇来到了我桌前。几杯酒下肚的我此时已进入半酣状态，进入半酣状态的酒徒是既亢奋而又大胆的！她走到我身边爽朗地笑道："老弟，我也姓纪，老家与你家隔一条小溪沟，可是你不认得我，我也不认得你哟。来，今晚上我姐弟俩一醉方休，如何？"已进入亢奋状态的我回了几句，撸了撸衬衫袖子，就和她一杯又一杯地喝了起来。不一会儿，我俩就喝得满脸红霞飞，接着就"三桃园呀，五金魁呀"地喊起拳来了……

太阳已落到山背后去了，但天边那抹红霞还不忍离去，经东关火烧坝，爬上观音岩那长长的石梯，走到快要翻过莲花坡坳口的时候，酒精已烤得我头昏脑涨，脚下轻飘飘的，东歪西倒，三四米宽的路也不够我走。不知何故，我一下子就跑到了悬崖边。我赶紧伸手抱住一棵硕大的梧桐树，跌下悬崖的势头被刹住了，酒意也被吓醒了一半！但我最后的劲儿也用完了，无力地侧着身子瘫坐在大树根下，一只脚悬在崖边。这悬崖少说也有十多米深啊！俗话说得好，"酒醉心明白"。尽管此时我连说话的力气似乎都没有了，但我心里还是明白的。我吃力地脱下刚买不久、已满是汗渍的白色衬衫，歇了歇，又抹下手表，把表放在衬衫上，心想：看来我今天死定了，这表、这衣服留给妻女换点钱吧!

我坐在树下，昏睡了过去。不知过了多久，在蒙眬中，我似乎听到有几个人在说话："喂，你看这树下还有点财喜啊……"

"财喜，你敢要？"

"咋不敢？"

"哎呀，这不是纪眼镜嘛！"

我很想睁开眼开口回应他们，但就是开不了口，也睁不开眼。迷迷糊糊的我感觉到有人把我背到背上——我昏睡过去了。待我醒来时，已躺在了会议室的长条椅上了，耳边只听到头顶上的大吊扇呼呼地响着，心里有说不出的难受，口干舌燥，头痛欲裂。我挣扎着起来，准备找水喝，这时，表兄端了一大碗白糖水进来，我迫不及待地端过来就咕噜咕噜地往肚子里灌。一碗灌下去，我心里好受多了，似乎又有了活力。

"我咋在你这里？"

"你呀，还是那种喝起酒来就拼命的德行！今晚上要不是莲花桥的龙惠泽他们看川戏回来，把你背到我这里，我看你摔死在岩下还不知咋个死的哩！"

"好多了，我回学校去了。"我站起来，说完就走出了大门。这时酒劲消退了许多，但走起路来，脚下还是有点飘。

回到学校已是深夜十一点了，暑气已消退了许多，毕业班的常本英等几个同学还在学校，等候我的归来。那一夜真令我铭感五内，终生难忘。

我回家了一趟，把与卢姐重逢一事如实和妻子说了。妻子笑了笑，说："你咋不去她床上睡呢，人家多心疼你啊！"

"我们两个清白如水，谁像你……"话没说完，我就打住了，因我是个死要面子活遭罪的主儿。

两天后，上级通知我去参加中考阅卷。阅卷，这种"劳动"是对一个民办教师的认可和信任，更是一种莫大的荣誉。

阅卷组第一次会议，区文教干事王乾俊就宣布我为语文阅卷复查组组长。这是一份信任，也是一份荣誉，但在我心灵深处，我感到是一种压力，因为这个"组长"要承担重大的责任。阅卷前两天，我们组还较轻松，因作文改得慢一点，所以复查组清闲些。到了第三天，已批阅完传到复查组的卷子就多起来了。整个上午我厕所也没去一趟，整整复查了四百五十份卷子。

在复查到第十五本试卷时，我发现这一本试卷的阅卷老师对作文评分标准把握不准：不看作文结构是否完整，内容是否具体而丰富，凡是写得朴实一点的作文，一律定为 C 等；有几篇辞藻稍微华丽一点，但空洞无物的作文，竟然被评了 29.5 分（那时是 100 分制，作文满分为 30 分）。更为"奇葩"的是，有一份试卷作文没有写完，仅是字写得好一点，开头一段的套话写得多一点，也给了 25 分。

一个阅卷小组五个人，两人改作文，其余的改散题，因为没有阅读题，最难改的是问答题，而最好改却总是改不好的是作文。因为同一篇作文，同一个人批改，读第一次与读第二次，也可能会有不同的评价，所以不同的人对同一篇作文见仁见智就情有可原了。

但是，一篇作文能被评为上等还是评为下等，其界限还是如鸿沟般分明的。这篇作文写的是一个人为实现自己的理想——当上一名教师，就刻苦自学。有个部分非常动人，大意是：夏夜饕蚊如麻，他为抵挡蚊子侵袭，不顾炎热穿上长衣长裤，并用橡皮筋扎紧衣裤口子，戴上自制的头套，只露出两个鼻孔呼吸、两只眼睛看书。一两个小时下来，浑身犹如从大海里刚捞起来，全身湿透了且汗臭味四溢。另一个打动人的部分是写病中看书：他斜倚在床头的栏杆上，身下垫着一个大枕头，通红的脸上汗流如注。很显然，他正在发着高烧，可他手里却捧着一本《唐诗三百首》在吟诵着……

就凭这两段，这个毕业生的作文也不可能评个下等，得分在 10 分以下。按阅卷场相关规定，复查组不得在有错误的试卷上改分，只能将阅错了的试卷交回原阅卷组改正。当阅卷组不改正或与复查组意见不一致时，复查组可报请阅卷场领导小组同意后直接更改。

我拿着这份试卷找到阅卷教师——阅这张卷子的是一位公办教师。

我拿着试卷走到他面前，毕恭毕敬地说道："刘老师，请你老人家把这个作文再复查一遍，斟酌斟酌吧！"

他抬起头发花白的头，伸出左手中指，弯曲着左手食指，十分优雅地把眼镜架往上推了推，鄙夷地瞥了我一眼，不无讥讽地说："纪大组长，有啥指教？"

"指教倒不敢当，请教一二还是十分必要的！"我按捺住性子，装作没听懂他的挖苦。

谁知没待我把话说完，他竟然说道："你知道人三十而立，四十不惑是啥意思吗？你今年多大了？教几年民办了？"他把"民办"二字咬得很重，声音拖得老长老长。

我被他的无礼激怒了！就把那本试卷啪的一声拍在这个老师面前，声音低沉而有力地说："你知道六十耳顺是啥意思吗？谅你也不懂！你要真正懂得这句话的意思，可能得等到投胎转世才行。闲篇不扯，请你这个老教师，对照作文打分参考指南，把改错了的改过来！"

这是他未曾料到的回应！

我的几句话噎得他瞠目结舌，气得他的脸色由紫变白。

甩下几句话，气愤至极的我扬长而去。两小时后，我叫组里的一位老师去取回那本试卷，试卷上的错误依旧未改一处。我知道如果这样作罢，就会使一些学生名落孙山，而另一些庸才则榜上有名。这绝不是我的私事！

于是，我走到这个老师面前，拿起那份试卷就往阅卷场领导小组临时办公室走去。我找到区文教干事、阅卷领导小组组长王乾俊，把事情大致经过说了一遍。说是"大致"，是因为我隐去了那个自以为是的老头对我的侮辱和轻蔑。

"你做得对，刘老师这个人本事不大架子大，学历不高心气高。我批准你们把他批改的作文重新评改，我相信你纪元初这个天不怕地不怕的人，他的问题我会处理的。"我心里虽高兴，但又觉得压力倍增，领导的信任就等于责任，有责任就有压力。

当天，我们小组复查了刘老师阅过的十本试卷共三百人的作文，改评的就达八十五份，差点占到三分之一。为了减少误判，我们五人分为两组，一组、二组各自二人，各评各的分，由剩下的一人把两组的评分加起来除以二的得分即该作文的最后得分。

卷阅完后，开总结会。区委分管教育的杨委员和王乾俊干事都表扬了我，对我秉持公道、认真严肃而又有创造性的工作态度大加赞扬，并号召大家向我学习，当然也严肃地批评了刘老师。

时隔不久，刘老师从中学调到一所偏僻的村小教小学，直到退休。

第八章　胆大时敢放千言
羞怯处偏差一语

阅卷后大约半个月，就到学生填志愿和填政治审查表的时间了。那时学生报志愿最热门的是中师、中专，而不是高中。这是因为读中师中专一拿到录取通知书，就等于"跳出了农门"，脱了"农"籍，拿到了国家粮食供应证，每个月就有三十斤白生生的大米供应，就成了城里人。

读高中则仍是农村人口，而当时大学的门槛又很高，往往是"三年高中白辛苦，还是回乡吃红薯"，所以很多家长，特别是农民家长都一个劲儿地软劝硬逼要孩子考中师中专，于是报考中师中专的人就很多。人多路窄，当然就拥挤，于是顶层就设计出诸多限制政策：

一、未满十四岁的不能考中师；

二、中考当年9月1日前已满十八周岁的不能考中师、中专；

三、身高不够标准的不能考中专、中师；

四、五官不正的不能报考中师；

五、四肢残疾的不能考中专、中师；

六、复习生不能考中师、中专、重高……

总之，考中师、中专、重点高中的要求很多，而考普通高中的要求很少，但年满十八岁的不能考高中。

我的班上有一个思维敏捷、品行优良、成绩优异的男同学，叫隆华，当年还不满十四岁，不能报考中师、中专，但他考上重点高中是十拿九稳的事。不过，这小子有点恃才傲物，粗枝大叶。在一次作文时，竟然把"我们无限痛恨'四人帮'"写成了"我们无限热爱'四人帮'"。历尽人生坎坷的我，当然深知个中的厉害，发现后就把隆华叫进办公室，关上门，狠狠地骂了他一顿，并把那页作文纸当场撕下来，吓唬他要以此为证据……他听了吓得两腿一软，瘫坐在地上。

为了不影响隆华的情绪，我说："证据暂且留下，若你努力学习，考得好，我可替你隐瞒下去；若你学习不努力，到时休怪老师我铁面无私……"眼看着他就要毕业离开了，我决心要教训教训他，让他长长记性，以免日后进社会后为粗心所误所害。于是到区文教办公室领取初中学生毕业政治鉴定表时，我就特意多领了一张。学生来校填个人基本信息，我把表发了，将多领的一张表放在办公室抽屉里，一不小心被进办公室问事的班上纪检组组长吕本明看见了。她好奇地问："老师，你不是说一人只有一张吗？咋多出一张呢？"

"我要收拾收拾一下隆华，这是给他留下的……"

于是我把那件事及我的想法对吕本明说了。当天上午十点，学生陆陆续续到校看鉴定评语并签名，隆华来校已是傍晚时分了，我叫隆华与我一起吃晚饭。晚饭后，我在隆华的毕业鉴定表上写道：……该生出身于富农家庭，对党和政府有刻骨的阶级仇恨，于1979年6月3日在作文本上公然写出了"我们无限热爱'四人帮'"的句子……评语写完后，按当时规定，要由学生看鉴定是否真实，签名认定后才能上交，最后由相关部门决定是否录取。所以当时一份毕业生鉴定表，关系到一个学生的政治前途。有鉴于此，我的如意算盘是：既要隆华尝到撕心裂肺的"痛"，又要让他在今后的人生长河中一帆风顺地"游"。

当我把这份鉴定递给隆华时，聪明的他顿时泪如雨下，放声痛哭，一再哀求，可我却坚持："我并没冤枉你一分半毫呀，我更没法用谎言去掩盖住铁的事实。"任隆华怎样哭泣，任他怎样哀求，我表现出的是铁石心肠。

直到深夜十二点，我才叫他擦干眼泪，坐到我的办公桌前。我语重心长地对他说："小隆啊！今天在学校，你犯了这样的错误，老师可以原谅你，可以帮你掩盖错误，也可以帮你渡过难关。可是一旦你走进社会，犯了这种错误，谁会原谅你？谁会帮你掩盖错误？谁敢帮你渡过难关呢？不落井下石的，就是好人了。而更多则是趁你之危，将岩边的你顺手一推，让你滚下悬崖，笑呵呵地看你摔个粉身碎骨。古谚说得好：一字入公门，九牛拔不出。"接下来我给他讲了几个故事，小隆听了这些发生在身边的故事，十分震撼！聪明的他先前眼神中的哀怨已被信服和敬佩所替代。

"我早就做了准备，另外给你留了一张空白表，你填好签上字即可。"说着，我把写好的初中毕业生鉴定表给撕了个粉碎，笑嘻嘻地拉开抽屉，一看，不由得愣住了，抽屉里空空如也，啥也没有啊，那张备用表已不翼而飞了。我顿时慌了神，因为明天早上八点就必须上交毕业生登记表啊！脑中灵光一闪，我忽然想起班上纪律检查组组长吕本明，只有她知道我留有一张备用表，也知道我的用意，难道她把这张表带回家去了？

于是，我叫隆华在我床上睡下后，打着手电筒，高一脚低一脚地往纪检组组长家赶去。好在学校距那个学生家不远，不大一会儿我就来到了她家，敲开门，把吕本明叫出来一问才知道，她已把我留给隆华的备用表用了。她的理由冠冕堂皇："我自己的表上滴了一滴墨水，我就把那张表用了。"

"那你为啥不告诉我？"

"我来找你，你不在，后来我就忘了。"

"你的记忆力不是很好吗？"气急之下，我骂了她一句，转身就急匆匆地往大丰县城赶去。不知啥时候开始下起雨来了，而我出门时，情急中没带雨伞，万幸的是雨并不大，且时下时停。我一路快走，穿过大兴，翻过莲花坳，好不容易才赶到区公所，敲了敲文教干事吕应嘉的门——王乾俊干事已调离，吕干事一边问："哪个？"一边忙着披衣开门出来。他一见是我，满脸惊愕地问道："纪老师，深更半夜你找我干啥子哟？"我知道他是个有担当的好领导，于是便如此这般地把一切全告诉了他，他听了感叹道："纪老师，谁家孩子遇上你这样的好老师，真是三生有幸呢！你不仅考虑学生的今天，还事事想着学生的明天……"他一边说一边和我往办公室走去。来到办公室，他拿出两份初中毕业生鉴定表递给我，小声地说："纪老师，你信任我，给我讲实话，我感激你，但是你千万不要把这件事再告诉别人。你不是说过莫信直中直，须防仁不仁吗？……"我万分感激他的提醒。

回校的路上，雨还在下，我衣服湿透了，那时的我又黑又瘦，但毕竟人年轻，抵抗力强，所以回到学校喝了一小碗盐水后什么病也没患。雨停了，鸡叫了。我填好隆华的鉴定表，再叫醒他签字时，晨曦已挂上林梢了。

没过多久，录取通知书发下来了，全大兴公社4个初中班共33人上高中录取线，其中只有2人考上重点高中——大丰中学，一个是其他班的谢铁柱，另一个就是我班的隆华。中心校两个公办班、双溪大队一个民办初中班共16人考上高中，而我教的一个班就考上了17人。

初试牛刀，大获全胜。由于理科教师不认真，这些学生大多是凭我教的语文、政治两科取得高分考上的。大多数学生理科差，读完高中后很难考上大学。最典型的是牛玉学，语文、政治总分200分，她考了187分，而数、理、化三科却只得了17分，但还是考上了高中。

中考张榜后，我这一个名不见经传的无名小卒，一夜之间成了全区街谈巷议的话题：

"纪眼镜有本事啊，一个班考赢了三个班。""他有啥鬼板眼哇，三个班还没他一个班考得多！""一个小娃儿，把几个老果果搞趴了，怪事！""纪老师那个班考得好，奇怪吗？不奇怪！人家好亡命嘛！""老纪教书真的有一套，我堂弟在他班上毕业，这回没考起，但他就是佩服老纪，说听他讲课从不打瞌睡！"这是学校同仁背后或当面议论的。

"他教书没啥本事，就是时间加汗水……""他娃教书没啥板眼，就是估到灌……"也有一两个与我教平行年级不服气的老师如是说。

当然，这种言论一出来就立即遭到回击："你咋舍不得时间和汗水呢？你咋灌都没灌出几个高中生来呢？"

每当听到一些不好的议论，在气愤之余，我常常以"被敌人反对是好事而不是坏事"来勉励自己。

不管赞扬也好，批评也罢，反正谁都不得不承认一个现实：我成功了。"福兮祸所伏"，由于我班学生中考成绩突出，校领导便把担子给我压来，要我接左老师的烂摊子。踌躇了几天之后，敢于挑战的我终于接下了这个烫手山芋。

之所以把这个班叫烫手山芋，是因这个班被左老师教得要纪律没纪律，要成绩没成绩，此其一也；更要命的是，据说农村初中要改学制，由两年制改为三年制。也正因为有这第二个原因，也使得领导要把这赌注押到我身上。

说起来也可笑，一个初中仅上过三个月的人，竟然成了敢挑大梁的人！事实再一次证明了：有志者，事竟成。

开学前几天，大概是 8 月 22 日吧，接到区文教办公室通知，叫我们第二天去上云中心校开会，会期三天，要住宿的需自带卧具。通知上没说会议内容，直到开会那天，我们才知道开会是研究一学年在保证质量的前提下，怎么上完两学年的教材。

教师共分成四个组，即数学、语文各分两个组。那时初中还没开设英语这门学科。我任其中一个大组的语文组组长。

会议第一天，在听了区文教办公室吕干事的讲话后，我们每个教师就各自读教材、看教参，准备第二天的"炮弹"，好在讨论会上"放炮"。同行都在认真地研读教参、教材：有的在教参上打上了记号，有的双眉紧锁，有的叹气连连，有人甚至一边看教参教材，一边愁眉苦脸地低声嘀咕："这个书咋个教呀，搞不懂啦！"

我把四本教材聚精会神地看了两遍，然后翻了翻教参内容并关注了课文下的注释，特别关注的是课后习题。最后掏出笔来在笔记本写上记叙文、议论文、说明文、散文、现代诗歌、古体诗词、古文各多少篇。接着我又写下了各单元的教学重点及可能考试的重点以及题型，还写出各类文体的安排目的，学生必须了解掌握的以及应用的知识要点。在结束语上写下了如下几个字：因地制宜择缺而教；系统复习，重点突破。

第二天，八仙过海各显神通地"放炮"，每个人一上来就放"排炮"。

二十多位语文教师，讨论会从红日东升一直炮战到夕阳西沉。但万炮齐发，却无一炮能"制敌于死地"。在他们争论时，我无数次想站起来驳斥一些奇谈怪论……

甚至还有人出奇招，派学生代表若干人去中央反映情况……，但一想到"偏听暗兼听明"的古训，几次站起来，又几次耐着性子摇摇头坐了下去。

"纪老师，你是组长，还没发表意见，看来你胸中早有一根棒棒儿了。你总结一下吧！"

"胸中有根棒棒儿"就是胸有成竹的意思。

我站起来先简要但又尽量不伤害别人地说："我认为古诗古文还是应该教的，古诗古文是源，现代语文是流，无源岂有流呢？但四册语文又如何教完呢？如一课一课地如平常地教，是怎么也上不完的；若是浮光掠影地教，那学生又能学到什么呢？因此，我认为应该因地制宜，择缺而教；系统复习，重点突破。"接着我就诠释道："因地制宜，择缺而教，就是对四册语文进行梳理，针对各校的校情、各班的班情，并结合中考的考情，缺啥教啥……"我说完，大家都一致鼓掌叫好。

第二天上午，各组继续讨论并各自写出教学计划，独我带领的这个组没再讨论了，我找张兴老师把我的想法写好，按时交卷了事。做完这件事，我们就玩扑克的玩扑克，吹牛的吹牛。到了十二点，叫交讨论稿，我把张老师写好的东西上交了事。

开了总结会就该散会了，大家都感到轻松了，所以中午我喝了很多酒，但还没酩酊大醉。这一餐吃了一个多小时，饭还没吃完，就听见有领导在大喊："开会了，到会议室开大会了。"于是我们放下碗筷就往会场跑去。

会场设在一间大教室里，正前方摆几张课桌，桌后放了几张藤椅，就是领导坐的主席台了。其余三方密密麻麻地放着木方凳，我和乔老师、张老师去晚了一步，只好在紧挨着主席台的左侧坐下。

开会了，主席台正中坐着一个穿着青色中山服、浓密的黑发往后梳、额宽脸大、眼大眉浓、身材魁梧、脸被酒精刺激得通红的男领导。脸红筋涨的应嘉干事几句简短的开场白讲完之后，就说："这是我们区新调来的区委常委宣传委员，我们的直接领导，大家欢迎吕委员做指示。"我们鼓掌，那个吕委员站也没站起来一下，只是摆了摆手。对他的无礼，我心里已有几分不快。接着，吕委员就开始训话了："同志们，这个会我们开了三天了，大家在讨论中都发表了许多好的意见。但是，我认为，大家回去后，数学就按李明老师的方案教，语文就按刘达老师的方案教……"

既然要按他们两人的方案来执行，那为什么事先不把他们两人的方案发给我们，那不省事多了？叫我们讨论了两天半，结果就是按他俩的方案教，我心里顿时有种被戏弄的感觉。借着酒精提供的胆气，我呼地站了起来，大声地说："照他们的方案教，能保证我们考上多少学生？"

"你是哪个学校的？"吕委员红着眼睛大声呵斥道。

"红星小学民办初中教师纪元初！"我也毫不示弱，大声吼道。

"你要怎么搞？"吕委员气得一下子站了起来，瞪着双眼盯着我，右手食指、中指如剑般地指向我大声质问道。

我吓得酒醒了一半，可是在众目睽睽之下，死要面子的我，哪还有退路呢？于是我毫不犹豫地把因地制宜的一番话，如竹筒倒豆子一般，一下子说了出来。

"那你敢保证考多少学生？"

"超过全区平均数，少一个人我就立马卷铺盖走人！"我紧跟了一句。

会场上剑拔弩张，气氛就像原子弹快要爆炸似的。聪明的应嘉干事突然站了起来，让吕委员坐下去，然后对着我大声说道："纪老师，坐下！坐下！我晓得你今天喝多了。喝多了嘛，酒后乱性，吕委员不会跟你一般见识的……你有啥意见，散会后再向吕委员反映，向我反映……"在吕干事的一再催促下，我也坐了下来。

会议只好草草收场。散会时，吕委员恨恨地剜了我一眼，我已经能预料得到我的下场——再过两天就会被一条莫名其妙的理由辞退回家。"躬耕本是英雄事，老死南阳未必非。"我在回家的路上，上百次默念这两句诗，为自己注射镇静剂。

　　事后的几天，我没听见风吹也不见草动。我感到十分奇怪，难道那恨恨的一剜眼，是我看错了？开学工作会开了，没人批评我，校长反而表扬我敢挑重担，服从安排。报名工作也在有条不紊地顺利进行着，天生多疑的我，反而忧心忡忡，总觉得有祸事要降临。

第九章　良辰美景奈何天
心里忧烦对谁言

　　大概是临近中秋节的某一天——具体时间已模糊了，主任教师咸大光来到我的教室门口，直向我招手示意出去。我出去一看，办公室门口站着两个人：一个是章文书，另一个则是吕委员。我转身进教室布置好学生自学，才往办公室走去。我还未走近他们，眼尖的章文书就看见我了，大声地开起玩笑来："纪老师，不落教哇，看见我们来了，一不打酒，二不割肉，躲进教室干啥子？人家吕委员大老远来视察工作，就凭你端大架子、态度不端正这两点，就该遭严惩。"说完，他又满脸坏笑地说："吕高粱，咋个罚他？"爱开玩笑的章文书给吕委员取了个诨名"吕高粱"（吕委员名叫"吕宏良"，故戏称他"吕高粱"）。

　　"小章，少瞎扯！"吕委员望着我点了点头。

　　我走过去，招呼道："吕委员，你们早，请进办公室坐。"

　　吕委员微笑着说："我还以为你这个'纪土匪'不会理我呢。"

　　"我敢吗？"

　　"你还有啥不敢的，只有没骂我娘了。"我们三人都笑出声来了。

　　从此，在大丰教育界，我的绰号——纪土匪便被传扬开了。我给他们泡好茶，便跑到代销店去赊上四瓶高粱酒，赊了两斤上好的保肋肉——那时人们还以能吃上肥肉为享受。我把这些东西交给"炊事员"管婆婆之后，又回到办公室。可办公室已空无一人，只见桌上留有一张小纸条写着："我们去四队水库钓鱼去了，十二点左右回校吃饭。"一看笔迹，我就认出是章文书写的。

他们一走，我又回到教室讲课。第三、四节课都是数学，于是我就在办公室改起作文来了。当然，我心里也在琢磨，难道姓吕的这个分管教育的区领导真的不计较我顶撞过他吗？若说不计较，他刚才为何还提到我就差没骂他娘了；若说他计较嘛，从神色从语气上看，又不像。唉！不管是福还是祸，是祸反正躲不过。数学老师参加了那天的会，当然看到了那个阵仗，所以他借下课之机到我办公室来安慰几句："……纪老师，应该没啥大问题的，若来者不善，就不会在这里吃饭的。"

我笑了笑，点了点头说："他要计较也没关系，大不了回家再过那'手捏锄头把，犯法也不大'的日子，难道还能因此判我十年八年徒刑？"

"好，你能这样想就好。"

作文还没改完，就已经十二点了，我刚准备起身去厨房看看，两位领导就出现在我眼前了。

1979 年，尽管人们的生活条件有了一定的改善，大多能吃饱穿暖了，但饮食结构还是十分简单且粗糙的，就是领导来基层用餐也不外乎是肥大块加老烧酒而已。

那天中午，我们三人吃了一顿简单的饭。数学老师和另一个姓隆的女老师一直是回家吃饭，咸老师与左老师两个人，如果我请他们两个一起来吃饭，他们两个都不会来，请一个不请另一个，又有拉帮结派之嫌，所以红星小学当时有一个不成文的规矩：谁的客人来了谁招待，其他不予置喙，真有点老死不相往来的味儿。

一张小圆桌上只摆了一大盘回锅肉，一小碟青椒炒瘦肉片，一大碗冬瓜绿豆汤，两样时蔬，一锑盆老烧酒。那阵喝酒时兴先干二两再说话。我们三人各自先干了二两酒，这时，我才开始向两位领导敬酒，我敬完他俩，两位又回敬我。敬酒事一了，三人就开始喊跑马拳，这一"跑马"下来，四斤酒也就全跑进三个胃里去了，我由于眼睛高度近视，所以胃里接纳的酒精当然也最多，少说也有一斤半。

章文书喝酒最会耍滑头，喊拳要赖——喊得快，手指出得慢；喝酒耍赖，像魔术师般地让别人看见他把酒倒进了口里，而实际上却倒在地上，甚至倒进他自己穿的鞋里、衣袋里……吕委员喝酒颇为耿直——酒风酒德俱佳，所以也喝得面红耳赤舌头僵。此时的我，一半清醒一半醉，趁着酒兴，在敬烟之后，突发奇问："吕委员，听人说那天散会后，你发誓要收拾我，你准备如何收拾我？先告诉我，我好做准备啊！"

"收拾你，你听哪个说的？"

"哪个说的不重要，你说没说过才重要！"

"说过！"

"咋个收拾？"

"罚你三大杯酒！"

"不对吧。敢说不敢认账，岂是一个大领导的做派！"

"谁不认账？"

"你不认账！"借着几分酒气、几分匪气，我步步紧逼。

章文书见势不妙，急忙岔开话题："纪老师，明年这个班要百尺竿头，更上层楼哟！我现在分管教育，你可要给我扎起哦！"

"扎起？这要看委员长如何打整我啰！"

"打整你？我打整你，你经得起我打整？"

"啥子经不起，人除死去乏灾，你总不至于置我于死地吧！"我是个鸭子死了嘴壳子硬的主。

可能是酒劲上来了，吕委员双眼蒙眬地说："我倒真的想收拾你娃，但应嘉说，收拾了你，家长们不答应。昨天和今天我钓鱼时一问其他人，果然……"他话没说完，头一歪，趴在桌上就酣然入梦了。

说起文教办公室干事吕应嘉，我倒要赘述一二。此公为人厚道、善良，有同情心，聪慧且大度，善隐忍，能在吕宏良委员的眼皮下工作十余年殊为不易。唯有不足者，书生味浓。

应嘉干事在两个关键时刻为我主持公道，一是这个事，还有一件事且待后文再叙。应嘉干事还有一门绝技，那就是抽烟，他一天到晚，总是烟不离口。他抽烟似乎受过特殊训练，不管是闲坐还是与人交谈，甚至开大会，只要嘴上叼着烟，他绝不会拿下来，烟灰再长也不会掉下来，直到把这支烟吸完。更为一绝的是，他不用手帮忙，能利用嘴唇的蠕动将烟移动到嘴唇的任何一个部位。

老实说，我这个人总爱惹祸，但每次总能逢凶化吉，难道冥冥之中真有神灵相助？

1980 年春，地区专门派了一个工作组赴大丰调查研究民办教师的工作生活现状。领导决定派我和另一个民办教师陆老师去参会。这一去，我又说出了一些石破天惊的牢骚话。

那天调研会是在县政府——明清时代的县衙门召开的。县衙内几株英姿勃勃的古榕树在微风中诉说着它们曾经的故事，本色的木地板已被岁月擦得锃亮，栏杆——特别是楼梯扶手，清一色的黑红色油漆漆过的，尽管经过两三百年的风雨剥蚀，仍然朱颜未改，焕发着徐娘的风韵，没有一处红疤黑迹，更不见老年斑的蛛丝马迹。

那天参会的就十来人，据说调查组要在大丰工作五六天，每天找一两个区的民办教师座谈。会议一开始，调查组组长——一个剪着短发、白嫩圆脸、蛾眉大眼荷包嘴的少妇，微笑着对我们说："我们这次是受省政府的委派，前来听取基层意见的，调查结果向省人民政府汇报，最后，省人民政府还得向党中央、国务院汇报，所以大家必须实事求是说实话真话……"

终于轮到我了。

我先讲了我的工作之重及工资之少，这种付出与回报极不对称，真叫人寒心之类。最后我总结式地说民办教师三不像，三管三不管。我说："民办教师不像公办教师，公办教师不论教好教坏，干多干少，工资照发，米照买；也不像私塾先生，私塾先生有东家有老板，管吃管住，有束脩或年俸；民办教师也不像乞丐，乞丐叫唱一天，总有打发点残羹冷炙、一文两文的。民办教师早踏寒露去，夜披星月归，叫喊一天，何曾见人施舍过一文半文？民办教师的工资多少没人管，生老病死没人管，福利待遇更没人管。可要说工作量多少，工作效果好坏，对不起，那可是谁都在管，县文教局要管，区文教办公室要管，领导和校长更是月月管，周周管，天天管，时时管……"

我话还没说完，那个少妇组长就带头一边鼓起掌来一边说："纪老师发言有水平，是真话！"

　　1980年秋，民办教师可以通过考试转正了，不知是否与此次调查有关系。我猜想，多少有那么点瓜葛吧！现在回忆起那段经历，真为自己当初的稚嫩忍不住掩口而笑。

　　紧张而繁忙的教学，使我根本顾不上回家，成天除了办公室兼卧室到教室以外，另一处必去之地就是厕所。许多时候，一日三餐都是炊事员管婆婆给我端到办公桌上，我一面看书或看学生作业，一面狼吞虎咽地扒饭。1979至1980学年，除春节回家一次之外，没再回过家。女儿早就和我在一起生活了，我吃的大米，常常是给妻子捎信让她从家里送来，一般是两个月送五六十斤大米，还有一点可怜巴巴的咸菜，有时也送一点时蔬来校。

　　紧张哪晓炎凉逝，繁忙不知岁月稠。眨眼之间，又迎来了中考，此次中考，于公于私，都风平浪静，无事可记，故不予赘述。

　　到阅卷时，我又被任命为语文阅卷组组长。阅卷时，宣布了纪律，严禁喝酒。阅卷结束那天傍晚，区文教办公室大开宴饮，素来享有好酒贪杯臭名声的我，不仅高兴万分，而且敢向发出"战争叫嚣"者应战：绝不避战逃逸。正当我奋战犹酣之时，张老师的大儿子晓琪跑到餐桌前，一把拉着我就往外拽。一出餐厅，晓琪就说："纪老师，卢姐叫我为你准备了丰盛的晚餐，全是你最爱吃的菜。"

　　我一怔，好半天才问道："她过生日吗？"

　　"她啥时生日，难道你忘了？"

　　"那不逢年不过节的，她请客干吗？"

　　"她只请你一人，你不懂吗？"好一个多情重义的女子哟！我心里暗自叹息道，一时间为之语塞，羞愧、悔恨顿时挤满了心头。

　　来到晓琪兄的住处，出现在我眼前的是一桌七荤八素的菜肴，其中有我嗜爱终身的红苔粉条、咸鸭蛋、家常豆腐、腊猪嘴、腊猪耳朵、红烧牛腩、莲藕炖猪蹄膀、火烧青椒拌茄子……

　　晓琪对我耳语道："老弟，今天下午卢老师找到我，如数家珍地报了这些菜名，我记下后，她还一一对照了一遍，怕我记错了。哎呀，你当初真是……"他没说下去，但我也知道其后半句是什么意思了。我心里像打翻五味瓶似的，百感交集。甜——她十年后仍没忘我饮食之所好；酸——她现为铁饭碗的公办教师，而我却是一个连泥饭碗也没端稳的民办教师；苦——当初她一封以年龄比我大五岁而拒我于千里之外的信，使我一气之下成就了眼下这本不该成就的姻缘，在苦涩中度过了十年……

"坐吧！"卢姐甜甜的一声招呼，中断了我在苦海中的挣扎，我木然地坐到了她身边。

我的身世，我的经历，我当时的现状都铸成了我内心的极度自卑；而我的天生秉性及后天读书之所养，又铸成了我的自信，甚至有几分自傲。这种自卑与自信交织在一起，如影随形，可能会随我进入骨灰盒。

入座后，晓琪兄就问："喝啤酒还是白酒？"

"我不喝啤酒，因为那不是酒，最起码它不是男人喝的酒。"

"你少喝点吧，看到你又黑又瘦这个样子，真叫人……"她盯着我，忽然脸一下子转了过去，后面的话也吞了回去。

她没再说什么，我也一时语塞，桌上一时沉默得叫人害怕！"纪老师动筷子哟，这些菜都是卢老师安排我置办的。酒嘛，卢老师我向你保证，绝不会让纪老师喝醉，今晚上两斤酒，你喝一两，剩下的我与纪老师二一添作五吧！"

"你俩一个人也要喝九两五哟，不行，不行，坚决不行！今晚的酒权归我这个老大姐，我让你俩喝多少，你们就喝多少。"卢姐满脸严肃地说道。

我知道，在这种情形下，多说无益，便点头称是。菜过五味，酒过三巡，我以酒遮面说道："卢姐，姐夫在何处工作？"

"姐夫？哪来的姐夫？"她话未说完，泪就无声地流了出来。她一边说一边随手从身边的手袋摸出一摞信，撂到我面前，弄得晓琪一时回不过神来，我也傻了眼。

"这些就是你姐夫！实话告诉你，我若找不到一个文学素养比你好的，我终老单身也不会把自己降价处理掉。"她随意地扔给我几封信，我拿着不敢细看，只是对信封瞟了几眼，有一二七的，有一二八的——这些都是国防厂，好单位啊！当时的国防工厂，工资福利都比一般厂矿要高很多，最差的追求者也是国营单位大丰县中药材公司的中层干部。

"好了，不说了！我从没怨过你。"她幽幽地说道。

"卢姐，当初你为啥叫你姐写那么一封信给我呢？"

"当初那封信，我真的一点也不知道，开始那段时间我反倒认为是因为路遥不便，你暂停联系呢！后来我才发现是好心的姐从中做了手脚。我许多个不眠之夜想给你写信解释清楚，但又怕话长纸短说不明白，因为你的多疑善分析在知青群中是出了名的……等我回到大丰见到你时，你已与臻妹子成双成对了，还有意地把她带到我面前臊我的皮……"说着说着，她竟哽咽起来了。

枯坐一旁的晓琪兄见势不好，忙斟上大杯酒说："哎呀，你们一对老情人，光顾叙旧，酒不喝，菜不吃，我岂不是白费心机呢！来来来！我敬你两个重情重义之人一杯。"

我端起杯子，但与酒素无瓜葛的卢姐端起杯子喃喃地说："我——咋喝得了——这么多呢？"

"你意思一下嘛，我代你喝还不成吗？"说着，我伸手去抢她的杯子，她却死死攥着酒杯不放说："谁要你代嘛，看你干瘦得像个鬼样，还帮我代呢？"话没说完，她一仰脖子，一杯下去，呛得她直咳嗽。我忙着替她捶了好久的背，她才缓过气来。

"纪老师，听说你爱写诗，今晚月光这么美，你来一首吧！"

"关掉灯吧！"卢姐说着，伸手啪的一声关掉了电灯。接着的一段时间，我便有意绕开话题，把话扯到钟三、杨二娃夫妻他们的现状上去了。

月西移，夜已深，我俩人虽都恋恋不舍，但那时我们都保守得近于封建。我十分不忍地站起身来，她盯着我说："再坐一会儿吧！"

"不了，我还得赶十多里路呢！"

"就在晓琪这里合铺住吧！"

"不——我明早还有事要办。"我低声地撒谎道。

"那我送送你！"

"留步吧！"

"晓琪，麻烦你收拾一下残局！我送送元初！"

"好的！你放心吧，煮饭洗碗是我本行当呀。"

走出区中，在月光下，我俩并排走在砂石公路上，默默地走着，谁也没再说一句话。这种沉默是一种幸福，是一种痛苦，也是一种煎熬！我俩挨得是那样的近，相互能闻到对方的气息，但又觉得相隔是那么的遥远，似乎一个在地球上，另一个在月球上那样的遥不可及。

"姐，留步吧。"

"再走一会儿吧！"

"不，我送你回校。"我站住了。

"你发啥神经？"

"谁发神经啦？我不放心！"我斩钉截铁地说完，转身就往回走去。

她只好跟上来，带着歉意说道："哎，我不该送你啊，你看你还得送我回去。"

"我愿意！"接着我们又陷入了沉默。在沉默中，我们又走回到区中校门口，她站住了，说："元初，你走吧！"

"好，你先进校。"

"好！十年了，还是那么个执拗脾气。"她走了两步，又折身转来低头看着地上月光下的影子，用脚踢着公路上的小石子低声地说："你们为啥常打架呢，不能好好地过吗？"说完转身跑进了校门，很快就消失在茫茫夜色中了。

我回头往红星小学走去。在十多里的归途中，我耳边老响着："你们为啥常打架呢，不能好好地过吗？"十年了，十年了，三千六百天已成了历史，许多事已遗忘，可她，可她却一直在关注着我的一切：我的欢乐，我的痛苦，我的成功，我的失败。总之，她的心似乎一直在与我同频率地跳动着。

在悔恨、苦痛中挣扎的我，回到红星小学时已是深夜一点半。我躺在床上，辗转反侧，可就是一点睡意也没有，十年前那一幕幕场景老是浮现在眼前，我想尽了千方百计，就是挥之不去。于是索性起身写下了《悲中吟》并序。

悲中吟（四十六韵）

序：于区中见卢姐。蒙恕。畅谈至午夜，悲绪中来，悔恨羞愧交织，作诗记之。

> 忆昔患难日，亦曾游竹园。
> 不为酒肉谋，不因财与权。
> 只缘灵犀通，相投意气间。
> 时延情笃深，两厢生眷恋。
> 欲效梁孟事，举案终百年。
> 物极必致反，乐盛悲却添。
> 云消幻梦灭，露重泥途难。
> 平地风波起，一弹双鸟残。
> 诀别莲花坳，相思已十年。
> 银河双星隔，人音两杳然。
> 只道恨海阔，重逢定无缘。
> 天公垂怜意，我复睹朱颜。
> 我今泥绠人，卿上青云端。
> 我道世味薄，君心却坦然。
> 念此心惶悚，低首更羞惭。
> 见卿似不见，心照焉能宣。
> …………

接着又写下了《竹林小唱》：

旧时毛竹易时风，佳景犹在赏谁同。
曾记当年鸣嘤者，牛脯白酒此林中。
风凄凄，雨蒙蒙，不知何人引弹弓。
暗弹嗖嗖难避逃，弹伤鸟飞林也空。
竹枝竹梢千滴泪，总将相思寄征鸿。

第十章　云消幻梦灭
露重泥途难

尽管这些"诗"在如今的我的眼里，已不是什么诗了，但它是当时的我心境的记录，既不愿大改，更不忍从我心底移出。

就在我从区中返校的第二天傍晚时分，晓琪兄来红星小学找我："后天，卢老师想到你学校来玩，你愿意不？她等你回信再定行止。"

"欢迎，欢迎，热烈欢迎！"我俏皮地回应道。

当天晚上，我赶回家，对妻子说："后天，卢姐要来我学校玩，如果你不相信我的人品，你就来学校帮我煮饭，就近监督；若信得过我，那就不来为好！"

"为啥？"

"我俩两天一小打，三天一大打，她能不知道吗？"

"打架？这些全怪我吗？我不去，免得碍你们眼。"话不投机半句多，一夜无语。第二天拂晓，我就急匆匆地往学校赶去。

我一回到学校就忙着打扫办公室兼卧室的清洁，办公室收拾完了，我又清扫厨房。午饭后，我又将操场及操场周围甚至连厕所也没放过——打扫得干干净净。说实话，就是区里、县里乃至地区领导来校检查工作，我也没如此认真对待过。总之，我已完全进入亢奋状态，一个白天就这样不知不觉地度过了。

晚上，我犹如一个临战前夜的士兵那样心神不宁，对明天的一切都是那样的毫无把握。她来看望我，我满心喜悦，但又满心惆怅和惶恐。因为在与她分手这件事上，我不仅毫无君子风度，甚至连一个真正的男子汉的气度也没有。我对一封莫名其妙的来信竟然妄加猜测，在认定她移情别恋之后，竟然在短短的两三个月就闪电般将一个并不熟悉的少女定为未婚妻，还不知羞地带到她面前去炫耀，去羞辱她……往事历历在目，挥之不去，当夜无眠。

天刚亮，我就从迷糊中挣脱出来，到代销店买回两斤肉，跑到农民家里买了十个鸡蛋，又买了番茄、黄瓜三四样时蔬，回到学校草草地扒了一碗饭。已放暑假了，管婆婆已不来学校煮饭了，刚过了八点，撑着伞的卢姐和戴着草帽的晓琪兄就到了。

当时正值伏天，八点一过，气温就开始蹿高，我借来两把大蒲扇，一则可以驱蚊，二则可稍去一点暑热。干完这些，又找出几本书让他们翻阅，就忙着下厨去了。

我在厨房发燃煤炭灶，把米淘好下到锅里，又窜回办公室陪他们聊上几句。好在我的办公室就在厨房隔壁，这样来来回回跑动费不了多少劲，煮饭、切菜、炒菜、炖汤——一顿饭菜由我这个笨手笨脚的人做下来，已是快到十二点了。我在厨房学着川戏腔调叫了一声："传——膳——嘞！"卢姐和晓琪就跑过来，端菜的端菜，拿碗筷的拿碗筷，不一会儿饭菜就摆上桌了。

吃饭间，他俩夸我厨艺不错，什么番茄蛋咸酸适度香味浓，什么黄瓜肉片嫩滑爽口，咸酸味恰到好处……我一面谦虚地回应，一面劝酒布菜，卢姐不喝酒，以汤代酒敬我和晓琪兄。酒醉话遭殃，几杯酒下肚，我和晓琪兄的话匣子就打开了，扯开喉咙，什么都聊，什么也都聊不出个子丑寅卯来。卢家是书香世家，家风好，家教也严，子女不管在家还是在外，从不撒野放刁。所以温文尔雅的卢姐听着我俩鬼扯神吹，除了时不时地提醒我们少喝点之外，就微笑着望着我们一言不发。

吃完这顿马拉松式的饭，已是快两点了。吃完饭，收拾好碗筷，喝了会儿茶，晓琪就起身告辞说："卢老师，你在这儿好好聊，好好玩，我回家去一趟，明天下午我来接你不？""算了，你忙你的吧！说不定今天下午我就会赶回区中去呢！"卢姐委婉地说道。

晓琪兄走了，我对卢姐说："咸老师那寝室干净些，你午休片刻吧！"

"那好，你也累了一上午，也该歇歇了！"我送她进了咸大光的卧室，回到我寝室倒下就眯上眼睛，睡了十来分钟就醒了，于是我起床备起下学期的课来了。其实，卢姐也没睡多久就醒了，这是她后来告诉我的。

下午五点多钟，太阳已经西斜，我也开始弄晚饭。晚上就我和卢姐两人，把饭菜热了热，烧了个木耳菜清汤。做好这些，我就去请卢姐一起吃晚饭了。我俩一边吃饭一边讲一些小笑话："……有一次，苏联人与捷克人一起乘苏联飞机去布拉克，苏联人说：'假如我此时从飞机上向下面的捷克人民撒下卢布，捷克人民一定会欢呼我万岁。'捷克人马上回应道：'尊敬的阁下，假如我从苏联上空抛下十吨面包，苏联人民一定会欢呼我万岁的。'这时，飞机驾驶员从驾驶窗探出头来说：'假如我把你们两个一起扔下去，全世界人民都会齐声欢呼我万岁，万岁，万万岁！'"我话一说完，卢姐就笑了起来："这个笑话是我从肖渝那里捡来讲给你听的，你咋好意思又在我面前讲哟！"

快吃完饭了，卢姐说："吃了饭，我们出去走走吧！"

"好，往十里铺走，那边公路宽一些。"那时的公路上一天到晚没几辆车的，一早一晚，公路上更是清静得令人难以置信。

洗好碗筷，我们洗了脸，各自手执一把折扇，便一前一后地走出学校往十丰公路走去。路上，我俩不由自主地肩并肩地走在了一排。

"你与臻妹子是自由恋爱的，为啥现在总是打呀闹呀的？为啥不好好过日子？"她又旧话重提。对此，我已无法回避了。

"我与她的结合，出自三股巨大的推力：一股是来自你姐给我的一封信，使我感到山盟海誓的不可信，绝望而愤怒至极的我，急需要解脱，这是一股外力转化成的内力；第二股力，那就是老父亲多次发出绝不允许我与知青结为秦晋之好的言论，这是一股强大的外力；第三股力，臻妹子不知道我养父'高尚'的政治品格——对党绝对忠诚，从不为一己之私，做违背党的政策和纪律之事，所以她当初就是一心一意傍上我，以为可以凭借老父亲这股东风，跳出农门，脱离苦海，所以她千方百计地往围城里冲。这三股力形成的强大合力，岂能不把这桩闪电式的恋爱变成婚姻呢？可是结婚后，她发现她的理想根本就无法实现，于是便一个劲儿地闹分家。父母因无儿收养了我，现在娶妻生女了，又闹分家。我顺着她，岂不成了城墙上倒马桶——臭名远扬了吗？另一个原因则是我和她的价值取向有天壤之别，我再穷也不为钱而折节，她对钱的贪吝简直就是一个葛朗台的典型中国版……你说这能不打架闹离婚吗？"

"唉——"她一声长叹，就没再说话了。

其实，我与妻的不和的另一个致命原因，那就是因为我是个有封建思想且十分要强的人。

"你知道吗？肖渝考上南充师院了。"沉默了许久的她转移了话题。

"不知道。"我平静地回答。

"你不觉得意外吗？"

"不觉得意外，有你爸爸那座巍峨之峰做靠山，他能考不上吗？"

"咦，你这家伙真是小诸葛哟！"

"你错了！我是诸葛亮他爹——老诸葛。"

"真是个坏蛋，不理你了！"

"喂，我问你，你为什么在十字口看到我父亲招呼也不打一个呢？"

"是相向、同向还是……"

"我父亲在百货公司门口，你在向裁缝门口。"

"曜，老天爷呀，天大的冤枉呀——我是高度近视，你不知道？"

"还有那么几次，你都没看见？"

"只要不是近距离接触，我都看不见，除非是对方先发声叫我。"

"我爸说了，只要纪元初叫我一声伯父，我就出资找人帮他复习数理化，让他考上大学，他的文、史、政考个大学绝对不成问题。我爸赏识你，说你有恒心，有毅力，并且有见识，不仅在困难的环境下活了下来，而且还活得是非爱憎都分明……"

"你说的这些是真的？"

"真的,是有次我听我爸说的。我爸说你饮酒有魏晋时的名士风度,善饮善侃,狂放不羁。还说你有汉初的侠士风,急公好义,刀斧之危。"

"哎呀,老伯父为何只背后夸我,不当面夸我一句半句呢?"

"没夸吗?那次你去达县修铁路,我们为你饯行,我爸不是夸你年轻而卓识,古道热肠……而你却一个劲儿地冒酸水,说什么谬赞谬赞,酸臭得真叫人想吐。"

说说笑笑,暑气在谈笑中消失了,时间溜走了,我们已走过十里铺,于是我们转身往回走。在返校途中,我俩不约而同地谁也没再说一句话,都陷入了沉思。

到管家店了,她突然说道:"你们离婚吧!"

"离婚?"尽管她说得柔柔的低低的,但在我听来,无异于一声霹雳。

"我一个民办教师,她不离弃我就不错了,我敢离她?孩子怎么办?"

她一时无语。过了一两分钟,她才幽幽地说道:"我会对孩子好的,请相信我。"我没开腔,她又补了一句:"如果臻妹子提条件,你可补偿她两千元至五千元。"

"五千元?天哪,我哪去找五千元?"

"我给,我爸给了我点钱,我可以帮帮你。"说话间,我们已走进学校了。

"让我好好想想再说吧!"

回到学校,我忙烧好热水,把热水舀进水桶,找出两张昨天买的毛巾,一张用作洗澡帕,一张用作揩脚帕,再把香皂、毛巾和放这些东西的小凳子放进女厕所。

"卢姐,我这山村小学条件有限,请将就将就去女厕所冲个凉吧!"

"还说客气话干啥子啊?"

卢姐冲完凉就回咸大光寝室休息了。

那天晚上,如水的月光泼洒在大地上,是那么明亮皎洁,一切的一切都是那么的轻柔而温馨。远处的元通寺大坡也历历在目,绽放的月季花、棋盘花、美人蕉沐浴着月光，在微风的抚慰下，娇艳欲滴；倚在墙角的夜来香发出醉人香气，更动人心魄的是蟋蟀与无名小虫合奏着一支长长的美妙动听的小夜曲，忽高忽低，此起彼伏，悠扬婉转。

真可谓是良辰美景奈何天，心里忧烦对谁言。说实在话，我对妻子心存诸多不满：她势利、贪吝、不识大体、自私，特别是……总之她除了勤劳、节俭这两大优点外，还真再找不出其他优点了。要说与她离婚，我是十分愿意的，可是仔细一想却又不敢啊，因为挡在我面前的可是崇山峻岭、恶水险滩啊！

首先，我的小女咋办？由妻带去改嫁吗？我千个不愿意，万个不愿意，因为我是饱受过那种生活蹂躏的过来人；由我抚养吗？即使后母真能视如己出，但霞儿又能从心里接纳这位没有血缘关系的人为母亲吗？

若离婚后，我去追求卢姐，行吗？我心里无底气。因为在1970年，我与她地位平等，她姐她弟不也十二万分地排斥我这个低学历的人吗？而现在我与她的地位却有了天壤之别——她是公办教师，每月能领到好几十元工资，吃的是白生生的大米饭；而我领到的却是少得可怜的十多元补贴，吃的红苕杂粮。我相信一个真理，没有经济上的平等，哪有地位的平等？我内心是自卑的，十分畏惧遭她家人的白眼。

那时候，离婚不仅被一般人鄙视，更被领导视为异端。何况，离婚还得多少次调解，民办教师离婚最后还得由区一级政府相关部门批准才行。还有就是社会舆论带来排山倒海的压力，绝不能低估。"众口铄金""三人成虎"这些成语是古人用鲜血和生命换来的，我岂敢轻视它们的存在呢！

女儿年幼，不明是非，也没法与之沟通，一着不慎，就有可能给女儿和其后母的身心健康带来诸多负面影响……思来想去，实在不敢走出这步险棋。我一边在操场不停地游走，一支接一支地抽烟，一边思考着。素奉"事到万难须大胆"为座右铭的我，此时愁肠百结，思来想去也犹豫不决。

卢姐的建议，对我来说是十分有诱惑力的，因为我可以由此而联想一幅又一幅美妙无穷的生活画卷：考上大学，当上诗人、作家、国家干部……这是良机。良机往往寻之千年而难遇，一瞬之间却易失。想到这里，我似乎已下定决心了。

可是一支烟还未抽完，决心又如雪崩冰解般消融了。我耳边似乎又传出女儿哭喊妈妈的声音，浮现出一副女儿哭爹喊娘、泪如雨下的惨景。妻子有千般不是，万般错误，可是她为我生下女儿，含辛茹苦，真是没有功劳有苦劳哦！再说，她嫁给我本想求富贵，可是分家、贫穷、饥饿、劳累总是如影随形，眼见日子有了起色，我就提出离婚，我还是人吗？再仔细一想，她不是非常爱钱吗？卢姐不是答应在经济上帮我吗？然而再一细想，我用一个女人的钱去支付另一个女人的补偿费，这叫什么事儿呢？用眼下的话来说，这不是吃软饭吗？这对于宁折不弯的我来说是万难接受的。

我披着月色，沐浴着夜露，在操场上一圈一圈，一圈又一圈地走着，走累了，就坐在石阶上抽烟，歇息一会儿又站起来走，走到后来，我时而仰望夜空，时而低头看地，口里老是喃喃自语："我该怎么办？我该怎么办呢？"我不停地走来走去，不断地念念叨叨，真像个精神病患者。

我真想睡下，一梦到天亮，可一回到寝室倒在床上，或平躺或侧卧，放松自己；或深呼吸；或心里默数数目……千方百计，眼紧闭，可就是睡不着，于是又只好起床下地，再如精神病患者似的走来走去。这样反复了两三次，人被折腾得疲惫不堪了，雄鸡也唱晓了，只好又回卧室躺了下去。幸好，后来终于迷迷糊糊地睡着了。

昏睡不足一个小时，被噩梦惊醒！我梦见一张大网，把我像鱼儿一样地网着，任我如何左冲右突，上腾下翻，就是出不来。突然一只老虎张着血盆大口向我扑来，我哇的一声惊叫，醒了过来。

起床，我煮好早餐。卢姐也起床了，一副"睡眼惺忪鬓发乱，容颜憔悴泪痕添"的样子。我见状忙打好洗脸水，端到她面前，望着她，想问她昨晚还睡得好吗，可话到嘴边又噎了回去。她也呆望着我好一阵，似乎想说什么，也没说出来。我想：我俩都关心对方昨晚想了些什么，可谁也不想先提起，因为怕戳破那层窗户纸——谨防问出令人尴尬的话来。

吃饭了，我俩闷闷地吃着，谁也没说一句话。她吃得很少，我也没胃口，她放下碗时，突然冒了一句出来："我下午一点回校，今晚有自习课。"她说完扭头就走，回到昨晚她住的地方去了。

一个上午，我们都没再见面。我一直在痛苦中挣扎！十二点准时吃饭了，谁也没再提昨天傍晚时分聊到的话题。我们边吃边聊，聊的大都是时下知青中的一些逸闻趣事。吃完饭，她要帮我"打扫战场"，我坚拒。于是她说："我收拾东西去了。"其实，她有啥收拾的呢！不就一个手包吗？我想她要收拾的一定是情绪吧！

我收拾好碗筷，来到咸大光的房间，卢姐正斜倚在竹躺椅上，双目微闭，似乎已经熟睡。我轻轻地走进屋，在离她不足一尺的地方站着，默默地、呆呆地、纹丝不动地立在那里，像一根木桩一样。我望着圣女般的她——尽管她长得不是很美，但她是我爱过的女人，甚至是我交往过的所有女人中唯一一个能承当得起"忠贞、善良、诚实"这三个溢美之词的。她在我心中就是圣女！不，她应该比圣女更圣洁、更高贵。但是面对圣洁的她，我将要说出的是什么呢？

"卢姐，我祝愿明年的今天，能吃上你的喜糖。"我想了好大一阵，腹稿打了千百遍，终于嗫嚅着，从牙缝中挤出了这么几个字。

"谢谢！"她眼睛睁开一条缝，应了一声。不一会儿，她站起来，望着我说："我该走了！"

"好，我送送你！"

她没拒绝。就在我回身去寝室锁门时，背后飘来轻轻的一声叹息！

我匆匆地锁上门，这时她已把咸大光的门锁好了，站在房门前等我，我伸手想替她提手包。"不用，这里面没啥，空空的，我自己提吧！"她淡淡地说道。接着她又补了一句："你高度近视，照顾好自己就行了。"

我俩一前一后地走过学校通往大丰公路的一小段田坎后，就肩并肩地走着，但谁也没说话，可能是谁也不想说，确切地说，我和她，此时谁也不知道说什么好。在沉默中走了五六里路——眼看快到大兴政府所在地了，"生产队里的人还叫你纪瞎子吗？"她突然这么一问，我一时间真不知道她是何用意，一本正经地说："咋不叫呢，教个烂民办，难道就叫不得外号了？""看来，人们没叫错啊！"我醒悟了，她这是在骂我"有眼无珠"！我瞥见她满脸得意的苦笑——看来，她还是不能原谅我十年前的草率和今天中午的回答。

是啊，如果我是她，苦苦等了十年，得到的回报却是那么几个字，我能如她这样的从容淡定，如她这样的不温不火吗？她的修养真是到家了。

又走了好长一段路。她站定，望着我说："别送了，回去吧！你身体不好，天气这么热，你回去休息吧！"

我心情更沉重了。摇了摇头，我说："姐，请允许我再送你一程……"话没说完，声音哽咽的我，眼里已聚满了泪，我用洪荒之力，逼它没掉下来！她也急忙扭过头去。

又是一阵无语。"你妹妹在干啥？"我无话找话说，意在打破令人窒息的沉默。

"昨下午我不是告诉你了吗？她在一所大学当实验员。"她一句话，顶得我又无话可说了，因为昨下午她已把她家庭成员的近况说了个一清二楚。但我仍不死心，还是想撕开个口子，让沉闷的气氛淡那么一点点。

"卢姐，你觉得教初中有意思还是教小学有意思呢？"

"都没意思！"

于是刚撕开的一条缝又叫她给堵上了。

又走了一程，好像到了一个叫土地坳的地方。

"你回去吧，别送了，注意保重身体。"这次她没站住，一边说一边往前走，我没吭气。

"怎么不听话呢？回去休息一下，这两天你没休息好！"

"我为啥要听你的话呢？"我火了。

"谁让你叫我姐呢！"她柔柔地说。

我知道，她这句话的意思再明白不过了：我俩的关系已经定格在姐弟上了。这样也好，我暗忖道：卢姐真是个提得起放得下的女中丈夫。

已经过八角庙了，卢姐在路中央站住，两臂张开一拦说："元初，要么就陪我到区中，今晚不回去了，就在晓琪那里住；要么你就马上回你的红星小学或回你家去。"

"区中我是不会去的，去了会给你添诸多麻烦的，能让我送你到区中桥上吗？"

"不行！"她坚决地说。

"那好，你多保重啊！"

"好，你也要多保重，身体太差了。有困难找我嘛，姐能帮你的一定会帮你。"

"好，那你先走。"

"你先走！"

"你先走！"

"你先走……"我俩争执不下，她最后坚持，我俩各自回头走。

"我喊一二三，我俩就各自回头走。"

她喊毕一、二、三，回头走了；我也回头走了。可是走了一二十米，我们又都不约而同地站住了，回过身来，挥着手喊道："保重！保重！一定要保重啊！"我走几步又回过头来看她，她好像也在重复着这个动作。我流泪了，我猜，她也在流泪吧。

其实，我执意不离婚的原因，除了前面言及的以外，另一个不足为外人道也的原因，那就是我的经济地位低下，出身卑微，一旦与其联姻，在她家里是无任何地位的——除了被歧视以外，还会有什么呢？我奉古训"宁为鸡头，不为凤尾"为座右铭，所以总怕被人歧视这一心理障碍，我这大半生也没有逾越过丝毫。

我满腹惆怅地一身疲惫地回到学校。正准备开门上床躺一下，可是一摸，没有摸到钥匙。一细想，才想起刚才匆匆锁门时，把钥匙锁到屋里了。咋办呢？我抓耳挠腮地想了好久，也毫无办法。

"哥哥，咋啦？"堂妹纪明英来校，问道。

"钥匙落在屋里了。"

"没关系，我翻墙进去拿出来就得了。"话一说完，她就从那半截墙壁翻了进去，"咔嗒"一声很大的脆响，她惊叫了起来："哥，我把柜子踩烂了！"

　　"没关系，把钥匙拿出来即可！"

　　卢姐走了，我心上始终还有如泰山般的压力存在。我始终觉得自己是天下最大的负心汉！我始终不能原谅自己。直到写自传的今天，我仍羞愧懊悔不已。

第十一章　不畏崎岖道
欢欣在心田

1980 年是我比较走运的一年。那一年，民办教师经考试合格可转为公办教师。我语文考了 98 分，政治考了 99 分，两科均为全县应考民办教师中的第一名，可是数学却是全县倒数第一——0 分。这事当时成了大丰县的头版头条新闻。

语文，除了拼音两分全丢了以外，其余全是满分。这是事后三个月在远川学习时，县教师进修校一个参加阅卷的王老师聊天说出来的："这次我们改民师的语文卷子，改到一篇作文，他们几个都说人家是抄袭的，我坚持说是这个民办老师自己作的，大家争论得很激烈，最后把我惹火了。我说：抄袭的也要打满分，人家总把原文全背了下来的。这事最后扯到上面去了，还是同意了我的看法——原创，满分。"

"哪个写的啥子嘛，把老师你都征服了？"

"写一个人克服各种困难坚持学习，没煤油点灯，他在蚊声如雷、月光如水的夜晚……"

我听到这里，禁不住怒火冲天地骂了一句："我写的真人真事。"

"哇，你娃子作文写得这么霸道，咋数学考 0 分呢？"

"我初中只读了三个月，文科是自学的。"

"对，理科自学很难的！"

"要是数学能考个 2.5 分，这次你就考上了……"有人不无惋惜地说。

"躬耕本是英雄事，老死南阳未必非。"我情不自禁地又冒出一股酸水来。

1981年春的一天上午，晓琪又给我捎来卢姐的一封短信，信中说："今年你去参加民办教师考试吧，做好一击必中的准备，你请人代课，再找个数学教师帮你补习数学，力争今年考上公办。请人补习的钱和找人代课的钱全由我负责！"

收到这封信，我立即回了一信，没有丝毫犹豫地回绝了卢姐。回信意思大致如下：

"亲爱的姐：瑶函收悉。读后涕零不已，字里行间均是吾姐怜弟之深恩。然弟执拗之秉性已定，碍难从命。无他，皆因置八十余无辜者前途不顾，而拼争一己之命运，实非弟之所愿……当今之世，功利气日盛，良心日泯，腹中有点墨者，争抢纷纷，无一不为五斗米者，弟岂可随流俗而自堕也……"

信写好封严即托晓琪兄捎回。

这信一去，就不再见卢姐回信了。这年秋天，卢姐的音讯也随秋风飘散，冻入了冰川之中。春风渐渐融开了严冰，我与卢姐重逢已是二十五年后的事儿了。

那时，我真的爱上了教书这份职业，更深深地怜爱着我班上贫穷但勤奋、命苦而不甘沉沦的山村孩子。若我请人应景式地代课——那时正是恢复高考不久，千军万马抢过高考独木桥，能来代课的是什么料子的人，是可想而知的。于是我横下一条心，参考而不弃教。

我认真备课，认真上课，认真批改作业，也认真见缝插针地挤时间自学初中数学。皇天不负有心人，那年数学由 0 分增加到 4 分。对我来说，这是一次伟大的飞跃啊！可是皇榜无情，我又一次名落孙山，此为一悲。然，学生期末考试名列全区三十多个同年级班之首，此为一喜，一败一胜，一悲一喜，"收支平衡""正负抵消"。心淡定则喜安然，无忧无虑度流年。我全心全意地为了学生而拼命工作，却还遭来抱怨甚至责难。

当时，红星小学设备设施极为简陋，甚至可说得上是原始的。三百来人的一所学校只有一个简易厕所，近三十平方米，上面盖着小青瓦，青砖砌成的单砖墙，如厕时隔墙总能听到一些人说东道西，当然听到的是一些胡吹乱侃的声音。

大约是暮春时节的某个星期天傍晚，我正在厕所方便，忽然听到隔壁传来一阵怨骂声："看到纪老师都令人心烦，每个星期天，都只上他教的语文、政治，你们看我们哪个星期天上过数理化……"我一听，这是卢琼燕的声音。我顿时惊呆了，气极了！惊，是因为批评我的竟然是一个品学兼优、能力强且为我十分器重的班干部；气，是因为我累死累活地做义工，从未收过一分钱，换来的却是这种近于谩骂似的批评。哼！要不是碍于男女之大防，我真想冲过去给她两个大耳光。我怒火万丈地回到办公室，叫人把卢琼燕找来，恶狠狠地批评了一通，她可怜兮兮、泪流满面地走了。

当天晚上，我睡在床上，辗转反侧无法入眠。抱怨我的学生被骂了，我气也出了。但我心里仍难以平静，因为她的话老是在我耳边回响，她的话有道理吗？似乎一点道理也没有啊！我是自学的文科，对理科，那真是扁担吹火，一窍不通。教数理化的老师，不来义务补课，我能奈他何？

可是，一想起我教毕业的1979届学生，升上高中十七人，而高考除一人上重点大学外，其余全都考上了"朝阳沟大学"——回乡修理地球了。他们没一个语文、政治的成绩不好，却与大学无缘，个中致命的原因不就是他们数、理、化成绩太差了吗？我，作为他们的班主任老师，难道只是把他们作为标榜自己成功的道具吗？如果真是这样，我含辛茹苦地工作，有多大意义呢？我的师德岂不有亏吗？

想到这里，我翻身起床，在日记本上写道："纪元初啊纪元初，难道你是老虎的屁股摸不得吗？"

卢琼燕在厕所里的几句"臭骂"，促使我从自制的"光环"中挣脱出来，促使我警醒，促使我反思，促使我逐渐形成并完善了班主任负责制这一理念。班主任负责制即班主任对该班学生各科成绩、品德的好坏负责，对科任老师有考核选择监督的权力。当然，这在当时是不被人接受的。

想来想去，我决定改弦更张。于是，在后来的日子里，早、晚自习，星期天补课，我不仅安排了我教的学科，而且还安排了数学、物理、化学，甚至还排上了英语早自习。

星期天，我不仅守着学生完成理科作业，记英语单词，甚至还跑到供销社买来白线，与学生一起做物理实验的左手定则、右手定则。那时，农村学生开始学英语，既不习惯，更感到困难重重。更荒唐的是，我们民办班就靠每个学生交的红星钱来维持两个教师的工资，我们班八十个学生，一个老师一学期只能分一百二十元，即每月二十元，若再增加一个英语教师，每人每月只有十三元三角钱了，咋活得出来呢？于是我"上蹿下跳"地找这个领导反映，我那个领导提意见。校领导对我说："纪老师啊，你真是个难缠的主啊！"后来，上头派了一个叫王虹的老师到红星初中班上英语，一次上四节课。

上英语课的老师找到了，可是人家每次来上完四节课就溜之乎也，学生不懂问谁？全红星小学没一个会英语的，谁来监督学生背诵、默写？于是我着力培养英语科代表、英语小组长。为了早自习辅导学生，我还向王虹老师学习过英语，当然下了很大的功夫，学习的结果是连小半瓶醋也没达到。总之，为了让学生学点真本事，不像少年辍学的我，我真的是舍得投入全身心的。

卢琼燕在厕所的一番议论不仅改变了我在教育教学中一些模糊的、错误的观点和做法，也改变了后来我教过的学生的前途和命运。说这一番厕所议论奠定我后来三十多年教育教学优秀成绩的基础，一点也不夸张。

1982年8月，咸大光调回他老家——鲁家桥村小。他调离前，一点预兆也没有，来得十分突然，这对于有一定修养的他来说，也是必然的。

在他办完调动手续的第二天，章文书与李校长到红星小学开会，我们才知道这个事儿。章文书一面要李校长和我去劝咸大光回大兴，一面又宣布我接任咸大光的主任教师职务——由民办教师领导公办教师在当时还是极为罕见的。不过我并没有感到受宠若惊，反而还有几丝不舒服闷在心头，因为那时我骨子里的无政府主义思想在潜滋暗长，我既反感别人管束我，也不愿管束别人。所以当我听到章文书给我下的第一道指令时，我心里就像揣了个刺猬似的痛苦。

我不想干什么主任教师，于是就和校长一起找章文书出面挽留咸大光。章文书说："只要老咸愿意留下来，一切手续由我姓章的来办好了。"

8月，校长、程晨光和我一行直奔咸家而去。时值盛夏，刚下过大雨，但雨似乎还未下通透，天上乌云密布，空气湿漉漉的，好像捏一下，就可捏出一大碗水来似的。从学校到他家，一路全是砂石公路，小水坑小泥凼东一个西一个的，走在路上，真有点溜冰的味儿，稍不留神，就可能摔个仰面朝天或摔个"狗啃屎"。

好不容易走到咸家。

咸老师一家见到我们去了，十分高兴，忙着杀鸡杀鸭，打酒割肉。除程晨光滴酒不沾外，我、李校长、老咸皆为饭袋酒囊，于是猜子、喊拳，中午喝了晚上闹，直醉得一佛升天二佛出世。

喝醉了的人，有啥话不敢说呢？于是我们这个大兴教育"四人帮"就公事、私事胡侃乱聊起来了。当时正值对民办教师队伍进行整顿之际，于是我们乘着酒性把应辞退的民办教师名单议了又议。李校长提出按指示，整顿必须把那些教学水平低的辞掉，参照民办教师考试成绩、教学水平，特别是政治表现，全面衡量。这最后一个标准还真是关键词，政治表现好与坏，以什么为标尺？谁说了算？这是天知地知而人难知的事儿。

我们四个人中，李、咸是公办教师，程是老三届高中毕业生，教学业绩在小学界里绝对是一流的，我学历虽说不高，但不论整顿民师的考试还是教育教学质量都是一流的，更何况与校长、其他领导的关系也过得去，当然不在辞退之列。

议来议去，议定的是：双溪小学谢登峰，红锋小学羊权富，红星小学左冠华，一共三人。其他人我们四人一致同意，唯独对辞退左冠华我坚决反对，理由是：此人学历是大县重高老三届毕业生，在当时的教师队伍中，算是高学历的了，此其一；此人工作勤奋，此其二；特别是此人教我班上化学也算努力，若辞掉他，我班上一时找不到合适人选，此其三。但他们三个都一致同意辞退左冠华。

这事当晚在昏昏然中争论无果，第二天上午又在清醒后争论了一上午也毫无结果。他们三人为一方，坚决要辞掉左冠华，而我则明确表示："辞掉左冠华，碍难从命。"

吃了中午饭，我们一行四人，冒着酷热又往胜利小学程晨光住处赶去，咸被我们邀请到大兴来玩两天，所以也同行前往。

一路上，我都在暗自盘算，如何出妙招破危局……想着想着，已到红星四队的大堰塘了，我破他们计划的高招也已成竹在胸了。当走到红星小学附近的时候，我对他们三人说："你们先走一步，我回学校拿件衣服，晚上洗澡时好换。""眼镜儿，快点哈，我们走着等你哟！""好的！"我一边应着，一边快步往学校走去。走到了空无一人的学校，我寝室门也没开，就急匆匆地神不知鬼不觉地躲进了女厕所，我在里面一蹲就是十多分钟，不敢出去，因为我预料他们会来学校找我。

"纪老师，快点哟！"这是程晨光在喊。他们三人又一边走一边喊了一嗓子"走了哈！"

我估摸他们走远了，才急忙忙地跑到常本英家里，写了一张纸条，装在信封里对她弟弟常蒯说："快点，送到左冠华老师手里。"说完我又一路小跑地赶到程晨光家里，和他们一起喝酒。他们一再追问我刚才去哪儿了，"老子在店子上买了一包烟，卖烟的高二娘非要我喝茶吹牛，我听到你们一边走一边喊，懒得理你们。"

第二天，章文书在中心校召开教师大会，宣布了被辞退的民办教师名单，名单里当然没有左冠华的名字。因为头天晚上我给时任公社党委书记的表哥写了一封信，把他们三人的计划揭露出来，请求他出面干预。学校革命领导小组拟定的人事安排，公布前必须经公社党委审查后下达文件，方才有效。在我的帮助下，左冠华逃脱了被炒鱿鱼的命运。

可这个左冠华是一个以怨报德的主。他不仅在 1979 年向县招办举报我违反政策，私下为常本英偷改年龄的事——因为那时年满十八岁的学生不能升学。尽管如此，但我仍没与他计较，这不是我大度如海，而是我怕来的老师没有左冠华的学识好，教不好我班上的学生。

后来在他人生的关键节点上我又多次帮他，而他又多次伤害我。他以怨报德，我以德报怨，个中恩怨留待下文细说吧。

我的生活秘籍里有这么一句：宽恕别人的渺小就是成就自己的伟大。这句不知是哪位先人说的，还是我杜撰的。总之，对我自己有时的"助纣为虐"，我很少后悔过。就拿我与咸大光的关系来说吧，在我刚执掌教鞭时，由于我一边倒向左氏阵营，所以在相当长的一段时间里，咸氏联盟的明枪暗箭总向我袭来。后来我觉察到这恶斗的两方所宣示于人的均非"杀父之仇，夺妻之恨"，多因误会导致意气用事所致。于是我几番劝其"罢兵言和"，均无果而终。而"两间余一卒，荷戟独彷徨"的我，因一次偶发事件，与咸大光之间寒冰消融了十之八九。

那是一个星期六下午，我们去中心校开完会，刚回到空无一人的学校，突然操场上传来一阵叫骂声："咸大光，你教书，教你个锤子……出来，赶紧滚出来把门上的字给老子洗干净，老子女儿的名字是可以乱写到门上的吗？你坏了老子女儿的名声……"骂咸老师的家长是当地混混，人称小霸王的管龙长。老咸不知是想息事宁人，还是不愿与此莽夫一般见识，总之，他一声不吭地闷在办公室里。

我听到如此辱骂，深感不平，顿生愤怒，一气之下，冲出办公室，只见管龙长挑着尿桶，正在伸长颈子谩骂。我从门口操起一把锄头，一边举着锄头追了出去，一边高声骂道：

"老师是上了你家香火板板的，你侮辱老师就是侮辱你家先人。有种的跟老子站住，你敢站住，老子就敢两锄挖死你……"那个管龙长被人称为管家大队一霸，对此，我早有耳闻。这个家伙一见我天不怕地不怕穷追不舍的样子，只好拼命地往管婆婆院子跑去。

"站住！站住！有种的跟老子站住！"我一个劲儿吼着追着，几个院子的人都跑出来看热闹，许多人都拍着手笑着喊着："小霸王遭收拾了！""该遭！""该背时！""该倒霉！""纪老师给我们出了口恶气！"……

眼看着他就要被我追上了，情急之下，他丢下尿桶，落荒而逃，十分狼狈。好一副"急急如丧家之犬，忙忙若漏网之鱼"的窘相。顿时，四下里响起了一阵阵哈哈大笑。

我气喘吁吁地笑盈盈地凯旋。一走进学校，只见咸大光站在操场上，脸上挂着似笑非笑的神情，老半天才说道："你去理他干吗，管家大队谁不晓得他是不通人性的横吃估霸的畜生？"

"老纪，我能把写了他女儿名字的那个学生交给他吗？把人交给他会闹出什么动静来，鬼才晓得。"听完了老咸一番话，他的形象在我眼前一下子高大了很多。我不由得赞道："代学生受过，值！"他愣了一下，说："你咋不怕他呢？"

"怕他？在我的字典还没有'怕'字出现过！"

"你肯帮我，仗义！我没想到你这么顾大局，识大体。"他一脸严肃地说道。

"这你就把我看扁了。你我之间纵是有啥小疙瘩，也是解得开的呀！难道在你心目中，我是个五阴六阳都分不清的人吗？"

自那以后，我和老咸的隔阂一天天地不知不觉地消逝了，那种老死不相往来的局面已经成了历史。和老咸尽释前嫌之后，我在学校的生活也平添些许情趣。

第十二章　不等天恩赐
宏图血汗描

　　这时，上级又派来了一个公办老师：谭老师。谭老师教书颇为认真，打扮合时宜，优点颇多，二十来岁，白皙而胖，天真无邪，但阅历少，爱恶作剧的我常常拿她开玩笑，并给她取个绰号"谭胖墩"。

　　那时没有个人通信工具，交通也不方便，家长会也开得少，与家长沟通唯一可行的途径就是家访。我班的学生，有跨区来的，有跨村来的，所以我家访常常披着夕阳去，戴着银月归。

　　有一次，谭老师闹着要和我一起去兴隆战旗大队家访。有美女同行，一路说说笑笑，不孤单不寂寞，我何乐而不为之？

　　记得那是个深秋的下午，云淡天高。夕阳照到人身上无炎凉之感，唯有明媚之意。一路上，青山绿水鸟鸣啼，偶尔还可看见几枝扭着青春不放的荷花，真是秋光更比春光好。我俩一路说说笑笑，不知不觉就走到旗坛大队了。旗坛大队有八个学生在我班念书，这八个学生分散于四五个生产队，我们由近而远地一家家访问，第三家还没走访结束，天就快黑了。我们急匆匆地往班长程伦燕家——前面几家要留我们吃晚饭，都被我们以还有几家没走访为由婉言拒绝了。在路上，我恶作剧的想法一下子冒了出来，我神秘兮兮地对谭老师说："等会儿在学生家吃晚饭你可要尊重民俗哟！"

　　"啥子民俗哟，我不懂。"

　　"你不懂，我教你嘛——吃饭时不要坐上席，上席又叫首席，那是老人和有身份的人坐的；也不要坐下席，下席与上席同样尊贵。你一个年轻人坐了，别人会笑话你不懂礼节。"

"那我挨着你坐就行了哇！"

"也不行。农村人很封建，别人会误认为我是你老公呢。"

"真的吗？怕没有这么恐怖吧！"

"那你就试试看吧。"

我们一来到程家，天已黑了。我们向家长汇报了程伦燕在学校的表现，聊了一阵子，程的母亲就来请我们吃饭了，我客套了几句，便走到桌前。他们一家子都一个劲儿地喊："纪老师坐上席。"

我往侧面的凳子一坐，说道："这就是上席吧。"说完就坐了下去。我以目示意，让谭老师坐了上首。

程伦燕的父亲非要拉我也坐到上首去，我附在他耳朵上说道："谭老师讲究男女不同坐的，我咋敢坐上去嘛！"于是谭老师一人独坐上席。

开始敬酒了，当然，他们就先敬我，我客气地说："我咋敢喝第一杯呢？应先敬坐上席的！"

谭老师也跟着说："对头，该敬坐上席的。"

于是程伦燕端起酒杯去敬谭老师。谭老师拒绝说："不对，不对！该先敬上席，该先敬上席……"

程伦燕一家先是大眼瞪小眼，继而大家扑哧一笑，口里饭菜都喷了出来。后来，谭老师才知道被我捉弄了。

那年头，人们不仅物质生活匮乏，精神生活也极度匮乏。当时人们没有什么娱乐消遣事儿干，看场电影也是一件大大的喜事，能听到的外界声音，就是高音喇叭中的中央人民广播电台播发的消息。平民百姓对这些天下大事往往是不很在意的，甚至觉得调门高信息假，不愿听，于是玩扑克便成了人们时尚的娱乐消遣了。玩扑克有无数种玩法，那时最流行就是打百分，打千分。我那时是打千分的高手，堪称"常胜将军"，不过我们那时玩扑克，追求的不是物质刺激而是精神享受：取乐而已。比如输家钻桌子，贴"胡子"。

我现在还记得打牌时上演的两场恶作剧。

有一天晚上，我安排好了晚自习，便邀约去老史家打千分。史老师读大学去了，他干瘦的老婆隆老师是我校的民办教师，会打一手"臭牌"，但三缺一，只好找她来凑个角。

一坐下，小谭她们两个女人一方，我和咸大光一方，坐下来没打多久，娘子军就败得一塌糊涂，她俩要赖，不贴胡子，说要贴胡子就不玩了。这下可惹火了我和老咸这两个从好人堆里挑出来的人。我附着老咸耳朵上如此这般地一说，老咸笑呵呵地直点头，那两个傻女人还没醒豁过来，我们便开始行动了。

史家独门独院，且家里只有两张床，我和老咸各自睡了一张床。这下子小谭两个人才恍然大悟，惊叫着说："哎呀，你两个这么睡起，我们咋办啊！起来，起来！"她俩一时跑到东屋叫让床，一时又跑到西屋叫让床。可任她俩人千呼万唤，我俩都僵卧不动，我们回答她们的唯有低低的、轻轻的梦中呓语："你——去——叫——他——让吧。"接下来便是如雷的鼾声——当然，这一切全是佯装出来的。

她们彻底失望了，只好趴在八仙桌上"坐睡"。这样又耗了一个多小时，眼看要到十点了，我终于沉不住气了，翻身起来走到老咸床前喊道："伙计，走人吧！睡到明天再走不好，人家老公没在家，一大早从别人家里走出两男两女来，不知会编出多少个版本的花边新闻来！""好，走吧！让她们摊尸！"

上一场恶作剧的"受害者"是小谭、小隆两个女老师，谁知下一场恶作剧的"受害者"竟是我了。那是初夏放农忙假的一天下午，不知为啥我没补课，他们也没回家。午饭后，我们四人就聚在我办公室"打千分"。娘子军在屡战屡败之后，提出一个组合方式，写上一二三四四个号，抓阄决定打牌的派对，奇数一方，偶数一方。抓阄的结果是：老咸与胖墩一方，剩下的我和小隆一方。开局没多久，我方就打了对方一个倒光，获得六百分，没几个回合，我方就赢满了一千分。第二局老咸他们一方仍然牌运不佳，加上他们缺沉稳之大气，一见连连失分，便在"甩二"时接二连三地失误，所以，又没几个回合，我军便曲奏凯旋，班师回朝。

这时，胖墩便说休战十分钟，去方便后再战。她走后一会儿，老咸也往外走，说他也去方便方便。可这个家伙脚一跨出门，回身就把门拉过去关上，并扣上门扣，还撂下一句话："你们两个好好地亲热亲热。"

事发突然，顿时把我和"史家太太"吓了个半死！因为这办公室没后门，在墙一米五高地方有"牛肋巴窗"——几根木棍竖起作支撑的窗子。这"牛肋巴"凭手是弄不断的，也就是说，我们出不去了。如果他们不开门，那一对孤男寡女同处一室，就真是百口莫辩了。凭我把门如何咚咚地敲打，外面就是一点回音也没有。

这时一贯胆小如鼠的"史太太"反而十分沉着地说："你怕啥，怕绯闻吗？你不是常说树直不怕风摇动，身正岂惧月影移么？看他们玩得出什么把戏来，我就不信，他们敢不让我们出去吃晚饭！"听她这么一说，我的心还真的放了下来，我冷静一想，法子就有了。

我爬上靠墙的办公桌，双手抓住"牛肋巴"窗子，向着外面阴阳怪气地吼道："咸老二，你把我们锁在屋里，你两个好放心大胆地干坏事吗？你不要以为这样就可以掩饰你的打猫心肠了……"我这样肆无忌惮地乱吼，还真把他们两人吓倒了，因为胖墩终归还是待字闺中的黄花大闺女，所以胖墩最先沉不住气了，屁颠屁颠地过来给我们开了门。

那时我们开玩笑也比较随意，后来常本英给我写了封批评信。这封信很长，千字左右，其中核心的内容就是言传不如身教。一身山野气，素与循规蹈矩无缘的我，对这封规劝信还是十分重视的，我把这封信贴到我办公桌上，每天早中晚看上三遍，这封信对我收敛野性，改变俗气，还真起了巨大作用。

我接任红星小学主任教师时，红星小学一穷二白，校园没电，没旗台，没篮球场……总之，该有的没有，不该有的到处都是，如蚊蝇、鼠蛇、杂草。20 世纪 60 年代流行语："与天奋斗，其乐无穷；与地奋斗，其乐无穷；与人奋斗，其乐无穷。""有条件要上，没有条件创造条件也要上。"这些语录对我影响颇深，直到今天也时刻影响着我，所以我从不做指望上级恩赐的"望天派"。

红星小学，当时除了五间青砖墙小青瓦盖牛肋巴窗的教室、一间厨房、三间办公室兼卧室外，余下的就是一个六七百平方米的土坝子——操场，花没一株，树没一棵……于是我便从花钱不多之处着力。

首先，我要改变的是晴天尘土飞扬，雨天满地泥汤的"操场"。我四处求援，找有砖瓦窑的生产队队长，或求其相送，或花少许的钱意思意思，弄来一堆又一堆的燃煤残渣，俗称"二炭灰"，买了几百公斤生石灰，花了二三十来元钱。接着是发动学生担水把生石灰发透，筛去"冥顽不化"的矸石，把石灰和煤灰掺水搅和均匀，摊好铺平，最后用我在凉山普格学到的那小半瓶醋的泥水工的技术，用"泥掌"将其"抹平"。

当地人把这种混合物叫作三合土。待其开始凝固时，用砖刀或硬长木片再一次将其砍烂，又用打板将地面打平，再用"泥掌"抹平，然后找来鹅卵石在三合土地皮来回地磨，直到把三合土里的水浆磨出来为止。这道工序要反反复复地进行三至五次，其作用是提取三合土中过多的水分，加快其凝固进程，增强其凝固力。最后一道工序时撒上盐卤，这样的三合土经久耐用，坚硬如水泥浇铸的。

我们师生自力更生，艰苦奋斗，为自己建造出了不扬尘的活动场地。接下来就是自力更生砌阶沿、砌旗台了。红星小学两栋小青瓦教室都是生产队投工投钱修建的，所以不仅粗糙，而且简陋，甚至连阶沿石也没砌，这样不仅不美观，而且学生经常在倾斜的泥土阶沿上摔跤。要修阶沿，首先就必须购买石材，可那时民办学校根本就没有办公经费。公办班有点公办经费，不仅少得可怜，而且红星小学只有一个公办班。

天无绝人之路，校外几米远的地方，有一个废弃的采石场，里面散落着大大小小、长长短短的石块、石条，虽不是很规则，但有些打一打，凿一凿，还是勉强可用的。于是我发动班上年龄大点的学生，如邓仁高、王胜、常蒯等，与我们老师一起去采石场选石头，选好后，小的就抱回来，大的就两人抬，再小点的就用竹箩装好或抬或挑运回来。

石头找得八九不离十了，我就和搭档吕善述老师一起砌阶沿。吕老师是一个堪称老黄牛的共产党员，他一生任劳任怨，不计个人得失。

在我心目里，他除了口头表达能力差点，管理学生太仁慈之外，似乎还真找不出其他什么缺点来。

借来了手锤、錾子等石工用具，我就和吕老师利用早、中、晚的时间砌起阶沿来了，阶沿没砌几天就完工了。紧接着，我们就开始垒旗台。垒旗台的工作量可就大了。十米长，四米宽，一米多高，四十多立方，可要几万斤石料啊！何况当时正是秋老虎横行无忌之时，天天连眼睛也不眨一下的火辣辣的太阳，一大早就打卡上工，从不懈怠。空气中涌动着热浪，人静坐在屋里，汗水也直往下淌，何况我们还在"足蒸暑土气，背灼炎天光"的条件下干体力活呢？不过说来也怪，我们心甘情愿地干自己想干的事，再热再苦再累，心里总觉得甜甜蜜蜜的。

我还记得，就在旗台快要完工时，我的手指不小心被石头砸破了，鲜血直流，痛得我牙直咬，泪满眼。但一见到一件"作品"即将由自己亲手完成，顿时觉得疼痛消失了几分。于是我叫吕老师找来一点白酒冲洗了下伤口，伤口沾上酒精，更是痛得我嗷嗷叫。接着我让吕老师从我裤袋里掏出手巾撕下一块，给我把手指包扎起，接着又干了起来。

经过一周的劳累之后，一座以石块、石条、小乱石为材料的旗台就垒成了。我又去找来一根大毛竹，并装上滑轮，套上绳子，于是乎，我们红星小学变成了全县第一个升国旗的乡村学校。

当我站在旗台上，对着台下师生发表国旗下的演讲时，那心中的自豪劲真是难以言表。

土坝子变成了三合土，尘土飞扬的日子成了红星小学的历史，倾斜且凹凸不平的阶沿已变平整了……总之，红星小学的面貌已发生了看得见的变化。

我的下一个目标便是让学校绿起来，香起来，美起来。

1982年的春天来了，我要求我班上每个学生从家里带五株树苗，学生带来的树苗大多数是从山上挖来的柏树、杨槐树。我和他们一起在校园四周的荒地上打窝、栽树、浇水。我要求学生把不落叶的柏树和落叶的槐树一排排地间叉着栽，这样即使是冬天，校园四周也有一片苍绿，也盎然着生气。

但教室窗外栽柏树和槐树显然是不合适的，那时绿化树种还没有登台亮相。正在我一筹莫展时，我想到了坡上雷达站的驻军部队。我找到他们，他们为我校免费送来五十株法国梧桐——云南梧桐。

栽树的事儿已告一段落，但"贪得无厌"的我，又打起种花的主意来了。当我向同事提出我的设想时，他们开玩笑说："你还想逛'天上的街市'吗？"我笑了笑说："尔等拭目以待好嘞。"说干就干，当天下午，我便邀请吕善述老师一起到上云小学去"打千分"。上云小学的王仁炯校长喜欢打牌，但牌技差且爱吹牛，屡战屡败，且总是振振有词地怨天尤人，总之"罪在尔等，功在朕躬"。他的教导主任兼工会主席邹祥闻又是一个既爱喝酒又爱打牌的主，当然弱将手下无强兵。我们每次去上云小学"进行牌事访问"，都会受到东道主的"晚宴"招待，他们妄想先在酒桌上让我们输，好在牌桌上赢。岂知我这个酒鬼的本事特大，一坐上酒桌，三杯酒下肚，就呈醺乎乎之状，一两斤下喉，仍是醺乎乎的样子。可一上牌桌，牌就像醒酒神药，一牌在我手，顿时"神清气爽"，精神倍增。

故每战均能克敌制胜，屡破雄关。当时打千分的规则是打三局，三战二胜为最终胜利者，而我们常常是三战三胜。牌局一完结，马上又重开酒局，大家终是喝得个一塌糊涂。若是往日，我们就会"打道回府"了，可那天晚上，我却一反常态，就在他们校园来来回回地走，一时夸他们这种花美，一时又赞他那种花香……弄得送客的他们云里雾里不知究竟。这么一折腾，半个小时过去了，王仁炯校长一个呵欠接着一个呵欠的，可我还没有要离去的迹象，他实在按捺不住了，摘下眼镜盯住我问："怎么，你这么喜欢花？搬些回去吧！"

"谢主隆恩！"我模仿川戏的口吻来了一句道白，跳进花园就一阵猛拔猛扯。这下子可把黄、邹二人惊呆了，等他们醒过神来，连声求道："莫拔了！莫扯了！"吕老师素来是个和事佬，忙打圆场说："纪老师，不扯了，扯多了，我俩咋个弄得动啊！"

"还扯两株好的就不扯了。"我不停手地回答道。

"你整这么多干吗？"

"美化校园！我这是劫富济贫！"

"算了，算了！你美化校园先讲清楚嘛，我就那么小气吗？"王校长转怒为笑。

"我不管你大气还是小气，反正我给你扯脱了再说。"

那天晚上，我和吕老师两个酒鬼，一身是胆雄赳赳，一身是劲力无穷，扛着两捆花苗，摸黑走了六公里砂石公路，约莫十二点才回到学校，又挑灯夜战，松土、打窝、栽花、浇水，直忙到四点过，雄鸡催早了，才栽完。累得不行的我俩满身是脏泥，不敢上床睡，只好趴在办公桌上眯了一两个小时。

后来，我们又到上云小学去"明抢暗偷"了几回，直到他们有的我都有了，才罢战收兵。

再后来，又听说大溪木江大队有家人育了不少的花，于是一个星期天下午，我和吕老师又跋山涉水，一路问村翁、牧童才找到那家育花的，买回当时罕见的花种苗，如龙爪菊、夜来香、一串红、海棠、棋盘花、杜鹃、牡丹等十来种。

至此，红星小学有了菱形花圃三个，球形花圃两个，长方形花圃两个，方形花坛一个，半球形花坛两个。花圃花坛里共养有四十一种花。其实，我对种花痴迷已到了无以复加的地步，每天教学之余，就是给花施肥浇水、修枝剪叶……

有一天下午，我听说野生月季月月开花，长年不败。于是我立即顶着烈日步行三十多里，好不容易才找到有野生月季花的那家人。可是，只见铁将把门，向邻里打听，这家人全上山干活去了，于是我在他家竹林里找了一块石头坐了下来。

天快黑了，他们下工回来了，我疾步上前说明来意。他家三个青壮男子都不约而同地指了指一个衣着时髦、剪着披肩发、鹅蛋脸、肤色白嫩、杏眼蛾眉的少妇。老实说，这女人要不是扛着一把锄头，说她是农妇，谁也不会相信。

我朝着那少妇再次说明来意，她理也懒得理我就进屋去了。那个二十来岁的小伙子轻声地对我说："花是我么妈的命根子，看样子你是买不成的。"

"我只买一两株做种苗也不行吗？"

"你不知道，我幺妈读的是二农校，学的是园艺，在校说错了话，差点被打成反革命，好在家庭成分好，她爹又是造反派头目，才幸免于难，被开除回家务农……嫁给我幺爸第二天便开始栽树、种花……"

"哦！"我惊叹了一声，呆想了一阵，还是不甘心空手而归。于是我走进他家堂屋，见那少妇正在捧着一本书看，我瞅了一眼书的封面，是《茶花女》，于是我说了一句："哟，你看的是大仲马私生子小仲马写的《茶花女》吧？"

她抬起头来，美目瞟了我一眼，又低头看起书来了。显然她对我的敌意消失了那么一点点，于是我就不管三七二十一说开了："我是一个民办初中教师，我所在的村小，条件极差，没树没花，我想改变这只丑小鸭的面貌，把它打扮成像你一样美丽的白雪公主……所以四处寻找花种，现在我校已栽上了四十一种花了，听说你这里有月月红，所以就问着来了。我求你看在我一个穷教书匠的面子上卖给我几株吧，不！一株就行了。"

她抬起头，放下书，问："请问老师贵姓？"

"免贵姓纪。"

"纪老师，卖给你是不行的，我养的花从来不卖的。"我的心一下子坠入了冰窟窿，凉透了。

"不过我可以送你两枝！"

"请问姑娘你贵姓？"

"我姓曾。"

"哦，小曾，我可不是要弄回去插花瓶，而是栽的呀！"

"知道！你随我来吧！"她莞尔一笑，就往外走去，她说话轻声慢语，嘤嘤动听；莞尔一笑更是妩媚摄人心魄。

我紧跟着她来到后山一块山地里。那块地有一亩左右，其他作物一棵也没有，全是花木。她用手锯很快地截下三根月月红的老枝，对我说："月月红，是民间的俗称。它属月季科，也可以叫它野生月季。

它耐暑热抗风霜，再生力强，但抗虫害较弱……"

"你给我这两截老枝咋个栽法？"

"纪老师，你把这花枝用刀截为二十厘米左右的小段，再挖好小坑，填上水田里的稀泥或把旱地里的泥土弄细，加入适量的水，将其弄成稀泥状，然后把月季截段斜插入稀泥中，再在稀泥上盖上干土。五天后，每隔两天浇一次水。这样最多半个月，这截枝下就会长出须根来的，它一长根，就证明一个新的生命体问世了。你这三根树枝，起码可以截二十来截短段，育出二十来株幼苗来的。"临走时，美妇又送了几小株海棠、几小株桃梅给我。

我谢绝了她一家人的再三挽留，坚持连夜赶回学校，按她传授的方法，先扦插好那二十一段月月红——野生月季的截枝，又栽好了海棠和桃梅，已是午夜时分。胡乱地扒完学生给我端来的晚饭，困得脚也懒得洗，就上床呼呼大睡了。

当时的教室，窗户全是小木棍支撑的牛肋巴窗，没有玻璃窗，既不能遮风又不能挡雨，白天还好对付，可一到早自习晚自习，常常是风吹灯尽灭，月去暗无光。

最先带来福音的是开始拉高压线安电灯了，红星大队也准备安装电灯了，可那时是谁安装电灯谁出钱。我们红星小学哪来这么一大笔钱呢？我去找领导，他们众口一词：穷得叮当响，安电灯全是群众按人头凑的，哪来钱给学校安电灯呢？没有一个领导不表示坚决支持，可一说到钱，领导们没一个不是摇头叹息：哎呀，难呀！我们手里也没有钱啊。

可真是上山擒虎易，开口告人难哟！求人不如求己，我决心自己干。粪池费——当时人的粪尿还值钱，学校粪坑里的卖给生产队，学校一年能收入几十元钱，作为学校的办公费不足的补贴。由于红星小学民办初中在百姓心目中是"名牌"，所以有"借读"的，按当时的政策，可以收少许的借读费，总之东拼拼，西凑凑，可凑来凑去，还是差那么一点点。后来得到了上头领导的支持，说高压线我们不出钱，大队给解决了，学校在管隆生院子竹林边接低压线进学校就行了。

电灯安装上，黑夜变成了白天的延续，师生无不欣喜若狂！学生早自习晚自习照煤油灯已变成了历史，学生下了早自习晚自习满脸黑烟的现象永远变成了记忆。

灯，亮了！早晚自习再也看不见风吹灯火尽了。操场改造好了，阶沿砌好了，旗台垒好了，国旗升起来了，树绿了，花香了，电通了！但是"贪婪"的我仍觉得学校似乎还差了些什么。想来想去，原来学校还缺点"响动"，响，音响设备；动，体育设施。

我决定先买一套音响：两个小音箱，一台功放，一台收录兼播放的机器，还有一个留声机，几十张唱片——包括一些川剧唱片。这下子校园可热闹起来了——比当时的大兴中心校还热闹些。没上课时，我就播放歌曲、川戏，周边社员和家长都一个劲儿地夸我能干有本事。

其实，是因为当时我们学校的任课教师没有一个会音乐，无法教学生学习音乐，但我要尽力让学生学会欣赏音乐，除了让学生欣赏音乐之外，这套设备还可以放英语磁带辅导学生学习英语。

接着，我向政府请示给我们红星小学配一副篮球架，否则，我就辞去学校主任教师职务。

乡政府终于答应了我合理的要求。但等篮球架快运到时，中心校新任校长张才信横加阻挠，幸好有分管领导章文书从中协调，篮球架终于运到了红星小学。然而，有了篮球架却没有篮球场。

我又请红星二队队长喝酒，多次找村支部村委会反映，请求把学校后面一块属于红星二队的干田划给我校做篮球场。地终于得到了，干田也推平了碾实了，篮球架竖起来了，可是就是没有体育教师，也没有钱把篮球场打成水泥地皮。于是我又四处找体育教师，四处筹款将篮球场硬化。

第十三章　爱心为网
韧劲成墙

树绿了，花香了，麻烦事也就来了。学校四面都是农家小院，社员的文化素养和对绿化美化的认知度都很低。在他们眼里这树啊花啊，既不能吃也不能穿，更换不来钱，所以在他们眼里这些树，这些花就是一毛不值的垃圾，更何况当时的农村学校都是没围墙没校门的，根本没法让校产及设施设备不遭到破坏。下面是我记忆中几个片段：

一个星期天上午，我回到学校第一眼就看见一棵槐树上拴着一条大水牛，槐树的树皮已被牛啃光了，我打听到牛的主人原来是远近闻名的又刁又泼的张效群。这个中年女人身材高挑，能说会道，吵起架来，不仅声音洪亮，而且吵架还可以几天几夜持续作战。一句话，她是方圆几里路没人敢招惹的泼妇。我看到一棵树被白白地糟蹋了，既痛心又气愤。

于是我决心去会一会这个女人。我牵着牛来到管家大院，先向大队支书管重学讲明了情况。管支书听了，轻声说："纪老师，你可要小心她啊！这女人可不好对付呀！"

我说："她总得讲道理啊！"

"那也未必哟。"管支书一边说着，一边指了指那扇木门。我明白那是泼妇的家，我牵着牛，走到她门前，大声喊道："张效群，请你出来一下。"

那女人不知究竟，一边应着："出来了。"一边出来。一见我牵着她家大水牛，便瞪圆一双死鱼似的眼睛，高声叫道："纪老师，你牵着我的牛干啥子？"

"你家的牛啃坏了学校的树子，我来找你赔票子。"我理直气壮地说道。

"赔票子，老娘赔你个锤子，牛啃了你的树子，你啃牛不就完了，又不是我喊它啃的。牛听不懂话，懂不起事，看你把它咋个办呢？"她一边骂，一边往院坝走来。

我知道，她是想既不赔钱又从我手里夺回牛去。我灵机一动，拉起牛一边抽打，一边往外面跑，一边喊道："姓张的，牛啃坏我的树与你无关，那我把牛牵去卖了，我的树钱不是就找回来了吗？剩下的钱，我如实归还你就行了。"

这下子她可慌了神，飞快地跑到我前面拦在路中央央求道："纪老师，我们红星大队男女老幼没有一个不夸你工作认真，本事大，书也教得好……你看，我这是初犯，就不赔了吧！"在说了一大堆奉承话之后，才道出她不赔钱的诉求。

"不行。不赔钱，牛我就牵走了，饿坏了我可是不负责的哈。"

她见这一招不行，于是便涎下脸来问道："赔多少钱？"

我说："初犯少赔点，一元钱吧。"

"赔五角钱吧，我连称盐也没钱呢。"她狡黠地涎着脸微笑着说。

我乜了她一眼，牵起牛就往外走，口里说道："不行，赔一元钱。"

"赔八角吧。"她央求道。

"好吧！赔八角钱，希望不要有下次了。"我想了想说。

说实在话，叫她赔钱，我不过是想杀这只刁泼之鸡给顽劣之猴看，目的达到了，见好就收吧。若真把她逼急了，她可什么事都干得出来的，我反倒下不来台。事后，有人取笑她，问她咋不放刁撒泼收拾我。她说："老娘识相，这个纪眼镜连小霸王都敢收拾，是个不怕事的主，老娘舍财免灾，不招惹他。"

护花护树第一回合，取得小胜，但更严峻的考验还在后头。那时，能看上一场免费的露天电影可是天大喜事，而机场的飞机修理厂就在三小队地盘上，一个月大约能放两场电影，允许老百姓与军人同乐。

所以部队放电影，我也只好不上晚自习，因为即使上晚自习也是没效果的，学生的心早就飞到电影场中去了。

一天下午，又传来修理厂要放电影的消息，恰好我米快吃完了，急需回家一趟，所以上完课，我就匆匆回家去了。第二天一大早，我担着米来到学校。校园里还空无一人，放眼一看，真把我气得半死。棋盘花、月季花……断枝残叶，满地都是。我循着断枝残叶一路走去，在校外去管家店田埂上还有十来截折断的花枝，而花枝的尖都是向着大丰公路，断头却朝着学校方向。

我看完这些初步判断：一、这是一起蓄意破坏事件；二、参与此事件的绝非一人，最少也有两个人。我之所以判断为蓄意破坏，是因为非蓄意的往往只能弄去几朵或三两枝而已，不可能弄掉这么多；非蓄意破坏的，会把折断的花枝带回家去做欣赏品，而不会把断枝残花弄得满地都是，更不会沿路抛丢。这不仅是蓄意的，而且是带着挑衅的行为。我下定决心，哪怕是上天入地、翻江倒海也得把这些人查出来。

接下来几天，我只要有空，就披星戴月、栉风沐雨到管家店、胜利大队沿路各生产队走家串户，逐一寻找毁花嫌疑人，可是访来问去，一个个嫌疑人都变成一个个清白人。是就此偃旗息鼓，还是另辟蹊径呢？我经过利弊权衡，还是决定查下去，并一定要查个水落石出，否则，在挑衅者面前输个一干二净，那今后，学校这些花呀树呀，还能剩下多少呢？如果这样，我这一两年的心血岂不付诸东流了吗？于是我重打锣鼓另开张。通过一番思索，我决定改变寻找突破口的方向，由向外改为向内。

说干就干，当天晚自习，我就要求我班上那天夜里看了电影的逐一登记填表。登记表设计了以下项目：一、看电影你和谁一起去的？又是和谁一起回家的？二、去的时间大致是多少？又是什么时候回家的？三、你回家走的哪条路？证明人是谁？

表交上来后，我先把我已查过了的那些人的表略看了一下，全都与我调查的相吻合。剩下五十多份中，我又挑出了三十多份我认为是品学兼优或诚实可信的人填的表。剩下二十几份表，我决定逐一询问，询问后再作调查。学生去看电影，常常是三三两两呼朋引伴的，同去同归，所以这二十几个学生只有四拨人，于是我把他们分成四拨叫到我办公室一一询问调查，结果是一无所获。四拨人都说他们是同去同归，没有一个人来过学校。

当天晚上，我彻夜难眠。思前想后，又想出了两个办法，那就是：①扩大调查面，由只调查我任班主任的初中班，扩大到红星小学三年级以上的全体学生；②改小组调查为"单调"，又准备特别追问同一生产队的不同群体的学生"在电影终场后你们那个队的同学是否一起回家的？"

这一招还真管用。当我逐一盘问三生产队当晚看电影的十四个学生中的一个小学五年级的女同学时，她提供了一个非常重要的线索：我们队上的同学在电影完了之后，大多数的都端着凳子随着父母回家了。我和我妈走到最后，看见你们班宗虎、宗伟两兄弟和曹华把凳子交给了他们各自的家长，他们三人就往学校方向走了。

飞机修理厂是建在红星大队三生产队的地盘上的。也就是说，放电影的场地就紧邻三队学生的家门口，而学校离放电影的地方最少也有几百米，那么，我班上这三个学生不回家，却往学校方向走是干啥呢？为什么在第一次询问他们时，他们异口同声地说："电影一散场，我们三个同院子的同学就一起回家了，回家后再也没出过门。"他们为什么撒谎？一定是因为心中有鬼。

于是，我立即把宗氏兄弟和曹华叫到办公室来。他们进来后，我没立即盘问，而是叫他们每个人间隔一米，分别站成一排。十分钟过去了，我一句话也没问；二十分钟过去了，我还是一言不发；三十分钟过去了，我仍然一个劲儿地批改作业，默不作声，整个办公室静得掉根针在地上也听得见响声。直到一个小时过去了，他们心里也紧张到极点，我突然站起来，猛地一拍桌子，吼道："谁是主谋？"三个人一惊，宗伟、曹华不约而同地指着宗虎说："他。"

接着我又把他们三人隔离开，分别盘问。原来宗虎有一次没完成数学作业，上数学课打闹，我知道了，狠狠地收拾了他一顿。对此，他一直怀恨在心。那天晚上，他知道我没在学校，便邀他亲弟弟和同院子的曹华前来学校捣乱。他说："纪眼镜说花草树木是他的心血铸成的，我们今晚上就去把他的心血放了。"

事情查清楚了，可如何处理却大费周章，因为宗氏兄弟的父亲是大队的领导，所以中心校校长（此时吕善治已调走了）坚决不同意我的处理意见。他不同意的理由很直接也很简单，那就是宗氏兄弟之父是红星大队的干部。他开导我说："不看僧面看佛面……做事留一线，日后好相见。"而我这不谙世事的榆木疙瘩却坚持："王子犯法与庶民同罪，何况一个小小村干部家的两个纨绔子弟呢？"

我这个人一旦认定了的事，很少妥协，也从不回头从不反悔。于是不等校长同意，我便对这三个学生做出了处分决定。对曹华、宗伟给予记过纪律处分，赔偿学校损失一元钱；给予宗虎留校察看纪律处分，赔偿学校损失叁元。

处分文件下达后，宗氏兄弟的父母拒不执行赔偿，特别是其母，她以凶悍闻名。在这件事上，更没把我这个小小的民办教师放在眼里，何况他们手握尚方宝剑，校长曾经当面答应过他夫妻俩，除批评教育外，赔偿、处分一切都免了。

这下子可把我逼到进退维谷的境地。退吧，今后学校的纪律制度如何维系？今后学校的设备设施安全如何保护？进吧，"权势"联手，让我一个民办教师——泥饭碗又怎样保全呢？俗话说得好：脚指头无法犟过大腿的。经过再三思谋、权衡利弊，秉性不信邪的我，不仅选择了决不退缩这条险路，而且采取了主动进攻的措施：首先，通知宗虎、曹华两家家长，限期三天内交清赔偿费，否则我将拒绝学生听我授课；其次，我把事件的经过写成文字材料，绕开中心校，越级上报。

这些招数还真管用，因为我给宗家和曹家的通知发送的第二天，一大早，曹华的家长就到学校来交清了赔偿费，并再三表示歉意，曹华的爸爸曹经说："纪老师，实在对不起。我家曹华人小不懂事，经不起宗家兄弟的诱惑干了错事，更对不起你的是，你的处分决定送给我们后，宗家两口子背着我找到我老婆，要求我们两家联合起来和你对着干，绝对不能交赔偿费……今天我一听说他们这不明事理的做法，火冒三丈，骂了我老婆一通，这不就向你检讨、交钱来了吗？"

我说："你当家长的，检讨就不必了，学生损坏公物，作为他们的班主任，应该算是我的失败，我也不是非要惩罚他们不可，我是希望通过一定惩处，使学生明白一个道理，那就是任何一个人犯了过失，都必须承担责任，一个没有责任感的人，既不可能成为一个好公民，也不可能成为一个好的家庭成员……"

曹家交清赔偿费的消息不胫而走，第三天天快黑的时候，宗虎之父极不情愿地来学校交清了赔偿费，但道歉的话却只字未提。这件事，在社员群众中造成非常不错的影响，大家都夸我是不拍马屁不奉迎的角色。

这事刚过去不多久，我又遇到了另一件难办的事。

我去县城开了七天的人民代表大会，刚一进校门，左冠华便神神秘秘地对我说："纪老师，有个事不好搞得很啊！"

"啥子事？"我瞟了他一眼问。听了他的诉说，我才知道，就在我外出开会的当天下午放学时，副班长宗菊的《新华字典》就被人偷走了，家长多次找左冠华，左老师也清查了好几次，都没查出个所以然来，而家长却一再催促老左查个水落石出。

我心里窝着火，但不敢发出来，因为我开会期间，老左可是无偿为我代课的。我淡然而十分自信地说："知道了，会查出来的。"

他盯着我，眼神里充满着怀疑地说："七天了，还能查出来？"

"能！"我坚定地答道。

第二天早自习，我把宗菊叫来问了她丢字典的详细情况。她告诉我，当天下午第三节课是语文自习，她在预习新课时有一个字不认识，她就查了查《新华字典》，然后把字典放回课桌下的储书箱靠内壁处——这本八角五分钱的字典在一个农家孩子眼里，可是稀世珍宝啊！第二天上课她要查字典，可找不着了。

"晚自习你没用吗？"我问。

"你没在校，我们都没上早晚自习。"她说。

"那天谁是值日班委？"我问道。

"我。"

"那天放学后，还有哪些人留在教室？"

"我和三个扫地的同学。"

"扫地的是哪三个？"

"左中良、宗良惠、左国金。"

"他们三人一起离开学校吗？"

"不是，宗良惠和左中良负责扫地，左国金负责倒垃圾，左中良和我走到最后，因为我要锁教室门。"

在和宗菊的一问一答中，我对当天的情况有了进一步的了解。接着，我就把扫地的三个人一一找来，一一询问。在询问中，我首先排除了宗良惠，因为地扫好了，宗菊检查了，宗良惠就先回家了。而宗菊的座位在教室的后半段倒数第三排，归左中良扫，左中良第一遍没扫干净，宗菊要求他扫了第二次。那么，拿走宗菊字典的就是左中良和左国金二人中的一个了。下了早自习，我又把左中良叫到办公室问道："中良，你扫地时看到宗菊的《新华字典》了吗？"

"老师，我没有看见。"

"真的没见着吗？"我加重语气问道。

"真的——没——看到——她的——字典。"他一下子伤心地哭了起来，哽咽地答道。

这个孩子个子矮小，说话细声细气，在班上属于温顺善良且胆小这个类型的学生。我看见他伤心的样子，实在不忍心再问下去了，于是走到他身边，拍了拍他的头说："别哭了！老师只是问问罢了，又没说是你偷了字典。莫哭了，我不是常对你们说，男子汉流血不流泪吗？你咋就记不住呢？"

他止住了哭声，但白嫩的脸上还淌着泪珠儿，红着眼睛说："老师，若是你查出来宗班长的字典是我偷的，你怎么处罚我都行。""好了，好了，别哭了，老师不是在调查吗？擦干泪，回教室去，快上课了。"

接着，我叫来了左国金询问，他倒还干脆利落，他说："我没扫地，他们扫地时，我在黑板上练粉笔字，没到任何人的座位去，我咋拿得到宗菊的书呢？书肯定是左中良偷的，他扫地腰一弯不就拿到了吗？"

做课间操时，教室里空无一人，我拿着扫帚，做着扫地偷书的实验，从宗菊课桌储书箱内壁处要准确地找出某一本书来，没一两分钟可不行的。于是，我做出一个判断，这字典可能是左国金偷去的。可他什么时候干的这事呢？失主宗菊不是一直在教室里值日吗？为了弄清这个关键点，我决定再次找宗菊询问。

找来宗菊，我劈头就问："那天放学后，你一直在教室看着他们搞清洁的吗？"

"嗯。"宗菊点头答道。

"你仔细回忆一下，在左中良扫地离开教室后，你离开过教室吗？"我提醒道。接着我又提醒了一句："不忙回答，仔细想想。"

她想了好一阵，才说："想起来了，左中良走后，左国金还在撮垃圾，我去了一趟厕所。"

"有多久？"

"不久，怕就四五分钟吧。"她歪了歪头回答。

"你回教室时，左国金在哪里？"

"去倒垃圾了。"

"多久才回的教室？"

"没多久，可能就是一两分钟吧！"

我没再问什么了，抬起手腕看了看表，就朝倒垃圾的地方走去，一去一回，整整用一分半钟。我心中已判定是左国金拿走了那本《新华字典》。放中午学了，我破例地通知各班班主任今天不集中放学，各班自便。于是我把我班上的学生留在教室里，我笑着对他们说："同学们，在我去县城开会期间，有人拿了宗菊同学的《新华字典》，忘了归还，我已经推测出是谁了。为了让这个同学迷途知返，今天晚上不上晚自习，大家回家吧，拿字典的同学在明天早上六点早自习前，不管你用啥法子，把字典还了就行了，若过了限定时间，我就将公布你的名字，并给予开除学籍的处分。"我一说完同学们便议论开了。

那时，没有九年义务教育这码事，学校是有权开除违纪学生的。第二天五点五十，我打开教室门。拉亮电灯一看，一本《新华字典》仰面躺在靠牛肋巴窗的地上。我忙走过去捡起字典拿回办公室。上早自习的同学陆续到了，等我重新回到教室，学生已到齐了，做作业的、读语文的、背英语的、背政治的，总之闹哄哄的。我走到讲台上，拿起教鞭敲了敲黑板，台下一下子变得鸦雀无声了。"大家自习外语第×课。"说完，我径直走到左国金面前。用手指点了点他的小脑袋，又指了指我办公室，转身走了。我前脚一到办公室，左国金后脚就到了。

"站好。"说完，我就没再说一句话了。我一声不吭地改作业，接着又一声不吭地吃饭。时间已过去了一个半小时了。我走到办公桌前，一声断喝："你什么时候把字典扔进教室的？"

"昨晚半夜。"他嗫嚅着回道。

"把你偷字典的过程全说出来。"我小声而威严地说。

他看了看我说："那天下午，宗班长上厕所去了，我就走过去，把她字典拿出来，藏进了我书包里……"他交代出来的，与我分析的基本上一样。事后，我狠狠地批评了他，但兑现了诺言，没处分他，也没声张，并说服宗菊，让她出面说是自己放在桌下书中间，当时没仔细找，今早上才找出来。

这一页就算翻过去了。我原以为，经过这两次查处疑难事件，那些贪小便宜的应该望而生畏了吧，可谁知没过多久，学校的两张柏木椅子又被盗了。

那一夜又是飞机修理厂放电影，又是我没在校——回家去了。左冠华当天把两张柏木座椅放在教室里，就忙着去看电影而忘记了锁教室门。第二天早上一看，那两张椅子不翼而飞了。于是，我课余时间又忙着走家串户，内查外调，可是我忙活了二十多天，那两张柏木椅子仍然是泥牛入海无消息。有教师调侃我说："福尔摩斯也有犯难的时候吗？"也有的语带双关地说："你们不要慌，不要忙，福尔摩斯有名堂。这两把椅子明天就会被查出来的。"他把明天两字拖得老长老长的，真是意味深长。听到这些，我总是一笑了之，不过暗中思谋着破解之策。那时相信群众依靠群众这八个字还在继续发挥作用。于是，我召开了全校师生大会，在会上我郑重宣布："凡是能提供那两把被盗椅子线索的，奖十元；能把这两把椅子找出来，送回学校的，奖二十元。"我心想：我们既要依靠群众，也要相信重赏之下必有勇夫。

时间一天天地过去了，眼看过了端午节，离放暑假已不远了。可是那两把椅子仍杳如黄鹤，连影儿也没有，我心里难免有些着急起来，于是我再次利用一早一晚私下走东家问西家。几天走访下来，结果仍是竹篮打水一场空，什么信息也没捞着。正在我心急火燎时，一天上午，我正在备课，突然，管隆基跑来对我说："老师，椅子我找到了，在左国金家后檐下稻草堆里。"

"真的吗？"我喜出望外，啪地把笔一扔，站了起来。

"真的！我在他家竹林拾狗粪，看见有大堆谷草把子，我见四下无人，便走过去，挪开上面的谷草一看，下面竟然藏着两张学校的椅子。"小管一本正经地说。

"好，谢谢你！你没露啥痕迹吧？"我担心地问。

"没有，我小心翼翼地把稻草把子重新盖上了，连地上掉下的稻草叶我也收拾干净了。"

我真佩服小管的细心。椅子的踪影发现了，可也把我难倒了。藏在他家屋后的椅子，要找回可十分困难——一个教师，何况还是"民办"的，有权去人家屋里搜东西吗？于是在一番计较之后，我找到了大队支部管书记。管支书是个厚道、正派的农村基层干部，他听完我的汇报，就派人去找来左国金的父亲左发轩。左发轩一进大队办公室就向大家点头问好，沉着冷静得就像没事人一样。这个身材魁梧的农家汉子，以前可是走村串户的手艺人，见过些大世面，所以颇懂礼仪。

他一坐定，管支书就开门见山地请他配合工作，还讲了一番诸如学校是为我们培养革命接班人的地方，我们每个人都要爱护学校的一草一木这样的大道理。但是左发轩打定：任你说得天翻地覆，我心中自有不变乾坤，矢口抵赖。管支书与左发轩过招，久战不胜。我在旁暗忖道：对此类泼皮，讲理岂能奏效，非出奇招施怪法不可。我眉头一皱，计上心来，呼地一下站起来，佯装要走，怒火冲天地骂道："姓左的，亏你还是个手艺人，平时能说会道，到关键时不开窍。管支书，不麻烦您了，我自有办法解决这个问题。红星小学两把椅子丢得起，但是我明天开一个全体师生大会，当众宣布开除左国金。理由嘛，很简单，在胜利小学偷东西，被程晨光老师责罚；读初中偷宗菊的《新华字典》，还偷了……你家不怕娶不到儿媳妇，绝香炉钵钵，我姓纪的怕什么……"说着，我跨出办公室门槛。

"纪老师，留步，留步！"左发轩在我身后叫了起来。

我回身坐下，管支书又批评他："你左发轩就是犯贱，好说你就是听不进去……"接下来就是左发轩道歉认错，说了一番教子无方，无颜见人之类的话，并再三恳求不要对外公开此事，他一再表示今天晚上十一点前，一定会悄悄地把椅子送到学校来。

第十四章　凌霜梅几树
　　　　　　护节竹千竿

　　我这个人有一个致命的缺点，也可以说是难得的优点：见不得弱小被欺侮，更不畏惧仗势欺人的强势。这种爱憎分明黑白自择的性格，给我带来了许多赞誉，也平添了无数烦恼和危险。

　　在我替人代理诉讼或鸣冤叫屈中，还有几件事不得不提。

　　1981年，开始重视法制建设了。北京有一个"中华律师函授中心"开始招生。得讯后，我立即报了名参试——当时全县只有我和化龙桥乡一个广播员牛佳禄被录取了。后来听他说，他之所以去读这个培训班，是想把泥饭碗改成铁饭碗，而我之所以参培，则是性格使然，想学点本领，好为自己，有时也为别人打抱不平。从1983年到1994年，这十一年间，我先后为七十一人辩护或代诉，全为义务代诉对簿公堂，除为妻的姨爹代诉败诉之外，其余为胜诉。姨爹那场官司，我多次喻之以理，劝其息讼，若讼必输，但姨爹不仅执意要打这场官司，而且一审败诉，还打了二审，结果二审也以败诉告终。

　　在这些社会活动中，至今仍令我不忘怀的有三次。

　　第一次发生在拨乱反正岁月。那是一个春天的早晨，我下了早自习正准备吃早饭。一个身材魁梧、黑红脸膛、花白头发的庄稼汉，一走进我办公室，就自我介绍："纪老师，我是红星五队的管隆泽，听说你热心为人打抱不平，所以今天特地登门求助来了。"接着，他就诉说开了：事情发生在20世纪50年代。那时农村正在成立互助组，党开始引导农民走合作化道路，这赢得了广大农民的热烈拥护。管家村当然也汇入了这热潮中。

一天晚上，身为互助组组长的管隆泽与同院子的黄复生、龙泽惠三人一起歃鸡血为盟——俗称喝生鸡血酒，立下雄心壮志，要把自己所在小组搞成全县最棒的互助组。谁知此事被同院子与管隆泽有隙的王兴伍知道了，于是当晚上就去乡政府诬告他们歃血为誓，是要组织反革命暴乱。当晚，乡里的胡来当即派基干民兵前来抓捕管隆泽三人。民兵当场查获到盛鸡血酒碗三只，于是连夜把他们三人五花大绑关押到乡政府，第二天就被送进了县看守所。在公安干警的"耐心教育"下，龙、黄两个从犯很快地就"幡然悔悟，认罪伏法"了，被判处交地方政府管制生产五年并剥夺政治权利五年，而管隆泽这个首犯，死不悔改，拒不认罪，从重量刑，被判处有期徒刑十八年。就这样，他在不断的上诉中，服完十八年刑期，葬送了自己青壮年时期，出狱时，他已是两鬓染秋、年奔古稀的孱弱老叟了。更让他蒙羞的是，眼下还戴着一顶"劳改释放犯"的帽子。

我一边听他声泪俱下地讲述他的过去，一边认真地记录，在记录中几次欲出言劝慰，但终于没法开口，因为一个蒙冤近二十余年的老人，什么劝慰话都显得是那么的苍白无力，任其发泄可能是最佳的安慰剂。老人家哭诉完了，睁着一双泪汪汪的、充满着疑惧与期待的大眼睛盯着我问道："纪老师，你看我这个案子能翻过来吗？"

"老人家，若你讲的全是实话，还你们清白绝对是没有问题的，党和政府是讲实事求是的。"我一边"口出狂言"安慰着老人，一边心里打着鼓问自己：真的能行吗？

送走了老人家，我就马不停蹄地忙开了。我先去找大队管支书汇报，管支书说："冤案是冤案，但整得转来不，纪老师可得想好啦！弄不好，你还得背上个替反革命分子翻案的壳壳啊！"接着管支书就把当年他听闻的冤情讲了一遍，末了他长长地叹了一口气说："当时村上的干部也知道这是冤案，可是谁也没胆子站出来说句公道话，因为管隆泽家庭成分是富裕中农，他父亲又当了几年保长，再加上当时乡里的胡来是个老地下党员，又凶又恶，他定了的反革命案，谁敢说个不字。眼下胡来不是还在当一把手吗？我看你纪老师再能干也翻不了这个盘。"

"那可不一定，眼下不正在拨乱反正吗？"我也有几分担心地说道。当天晚上，我一回到学校就把管支书的讲话整理好了。第二天下午一放学，我又跑到红星五队走访当年告发管隆泽的王兴伍。王兴伍已去世两三年了，只好找他的妻子调查，王妻是个老实巴交不识字的农妇。她一听我说明来意，气呼呼地说："我家那个死鬼子因为跟管老表争屋后几窝竹子没有争赢，就记下仇了，那天夜里，他听到隔壁管老表他们喝生鸡血酒，就要跑到乡政府去告状，整一整管老表出出气，哪晓得这下子一整就整得人家劳改了一二十年呢。

"管老表他们几个只是在摆啷个把庄稼种好，哪里讲了啥子其他的嘛！我家那死鬼子想报私仇哇，就去冤枉整人。"

我把她的话一字一字地记了下来，因她不识字，只好念给她听了一遍，然后让她盖上指纹。

一回到学校，我连夜替管隆泽写好申诉书。第二天一早，我派了个学生，把管隆泽找来，把申诉书念给他听了，请他盖上指纹。当天下午我就把这封浸满着三个农民泪水的申诉信寄给省里负责拨乱反正的领导。第二天又依样抄了一封寄往省检察院。

信寄出五个月后，终于收到了县法院平反的通知。

管隆泽收到平反昭雪通知的当天下午，他提着一大块腊肉、一大瓶酒、一小筐鸡蛋来向我致谢。我说什么都不收，可他说什么也要送。这样拧了很久，最后，他流着泪要跟我跪下，这下子可把我弄得不知所措，只好收下了他的致谢礼。

帮管隆泽写申诉状使其沉冤昭雪后，许多求助事儿便接踵而至了，甚至乡外、区外、县外的遇有不平事都来找我。那时民事纠纷闹得最多的便是房屋产权问题，仅1983—1984年两年间，我就为大家代理了大大小小二十来起民事纠纷案。

大家之所以愿意找我，一是我纯尽义务，甚至个别贫困户的住宿费、车船费也是我给他们垫付的；二是我从不乱接案子，大凡我在听完当事人的陈述后，觉得诉求于法理人情不通不顺的，我一律拒绝，所以我每讼必胜。

由于我是纯义工，这不仅加重了我的工作负担，也使本就拮据的生活更是雪上加霜，可是深受《水浒传》影响的我，却乐此不疲。这也就为我日后的夫妻反目埋下了一颗定时炸弹。

在这些仗义使气的行为中，常常会出现搬石头砸自己的脚的事儿。令我挂怀至今的，是帮红星大队三生产队王昌利要回仓房那件事儿。

记得那是1982年麦收时节的一个星期天的上午，火辣辣的太阳已给室外的气温加热到了三十多摄氏度了，可在办公室批改作文的我倒还不觉得很热。突然，门外走进来一个头戴草帽、赤脚、瘦小身材、黝黑小脸，三十来岁的男人。

"纪老师，我叫王昌利，是红星三队的。想请你帮忙，要回我的木仓！"来人个子不大，说话声音既大又快。我听他噼噼啪啪地说了好大一阵，好像还没有"刹车"的迹象，忍不住打岔道："别说了，我已经听明白了，也就是说，你家是富农成分，土地改革时，政府给你家留下两间瓦房一间茅草房，茅草房中有一间木仓。可是木仓被副业大队长王自才长期占有不归还给你，是吗？"

"是！"这下他回答得一点也不啰唆。

"那你有文书凭证吗？"

"当然有啰……"

他又要长篇大论了，我忙截住他的话头说："拿出来我看看！"

他解开外衣，从内衣袋里掏出一个牛皮纸包裹着的小包，他解开牛皮纸取出一张发黄的烂纸片，纸片烂糟糟的，幸好字还看得清楚。土改时，政府颁发给他家的房契上，确实明明白白地写着一间木仓房。

于是，我没等他再啰唆，便给他写一封信，要他自己去找领导反映情况。

大约一个月以后，王昌利又跑来找我。一见面，他就嚷道："纪老师，你看，你看，这是哪来的道理嘛，真是官官相护哟。"

"你吼了半天，不知你要说个啥？"我问他。

"上头昨天派了章文书来解决我那间仓房的事，叫王自才赔我八十元钱了事。你说气人不气人？"他愤愤不平地嚷道，"纪老师，你是读书人，见多识广，再帮我出个点子吧！"

　　"这需要出点子吗？你让他叫王自才用桉树棒棒修间仓房还你不就行了吗？"我说完又补了一句，"你在领导面前千万不要说是我给你出的主意哟！"后来王昌利没再来找我了。听人说，王自才赔了王昌利两百元钱并达成了永不反悔的协议。

　　这年冬天的一天晚上，飞机修理厂又放电影，我和一群学生端着凳子刚一安好座位，章文书就走到我身边说："纪老师，电影结束后，请你到大队办公室来一下，我有点小事找你。"当时我也没在意。因为章与我叔岳父是老朋友，所以我们一直很熟，我一直叫他章叔叔。

　　说起这个章叔叔倒是一个十分圆滑有趣的人，他从政后一直当文书，后来当了乡长，不论是开会还是向上级汇报工作，只要讲到成绩，他就会把前三皇后五帝的叠加起来汇报，让你觉得他工作的成绩是"大大的"，此为圆滑的有趣之一。他自称酒海，其实他好酒，酒量有限但技法高超。每当喝酒至酣，他就如厕，以中指探喉引吐，如是再三。故任你酒鬼酒仙酒魔王，没有不成为他手下败将的，此为有趣之二。他饮酒，总要设下圈套，请人入瓮，把一至两个人灌得烂醉如泥，令其丑态百出，并以此为乐。许多人在"洞悉其奸"之后多有预防，上其当的人日益稀少了，于是他就骗其妻子上当，甚至有次将其七岁少子诳醉后，抱起少子，百般哄抚，使其入睡，此为三趣。

　　电影一完，我就只身前往公路旁的大队办公室。我刚走出飞机修配厂放电影的操场不远处，就见章叔叔站在那里等着我。他一见着我劈头就问："小纪，你崽儿咋这么不落教呢？"

　　"咋啦？我哪点不落教？"我满头雾水，惊诧地应道。

　　"你落教吗？你表兄当党委书记，你不给他摆烂，我当个小文书，到红星大队处理点小事，你就给我放烂药，弄得我理不顺，摆不平……"他这么一说，我一下子全明白了，一定是那个王昌利说漏嘴了。

　　"你也太不公道了嘛！一间仓房才值八十元吗？"我硬着头皮顶

道。

他被我呛得一时无语，过了一会儿，他才说道："你我老关系了，我想你总不会跟我过不去吧！"这下子轮到我无话可说了。

我们一起走进大队办公室，一看，嗬！好家伙，满满的两大桌菜，满满的四锑盆酒，满满的两大桌人。他们一见我们到了，有的忙着招呼寒暄，有的一边舀酒一边喊道："人到齐了，开干啰！"

一上酒桌，我才知道，副支书所在的红星四队今天下午打鱼，请各位领导喝酒吃鱼。那时喝酒，是十分"野蛮"的，谁都不用小杯小盏，而是大汤瓢舀酒，以碗为盏。

酒过三巡，章文书就开始寻找今晚收拾的对象了。他拿起汤勺，从酒盆里舀了满满的一勺酒，少说也有一两，对着大家说道："各位兄弟，纪老师，嗬，不对，该叫纪教授才对。纪教授在你们红星大队教了这么几年书了，培养了不少农家子弟，他算得上你们红星的人吗？"

"算！"大家吼道。

"那我建议他代表你们红星大队与我们领导喊三拳，三打二胜，三拳就这么一瓢儿酒，你们看如何？"

"要得，要得。"大家一齐吼道。

"要得！我起头吧。"表兄郑兵当时已担任大兴党委书记，因为在我出任红星大队民办初中教师时，他做了手脚，所以我对他心存芥蒂，但碍于在十年务农生涯中，他对我多有照顾，秉性率直的我，也未曾与他撕破过脸。就这样，我就稀里糊涂地当了一圈庄。

这一轮与五个人吆五喝六地猜拳下来，半斤酒已下肚了。可是章文书还不放我过关，又站起来说："刚才纪教授是代表红星大队给我们几个人喊的拳。但是，红星初中是戴帽初中班，纪教授每月十一元补贴是我们公社发的啊，他的任命也是直接由我们下的哟。所以他应该代表我们与大队生产队的每个人喊三拳吧，你们说好不好？"

"我赞成！"

"我拥护！"

"好！"

这下整个场面沸腾起来，大家七嘴八舌地嚷开了。我再三推辞，反而被人诬为"纪教授骄傲！"

也有人劝道："你海量，怕啥呀！"万般无奈，我只好又与大队生产队九个人每个人喊了三拳。这一轮下来，两斤多六十度的高粱白酒下肚，可什么菜也没吃哦。接着他们又乱纷纷地闹着敬酒，我也被敬了好几杯。

夜深了，人们也歪歪倒倒地走了，我们走到公路上，表兄就追了上来对我说："纪元初，有个事我早就想找你聊聊了，一直没找到机会。"

"啥事？你说吧！"我应道。

"为啥我每次通知开会，你都会醉醺醺地跑到会议室来捣乱？"表兄叹了一口气，悠悠地说道。

我听了，先是一愣，接着便说道："没有的事，我根本不知道你们要开会。"于是我便把自表兄任职以来，我多次和章文书喝酒之事回忆了一遍。原来没细想过，经他这一问，才觉得有些蹊跷。

"好吧，我送你一程，路上慢慢地把事情的原委聊聊吧！"

其实这一两年我到大兴去喝酒，十有八九都是章文书骑着永久牌自行车来接的我。当然，喝酒吃饭的钱也是他付的。每次章文书总得找几个一般工作人员或他的朋友来一起喝。20世纪80年代，尽管烟酒还是凭票证供应，但供应量大多了，在自由市场也能买到烟票酒票。

所以我们每次喝酒，他们不醉不归，我却是烂醉如泥也不归的主。每次醉了，总要东游游，西逛逛。在逛时见到陌生人，我倒是循规蹈矩，醉眼蒙眬地小心翼翼地从陌生人面前溜走，不知怕惹别人，还是怕别人惹我，直到今天我也没闹明白。可是一当遇到熟人或亲近的人，我的自控能力就会陡然下降。每到这时，我就会前三皇后五帝地骂个不休，甚至还闹着要别人打酒来喝。这种劣习被章文书知道后，他就常常拿酒后的我当枪使。

所以，每次表兄这个党委书记通知要召开党委会研究某项工作时，他得到通知的第一个反应就是骑车到红星小学接我去大兴喝酒，在我喝醉时，他总要撩拨两句："你纪教授不是人家让你，你能教初中吗？"

我本该在村上教小学的，就是因为某人背后作祟，我才会落得被人嘲讽的地步，这一直是隐在我心灵深处的"病"。所以每当酒后被人一撩拨，这"病"就会急性发作，我就会借着一股酒后的冲劲和蛮不讲理的剽悍劲，跑到会议室去指桑骂槐、胡搅蛮缠。

事后，表兄责备章文书，章却回应道："书记，你老表的个性你不是不知道的，他挂在口头上不是平生唯好诗和酒吗？再说我与他老丈人是好友，他来找我喝酒，我能不干吗？你还不知道，这一两年内，我垫的钱，至少也有五六百元了哟。"

我和表哥一路走一路聊。一聊，什么都明白了。于是我向表兄说："一个文书敢这样做，他背后一定有人，有谁呢？我想一定有的。原因无外乎两个：他背后的人或者他想当大兴这只小船的舵手，而不愿当水手，此其一；因为他们瞧不起你，认为你一个年轻人，凭县委书记与你爸的铁关系，从一个民办小学教师连升三级，所以在他们的心里充满嫉妒和愤恨……他们给你设套子使绊子就成了不正常的正常了。"

表兄则说："我认为当今之势，三十六计，你走为上计，……申请调走为好……"在醉意中，我俩边走边侃，不知不觉已到大兴政府门口了，此时已是深夜一点半了，表兄一再挽留我与他同宿，我却坚辞不肯。口里说明天要上早自习，从这里赶回去已经很晚了，实际上是不想蹚这潭浑水。

说来也怪，我转身没走几步，月明星稀的空中霎时夜云密布，天地间顿时浓雾弥漫。我手里没有任何照明工具，但幸好走在大丰公路上，路面较宽且无大坑大凼，何况这几年夜行这条路应有上百次了。我估摸着高一脚低一脚地走着。

这样稀里糊涂，分不清东西南北地走了好大阵，我估摸应该快到岔道口，该分路去学校了。如一味地向前走，万一走到四区去了咋办？身上一分钱没带，住不了旅馆，明天还得走一两个小时才能回校，想到这里，我心里一下子着急了起来。在我的意识里，我应该走到管家店了，该分路了，分路后再走二三十米的田埂小道，就到学校了。

于是，我不管三七二十一地急着找岔道口，本应向路东边路沿找分岔口，可是酒精的作用使我偏往西边找岔道口。最要命的是一脚踏空，砰的一声响，我仰面摔在人家猪圈后的污水沟里了。猪吓得尖叫起来。这时屋里的男人也大声吼了起来："有人偷猪！抓偷猪贼。"门吱呀一声打开了。而我因穿的长棉大衣仰面躺在污水沟里，何况酒醉中手脚无力的，心里急着翻身爬起来，可就是浑身软软地不给力。

电筒光一亮，射得我睁不开眼，我醉眼蒙眬中认出了来人是绰号叫"鸡公"的管隆根，他是二生产队的会计，同时间他也认出了我，"哎呀，纪老师你咋摔进这阴沟里了？"说着，他急忙把我拉出水沟，又叫随他出来的子女找来扫帚，洗扫我棉大衣和裤脚鞋子上的污泥。待把大块的污泥去掉后，他又找来一大块塑料薄膜披在背后，冒着刺鼻的臭味把我背回学校。

更可笑的是第二天上午，廖洪辉等一行客人来时，我还蜷缩在厨房的烂稻草堆里。真是洋相出不尽，逢酒便发生呢！

另一次作为法律代理人参与诉讼是1983年初春，我家所在的红锋村四社远房表兄来找我，说他姐家土改所分三间瓦房，1958年成立人民公共食堂时被征用了一间，公共食堂解散后，这一间大瓦房就一直被大队干部占用不还。尽管他姐夫是志愿军军官，后转业到珙县劳改监狱任干部。这个干部多次回家找地方政府理论，谁知强龙斗不过地头蛇，房不仅没要回来，大队干部反而写控告信，盖上公章，污蔑他姐夫回到地方横行乡里，欲强占他人祖业。他姐夫房子没要回来，反倒受了领导批评。他咽不下这口气，决心把这事诉诸法律，于是托他内弟——我远房表兄找到了我。

这场官司没花多大力气。我接手这个案件后，就找出了房子要不回来的症结之所在——远房表姐夫拿不出房产证来，房产证后来交出去了，这是原因之一；那个大队干部1958年就开始任职，任职已经二十多年，人缘好路子宽，是原因之二。因此我就从土改时的老乡亲、老干部入手，查找人证，找到了土改时的贫协主席、民兵队长，他们都证实了我远房表姐夫之言不虚。

有热心的老领导给我出主意，叫我们去县里查，更难能可贵的是老人家愿意步行几十里，亲自和远房表姐一起去查土地证的存根。功夫不负有心人，几天后老领导他们终于查找到了土改时房产的相关证据。但那个大队干部还是不愿意退还房产，于是，他们决定请我作为代理人，与那个小小的"当权派"对簿公堂。1983年，正值拨乱反正之时，所以这个案子一审便得到了公正判决。我远房表姐夫专程请假回大丰一趟，置酒谢我这个业余且尽义务的"律师"。酒席间，他家两个亲戚——我学生家长，一再夸我教良心书，做良心事，不仅书教得好，人做得更棒。

　　还真是说者无心，听者有意。远房表姐夫回单位一吹，他们单位一把手立即拍板："嘀，这人还行哇！请到我们这里子弟校来任教。三年后，老子保证把他转为公办教师。我给你三天公假，你回大丰一趟，把这件事办好！"这个一把手也是个转业军官，为人率直得很。

　　远房表姐夫回来找我一说，我倒是高兴得差点跳起来。回家与妻子一说，她更是连声叫好！可一到上面汇报请示，得到的答复都是五个字："坚决不同意。"我把碰壁的事给来人如实讲了，他立即电报请示他的"一把手"。"一把手"立即答复，先来人后办迁移手续也行。

第十五章 常施援助策
皆因有仁心

这下子可把我难坏了。一边是"利好"之事，一边是有背弃之嫌。趋利是人之本性，但见利忘义绝不是我做得出来的。于是我再次去找领导，为了冲破重重阻力，搬出了陈副书记——当时是他把我扶上民办教师"宝座"的，此时他已调到大佛任党委书记了；还找了原党委杨书记——此时他已调到区里工作。我找到两位老领导，他们都表示没有意见，对我的"出走"表示理解。但希望我仔细想一想，三思而后行。为此事，陈书记还专程从大佛镇赶回城区来，找到了杨书记。两位老领导和区管教育的吕宏良委员商量，当天晚上把我叫到区派出所隔壁的兴隆饭店喝酒。酒席上，杨书记语重心长地劝我："小纪哦，你在大丰干得好好的，教育口的大大小小领导没有几人不认识你、不敬重你的。你工作认真，业绩上乘，在领导层、群众里口碑极好，你却要外出谋职，若能高就，我们当然理解、支持，可你还是去代课，三年后才转正。三年后是啥样子，三年间又会发生什么呢？天才晓得。他们的一把手换了又咋办？这些你想过吗？……"

杨书记话音未落，陈书记又忙着说："小纪，说起来，我与你们是亲戚。我和杨书记又曾经与你养父共过事，我们只会帮你，不会害你的。你只身一人到珙县，脚踏生地，眼观生人，办起事来有在大丰方便吗？……"

陈书记话没说完，吕委员又抢着说："我说你两个噼里啪啦地放了一通炮，有用吗？我们还是先听'纪教授'讲一讲他要走的前因后果吧！"

"好，好！我们一边喝酒一边吹吧！"

我站起身来，对着三位领导深深地鞠了一躬，端起满满的一杯酒，一饮而尽说："我先敬各位领导一杯，先干为敬，感谢这些年来你们对我的宽容、提携和关照。"说话间，我给三位领导斟满了酒，待他们干了后，我便把事情的来龙去脉全盘托出。临末时，我说："我要离开大丰去珙县，除了他们答应三年给我转正外，另一个原因是他们让我老婆在监狱工厂上班。说实在的，我忙教学，家里农活——三个人的承包地全靠她一人操劳，她太苦太累了。"以上说的都是实话，但还有一点是未敢说出来的，那就是她在大队闹出的一些事儿，让我下不了台。

"哟，是大妹子的丈夫邀你去珙县的嗦！我一句话，看他还敢邀请你去么？我可是他亲戚啊。我妈和她妈可是非常亲的姊妹！"我刚一说完，杨书记半认真半开玩笑地说道。

吕委员满脸通红地端起了足有二两的一杯酒说："'纪教授'，你喝了这杯酒，我保证你妻子不再干农活了！"在三个老领导中，唯有吕委员与我说话很随便，我俩可说是忘年交。我常叫他吕高粱，他有时谑称我"纪教授"。

我把酒一口喝了下去。

"高良，人家把酒喝了，你说话可要算话哟。"陈书记说。

"区里不是正在建机制砖瓦厂吗？"吕委员说。

"是啊！可是凡进厂做工的人都得入股五百元，纪老师有这么多钱入股吗？"陈书记为难地说。我把头摇得像拨浪鼓似的说："莫说五百元，我连五元钱的储蓄也没有啊！"

"一分钱没有也要把他老婆招进厂去。"吕委员信心满满地说。杨书记、陈书记惊诧莫名地瞪大眼睛看着吕委员。

"明天下午区委会不是要专题研究机砖厂招工的事吗？我们这三个区委委员白吃干饭的嗦。今天晚上我们一个去串联一委员，加上我们仨不是有六个了吗？六个超过半数还通不过嗦！"吕委员把他的"阴谋"和盘托出，我和两位老领导松了一口气，笑了起来。接着他们三位领导又落实各自的串联对象。心事一了，人一高兴，酒量大增。那天我们四人喝了七瓶六十度龙山白酒。

第二天晚上，我心急火燎地赶到区公所所在吕委员办公室等他们散会。一直等到夜里八点，他们三人才春风满面地回到吕委员办公室。一进门，吕委员就嚷道："走，去兴隆饭店，喝庆功酒。"

半个月后，机砖厂开工了，我妻子一分钱没花就进了机砖厂。她这一去，脱离了繁重的农业劳动，正如《塞翁失马》一文所说："福兮祸所伏。"她一进厂就为我们的婚姻死亡安装上了加速器。

打这场官司，使我差点改变了人生轨迹，而下面这场官司的代理又差点使我与教书拜拜。

事情发生在1983年的"严打"之时，红极一时的风云人物冯司机被捕了。在交通工具极少且相对落后的农业县——大丰，当时县城通往各地的公共汽车很少，只有大丰经停四区一条线；大丰经停双龙，终到远川的大尹线，不仅公交线路少且短，而且每条线上每天只有很少几辆车跑往返。所以那年代开拖拉机、货车的司机都是了不起的风云人物。谁家有一个司机，那就不愁没鸡蛋、猪油、猪肉吃，因为四邻都会从嘴角角里省下来、扣出来巴结司机，为的是搭包煤、搭个车、赶个场图个方便。

那时的司机口碑很差劲。民谣曰：十个司机九个坏，还有一个偷油卖。这还不能怪人们差评他们，他们的行为也真叫人不敢恭维。对老弱病残的路人，不管你招手也好，大声吼叫也罢，他绝不会停下车来捎你一程的，但若是年轻且有几分姿色的女人，那就另当别论了。

我们大兴有个从省城来的女知青，高挑身材，一双长辫子拖到臀部，脸白中带红，红里透嫩，蛾眉星目，挺鼻小口，胸突臀翘腰纤细，一句话，真是美绝了。有一次她去县城，在公路上走着走着，一辆解放牌大卡车"嗤"的一声停住了，驾驶室的门"哐当"一声打开了，司机轻声地说："小妹，快上。"说着就伸出手来拉那美人上车。

"上车？谁要上车？臭流氓。"女知青美眸圆瞪骂道。

"你不是在招手吗？"司机涎着脸说。

"鬼在向你招手！人家头皮痒，在搔头！"

这样的咄咄怪事不胜枚举，比这还要奇葩的事也是和尚敲木鱼——多！多！多！

冯峰云这个司机不仅能使一些女人方便，他还有一个优势是既能喝酒抽烟，还能弄到酒和烟这些稀缺物品，因此不仅是大兴的干部，就是区里的干部也是他的烟酒朋友，见到他总是笑脸相迎，敬烟，献茶。这大概也是当时的世态人心吧。一到春节，他家总是高朋满座，盛筵连旬。

可就是这个不可一世的冯某，在严打开始不久就被抓了。他妻子与我同姓，而且还是学生家长。一天下午，她哭丧着脸来学校找到我说："兄弟，求你行行好，帮个忙吧，我家老冯一审已被判了死刑。"接着她就把事情的来龙去脉告诉了我。

"去年的一天下午，我家老冯开车送货到九溪镇，然后又回车去大昌矿务局拉煤，唐祥云站在马路边招手。老冯停车让她上了车，问她去哪里，她说她是裁缝，去四区修电熨斗。可是到了四区，她又不下车，闹着要跟我家老冯去大昌矿上玩。老冯当天晚上十点来钟才拉着煤回家，把煤车停在我家院子里，说是明天才去交货。车上还下来一个妖里妖气的姓唐的。我热好饭菜，他们吃了。我叫我小女儿和大女儿合铺睡，把小女儿住的那间屋让给了那个妖精睡。那个妖精一进我女儿房间，又是洗头、描眉，又是唱歌的。隔壁院子的彭妹来我家借电吹风，还悄悄地问我，是我哪门亲戚，咋从来没见过呢？我说是老冯家远房表妹。当天晚上我跟我家老冯闹，可我家老冯说人家搭个车，天晚了，我又不顺路，就只好把她带回家了，明天拉货去九溪就顺便把她带回去了。

"可是，现在那个女子的肚子大了。她老汉儿和那姑娘到县检察院告我家老冯，说那天晚上拉煤回来，天黑了就在一个垭口下院子背后，把他女儿拉到货车下面的地上强奸了。检察院起诉到法院，法院以老冯多次耍流氓并强奸女人，拟判处死刑……"

"大姐，若你所诉属实，我保证你家老冯不死。"听完她的讲述，我斩钉截铁地说。

"真的？"老冯的妻子将信将疑地问。

"不是'蒸'的，难道是煮的吗？"我调侃道。

于是，我自愿为老冯担任辩护律师。我之所以自信满满的，主要缘于下面三点，可以驳倒冯所犯的是强奸：一是，唐所诉货车是在一个院子背后，且被拉在货车车厢底下的地上被实施的"强奸"。这个车厢底与地面的间距太低，没有唐的自愿配合，就是姓冯的欲施强，还是无法"施奸"的。再则，一个被强奸的人，当天晚上在施以强奸人的家里又是化妆又是唱歌，这是被人强奸后的痛苦，还是心满意足的愉悦呢？这是不言自明的。第三，这唐姓女子腹中之子并非那晚"强奸"的结果，从时间节点来看，应是那晚之后的某一次爱的结晶。从法学理论上来分析：纵然第一次是冯施予的强暴行为，那么第二次、第三次、第N次性行为就只能连同第一次也被判为通奸了，因为第一次施暴后，女方并未告发。

根据以上三点，我代冯峰云写了申诉状，送进拘留所他签名后，递交了上去。

在拨乱反正，提倡法治的20世纪80年代，终归与前些年不同了。所以上诉状交上去没多久，二审判决书就下来了，死刑改判成了有期徒刑十七年。

这下子，我的名头更大了，乃至于外县等地的人，都来找我帮忙打官司。

1984年初春的一天，一个公办教师龙顺群的丈夫管林找到我，再三央求我为他外祖父代理诉讼。案子既简单而又复杂。说它简单，就是一桩房产争夺案，说它复杂的是原告王东山是这个房子的原主人，被告刘成东是这房子的现主人。

原告王东山土改时被评为地主成分，他的房产被没收了三间，就分给了贫农刘成东。现在他控告的理由是：土改时他家被没收的房屋只有两间，而居中的那间堂屋是没被没收的，也就不可能分给刘成东。

之所以刘成东他们现在住在里面，是因为后来刘成东一直在村里、大队里担任干部，依仗权势霸占了原告的堂屋。

这两家人为这一间堂屋前前后后已闹腾了两三年了，经过各级领导的多次调解，都无果而终，现在终于闹上了法庭。复杂的原因之二是王东山手里有一张土改时房屋分配的草表，这草表上写着堂屋归王东山所有。而刘成东的房产证上交了。在前几次两家争斗中，刘成东因拿不出凭证来，显得底气不足。但是当年参与的一些领导都记得清清楚楚，王东山的两间卧室及一间堂屋在1951年春分给了刘成东，王东山手里之所以有这张草表，是因为渔溪大队的土改第一次分田地房屋的方案被县土改大队认定为保护了地主富农的利益，是个右倾的方案，结果只好返工重来，渔溪大队土改工作组组长被撤职。王东山手里那张表就是第一次没盖公章的废表，这场官司胜败的关键就在于对这张废表的认定上。

当年承审这场官司的审判长是身材笃实的潘光阳，书记员的名字我记不清了，法警则是曾在我班上读过几个月书的龚昌元。在正式开庭前，法庭试图调解，但两次三番调解均未使得当事双方妥协，于是只好开庭审理。在庭审时，我坚持认为：……我们应以事实为依据，以法律为准绳。而原告王东山诉被告刘成东一案的诉求恰恰是缺乏事实的，因为证人证言都证实了这间堂屋在土改时是分给刘成东的。至于刘成东拿不出房产证来佐证，绝不能证明这间堂屋产权归王东山，而就剥夺刘成东的产权。

理由如下：

刘成东的房产证在之前已经上交，这些档案已被毁了，绝大多数农户都失去房产证，那么是否就证明大多数农户都失去了房屋产权呢？如果真是这样，那么王东山也不应具有这间堂屋的产权，因为他也没有出示这间堂屋的房产证。他手里的那张表没有公章，甚至连填表人姓名也没有。

我姑且不把这张表叫作伪造的，但从法律上讲，这张表是没有法律意义的弃表或废表。刚才几位证人的证言已经证明了渔溪大队土地改革第一次是被宣布无效的，而王东山这张表正是无效表中的一张。而刘成东具有堂屋的产权则是第二次被认定的具有合法性的房产分配中所取得的……

这案子当庭未宣判。

后来又开了一次庭，控辩双方仍然是唇枪舌剑，争来辩去，毫无结果。再后来，我们在残存的档案中找到土改时房产分配定案登记表。表上载明堂屋的业主是刘成东。第三次开庭，潘审判长才一锤定音：堂屋归王成山所有。

在这场官司的三次庭审中，我对法律的理解及辩才得到县法院几个法官的赏识。于是就出现了下面的一幕：一天上午，法警——曾经在我班上读了一学期的龚昌元来到我办公室。他一坐下就从皮包里掏出一张纸递给我，我接过来一看，原来是一张县司法局工作人员聘用表。因为那时百废待兴，特别是司法局急需要人才。我看了又看，真不敢相信这是给我的。"叫我填这张表吗？"审视良久，我才问道。

"是的，老师。"龚昌元说，"你在四区法庭的答辩和质证真有点儿专业律师的味儿——这是潘审判长讲的。潘审判长向司法局推荐你，所以司法局才叫我给你送表来。"

"好，代我谢谢潘审判长！我想想再回复吧。"

当天晚上，我又一次失眠了。如果应聘前去司法局，那么我就成了一名国家工作人员。每个月至少有三四十元工资，每个月就可买到供应大米三十斤。供应大米，每斤大米只需人民币八分五啊！但我思来想去，还是决定放弃这一天赐良机。主要是那个年代社会对司法人员这个职业存在着极深的职业偏见——大丰四个有名气的律师，在前些年都死于非命——造反派说他们是为人民的敌人代言。我的另一个隐忧就是，我是个流浪那么多年的人，若是在事后的某一天，历史的悲剧重演，给我扣上一顶混进革命队伍中的一小撮的帽子，那我就死无葬身之地了。

于是，第二天，我到县城极不情愿地把那张表送还给了龚昌元，请他代我退表并致谢。

这种代人鸣不平之事，我乐此不疲。有时不仅费时费精力，还得自掏腰包，为一贫如洗的当事人付饭钱付旅馆费。比如1984年为兴隆旗坛大队一陈姓人家代诉就五次替其付餐费、房费达七元之巨。

我之所以如此，绝非德高心正，而是因为我从小就受非公正、公平的欺凌，另一个原因就是从小就受《水浒传》以及《七侠五义》之类小说的浸渍，这些小说中的某些种子不经意间就在心田里埋下了，一旦有了适合它的阳光、空气，它就会生根、发芽、开花、结果的。

我这样义务代人鸣不平从事诉讼直到1994年，我被逼出任大兴初级中学校长后，实在是因忙不过来才被迫停止。

第十六章　出头椽子未必先遭烂
缩颈乌龟难道不受灾

　　一个人的缺点、弱点一旦发现了，就下决心改正，甚至将其转化为优点，这类人就是贤人、哲人，甚至可称得上伟人；有些人将自己的缺点、弱点视为优点，并将其"发扬光大"，这种人多半是小人，甚至是坏人；有的人对自己的缺点、弱点是知道的，也无数次地下定决心改正，也多方加以克制，可就是改不了或改不彻底，甚至一旦遇到某种氛围，小缺点会变成大错误，这类人就是蠢人、庸人，混得最好的也就是一个常人而已。

　　而我就是一个知错想改，总改不了的庸人、蠢人。我知道言多必失，我偏口似悬河；我熟知是非只为多开口，祸事偏因强出头，逢事我又常常自不量力地强出头，有时甚至到了执拗的地步。

　　1980 年大丰县在拨乱反正中恢复人民代表大会制度。在当年的差额选举中，我一个贫穷潦倒的民办教师竟然高票当选为大兴人大代表，继而又被选为大丰县人大代表，这对落魄异乡、六亲无靠的我来说，那真是喜从天降。人大代表，除了代表选民发言这一崇高地位之外，也还有一点经济收入的，农村和城镇非国营非集体工作人员，开会期间除了食宿国家负责外，还有"误工补贴"费的。

　　我那时开会，是十分认真履行职责的，听大会报告从不讲话，认真聆听，甚至边听边在报告上勾勾画画，准备讨论会上的发言。一到讨论会上，我真的遵循"知无不言，言无不尽，言者无罪，闻者足戒"的教导，总是放胆直言，有时一个上午或一个下午，讨论场中只听到我一个人的声音。所以代表团的代表们送了我一个绰号——纪大炮。

我的固执和好胜常常使我忘掉自己的身份，因此干了一些得罪人的事。1982年县人大开会期间，在讨论民生问题时，我情绪激动地批评燃煤涨价。因为我到县城出席人代会的那天上午，几个农民跑到学校来找我："纪老师，我们选你当代表，你可要帮我们吼几嗓子啊！眼下快过年了，煤炭价却飙起涨，你问那些官老爷还要不要我们这些黄泥巴脚杆活了？"所以在发言时，我绘声绘色地引用农民的原话。这下子可惹得列席我们代表团的喻副部长的不满，于是我便与她唇枪舌剑开来。

"燃煤涨价，农民就少买或不买煤炭，多烧秸秆嘛。"她说。

"化肥不是也涨价了吗？你们不是在大张旗鼓地宣传秸秆还田，少用化肥吗？"我也瞪大眼睛盯着她质问道，接着又补了一句："请问你们哪一句是真理？不是说真理要经过实践检验吗？"她脸一下红了，说不出话来了，她愤愤地看了我一眼，走了出去，她的背后响起了一阵掌声。这掌声不知是"欢送"她离场，还是对我的鼓励或奖赏。

当天下午，代表团长向人大主席团汇报了此事。第二天煤炭、化肥均降回了原价。可人代会结束还不到一个月，燃煤和化肥又涨了上去。

1984年，换届选举，我再一次被选举为大丰县人大代表。在这届的第一次大会上，我干了一件十分"雷人"的事儿，至今回忆仍觉又好气又好笑。

那年大丰县长候选人是欧治文，是个从铁道兵部队任团长转业回来的。吃午饭时，同桌的领导张民小声地对我说："我们大丰是个农业县，弄个什么团长来当县长干吗？"

"那谁当合适呢？选你吗？"我打趣地说道。

"选吴宏中吧，人家是土生土长的大丰人，何况还是二农校毕业的呢！"

接着同桌的其他几个代表也你一句我一句地议论开了，说的内容与张民大同小异，就是一句话："选欧治文不合适，选吴宏中任县长才是天经地义的事。"

午饭结束时，张民笑着对我说："你老弟说得上见多识广，下午讨论时你可要发言啊！"

当天下午讨论候选人名单时，我可真是充当了快炮手。一开会我便连发了一串又一串的炮弹。

"……所以我们不需要什么'立正稍息'，那是军人的事；也不需要'车轮滚滚'，那是耿东山的事。因为我们县是农业大县，农业县需要一个懂农业的，能使我们包里多几分钱、肚子里多几口饭的人当县长……"当天下午的主席团会议，我们代表团的团长向大会主席团如实汇报了我的发言。

吃晚饭时，大会秘书处来人给我捎话说："晚上七点，有领导请你到 101 房间去一下。"我知道大事不妙，但心一横，心想，不过说了几句大家想说而不敢说的话，总不能判我死刑吧？

吃了饭，我就往 101 号房间走去。走到门口，敲了敲门，门一开，我就大声嚷道："报告，四类分子纪元初前来报到！"我连室内的人也没看，就满腹怨气地喊道。

"小纪同志，请坐，请喝茶。"

我一看，屋里坐着一个人正在看报，说话的人站着，正在一边倒水泡茶，一边侧着身子微笑着招呼我坐下。我尴尬地望着他俩，一时不知说啥才好！这时坐着的那个人放下报纸，抬头望着我说："纪代表，对于欧治文同志作为县长候选人，这是党组织的安排。你有意见可发表，投票的时候，你可投赞成票，也可投反对票，也可以另选他人。但希望你不要发表鼓动性的言论，更不要到其他代表团去串联，如果那样做就会犯错误的……"

"我发言讲的都是事实，这是我们代表团其他人想说但没敢表达的话，他们私下给我说，让我代其公开表达出来，难道有错吗？我鼓动谁啦？我没到其他任何一个代表团去过，这点原则性我是有的，何况我是外地人，本地人认不了几个，你放心，我没这么大的号召力！"我气不打一处来，噼里啪啦地放了一通炮，当时根本无法冷静地评估这样说的后果。

"纪代表，书记是善意提醒，没有任何恶意，你别发火嘛。"倒水泡茶那个打圆场说。

"谢谢提醒！还有啥事没有？没事我去玩扑克打千分去了！"话没说完，我人已离开了书记的房间。

第二天上午开始选举了，先是宣布选举办法，这道程序很简单，大会秘书处宣布选举办法后，同意的鼓掌通过。因为都是反复讨论过的，所以都会全程鼓掌通过，照相机早已端好，摄影机早已架好，只等啪啪的掌声一起，键按下来就行了。谁知在全场鼓掌时，坐在第三排的我，不仅没鼓掌，反而是双手交叉抱在胸前。当然，不论照相的还是摄影的，对此他们是有权"忽略不计"的。

接下来是发选票，填选票。我下定决心认真而完全地表达一下我自己的意愿，而不是选民的意愿，因为这时我没法与选民沟通。所以，在选票上的候选人中，除副县长仲朗秋我是真心实意地画了一个圈，其他的我都打了个×，并另提了选票上没有的人名。当然全是大会主席团的成员——我没在人大代表以外去提名，这是我应守的底线。

在公布选票统计结果时，戏剧性一幕发生了。我给时任城东党委书记、大会选举的总监票员江武，在副县长的选票提名栏上写了他的名字。按规定，被选举人无论得票多少，都得向大会代表唱票公布的。这下可难坏这个行伍出身的"二杆子"书记。他尴尬地拿着单子，脸红脖子粗，在主席台左角上对着会议执行主席说："这个就不公布了吧！你看嘛，哪个干的傻事，给我整了一票！"

"按规定必须公布，你不唱票，就违法了！公布吧，没关系，有一票也不错啦！"大会主席离开座位，走到他身边严肃地说道。

江武无奈地说："那好嘛！"接着他大声念道："副县长江武一票。"

全场一阵哄笑。选举结束后，退场时一区代表团的代表纷纷拉着我说："喂，眼镜，是你老兄干的好事吧！"

"是我又咋的，我错了吗？我违法了吗？"我不屑一顾地望着他们，傲然去了。不一会儿，各代表都知道了，那一张雷人的——只得了一票的就是我的杰作。

我意气用事,常干荒唐事,但是我是有底线的——不跨过法律红线。

在县人大换届时,我又再次被提名并被选上了县人大代表。

在任县人大代表,参政议政的日子里,我深刻地意识到,我国的人民代表大会这一根本政治制度,在当前乃至于未来相当长的一段时间内都是符合我国的国情的,而绝不能全盘西化,盲目引进什么三权分立那些破玩意儿。若真要引进那些西方的玩意儿,那必祸国殃民不可。

我在 1981 至 1987 年这六年中的人大代表履行职责中的表现,从表面上看是率真率直的行为,但实际上是用自诩的豪爽之皮掩盖着自己政治上的幼稚和无知。这种政治上的幼稚与无知是我的死穴,随时都有可能被人暗算。或许在被人暗算至死而不醒悟,甚至在咽气时,我还在为自己的"干云豪气"暗自得意。

但在那时,我这个"狂徒"是没法领悟到这些的,当然,更没有谁来为我指点迷津,正因为如此,后面我仍然当糊涂蛋,干荒唐事。

我们大丰是时代的落伍者。

它的落后主要表现在两个方面:一方面是基础设施设备极差,基本上没有物理、化学实验室,没有学生宿舍,更没有学生食堂,甚至有的学校连课桌凳也没有木制的。另一方面,教师队伍建设落后。公办教师中相当一部分人是"顶替"父母走上讲台的,他们中的一部分人都没受过师范教育,更有的人学历低,又不爱看书学习。而民办教师不仅学历低,工资也低,为了养活一家人,还得见缝插针挤时间回生产队挣工分。这应是十年动荡在原本就落后的教育上增添了新的落后元素。

面对这个现实,党和政府决定先从教师队伍抓起。一是扩大中等师范招生名额,尽快培养出合格的公办教师来;二是年年投放指标,号召民办教师通过考试转为公办教师,去读教师速成班;三是大力举办教师函授班,加快教师的业务成长;四是拿出壮士断腕的精神,对民办教师进行大浪淘沙式的清理整顿。

清理整顿也是人性化的,一是为公民办教师举办补习班,教什么学科补什么课。然后再组织民办教师考试,所教学科考试成绩六十分以下予以辞退。

在清理整顿的考试中，我是很少几个一次性考试过关的一个。不仅如此，我还被聘为教师语文培训班的教师兼班主任。

这些教师培训班都是在暑假举办。我连任了三届培训班的语文教师。在工作期间，有两个有趣的笑话，值得在此一提。

我记得有一天，我给老师们讲修改逻辑病句：有些句子从语法角度去看，它一点毛病也没有，但从逻辑上分析，它却有问题。比如：阵地上的指战员都牺牲了，只有一班长还在坚持战斗。这个句子前后矛盾了。另有一类逻辑病句，它的疾病更隐秘，不通过特殊诊检手段，你是看不出来毛病的。这种病叫作主语概念大于宾语概念，这种病常出现在判断句或表示判断的句子中。听课的大多数老师已经懂了，抽了两个教师现场作业，也完成得很好。

但女教师凡秀秀，她说没听懂，我走到她座位旁，三番五次地给她举例解说。

我说："贫农是你的父亲"是病句，而"你的父亲是贫农"是正确的。她点头说懂了，等我一回到讲台上，她又说没搞懂。这次我真有点火了，但能发火吗？不能！我灵机一动，唰唰地在黑板上写下几个字：凡秀秀的丈夫是解放军军官。我问大家对不对。

"对！"全班齐声回答。接着我又唰唰地写下几个大字：解放军军官是凡秀秀的丈夫。然后自问自答："对吗？不对。因为你丈夫只有一个，而解放军军官是成千上万的。"这时，我走到她身边问她听懂了吗，她红着脸说："这下懂了！"

"真的懂了吗？"我又问。"真的懂了！"她望了我一眼说，"纪老师，你好坏。"

另一个插曲是发生在我十分熟悉的一个季姓女老师身上。这个女老师个子不高，但很丰满，国字脸很白皙。这个老师教学业务水平很差劲，闹了不少笑话。比如，她讲语文课，解释"笔直"时，她振振有词地说："笔直，就像笔那么直。"

但这个女人豪爽率真，对民办教师的我从不歧视，甚至很亲近，所以我们之间言行也很随便，她常常在我面前撒娇卖萌。对这一点我不仅不介意，也喜于色乐于心。

正因为这样，在我上课时，她常常装怪，一会儿举手发言，请我讲详细点，一会儿又嬉皮笑脸地举手说："老师，今天不讲这个问题行不……"总之，她仗着熟人好说话，一个劲儿地给我添乱。

一天上午，天气很热，那时的学校连电扇也没有，讲课的听课的都一样汗水长流。

"报告，纪老师，我要去一号。"季淑秀大声嚷道。

"啥子一号二号的，我不懂，听课！"我近于发火地大声说道。

"一号都不懂，还当我们的老师。一号就是厕所嘛。"她进一步调侃道。

"滚出教室去，你是什么学员？纯粹就是一个汤圆。"我的怒火终于如火山般地爆发了。

"发火干吗？开个玩笑都输不起嗦！"她噘起嘴，一边气愤地嘟囔着，一边往外去。

"报告！"一会儿，她就回来了，站在教室门口，大声喊道。我对她的厌烦情绪一下子升到了顶点，理也懒得理她。

"报告！"她更大声地吼道。

唉！真的是个不识趣的家伙。我鄙夷不屑地扭头一看，不看则已，一看禁不住扑哧一下大声地笑了出来，全教室的学员随着我的目光望去，也哈哈大笑了起来：有的笑得直不起腰，有的笑得捧着肚子"哎哟！哎哟！"地直喊。

季淑秀被笑得一头雾水，愣在那里冒出一句："笑什么？"

"你手反过去摸摸吧！你真是不知天下还有羞耻二字吗？"我大声说道。

她反手一摸，脸一下子红了，回头就往外跑了，那一天，她再也没回教室了。原来她去方便完了，起身把内裤拉上去，不经意间竟然把裙子的后摆也拉进了三角裤，被花内裤卡住了。于是两瓣大大的、肥肥的屁股就暴露在光天化日之下了。更可笑的是，她从厕所光着半个屁股跑了偌大个操场，居然没发现自己后庭失去了遮挡物。这真是个冒失鬼！

教师暑假短期培训班结束后，接着就是一次民办教师的合格考试。考试合格的就继续留任，不合格的就予以辞退。县文教局一连三年办教师暑假培训班，又连续三年通过民办教师合格考试，淘汰了一大批不合格的民办教师，仅我们大兴就淘汰了八九个。这无疑提升了民办教师队伍的质量。为了弥补师资的不足，又年年通过各种考试招中师班，并允许民办教师报考。我的学生常本英（后改名为常英）1984 年就考上了师范。

1985 年深秋的一天，我们接到通知去乡中心校开会。这个会很简单，议题就只有一个：工会组织全体公办教师去自贡市看恐龙灯会。民办教师不能去，既然没我们民办教师的戏，那为何又叫我们来开会？真气人，这简直在戏弄人。没等校长季得超宣布散会，我就扬长而去了。

回到学校，我心里波涛翻滚，难以平静。我们民办教师难道就没有人格尊严吗？我马上找来吕善述老师商量对策，因为他是红星小学的"管家"。我和吕老师一商量，决定马上通知红星小学的全体民办教师，准备好行装，明日一大早乘车前往自贡。同时，我还做出了以下决定：一、全乡民办教师若自愿随红星民办教师同去的，补助往返车费的二分之一，食宿费自理；二、红星小学民办教师往返车费、食宿费、门票全部由学校负责；三、红星小学民办教师可带妻子和子女前往，费用自付二分之一。

我是个霹雳火性格，做事从来都是雷厉风行的。我对吕善述老师说："吕老师，你把我们班收的议价费算一下，看够不够这次开销，若不够，从我日后的工资中扣除，反正不动那个公办班的办公经费和学校粪池费中的一分钱。"

"你放心，这次花不完，就是花完了，我们去的人摊，也不会动用国拨经费的。"

当天傍晚时分，到各村小去的老师都说：各村小的民办老师听了都很感动，但这次不愿意去。有的是忙于农活，有两个是家人生病，脱不开身，也有几个怕校长怪罪，日后受窘。

这事被校长知道了，他叫人捎信给我说，他女儿是民办教师，不好到工会去揩油，想和你们一起去。

第二天一大早，我、我妻子、女儿、左冠华、左的妻子、吕善述、纪顺英、吴应华及校长的女儿一行人，在管家店登上去自贡的长途汽车，一路颠簸到自贡时已是"日落西山红霞飞"了。

下得车来，四处找住宿，自贡城区的旅社宾馆早已人满为患，改革开放之初，大家兜里开始有几文钱了，压抑了许多年的消费欲望开始膨胀了，而那时能提供消费的场所，特别是消遣娱乐类的场所更是少得可怜。这自贡市一下子冒出这么一个"高大上"的娱乐平台，"八方来朝"的景况不出现，那就是咄咄怪事了。

找了很多地方也没找到一个住宿地儿，我们又累又饿。我决定先找一个饭店，把肚子灌胀再说。我们找到了一家卖家常菜的店，胡乱点了几个菜填饱肚子了事。结账时，我问了问收银员："哪里好找住宿呢？"收银员说："不好找啊！四面八方的人都朝自贡涌来，一下子哪里有这么多旅馆嘛！"收银员的头摇得像拨浪鼓似的。

"你们到大安区去看看吧，那里是郊区，离灯会景点远些，可能找住宿地容易一些。"坐在我们隔桌的一个白发苍苍的老头说道。听口音，老人家是当地人。

出得店来，我们叫了两辆的士，直奔大安区而去。来到大安区，转了两条长街，终于在一个小巷子里找到一家小客栈住了下来。客栈虽小，但洁净且安静。

第二天我们吃过午饭就坐车往灯会景点跑。傍晚时分，我们早早地吃了饭，买好票就进场了。这灯会场中，人山人海，很多地方都是人挤着人走，人抬着人走，我甚至有时移动了一二十米，脚都没在地上走一步，而是被人流裹挟着向前移动的。

这些灯美轮美奂，精彩绝伦，奈何我心实笔拙，无法用语言来描述。

在观赏灯的时候，我撞见我们那些伟大的公办教师同仁。他们见到我们一行，无不惊诧莫名地问："你们咋来啦？"我笑着说："谁说我们民办教师就不能观赏灯会呢？有法律禁止还是有政策禁止呢？"我以这种极不友善的话，回应他们那种隐含鄙夷的问话。后来我们碰见了张兴老师夫妇二人。我们一细聊，方才知道，他们也是昨天晚上到的，可运气没我们好，在城区四下找旅社宾馆，处处碰壁，一直找到深夜十二点也没找到一处可容身之地，在一个好心人的指点下，才找到一家电影院，几十个人宅在电影院里连看了四场电影，直到早上六点半；今天白天他们就逗留在公园、茶楼、商场之间。"唉，昨晚哪里是看什么电影，大家只不过是买个座位遮蔽风霜，打个盹而已。"张老师悻悻地说。耿直的苏老师补充说："早晓得这样子，八抬大轿抬老子也不会来的。"

我听完张老师夫妇的话，心里泛起的是一缕缕的快感和惬意，我为我们找到可以安稳睡觉之地自鸣得意，一路去的同行，特别是小妹纪顺英，一再褒扬我聪明，有本事，而吕老师则夸我遇事果断，雷厉风行。总之，除了我老婆不夸我之外，他们对我此行的一举一动都赞不绝口，我在他们的赞扬声中，情不自禁地有了几分飘飘然了。

第十七章　宁为出头鸟
不做缩颈龟

别看我参加民办教师资格考试，一举成功并当上培训教师的教师，可考民师转正，我却是屡战屡败。因为民师转正必须考三科：语文、政治、数学。我从1980年开始参考到1985年考后决心不再参加考试的六年中，语文、政治从没下过九十五分。可数学虽在进步，但我的进步总跟不上"别人前进的步伐"。1980年数学成绩零分，1981年考了四分，1982年十三分，直到1985年我考出了最佳成绩二十三分。而1985年考试是数次参考中最雷人的一次。前几次考试，我都是认真对待的，但这一次有点游戏人生的味儿了。

首先，我是决心只考这一次了，不管成败如何，已决定今生不再进考场了。

其二，每次考试时，那些监考员——公办教师高高在上的神态，对我们轻蔑的目光，已让我的忍耐力到了快崩溃的地步了，我决心戏弄一下这帮自以为是的狂妄之辈。

那次考场主任是区中学的肖志昆校长。此人身材修长，说话温文尔雅，待人平和公允，温敦良善无架子。而监考我的监考员也是一区中学的贺章。这个女人自以为是公办教师，从头发根到脚板心无一处不透露出一股傲慢气，极不懂得对同行的起码尊重。

她一走进考场，用蔑视的目光扫了台下的老师一眼，满脸庄重严肃的模样，说："各位——你们都是教了几天民办的哈，请自觉遵守考场纪律，根据上级的指示，在考场规则之外，还要另加一条规矩，那就是考场内不允许抽烟。"接着她就照本宣科地把《考试规则》读了一遍。然后又剜了大家一眼，高声叫道："坐好。"我心中暗暗骂道：你个杂碎，真把老子们当学生在收拾喽，我已打定主意，宁可被取消考试资格，甚至被开除教师队伍，也得刁难一下这个女人。

第一堂考语文，我只花了一半的考试时间就答完了题。然后又仔细地检查了一遍，我正放下笔时，那个女人就踱到我桌旁来看。我摊开卷子，乜了她一眼问："这上面的字你认识几个？这些题你做得起不？"我白了她一眼，站起来伸了伸懒腰，故意大声地打了个很响的哈欠。

已经被气得半死的监考员恨恨地说："你严重违纪了，我要记下你的名字，向考场主任反映。"

"悉听尊便！"说着，我把准考证递给她，又挖苦她说："我怕你写不起字，把准考证给你照着抄，咋样，哥们算大方的吧！"我傲慢地昂着头，掏出烟抽了起来。

第一堂考试结束，贺章收好试卷就跑到肖校长那里去告状。肖校长把我找去，问我为什么要这样，我把事情的缘起说了。他笑着拍了拍我的肩说："老弟啊，你咋这么干呢？她这个人是有那么点自视清高，说话做事缺分寸，可是你不能把严肃的考场弄得如此不堪啊。好了，过去的事就不说了，下堂考试，你那考室，我换个监考老师吧！祝你这次榜上有名。"他说完就让我回考室了。

最后一堂考的是数学，一大篇的题一大半我都做不起。有道题是繁分式的化简，我一个劲儿地去有理化分母，弄个半天也没弄出个所以然来，只好交卷出场。可刚走出考室门，我脑洞大开。哎呀！除去一个数等于乘上这个数的倒数，还去弄那些干啥呢？按这个公式去做，这道题不是等于1吗？我一拍脑袋，大声说道："诸位，老纪今年又是名落孙山外，明年今天再与诸位来此一会，不见不散哇！"

"喂，你崽儿好坏啊，你考不起，还要诅咒我们都考不起吗？"

那一年，我的数学有了"质的飞跃"，终于考了二十三分，落榜自然也是情理中事。

那个监考员贺章鄙视的目光和傲慢无礼的言辞，深深地刺激了我。每一想到她那副颜色，我心里就隐隐发痛。我决心剑走偏锋——将我的诉求上达"天听"，若是不成，那就干脆辞职务农，因为在农村我虽然付出了苦累，但收获的却是尊重和佩服。

回到学校没几天，我就着手准备材料，材料搜集好了，我就动手给中央领导写信。信的内容分三部分：一小块是礼貌性问候。二部分写了我自从任民办教师以来的教学业绩，以及每年民办教师转正考试前我忠于职守，怕耽误学生学业，从不请人代课，加上自己是自学成才的，数学从考零分到二十三分，所以年年榜上无名，可是我学生的成绩和品德却全区一流，并将统计表附上。第三部分那就是毫不客气地质问道：您老人家的"猫论"过时没有？若还没过时的话，我这只咬到了老鼠的好猫为何得不到主人的赏识，连一顿饱饭也吃不上呢？

这封信寄出去两三个月后——寄信大约是1985年8月底，那年冬天的一天下午，乡通讯员蒋文学跑到学校找到我说："纪老师，文教局曹丽局长打电话来，请你明天上午十点以前到文教局信访办去一趟。"

第二天上午，我步行十多里，来到文教局，找到了信访办。接待我的是一个二十多岁的曹姓女人。我一坐下，她就递给我一个开启了的信封，我抽出信笺一看，原来是我写给领导的信，不同的是在信的开头或信末的空白处——我记不太清楚了——有这么两句批示，大意是，若该同志反映的情况属实，请予以酌情解决之类的话，盖了一个什么办公室的章。我还没看仔细，她就迫不及待地一把拿了回去。她把信放进抽屉里，神色十分严肃地说："纪老师，你写信到中央干什么？……慢慢来，久坐吃好面嘛……"

她阴阳怪气的几句话，可把我惹火了，我呼地一下站了起来，大声嚷道："你饱汉不知饿汉饥嗦，什么慢慢来，八九年还不算慢吗？毛主席他老人家教导我们说，一万年太久，只争朝夕。你却要我慢慢来，啥意思？我不吃好面，仅想吃一碗阳春面总可以吧？"这下子可把她气哭了。

她流着泪跑出了办公室。这下我走也不是，不走也不是。正在去留两难之际，儒雅靓丽的曹丽局长走了进来，她身后跟着那个脸上还有泪痕的小曹。曹局长一坐下，就和颜悦色地招呼我坐下说："纪老师，我知道你是个很有爱心的好教师，也知道你心里窝着火。可是不管怎么说，你也不能骂人嘛！"

"骂人？我骂了谁？骂的什么？"我心里一惊，问道。

"你说你要吃碗阳春面！"小曹期期艾艾地说。

"哈哈，哈哈哈！"我禁不住大笑起来，"曹局长，我这叫骂人吗？"没等曹局长回答，我又说道："阳春面，就是光面，没有臊子的面，你查一查相关资料，就知道了。"

"误会，这是误会。小曹啊，人家仲局长都称赞纪老师知识面广，你可得好好地向他学习。"曹丽真不愧是当官的，转圜之迅速，超过我的想象。

接着，曹局长又安抚我说："纪老师，像你这种情况，在我们县不太多，但在全省、全国统计起来，就多了。既然中央都知道这事了，我想，相关政策一定很快就会出台的，我也会积极向上级反映的。一旦有了结果，我就会在第一时间通知你。"一番话说得入情入理，我还有何话说呢？

这种官腔我听得太多了，所以也没在意。反正，我写那封犯上的信时，就没抱多少希望，只不过是发发牢骚而已。所以，眼下得到这种结果，也就无什么失望了。在这种心态下，日子过得就很快。

转瞬间，1986届初中学生毕业，且获得了大丰收，汤晓尧、王洪、季真武等人考上了重高，更难得的是杨兴奇、常蒴、高政亮三人居然考上了大丰师范，一举跳出了"农门"，季芳国等十余人考上普通高中。

更令我兴奋的是，本以为毫无希望的事，突然变成有希望了——民办教师中表现好的、教学质量高的可以不经过任何考试，只要体检合格就可以转为公办教师。

县里分给我们区一个指标，指名道姓说这个名额是给我的。当时曹丽局长已升任双江市某单位负责人，新局长不知我信访有批文一事，而文教局人事科科长却想把这个指标给她的侄女赖馨。这事被我们区里分管文教卫生的宣传委员吕宏良知道了，他立即向县里反映，并在好几次会议表示：若让赖馨转正，我吕某人坚决反对，不论学识还是教育教学质量，赖馨都不如纪元初。没办法，赖科长只好佯装败下阵去。在暗地里，却为我设下了重重机关，想让我在体检和政审中过不了关，败下阵来，让他侄女补上去。

体检前夜，乡里章乡长、区宣传吕委员找了县医院申院长，要他确保我体检合格。吕委员与申院长十分要好，他们议定查视力时，让一人在我背后作弊：查视力的字母表中的字母朝哪个方向就在我背后给予我暗示。

第二天。检查视力时，我背后站着一个护士，若字母朝上面，她就会用一根小木棒戳我后背上方；朝下面，就用木棒戳我后背下方……这种"作弊"雕虫小技很快就被教育局人事科派来的女人——督察员看出端倪来了。她说这份体检报告不能算数，因有作弊之嫌。这下可惹火了我，我怒不可遏地大声嚷道："十年前，我眼睛就是高度近视，你们为什么要我教民办？当了十年奴隶，现在你们却要以此为由来打压我了……"气得七窍冒烟的我怒气冲天地离开了医院。这事扯到了文教局局长办公会上讨论，命运之神再次关照了我，局长办公会认为仅因为眼睛不让我转正，理由是不充分的。

于是我顺利地进入政审程序。这下子，那个赖科长以为大有稻草可捞了，她说哪有十二岁当知青的？听到这一消息，章乡长、吕委员都暗中为我担心着急，而我开始也惶惶不可终日，但阿Q精神一上来，头掉了不过碗大的疤，怕它什么？于是酒照喝，觉照睡，大不了政审不过关，不转正，最坏的结果就是回乡务农。

第三天，区里传来消息，纪元初政审已过。后来听受应嘉干事之命，亲自调查我知青经历的季谷老师说："我先到县里知青办查档案，查了很多本知青档案，都没见到纪元初的只言片语，我也暗中替你担忧。当翻到最后一本也快翻阅完了时，我终于找到了你的知青档案，这份档案是1975年上级搞整顿时由区知青办公室派人下来搞的。本来找到了档案，把那上面的东西摘抄下来即可，但教育局的赖科长却说必须拍成照片上传才行。"

贾岛诗云:"十年磨一剑。"而我却是十年磨剑成公办。我由一个民办教师蜕变成一个公办教师了。

下面我讲讲我职业生涯中的另类故事吧。在今天看来,这些事并不重要了,但它们已成为我生命变奏曲中的一个很强的音符,至今仍时时回响。

任何一个时代总要染上那个时代的底色,奏出那个时代的交响曲,不管其曲直是非。

20 世纪 70 年代,初中复习生和年满十八岁的学生是不能考中师、中专和高中的。但是由于某些学生非自身及家庭原因被耽误了,他们迫切地希望通过参加中考改变自己的命运。

每当这个时候,我深埋在心底还未彻底愈合的伤口就又被撕裂开来,淌着血,发着痛。因为我少年失学,那一幕幕悲摧的场景每到这时又会从尘封的记忆中清晰地蹦出来。于是我下定决心,哪怕就是丢掉教书匠这个饭碗,我也要帮他们一把。

常英就是那群学生之一。这个学生勤奋好学,有强烈的求知欲望,初中毕业后,因家庭成分是地主,理所当然地不允许其上高中,所以只好回家务农。但她不甘心从此就走了订婚、嫁人、生儿育女这种宿命之道,下决心要拼搏一番,所以来我班复习。

由于她学习勤奋,且有一定的组织能力,所以入学不久,就被同学们选为纪检组组长。可就是这样一个品学兼优的学生,临到 1979 年初中毕业时,又只能与中考无缘,因为她是复习生,不能考中师,且她当年 8 月 16 日已年满十六岁,又超过考高中的年龄了。但如果把 8 改成 9 字,那么她就不会超龄了,因为学生的年龄是以 8 月 31 日为计算标准的。不改年龄这就意味着她与高中绝缘。

于是,我下定决心冒一次险,给她把出生时间由 8 月 16 日改成了 9 月 16 日,因此她就有资格报考高中了。后来,她果然被大丰中学录取了。

9 月 1 日,常英已去高中报名注册了,一切都显得是那么的风平浪静。第二年初夏，学校放了农忙假。一天上午，我和赶来我家帮忙收麦的常英正在地里割麦子。大约十一点钟，妻子跑来告诉我说："快回去，张兴老师有急事找你。"我放下镰刀，对常英说道："走，回去歇息歇息吧。"

我们三人一步紧过一步地赶回家时，见到了浑身流汗、坐在凉椅上的张老师。他一见到我，劈头就问道："纪老师，你帮哪个学生改了年龄啊？"

"没有啊？谁有这贼胆，敢改学生的年龄？"我一副死活不认账的样子。

"纪老师，我俩是好朋友，你妻子又是我教过的学生，我不会害你的。今天我到文教局去，教育股的胡股长把我找去，私下里托我转告你，有人把你告了，说你为常本英又改名字又改年龄。"张老师望了望我，一脸诚恳地说道。

"有这么回事。上面决定怎么处理我？"事已至此，辩也无益，倒不如坦然面对为好。

"股长要我带话给你，说你是个聪明人，会有办法的。你是个古道热肠的人，曾帮过他女儿的大忙，所以他也会尽量帮你把查处这事的日期往后拖个十天半个月的，让你自己想办法搁平。"张老师一向对我都很好，他的话应该是没水分的。

"是哪个干的这种缺德事呢？"我愤愤地说。

"这事我也问过他。他说这是不能说的。何况他刚被解放出来呢！"张老师摇着头说。

"你喝茶休息一会儿，我去去就回来。"我立即叫常英和妻子弄午饭。吃了饭，张老师有事忙着走了。我和常英担起米和菜就往学校赶。

一到学校放下担子，我就往胜利大队大队部跑去——常英家在胜利大队，户口簿应在大队会计手里。找到了大队会计隆金，我便把事情向他和盘托出。这个高大壮实、有点文化的庄稼汉，听完我的话，笑了笑说："纪老师，你放一百个心好了。莫说我两个娃儿还在你手里读书，就是冲着你为了学生冒险这份情，我也会把这个事搁平捡顺的。

你看着我把事办好。"说着，他打开抽屉，拿出大兴胜利大队社员户口簿，拆开活页，找到记有常本英一家人的基本信息的那一页，又从抽屉里翻出一张没用过的户口活页表，然后照着抄了一遍，只不过是把常本英的名字改成了常英，其出生时间也由"1963年8月16日"改成了"1963年9月16日"，改好后，他又把活页再重新装好了事。

接着，我又马不停蹄地找到章文书，开始时，章文书死活不肯，这下可把我惹火了。于是我冲着他说道："谁家没儿女，若是你的儿女遇到这样的难事，你不也会千方百计找人帮忙吗？你刚才说这是犯错误的。对，这么干肯定不对的，但要说好大个错误，我看也未必，叫你杀人放火了吗？叫你偷盗抢劫了吗？没有哇！……"

他禁不住我死乞白赖，死纠活缠，也终于把活页户口簿拆开，把常本英家的户口页换上了新的。一件十分困难的事就解决了。等到县文教局派人来调查时，我们早已完成了"偷梁换柱"，理所当然地就"蒙混过关"了。

常家这样的一幕，在七年后又再一次上演。常英家姐弟五人，除了她大姐不是我学生外，其余的都是我教过的学生。常英的弟弟常蒯，是她家里唯一的男孩。父母对儿子多少都有那么点点偏爱，所以常蒯读书就没有他姐的勤奋劲。1983年，他初中毕业名落孙山，于是到大兴中心校复习了一年，依旧榜上无名，又到湖西中学复习，依然如前，因为此时，他父亲追求的目标不再是让其考上高中，而是执意要他考上中师跳出农门，吃上"皇粮"，以便改换门庭。

在他们一家几经折腾，研究之后，1985年秋，常蒯又回到了我班上复读。常蒯那年2月就满十八岁了且复读第三次了——是典型的炸不泡的老油条。

在他报考学校前，他父亲与同生产队且在部队中的龚山发生了矛盾，起因是常蒯的三姐与龚山解除婚约一事。当时我和常本英都一再劝其父大事化小，小事化无。我苦口婆心地规劝，可常父当耳旁风，一意孤行，非要结下这子孙仇不可。所以在常蒯报志愿时，我把其父找来，给他分析利弊，劝他放弃让其子报考中师的打算，可是任我怎么说，他就是听不进半句。

这个精明的老头对我的个性十分了解，于是用起了激将法。他说："纪老师，我晓得这是一场豪赌，我也知道你怕担责，所以你不愿意让蒯娃子报考中师。看在我们交往多年的情分上，你就同意蒯娃子到其他学校去报考吧。我今天就动身去找个不怕祸事的老师帮忙……"

"打胡乱说，我是怕担责怕祸事的人吗？我怕担责，你家常英能有眼下的好光景吗？"话一说完，我心一横说："好吧！我再赌一把，大不了回家务农，总不能因此坐牢杀头嘛！"

中考结束了，我带着女儿去成都玩了两三天，又心慌意乱地跑到成都去看望了几个朋友。一天夜里，我梦见常蒯被处以一生禁考，我被解职回家了。

第二天一大早，我怀着忐忑不安的心情去成都北站买了两张"着急票"，乘特别快车赶回大丰，从八区下火车乘公交车回到学校已是上午十一点了。一路上没喝一口水，我口渴不已，忙生火烧水，叫霞儿到管家店去买一两茶叶回来。一会儿，霞儿拿着茶叶，人还没进门，声音就到了："爸爸，爸爸，蒯哥遭告了。"

"你乱吼啥子？你怎么知道他遭告了？"我真不希望这是真的。接着女儿就讲了她发现"新大陆"的经过。原来，霞儿也口渴得厉害，她一走到管家店，就到左老师家去要水喝，左的妻子见霞儿进去也没怎么留意。当霞儿喝了水，将水瓢放回桌上时，就看到桌子上放着一个写废了的信封，信封上写着"大丰县招生办公室收"几个字。于是人小鬼大的她便急匆匆买好茶叶跑了回来。

我听完女儿的话，顿时火冒三丈，这个忘恩负义的家伙，真是个禽兽不如的东西。我对他虽无再造之恩，却有多次救他于危难之情：他教民办将被裁撤，是我冒险犯难救他；他与一个学生家长关系暧昧，被人告发，是我给调解妥帖；他欲奸污一个劳改犯之妻，那女人不从，将他诉至检察院，又是我出面劝说那女人撤诉……凡此种种不一而足。

"你站着干啥？去跟我把左叔叔叫来。"我满腔怒火，凶神恶煞地对女儿吼道，好像她就是左冠华的同伙似的。女儿去了，我坐下备起课来。

"纪老师，你啥时回来的？"我抬头一看，左冠华已站在我办公室前了。我呼地一下站了起来，忘记了君子施恩不求报的古训，咬牙切齿地把他臭骂了一顿，两个拳头也捏得咯咯地响，要不是考虑到我是一个教师的话，我肯定挥动老拳猛揍他一顿。

我火一发完，就像皮球泄了气一样地坐了下来。左冠华这才赔礼道歉后说出事情原委。原来龚山是他干儿子又是他表亲，自从被常英之父告发，解除军籍回乡后，一直要找机会报这个仇。他的说法是"你毁了我的前程，我也要让你儿子的前途无望"。所以中考后，他不分白天黑夜地来纠缠左冠华写一封举报信——因为龚山小学没毕业，写不好信。因此，左冠华只好帮他代笔了。左冠华毫无遮掩地把事情说清楚了，俗话说：认错不该死。我又能把他怎样呢？

"老左，古人云：穷寇莫追。我也曾帮助过龚山，你告诉他，不要再纠缠这件事，今后他遇见什么难事儿，只要不犯法，我会帮他，还他的人情，有空我会亲自去找他。"左冠华唯唯诺诺地走了，临走前再三表态要去说服龚山，不再纠缠常蒯谎报基本信息这件事了。

我草草地吃了饭，就急匆匆地往乡政府赶。当时文书已换成章明联了，我找到了杨副乡长和文书，好说歹说，他们愿意帮助我，如七年前改动常英的年龄信息一样，把常蒯的出生时间由1968年2月改成了1970年12月。至于是否是复习生，只要我这个当班主任的一口咬定是应届生并弄好了初中三年的成绩册，上面是查不出来的，因为那时的档案记录十分原始。

上面来查了，得出的结论，那封信上讲的全是莫须有。

事情了结后，常家得出钱请帮了忙的领导撮一顿，这一顿不撮倒好，一撮可把我害苦了。

我还记得，那中午是在杨副乡长家开的餐饮店喝的酒，乡里那一方来了好几个人。

那天中午，酒量极好的我喝得大醉。因酒德欠佳，酒后常常乱吵乱闹。尽管我纵酒酗酒，酒后不拘小节，但不论同事还是家长朋友、农民朋友都予以我极大的包容。他们不仅不鄙弃我，反而和我交好，夸我豪爽、耿直、对脾气——与他们合得来。

"平生唯好书与酒"这是我写的诗中一句，也是我平生嗜好的真实写照。农民朋友说我豪爽、耿直，我还真有那么一股气儿。

第十八章　不忍黄沙遮望眼
　　　　　岂容污水灌心田

　　写完前一章，我不禁回想起两件差点被遗忘的事。因为这两件事，在时人眼里，简直就是"犯上作乱"，而我当时却执意而为之。

　　由于1979届、1980届两届初中毕业生不论升学率还是学生的道德素养，都远远超过了那些公办班，有些人就坐不住了，因为区里开会时多次点名表扬了我这个民办教师，含蓄地批评了中心校的领导。吕委员在一次全区教师大会讲道："你们学历比纪元初高，年纪也比纪元初大，工资也比人家多，为啥教育教学质量就没人家好呢？"

　　上级的表扬不是一件好事，因为这样一下子就使我陷入了十面埋伏的绝境。不论本地的还是外地的，不论公办的还是民办的，一碰到我打招呼，不是喊"大红人"，就是喊"大能人"。开始我感到十分尴尬，可回头一想，好啊，我为啥就不能学学阿Q呢？我为什么不能把讽刺挖苦当成夸赞表扬呢？所以后来有人如此称呼我，我就来个装傻充愣，竟然回应道："多承谬赞，还不够，还需继续努力，争取再红一点点，再能干一点点。"甚至有时竟不知羞地说："百尺竿头，还须更上层楼呢！"这样回应多了，那些心怀嫉妒的人也感到十分没趣，也就不喊了！看来，这装傻还是蛮有效果的。

　　1980年暑假，新招的1983届给我带来新的希望和动力。那时的初中招生分为四个层级：第一层级是县中，第二个层级是区中，第三层是公社一级的，我们大队民办初中为第四层级。这种招生办法显而易见地告诉了人们，公社初中是很差的学生读的，而我们大队"民办戴帽初中班"，理所当然是最差级别的啰！可是，我这个最差的民办初中班那年7月却来了四个被区中学录取的学生：江琼、肖明、程伦燕、杨光才。

可是到1981年夏天，我的希望差点就随风飘散了。一天，我接到通知前去中心校开会，会议的中心议题只有一个，就是红星小学民办初中班搬迁到中心校，要求三天后搬上桌凳到中心校开始暑假补课。我十二万分地不乐意，但是下级服从上级，何况我还是一个民办教师——根本就没有抗命的本钱。回到学校，我就一个队一个队地去家访通知学生做好去中心校补课的准备。

谁知，家长一听到这个消息，都焦急而又无奈地对我说："纪老师啊，不搬过去行吗？大兴那里的水喝不得哟，喝了你都会变懒，莫说我们的娃儿了。"有的家长甚至说："纪老师，你把这个班搬过去，三年后能考起一个学生，我就在你胯下钻二十四圈。"听了这些话，我只能无奈地摇摇头，表示不赞成他们的看法。

三天后，我带领学生每两个抬一张课桌，一张凳子——那时石桌石凳已经进"博物馆"了。

搬过去后，遇到的第一个难题就是红星初中班有的学生离家十多里地，没法回家吃午饭，学校又没学生伙食团，教师伙食团又只有那么点设备。讨论来讨论去，教师改在吕组长家里煮饭。红星初中班的学生早上上学时从家里提一碗饭来学校，原教师伙食团用甑子把学生的饭蒸热再吃，蒸一次二分钱。许多学生不愿去蒸，冷饭就着咸菜吃了算事。

我们教师不管民办还是公办，每天一个人补助了点午餐费，但不能发现钱，只能用来集体办伙食，而且只能在吕组长家里弄来吃。

在什么地方煮饭吃本不是个问题，但是第一天中午吃饭时，那个吕组长的一番话就惹出问题了。他说："纪元初你们几个酒罐儿，中午不能吃酒哈，下午还要上课。"我们一想，这话是正确的，照办就是了。可是等我们前脚一离开他家，他就端出私自留下的菜和没准我们喝的酒，自斟自酌地逍遥快活起来，又恰被我和另两个民办老师——

程晨光、程华轩撞了个正着。

这种严以待人、宽以律己的伪君子真让我们瞧不起。何况，因为这个领导教的是小学，没参加补课，就没有生活补助费。那么他一家几口在我们中混吃混喝也就算了，可是领导成天板着一张死人脸，端起一副"一品大员"的臭架子，不是训这个，就是训那个，这就让我们心生怨气了。不过大家碍于情面，闷于心，形与色，谁也未曾露于言，这样凑合着过了一周。

谁知第二周周一，课间活动时，他不知哪股神经不正常，把我们全体补课的教师召集到一起开会。一开会他就批评，从备课骂到上课，从休息骂到吃饭，总之，补课教师似乎没干一件好事。末了，他竟然厚颜无耻地表扬起他的老婆陆光玉来了。

程晨光、程华轩乜了我一眼，我知道他们在示意我"冲锋"了。于是，没等那个领导臭屁放完，我就站了起来，高声说道："吕老师。"——这是他最不愿听到的称呼，他喜欢听到别人叫他主任。无论家长还是学生，只要叫他老师，他脸上顿时就会阴云密布，一叫他主任，他脸上就晴空万里艳阳高照。我们私下议论这事时，我调侃说，大家都应该理解他。在这些年里，人家斗这个，批那个，日夜奔忙，不就是为了一官半职吗？好不容易弄来一顶并不入流的纱帽，我们还不尊重别人，这叫什么话呢？我们简直是世事不洞明、人情非练达的无知之徒了。

我不管他乐意不乐意，喊了一声吕老师，就开始放开了排炮："你批评得不切实际，骂得没水平。比如哪一课是张跛子还是李驼子没备好，该怎么备？哪一堂课是张三星还是王二麻子没讲好，该怎么讲？你是德高望重的'教育家'，就该为我们指出光明大道来啊，免得我们在黑暗中摸索嘛……同志们，我们以热烈的掌声欢迎吕专家今天给我们上一堂指导课、示范课，好不好！"

"好！好！"会场上顿时掌声雷动。"吕领导"的脸随着欢腾的掌声红了又青，青了又白，老半天也说不出半句话来。

"主任，"我改变了称谓叫道，"您看今天什么时候为我们指导啊？"

大家也随声附和地吼了起来："什么时候嘛！"

"多一天吧，今天我要到区里去汇报工作。"可是直到五年后，他调离大兴，也没听到他的指导课，因为他是上小学低段数学的料。就是教小学低段也业绩平平，班里成绩从未跨入全乡前五名，像他这晒不干的"火药"，哪敢来讲初中的课嘛！

这个会让我一搅和就无疾而终了。散会后，我和两位民办老师程晨光、程华轩一碰头，又准备上演另一场好戏了。

吃中午饭了，往日里人来人往地往领导家饭厅走，可此时，吕领导家的饭厅冷冷清清。我、程晨光、程华轩三人，各带着三三两两的老师朝供销社食店走去。有几个在运动中被姓吕的整得死去活来的公办教师，既怕得罪"领导"，又不忍心与我们拉开距离，干脆回自己家里吃饭去了。

我们在食店里吃得酒足饭饱，一路说说笑笑地回校了。这下子气得"吕领导"暗地里吹胡子瞪眼睛的，只好咽下这口气，因为我们中午撮这一顿时，由我出面去请了分管教育的领导，还请了分管财政的领导，在与领导们猜拳行令的间隙中，把在吕家搭伙受到种种制约以及"吕领导"的种种不堪行为，我们准备每天中午吃食店的想法一一说了出来，得到两位领导的支持。眼下终归不是前几年，想收拾谁就收拾谁的时代了。

在这次暑假补课中，我们分成了旗帜鲜明的三大团伙，一团是我们这补课教师中的大多数；另一伙就是吕组长两口子；再就是在夹缝中左右为难的几个"牛鬼蛇神"，他们怕前几年遭的罪再次降临到头上。

原来没在中心校工作，我只知道中心校学生纪律差，成绩不好，究竟为何这样，从来也没去细想深究过。这次搬到这里来补课我才知道，这里真不是认真教书的地方。

首先，这里的领导总是钩心斗角，犹如一艘航船上谁都想当舵手，那么这艘船纵是不翻也开不快。其次是，教师间总有一种隔膜，表面看去一团和气，其乐融融，实际上或是以邻为壑，或是各据一隅，"互不侵犯"。其三，谁也不愿多干半点事，把认真工作者视为异端另类。

更要命的是，前几年遗留下来的山头主义十分严重，你拉一团，我搞一伙的。你惹到团伙中的任何一个人，那可就会遭到群起而攻之。

在了解这些之后，我内心十分悲凉，不就是为了养家糊口而教书吗？为什么要如此地明争暗斗呢？我已暗中准备设法搬回红星去——那里才是我工作的乐土。

接着又发生了一件令我深恶痛绝的事。一天放下午学时，我正在教室里给几个学生"开小灶补营养"，突然，窗外传来了大声喊叫："王正章，你还坐着咬卵呀，出来走了！"我往窗外一看，一个小个子的男孩，正站在窗外向教室里招手。我快步走了出去，把那小个子学生抓进了我办公室，问：

"你叫什么名字？哪个班的？"

回答我的是白眼和沉默。

过了好一阵，我又一次问道："你是哪个班的？叫什么名字？"

"哪个班的？说了你又要咋个？"他带着几分蔑视的口气说道。一个乳臭未干之徒，竟敢如此，真出乎我意料，我不免动了几分肝火，大叫道：

"告诉你，今天你得老老实实地把事儿说个清清楚楚，否则你休想回家。"我不再问他了。

"我是吕组长妻子那个班的，叫邬永红。"那小子又沉默好大一阵，才心有不甘地回答道。

"哦！"我叹了一声，心里暗想道，原来是吕组长老婆那个班的，这两口子倒真是绝配。

丈夫：身体颀长，马脸，背微弓，人说虎背熊腰不可相交，此话还真有点道理。

其妻：中等个子，圆脸白嫩，说话温文尔雅，喜怒不形于色，一句话可概括，李林甫式的角色，但奈何她际遇差，未遇上"李隆基"。

我遇上了个狠角色，前几天与她老公斗了几个回合，均是凯旋。此次可能与其正面交锋，我得小心为上。但不管怎么说，学生骂人总是不应该的。于是，我还是口若悬河，一个劲儿地教育学生，先启发他认识今天错在哪里，老师在教室讲课，你在教室外高声叫喊，是对老师的不尊重，对听课人的干扰；你对你的朋友说脏话，骂他，是你对友谊的不珍惜，这种粗暴野蛮的行为也是对你自己人格的糟蹋……

我正自鸣得意地讲得津津有味，突然有人柔声说道："纪老师，我班上的学生不懂事冒犯了你，我代他向你赔礼道歉。古人曰教不严，师之惰嘛！我带回去好好教育他，就不麻烦你操心了！走，小付，跟我出去——丢人现眼的。"她也不管我同意不同意，说着，她拉着小付就走出了我的临时办公室。

这下我可傻眼了，起身拦她不是，不拦也不是。我初次领略到这"李林甫"的手段，可是我真没估计到她厉害的手段还在后面呢！

她把小付带到我的临时办公室外面，放大音量说："今天你被留下这老半天了，我就不为难你了，你回去吧！"话外之音，她班上的学生受了委屈，当然我也知道，她这是说给还没离校的师生听的。

第二天，满校园都传开了，我体罚小付站办公室，长达三个小时且又打又骂。对付这种找不到主儿的谣言，唯一的办法是置之不理，静观其变。我这一招还真灵，没几天这谣言就自动停息了，因为挑战者不敢公开挑战，又没人上当去应战，自觉没趣，只好偃旗息鼓。

一个月的补课，我终于熬过来，我下定决心，哪怕被解聘回家务农，我也要抗命不遵——把我的班带回红星小学去。在宣布补课结束的当天下午，我一声令下："把桌凳搬回红星去。"教室里顿时欢呼雀跃起来。

可是，学生刚刚把桌凳抬出学校，总务主任申老师就出来阻拦说："纪老师，你不要乱来，吕主任说你那个班搬迁过来是上头研究的，你擅自搬回红星，后果自负（当时吕组长负责中心校全面工作）。"

"什么后果？坐牢还是杀头？我认了！走，同学们给我抬起走。"

可是浩浩荡荡的队伍前锋刚过了农机站垭口，后面的还在公社门口，通讯员就跑来叫我去接电话。我知道，姓吕的已报告上去了。

我跑到传达室，拿起电话一听，电话里传来了区文教干事吕应嘉亲切的声音："眼镜老师吗？你为啥要把学生带回红星去呢？这可是区里和你们那里商量好的，让你到中心校来发挥更大的作用，带动全地区的初中教育良性发展啊！"

我把付永红事件和我了解的中心校的现状简述了一遍，最后说："吕干事，古人云，君子不居危墙之下，何况我这种常人呢？我这种无组织无纪律的做法，听从你们上级处分，哪怕是开除我都行。总之，我决心不留在中心校任教。"我说完，吕干事既未挂断电话，也没接着说话，静默了大约一分钟，电话那头传来一声长长的叹息，接着吕干事说道："好吧！我去向吕委员他们检讨吧！但是这个年级你可不能掉链子啊！"我毫不犹豫地答道："绝不考第二。"

这件事我既是失败者又是胜利者：说失败，是我在中心校没站住脚；说胜利，我一介草民，居然用行动否定了两级政府的决定，还没受到任何处分，这是命运对我的青睐，还是领导对我这个民办教师的器重呢？

在那次暑假补课的一个月，我与吕组长的交锋，从根本上来看，我是一个失败者，没能适应环境且最终选择了逃跑，不过我与吕组长的过招也还是蛮有趣的。

记不太清楚这事发生的具体时间，反正是秋天的一个星期六，我们又去中心校开会，通知我们要带上备课本，以供领导检查。于是我心生一计，在已经超前备好的基础上又赶着备了《冯婉贞》一课，并于其中暗藏机关。

一到学校，我就急着把备课本交给吕组长检查。我从 1977 年到 2001 年，在我站讲台的二十四年中，我所教的语文、政治是备的详案，哪怕有的内容我教过多遍了，我还是坚持重新钻研重新备课。我认为，只有重新备课，才能对教材有重新的审视，有时会收到意想不到的效果，得到新启迪。

吕组长十分认真地检查了我的备课本后，连声赞道："纪老师，你备得真不错。"接着就在我的备课本上批道："重难点突出，详尽有序。"我好不容易才忍住没笑出声来。

开会的第一时间，吕组长就讲检查备课本的情况，他先一再表白他的"丰功伟绩"，是如何吃苦耐劳，从什么时候开始检查，直到开会前一分钟还在检查大家的备课本。表功一完，接着就批评起那几头死老虎来了，备课无创意，还是前几年的模式，等等。

骂完人，就表扬起我来了，并号召大家向我学习……没等他夸完我，我突然站起来，对着大家笑了笑，又转过头去朝着站在讲台上的吕组长说道："对不起，是我才疏学浅，没注意把《冯婉贞》一课中的'树帜曰谢庄团练冯'翻译成了'树上挂着一面旗帜叫作谢庄团练冯'。我把动词树当成了名词树，闹了个笑话。你看，害得学识渊博、工作认真负责的领导也跟着闹了这么大个笑话。真是对不起哟！"

"哈哈！哈哈哈！"会场上一阵阵的哄笑，让这个自以为是的家伙再次丢人现眼了。大家自然明白是我给他下的套，散会后，程华轩、隆太文他们都纷纷向我竖起大拇指说："高家庄的高！实在是高！"

我这个人一生都缺乏两个字：容忍。是个修养不到家的人。但幸好还有另外的一面：事后不记仇。我对下级、平级有时比较克制，还是能容忍的，但对那种十分跋扈的领导，我是绝对缺乏容忍的——这大概就是《水浒传》中的那伙叛逆对我潜移默化的结果吧！

曾记得 1983 年暑假期间，区里在区中学召开一个全区教师大会，会期三天，城区外的教师一律在区中学生宿舍住，不得回家，会议纪律很严，公布了十个严禁，十个必须。第一天上午报道，下午听区委曹贵书记的训示。

这个区委书记真是个"知识渊博"的人。他登台讲话还没有十分钟就开始毫无根据地批评起教师来，最令人哭笑不得的是，他竟然以谬误的结论批正确的。

这个书记中气足，嗓门特大，两三百人在大操场上开会，不要扩音设备，他讲话连坐在最后一排的我也听得清清楚楚。

"……我们有些老师，文化水平不高，又不虚心学习，不问他人，也不查工具书。有人到了北京，瞻仰了毛主席纪念堂，看到毛主席高大的身'欧（ōu）'躺在水晶棺里，回来给大家汇报时，非要说成是毛主席高大的身'躯（qū）'，你看这不是笑话吗？更笑人的是'秀（xiù）'

都认不到，非要读成引'诱（yòu）'……那天，我到上云地区去检查工作，我问一个老师：'北洋军打袁世凯你知道是哪一年吧？'他脸红得像鸡冠一样，搞了半天也答不上来。你看这样的老师教书不是误人子弟又是什么？"听到这种满嘴喷粪的人对教师的恣意作践，我的无名怒火熊熊燃了起来，我恨不得冲上台去抽他两耳光。当然，那我非被拘留甚至会被劳动教养不可。但是我的两只耳朵、一双脚可是归我自由支配的。于是我写了一张纸条递给咸大光，叫他往后传给小唐和小杨。我在纸条上写道：与其听他满嘴喷粪，不如溜出去打牌。

他们看了，向我递了一个赞成的眼神。于是我就率先溜出会场向厕所方向走去，走到厕所边，已躲过了人们的视线，我便大步流星走上公路，往城里方向走去。他们三人也在十分钟内伺机溜出会场，学着我的方式，来到公路上与我聚齐。聚齐后大家一商量，都说干脆去小杨家里玩扑克打千分，输了的贴胡子。

小杨家就在大丰县城东关城边的鸡市桥一条小巷子小瓦房里。我们那时打牌从不赌钱，但打牌的劲儿比赌钱的还大。打赢了的，就提劲打靶吹夜壶的；打输了的，就嚷着又来，又来！总想"翻身得解放"。

那天天公不作美。傍晚时分，我们还没有吃晚饭，突然下起瓢泼大雨，小杨家又没这么多雨具，我们几个被困在他家里走不了。好在我们牌瘾大，打牌的人有三不怕：不怕饿，不怕冷，不怕热。所以我们只要有牌打，没饭吃也不觉得很饿。可是，雨一直下到凌晨一两点钟，也没有停下来的迹象，甚至连减弱的势头也没有。这下可把我们难住了，那上眼皮老和下眼皮直打架，我们四人哈欠一个连着一个地打，眼睛老是不由自主地眯成一条缝。我手里拿着的牌，有几次掉在地上去了也不知道。可小杨只有两张床。如果他老婆和他岳母睡一张床，那么我们四个臭男人挤在一张床上小憩一会也是好的。

可是看样子，他家这一老一少两个女性对我们是持不欢迎态度：一老一少两个女人各占一张床睡了。小杨是入赘这家的，在家没话语权。他三番两次地轻言细语求他老婆起床去与老岳母一起睡，让一张床给我们休息，可是那女人却躺在床上一动不动。这下子可把我这浑人惹毛了。我故意对着小杨大声说："小杨，我们是回不去了，只好在你这借宿几个小时，看来你夫人已睡熟了，一时半会醒不过来了。反正你也在场看见的，我也不会干坏事……"我一边说，一边就脱去了鞋子爬上床的另一头，把他老婆盖着的毯子往里一掀，一下子就躺下了。他老婆再也装不下去了，一骨碌翻身起床到她妈床上睡去了。

我之所以记下这些往事，除了忠实于我过去的生活之外，也意在说明过了而立之年的我行事有时是很乖张、顽劣的。

第十九章　规矩何须死守
方圆尚可迁移

　　现在常常有人问我："老纪，你一个只读了三个月初中的人，教育教学工作咋做得这么好？"也有人问："老纪，你年逾古稀，为什么还奋斗在教育第一线？"这表面看是两个问题，在我看来，这就是一个问题。

　　我最先努力争取到教书这份职业，是为了养家糊口，且劳动强度比起当农民来要小得多。后来努力认真教书是为了争气——用铁的事实来证明"我行"，以此回敬那些蔑视我的人，可到了后来，我不知不觉竟然爱上了教书这一职业，甚至对课堂产生了一种莫名其妙的感情——深深地眷念。放寒假、暑假，回到家里，我就感到不习惯，不自在，总是为自己找出许许多多的理由往学校跑，有时冒着烈日或顶着风雨也会跑到学校，在办公室里待上三两个小时，再跑十一二里的山路回家，这样就觉得心里舒坦多了。

　　在教民办初中时，我上语文、政治、历史、地理、劳动，有时还上生理卫生呢！上五六门课不说，还要当班主任，一周二十多节课。早上六点起床，晚上常常是凌晨一点还在挑灯夜战，从没叫过苦喊过累，有人说我已经成工作狂了。

　　我除了珍惜一分一秒时间努力而认真、精心而用心地工作外，还用手用眼更用大脑发奋工作。那真是一门子"挖空心思"，想尽办法教好书、育好人。我曾在一次教育高峰论坛会上发言时调侃道："我之所以书教得还可以，是因为我没读过一天师范。"这句话引起了许多师范院校硕士、博士生出身者的反感。

没系统学过师范专业知识，脑海就少了些框框，少了些教条，就能根据班情、学情，做到"随心所欲"。那时的语文教材的编排，一般为记叙文、散文、小说、诗歌或诗词、说明文、议论文、古文等单元。由于文体不一样，教学重点、难点及培养目标也完全不一样。现在的语文教材，每个单元前面都有一个导读，导读就写明了教材编排的目的，本单元学习的重点和难点。但那时的语文教材没有这个东西。没有这个东西，无论学生初学还是复习，都往往无法提纲挈领，学习起来事倍功半。于是我就自己编写各类文体学习要点，并将其刻成蜡纸油印成册，方便学生学习。

在我看来，教育界坐地论道的多，口号喊得响亮的多，而把一些冠冕堂皇的理论付诸实践的人少得可怜。比如，不论领导还是教师，最爱挂在口头上、写在讲话稿里的莫过于：授人以鱼莫若授之以渔。可是谁认真去研究过学法与教法呢？一讲到教学六认真，其中的认真备课，从我四十多年的观察来看，以前备课时认认真真抄教学参考书，现在加了一点现代化元素——认认真真在网上找点东西七拼八凑，整合成一篇像模像样的教案，糊弄教导主任，糊弄校长，当然也是为了糊弄学生和家长，如果运气好，说不定还能获取省市级优秀奖呢。

而愚笨不谙世事的我，对以上做法是十分反感的。我曾经先后原创、搜集、整理《释词十法》《文言文虚词辨义要则》《词性辨误歌诀》等。

例如：文言文中的虚词"之"，在古文中有七种用法，而常见的用法则为三种：

（一）常见的作助词，相当于现代汉语"的"，其语法结构特征是"名（代）＋之＋名（代）"，语法结构作用是，它起连接定语与中心语的作用。

（二）有时作代词，相当于现代汉语第三人称代词"它、他（她）、它们、他们、她们"，特殊情况下相当于第一人称"我""我们"，其语法结构特征是"及物动词＋之"。

（三）很少时间作动词。作动词时，相当于现代汉语的"去、往、到"。其语法结构特点有以下几种形式：①所字结构中的"之"。如"诸将请所之"。②之＋地点名词、方位名词，如"及之市""逐之真州城门外"。

诸如此类太多了，恕不一一赘述。我们这些教书匠，有一句口头禅是：教是为了不教，我还补充了一句：改是为了不改。但是通过什么手段来实现"不教不改或少教少改"这一目的呢？恕我直言，我身边的教师，很少有人做到过，因为他们往往是写了说了就完了，从不认真下功夫去探索去总结，有人说：教是为了不教的含义是今天认真教这个学生，就是为了他长大后不要老师教他。这种解释有点牵强，也不是很全面。

首先，科技知识和技能是无限的，是每分每秒钟都在发展变化的，而人的精力、生命是有限的。用有限的生命和精力在无限的科技知识之海中游泳，随时随地都应该学习，既然随时随地都在学，那岂有无师教呢？所以继续教育、终身学习这些概念，现在不是出现了吗？

其次，教是为了不教，从科技知识和技能的某一单项这层面来看，是正确的，但是这个"不教"，有的人理解为"学生长大后不需要老师教了"，这就错了。在教学实践中，我通过实践中失败的教训和成功的经验分析，悟出了一个道理：要想以后"不教"，现在就要学会适量的、适度的"不教"，用一句话来说就是在恰当的时间，对恰当的问题采取恰如其分的方法，在一定程度上大胆相信被教者，让被教者自主学习。而我悟出这一点是被逼出来的。

我从教四十多年，亲自授课二十四年，但没有任何一个学生和老师知道我不懂汉语拼音——我连拼音字母也不认识，因为不论升学考试还是期末统考，凡是关于拼音的试题，无论是满分率，还是人均分，在整个区，拔头筹的总是我教的班。当我在2005年向全体教师公开这一事实时，许多老师目瞪口呆，不敢相信这一事实。后来他们要我传授秘诀。

其实我的秘诀就是一句话：大胆相信学生。我这种"大胆"不是心血来潮的鲁莽冲动，而是建立在综合分析之后，对学生学情的基本判断：大多数的初中生，在小学六年的学习中，一般拼音已经过关，在初中语文课中还需要关注的拼音，无外乎以下几种情况：一是字形相近容易错的；二是读音相近容易错的；三是一字多声的；四是特殊形态需要区别的，如翘舌和平舌、鼻音和边音、前鼻韵与后鼻韵等。

基于这样的分析判断，于是从教书的第一天开始，我就制定了两手策略：一、凡是关于字词类的基础知识，要求学生用已知的解决未知的，或者查阅资料解决未知的；二是实行"兵"教"兵"的办法，在课堂上，我把教拼音和批改这类作业甚至试题的权利"十分谦逊而大方"地让给我认定的那些优秀学生。这样不仅让"小老师"能力得到了锻炼，增强了他们的荣誉感和责任心，而被"小老师"教的学生也有收益。首先，他们的注意力会更集中，因为他们总想找"小老师"的岔子。其次，小老师的思维方式与语言形式与"学生"更贴近。所以在适当的时候，安排适当的知识点让"小老师"讲课是有益无害的。

作业批改是教师的本职工作，是一种特殊权力，这种特殊权力就是评判别人的正误，这种权力是不容置疑的。但是，如果有针对性地把这种权力与某些学生分享一下，也是十分有益的。我这里的"有针对性"，是指让一些特定的学生批改特定作业。比如：拼音差的学生批改拼音方面的习题，字写得差的改习字本，常写错字的批改组词的习题……语言组织能力不强的，批改问答题、论述题。这样潜移默化能使学生受到教益，逐渐地培养其能力。

我的另一大秘诀就是允许学生自己出试题，对自己进行考试。那时语文一个单元五篇课文：四篇为讲读课文，一篇为阅读课文。我的同行对阅读课文有两种处理办法：一种是如讲读课文那样"精耕细作"；另一种则是放任不管，学生读不读，怎么读，老师都不过问。我觉得这都不正确。我认为编者的编排意图是：前四课，学生在教师的讲授中学到了知识和方法，那么就要用这些相关的知识和方法来解决这一篇阅读课文。在此分析基础上，我就决定把这篇课文作为单元测验材料。

在单元测验前，我先要提示学生复习前四篇课文我讲的知识以及阅读、理解课文的方法，然后要求学生以第五篇课文为材料，以小组为单位，各出一套单元测试题，有时甚至要求每个人出一套单元测试题交给我。大多数的时候，我会从各套题中选出一道或两道题组合成一套测试题，有时也会选某一整套题作为测试题。

当然，不论选其一两道进行组合还是选其整套题，我都要进行仔细的审核和修改。这样选来改去花去的时间总比我自己出题花的时间多，下的功夫还深。测试后，试题答案也由原出题小组或个人提供，再由出题小组阅卷，也可找几个学生协助我阅卷。总之，我认为测试不应以学生为敌。

有领导和老师对我这做法表示怀疑，甚至有领导批评我这是"瞎胡闹"。他们批评我的理由很简单：你这样不是漏题了吗？题都被学生知道了，那考试还有意义吗？在一次酒后，学校一个领导与我发生了激烈的争论。他反对我的理由，说来说去就是：瞎胡闹，学生自己出题考自己，又自己阅卷，那老师拿来干啥啊？

"老师的作用就是讲学生自学不能学好的"，俗话说：师傅领进门，修行在个人。他们各人"不修行"，怎么能"悟"？不"悟"又怎能修成正果？学生的悟就是通过他们自己钻研，自己去探索，只有如此，他们才能"大觉大悟"，"修成正果"才能"功德圆满"。我并没有因为他是领导就隐忍不发，反倒针锋相对，寸步不让。"总之，学生自己出测试题就是不行！"领导蛮不讲理地说道。

"我们教师讲课的目的是什么？不就是让学生学懂知识，增强能力吗？我们要求他们做作业的目的又是什么？不就是让学生把学会的知识变成运用，变成解决问题的能力吗？那么我们检测的目的是什么呢？不就是进一步强化学生运用学来的知识解决问题的能力吗？请你想一想，他们要想出好单元测试题，不去钻研教材行吗？不去复习听课笔记行吗？不去重温、分析他们做过的作业行吗？他们这样钻研、复习、重温分析，然后再自做答案，再参与阅卷，这不就是把学过的知识梳理了一遍，使之条理化、系统化了嘛。这样长时间地培养他们，磨炼他们，他们的悟性不会得到提升吗？再说，他们不就是出一单元测试题吗？半期考试、期末考试的大棒不是还在老师手里攥着的吗？"

说到最后，我激动不已地说：“你故步自封地沿袭老办法只能培养出庸人，而我的目的是要培养出能人来的。”

我不管他什么领导不领导的，只管洋洋洒洒地自说自话，在酒精的作用下，我已把“官大一级压死人”的民间警句忘得一干二净了。我不仅仅在课文讲授和单元信息反馈方面让学生在一定程度上自主学习，在作文的写作和修改方面，我也让他们有一定的自主学习的权利。学生写作文之前，我要求他们先拟好提纲，打草稿，然后修改一遍，最后抄到作文本上。初中一年级上学期学生的作文，我必须全批全改，并且大多数学生的作文我都是面批三个，有个别学生甚至每个作文都当面批改。

我改作文的方式也是与众不同的，一般是改三次。第一次是改而不批，第二次是又批又改，第三次只批不改。

第一次的“改”也很独特。我在叫学生写作文时，就约定好：你的作文有问题需修改的地方，或写得出彩的词、句、段，我会分别给你打上一个、两个或三个问号或感叹号，是词语的打上符号标在这个词的下面；是句子先在句子下拉上一道红线，再在红线下标出相应的符号；是段落有问题或写得好的，就在段落首尾画上“？”或“！”号。问题越大的，标的问号就越多；写得越出彩的，标的叹号也越多，但不管问号还是叹号，最多不超过三个。这样“改”了，发下去，要求学生把有问题的地方修改好再交上来。当然，问题极少的作文是不必重抄的，在原文下修改即可。

第二遍是由学生修改好的作文交上来。这一次我可是全批全改了，并且至少有二分之一的作文，把学生叫来当面批改。这次就改得细，批得细，目的是要让学生懂得他的错误和不足，知道我这样改的理由和好处。然后再把作文本发下去，让学生抄一遍，同时要求在抄的过程中再次修改老师没改到的地方或老师改得不太好的地方。有人会问，这不是让老师难堪吗？我不这样看，我认为，我这样做传递给学生两个信息：一、文章不厌百回改；二、老师是人不是神，只要你努力，终有一天，你会超越老师的。

第三遍就是只批不改了。相比较而言，这次是最轻松的。翻一翻，看一看学生字写得如何，错别字改过来没有，有重新修改的痕迹没有，再根据以上这些，判上分数即可。

从第二学期开始，每个作文写好后，学生先自改，然后小组内互改，再交上来我检查。我检查是看学生完成作文没有，自改互改偷懒没有，然后从全班上、中、下三等作文中各抽出二分之一或三分之一详批详改，再抽一定的量略改。第三册第四册的由我详改的量越来越少了。

我改作文还有一种方法，那就是选取一个学困生的作文，一个中等生的作文，详改之后，再把原文刻好蜡纸油印出来，当然，后来有了打字机就方便了。在刻写过程，我会隐去我的修改痕迹，并在此处留下适当空白，以便学生修改。然后把这近似填空的东西发给学生，要求在规定的时间内独立完成，再由学生干部组织互批互改。最后我才把我精批细改的作文刻印出来，发给学生做参考。这样不仅对提高中下生的作文能力有很大的帮助，更能让上等生懂得修改作文的方法。

我讲课文往往结合写作文讲，我讲作文，常常举二至三篇课文的构思选材为例子，这样能使听、说、读、写贯通一气，融为一体。同时，我指导作文，一般不按教材编排要求为序：一年级完成审题、选材、立意，学会观察生活；二年级完成开头、结尾、过渡、照应；三年级完成详略得当、写人记事生动形象等，所以三年级我很少改作文，而是下水写作文。

学生写，我也写，然后他们写好交给我，我写好刻印好发给大家，我们师生一起互评。

让学生自己出试题、改试题、改作文，其目的是培养学生的自主学习能力，把"今天教是为明天不教"这一理念落到实处。因此，绝不是为了让教师借机偷懒。相反，教师必须做到一深三精：即深度钻研教材，精心备课，精心设计每一个环节每个步骤，在教学完成之后，还得精心总结经验和教训。

当然，以上这些与众不同的教学方法绝不是天天如此，节节课如此，而是因时因课型而定。我认为教学内容与教学目的决定教学形式与方法。如果把一种新的教学创意深化为某种教学方法，当然很好，但如果把其固化为一套僵化的模式，那这种模式就会成为教师教学、学生学习的枷锁和镣铐，果真如此，这种"模式"就离被人们淘汰不远了，因为它已失去了活力。

教学是如此，对学生的行为习惯培养、道德教育更是要在调查研究的基础上精心设计方案的。学生来自不同的家庭，每个学生都有不同的家庭背景，都有不同的社会关系，接受的家庭教育方式也各有不同……总之，学生是具有个性化的鲜活的个体，并且这些鲜活的个体随时随地都在发生变化，特别是那些行为习惯不好的或习性乖张的学生，他们的不良习气更是许多因素的沉淀物。

1986年中考，我带着预考筛选出来的二十来名学生住进了县西关的冬冬旅社。那时改革开放已有几年了，农村经济已有较大的发展，大丰当时的农民生活概括起来是：吃穿不愁，炒菜有油，衣兜有钱。所以农家孩子也住得起旅社，下得起小饭馆了。

那时中考考六科：语文、数学、政治、物理、化学、外语。语文、数学为120分，物理、化学、政治为100分，外语占30分。后来外语提高到50分，现在又与语、数一样，均为150分。第一堂考语文，我的学生考了下来，个个都眉飞色舞的，高兴极了。

可下午考化学就难住这些乡巴佬了。因为那时的农村中学不知道化学、物理实验为何物。他们学化学、物理，从来都没实验可做，全凭教师口讲学生心记。所以在物理、化学这两科，一般说来乡巴佬是考不过街哥子的。下午一下考场，大家就像霜打了的茄子——蔫蔫的。特别是班上那个化学课的学霸，外号叫"小羊子"的。他说他化学考得一塌糊涂，这次升重高是没希望的了。他一个劲地闹着要"打道回府"，任凭班上的同学如何劝他，他就是像中了邪似的，执迷不悟，一个劲儿地嘟囔："我完了，我的强科化学都考差了，彻底完了，没希望了。"说着说着就犟着要收拾起行李回家去。同学们劝他不听，拦他不住，只好跑来找我。

当时，我正在河边与一个领导谈工作。我一听，也慌了神：他不考了，要回家，咋办？我总不能把他绑赴考场，就是绑上考场，他不答题，我又能把他怎样？我一路小跑跑到住地，一看，这小子已把带来的资料、洗漱用具收拾好装在网兜里，提起正要走出旅社门口了。我三步并作两步走上前去，对着他站定，拦住了他的去路，说："咋啦？不考啦？""不考了。"这个向以沉默寡言著称的小子惜字如金地答道。

"为啥？就为化学没考好？"我追问道。

他没回答，只点了点头。我顺着他的思路说下去："好嘞，你的王牌学科都考砸了，不考也罢。走，我们河边散步去，等会儿吃了饭，我亲自送你回家。"我拍了拍他的肩，拉着他往河边走。他甩开我的手说："不用你送，我这就走。"

"为啥？"我再次拉着他的手说，以眼睛示意站在我身边的高政亮夺下他手中的网兜。

"你忙。"他一边回答，一边顺从地放下了网兜。

"那和我们一起吃完晚饭再走吧。听你院子的人说，你会喊拳喝酒，反正不再读书了，也就不是学生了，不受学校纪律约束了。我俩喝几盏小酒，算是师徒两人的分别酒吧！"我想他父亲是乡干部，家里常迎来送往，耳闻目睹，总要被熏染上点什么吧？果不出我所料，他点了点头，顺着我往河边走了。

我们师生几人来到舟溪河边，我回过头对跟来的几个班委干部说："你们明天还要上考场，回去复习吧。我和'小羊子'去走走，吃饭时来叫我们。"说完，我拉着"小羊子"来到舟溪河南岸，我们沿着河边坎坷不平的小路走着，似乎谁也不愿意先开口打破这岸边的寂静。我是在想如何才能让他留下来拼到考试结束，而他在想什么，我就不得而知了。

那时的舟溪河清澄见底，游鱼如织，俯下身去，伸手掬起一捧水来就能喝，凉凉的，还会觉得有一丝甜味儿。岸上是条长长的望不到头的绿色长龙，树林里小鸟啾啾，花香阵阵。树林后，是一片接着一片的水稻田，绿油油的禾苗伴随着晚风的节奏荡起一层又一层的绿浪。

"我们在这里坐会儿，怎么样？"我指了林边一条光滑的条石，说着，我就坐了下来，他什么也没说，顺从地挨着我坐下了。我知道惜字如金是这小子的秉性，也不强求他有什么交流，更不奢望他与我交心。

我坐着，望着河里缓缓流动的河水，心中却掀起了巨大的波澜——怎样才能撬开他的嘴，看到他的心哟？怎样才能把他拉回到考场上去呢？——在我眼里，这不只是终止与不终止一次考试的问题，而是塑造一个人在困难面前的意志，或者可以说是一个青少年对人生的态度问题，再说玄一点，这与人生观也攀得上点血缘关系吧！

他坐着一言不发，低着头，两眼望着脚前那小片草地。看到这一幕，我打定主意，现在关于读书啊，考试啊，提都不提，绕开这道峻岭，想别的法子翻过这座山。

"'小羊子'，你生过病吗？"我不经意地问道。

"生过几次。"他仍是那么吝啬地回答。

"最严重的是哪次？生的啥病？"比起他来，我可奢侈多了。

"肚子痛又拉稀。"他终于多消费了几个字。

"啊！咋治好的呢？"

"吃了尹医生的药，饿了两顿。"

"病因是啥？"我追问道。

"那天家里杀了猪，吃滑肉，我吃多了。"他抬起头，望着河对岸古色古香的瓦房说道。

"哈哈，你个傻儿，傻吃傻胀，不讲定量，肚子咋不痛呢！"我笑了起来。

"你现在还吃滑肉吗？"我因势利导地追问道。

"吃。"他又吝啬起来了。

"不怕生病吗？"

"少吃点了。"他收回目光，又盯着脚下了。

"对，吃一堑长一智。对自己的无知有时是要付出代价的，但这种付出有时会带来意外的收获，这个收获就是让你在失败中成熟起来。要不，我们咋常说失败是成功他妈呢？"我打趣道，借以冲淡谈话中的严肃味儿。

他"嗯"了一声就没再说话了。我正想再引他谈下去，几个同学就在西门桥上大声喊道："老师，吃饭了，我们饿惨了哦！"我这才看到西边天际的霞光没了，天色暗了。

吃饭时我要了半斤白酒，"'小羊子'，你真的不参加考试了吗？"

"考也考不起，干脆不考了。""小羊子"回应道。

"那就陪我喝酒吧！你父亲是国家干部，家里常有干部来来往往，一定会喝酒会喊拳吧？就来喊拳吧。"

"拳，我爸倒是教我喊过几拳，可差劲了。酒没喝过。"他摇着头说。

"没关系的，我们拳认真酒不认真就是了。"我笑眯眯地端起酒杯一饮而尽。

我站起来对着大家说道："同学们，看样子今天第一仗，你们还打得不错，大家没哭没闹，没气得捶胸顿足，就是一大胜利。赶快吃好，洗个澡，学习一个小时，八点半以前必须上床睡觉，都要睡着哈。睡觉不准关门，我可要来检查的哟！班长、纪检组组长负责照顾好大家。"

话一说完，我就坐下动员"小羊子"喊起拳来了，规矩是六拳定输赢。

第一回合，"小羊子"输了六拳，一拳没赢。

第二回合，我两个各赢三拳，打了个平局，当然，我是有意让他的。

第三回合，我让"小羊子"赢了我六拳。

这下子他可来劲了，又提议道："老师，还喊几盘吧。"这时，我看到他满脸泛着灿烂的笑容，我想，转机应该到了。于是我又斟满了两小杯酒，笑着说道："'小羊子'，古人曰：'胜不骄，败不馁。'民谚云：'赢架不能久打，败兵不可穷追。'你体味一下这两句话，再想想今晚上我们喊三局拳的输赢，你从中能悟出点什么来吗？"

他脸上的笑容倏地消失了，两眼忽闪忽闪的，想了老半天才说道："老师，我错了。我一考失误，就不想考下去了。"

"你说得对，也不全对。今天下午到现在，你的错误有二：一是一败就气馁，这哪里是有志青年应有的性格？第二，今天你下考场，听到的不过是些似是而非的答案，并不是标准答案，你凭什么就认输了呢？隐蔽性、迷惑性极大的压轴题，稍不留神，就可能会错意，那些自以为是的二流三流角色，就会把错误答案当成正确的炫耀呢！今天晚上喊拳，你若不坚持，哪会转败为平为胜呢！"我一面侃侃而谈，一面观察他的神情。他的脸色没有下午那么凝重了，沮丧之气似乎少了许多。我燃起一支香烟，又说道："人生无处不考试。真正的考场不是仅设在学校。学校这个考场没考好，在社会这个考场未必就考不好；在学校这个考场考好了的，在社会这个考场未必就考得好。历史上一些伟人、名人不也是有某一科甚至两科不及格的，但在社会这个大考场上，他们不是考了个特优吗？"说完，我长长地吁了一口气，又说道："眼下流行的是人生能得几回搏，此时不搏何时搏？如果你在学校这个考场都不敢拼搏，在社会的大考场上你还敢搏吗？我话说了一大堆，你若是还要回家呢，我就送你；若是要留下来继续参考呢，就回旅社休息了。我想，同学们一定还在等着我们呢！"

"老师，我想好了，管他考得起考不起，我还是坚持考下去。"

"那好吧！我们回旅社吧。"说着，我师徒两人走出了空荡荡的小饭馆。

回到旅社，同学们像迎接凯旋的将士一样，一下子拥了上来，我向他们使了个眼色，三大炮、高娃儿他们几个精灵鬼就拉着"小羊子"上楼睡觉去了。"小羊子"第二天第三天都精神饱满地参加了考试。后来，以超过大丰中学录取线好几十分的优异成绩，被大丰中学录取了。

这件事给我的教训是：考试下来，任何学生、任何老师都不允许对答案，以免"小羊子"这场戏再次上演。这条规矩伴随我从1986年走到今天，已超过三十年了。不论是教育还是教学，我遵循的是：法无定法。

第二十章　屋漏又遭连夜雨
船破偏遇逆来风

在此书中，我很少写到过我前妻。这是因为我们在错误的时候——贫穷之时做出的错误选择。这就应了一句古话：贫贱夫妻百事哀。所以在我们婚姻存续的十几年间，彼此伤害得太深，最后在内因和外因的合力下，我们被迫选择了分手。

就在我们下决心分手的前两个月，发生了两件事。

一件事是上头要把我和我教的班强行迁往大兴街村，把我的班并入大兴初中。另一件事就是我患病住院。

上头强行把我和我教的班迁到大兴街村这事儿，得从两年前说起。那时上级规定要把初中和小学分开，上头多次找我个别谈话，要把我这个民办班与乡初级中学合并。一句话，就是不允许我独树一帜，因为每到我教的学生毕业，就能夺到全区升学奖的最高奖项——"金杯奖"。乡政府承诺给我修一套两室一厅一厨一卫的住房——在那时是十分有诱惑力的。红星大队管书记不敢明目张胆与乡里针锋相对，就暗中找我喝酒做工作说："你在我们这里工作这些年，从支部领导到一般社员，哪个不敬重你，不支持你？你到那边去，章文书就算对你好，也不过是一个文书而已……再说……你只要承诺哪怕是口头承诺十年内不离开红星小学，我们马上就给你修寝室、厨房、客厅、饭厅、洗澡堂！今后你私人要修房子，我们大队无偿给你效劳，并提供马路边的土地……"

最令我感动的是，在得到我首肯的第二天，副大队长管长生就开始筹款，没几天就破土动工。三个多月后，一栋小青瓦盖顶、灰砖白缝墙体、玻璃窗、钢条防护栏、水泥地板的房子就修好了。这套房子在当时可是十分"高档"的。一间大厨房兼饭厅33平方米，两间寝室各30平方米，客厅兼办公室28平方米，洗澡堂兼小便间18平方米（无屋顶）。

这套房子，对当时的我来说，简直就是奢侈品了。

第二件事就是秋季开学不久，我突然病倒，住进了大丰县人民医院。

那时与我搭班的吕老师，笃厚老实，不善言辞，特善良且易轻信他人。有一次，我到县里参加人民代表大会，曾让他代理班主任，结果回去一看，班上乱得一塌糊涂。所以我此番住院，班主任一职就委托班长兼纪检小组组长管琼代理。为了不影响学生学业，我就安排学生替我上课，好在我任教的语文、政治、历史、地理、生理卫生都是在暑假就分课时备好了的，我告诫代课的学生，按照我的备课本讲就行了。

入院没几天，老领导杨书记和区里的邹副区长来医院看望我。他们一进来就看了看斜倚在床头正在看书的我，关切地问："你啥病啊？"

"啥病？民办教师没钱打酒喝，想喝酒想出病来了。"我打趣地说。

"那好哇！今天我招待你纪教授喝酒。"直爽慷慨的吕委员拍了拍我的肩说。"纪教授"这个外号，是章文书叫出来的，后来被吕委员传开了。

"要喝酒，还等啥呢！起床，穿衣，齐步走嘛！"邹副区长诙谐地说完，就往病房门口走去。

我略一犹豫，就起床跟他们走了。

我们来到区公所斜对面的一家小饭店，从下午四点半一直猜拳喝酒，闹到六点半，不知不觉，两个小时溜走了，四斤六十度的老白干也随着我们的笑闹声哧溜哧溜下肚了。晕乎乎的老领导一行三人，把醉醺醺的我送回了病房。

第二天一大早，主治医生——我修襄渝铁路时的老朋友段帮顺前来查房，随同前来的护士长交给我一张前几天抽血化验的报告单。

"老朋友，你有乙肝哟，并且还是大三阳，正在传染期，可要多住几天啰！"段医生俯下身子瞅着我说道，"不过这病没有生命危险，你好好养病，会好起来的，明天再去查下血。"他说着又回过身对护士长说："待会儿来我办公室拿检验单。"血抽了，我也觉得病好了，就闹着出院了——因为借的钱都快用完了。可就在再次抽血化验的第三天上午，化验结果说是肝硬化。

"肝硬化，应想法控制住病情，否则转成肝癌或其他什么的，可就麻烦了。"段医生对我说道。

"能活多久？"我问了一个很不在行的话。

"你千万不要性急，一背上思想包袱就会加重病情。肝病，只要你自己心情舒畅，注意营养，坚持服药，愈后还是很好的……你千万莫生气……"段医生没正面回答我。

我到段医生那里死纠合缠地说："学校工作忙，耽误课多了，误了学生学业，那可是罪过。我病好多了，出院回校一边工作一边治疗。"

段医生苦口婆心地劝我留在医院多治疗几天，可我却执意要出院。他拗我不过，只好允许我出院了。其实，我又何尝不想多治疗几天呢？但是我囊中羞涩啊。若是钱花了，命也丢了，账却给女儿落下了——这临死之际，还祸害家人的事，我是坚决不干的。

再说，在流浪那几年中，死神三番五次地向我招手示意，我最后都没应召前往，这就说明我命硬意志坚，绝不会轻易踏上黄泉路的。揣着矛盾的心情，我回到了学校。

我这个人在死神面前始终是淡定的。后来，廷珍姐知道我患了肝病，于是给我介绍了老中医丁常善，这个有"历史问题"的老人家，曾经是大丰中医院的院长，后来他被调到工商联工作，好像任副主席，但实权却握在一个姓荆的手里。老人家乐观、豁达、仁爱、慈祥，但有时说话诙谐中带着深邃的尖刻，他给我第一次诊脉处方时，我俩的对话就体现了他这种语言风格。那天我把县人民医院的检查报告单给老人家看了，又将我偷听来的我是"肝硬化"的事儿及我对死亡的态度告诉了他，他看了，听了，笑了笑，问我：

"你相信他们的诊断吗？"

"相信！"我毫不犹豫地回答道。

"从你的脉象、眼睛、面色来看，你乙肝带菌应该是有的，但要说你肝硬化了，我不信。你可以去内江东兴镇四一二医院检查确诊一下，看是否有肝硬化，那是核工业部的下属医院，对肝病的诊断、医疗水平都是一流的。"接着他叫我张开嘴，伸舌头。他看了看，又接着说道：

"西医称乙肝，我们中医叫湿热，这种病慢慢来，治得好的，你不要有心理负担，好心态胜良药。"他往办公室外望了望，见四周无人，又说道：

"现在人民医院那些胎毛都没脱尽的家伙，啥也不懂。肝病患者，因处方不当，被医死了，不但不认错，反而污之为'肝癌'。你花了钱，丢了命，不叫'该挨'又叫啥子呢？"老人家说完这番诙谐而尖刻的话，笑了起来。我也笑了。

老人家谈笑风生，哪里像被批斗过，现在靠边站的人呢？

他给我开了两剂药，诊费八分钱，在中药铺捡这两服中药花了三角八分。服一周的药，只需要花费四角二分钱，这在人民医院，只够半天的花销。我暗中庆幸我选择了出院治疗。

后来，当他知道了我是个教书十分认真的民办教师及苦难的身世后，坚持为我义务诊病，不仅一分钱诊费不收，而且还总是千方百计选价廉效果好的药物配方，有一次开了两剂药，我只花了一角六分钱。与此同时，他还向我介绍了一些效果好而又不花钱的土方、单方。比如过路黄泡开水，茅草根泡开水，这些在乡下随处可见，不需花一分钱。他还告诉我，多吃甘蔗对治疗乙肝有极好的辅助作用。

在他的一再催促下，我终于下定决心去内江四一二医院检查了。检查结果是：乙肝小三阳，与肝硬化毫无牵扯，直到七十七岁的今天，我肝还没硬化呢。

多谢上苍眷顾，让我遇上了这个心地善良、医术高超、医德高尚的好医生。

在丁医生的精心诊治和悉心指导下，1987 年初，我再次到内江四一二医院复查。复查乙肝两对半，结果是：除抗体呈阳性外，其他各项指标全部转阴了，直到今天，我查乙肝两对半、三对半，各项指标均为正常。

我患肝病一事，可能为我与前妻的分手添加了推进剂。

第二十一章　死水微澜添苦涩
天外疑云惹相思

办了离婚证的当天，女儿住院了。

女儿住院的原因，根据隐恶扬善的原则，此处就一笔带过了。

第三天，女儿出院了，我却病倒了。我在床上一躺就是三天。有人说我的病是离了婚，生气所致，也有人说我心痛那九百多元钱⋯⋯

她洗劫了我的钱财，说不生气，那是骗人的鬼话！但是，随着一纸离婚证，就把今日之我与昨日之我彻底割裂开来了；一纸离婚证书，就像一把利刃割断了我的旧忧与新愁，总之，我获得了精神上的解脱。这是我事后很久才悟出来的道理，而当时很长一段时间却是很气恼的。

在我尚未痊愈时，我女儿趁星期天就进城玩儿去了。自我们离婚后，霞儿就很少去她母亲那里了。这次进城玩，就是去大丰师范校，因为我有好几个学生考上了中师，跳出了"农门"。这些哥哥姐姐很喜欢这个伶牙俐齿的小妹，而霞儿更喜欢这些哥哥姐姐。

她在城里如何玩，就不得而知了。总之，傍晚时分，她欢天喜地回来了，并带回一封信。

这封信是一个名叫卢琼燕的女师范生写来的。原来，女儿把我生病与离婚作了想当然的联系。一时间，那在大丰读高中、中师的学生，都为我抱不平，都向我施以了最廉价的支持——同情。

而小卢这封信施以的同情"含金量"却是蛮高的。老实说，这是我一生见到的唯一的一封情真意切的信，我一直收藏得很好，但后来从农技校搬回大兴初中时被弄丢了。这封信，将永铭于我五内，因为它开启了我生命之舟的新航程。

让我意料不到的是：我一个皮肤黑不溜秋、个子矮不愣墩、身体瘦壳凌当的人，离婚后的那几个月，竟然成了抢手货。

光是红星大队二生产队一个女社员先后给我介绍的女朋友就达五人之多，乡里副书记张联也给我介绍了新华印刷厂的一个二十八岁女职工。更有甚者，运输公司一个客车售票员，年仅十九岁的高洁，居然主动找人作伐，为我保媒来了。

我们约好了在媒人家里见面，见面时我吃了一惊，这女孩子虽说不上有沉鱼落雁之貌，但确实称得上美丽：白里带红的脸庞，蛾眉，长睫毛，大黑眼睛，挺鼻梁，一头乌黑的长发直拖腰际，唯一欠佳的地方是口稍大了点，嘴角两旁的酒窝似乎太深了点。

"你咋知道我离婚的事？"一见面我就问道。

"听车上乘客说的。车上有的乘客是你的学生家长，他们对你赞不绝口呢！"她双眸放光地说道，"我以前在朋友杨姐家读过你的诗，你的诗写得太棒了。"

"太棒了？谬赞了吧！你懂诗？"我这一问有点过于唐突，但话一出口就无法收回了。

"看来，那些家长说得对，你吃亏就在于太直了。"从她的口气中听得出没介意我的唐突，似乎对我的率直还有点欣赏。

"小高，我已年过三十四，大你许多，此其一；我离过婚，有个比你小六岁的女儿，此其二；我是个教师，收入不高，人们常说十等公民是教员，海参鱿鱼认不全，此其三；我其貌不扬，个性偏躁，爱发火，此其四。以上四点是你必须认真而慎重思考的问题。"我来见她，就全盘考虑过，我必须把真实的我暴露给对方，我再也不能草率从事，再出现第二次分手。

这下子可把媒人气了个半死，尽管她不是专职媒婆，不以此为生，但她可是小高的朋友，受小高之托来说合的。在我说那四点时，她在小高背后，一个劲地向我摇手示意，一副着急上火的样子，可笑极了。

"你说的这四个问题，在我这里都不是问题。由你自己表白出来，就更说明不是问题了。反正我觉得你好，是我应该选择的人就行了。你特别好笑的是贬自己其貌不扬，你难道不知情人眼里出西施这句民谚吗？至于说到你女儿只比我小六岁，这是问题吗？小说里不是有继母比继子继女小的吗？我像亲姐姐那样呵护她还会成问题吗？"媒人听到她如此说来，呵呵地笑出声来了。她说："好，你们谈，我弄饭去了！"

看来，这姑娘是看言情小说看得太多了哦！

我们那天上午谈了许多，天文地理，国家大事……胡侃海吹。最后谈到了诗，我说："我的诗，古体诗写得很差劲，没韵味，大白话喊口号似的，且不合律；新体诗，仿普希金的十四行诗，但由于自己学养不够，悟性太差，也写得不好。我这是实事求是，绝不是谦虚。"

"不管你实事求是也好，有意谦虚贬损自己来考验我也罢，反正我读你的诗觉得带劲、过瘾就行了。"她笑着说完，剜了我一眼，似乎在说，你少给我下药，我不会退却的。

"小高，即或我就是当今的李白、杜甫、普希金，又有用吗？这能当饭吃当钱花吗？你太浪漫了啊！"

这时媒人在喊上桌吃饭了。那天中午，我和媒人的丈夫小梁、小高三人喝酒，小高喝得不多，我却和小梁醉得一塌糊涂。谁知在醉意蒙眬中还听到小高直夸我："纪老师豪气干云，是个真男人。"

后来我约她，她也约过我，在县城轧了几次马路，进过几次小酒馆，通过多次接触，我发现小高天真幼稚，热情烂漫，不谙世事。作为恋人倒称心如意，但要结婚成家，"理智"一再告诫我：下场凄凉或荒唐。交往一个多月后，我写了一封短信，并附了一首歌词《在那暴风雪过去之后》：

自从那场暴风雪过去之后，
我的心儿就痛得乱抖。
每到朝晖夕阴的时候，
我独自吞噬这人生的苦酒。

自从那场暴风雪过去之后，
我的心儿就痛得乱抖。
我不敢再攀那座神峰，
怕残忍的荆棘刺穿脚和手。

自从那场暴风雪过去之后，
我的心儿就痛得乱抖。
我不敢蹚涉那条爱河，
怕罪恶的波涛淹没我的头。

在信中，我直言不讳地说出了我俩分手的理由，并分析了继续下去可能出现害她伤我的严重后果。事后她给我来了好几封信，抱怨我的无情，其实我是十分想念她的，后来又写了一首《正是菜花黄的时候》的歌词，但这首歌词，我就没再寄给她了。

那正是菜花黄的时候，
我陪伴着女友漫游。
天高云淡，山清水秀。
肩并肩，手携手，
自信人生多欢悦，
无限甜蜜在心头，
知音伴悠游。

这正是菜花黄的时候，
我陪伴着忧愁漫游。
天低云浓，山哀水愁。
过往事，痛回首，
方知人生多错误，

无尽苦恨满心头，
知音总难求！

　　听说后来她嫁给了一个县衙内的干部，没几年又与其一拍两散，再后来就远嫁香港去了，杳如黄鹤了。很多年后，我还写了一首歌词《在柳絮飘飞的时候》：

在那柳絮飘飞的时候，
我们手牵着手，
徜徉在河边街头，
你望着蓝天白云，
满怀深情地说：
哥啊我要追你到天尽头。

在那皓月当空的夜晚，
你和我依偎着，
忘情在那个酒馆，
你望着窗外星空，
醉眼蒙眬地说：
哥啊我要爱你直到永远。

又是柳絮飘飞的时候，
我失魂落魄啊，
游荡在河边街头，
听不见你的蜜语，
仰望着苍黄天空，
心里积满了相思和忧愁。

又是皓月当空的夜晚，

凄风伴着愁云，

笼罩着那个酒馆，

泪光里不见倩影，

苦酒搅拌着期盼：

妹啊我们何时才能相见？

其实，我主动与她分手还有一个原因就是自卑，在我看来，一旦鲜花插在牛粪上，就会招引来绿头苍蝇，岂不又是自寻烦恼？我与小高没继续深交下去的另一个重要原因才是主要的，那就是我静静地在等待那封长信的主人，是否还有长信短柬捎来。所以，后来隔三岔五地又有来说媒的，都被我婉言谢绝了。

可是，在等待的三个月中，每到星期六傍晚时分，就会有学生来看我或帮我干家务。一晃三个月过去了，那封长信的主人始终没出现过，甚至连一言半语也没给我捎来。于是，我决定主动出击。

星期天，一大早我就叫上霞儿和她的同学管琼，乘车来到大丰。"你们去大丰师范找琼姐，你告诉她，我请她出来走一走，我在南门桥上等你们。"我对女儿和管琼说。

不一会儿，她们三人有说有笑地向我走来了。打了招呼后，我们便沿着河边的砂石公路漫步。我示意霞儿和管琼靠后慢行，我与小卢并肩前行。

我先是东拉西扯地说了好大一阵，昨天夜里打了几十遍的腹稿一句也说不上来，从西门桥很快走到了东关，我们只得往回走，我终于鼓起勇气说："那次霞儿进城带回你的信，那封信写得太好了，我读了三遍，读后细思量，归纳成几个字就是患难见知己。"

"老师取笑我了。信写得不好，该批评的你批评就是了，不要客气，反正我脸皮是厚的，对批评我是承受得了的。"小卢低着头看着路面说。

"我这个人身上什么戾气、匪气都有，就是缺乏客气。我想问你几个问题，希望你认真地思考，然后回答我，不管你怎么回答，我都会心存感激。"我拼足洪荒之力，开始把话题扯上正题了。

"你问吧，老师，我争取回答得个及格分吧！"她严肃而紧张地说道。

"你那天在信中提到：不是所有的女人都爱金钱，不贪钱的大有人在。这不贪钱的女人包括你吗？"我率直地问。

"当然包括我，我绝不是个贪钱的人。"我话音一落，她未加任何思索就回答了。

"那你想过嫁给我吗？"我没加任何掩饰地、直通通把问题抛了出来。

"这个问题，我真的从来就没想过。老师，我们这些学生真的很敬慕你的，甚至有点神化你的味儿。至于你说嫁给你这个事儿，我真没想过。我，我到今天为止，连男朋友都没耍过呢！"

她不很流利地说完这段话，在路边站定，弯下腰去，拾起几粒小石头，然后一粒一粒地抛往河中，似乎在把心中的疑虑一股脑儿抛掉，也似乎在掩饰她心中的不安。

"没想过不要紧，我给你一个月时间思考思考，一个月够了吗？"我走过去和她并排站着，轻声地说道。她听了，一句话也没说，只是白皙粉嫩的圆脸上泛起了几朵淡淡的红云。

我把我离婚后来提亲保媒的情况说了个大概，又把我与前妻结婚及结婚后发生的一些事向她也说了个大概，同时还把我婚前的恋爱情况也向她做了彻底的交代，连我自己也没想到的是，我竟然把心中记忆的闸门打开，把我的身世也如实告诉了她。最后我说：

"燕子！我已经把我自己和盘托出了，我是个率直的人，脾气有点古怪且倔强，做派有时粗野骇俗，有时又显得斯文一脉，我喜欢钱但不贪，更不会去刻意攒敛，所以我不敢向你保证我会让你穿金戴银、挂绸裹缎……但是，我会努力工作，教好自己的良心书，仅此而已……"我一口气说了一大堆。

"好了，老师，我该回去了。我吃了中午饭还要参加吕老师的手工活动呢。"

挥手告别后，我仍伫立在原地，思绪起伏，总是沉静不下来。她今天外穿的一件暗紫色底板白竖条纹的小翻领西服，内着一件粉色秋衫，衬着她白里透红的脸蛋，映着那两汪秋波，显得既朴素又妩媚，既雍容又典雅，真是令我心旌荡漾，魂不守舍。

"剪不断，理还乱，是离愁，别是一般滋味在心头。"我反复低吟着李煜的《相见欢·无言独上西楼》中的那几句。

"爸爸，你着魔了还是中邪了呢？老是念叨这几句。"不知什么时候女儿和管琼钻出来，站在我背后了，我也不知道。

已是暮春时节，天气晴朗明媚，风暖花益香，但我心里却阴霾密布，寒如酷冬，因为她临去时都没有一个明确的表态，甚至连暗示也没有。

我和两个小家伙找了一家小餐馆胡乱地对付了一顿，就回校了。

在我心目中，琼燕是一个有主见的女性，一旦她认定的事儿，就很难改变，但是这种秉性的人要做出一个决定，则是需要较长时间独立思考的——十天半月，或者一月两月也说不定。

那几天，我几乎天天在扳着指头算，盼着星期六下午的到来。

星期六下午终于到了，然而最先到校的却是常蒯和高政亮两个人。他们一到就忙着帮我批阅学生的作业本，我和他们东一句西一句地搭讪，好几次差点问他们，你们见到琼燕了吗？可是实在不敢唐突，因为他们也都是我的学生。

"老师，你人不舒服吗？"常蒯问道。

"没有哇！"我挤出了笑容答道，我想我一定笑得很难看。

一个小时，犹如一年那么久的一个小时，我在煎熬中度过了。我丢下笔，站起身来，走出办公室，走出学校，站到二生产队晒谷场边，目不转睛地凝望着大丰公路。总期望能看到她的身影出现。

"老师！你一个人在这里干吗呢？"

我身后传来一个清脆的声音，不必回头，我就听出是她——琼燕回来了。

"我在等你啊！"我回过身说道。

"你骗我！"她回答道。

"走，进学校去！"我真想拥抱她一下，但囿于古朴的民风，我可没敢放胆而为。她嗯了一声，随着我往学校走去。

"做出决定了吗？"我问。

"还没有。"她回答后，我一时也不知说什么才好。在短暂的沉默之后，她说：

"今后，每周六或星期天，我都会来看你，哪怕就是一般的师生关系，我也会来，也是该来的哟。"

我久悬的心终于放下了。尽管她未明确地表达与我确定那种特殊的关系，但每周她会来我这里是确定了的。她只要会来，我就会有希望的。

当天下午，曾、王两位男同学帮我改作业，打扫办公室、寝室，我和琼燕负责洗衣服，煮晚饭。吃了晚饭，我谈兴高涨，我们又侃了好一阵子大山，他们才离去。

随着卢琼燕来红星小学的次数增多，随着我拒绝做媒的次数的增多，敏感的人群——乡下的女人群体中一些流短蜚长，也以几何倍数增多。有些是在事实的基础上，通过有意或无意的加工炮制而成，有的甚至是起于青蘋之末的。这些流言蜚语，时不时地传进我耳里，当然也就会传进卢琼燕耳里，特别是传进我们学校不足一公里的卢氏家族耳里。这里得补叙一句，琼燕在红星民办初中班毕业时，考上高中不愿念，后来先后在大兴、双龙去复学想考中师或中专，可那时复学生又不准考中师中专，故更名为卢琼燕，于1985年6月考上大丰师范。

卢家人听到这些风言风语，心里很不是滋味。琼燕已多次受到了她父亲的严厉警告："你再往红星小学跑，老子不打断你的脚杆就不姓卢。"

我听到这些半真半假的传言，也倍感压力。因为明枪易躲腾空起，暗箭难防有危机啊！你不知放箭者是何人，他们藏身于何处，所以真的防不胜防。这时我们唯一的自我安慰就是不理你，不怕你，把你当成猪处理。

我俩照常往来，她每周末照样来帮我做这做那，有时就是无事可做也要一起谈天说地。我也常去城里约她出来看电影。

本来琼燕在是否与我定下秦晋之好的这个问题上就是徘徊无主的，因为她的朋友里，除了女同学季秀英支持之外，其余没有一个不反对她与我恋爱的。现在谣言四起，社会舆论压力特大，之所以如此，无外乎两点：一、年龄悬殊；二、她五年前曾是我的学生。在封建保守的农耕文化里，这第二点是很难为农民接受的。有幸的是，我在农民中声誉还好，家长朋友碍于人情，往往是腹诽多于口诛。但对于年轻的她，就没这么幸运了。我十分担心这些无形的紧箍咒，会让这个本来就犹豫不定的少女知难而退。

　　时令已到仲夏，一个星期天上午，上着粉色T恤，下着白色裙子的她，终于出现在我面前。

　　"我还以为你不会再来了。"我叹了一口气说。

　　"我为啥不会来呢？"她反问道。

　　"你难道什么也没听到吗？"我提醒她。

　　"听到了啊！耳朵里都塞满了！"

　　"你不怕吗？"我惊喜地发现这枝带露乍开的荷花似乎在烈日下，甚至在暴风雨中也不会有一丁点怯懦。

　　"怕啥？前几年你给我上班会课不是常念叨：走自己的路，让别人去说吧！"她模仿着我的声调和神态回答我，惹得我扑哧一口，笑出了声来，她也笑了起来。

　　"我父亲威胁我说，燕妹子，你再往纪眼镜那里跑，老子就把你脚杆打断。我说，你若要打我，我就再也不回来了。"

第二十二章　事逢险恶须放胆
船遇狂风易触礁

在我离婚后，另一个少女也在追我，在我的亲人中，以压倒多数都反对我与小卢相爱的，而主张与那个少女交好。他们的理由滑稽得可使人笑破肚皮——那个女孩子比小卢大五六岁，懂事得多。

而我十分坚定地认为小卢正直无私，识大体，在对物欲的追求上与我志同道合。为了这事，我几番舌战群雄。闹到最后，我说，我的事你们不要管，你们也管不了。这样他们才作罢。

我觉得，有一张看不见的大网，死死地罩在我俩的头上。我决心要把它撕个稀烂——纵是粉身碎骨，我也情愿心甘。

我无数次在心里谋划着：干一件惊世骇俗的事让大家看看。

机会终于来了。那是一天中午，家长陈开秀赶来看望她女儿刘秀琼。我留她吃饭，豪爽的她，慨然应允了。

这女人说话豪爽，喝起酒来更豪爽。开先是你一杯，我一杯，喝得脸上红霞飞。可是三两个回合下来，就进入了喝酒的最高境界：你一杯，我一杯，喝得头大尽胡吹。

三斤六十度老白干被我们两个酒鬼喝干了，我们才从饭厅走出来。一眼看到学生卢大友，我叫住他，吼道："走！带我去你伯父家。"卢大友前面带路。我高一脚低一脚地跟着往前走着。走了五六分钟，我们就来到三面翠竹环绕，一面是稻花飘香的农家小院。

我一走进琼燕家的堂屋，就看见一个四十开外的矮个子农民嘴里叼着竹制的旱烟杆正在编篾背篼，一个四十开外的农妇正在噼里啪啦地砍猪草。

"这是我伯伯卢自良。"没等卢大友把话说完，我的怒气就如火山喷发似的迸射出来了。我对着卢自良大声吼道："卢自良，哪个告诉你，我在和你女儿耍朋友啊？"

"没——没哪个——说呀！"这个朴实憨厚的庄稼人一下子被我突如其来的举动吓蒙了，急忙分辩道。

"那你为什么扬言不准你女儿到红星小学来呢？"我追问道。

"我哪里这样说过哟！纪老师，快坐。大友娃儿，快端板凳让你老师坐嘛！"老实的庄稼汉似乎镇静多了。

"卢自良，我告诉你，我是离了婚的，跟谁耍朋友，是我的自由。我跟你女儿耍朋友，只要你女儿愿意，谁也不能阻拦。若你敢打她，我就敢到法院告你妨碍婚姻自由，让你吃不完兜着走。不信，你可以试试。"

我这番话尽管是合法的表述，但对一个做父亲的说这番话，既不合情，更不合理。谁知我这一番不合情理的醉话居然把卢自良这老实农民给吓住了。

"纪老师，哪里是我们反对嘛，是你们学校的左老师，对我说你年纪大，个性又古怪，动不动就要打婆娘的，他说我家燕妹子嫁给你就是跳进火坑啰！"听他这么一说，我的火气更旺了。

"大友！快去把左老师给我找来。"我吼道。卢大友只好找左冠华去了。

"纪老师，喝茶。我们乡头的茶不好，你将就喝！"我一坐下，卢自良为我端来了凉茶。我也敬了他一支烟。

不一会儿，左冠华和卢大友就进屋来了，我一见左冠华进来，一个箭步冲过去抢起那农妇砍猪草的刀，冲过去要砍左冠华。卢自良见势不妙，立即绕到我背后，双手一伸，用两手死死地把我箍着，大声喊道：

"周天兰，周天兰！你望到干啥子？还不把纪老师手里的刀抢了，硬是要砍死人在我们屋里你才安逸嗦。"

面如土色的周天兰走过来,使劲地掰开我握刀的手,把刀夺了过去。

左冠华吓得呆若木鸡地站在屋子中间,走又不敢走,坐又不敢坐,一副可怜巴巴的样子。卢自良劝我坐下,他说:"纪老师,你莫生气,有话好好说,有话好好说。"

我呼地一下站起来,冲到左冠华面前,左手叉腰,右手指着左的鼻梁骂道:"姓左的,你狼心狗肺,禽兽不如,老子三番五次地在关键时候帮你救你,让你龟孙子免灾脱难。你这个忘恩负义的白眼狼却三番五次地害我,我帮学生改出生时间,犯错误也好,犯罪也罢,是老子的事,你却伙起人告发我。这次我离了婚,正大光明地恋爱,又惹到你哪里了,关你啥事?你却跑到卢家来放我的烂药……"情急之中,在酒精的作用下,我完全忘记了自己是个老师,更忘记了师道尊严,活脱脱像一个山野泼妇。

卢自良拦在我和左冠华中间,一边劝慰我,一边又回头对他老婆骂道:"你望到我干啥?还不去炒两个菜,请两个老师喝酒!"

在我谩骂时,左冠华面如死灰,犹如待决的死囚,好几次翕开嘴想说什么,但终于也没说出一言半语来。因为我说的句句是实话,他无法辩驳。不多久,菜炒好了,别看卢自良个子不高,可力气蛮大,他把我拉到八仙桌边,非要我坐首席不可,他让卢大友坐我右侧,他坐我左侧,让左冠华坐下首,与我对席,其用意就是把我与左冠华隔开,以免我动粗打人。

"纪老师,我们大丰县的,不论是领导还是平头百姓,哪个不恭维你纪老师是个好老师?你不仅书教得好,人品也好,从不记仇,爱打抱不平,我感谢都还来不及,哪敢说你坏话啊!"姓左的摸准了我这个人服软不怕硬的倔脾气,所以他也尽拣好听的说。

"咦!左老师,你讲话可要凭良心,那天你在店子上,当着'鸡公'对我说的哈,你说纪老师脾气坏,你燕妹崽嫁给他就是往火坑里跳……"卢自良见他推卸责任,可就不答应了。

"这话我是说过,但我绝没劝你干涉你女儿的婚姻哟……总之,我错了,纪老师,你今天怎么处罚我都行。路遥知马力,你看我姓左的今后怎么对你，行吗？"说着，他端酒杯，连喝三大杯，算是自己惩罚了自己。

我看见他们两个害怕成那个样子，不禁哑然失笑。左冠华你个蠢猪，我真敢杀你吗？估计我此行挑明真相的目的已经达到了，于是见好就收。

我站起来，端起大酒杯说："姓左的，我今天看在卢自良面子上，放你一马，如果今后嘴上不安装个把门的，可别怪我手下无情哟！"左冠华急忙表示感谢。

心情一放松，又禁不住朴实的卢自良劝酒和左冠华的致歉酒，那天晚上我在中午吃的酒还没化解完的前提下，又喝了许多酒。

我们三人喝得差不多了，酒席也就散了。左冠华闹着要送我回校，我厌恶地说："谁要你送？"等他告辞走了后，我才起身往外走，琼燕家大门前没安电灯，门口全靠屋内那十五瓦的灯泡那点微弱的光照着，光线暗且台阶高。

我这个高度近视的醉汉，走出门来，一脚踩空，砰的一声摔倒在水泥地上。

这下子可吓坏了怕遭祸事的卢自良，他赶忙出来，一把扶起我，关切地问道："摔到哪里没有？骨头摔断了吗？"

"不知道，反正脚膝盖骨痛。"我气愤地说。

他听了，什么也没说，转身进去拿出一支三节手电筒，把我轻轻扶起来，叫我站稳，弯下腰去，背起我，一手反过来搂住我的大腿，另一只手打着电筒，迈开大步往红星小学走去。

多么淳朴、多么善良的人啊！我真为我下午说出那番不近人情世理的话感到后悔，甚至有些后怕。听说他也是个倔强得认死理的人，万一他翻脸使性子，坚决不同意这门婚事，我真的敢去法院告他吗？

这一层窗户纸，我终于捅破了。过了几天，又是星期天了。琼燕还是和往常一样在家吃过早饭，就往红星小学跑。

"这次你回家，你爸爸还骂你，威胁你吗？"她一进门我就关切地问。

"骂没骂了，就是仍然固执地反对我和你的事。"她一坐下，拧开凉水毛巾就往满是汗水的脸上擦，我一把给她夺了下来说道："傻儿，走热出了汗，洗脸得用热水，若用凉水，日久天长，可能会患面瘫之类的疾病。"说着，我提起暖水瓶给盆里添了热水，再拧上热毛巾递给她。

"他老人家讲了我去你们家的事吗？"我笑着问道。

"哎呀，只有你才干得出这些玄事儿。大大没给我讲，妈倒是给我讲了。妈说你精灵得很，就是个性太怪，说你今后会欺侮我的。"

"你相信我会欺侮你吗？"我反问道。

"你自己才知道吧！"

这天，我给她灌输了凡事不要一味退让的道理，我引用一联宋诗："退避固知非得计，威灵何以镇殊方？"来证明我的主张是无比正确的。

我告诉她，我那天的火力侦察，已经摸清了你父亲的秉性：表面倔强，但内心很怯懦，他胆小怕事，也顾及脸面。我们只要不让他太下不来台，让他觉得脸上有光，他会慢慢地接纳我们这种关系的。

"那你下一步准备怎么办？"琼燕问道。

"暑假我们出去旅游，回来看你家人的反应，再来分析研判，然后决定下一步的行动。"我一本正经地说。

"旅游，可得花钱啦，你有多少钱呢？可要量入为出哟！"她提醒我说。

"放心，我不信奉超前消费，我是个摸着石头过河的人。"

"那好吧。"她扮了个鬼脸走了。

转眼间，暑假到了。我、琼燕、霞儿一行三人游省城，还逛了几个有景点的县城。

我们一路说说笑笑，看电影、逛公园，尽情地寻找欢乐。每当我看到琼燕与女儿携手同行，结伴同归，心里就涌起无限的慰藉。

桃源虽好，终非久留之地，我们在外徜徉十余天后，回到了大丰。回到红星小学已是傍晚时分了，琼燕这次外出时，曾告诉了其父母，但其父母都未答应。因为我和她议定，其父母同意要外出，不同意还是要外出，绝不妥协。

在回校的车上，我脑海里就一直在盘旋着一个问题：琼燕是先回她家还是回我学校呢？回她家，若遭其父母毒打，我欲相助也无从下手；若仍回我住处，就有可能形成与其父母长期顶牛之势，那就骑虎难下了。车已到了管家店了，我心生一计，决定先试探试探再作打算。

我们一行三人下了车，我说："琼燕、霞儿，你们在供销社店外坐一坐，我进去买点茶叶再回去。"其实，我心想，这店离她家仅百来米，可能琼燕队上有人看见她回大丰了，这消息会传到父母耳里。若真如此，那就看她父母的反应再说。

我有意在店内东选选西挑挑，让她两人在廊檐中多待一会儿。我们回到学校，天已黑了。我生火煮饭，她们两人都说口渴得很，吃绿豆稀饭好些。于是我就开始熬稀饭，泡豇豆炒青椒。稀饭很快就煮好了，然后让她俩人把一张小圆桌搬到操场一角的大梧桐树下。

这时，一轮明月升起来了。月光斜射到梧桐树枝叶上，筛下光怪陆离、斑斑驳驳的阴影，宛如一大幅水墨画。晚风拂来，枝叶随风摇曳，光影晃来荡去，宛如蒙太奇镜头。

更令人心旷神怡的是墙角树根下那些不知名的乐手们的高吟低唱，奏出一支又一支的小夜曲。此时，有情侣相伴，喝着清淡的稀粥，万分惬意地享受着月光的清幽，真是怡然胜神仙。

我们正在静静地享受着大自然的馈赠之时，突然，从我们背后飘来两团黑影。我回头一看，原来是琼燕的父母。我心中暗暗高兴起来。

我忙起身端椅子请他们夫妻二人坐下，一面给琼燕父亲敬烟，并请他们坐下来与我们共进晚餐。他们说早就吃了晚饭。

"燕妹子，未必你就不回屋了吗？一出去就是这么多天，回来也不回屋，不怕别人笑话啊？"琼燕妈强压着怒火说道。

听她说了这些，我真不好插话，就借故添稀饭进厨房去了。临起身时用脚勾了琼燕一下，她会意了。我刚走进厨房，她也跟了进来。我低声说："你要他们承诺不打你，你就跟他们回去。"

谁知我们刚端着碗走回座位，一向以暴躁出名的琼燕父亲轻声地说：

"你要到纪老师这里来耍嘛，明天白天也可以来噻。"

这无疑发出的是一个善意的信号。月光下，我和琼燕会心地笑了。

事到万难须放胆，顺风顺水好行船。这条古训再次被事实证明了它是正确的。选准了突破口，就是成功了一半。

后来，在琼燕叔叔卢自明的帮助下，这年的中秋节，我终于得到了琼燕全家老小的公开承认，从那天起，我就正式入编卢氏一门亲戚序列。

说起正式去岳父家认亲那一天，我还出乖露丑，闹出了点笑话来。中秋节那天，我第一次去琼燕家认亲，她家来了很多客人，我以为自己厨艺还不错，想露一手，便争着去厨房炒一个菜。可菜一上桌，端菜的人特地喊了一声："这菜是纪老师给大家炒的哈。"

大家一夹菜入口，竟然都哇的一下全吐在地上了，接着全场好一阵哄堂大笑。好在我这个人素来脸皮厚，加上岳母娘给我打圆场，我才在尴尬中混过关了。

原来是：我把油倒下去，看到冒烟了，慌了手脚，就急着把菜倒下去而油没煎熟，且又忘了放盐，于是乎这菜既臭且油又淡而无味，谁吃得下呢？真是丢人现眼啊！

以前，公社曾几次要把红星民办班迁到公社所在地，都被我千方百计地"抵制"住了。可我转为公办教师后，"抵抗"力就大大降低了。对民办教师来说，行政命令的效力较弱。可公办教师则是国拨工资，一纸调令行天下。故我转正不到一个月，乡里就下令要把我连我任教的1989届这个班一起调到乡中学去，被我严词拒绝了。

时间熬到1987年8月中旬，乡里分管教育的领导通知我：新学期开始，各村初中班必须全部集中搬迁到大兴中心校——不管公办班还是民办班，必须统统搬，否则，后果由违反者自负。这个"否则"之后的那句话，不言而喻是冲着我纪某人来的。因为双溪两个民办班，一个班因生源不足被撤掉了，另一个班的班主任是大大的顺民，早搬到乡里去了，而只有我是个"刁民"坚持"武装割据"，不愿"归降"。

直到9月1日开学，我任班主任的红星初中班依然"岿立"于红星小学，大有继续坚持"割据"之势。其实，我内心是非常想搬过去的，因为那里离大丰城只有七八里地，离城近，琼燕往来方便一些。但是我头顶上却压着两座大山：一座山叫"信誉山"，一座山叫"良心山"。

因为1985年上半年，领导要将我调到中心校去，可是红星大队冒着挨通报批评和受处分的风险给我修好了"高档住房"并带"高档办公室"。说实话，当时程明辉支书、管长生副大队长就有强烈的人才意识，在农民干部中真称得上凤毛麟角。如果我现在转正后要奉调而去，就成了无诚信之人了。不讲诚信——这与我自身信条不符啊！

第二座良心山压着我，当时的教育界已开始洋溢起浓浓的"铜臭味"了，中心校的名声很糟，他们中的一些人，学生不交补课费，就不给其补课，交了补课费也不好好地补课。所以听说我要把学生带过去，没有一个家长赞成。

想当初，红星大队领导是极不信任我的，而家长朋友却给了我极大的信任、支持、配合。是他们的信任才成就了我在大丰县教育中的小有名气，才使我当"刁民"有了一点资本。而眼下，我昧着良心，不顾他们的反对离开，我纪元初在世人眼里还是个人吗？我之所以硬扛着不搬迁去乡初中，还有几个非常棘手的实际问题，若这些实际问题得不到解决，我宁肯调出大兴乡也不愿意等着千夫所指，不病即死的下场。

我班的学生大多数是红星村、胜利村、双溪村这几个村的，甚至还有一些双龙乡的，十几个家远在兴隆乡的。为了提高教学质量，我班上的学生在方圆三里以外的全部住校，这样全班都可以免费上早晚自习了。要做到这一点，就要解决四个问题：一、学生住宿；二、学生食堂；三、教师上早晚自习不收费，不遭人嫉妒；四、教学楼、住宿地的照明问题。

以上这四点，在红星小学，我已圆满解决好了，但是到了乡初中——大兴，这一切无法解决，因为当时乡里也穷得叮当响，乡初中教学楼修了三层九间教室，三间办公室，均未安装电灯，乡里决定：谁用电谁出钱。而乡初中六个教学班均为走读班，师生早上八点半到校，下午四点半离校，有无电灯无关紧要。

除了以上四个问题之外，另有三个问题：

一、大兴学校周边环境十分差，学校正常教学秩序也很难维持——校长、教师挨打遭骂是常态，所以我想修围墙把学校圈起来。

二、关乎教育质量的关键无外乎两个：师德师风和学生道德素养，而这两点是需要规章制度予以制约的。在红星小学，这一切都是由我"言出法随"，而在乡初中人为刀俎，我为鱼肉，岂能由我"建章立制"。

三、我未婚妻琼燕毕业后的去向问题时刻让我挂怀。区里已保证将其分回大兴乡以示关顾，然回大兴是否能分到中心校，就不得而知了。

恰在此时，在西关乡任乡党委书记的表兄捎话给我：只要你纪元初愿意到西关乡中学任教，未来弟媳分配到乡中心校或到乡初中任教都可以。但要调动去西关乡，就需要乡长签字并盖上公章才行。要乡长在我的调动申请上签字盖章，无异于与虎谋皮。此时此刻的我，十分懊悔我干过的一件荒唐事儿：

那是我转正后的一个星期天，中午我邀吕宏良和老领导杨书记一起聚饮以酬谢领导高才大德，为我转正两肋插刀。来作陪的有张老师、吕老师。酒至半酣，吕委员突然说道："纪教授，我给你几个方案任你选：一、任西关中学校长；二、任东关小学校长；三、任四区中学校长。三选一。你选定了，我明天就下文。我相信你干得好的，因为你是拼命三郎……"

没等吕委员把话说完，我就心急火燎地抢过话题说道："喂，莫说，莫说了，我一身草莽气，当个教师都嫌野气多了。叫我当校长，不是把我放在火上烤吗？"我之所以抢着说且说了粗话，一是他一说出口，我不强硬表态，一旦他认定了，要转圜那就比登天还难了；二是我平素与他交往中也常爆粗口；更重要的是，我一爆粗口，好让在场的人都说我不是校长之选，好暗中助我。

"你骂谁的妈！我一片好心，你还当成驴肝肺！"他砰地一击桌子，骂着站了起来。他反应如此强烈，倒出乎我的意料。

"哪个要我当校长，我就骂哪个的妈。"

吕委员双眼赤红，满脸通红，呼的一下站起来，伸手就想抓我的衣领。我虽说酒意半酣，但离醉还有最后一公里，故身手尚还灵活自如，我头一缩，身子往后一闪，让他抓了空。这时吕善述起身抱住了我，杨书记一把抱住了吕委员，张兴老师挡在我两人中间……迫在眉睫的架终于没打起来。

我认真教书，一是为求良心的自安，二是为了争口气，绝不为了当什么校长。这件事过了之后，不论我也好，还是杨书记、吕善述老师、张兴老师也好，都不再提起，好像这件事从未发生过一样。我和吕委员仍然是酒友，不过，从此之后，他再也没提让我出任任何领导了。

现在才知道权力有多么重要，若我是校长，前面那些问题，还是问题吗？但回头一想，当校长应当是开糖果厂或橡胶厂的，因为可以说甜蜜蜜的话，也可以用橡胶棍子打人，打痛了也不留伤疤，而我却是开钢铁公司、帽子工厂的。

就在我沉浸于"两间于一卒，荷戟独彷徨"之时，乡里再次派人来找我说："纪老师你想调西关中学的事儿，乡党委研究了，不同意你调走。同时，你这个班必须搬到乡里去，这是县文教局文件规定的。乡里无权改变上级的决定，希望你理解。至于你有什么想法可以说出来，乡里一定在力所能及的情况下予以解决。已经开学一周了，你班上没人上外语、数学、物理，只上你任教的学科，你这样固执下去，受害的可是学生啊！"

听了来人一番话后，我也陷入了深思，我这样意气用事，难道是在为学生家长的利益而战吗？想了一阵子，我对来人说："我今天下午交一个东西到乡政府来，如果乡政府能同意解决我班上的困难，我愿意去做家长的工作。"

当天下午，我把我班及我本人需要解决的问题一一罗列出来，写成材料，派一个学生送到了乡政府。第二天一大早，乡里通知我去乡政府。我一进乡党委书记办公室，书记、乡长就一边开玩笑一边叫我坐下，乡长就宣布了昨天晚上办公会的决定：

第一，红星初中班搬迁过来，只是学生过来，原有桌凳及其他教学设备仍留在红星小学（他们这一决定，化解了红星村干部和群众与乡政府的矛盾）。

第二，纪元初班上安电灯及筹建学生伙食团的经费，由乡政府全额拨款支付。

第三，纪元初任班主任的班是住读班，学校其余的为走读班。纪元初班上学生住宿问题由纪元初提出解决方案，乡政府责成大兴初级中学校务委员会负责落实。

第四，围墙在半年内由乡政府负责修建。

第五，纪元初班的任课教师由纪元初提名，但纪元初必须保证发扬红星初中班的作风，每考必争先。

第六，纪元初班上的纪律由纪元初制定并经校长批准可推广到全校。

第七，纪元初未婚妻毕业分配，必须分到大兴中心校任教。

第八，乡初中领导为纪元初解决一间厨房，一间办公室带卧室。

以上八项不必下书面文件，由乡长口头宣布，乡政府留谈话记录备案即可。

这下，我真无话可说了。我也心满意足了。没办法，只好给家长做工作。其实以上乡政府的八条承诺给家长们一讲，再加上我的一句"放心吧，保证你娃儿的成绩不会比在红星读书差"，家长、学生都笑逐颜开地同意"乔迁"了。

可我却遇到大麻烦了。红星村委会派人把我的寝室和办公室全部锁了，我的备课本以及教学用书、学生作业本一本也拿不出来，更何况我和我女儿的衣物、被褥及日用品也全被他们锁了。

他们说：开锁的条件只有一个，那个班可以迁过去，但纪元初必须留下来在我们村上教小学。这样僵持了足足三天，最后还是乡政府派人来做村委会的工作，门锁才开了，我才把东西搬到大兴初级中学。

1977年到1987年，整整十个年头，在红星小学，我留下了汗和累；在这里，我留下了勤奋的印记，留下好的名声，树立了"纪元初"品牌；在这里，我也留下了许多失败的教训和未能实现的梦想。

在这里，我把光秃秃的小山坡变成了绿荫匝地、鸟语晨暮、花香四季的花园式学校；在这里，我用心血和汗水，使得电灯亮了，路平了，操场、球场从无到有了；学校年年被评为全区先进，年年代表全乡接受上级检查……

可是，我的梦未圆——我向往的让红星小学的所有孩子受到优质教育的梦想未实现。这就是：理想十分丰满，现实万分骨感。

第二十三章　一腔怨气向谁倾
只恨初心未守成

　　"乔迁"已毕，学生伙食团建好了，总之一切已安排就绪，我班的教学秩序也很快步入了正轨。可是，就在我班正式编入大兴初级中学序列上课的第一周，先后就有四个班干部向我递交了辞职申请，三十一名学生联名写信给我，请求我重演"打回老家去"的历史剧。

　　一调查，他们众口一词：这里师生纪律太坏，我们也可能被带坏。在讨论会上，他们列举了许多例子：体育老师上身赤裸，打赤脚上课；老师、学生穿超短裤（即仅长过大腿根的短裤，常作内裤穿的）、拖鞋进出教室；学生出口成"脏"，无人制止；打架每天都要发生两三起；我们班有两个女班干部被乡中三年级男同学调戏了……听了他们的发言，我心里气愤，但又不敢怒形于色，以滋长他们的负面情绪。

　　于是我只好"声色俱厉"地批评道："你们不要说三道四地指责别的老师别的同学这里不行，那里不好，什么害怕我们班的同学会变坏。你们为什么不想办法改变这里不好的东西呢？如果连这里纪律稍差点，你们就怕这怕那的话，那在以后的人生旅途中会遇到许多环境比这恶劣十倍百倍的情况，你们又如何自处呢？

　　"现在，我要求你们成立一个纪律整顿小组，由管琼任组长，今天下午你们讨论出纪律整顿方案来，我就不相信这里无法无天了。良好的环境是由人创造出来的，而不是神仙皇帝赐予的，我们为什么不去按我们的规则改变这里呢？"

　　这些不谙世事的学生是无畏的，他们单纯得可以为心中的正义献身。下午五点半，钢笔字写得稍好的李延彬交了一份《大兴初级中学师生纪律整顿方案》给我。我做了几处修改，又叫李延彬重抄了一遍后，就把这个方案交给江校长看了一下。他看了表态说"好啊！"但没给我任何具体指示，可能他以为只是个方案而已，以为我还得等他下个文件之类的繁文缛节才会实施。谁知我把方案直接交给章乡长看。章乡长说："当时对你承诺了，一个字我都不会变。学校纪律整顿由你负责，所以你说了算。老实说，我们早就想让你当校长，吕委员说你不会干，因为叫你当校长，你还骂了他妈。"

回到学校，我二话不说，就向纪律整顿小组布置了任务。首先，是宣传动员，把学生老师入校的衣着规范及上课期间师生的行为规范张榜公布。宣称：1989届一班班委会经江校长应允，并报章乡长批准，特对大兴初级中学师生进行纪律整顿，现将具体措施公告如下……公告一贴出，校长坐不住了，来找我说："是否可以先讨论一下再说？"我说："你去问一下家长和一些遵规守纪的学生答不答应讨论讨论再说。"他被噎得回不过神来。

公告上明白告知：本公告从下周一开始执行。我记得其间的缓冲期有四天，也就是说，公告是星期四贴出的。

星期一一大早，教学楼楼梯口横放着两张课桌，三张长条凳，桌上放着油印的纪律整顿条例，楼梯口长条凳上坐着管琼、李延彬、卢大友、江才刚、高庄伟五个学生干部，墙上贴着毛笔写的几个大字：衣冠不整者严禁入内。

那时正值中秋节后几日，暑气未消，三十七名穿着背心、超短裤或凉拖鞋的男同学全被挡在楼梯口外。学生干部一个一个客气地说："同学，对不起，早已告知了的，请你回家去穿好衣、裤、鞋子再来……谢谢合作。"

有一个男老师也被挡住了，这时江才刚跑到我办公室来找我，因为我早就告诫学生：学生必须尊敬老师，有违纪老师，学生先向老师敬个礼，然后说一声：老师，你请坐，请在此稍等。然后由我下去接上来。我下去看见有个体育老师，有个数学老师，还有一个教英语的女老师。

"喂，伙计们，别难为学生了。走，上楼来我办公室喝茶吧。"
这里还得啰唆，全乡只有我是一人一个办公室，就是校长也是和教导
主任一个办公室。

他们来到我办公室，我又倒茶，又敬烟。末了我开玩笑似的说：
"你们几个也是，再脱一点，赤身裸体，既凉爽又好看，何必如此遮
遮掩掩的，三不像，既不太像二流子，又不像农民，更不像教书匠……"
还没待我说完，毛建康就站起来说："纪老师，我上体育课搞惯了，
他们当官的没一个人说我不对。前几天你们班贴了个公告，又没盖公章，
我还以为是哪个在恶作剧呢！早知道是你先生干的，我还不遵守吗？"
其他两个也随声附和道："就是，就是，我们还以为是搞笑的，哪知
道你会来真的呢？"

"好了，好了！下不为例。若下次谁再如此，我一定请他吃饭！"
我似笑非笑地说。

"请吃饭？"

"对呀！但有言在先，我请客吃饭喝酒，先喝醉的买单。"我睃
了他们一眼。他们哈哈地笑了起来，纷纷说道："服了，服了，服了
你纪先生还不行吗？！"

然后，衣着不整的教师绝迹了，但学生还是有那么几个不信邪的，
有意要来找麻烦，这些娃儿大都是成绩不好的，你一拦住不让他进教
学楼上课，他正求之不得。只要值勤的学生一说不准他上楼，他回头
就回家去了，不再来学校了，第二天又是依旧如此依样画葫芦。

值日班干部管琼向我汇报了这一现象后，我附在她耳朵上如此这
般地说了几句。第二天，那几个故意捣蛋的学生又是穿背心拖鞋来了，
值日的学生干部把他们领到我办公室来。

我对他们说："今天你们这种穿着打扮，真不像个学生，像二杆
子农民。听说你们又不愿意读书，更不想做作业，那么今天我带你们
去个地方。"他们几个你睃我一眼，我睃你一眼。这些娃儿都是父母
躲天躲地生出来的，他们的主要任务就是传宗接代，所以在家里享尽

了优待。用农民的话说：扫帚倒了也不会让他们扶一下的。我可要叫他们下水田把湿稻草个子拖上田埂啊！

一听说叫他们下水田拉谷草，倒真让他们面如死灰，一个劲儿地向我保证：马上回家换衣服鞋子，并愿写书面保证书，若再违反纪律，任凭我处罚。

我见好就收，严肃地对他们说："只要下不为例，这次姑且放你们一马，马上回去换衣服，再到学校上课。"

这样坚持两周之后，校内风气大有好转。我也得到了广大家长的交口称赞。农技站、粮站、供销社等人们聚集的场所，都听得到农民的特殊表扬：纪眼镜还真有些板眼，那些顽皮大王都遭他弄得服服帖帖的了。

校内纪律有了好转——当然，这只是表面现象，深层次的问题，绝不是我这个平头百姓能解决的。换言之，体制、机制层面上的问题还真不是一介平民能有所作为的。

校内纪律稍好一点，但校外干扰又来了。我班要上早自习和晚自习，但校外却有几个"篮球爱好者"偏在我上早晚自习时，到教学楼下面打篮球。砰砰地打球倒也罢了，他们还邀约几个人，又是喊又是叫的，为首的一个叫"犬娃子"。我先是想用软索套猛虎之法，每当他们一来打球，我就到球场去，敬烟套近乎，谁知等我一转身，他们像有意作对似的，闹得更欢了。最后，我心一横，豁出去跟他们"兵戎相见"。

一天晚上，他们几副颜色又吵又闹地来打篮球了。我早就守候在篮球场边，突然，篮球被打飞了，一下子滚到我身边。我身子一弯捡起球……他们以为我帮他们捡球，一句谢谢还没叫完，我已抱起球往楼上跑去了。其他人见势不妙，都纷纷散了，唯有"犬娃子"不信邪，冲上楼，想来把球抱回去。他冲到我办公室外，红眉毛绿眼睛地叫道："纪眼镜，把球还给我，否则老子对你就不客气了。"

"谁要你客气了，有种的就上。我打钱春，打屠宰场'管土匪'的时候，你娃儿裤儿还没封裆呢！"他听我这么一说，看我不虚他的架势，就蔫蔫地走了。不到一顿饭的工夫，他的父亲来到我办公室。

老头子是个理发师，懂礼数讲道理。他先表示了歉意，接着对"犬娃子"这个娃儿的顽劣行径做了自我检讨，说"犬娃子"是他老来得子，所以对他就特别宠爱，小时缺乏约束，到十几岁想约束他时，又管不了啦。接着他又套近乎说，论辈分他还是我养母一辈的，请我代问我养母好！

最后，我把篮球还给了他，并要他带信给"犬娃子"，中午或下午学生休息时，欢迎他们来打篮球锻炼身体。球，他带走了。这个"犬娃子"被我降伏了，后来却成了我的铁粉，如谁在他面前说我的不是，他非与其打一架不可。

当年 12 月，教师职工代表大会成立，我和另一个教师差额选举，结果我高票当选为教职代会执行主席，任期五年。

我担任校教职代会执行主席后，除了有时在对领导层的决策上唱反调外，更多的"权力"就是参与"接待"。20 世纪 80 年代，没有人用大把的票子行贿，那时"行贿"就是送酒送烟请吃饭，所以当时吃喝风盛行。而我这个好酒之徒，又恰恰是他们拉拢的对象。

不过，我这个人有点不好对付。请吃喝，不请不到——稍有点志气；有请必到——我不去，他们照样吃，我去了，他们往往不敢大胆吃，吃了喝了，该说的照说不误，该反对的照样反对，不管有效无效，一触即跳。所以校长、书记对我是既恨又怕，教师对我是既爱又怕，因为在我的词典里似乎找不到讲人情顾面子这个词。我认为谁不对，就非要理论出个青红皂白来。我有错，只要你指出来而我又认识到了，我也会主动检讨。

纪律整顿了——形式上、表面上的纪律好些了，而骨子里的腐烂，没有刮骨疗伤的决断是不行的。期末全区统考，我教的班第一次，也是唯一的一次，从全区第一名的宝座上摔了下来。我教的语文、政治仍是全区第一，而英语、物理全区倒数第一，不及格率 50% 以上，数学全区倒数第五。

看到这样的成绩，想起我搬迁到大兴乡来前家长们的重托，我真是欲哭无泪。我气得暴跳如雷，背起物理、数学、外语统考试卷就往县城跑。校长和教导主任飞跑出来拦住我的去路说："纪老师，你这样不好，太伤同志间的感情了。这个教物理和英语的老师，是你自己亲自选的嘛！又不是我们给你安排的……再说，胜败兵家常事，你总得给人家一个改正错误的机会吧。"总之，他们坚决不允许我到区里和县里去反映教师的渎职行为。

"嚯，这样的领导太好了，关键时候能站出来保护下级。"可能有人会如是说。但究其真实原因，他们是在保护他们自己，因为那个既教英语又教物理的老师一天到晚就是陪校长、教导主任下象棋，不备课，不改作业。他们有时甚至端着碗一边吃饭一边下棋。你看，他哪有时间来顾及教学啊！

我之所以选择这个老师做我班上的英语兼物理老师，原因十分简单，此年轻人一分配来红星小学就是我亲自培养的，在红星小学教英语、物理两门学科，每次考试均为全区第一。就是这样一个"青年才俊"，可是易地而教，就判若两人。他的教学失败，再次证明红星村的父老乡亲所言非虚：大兴的水喝不得。

这件事深深地刺痛了我的心。我是一个穷教书匠，从教书的第一天起，心中就自立一圭臬：绝不能误人子弟。俗语有言：误人子弟，男盗女娼。

期末全区统考成绩公布后，我召开了全班工作检讨会。班上有个同学的发言，至今我还记忆犹新，他说："……我们的物理外语老师就是《皇帝的新装》的现代版，不同的是，那个皇帝时时都在更衣室里，而我们的这个老师却时时都在象棋桌边。他一周有三分之二的课都没来上，而是在和当官的下棋，叫我们上自习。有不懂的找他问，可去找他十之八九找不到人，偶尔找到了，他也就是手玩象棋，眼死盯棋盘，口里总是冒出一句从不改变的话：你个笨猪，不晓得去看书××页嗦。"好了，真相大白了，我当即问道："同学们，难道你们没错吗？你们向我反映过吗？"

难道我没有错吗？我为什么对他那么信任那么放心，没加强过程督导呢？我可是班主任啊！我深深地自责。

"纪老师，难道你能奈何得了校长、主任？我们这个老师的棋友就是这两个当官的！"

我真的哑口无言了。其实，当时大兴乡的大兴初中也有不少有本事有责任心的好老师：数学老师牛章明、王真菊，语文老师有我和常小溪，物理老师常小林，英语老师卢庆全。当时也就六个教学班，有了这么几根台柱，能搞不好教学么？

究其根本原因，就是三条：

一、改革春风不度教育界，时至今日，中小学校搞的仍然是"大寨式"；

二、由此而产生的人事制度腐败，所举非贤才，有后台就上来；

三、团团伙伙害学校，更害了学生，毒化了校内风气。

当时的一个小小的大兴初级中学，七个教学班四百来名学生，二十来个教师，可就有好几个团伙。校长不得罪人，但心中有数，不求有功，但求无过，好好先生一个，他的奋斗目标是跳出教育界——改行。教导主任城府极深，不过还有那么点学识，但对世事似乎看得太透，对收入之微薄实在于心不甘，也欲跳出牢笼，他除了有三两个校内棋友，还有一两个忠实粉丝。

常小溪两姊妹和几个有业务实力且有责任心的人与某英语女教师水火不容。这又常让教导主任火中取栗。而张兴、王晓森几个年长者师德好，但属于不说是与非，心中自了然的好好先生。

还有个数学教师，业务水平差，但能说会道，是个领导不敢惹的角色。

而另有一男老师是全才：天文地理无所不知，三教九流无所不晓，安排他任何一门课，他都能胜任，他确实是多才多艺，吹拉弹唱打打闹闹，无所不能，但成天上课点卯，酒馆进饭店出，谁批评他，他总是一张笑脸相迎，并连说："改，我改嘛。"可就是不认真教书。比如他上语文课，上课走进教室，起立、坐下、板书课题，一手漂亮的板书，写出段落大意，中心思想，然后一句：同学们，大家认真读哈，我有点事走了。这一篇课文就算上完了，剩余的时间，就该他喝酒打牌了。

学校风气如此，谁会认真工作？

第二十四章　瞒天过海休得意
终有水清石现时

　　1987 年季秋时候，一天下午，教导主任洪兴来到我办公室，刚一坐下，又忙站起来，走到门边，探出头去，东瞧瞧西望望，回身坐下，神神道道地说："这回要评教师技术职称，我们校有三个评中学一级的名额，我们想评你呢。"说完他又进一步压低声音说道："那几个老教师不知从哪里听到点风声，可能今天下午找了校长。"

　　"评不评我，无所谓。若评那三个五十岁以上的老教师，我一点意见也没有。"正在批改作业的我，头也没抬，漫不经心地应道。我这个人对名也好，利也罢，真有点"反应迟钝"，但也绝没有麻木。

　　第二天开教师大会，江校长先说了这次评职要写的材料太多了，也太难了，接着又说这次所评聘技术职称完全不与工资挂钩，因为这在全国都是第一次，属于探索试点工作，若试点成功了，明年第二次评聘人多面广之后，再合并这次的一起与工资挂钩。顿了顿他又说道："评职的具体事宜请洪主任传达上级文件精神。"

　　于是洪主任便讲了："区里只分给大兴乡初中三个中教一级名额，拟聘中教一级人员江校长和我，还有纪元初老师。"接着他话锋一转说道："大家不要以为老纪资历比不上老教师，但是论教育教学效果，我们不得不承认，他比我们在座的每一个人都好，因为他比我们每一个人都付出得多。"他真不愧是个语文教师。

　　这下子，会上没人敢说什么了。"喂！喂！姓洪的，我先把话撂到这里哈，评元初娃儿，老娘我半句话都不说，若是评另一个人不评我老公，老娘我非给你演个大闹天宫不可。"洪主任点着头连忙说道："那是自然，那是自然。"因为讲话的这个苏楷老师是最有正义感，最有人情味，也最较真的。谁要惹恼了她，她不管什么细话、粗话不把你骂个酣畅淋漓，让你高举白旗，绝不会善罢甘休。

这老人家在我这里还有一重身份，就是我前妻的干妈，尽管我与妻离异了，但老人家还是把我看成她的干儿，在许多事上都护着我，对我总是亲切地喊：元初娃儿，这样一直喊到她老人家离开人世。

接下来的工作就是写材料，上报材料。眼看两个月就溜过去了。一天下午，五六点钟吧，天有点暗也有点冷，我正在厨房做饭，又是那个洪主任幽灵般飘了进来。他一进屋，就谈天说地与我闲聊了起来。我正忙着弄饭菜，就有一句没一句地应着。突然，他话音一顿说："喂，老兄，有件事我不得不告诉你，希望你听了可要沉住气。我和江校长会竭尽全力帮你挺过去。"听到这里，素来天不怕地不怕的我，也不由得心头打怵了，放下手里的菜刀望了望洪主任问道："啥子事说得那么恐怖？"

"唉！"他长长地叹了一口气说，"真如你诗中所说，世间难测是人心啊！今天上级转来一封人民来信，有人把你告了，说你没资格评中教一级。"

"告我？告我干啥？我违法了？还是犯罪了？"听他这么一说，我反而放心了，依旧拿起菜刀切菜，心想：我还以为天塌地陷了呢！原来不过是评职称一事。不评中教一级，人不会残，更不会死，管他的。

"让他告吧，我不评中教一级又不会少根头发缺个耳朵的。不是你们来叫我参评，我绝对不可能参与的。"我淡定地说。

"你知道他告你什么吗？"他一脸凝重地问道。

"我咋知道呢？他的人民来信又不是我给他起的草稿。"我笑着调侃道。

"哎呀！亏你还笑得出来。"

"我难道就该哭吗？屁大一点事！"菜已切好，我放下刀，把饭甑子端起来，洗锅，然后准备炒菜了。

"人家告你与学生小卢谈恋爱的事，还扬言要反映到大丰师范校去！"他一字一句地说出这句话。

"怎么？这事也违法违纪了？"我惊诧莫名地问道。因为牵扯即将中师毕业的未婚妻，我顿时紧张起来了。

接下来，他又告诉了我信中的具体内容，以及他与江校长商量的应对办法。他说他与江校长会尽全力帮我渡过难关的，不过要我配合他们。我问咋配合呢？他说你把与卢琼燕的恋爱经过写出来，我们佯装去胜利大队、红星大队调查一下，然后我们把你的情况说明和调查材料一并上交文教局，我再托熟人四处帮忙活动一下，这事一定可以大事化小，小事化无。不过评中一可能就不行了。

当天晚上，我思忖再三，还是写了我与小卢的恋爱经过，并在结尾写了如下一段话：我与她岁差颇大，然心心相印，爱得自由，无强迫引诱，如此恋爱，无干法纪。我一离异之人，离异于前，恋爱于后，亦无干法纪。卢琼燕年逾十八，已为成年，自由恋爱，亦无干法纪。至于我与卢琼燕曾为师生，是为五年前之事。再说师生相恋，自清亡后，最彰显的鲁迅之于许广平，其未彰显众人皆知者，比比皆是，岂独纪某一人？更遑论《中华人民共和国婚姻法》何条何款有禁止师生恋之只言片语？若有，我该当罪，受惩无憾；若无，告密者无知、无耻，调查者无知、无聊……

写好后，我封好放在抽屉里锁上。这个情况说明躺在我抽屉里两三天了，我也没交给洪主任，因为我对他的人品素来无正面评价，对他说的话疑多于信。若是其他事，可能我会半信半疑，而牵连未婚妻的前途命运时，宁可信其有，不可信其无。随着洪主任追问游说的次数增加，其"可信度"也在渐渐增高。那"说明"在我抽屉里躺了五天之后，我终于交给了洪主任。

约莫过了十天，洪又私下对我说，那个写匿名信的人，果真给大丰师范的校长写了一封信，那个女校长在一次校务委员会上表态，在毕业分配时，考虑把小卢分到边远山区李家或虎丘去。

这下子还真让我吃惊不小。当天夜里我翻来覆去总是睡不着，思来想去，想出个三步走的办法，第二天一大早，我就请假去了县城，把琼燕约了出来。当时我臆想中，她听到这些消息后，一定会震惊、沮丧不已。谁知我把事情的来龙去脉说了个底朝天，她却淡定地说道："有啥大不了的？不就是去偏远学校教书嘛。"

她如此大思想家般的淡定沉稳，真是我始料未及的。有她如此之淡定、坦然，我还有何畏惧？不过，我信奉一句话：凡事朝最好的方面努力，朝最坏的可能着想，所以我一点也不敢大意。于是我约她星期天一起去李家、虎丘看看，转一转。

星期天一大早，我俩便一起乘班车去李家乡郊游式地实地考察了一趟。

这李家虽地处大丰与大昌交界处，属边远之地，但无蛮荒之气。山清水秀，民风淳朴，一派清幽、宁静、祥和气象。我对这里的一切倒是十分喜欢的，然而此于正值青春年少的她，会有何感受呢？我试探着问她：如果真的来此工作，你觉得如何？她淡然一笑说："无所谓。"从李家回家，我又去托人找关系。我养母的一个远房亲戚在那里任校长，我请他帮忙，在日后卢琼燕分配工作时，多多关照。曾校长满口答应了。

一天下午，天快黑了。我去区里办事，见到吕委员，我对他说，卢琼燕可能被分配到李家或龙塘去教书，若真这样，我也只有请他帮忙找关系调去那里教书。

吕委员听到我如此一说，就追问这话是谁说的。我便把我们学校评中学一级教师前前后后发生的事一五一十地对他说了一遍。

他勃然大怒地说："什么羊校长、狗校长的，不经调查研究就乱下结论，乱表态处理这个处理那个，休说一个校长，就是天王老子也行不通。"说完，他就叫人去找来文教干事吕应嘉。吕干事一走到他办公室门口，他劈头盖脸地问道："纪元初评中教一级没通过，你知道吗？这么大的事，为啥不告诉我一声呢？"

"吕委员，你说啥啊？纪老师评中一，我怎么没听说这事呢？连资料也没传到我们办公室来。哎呀，纪老师，你早点来找我，我去局里给你问一问就清楚了。这时办公室哪里还会有人呢？"

吕干事一副受了委屈的样子。"好了，这事你不知道就算了，后面的事我来处理。"吕委员没把我与卢琼燕谈恋爱一事告诉吕干事，这是出乎我意料的。

"走，我们找几个人喝酒去。这个时候教育局鬼都没一个，你找谁去？我们吃饱喝足后，要不了一个小时，我就会给你弄个明明白白的。"

吃饱喝足后，吕委员说道："你们几个回家去吧，我和'纪教授'去找陈局长。"

吕委员领着我过街串巷，不多一会儿就走到大丰中学，找到陈局长的家。陈局长与吕委员是老熟人，一进门，他又是让座，又是敬烟献茶，在几句寒暄之后，吕委员就介绍道："这是大兴乡的纪元初老师，教了十一年书了，这次评中学一级教师，听说被人告了，没批准。我想来问问你这尊大菩萨究竟是咋回事儿呢？怎么师生恋爱就违纪违法了呢？你陈大局长的老婆不也是你的学生吗？这种事在我们大丰在全国还少吗？怎么在纪老师这里就成了有违法纪的事儿了呢？"吕委员气不打一处地放开了排炮。

"纪老师，虽然你我今晚是第一次见面，但你是大丰教育界的拼命三郎我却早有耳闻。吕委员说你申报了中学一级教师，但在评审会上却没有听到过你的名字。这是全省第一次为教师评定技术职称，所以我自始至终都是全程参加了，重大疑难问题是由我拍板定夺的。但为了慎重，不因我记忆缺失而造成偏差，我们还是到我办公室去看看材料再说吧。"

我们一行三人没多久就到了陈局长的办公室。他开灯从桌上堆着的卷宗堆中找出一个卷宗，翻开看了看说："分给你们区的名额是十八个，而区里分给你们大兴乡初中的名额只有两个，报上来的材料只有你们的江校长和洪主任，根本没纪老师你的评审材料。至于举报纪老师师生恋的事儿，不知是局里哪个处理的，反正我不知道。但是我认为如果真有这么一封人民来信，一定得交到评审会上来，让大家评审核定后,才能拍板定夺的,所以我敢断定,这封匿名信是不存在的。"

从教育局出来,我就和吕委员分道扬镳了。这件事真相大白了,我心里虽一时间充满了怒火和愤恨,但它们在心田停留了一会儿便消散了,因为我突然觉得浑身轻松,罩在我未婚妻头上的魔咒解除了,还有什么喜事儿比得上这个喜事儿呢?

事后,江校长和洪主任受到了区委吕委员的严肃批评。消息在教师中传开后,他们除了获得了中教一级的头衔及相应的利益,也收获了白眼和唾弃。

头衔加利益与白眼加唾弃在不同的人眼里可能有不同的比重吧!

事后不久,江校长只好黯然离开大兴初级中学,洪主任在江校长离去后不久也选择了离开,而我却一直坚守在大兴初级中学这咫尺之园圃里。评职内幕一揭开,同事们在详知内情后,除了对他们示以憎恶外,更多的是纷纷劝我道:"老纪,别傻了,莫这么为他们卖命了。""你忠心耿耿为他们卖力气,到头来反叫他俩把你给算计了,何苦呢?""把你娃卖了还不算,还要叫你帮他们数钱呢!"这些话都是好心人当着我说的。当然也有个别人背后骂我:"洗粑棒,想得奖状,哪晓得洗粑棒,却上大当。""我看他龟儿教书还会那么亡命不!"甚至有人给别人打赌说:"他眼镜还那么拼死忘命地干工作,老子手板心煎鱼给你吃。"

在此还得倒叙一段往事,以证明我对教育的忠诚。那是1987年暑假中的一天,我接到区里文教办公室的通知,去区中参加教学研讨会。

主持研讨会的是一名叫卿清的教导主任。卿主任身材偏矮但敦实,脸白皙,浓眉大眼且闪着睿智之光。

会议的主题是研究语文教学课堂模式的改革。参会人员大都是校长、副校长,最小的"官"也是教导主任,只有我是从民办转成公办没几个月的"普通一兵"。

与会的领导都讲得差不多了,但我还没有发言的意思——因为我对他们那些或不痒不痛的,或言不及义的,或阿谀奉承的发言感到很不舒服。若是我一发言,定会控制不住自己的情绪,会"炮轰"他们一气，这就可能成为众矢之的。

可就在这时，主席台上的吕应嘉干事叼着烟大声说道："我们区语文界的泰斗纪元初同志咋沉默不语啊？来，我们欢迎'纪教授'发言！"他一说完，就带头鼓掌，那些愿意的不愿意的也只好鼓起掌来。

我这个脸皮很厚的人也觉得脸发起烫来了。我只好把自己"不合时宜"的观点咿咿哇哇地讲了一气。我讲的大致意思是：教任何一门学科，不能用某一种固定的、呆板的、一成不变的方法，而应以教材的难易度，以及教材编排者的意图——即要学生"了解、掌握、运用、理解，甚至为上一级学校学习做铺垫……"来确定课堂模式及教学方法……

我说完后，吕干事又带头鼓掌，接着他做了总结。他在总结中说道："纪老师的发言，不论你们认为他的观点正确也好，错误也罢，但是他讲的是心里话，是真话，而不是敷衍我们的话……"

散会后，吕干事有事先走了，而我却被留下来在区中学——全区最高学府就餐。

那天午餐，我被编到与卿清主任和张开平老师一桌。他们几个人以车轮战术对付我这个酒之饕餮，我岂有不烂醉如泥之理？

我终于醉得站立不稳、语不成句了，但神志还有几分清醒。我非犟着回校，可当时既无出租车也无公交车，卿主任只好派人在外面公路拦货车。等了老半天，执行拦车任务的老师回来报告"不见车辆踪影"，而我这醉鬼又一个劲儿地闹着要回校。

于是，卿主任与张老师一商量，只好用他们伙食团运蔬菜的胶轮木板车送我回去。

他们在板车上铺了点稻草，把我抬起平放在车上。他们一个当"驾驶员"——拉中杠，一个当"副驾"——扛偏杠。毒花花的太阳以它40℃的高温，烤得人一身生痛生痛的，但我已醉得口不能言，哼也没法哼一声。

卿主任、张老师"足蒸暑土气，背灼炎天光"，大汗淋漓地把我送回了红星小学，这一路往返三十余里啊，真是辛苦他俩人了。

谁知此后，我竟然成了卿清主任的挚友。直到他逝世后的今天，其音容笑貌常浮现在我的眼前，出现在我的梦中。

后来，有人问我评了高级教师没有，我则风趣地应道："高级教师也值得一提吗？我的驾驶员可是副厅级，你看我是什么级别呢？"

像我这样的人，能为评职一事就放弃职业道德底线吗？

有人说："酒桌上喝不出真友情来。"我看这有以偏概全之嫌哟！

我心里没有太多的空间去容纳这些个人恩怨，更很少留有空间去积攒这些闲言碎语，因为1989年的6月就是检验我班迁到大兴是成功还是失败的时候了。我向红星村的家长们的承诺是必须兑现的，我只有忘却该忘却的一切杂念，而留下教好学生这一点点念头，才可能取胜。

第二十五章　重整旗鼓上云旌
拨开迷雾寻贤能

1988年的元月，农历腊月，天气冷而我的心更冷，一想到我班上家长拿到学生成绩通知单的那种沮丧、失望的神情，我的心就发紧发痛。我决心在新的学期迎头赶上。于是，我利用放假那段时间，走村串户，向家长赌咒发誓，我们的1989届绝不会烂在大兴初级中学，若真的发生了那种情况，我姓纪的愿意以死谢罪。一听我如是说，有的家长就说："纪老师，这真怪不得你，听我家娃儿回来说你已尽力，你为学生的学习和领导吵架，得罪了领导。"还有的家长说："纪老师，事已如此，你千万不要急，不要生气。其实我们也知道，你是在万般无奈的情况下，才答应把我娃儿他们搬过去的。"甚至有家长还夸赞我："纪老师，你真的不简单，你找乡政府讲价钱，为我们娃儿解决了吃饭、睡觉的问题，人家那些班安电都是要家长摊钱，独独你教的这个班是乡政府买单，你太雄了。"

当然也有极个别的家长对孩子成绩下降表示不满意，还有两个家长让学生转学。对不满意的家长，我表示理解；对要转学的家长，我表示尊重他们的选择，一律不强留。不强留的结果是，原来说要转学的，到头来一个也没转走。这大概就是不为而为之哲理。

又开学了，我班上原班生不仅没一人流失，反而新增加了四个新成员：杨芹，副乡长之女；蒋超，乡长之女；周峻峰，县农业局一干部之子；周秀，乡长之侄女——从成都转学过来。

真可谓一帆风顺，可就在这"大好形势"之下，却危机四伏，令我昼夜难安。排课，这是不由我左右的局势，到开学第一天不明朗。事前，领导多次信誓旦旦地说：我们乡中，中考唯一的希望就是你带的那个班，我们是绝不敢掉以轻心的。

可是，春季开学的第二天上午，我正在班上整顿纪律，武老师突然出现在我班教室门口，我吃惊地问："你来干啥？"

"教导主任叫我来上数学课！"他高兴地回答。

"不行！我不同意！"我怒吼道。

"为啥？"他惊诧万分地问。

"非要我明说吗？人贵有自知之明。"我一介草民，无法也无力让全乡的教育怎样，但我必须拼命把我带的班搞好。我曾经发过誓：我可以对不起领导、同事和许许多多的人，但是绝不能对不起我的学生和他们的家长，因为他们是那么信任我，崇拜我。

我没准武老师进我班教室，强行把他推到了教室二十米外，然后我怒气冲冲地跑到了校长办公室。

我一进校长办公室，就怒火万丈地说："校长，排课的事，你既没开校务委员会，也不开会宣布，这真令我们这些打杂匠无法明白你们领导的意图，恕我碍难从命！"

校长面有难色，想了想才说："我也是今早上进办公室的时候，洪主任才把任课教师安排表交我审查，我想开学一两天了，再也耽搁不得了，就同意不开会，直接通知各科任教师按课表到班上上课了，忘了给你打个招呼！"

我没再搭理他，而是从他手里要来了我班任课教师表，一看，我肺都气炸了。我班的外语、物理还是上学期那个老师，而数学老师却是个比上学期的吕老师水平还差的人。

"我找乡长书记去，看他们的承诺还有效不！"说完我起身就往外走。校长这下可慌神了，倏地一下站起来，伸手一抓，本是想抓我的手，可是没抓住，只抓住了我的衣袖。他急得脸红筋涨地说："不去找乡里，不用去找乡里，其实你那个班，我们很想给你把阵容搭配强大，可是这几天找了几个老师，他们都表示绝不到你班上任教。"

"为什么呢？"

"他们说，教你那个班压力大。"

"好吧！那我那个班，我自己找老师，行不？"我说出了三个老师的名字。

"你做得通工作吗？牛章明、常小林、卢庆全。"校长满腹狐疑地问我。看来，他们的确为我班上的事花了些功夫，只是眼高手低而已。

"谢谢你们了！请恕我刚才的莽撞！"我带着几分歉意走出了校长办公室。

我先来到小个子老师牛章明办公室，正好，他和常小林老师都在。

"牛老师、常老师，请借一步说话！"我看办公室人多，若请他们不成，反被人耻笑。

我把他俩请出来，把想请牛老师任我班的数学老师，常小林上我班物理课，初三时还要请常老师兼任化学课的事儿说了。

"老纪，我可是个不备课、不改作业的人哟！"外号人称"小龟儿"的牛章明说道。

"牛老师，休说你不备课，你就是不上课也行。我的要求很简单，那就是只要绝大多数的家长和学生没意见，学生成绩好就行。"

"那好，莫要到时你崽儿怒发冲冠哈！"他幽默了一句，走了。

"纪老师，你是不是再考虑一下别人？我性子急，怕教不好！"常老师说。

"我就是看上了你个性急这一点！"

"难道这还是优点？"

"当然是，那蔫茄子似的，没激情的人，配做老师吗？"我半开玩笑半认真地说道。

"哟！你好了不得啊！我偏不跟你合作呢！"

"为啥子？"我瞪了她一眼！

"我不配！"她十分认真地说。

"有言在先，没教好，可不准骂娘哈！"我正准备劝说，她见我急了，扑哧一下笑了。

"好了，莫开玩笑了，只要你认真教了，全班零分，我都不会骂娘的。"

二十分钟不到，事儿办好九分。因为外语卢老师的英语教学水平在当时还算是一流的，我找他一个年轻人合作，应毫无悬念。我去他办公室一说我的想法，他毫不犹豫地说："只要纪老师瞧得上我，我定当努力干好。"

我心里高兴得无法用语言来形容，除了找到几个我觉得满意的老师合作之外，更高兴的是：我一介布衣，得到的信任远远超过了那些自诩为"官"的人。

我找到了这几个老师，家长闻讯后无不欢欣鼓舞。

没过一个星期，我便被校务委员会任命为文科组教研组长，分管语文、政治、历史、外语的教研活动——那时似乎还没教改这个概念。

1987 年我搬迁到大兴开始，一个教英语的程老师就一直隔三岔五地找我，一时聊东，一时聊西的，后来竟然要求来与我搭伙煮饭，一会儿在我面前吹嘘其厨艺如何了得，一会儿又拿来一把"龙须面"，吹嘘其如何好吃。

开始那段时间，尽管我打心眼里瞧不起她，但还是耐着性子与之周旋，到后来，她言谈中某些意思已渐露端倪，我暗中思忖良久：她向我靠近，无非是我在大兴教育口有一定影响力，设若与我有了私情，那么我只能道其是而不能言其非了。至于其余人等，均不在她畏惧之列。

权衡至此，我已下决心直言相告于她了。一天午休时，她又窜到我办公室言及与我搭伙一事。我毫不犹豫地说：

"程老师，谢谢你的高情厚谊，本想合伙，一则可偷闲省煮饭时间看几页书，二则可以品尝到你烹制的美食，但奈何我福薄命浅。时下，我乃一鳏夫，俗语云：寡妇门前是非多。我想，鳏夫门前也定少不了是非的。若万一某天为你我搭伙共食一事，惹出漫天谣言来，于我一个臭男人倒无所谓，但你可就惨了！"我还没说完，她就急不可耐地插言："我不怕什么屁谣言，我自己的事，谁管得着？哎！你不要文绉绉的行不，什么叫鳏夫？我不懂。"

"鳏夫！就是单身男人。"我解释道。心里骂道：不学无术的女人，但口里却继续说道："社会舆论你可以不怕，难道你不怕你家先生与你说再见吗？即使你不怕，我却是畏惧万分，因为我怕我家琼燕与我喊拜拜。"说完，我见她仍无去意，于是起身说道："我查学生午休去了。"就把她一人撂在办公室里，一走了之。事后我把这事给琼燕讲了，她笑了笑说："不就是搭个伙吗？有啥了不起的。"这真是个未经世事的丫头啊！

事后，她不敢再说什么搭伙的事了。可是没多久，她又找了一档子事缠了上来。她三番五次来找我，要我去听她的英语课，前几次，我都以听不懂英语为由拒绝了——这既是真实想法，又有不想与其为伍的念头。因她在教师中的名声不好，但她的脸真比城墙转弯处还厚。她一时恭维我学富五车，哪有不懂英语之理；一时又说，你纪老师身为文科教研组组长，来听我的课，为我指出错误，是你职责所在；一时又说这事儿她已经多次请示了教导主任的。最后这一说法，引发了我的联想：莫非其二人串通一气，要我出丑吗？如是一想，倒勾起了我斗一斗的欲望。

想到这里，我决意去听她的"精彩无比"的英语课了。

"好吧，既然'大官们'定了，那我就遵命而行吧！你看下周如何？你先准备准备。"我淡定地说道。她点了点头，事儿就算定了下来。

到了听英语课那天，我叫来了另两个英语老师，等我们刚一坐定，教导主任也进来了。

她那天上的是复习英语语法中的宾语从句和状语从句。这两个知识点，她足足花了两节课，九十分钟来复习。我心里真十分反感她如此低劣笨拙的教学，但还是耐着性子听完了课。

听课之后，就应进行研讨环节了。按规定，先由授课老师自述其如此授课的设想依据，以及预期的目标和实际达到的目标，然后由听课人一一点评。

当然，我们也按程序进行。授课者自吹自擂一番之后，由两个英语老师点评、质疑并提建议。两个英语老师很有古贤遗风，都说程老师讲得很好，我们今后向她学习就是了。然后洪主任要我提出重要意见，我推辞再三，坚决不肯就范。于是洪主任就欺我听不懂英语，大吹大擂了一气。这下子真让我怒从中来：你一个搞业务的领导，怎么瞎说一气呢？

他吹捧完那胖女人之后，又谦虚万分地说："我对外语，是扁担吹火，一窍不通，我们纪组长在文科教学上，不仅在全区是顶尖级人物，就是全大丰县也是排得上号的，还是听纪老师一锤定音吧！"

这一下，我决定不再退缩了，我下定决心要让这一对男女好看，于是我说："于英语一科，我岂敢造次——班门弄斧，以见笑于大家……"

"那就……"我话犹未尽，洪主任就想趁势宣布散会了事，谁知我未等他把散会两字吐出，就立即话锋一转：

"不过，我还是想抛一块砖，引来在座诸位的满山美玉。"顿了顿，我就随心所欲地讲开了："今天程老师讲的复习课，复习的内容是英语句式中的宾语从句和状语从句。但好在我们的现代汉语语法是从英语语法中衍生出来的。如果我没记错的话，我国古代没有汉语语法，清朝马建忠先生留学英国，在研究英语语法的基础上，写出了中国第一部语法专著《马氏文通》，我对中国现代汉语语法略知皮毛，故就不揣冒昧讲点鄙陋之见，但愿不见笑于洪主任这样的大方之家。"说到这里，我停了一下，喝了口水，扫了一下程老师与洪主任极不自然的神态，其实他们今天搞这个教研活动，就是欺侮我不懂英语，要么让我出乖露丑，要么让我顺着他们的杆子往上爬，为程老师的外语教研课点赞点赞，使之日后评职时有一两根救命稻草。岂知我将中外语法加以联系……这下他们就阵脚自乱了。

"在我看来，今天程老师这两堂所讲内容只需一节课甚至二十五分钟就能完成，白白浪费了师生几十分钟时间。为什么这样说呢？我认为这堂复习课应该是：首先用十来分钟，让学生将学过的知识系统化——也就是将其学过的两类从句的知识整理出来，比如这两类从句，有哪些小类，有哪些变式，各需要哪些引导词。教师在学生归纳总结的基础上或查漏补缺，或选其难点重点加以突破。接下来则是让学生质疑，最后下发复习作业，用二十来分钟时间完成，再当场检查反馈。下课再选上、中、下三类学生的几本作业详改详查，找出需重点补救之处……"我还没讲完，随我听课，刚才隐恶而扬善的两位老师就为我鼓掌喝起彩来了。掌声一停，我立即说道："一孔之见，仅供批评指正而已。"

这时，洪主任脸上红一阵白一阵地说："老纪真是中外通吃啊！"

这个教研活动就在他言不由衷的赞扬声中宣告结束了。

这件事过后，程老师气焰有所收敛。然而，当时大兴乡中的政治生态也就是由洪主任操纵的校行政，基本上实行以其为中心，"顺昌逆亡"的策略。对我，他们极为克制，因为在评职一事上，我虽被他们糊弄了，但我很快查清了事情的真相，使他们明白了一点：姓纪的这个外乡人，虽然在大丰无一亲朋故旧，但还不至于是老病唯孤舟之人。所以他们一再向我挥动橄榄枝。他们的示好，并没让我对他们有半点好感。在评职风波之后，他们的丑恶嘴脸暴露无遗，但他们还期冀将坏事变好事，那就是让我知难而退，与他们合污而同流，最起码也要打击我的工作热情，谁知我是个弹簧似的人，压得愈凶，反弹愈烈，压力愈大，我的内驱力愈旺盛，这是他们所料未及的。

但他们欺凌弱势的行为令我不齿。学校有个汪老师，面容姣好，身材苗条，且教学能力强。但因其娘家出身寒微，其夫家仗势欺压于她，她愤而离婚。她离婚后，洪主任觊觎她的美色，然而该老师却是高洁自守之人，于是洪主任就怂恿其爪牙利用一切可以利用的手段向她施压。比如利用程姓英语女教师，记出勤时，有意将这个高颜值女老师及与之相好的几个女老师记上迟到或早退，被发现后，这几个女老师要求更正，而这个记出勤的女老师不仅不改正，仗其有后台撑腰，反而出口伤人，更为甚者，暗中为离婚女教师编造绯闻。

在双方闹得不可开交时，洪主任佯装好人，出面调停。那天，双方齐聚校长办公室，而我这个职代会执行主席，自然也要叨陪末座的。

对垒双方一来到办公室，便针锋相对地指责对方，可是说着说着，洪主任的走卒就口出秽言恶语，于是两人便如村野泼妇式地相互辱骂起来。程说时迟那时快，肥胖身躯快捷地左右开弓，啪啪地甩了汪老师两记清脆而响亮的耳光。汪老师一回过神来，两人便扭打成了一团。洪主任一见程老师占了上风，便佯装喊道："不准打架。"一体育老师冲上去，想从中把她二人隔开，可是交战双方混战成一团，他不仅未能成功地开辟出缓冲区，反而被重重地误伤了两下。

"哎呀，你们也太凶了！你们打呀，我看你们打就打出个结果来了！"体育老师一面咕噜着，一面脱离了战斗。

"你光凭力气大是不行的，你看我一出手，管叫她们刀枪入库。"已退到门外观战的我对那个体育老师说道。

话没说完，我已转到程老师的背后，用双手抓住她的长发，同时右脚站稳，左脚踮起，膝盖直抵她肥臀上边的腰眼处，一声猛喝"松手"，程老师在剧痛之下，不得不松开她揪住汪老师的手。程老师一松手，我乘机插入交战双方中间，大声吼道："洪主任，我们一人拉走一个吧，待她们气消了再来论是非曲直！"这时程老师破口大骂："纪眼镜，你拉偏架。"

"硝烟散尽"后，人们私下议论："纪老师见汪老师落下风才出手的，他是个是非分明的人。"也有的说："你莫看老纪身材矮小，又黑又瘦，可手上的力比彪形大汉的体育老师还大。"更有人说："你没听他们红锋村的人说吗？人家老纪前几年学过武术的，打起架来三五个人可近不了身的。"……这纯属坟场里卖布——鬼扯。

第二十六章　为小利乌烟弥旷野
守初心静气满心田

　　眼瞅着 1988 年暑假来临了。大兴初级中学也掀起了"狠抓教学质量"的热潮，那就是利用寒暑假认真为学生补课，不过这种补课是要收费的。但上级又明令禁止有偿补课。而我这个老顽固，始终坚守从教初心：要补课就尽义务不收费，否则就有辱斯文。我的想法、做法虽不无道理，但毫无情理，因为物价涨而教师的工资却低得可怜，且三五个月甚而一年半载也拿不到，在如此境况下，用自己的休息时间为学生补课，每日收五元、十元的补课费，全在情理之中，可肉食者却高举"禁令"之大棒。我有此种认识就决定了我对收费补课的做法，认同而不愿与其同流。

　　于是他们收费补课，我补课却绝不收费，所以他们把我视为异端另类。我不管他们如何看我，我行我素，常以"走自己的路，让别人说去吧"来安慰自己，鼓励自己，守住自己之"心"。

　　但是，在"一切向钱看"的畸形大潮席卷神州大地时，守心者式微，而失道者如雨后春笋。这并不是普通人的过错，因为任何一个思潮的形成且流行开来，是需要一种特别巨大的权力做支撑的，何况人性中的"贪"是我们这样的小人物和大人物都具备的，只是所贪不同而已。既然如此，为钱者顺流而下，识时务，是智者；而卫道士，则逆流而上，则是不识时务，不通机变，是愚者；而我纪某人，既愚且痴，是为痴愚。

　　钱是个好东西，谁不爱？家长爱，教师爱，校领导更爱，我也爱。所以，交钱出来的一方，极不情愿；收钱的一方，付出了分外劳动，应有分外的收入，理所应当。而亲自打开潘多拉盒子的人，又怕遭非议，怕失去手中的权力，于是又想出一些杠子、棍子对某一方加以制约。这样就形成了一种奇怪的现象：家长希望子女成龙，希望教师无偿补课最好，实在不愿意尽义务的，大多数家长也能忍痛出血割肉，而小部分家长则或穷到骨，或吝到家，于是交了钱后又上告。一上告，上级不论合理与否，只以你违反其规定没有，若违反了，那就"退钱"吧！收进袋里的一张张票子，早就计划好，用其买这样订那样的，这下子计划泡汤了，你说谁不义愤填膺？

说实话，老师补课，付出了劳动，收取适当的钱作报酬，何错之有？何罪之有？当然前提必须是不能课内不认真教，留待课后补；第二必须是学生家长自愿，教师不能施压或"苦劝"。

他们这群失败者——钱退了，还付出了一些劳动，总得找到一个地方发泄发泄，出出这口恶气，找谁呢？找那个告密者。这告密者是谁呢？家长！但家长那么多，不好确定目标，更不好发泄！那就找一个近且又好攻击的人，这不失为最佳选择。谁呢？我纪某人。为什么呢？原因有二：一则是其从 1977 年至今日已有十余年了，他纪元初为学生补课的开山祖师爷却从不收费，现在见别人收钱，心有不甘，便举报；二则是纪元初常把"君子爱财，取之有道，小人爱财，拉着手要"挂在嘴边，一副卫道士的丑恶嘴脸。你看向上级举报，舍他还会有谁？

于是他们便明枪暗箭齐发，十面埋伏密布。只要有时机，他们便对我冷嘲热讽，大有炸平玉龙山之势。面对衮衮诸公，我坦然，并不以为然。有人问我："是你写的举报信吗？"我答曰："或许是吧！"问者曰："何为或许？"我答曰："我说不是，你信吗？"就连平常与我最铁的张老师也曾委婉问过我："纪老师，我想不应该是你吧？"

这些起于青蘋之末的言语，对于我有如东风射马耳。

这个 1988 年的暑假，还真不平凡，这起告密事未了，另一起事又出现了。

这件事也是我自己招惹出来的。1988 年 6 月中旬，省教育厅发文到县文教局，要求选送一批青年到大学离职进修。当时，大兴乡初中、小学都是在被遗忘的角落里，而我义姐之子，中师毕业很想外出深造，于是当天夜里，我赶到区里找到分管领导吕委员，他答复说外出进修的名额早已分配下去，没办法了。

我说，不行，反正你得想办法帮我解决。因为在我生计困难的岁月里，我义姐在精神和物质方面都给了我大力扶持、帮助。眼下我帮她儿子这么一点小事也做不到，太丢人现眼了，更是忘恩负义。在我百般纠缠下，他只好出面找来县文教局教育股长陈云泽。陈股长说，不好办，名额都分下去了。吕委员说："陈股长，不管怎么说，这个忙你都得帮，纪教授在我这纠缠不休。"

后来陈股长就亲自打电话四处协调，好不容易才从四区挤出个名额来，使我侄儿如愿以偿。可问题出来了，我侄儿教我班上的外语，还教得不错，他下学期一去离职进修，谁又来上我班上的外语课呢？很显然，眼下，大兴乡中那几个英语老师是绝对不行的。

正如俗语所说：运气好时，瞌睡来了，就会遇上枕头。暑假的一天上午，我在县文教局学习，突然听到外出方便回来的一个同事说，外面有一个高个子男人找我。

我急匆匆地来到文教局大门口，一个高个子、皮肤微黑的中年男人向我走来。

"纪老师，你好，我叫邹志武，是九区初中的一名英语教师，我老婆在县城工作，想调到大兴中学来任教，我四处打听怎样才便捷一点，有人说你哥子在乡里、区里都有信誉度，所以不揣冒昧地来找你帮忙，请莫见怪。"

"你找过我们校长和洪主任了吗？"

"找过两三次，他们似乎不很热心，他们推说这事要乡里和区里批准，他们说了不算数。前几天我又去找他们，正好他们在车站候车，他们还是说他们做不了主。他们走后，旁边有个老头说：这两个光拿冤枉钱，不管事。你去找纪眼镜嘛！莫看他是个老师，乡里当官的信他那包药。所以我才来找你。"

我一看表，已经中午十一点四十了，于是说："走！今中午我做东，请你兄弟喝酒。"

我们来到十字口百货公司旁边的小餐馆。那里的粉蒸羊肉很有名，我点了几屉羊肉蒸笼，还点了两个菜，要了一斤白酒，与他边吃边聊，聊得很投机，大有相见恨晚之意。临别时，我表态说："放心！这事包到我身上。"

这下我放心了——侄儿离职进修，这里邹志武就顶上了。

可谁料到，我们学校的校长和洪主任，成天都在思谋钻营什么时候调离进城到一个收入更高一点的单位工作，谁有心思管你学校的教师配备？我几次向他们汇报，得到的回答，都是标准化答案：你办了就是。

这是人话吗？叫我办事，得给我钱啊！请人吃饭要钱，疏通关系要钱，外出跑调动手续要车费。我问他们，这些学校给报销吗？两人又给出一个标准化答案：办公经费紧张，你先垫着吧。

我再也不屑于向他们汇报什么工作了。我去向乡政府汇报邹志武调大兴乡中一事，得到的答复是：全力支持。我去向区里文教干事汇报工作，得到的承诺是：需要我们干什么你就直接提出来。我去向区委分管领导吕宏良委员汇报，得到了一句答复：只要是能干的，调进来就行了。

但是，都是各唱各的调，各吹各的号，究竟如何办理，我还是一头雾水。于是，我做出一个决定：在我未来的岳父家弄一桌酒席，请他们钓一次鱼，醉他一顿再说。这次活动共花了我近三个月的工资，共计二百四十多元——当然，其中大部分是我向同事借的。

不过这是一箭双雕之事：一是把邹志武调动的事弄出个眉目来了，二是向岳父一家展示了我不错的人缘关系——值。

根据他们的指示，我捎信给邹老师，请他写调动申请，交九区政府文教办公室，我们区同时发出了商调函件。可是问题出来了：他们区的宣传委员坚决不同意邹志武调离。理由正当：他们区也缺英语教师。

这件事一卡壳就是三个多月。眼看就要开学了，我班的英语教师还没着落。一个同事对焦急万分的我说："你一不是乡长，二不是校长，没教师上英语课，与你一毛钱关系都没有。"

这叫什么鬼话！谁说我不是什么"长"，我不是学生的"师长"吗？我不为他们负责，谁为他们负责？我不为他们着想，谁为他们着想呢？！

我和邹老师东一趟西一趟，不知跑了多少趟，那个姓杨的委员就是不签字。送礼不要，请吃不到，好个清廉自守的主啊！

最后，我终于想出了一个办法，那就是找他的上级。这个区的区委刘书记曾经是我养父手下的一个广播员。于是我假借养父的名找了区委刘书记，刘书记听了，笑着说道："兄弟，这事又不涉及原则问题，你放心好了，今天之内给你落实好。"

书记说到做到了。这时已是 8 月 29 日。调动邹志武老师的同时，我也为卢琼燕的工作分配劳神。按惯例，开学前各校都要召开开学工作会。但琼燕具体分配到哪个学校工作还没有确切消息。

前次，我外出李家找学校这件事，后来被区委吕委员知道了。吕委员严肃地批评我说："你对小道消息太敏感了，你离了婚与原来教过的学生结婚，有错吗？谁敢说把卢琼燕分到最偏僻的地方去，我不找他说个青红皂白，我就不姓吕。"

分配时，吕委员兑现了他对我的承诺，我未婚妻分回了大兴乡任教。但具体分到大兴乡哪所小学呢？这就不是区里管的事了。

8 月 22 日一大早，我在操场边散步，小学中心校寿校长对我说："眼镜儿，你家燕妹子，还是给你分到中心校，你在初中，她在中心校，一起吃饭好一些。"我打心眼里高兴，连声说道："寿校长，感谢！万分感谢！"可是到了中午又一次碰到他时，情况突然逆转。

"哎呀，不好办得很，中心校没办法安排你家燕妹子，就委屈她到清溪村小去吧。"他说完，转身就走掉了。我知道这是因为我礼数没走到的缘故。我一个刚转正没几天的人，何况大手大脚惯了的，哪有积蓄来送礼啊？就是有钱，那时要我为此送他千儿八百的，我也是不屑于做的。

说实话，安排到什么学校教书并不是什么天塌地陷的大事，忍下这口恶气，也就算了。可是我却是一个宁可输个脑袋，也不愿输只耳朵的倔强人。我当初要调离大兴，可是乡政府强留我下来的，并信誓旦旦地承诺了若干条件，特别是承诺了我未婚妻毕业后分配到乡中心校任教这一核心条款。如今，一个校长说不行就不行了，这真是"是可忍孰不可忍"。

我顾不得吃中午饭，就怒气冲冲地跑到乡政府，找到了党委曹书记，向他反映了我未婚妻被分配到村小去了。曹书记听了，说道："这怎么行呢？前任书记、乡长调走，在工作移交时，再三叮嘱我们，要兑现他们唯一还没来得及兑现的承诺：把琼燕分在中心校任教。"接着。他就对通讯员小姜说："你去把寿校长和程副校长请上来吧。"

不一会儿，两位校长来到曹书记办公室。他们一坐下，曹书记就轻言细语地说道："寿校长，卢琼燕分配中心校任教，是上届党委书记和乡长承诺了的，我能不兑现吗？"

这时寿校长斜倚在长条木椅上，佯装喝醉了：头耷拉着，双眼似睁非睁，似闭非闭，似睡非睡的。书记说完，他佯装没听见。程晨光副校长望了望曹书记，又斜眼看了看我，眼神里似乎传递着这样一层意思：你们看，他像当校长的吗？

"寿校长，你真的醉了吗？"曹书记脸上有点挂不住了，夹着几分怒气，大声地问道。

"哎，哎呀，今中午……真……真的……多……整了几杯。"寿校长装得有板有眼的。

"寿校长平常都是海量，狂风巨浪都没翻船，咋今中午在学校伙食团，也不过三杯两盏就醉成这副样子，莫不是喝了假酒啊？"程副校长意味深长地说完，狡黠地看了看我，又看了看曹书记。

"程校长，中心校的岗位都安排满了吗？"曹书记问道。

"我不是很清楚，也可能安插得差不多了吧！"他不是说的安排，而是说的安插，并把插字说得特重，音也拖得老长的。

"不过，我看就是安插满了，也是有办法的。"程副校长没等曹书记问，又补了一句。

"想得出啥办法？"寿校长一下子抬起头，睁开眼睛，黧黑的脸上挂着怒气望着程校长说道。

"你叫我分管的农村文化这个板块不是可以招小学复习班吗？"程校长毫不示弱地答道。程毫不示弱是有本钱的，他教书认真负责，培养的小学生不仅品学兼优，大多数都能写一手漂亮的钢笔字。你莫看他滴酒不沾，但他能说会道，人缘特好，特会办事，总之是个精明能干的角色。

"寿校长，你看这事这样解决不是很圆满吗？既照顾了纪教授的夫妻关系，又兑现了上届领导的承诺，两全其美……"曹书记话还没说完，寿校长不再装醉了，呼地一下站了起来，盯着我愤愤地说："啥子夫妻关系啊？有结婚证吗？"

"怎么，你们还没办结婚证？"曹书记吃惊地问。

"没有，琼燕离法定婚龄还差两个多月哩！"我不好意思地说。我心想，我眼下穷得叮当响，哪有钱来摆结婚酒呢！

"这个，这个结婚证应该不是问题，待会儿我叫王文书给你们提前办了就是。"曹书记爽朗地笑了。接着他又说道："他们喊你'纪教授'，刚调来时，我还不知就里，后来我下村去，不论走到哪个村，只要一提到教育，没有人不夸你的，这下子我才知道，你还真的担当得起'纪教授'这个雅号，所以我打心眼里敬重你。"

话一说完，他就回过头对通讯员说道："去请王文书到我这里来一下，然后你去曾三那里订两桌酒席，晚上，我们给'纪教授'办个结婚宴，寿校长你和班子成员可不能缺席哈。"

两位校长面露惊愕的表情，但他们心里是什么滋味，我就不得而知了。他们离去后，王文书进来了，和她一起进来的，还有她家先生——乡武装部长。

"小王，你去给纪老师和小卢老师把结婚证办了，小卢还差两个月满二十岁，就不写卢琼燕这个名字，写她原来户口那个名字，不说早满二十了吗？"

王文书向曹书记点头示意后对我说："纪老师，随我来吧！"

"纪老师，你去称两斤喜糖，乡党委政府各办公室'摇动摇动'一下吧。"我临出门时，曹书记又叮嘱道。

哎！真是亲如兄长啊！要知道，我和他非亲非故，在这事之前，我从没和他打过交道。他为什么对我关心得如此无微不至呢？这就是那一代清正廉明的党委书记啊！

在乡政府为我举办的婚宴上，我喝得酩酊大醉——因为我心里充满着荣幸、骄傲与感激。可就在当夜，我被酒精浸泡了神经也没麻木，反而异常活跃，一个劲儿地自问：曹书记他为什么对我这么好？

后来，在教师大会曹书记的讲话中，我终于找到了答案，他说："……我们乡党委、乡政府一定会努力把党中央、国务院关于尊重知识，尊重人才的指示落到实处。落到实处，就是要从小事，从身边的事做起，为我们身边的人才排忧解难……在我们大兴乡，纪元初老师就是个难得的人才，虽说他学历不高，资历不深，可是他爱钻研，动脑筋，在工作中敢闯新路子，敢说真话、实话，工作兢兢业业。他很受学生爱戴、家长拥护……当然，也有人嫉妒他。能受天磨乃铁汉，不遭人妒是庸人嘛……"

曹书记在大兴乡工作没多久就调走了，在他任职期间，我没机会也没能力请他吃一顿饭，更没送他一分钱礼物。俗话说：得人点滴之恩，当以涌泉相报。若从这一点来看，我是否有缺失呢？我不能回答自己。

他的晚景落寞而凄凉，但他很淡定。他一儿一女，儿子在一次施工中被电击，因公遇难。尽管他有退休金，但因退休较早，收入不高，加上他女儿收入也不高，生活很拮据。我知道后，请他回学校工作，可他又觉得给我带来不便，不利于我工作，执意不来。

他，就是这样一个令人尊重、值得我永远怀念的农村基层干部，一个真正的共产党员。

第二十七章　好歹难中儿女意
可怜天下父母心

　　我再次组合家庭后，日子过得虽然清贫，但十分愉悦，因为妻子与女儿很合得来，从没闹过别扭，在不认识她俩的人眼里，她们就像和睦相处的姐妹俩。可是，不久后发生的一件事却打破了和谐家庭的宁静。

　　这件事说来话长，女儿从读小学开始，我就十分注重她的阅读与写作培养，加上她天资还算聪颖，所以语文成绩特别好，初中一年级时，在团县委举行的民间故事大奖赛中，她的一篇《金竹寺的传说》获得了全县一等奖。

　　可是，在 20 世纪 80 年代西风渐劲，东风式微，国门大开，图书出版业空前繁荣之时，一些少儿不宜的书籍也狂潮般地冲毁学校的意识堤坝，侵蚀着青少年幼稚的心灵。其中以一些脂粉味夹杂着血腥味的武侠小说，一些此情只应天上有的言情小说为害尤烈。

　　我女儿——一个聪敏并十分敏感的少女自然也难逃此劫。1987 年，我因病住进了大丰县人民医院。其间，每到下午或晚上，学生就会三三两两地来医院看望我。一天晚上，一个女同学告诉我：霞儿与一男生早恋了。当时，我有几分不相信。可仔细一想，可能是真的。如果是真的，那么这一切可都是我的善良惹的祸。

　　说起来这男生也怪可怜的。他父母长年没在家，没办法照顾他。因此，每到星期天，这个孤苦伶仃的青年，只好回到农村空荡荡的家。这事儿被我知道了，我就对他说，周末你就不回家，就在我家吃住吧，用农民的话说：没啥大不了的事，添人添双筷子而已。这样，这小子就常和小女一起学习玩耍了。难道他们真的早恋了？

就在第二天下午，这男孩与女儿来医院看望我。我趁四下无人，问起他们早恋之事。他们二人既没摇头否认，也没点头认账，算是默认了。于是我语重心长地给他们讲了早恋的危害，最后告诉他们：

"你们还小，不知道什么是爱情，这个时候，你们在家长、老师的反对声中，甚至高压下，也拼命去爱；可一旦你们真正懂得什么是爱情的时候，你们却失去爱的权利了。我不是一个封建道德的卫道士，如果你们到了法定婚龄，你们恋爱也好，结婚也罢，我绝不会阻拦，口说无凭，我可以给你俩写一张今后不干涉你们婚姻自由的保证书。"

他俩听我说得恳切，也在情在理，于是两人各自发誓斩断情丝，不再往来了。对此，我也就没再追究了。但我告诉他们，我是最恨不重承诺的人了。

1988年8月底我再婚后，女儿没住处，我只好给她另寻了一处，让她和班长管琼住下。

管琼是班长，许多时候中午都要守着同学完成作业或者背课文，所以她一般都不睡午觉，只有下夜自习才去和我女儿一起睡觉，所以女儿就在曾三爷那里借了许多言情小说来看，并看着了迷。

这一切，我这个忙于工作的父亲一点也不知情。

1988年深秋，经过家长讨论，我准备带我班上的孩子去双江旅游。

在去双江旅游之前，我召开班委会，把去双江旅游的想法向班委会提出，得到了全票通过。大家热情很高，当即成立了领导小组：纪元初任组长，班长管琼任副组长收钱管钱，纪检组组长管账记账。同时还通过了我提出的八项旅游纪律，以确保师生生命财产安全。接下来，就是愿参加的自愿缴费登记，除了有特殊原因不能参加的四人以外，其余都愿参加。

一切准备就绪后，我们择日乘汽车到八区乘火车到双江。到了双江，我们便在菜园子火车站后面的一个小巷子里找了一家私人小旅馆住了下来。

那次，我带着学生参观渣滓洞、白公馆，凭吊革命先烈；游鹅岭，看两江，饱览大好河山；进罗汉洞，逛解放碑，领略古今文化……

其间发生了几件值得一提的琐事。

一件事是十元一碗的天价稀饭，三十元一碗的三鲜面。

在去双江之前的主题班会上，我就告诫班上的全体学生：出门在外，脚踏陌生地，眼观陌生人，逢事先问清楚，才可免上当吃亏。那时的社会时尚风气，归纳成五个字："一切向钱看。"讲天地良心、商业道德的，常常被人视为傻子或精神病患者。可真是病态的风气决定着病态的是非标准。

农家孩子第一次进大都市，看见一切都是那么的新奇，那么的美好，甚至围着绿漆铁皮垃圾桶也要看半天，比起刘姥姥进大观园闹出的笑话还要多。

当天晚上无话，第二天一大早，我们从菜园子上三岔口。上三岔口有两种方式，一是爬高高的石梯，二是乘索道车。学生一致要求徒步拾级而上，在三岔口的石梯两侧满是小商铺或地摊，有高声吆喝叫卖的，有低声吟唱讨钱的，有招旅客住店的，还有讨价还价的，甚至有看相的、算命的、卖艺的……总之应有尽有，无所不有。

我们这条小小的长龙，一走进这人流大海，顿时被巨浪冲了个七零八落。好在事前编好了五人小组，指定了一个精明能干的人任组长，并规定了，只要外出，班长和纪检组组长先行，我和妻子带着女儿殿后。

我们一家三口，还有三两个学生走进石梯旁一家小面馆吃早餐。刚一坐下，老板手拿食谱，满脸堆笑地走来，滔滔不绝地报起了早餐食品的名字及特色，但就是没报价。我一思忖，这家伙想吃诈，我佯装"乡老坎"，为我们这一群人点了一碗三鲜面。面一上桌，我就招呼大家不忙动筷子，而是把老板"友好"地请到桌前，毕恭毕敬地问道：

"老板，请问这面多少钱一碗？"

"三十元，少不哄，老不欺。"老板满脸奸笑道。

"老板，我点的可是三鲜面。你这面里除了两小片嫩南瓜、一小片西红柿、几小片葱叶之外，还有什么可称'鲜'的？"我用手扶了扶眼镜说道。

"老子这就是三鲜面，不是三样新鲜的吗？"老板的奸笑没有了，取而代之的横肉堆缝里挤满了怒容地吼道。

"老板，不要出口伤人，什么老子儿子的。常言道，有理问得君王道，无理哪怕你音量高。"我镇定自若地说道，"老板，素三鲜应是冬笋、木耳、黄花，荤三鲜应是肝尖、肚条或鸡脯及其他的肉食，海三鲜也应是三种海味食品……你这是哪家的面食谱呢？"我侃侃而谈，最后我又补上两句："老弟，做生意出门在外，五阴六阳要分开，若是一味胡乱把客宰，早晚会把跟头栽。这几句顺口溜奉劝于你，你千万不要把我当作'乡老坎'打整哈。"我一说完，老板横肉堆里的怒气跑走了一大半。我看气氛有了缓解，笑着说：

"这个年头，大家生活压力都大，你看这面还是三十元一碗吗？"我仍然不快不慢地说道。

"哎呀，看你老哥说到哪里去了，刚才我不过是和你们开玩笑，哪有三十元一碗的面呢？一块五吧！"他横肉堆里的怒气消失殆尽，继之的是满脸诌笑。我明知这家伙多收了五角钱一碗，也没再和他理论，因为当着学生和新婚妻子的面。

我们付了钱，走出店来，没走几步就碰到了几个吃了早餐出来的男同学，他们一边走一边愤愤地骂道："简直是抢钱啦！十元钱一碗稀饭，咸菜还得另加钱。"

"我不是给你们说过遇事必先问吗？"我笑着说。

"我们问了的，卖稀饭的笑着向我们摇了摇一根手指头，我以为稀饭是一元一碗呢。"江才刚苦笑着说道。

"拿钱买个教训吧。从这件事上，你们能想起我平时给你们讲的哪一句话来？"我朝他们笑了笑说。

"想起'世事洞明皆学问，人情练达即文章'来了。"几个人几乎是异口同声地说了出来，我满意地笑了。

第二件事是发生在学生们返程那一天，那天中午我们在校场口吃过午饭，搭上公交车往菜园子火车站赶去。傍晚时分，学生在班委会干部的带领下，全部返回大丰，而我和妻子却还要在双江玩两天，权当"度蜜月"。要知道他们乘火车到了八区火车站，还得乘三十五公里汽车才能回家。那时可没有任何随时可以联系的通信工具，可以沟通和联系的，真可谓是一群胆大包天的师生——哪有什么安全紧箍咒，又哪有那么多安全事故呢？

校场口一上公交车，管琼就掏钱买票，由于社会经验不足，忘记了出发时我对她的叮嘱，掏钱时不经意就掏出了一大把，这无疑会引起"钳工"的关注（钳是钱的谐音。20世纪，人们给偷钱包的扒手，取了个美妙动听的名字"钳工"。这除了钳与钱谐音外，另也象形。扒手偷钱时，常常是伸出食指和中指，极像钳工用的钳子）。果然，我发现一个衣着时髦，手拿一张《双江日报》，二十七八岁的英俊青年，眼神游移在班长揣钱的部位。好在学生们都记得我临行前会上的交代：在车上和行走时，你们一定要在保管钱的班长周围。所以，"钳工"一直没得手，但他就一直惦记班长包里的那一大把钱，也就一直恋恋不舍地跟着我们下车，跟着我们到了火车站售票厅，看着我们买好票，又跟着我们来到餐馆。

这时，我已想好了对策，决意出手了。我悄悄地对妻子耳语了几句，就在妻子疑惑的目光中离开了学生群，几步走到那时髦青年面前，礼貌地、轻声地说道："小兄弟，借一步说话。"

他吃惊地望了望我，迟疑了一会儿，最后还是随我走了。我带他来到一个僻静的地方站定，缓慢而镇静地对他说道：

"小兄弟，你跟踪我们这么久了，够辛苦的了。可能还没吃晚饭吧！这里哥子送你五元钱，兄弟你拿去吃碗饭，买包烟抽吧。"他惊恐地看着我，不敢接钱。我笑了笑说：

"老弟，我这帮学生都是乡下穷孩子，没多大油水，你就别跟梢了。我前些年由于生活所迫，也曾混迹江湖，当然与老弟你干的不是同一工种。我也摸过，不过，我摸的是别人的手腕——看病。好了，明人不做暗事，我话说到这份上了，这钱你接不接就随你了。"说完我把钱再次递给他，他笑了笑说："好，今天遇上老江湖了。"他接过钱走了。

我放心地笑了。因为"钳工"——这种人大多数是重承诺的。他接了我的钱，就是不再打班长管琼主意的承诺。回到妻子和学生身边，我把刚才发生的事情对他们大致讲了一遍，告诫他们出门在外，不要只顾看自己袋子，要看你周边人的招子（江湖黑话）——眼睛。别人用眼角的余光，瞅你装钱的袋子，那他就是在想你的票子了。

送走了学生，我和妻子回到了旅店，在言谈中，我说女儿这次与我沟通很好，她还是听我的话的——博览杂阅，这次不仅买了本唐诗，还买了本地图册呢！岂知这小家伙心机够深沉的，我自以为是老跑江湖常在外，五阴六阳分得开，谁知这回却被一个黄毛丫头耍了呢？

我原计划等学生回校了，我与妻子在双江玩个三五天，可是只玩了一天就急匆匆地返校了，因为十分担心学校工作。

回到学校，我心里十分惬意，同事们都夸赞我班的学生素质高，特别是班委会一班人胆大心细，组织能力强，在学生中有号召力，有威信。听到这些夸赞，我口头上总是谦虚一番，但心里却充满着自豪，觉得甜滋滋的。

特别是女儿，自从从双江旅游回来，似乎变得懂事多了：学习比以前更努力了，甚至还争着抢着干家务活了。

那时，我工资不高，刚参加工作不久的妻子工资更低，加上我抽烟、喝酒要花钱，应酬要花钱……所以能花在吃穿上的钱就有限了，很少买肉吃。

一天上午，我买回了两斤多猪蹄髈，亲自下厨，打理好清炖起。一家三口乐呵呵地吃着，妻子说女儿正在长身体，我工作负担重，身体弱，一个劲儿地朝我父女俩碗里夹肉，女儿也十分懂事地说："琼燕孃，你牙齿不好，吃瘦肉卡在牙缝里不舒服，肥肉你多吃点，老汉儿你爱吃瘦肉，这一块好。"她一边说一边也往我和妻子碗里夹肉。一家三口，你推我让的，十分和谐，其乐融融。我心里的高兴劲儿真是无以言表。

第二天下了晚自习，我正坐在办公桌前专心致志地改作文，女儿兴冲冲地跑到我办公室兼寝室来嚷道："琼燕孃，电熨斗在哪里？我用一下。"

"在衣柜里，你自己拿吧！"心里从没设防的妻子在里屋应声道。衣柜门朝我办公桌，一个衣柜一个文件柜就把一个十八平方米的办公室隔成了两间，里间是我和妻子的卧室，外间就是我的办公室，这在大丰当初的农村初级中学可是高级别的待遇了。不一会儿，女儿又跑进来，打开衣柜说："琼燕孃，熨斗我放在原处了。"

一夜无话，第二天上早自习，我一清点人数，见女儿座位上空着，我问管琼，她回答说："我起床时，她还在睡，叫她起床了，她说还要睡五分钟，我想可能病了吧！"

哟，小家伙病了吗？我的心一沉。我把学习任务布置了，就急匆匆下到二楼去看女儿。可推门进去一看，床上空无一人，我又忙跑上楼，走到管琼座位前向她示意，她会意地跟着我进了我办公室。

"快去厕所看一看霞雯在里面没有。"我轻声地说。她飞快地跑开了，不一会儿，她又飞快地跑了回来，喘着气说："老师，厕所没人。"她会去哪儿呢？难道去她妈那里了吗？一边思忖，一边往街村走去，我满怀希望能在食店曾三爷那里找到她。可是到食店一问，他们说连我女儿的影子也没见着。这下我可有些着急了，于是马上派了一个人去大西关门镇子上找她生母。

这时，管琼走到我面前嗫嚅了许久，终于战战兢兢地说道：

"老师，不用去城里找了，小妹可能出走了，因为她无数次地在我面前说过：'我要像老爸那样在社会上摸爬滚打，闯荡出一片天下来。'"

"她一文钱没有，怎么闯荡？"我愤然说道。

"她，她把我代你收的学费拿走了。"管琼的泪流出来了。

"你收到多少钱？"

"七八百。"管琼的回答让我大吃一惊，她有这么多的钱，这一下不知会跑多远呢！我忧心忡忡地望着天边，我那很难得流出来的眼泪此时簌簌地落了下来。我长叹了一声怨道："管二娃啊，你为什么不拿到信用社去存呢？"

"我大前天准备去存钱，小妹劝我说：'二姐，我幺爷爷开会去了，要四天后才回来,信用社没人,你存到哪里去呢?'"管琼委屈万分地说。

听罢管琼的哭诉,我稍微宽心一点了:这个富有心机的人,就是少不更事,孤身一人在外,也还是能活下去,不至于去自寻短见的。

此时,我不由得又回想起在双江抗战胜利纪念碑新华书店的那一幕了。那天,她买了几本书,其中有一本较精致的《中国地图册》,她翻开书一会儿指指这儿,一会儿又戳戳那儿,一会儿问云南贵州的气候如何,一会儿又问湖南湖北的方言是否与四川话一样。唉!现在回想起来,这个老谋深算的黄毛丫头原来早就在筹谋离家出走,可是我却浑然不觉呢!

女儿的出走,一时给家里罩上了令人窒息的雾霾,给我,特别是给我妻子——女儿的继母,一个刚结婚不久的继母,头上压上了一座万仞高山:有了后母就有后父——别人会认为女儿是因被虐待而出走的。我夫妻俩得经受人们不问青红皂白的猜疑,我夫妻俩得经受人们当面或背后的非议和指责。

我欲打听其去向,但不知该问何人;我欲外出寻找,但又不知该去何方。我那年轻的、阅历不多的妻子更是焦虑彷徨,成天愁容满面。我一面得经受失女之痛,另一面得安抚心灵上伤痕累累的娇妻。

我夫妻二人在无边的愁云苦海中挣扎着,在炼狱般的一天等于二十年的漫长日子中等待着。大约事发二十多天了,我终于收到了一封从湖北发出但无具体地址的来信,一看信封就知道是女儿的来信。我夫妻俩欣喜若狂,一颗久悬的心终于落下来了那么一点点:她还活着。

这家伙还真不愧是我的女儿,信,洋洋洒洒地写了几大篇,内容却十分贫乏:无外乎是向我们致歉,甚至安慰我和她琼燕孃,并说了她的出走路线,现在湖北武汉某地,生活还好……千万不要找她,找也找不着。我也深知她的个性,只好暂时作罢。

大约是一个月后的一天,我又收到了她寄来的一封信,告诉了我们她的详细地址。于是,我们在一面偿还她带走的七八百元学生的学费的同时,每个月给她寄去四十元生活费。而那时一个人一个月三十元钱生活费也应算是上等水平了。我一个月工资一百元左右,妻子一个月只有四十九元五。

所以，那几年我们一家生活之窘迫是常人难以料想到的。我倒还好，常和领导在外公款吃喝，只是苦了妻子。从 1989 年到 1992 年，她从没添置过一件新衣，一年三百六十天，也很少沾过荤腥。她用实际行动诠释了她不是一个爱钱的女人。

为了节约往来于县城的车费，我们就委托小学党支部李书记帮忙汇钱，她寄了钱后，总是要把汇款凭据交给我妻子，每次她交寄款凭据给我妻子时，她总要感叹两句："燕子，你真不容易啊！你对纪老师太好了。"或者说："这个孩子也太不懂事了，放着这样的好日子不过……"

这样寄钱一寄就是好几年，直到女儿生了她的大女儿，这种汇款才改为一年一汇，不过数量就不只是四十元了。

这件事我与妻子本已记不清，前几日教育口退协的老领导来我校"视察"得遇李书记，她问我女儿的近况时，动情地回忆了她帮我们寄钱给女儿这件事。

可女儿的出走在我心上留下的一道伤痕是很深的，在相当长的一段时间里，我都不愿接受这一残酷的现实。随着时光的流逝，那堆积在脑海里的飞沫杂物也日渐散去，露出了清晰的轮廓，她的出走应该是几种因素的综合作用：一、其过于敏感之个性使然；二、我错误的教育方式对其造成的心灵伤害；三、少儿不宜书籍的助力——她夜里去食店曾三那里借来那些"此情只应天上有"的言情小说，一看就是三四个小时，甚至有时通宵达旦。她出走后，曾给其好友管琼来信骂那个与之相恋的男友：我原以为他会像琼瑶小说中的那些男人一样，我一走他就天南地北地四处寻找，谁知是这样的结局。

但女儿却不认可我对她的出走原因的分析。就在我修改书稿的今日此时（2023 年 6 月 6 日下午 3：30），我打电话给她，她再次重申她的出走与我的再婚无关，更与言情小说等书籍无关，而给她致命伤害的是她母亲。

人说：往事如烟，我看有的往事未必会如烟飘散了无踪影的，它甚至会永铭于五内。

第二十八章　苦甜携手去
喜忧并肩来

时光流进了 1989 年。这一年我是在鲜花与荆棘丛中走过来的。

中考各项指标，我班以绝对优势雄居全区第一，夺得了区初三毕业班"金杯"。江校长已调走，一个凭后台硬挤进来的李校长，平时对教育教学不闻不问，捧回奖杯后，却一个劲儿地夸我。我心想：我可没那么优秀和能干，也没他夸的那么高尚。我的辛勤工作是为了不负"教师"这个称号，更是为了不泯灭人性和良知，而绝不是为了这污吏几句虚情假意的奉承。

回到学校不几天，就传来中等师范、中等专业学校、重点高中开始划线录取的消息了。我班上中师、中专、重高二十多人上线，在当时，那可是天文数字，因为当时的一个区级初中学校能上线的也不过三五个，而许多乡级初中学校往往是赤脚大仙——一个也没有。

可是乐极生悲，就在我被淹没在高兴的海洋中时，传来一个坏消息：我班上一个复习两次的女生吕媛淑被人举报了。因为当时复习生是绝不允许考中师、中专、重高的。

她父亲是个老实憨厚的庄稼汉，母亲又常年生病，家里人口多，没有人挣工分，所以家里很穷，每到春夏荒月，常常是舀水不上锅。不过小吕却成天缠着父亲哭着闹着要上学，但家里哪里有钱交学杂费呢？何况还要靠她不论天晴下雨，扛把小锄头，每天下地混两三个工分呢。

直到她十岁那年，被她缠苦了的父亲才咬咬牙送她上小学一年级，小学五年毕业后，她又上了乡初中。当班主任常小溪知道她的家境后，多方关照她，谁知她命运不济，也怪那时中等教育不发达，中考她名落孙山。不甘心听命运摆布的她，决心复习。好心的常小溪老师又让她复习了一年，可那时教英语的程老师就是个混账加三级的老师，没水平且懒散，这样莫说复习一年，就是复习八年十年也休想考上重高或中师、中专的。

复习落榜的她，来我班上复习。由于她的学习目标十分明确：那就是跳出"农门"为自己、为家庭找到一条脱贫之路。因此她学习的内驱力是十分强劲的，加上我班上的教师配备，特别是英语老师很能干，她终于考上了中师，但谁知又遇上了……

听到这个坏消息，我在经历了两个不眠之夜后，还是决定把坏消息告诉她，因为这事儿瞒不了多久的。

我捎信将她找来，把她被人告发，考中师已成泡影一事如实告诉了她。她听了，顿时气得倒在教室走廊地板上滚着，号啕大哭起来。我知道，这时任何劝说都是苍白无力且毫无意义的，而任其宣泄才是唯一令其稍可舒缓之法。

她在地板上凄厉地哭着喊着，我站在一旁心如刀绞，眼泪长淌，我在未步入老年时，是很少流泪的哦。她这一哭，可把学校周围的住户全给惊动了，三三两两地跑到操场上往楼上望着。我忙跑到楼道那头，对楼下的人大声说道：

"吕媛淑考上了大丰师范，被人告了，说她是复习生还超了龄。"

"是哪个干了这种缺德事？"

"干这种事儿，也不怕遭报应。"楼下七嘴八舌地骂开了。

我跑回办公室前的楼道时，吕媛淑的哭声小些了。我弯腰扶起她，扶她进了我办公室坐下，待她哭声时断时续时，我这才劝慰她说："小吕，事已至此。伤心气愤又有何用？我送你两句诗：莫因逆境生悲感，且把从前作死看。你小小年纪不应该有什么畏惧的，最起码有吃有穿，有父母疼爱。就算你不能读中师了，但是你还可以读高中呢，只要你在高中一心向上，前途也是一片光明的。"接着我给她讲起了我青少年时代悲怆而惨淡的故事来了。

后来她果然听了我的话念完了普通高中。1992年，我在乡文化技术学校时，又让她到文技校来当上民办教师。她后来经过刻苦努力考上了公办教师，再后来，又被调到了我校，2008年被评为了中学一级教师，成了一位师德高尚、业务精良的优秀教师，圆了她当教师的梦。

1989年，我还真的没过上几天舒心日子。当"吕媛淑事件"刚画上句号，我又遇上了一件十分不爽的事。

当女儿还在家时，妻子坚决不肯生孩子，她说要待女儿考上大学后再生孩子。那时要生孩子可要领准生证才行，否则就得交高额罚款甚至开除公职，要是被逮住，就强制带到医院引产。

可我却是个幸运儿。一天晚上，学校领导请乡领导喝酒，邀我作陪。酒席间，分管计划生育的党委副书记纪超对我说："哥子，嫂子咋不去办理准生证呢？"

"还没准备要孩子呢。"我回应道。

"为啥？人家一结婚就急着拉关系走后门搞准生证，你倒好，结婚一年多，提都不提这事儿。"纪副书记满眼疑惑地看着我。

"眼下经济条件还不允许添丁进口啊！"我万般无奈地说道。

"论起教书来，你哥子一套一套的，论起世事来，你老哥咋就迂了呢？办个准生证，锁在抽屉里，这一不花你的钱，二不花你的粮，你们啥时想生就生，不生又不违法。来，哥俩好！干一杯。"说完他端起一大杯白干，与我碰了杯，一仰脖子，咕噜一下吞了下去。

"老哥，我哥俩对胃口，耿直豪爽。趁兄弟我还在管这个事儿，你明天把申请书交上来，兄弟我二十天内给你把这事儿办好。"

夜深了，酒席散了，我走到操场上，凉凉的爽爽的夜风吹到身上，舒心极了。纤云不染的乌蓝乌蓝的夜空上，挂着一轮亮晶晶的圆月，它倾泻下来无穷的月水，给大地镀上了一层浅浅的、淡淡的银亮银亮的颜色。

我的心陶醉了——刚才酒席上，我被纪副书记几句暖心的话所陶醉，而眼下，这令人惬意的风景，更加使人心旷神怡。此时，"吕淑媛事件"沉淀于脑中的晦气、怨气，犹如浮云过太空般地散去了。

第二天，我与妻一商量，便高高兴兴地写好准备生二胎的申请书交到纪副书记手中。可是一个月过去了，没动静；两个月过去了，也没动静。交上去的申请书犹如万吨巨石沉入了大海，没了音讯。

一个星期天一大早，我就进了城，去找吕委员和老领导杨书记喝酒去了。我一走到区公所，就见他们正在办公桌上厮杀得难分难解——下象棋。

"坐会儿，你们伟大的杨书记马上就要投降了。"吕委员扬扬得意地说。

"将！哈哈！你死了！"伴随着砰的一声棋子响，杨书记大声说道。我定睛一看，杨书记一招"立马车"，已把吕委员"将死"了。

"你家小卢咋没来呢？"杨书记问道。

"她现在教小学高段语文，忙着呢！"我如实回应道。

"哟，结婚了，就忘了我们两个大媒人了。"

"就是嘛，结婚时，连媒人也不请，时至今日，也不谢媒，真不够意思。"两个上级领导嘻嘻哈哈地开起我玩笑来了。

"哎呀，结婚酒不是乡政府办的吗？我一个穷小子哪请得起你们这两个大领导哟！"我真有点不好意思了。

"那啥时请我们吃红蛋呢？"吕委员问道。

"吃红蛋，我想请你们吃红蛋，可申请交了两三个月，'准生证'却影子也没见到。"

"有这样的事？老杨，你过问一下吧。"吕委员对杨书记说。杨书记也不含糊，立即起身出去了。不一会儿，他回来就说，翻遍了这几个月各乡交上来的计划生育申请材料，就是没看到纪教授的呢！

我顿悟了，上次评职称这事已给我上了一课。我马上意识到又被人耍了。

我一回到乡里，就开始了私下调查，经调查，我才知道了乡计划生育办公室主任是个姓余的年轻人，他是一个正当红的副县长的亲舅子。平时酗酒打牌赌钱，谁要想办个准生证，不给他三五千元，那你就甭想他会给你把生育的申请及相关资料交上去。

给他钱，做春秋大梦吧！"老子宁肯不要这张准生证，也不会给他一分钱。我还不信吃八方的遇上了吃十六方的。"我禁不住破口大骂道。

我找到纪副书记，向他汇报了我了解到的情况，并举例做了证明。比如红星村四社办砖瓦窑，他收了别人四千元，双溪村的吴大光在自家竹林边给他送了三千元。这些给了钱的，不管符不符合生育条件，他都把准生证给办下来了。凡是不给他好处的，申请材料一律不上报。

"哥子，别人的他可以扣压下来，你的，他敢吗？我亲自交给他办的。并且要他三天内上交的！怕要翻天了！"纪副书记拍着桌子怒声吼道，并叫人找来那计生主任。这家伙面对纪副书记的责问，嬉皮笑脸地说："对不起，我忘了上交，申请及相关资料还在我抽屉里。"

"准生证老子不要了，你这个吃簸条屙晒席，贪得无厌的东西。你不要仗着你后台硬，总有一天，老百姓会给你龟儿算账的！"接着我就把他贪了多少一笔笔抖搂出来。

人骂了，火发了，气也出了。我转身走出了乡政府。背后传来了纪副书记的呵斥声。

呵斥也好，怒骂也罢，一个乡党委副书记，又岂能奈何走红的副县长的小舅子呢？

我早已把领准生证一事抛到九霄云外了。可是，十来天后，乡通讯员蒋文学来到我楼下喊道："纪老师，请你到乡政府领准生证啊。"

"那个破证老子不要了，我看不惯那副嘴脸。"我怒气一下子又上来了。小蒋悻悻地走了。

大约过了一个小时，蒋文学悄无声息地来到我楼上，小声地说：

"哥子，那个计生办主任得罪了你，纪副书记可没得罪你啊！不看僧面看佛面，证你收下吧，我走了。"他把证放在我办公桌上，转身走了。

那阵子我也挺忙的。因为校长尝到了捧"金杯"夺冠军那得意扬扬的滋味，可能心里还在痒酥酥、麻乎乎的。于是他三番五次找我，要我接任 1990 届一班的班主任并教语文，以备来年再次感受那扬扬得意的味道，反正他是不上课、不备课，也没作业可改的，至于教毕业班压力大不大、累不累，他是无须考虑的。

开始，我执意不肯接这个班，因为原任课教师、班主任是张兴老师，教书并不差，在我刚任教时，正是他给了我许多帮助，现在我去把他换下来，还真不是那么回事儿。

后来，张兴老师也来对我说："纪老师，校长找你接我那个班，你就干吧，不要有顾虑，汪年中那几个尖子生如果经你调教，考上中师中专绝对没问题，若还是我教，可把握就不大了。"

听了老人家诚挚的话，我被他宽胜海洋的胸襟感动了，第二天校长又来找我时，我答应了。离开学还有一个月，我就以新班主任的名义，通知学生提前来校上课。

就在我冒着酷暑为学生补课的那几天，校园里的流短蜚长不断从学生、家长、友人口里如针尖般地钻进我的耳朵，如锥子般刺痛了我的心。

"张老师对他那么好，他为了点虚名，竟然向张老师下手。"

"我还以为老纪是个君子呢！原来却是如此不堪的小人。"

"背后捅刀子是屁爬虫！"

……

更有甚者，有人当面质问我为啥这样硬逼张老师把毕业班让出来。我可真是百口莫辩哟！

这是我人生中第一次品尝到了"三人成虎""众口铄金"的滋味，也是我第一次在暗箭的袭击下缴械投降。

"文人相轻，自古而然"，可他们是"文人"吗？

我终于向校长递交了不任 1990 届一班语文教师兼班主任的辞呈。推托了 1990 届的教学工作，当然也就顺理成章地当上了初中 1992 届 1 班的班主任兼语文教师。2 班班主任为一个姓王的男老师。

开学不久，清溪村一个杨姓民兵排长来找到我，说他儿子要转到我班上来。我当即就告诉他，学校只有转学这一做法，没有转班这一章法，再说王老师是个蛮不讲理的人，很难缠。

话，我是这样说的，心里却另有想法：家长送孩子来读书，他就应该有选择学校和选择班级的权力。所以从我任校长的第一天开始，我就宣布学生享有选班的权力，但理由必须正当。在择校这个问题上，我虽是极力赞成的，但由于我不是肉食者，所以无权制定这样的规则，不过外校转进我校，或从我校转到外校去，我都持开放的态度。别人要转来我校，说明我校办得比别人好；若要转往外校，那就说明，我们办得比别人差。若是前者，我们就应总结经验，加以完善和推广；若是后者，就应好好吸取教训，找出改进的措施。只有这样，才能不至于误人子弟啊！

我这样想，可别人却不这样想啊！小杨家长后来又给我送鱼送肉的，但任凭他家怎样送礼，我就是没勇气跨越那一步雷池，成为第一个吃螃蟹的人。

无形的世俗潜规则：不能冒尖——出头椽子先糟烂，这往往比有形的法律还管用。这些东西像千万根看不见的捆仙绳，任你是什么样的神仙，也会紧紧地缚住你的手脚，让你动弹不得；更为甚者，这些潜规则又像五指山那样，压得你像孙猴子似的喘不过气来，甚至窒息而亡。

后来，小杨转学了。当转不了班时，他就翻山越岭不惜花重金转学去了城关中学。但王老师不但不反躬自省学生为何坚持要转学，反而猜疑是我从中捣了鬼，一再找我生事。我一而再再而三地向他解释，与他沟通，但他老是纠缠不休。

一天上午，乡政府正在召开乡村、社三级干部会，而我作为教师代表被邀列席。可正在我准备出家门去乡里报到时，王老师找上门来，非要我说清楚为什么要动员小杨去城关中学读书，我百般解释，他就是不放我出门。身材高大的他，欺负身单力薄的我，争吵几句之后，他居然动手推搡拉扯起我来了。我气急之下，摔脱他的手，顺手借力一推，把高大的他推到地上躺起。这下子，吓得那个外强中干的王老师落荒而逃。

通过王老师这一闹腾，我也没心思再去列席什么会了，而他竟然跑到乡政府会场上去吼道："纪元初打人哦！""纪元初要打死我啊！"

"滚出去！"

"纪老师要打你？他疯了！"

"纪眼镜要收拾的人就不是好人！"乡里参会的人吼了起来，好像我是正义的化身似的，他自讨没趣，讪讪地走了。

我真佩服他，因为恬不知耻也是需要极大的勇气的。我与此人在日后还有过数次交集，故先在此做个交代。

第二十九章　丈夫分好坏
妻子论贤愚

我是一个工作狂，一干起事来可以不舍昼夜。但人不是永动机，精力有限，在工作上花的精力多了，在家庭上花的精力自然就少了，所以我在家里是个很粗心的人，甚至可以说是个有点冷漠的人。

如果有人问我今世是否有负于亲人，那我一定会说：今生今世我只有负于一个亲人，这个人就是我妻子卢琼燕。她顶着万钧压力嫁给我这个性格怪异的穷光蛋，可她得到的不是轻松愉悦而是辛苦劳累。她既要备课、上课、改作业、当班主任，又要担水、洗衣、煮饭，有时还要受我这个酒鬼的气，就是在妊娠期间挺着个大肚子也是如此。

其实我也很想替她分担点劳苦，但是我心里除了那熄灭不了的熊熊燃烧的职业火焰，还燃有另一片争气的火焰，因为我深深地知道：才疏学浅的我，只有努力工作，才能不误学生，不损良知；也只有培育出一批又一批优秀人才，才能用事实回击 1977 年 8 月开学工作会上那一双双闪着莹莹绿光的狼一样的眼睛。

1990 年 5 月 30 日，农历庚午年五月初七，妻子在死亡线上挣扎了几个来回，终于生下儿子纪自力。

妻子生儿子自力，是我亲自送进那简陋得不能再简陋的产房，当我看到她在万般痛苦挣扎着，汗水如潮水般地从头上、脸上涌出来时，我站在她床前不知所措，两手使劲地抓住她的手，机械地重复地鼓励着她："憋气，使劲！""深呼吸，使劲！""再使劲！"她——年仅二十二岁，万般无奈地躺在产床上，惨白的脸已转成了铁青，痛苦地抽搐着。这时她连大声呻吟、呼叫的力气也没有，因为助产的医生，脸上毫无表情地一个劲儿地催命般地机械地、坚定地发出指令："使劲，再使劲！""憋足劲，再使劲！"而我——她的丈夫，此时除了内心的痛苦，暗暗地祝福，又能干什么呢？

我十分后悔，千不该万不该，真不该听别人的建议：让妻子选择自然生产而放弃剖腹生产。

"哇！"老天保佑，孩子终于出世了。

她，我的娇妻，虚汗淋漓，两眼紧闭，嘴唇乌紫，无力地躺在床上，听凭医生的摆布。孩子生下来了！但头颅已被妻的骨盆卡出了一座小小的、软软的"山峰"。我眼里噙着泪水，十分不安地看着妻子，又看了一眼护士抱着的孩子。

"纪老师，你放心，没关系的，卢老师休息一会儿就会好的，绝对不会有丝毫问题的。"脸上堆满了笑容的医生，安慰我说。

"孩子头上的血肿部分，要不了多久，少则两三天，多则四五日就会消散，你放心好了。"怀抱着包裹好的孩子的护士，一边往外走一边安慰我说。

谢天谢地，我妻子终于从鬼门关转了一圈又回来了。

我可怜的儿子，太小巧玲珑了——只有2.4公斤，4.8斤。这是贫穷困苦惹的祸啊！那时我穷，妻子又十分节俭，生怕在妊娠期间吃营养品给我增添了经济负担。

我是个不善理财的人，手里有一元钱，我会花出一元五角来——超前消费。所以我只好避己所短，把家庭财政大权一股脑交给了妻子。可就是这样，她仍十分俭省，在妊娠期反应最强烈时，她连喜欢吃的一种水果也舍不得买。

妻子对自己的正当需求的欲望总是一压再压，而对我的一些爱好总是尽量满足。比如我爱抽烟喝酒，爱看书看报，这些爱好有好的，也有不好的，但这些在她心里，都是非买不可的，哪怕是勒紧裤腰带，甚至举债也要为我办到。

那时家里穷，鸡鸭鱼肉可是奢侈品啊！有时别人送一点点或买一点点。每到这些东西端上桌子时，她总是说：我从小就不喜欢吃肉，也不喜欢吃鸡，更不喜欢又腥又臭的鱼……我有时给她夹一块，她总是飞快地夹回到我碗里，紧皱着眉头，嘟着小嘴说："哎呀，人家吃不惯嘛，吃了心里不舒服啊！"

许多年以后，她才说出真相来："东西只有那么一点点，那时你身体很差，不留给你吃咋办呢？"

她生了儿子，亲戚送来了一些鸡蛋，岳母叔岳母她们送得更多，但她总是推说不想吃，吃不下，让我吃，还省下一些拿去卖了换钱补贴家用。

有人说如花似玉的年少妻子在大龄丈夫面前一定是骄纵刁蛮的。在我结婚时，有一个区领导就当着我的面说，要不了五年，你一定会再次离婚。也有几个老师当面半开玩笑地说：你娃儿上次是十五年才离婚，这次可能要不了三年就得喊拜拜哟。

当然，他们如此断言，似乎是有根据的：一是年龄悬殊；二是我穷且无权势；三是我黑瘦矮小，妻虽个子不高，但年轻貌美——皮肤白嫩，全身洋溢着青春活力；四是我个性乖张。殊不知，婚后妻子对我迁就得近于纵容，甚至连我的怪脾气她也十分大度地包容。尽管我们贫穷，她总是严于律己，而宽以待我，也善待养母一家。略举两例以证此言不虚。

我妻子处理家事，常常比我豁达通透一些。

我养父的一生是节俭的一生，他古稀大寿也不愿摆酒祝寿。我两个妹及妹婿劝说他多次，固执的父亲说什么也不同意摆酒请客。两个妹奈何他不得，只好来搬我这个救兵。我这个养子在老父亲面前可是权威人士，我很少在他面前说七道八，但在关键时刻，我一说便准。

有一天，我去见养父。我说："老爸，你今年满七十咋说不做寿呢？"

他说："做啥寿呢？又花钱又累人的。"

我说："钱不要你花，活儿不要你干。"他想了半天，才说道："那就少整两桌。"

那年八月十五中秋节就是他的七十华诞。

那天一大早，我就做了如下安排：大妹偕同其夫婿，在厨房帮大厨置办酒席；二妹及其夫婿在门厅迎宾收礼记账。按大丰风俗，收礼金记好账，下次别人家有红白喜事好照单回赠。而我与妻则负责陪养父神聊乱侃，端茶递烟，招待应酬亲朋邻友。

我给老父亲定下一条规矩，今天就是扫帚倒地你也不准弯腰去拾起来。他问我为啥？我说："您老人家不是说做寿又花钱又累人吗？你儿媳说，这次所收之礼金全归您老人家，而一切开销全由我和二妹两个拿国家工资的平摊，没工作的大妹出力不出钱。您儿媳妇孝顺了您钱，儿子我今天就以一天精力孝顺您吧！所以今天敬烟递茶端凳子搬椅子这些杂事儿，我全包了。您老人家稳如泰山地坐着就行了。"

父亲七十寿辰庆祝后不久，就大病了一场。当时我们家里经济还很拮据，我对妻子说："父亲生病了，有公费医疗报销的，我们买点水果奶粉之类的去看看就行了。"可是妻子不同意，她与我争论道："父亲虽有退休金，但我们平时很少给钱孝敬他，已觉惭愧了，这次可不能这样干哩！"不知她如何东挪西借，到医院去的路上，她拿出三千元钱来对我说，送老爸三千元吧！这时，我心里涌起了一个想法，为什么这三千元不叫已经在念小学的儿子送给他爷爷呢？

老父亲以前是个没有文化的贫苦农民，后来入党当干部，是一个忠诚得有点迂的共产党员，但思想里又沉淀着一层封建主义的渣滓——重男轻女，讲究香火存续，所以他对几个外孙并不十分待见。春节外孙们给他拜年，他一文不舍，可来我们家，他来时给我儿子十元钱，走时又要给十元。因为在他看来，我儿子姓纪，而外孙都不姓纪。

可是，不知是哪个精神病患者或者是心怀叵测之人，背地里给我儿子说："你爷爷不是你亲生爷爷，别理他。"孩子小，是非不明，好歹不分，对这些话照单全收。于是，我儿子是从来不喊我养父一声"爷爷"或"公"的。所以这次我非要孩子亲自把钱送到我养父手里不可。我把这意思对妻子一说，妻子不仅完全赞成我的意见，而且立即身体力行，把儿子叫到医院的走廊，一阵连哄带教育的，儿子终于用双手捧着三千元钱，乖乖地叫了一声"公"，把钱递给了老人家。

老爷子八十寿诞，仍然是我和小妹两家操办，大妹两夫妇出力不出钱，而所收礼金给老爷子自己花。

老爷子魂归西天后，我这个从不信鬼神的养子，内心争斗得十分厉害。本来我是十分反对做道场的，但我一想起老爷子病危时的表情，就改变了内心的坚持。

那是初冬的一天早晨，天还没亮，我床头的电话突然响了起来，电话那头传来二妹婿的声音："哥哥，快进城来，爸爸突然倒在床上，可能是脑出血。"

"你打什么电话？快送医院抢救啊！亏你还是个医生！"我火冒三丈地说道。

"他不去啊，他口不能说，双眼紧闭，但双手紧扣着床沿，不愿离开床，我和大姐哥给他说了许多求情的话，他就是不松手。哥，快来吧。"二妹婿带着哭腔说道，"我叫的车可能快到你学校了。"他又补充了一句。我忙穿衣下楼，车果然到了。

说实话，两个妹及两个妹婿，都是十分孝顺的。

我赶到时，两个妹和妹婿都在老爷子床边，一个劲儿劝老爷子松手。大妹婿用力扳老爷子扣住床沿的手，可仍没成功。

"爸爸！去医院吧！你放心，你的病能治好的。"可他紧扣床沿的手依然没松开。我一下子明白了老爷子的心思，哽咽地说道："你放心，就是医不好，我也不会让你火葬的，也会给你做道场的。"老爷子当时可能是凭一股意志力挺着，听了我的承诺，手一下松开了。

所以当他气若游丝时，我们只好把他送回了大妹家里。老爷子走了后，我们按当地风俗办丧事。可是在做道场中，我确实不愿意被那帮装神弄鬼的道士糊弄，于是我当着两个妹婿的面，装憨地问道士说："做法事时，为什么要孝家下跪呢？"

"纪老师，这点你都不懂吗？送父母最后一程啊！"道士中的"掌坛师"笑着回答道。

"不对吧！孝家跪亡灵只有发柩、坐高台等两三个节点，其余都应该是你们下跪的——那是给你们的祖师爷下跪啊。你们不仅要我们代你们下跪，还要乘机敲我们的钱，我不干。除那几个该我们跪的节点我们跪以外，其余的你们自己跪，至于你们要的'利市'嘛，包干使用，我共给你三十元。"

"哎呀，你咋懂得这么多呢？""掌坛师"感叹道。

"你不知道前些年，我为了活命，除了偷、抢、卖淫以外，我啥事没学过？"我半认真半调侃地说道。

道场做到第二天，该为老爷子找阴宅了。两妹婿请来阴阳先生，他们非要我跟他们同去，我知道他们是怕我怀疑他们心术不正，找一穴让他们升官发财而让我运交华盖的地，日后被我埋怨。我说，你们去吧。我不信那一套，前些年，饿极了的我还学了三天半阴阳呢，也骗过别人三斤米两斤油的。

他们一行三人，忙活了一整天，找到一穴地，在祖母坟下两米远的地方。可叔叔们死活不同意，说什么祖母是几房共有的，若是我养父葬在这里，他们几家有个三长两短，你们担当得起这个责任吗？

他们僵在那里之际，我一个人冷眼旁观这场藏着自私却要打着公允的幌子的闹剧，脑海里浮现出另一幕滑稽戏。

几年前，祖母去世，二叔一家远在台湾，一时赶不回来，未能见上祖母最后一面，为慰藉孤悬海岛的二叔之心，老爷子和几个叔叔商定，在祖母寿棺入穴时，照一张三房人合影寄往台湾。按传统规则，我家老爷子是长子，我是长孙，父子俩应分立在祖母棺木左右，共持祖母遗像。可是，有长辈却非要叫其子与我父亲来持祖母遗像。如是三番五次折腾，让我几次上坟台又下墓穴的，我终于忍不住怒声问道："这是搞什么玩意儿？不就是照张相吗？我不照了。"最终大家都认为站在前排的理应是我和我家老爷子。

活人想升官发财，在死人坟前折腾有意思吗？这叫孝吗？

祖母的棺椁入土了，坟堆初成形后，孝家应整体离去，待第二天拂晓"呼坟"后，再将坟茔最后定形。

可在离去时也有一条潜规则，那就是"跑得快，发财也快"，也就是说，谁第一个跑回灵堂，那一家人就会升官发财。我素不相信这一套，更加上照相那阵折腾，令我不敢大发作的怒气还郁积于胸，未曾消散。所以我怒气冲天地对着老爸吼道："爸爸，招呼一下，我们这一房全部在坟前坐下，谁也不准跑。"老爸先是一愣，接着应道："要得，等他们跑嘛，看他们发多大的财，当好大的官。"

于是我们这一房十余人全都在坟前或立或坐，冷眼旁观下山的滑稽闹剧。大大小小老老少少男男女女一大群人，头顶白色孝帕或手戴青纱，拥挤着，拼命地往前钻，往前挤，跌跌撞撞，磕磕绊绊，摔倒了跌伤了，爬起来又接着跑。最叫人哭笑不得的是，快到院子时，一根只有二三十厘米宽的田埂，两边都是冰冷水田，他们竟然拼命地挤呀钻呀，好几个人都被挤下了水田，他们真的一不怕死，二不怕冷，从水田里爬起来，拖泥带水地又往前拱往前钻。

可是老天爷给他们开了一个大玩笑，跑到前面的"冠军"，五十多岁的人三个月后就去服侍祖母了，"亚军"也在第二年冬天一命呜呼了，只有我们这一房人那几年间无病无灾的。

眼下老爷子西去，又遇他们设限，设限之因无外乎又是怕影响了他家升官发财。我心里窝着火，但不敢发出来，因为他们是长辈。

我看着焦头烂额的两个妹婿和阴阳师，漫不经心地说道："东奔西跑干吗呢？回老家去看看嘛，外婆和妈妈的两座坟之间应该还可以找出一个墓穴，头向对面学校，中线应向月釜山。"阴阳师吃惊地盯着我说："纪校长还是内盘呢？"

"浅学，浅学！"我客气应道。其实这个看风水不能说没道理，也不能说真是那么科学。若是看阳宅——屋基，只要背风向阳，屋前有水——溪、河最好，其次塘、堰，再次水田。背风，冬天暖和，好养六畜；向阳，紫外线可灭细菌，人、畜都可以少患病；水源丰足，既可防火，又可满足人畜用水。而阴宅往往选择利于地下水排泄，也有利于地面水渗透之处，因为这样才能延缓尸体腐烂。这些应是有科学道理的，但若要扯上什么人丁兴旺，升官发财，福佑子孙后代，那就真是打胡乱说了。

阴阳先生一行一大早赶往红锋村五社，中午时分回来了。一进屋就嚷道："纪校长，我们只知道你书教得好，学校管得棒，谁知道你还懂我们这一行呢。"

"我是半瓶醋！你们别一惊一乍的，我不会抢你们饭碗的！"

第二天，天刚亮，抬丧的八个大汉就抬着老爷子的棺材上路了。

按农村的习俗，出殡时，应该把"引魂灯"放在"堂屋的神龛"旁边，结果在旁边围观的妇女们七嘴八舌的，一个说放这儿，一个说放那儿，再一个又说放……总之很多种说法，大妹不知听谁的，非常生气，很愤怒地把"引魂灯"往地上一扔，打烂了……大家再也不说东道西了。

我端着灵位，大妹手执招魂幡走在棺材前面，棺材后走着一大群送葬的人们。

我那天真够辛苦的，每逢过桥，过水沟，我们都要回过身来，跪在地上喊道："爸爸过桥啦！""爸爸过水沟啰！"老人们告诉我们，若不这样做，老爷子的三魂七魄就过不了桥，就会成为孤魂野鬼，受尽苦难。

老父亲终于入土为安了。

这次丧事，收到的礼金，包括老爷子留下的钱物也该分掉了。每逢这些事儿，我都是不上心的。所以二妹来问我："哥哥，这次的账咋个算呢？"我说："问你嫂子去。"

丧事完了，我优哉游哉地在大妹的敞口屋看书，妻子领着两个妹及妹婿在里屋善后。

只听妻子有条不紊地说道："你们要我拿主意，那我就先提一个方案，大家看行不行，若不行，你们再提方案。这次父亲归西等相关事宜在大妹家用去的油、盐、菜、米、肉、柴火等一切开销，由大妹开列清单算钱，全在收到的礼金中支出。剩下的钱先除以二，大妹占二分之一，余下二分之一由我们和小妹均分。至于祭幛，先由大妹挑选后，剩下的再由我们和二妹均分。我这样分是因二妹和我们两家都有固定收入，大妹一家在农村，生活比我们艰难。爸的存款，我们各留二千元作纪念，其余的全留给大妹。"

她这样处理，除大妹谦让了一番之外，没人有一星半点意见的。

她——一个出身农家还不满三十岁的女人，处理起如此复杂的事儿来，竟是如此得心应手。

这一切均出乎我的意料。

第三十章　自古糟糠经患难
明礁暗石莫相侵

前文已述及我与妻卢琼燕的一些事儿，搁笔后，似乎言犹未尽，特接续一章。

我们相亲相爱是在我落魄、一贫如洗之时。有人说家徒四壁，可是那时的我是上无片瓦所存，下无立锥之地，何来"四壁"哟！棉絮也被前妻悄悄地搬走了，除了床上一床烂被子、几套换洗旧衣服之外，我可身无长物了。

我当时有的是酗酒抽烟这些不良嗜好，有的是一身病——又黑又瘦，体重不足五十公斤。

我与她结婚时，欠债一百三十元。

许多人都对我说：你能娶到小卢，是你千年修来的福分。

还有人说：纪老师啊，你的"军功章"里有你妻子的一半呢！

这真可谓是旁观者清啊！

我们婚后的第一年，大女儿在家，由于女儿人聪明，个性乖张——可能是由于基因遗传，颇有心机。遇上这么一个女儿，让比女儿大五岁的妻，实在有点为难的。好在妻子宅心仁厚，在与我还没有确定恋爱关系时，与女儿关系就十分好，所以也相安无事。

我们经济拮据，常常是寅吃卯粮，下半个月常常靠借债度日。因此，一月之中，家里少见荤腥。可是一到动荤腥之日，妻子总是借故说她从小就不喜欢吃鱼吃肉。我不相信，她就找出一大堆佐证人的名单让我去质证。因为她知道死要面子的我，是绝不会去因这事找人质证的。

直到21世纪初，教师待遇随着社会经济发展有了很大提高，我们家的伙食当然也随之改善，这时，我才知道她不喜欢吃荤腥全是假的，那是她为了省下鸡、鸭、鱼、肉、蛋让我吃找的托词。

有时，我俩也会发生矛盾，也打过架，但每次都是因为我酒后无状，出手打她，她无奈之下做出适度的还击。可她不在外张扬我的不是，更不会回娘家"投诉"。有时，好事者问及，她总是敷衍搪塞了事。

在服饰上，她总是朴素得不能再朴素了。那些年她像苦行僧那样，一件衣服，一条裙子，总要穿个七年八年的，也从不穿大红大绿的。可是，给我买衣服、鞋子，她总是在经济条件允许的前提下，尽可能买好的、贵的。她常挂在口头的两句话就是："你是男人，总在外交朋结友，应酬也多，不穿好点咋行？我除了上课就是在办公室，在家里混，穿那么光鲜干吗？"这朴实得像农村大妈一样的话语，凝聚着她的真挚。

她对自己节省得近于刻薄，可是对我女儿及我的亲友，她总是那么慷慨大方。女儿到了武汉打工、嫁人后，她每个月给女儿先寄三十元，后来又改成四十元钱。在20世纪的90年代中期，我一个月的工资也就是百元左右，妻子一个月的工资六七十元。她从没有做出一丁点儿对不起女儿的事。女儿的出走与她一点关系也没有。可是女儿走后，她却遭到社会上明里暗里的压力，但仍然不迁怒于女儿，反而无数次劝说个性倔强的我原谅女儿的过错。

特别是2011年，她又给我女儿一大笔钱，资助女婿买车跑出租，让女婿脱离了装修的高空作业的危险。

2011年的一天中午，女儿打电话给我说："梦梦交了六千元的预交学费，可刚才接到了校方的电话，让我们去退钱另找学校就读。"女儿又说："爸，你是全国民办中小学理事会的副理事长，人脉广，关系多，能否帮帮忙，问一下究竟是什么原因要叫我们退费？能通融一下不退吗？"

我拨通湖北麻城一个李姓好友的电话，他也是我们理事会的副理事长，也是麻城一所规模较大的民办学校的校长。

李一会儿就回了我电话，说明了那所民办学校退费的原因，并答应帮我外孙女另找一所学校就读。

我在电话中把这信息告诉了女儿，舒了一口气，正准备炫耀自己的本事——一个电话就把跨省的事儿摆平了。可这一下子招来了全家人的围攻。

儿子最先向我发难。他说："老汉，你太能干了啊，我们办有小学、初中、高中，亲外孙女却四处求人读书，为啥不让她来我们大丰读书呢？"

妻子也向我开炮。我一下子蒙了。他们母子两人竟然炮轰起我来了。

"你们母子俩闹什么！大妹崽心眼多，空话也多，我的脾气坏，动不动就要收拾人。收拾儿子、女儿，没人敢说三道四，可收拾外孙女，她妈就要记恨我了。俗话说得好：一把米养个恩人，一斗米养个仇人……费力不讨好的事，我不干！"他们的炮轰让我口无遮拦，把心里话一下子抖了出来。

"你越说越不像话了，谁让你打她骂她的，难道我们不打不骂万梦，她就会变坏吗？……"妻子争辩道。

"妈，你又健忘了不是？你们不是崇尚宽是害，严是爱，不管不教要变坏这一金科玉律吗？你们两个不打我们晚辈，心里一定会难受死了……"儿子打趣地说。

……这场争论，终于在妻子的"我们尽心尽力而为，女儿怎么理解是她的事……"这番话语中落下了帷幕。

后来，我要女儿写个把万梦交给我管的委托书，妻子批评我是多此一举。

大外孙女万珮出嫁，应湖北风俗，我们必须前去，妻子一再叮嘱我不要小手小脚，大方一点。

外孙女万梦在大丰读初中、高中共六年，学费、生活费、住宿费等一切费用全由我们负责。妻子从没说半个"不"字。一到开学，她总是把万梦应花的钱全部交清，到期末，也把资料费如数交清。她对外孙女的要求既严格又宽容。她怕青春期的外孙女学坏受骗，要求万梦周末、节假日外出必须经过我们批准才行。

万梦在入高二文理分科时，家里形成了两派：我和大女儿坚持要万梦读理科，而妻子、儿子、儿媳及万梦本人则坚持说万梦读文科更好，我和女儿坚持说理科就业路子宽广。尽管他们是多数派，但几个回合下来，我还是以"强权"压倒了"多数派"，万梦只好选择了理科。可高考成绩一揭晓，由于物理太差，外孙女只考上了重点本科——西南政法大学。

我经常为此懊悔不已。

万梦读大学这几年，每次节假日回来，妻总要两千三千甚至五千元地给钱。她说年轻人哪里不花钱呢？

万梦来我家时，身体不是太好，这不吃那不喝的，食量也偏小。妻发现她有个习惯，每餐总是盛一次饭，不管你给她用的大碗还是小碗，也不管你给她盛的半碗还是一碗，反正第一次你给她盛多少，她都能吃完。这说明这小家伙有饭量，却怕吃多了长胖，这是当今女孩子的通病。于是每当吃饭时，妻总是给万梦添上满满的一大碗，这么大碗饭，万梦还是吃了个精光。刚来大丰时，万梦对川菜不习惯。她对此不迁就，教育万梦说："外公常教育学生要适应环境，改变环境，而不是让环境来适应你，来改变你。外公题在校园的'适者生存，强者生存，这是不可逆转的自然法则'这句话你要细细琢磨才行。"

她不仅言传，还动手给万梦夹菜，甚至有时以分任务的形式，强迫万梦吃菜。

但她对孩子又是宽容的。万梦读高中时，我们允许她回家时可以用手提电脑读书、查资料，可有一次，妻子要电脑有急用，万梦却仍一个劲儿地玩游戏。我气急之下，从孩子手里夺过电脑，狠狠地、粗暴地骂了孩子一通。妻子当时什么也没说，事后她温言劝诫孩子，又背地责备我的粗暴，她说："万梦才多大，真正懂事了吗？你耐心地教育就不行吗？"

这些日常生活琐事，一件件、一桩桩中，无不透露出妻子的真与善。这一件件一桩桩生活小事，都发生在长达近十年的时间里，没有真与善的人是做不到的。

妻子对我是体贴入微的。我第一次婚姻的失败给我心里留下了深深的创伤，这种创伤使我对某些事十分敏感。何况，老夫少妻，常常就是人们的关注点及谈资；更何况，我那时黑瘦憔悴，而她却青春貌美。为了避免流短蜚长，她从不着艳丽的时装，从不与读中师的男同学书信往来，更不要说见面了。就是与本校的男老师的交往，她也十分注意分寸，从不和任何男性开玩笑。

与我交往的朋友、同事，对她都敬重有加，总是尊称她为大嫂，哪怕比她年长得多的。因为我比他们年长，按中国习俗是该如此称呼她的。

她大度，能包容别人的缺点和错误。在这一点上，我与她比起来，逊色多了。

她对我的包容，是我永远也没法学到的。我平生嗜烟好酒。特别是酗酒，这对年轻的她伤害不小。我每次外出吃饭必喝酒，每次喝酒总是不醉不归。酒醉的我，在外很少骂人，可一回到家里，便又是另一脸嘴：妻儿悄悄的——怕惹我发火——我也破口大骂；若她娘俩讲话，我也要骂：老子喝点酒，你们就不满意是不是？……有时甚至在客厅撒尿，站在床上撒尿。有那么几次，不知为何，我竟然对妻子拳头相向——这哪里像个文化人？更不像个教师啊！

她，对我太包容了，我的有些弱点、缺点、错误是大多数女人不能包容的，可是她却包容了。20世纪90年代，中国因改革开放，在引进先进技术时，也引进了一些垃圾——性自由就是其中之一。当时与卖淫场所可以画等号的舞厅，风靡全国。在小小的大丰县城，舞厅竟然三步一岗、五步一哨地布满了大街小巷，连农村乡院子也开起了舞厅。

那年月，不论官、民、工、商，少有人能免俗。特别是求人办事，无论公事私事，往往都要请那办事的人去"凉快凉快"。起先，我不懂这"凉快凉快"是何意。后来还是一个副乡长告诉我，人家说的"凉快凉快"，是要你请他去舞厅"唱歌跳舞"，因为那里有空调。

作为一个校长，哪有不求人办事的呢？我当然也难以免俗。不过，我陪客人去"凉快凉快"时，总是叫妻子随我一同前往，让她为我遮挡唇枪舌剑，尽量避免流短蜚长。妻子对我这些不得已而为之的行为，总是表示理解。

我脾气古怪近于暴躁，与她发生矛盾时，一般情况下，她总是让着我。每当我遇到疑难事儿，一时无法解决，心里焦躁不安时，她或是软语劝慰，或是待我平静后，再来唠叨，让我自己今后注意控制自己的情绪。

那几年，我常惹她生气，但事后，我总是想法让她高兴，这时她往往会就坡下驴。有时，是因她有错引发了我的不满，我闷不作声，这时，她就会纪哥、纪叔、纪大爷地乱叫一通，让我忍俊不禁。

不管在家里，还是在学校，她总是严以律己，宽以待人。

1989 年冬，她怀上了孩子，尽管那时我很贫穷，但她妊娠反应所需的零食还是可以买一点的。因为我是花钱犹如水推沙的人，所以就一直让她管钱。

妻子妊娠期的头几个月，妊娠反应不明显。

1990 年春的一天上午，我们去大丰县城赶场。那时节，葡萄刚刚上市，妊娠中的妻子，一见到酸甜可口的葡萄，两眼顿时精光四射，她近乎是连跑带扑地赶到一个农民的葡萄挑子边，左手拎起一大串绿莹莹还沾着露珠灵光的葡萄，贪婪地看着，右手伸出张开的五指抚摸着那大粒大粒的绿宝石般的葡萄粒，轻声地问："大爷，多少钱一斤？"

"十块。"那白胡子老头斩钉截铁地说道。

"咋这么贵？"

"贵？他们还卖十二块哟！"

"一个月的工资只能吃几斤葡萄哟！"妻子喃喃地说道。

"哎呀，买一两斤吧！"一直默默地站在妻子身后的我催促道。

"八块一斤，我称半斤行吗？"妻低声地、近乎乞求地说道。

"大姐，不行。你们月月有工资，我可靠卖了这些称盐打油呢！"老头也诉苦似的说道。

"买就买吧！没钱了我会设法借的。"我心痛地说道。

她没再说什么。老头也没再说什么。她蹲在那里，左手还提着那串碧玉般的葡萄，黯淡的目光仍盯在上面。在沉默了好一会儿后，她幽幽地长吁了一口气，轻轻地、小心翼翼地把那串葡萄放进挑子，然后双手撑着膝头，慢慢地站起来，转过身，拉了一下我的衣袖，又情不自禁地回过头望了望那葡萄挑子，说："走，我们走吧！"她毅然决然地往回走了。

哎！这转身一走的一个平平常常的动作，是需要多大的决心和毅力，才能完成的啊！她生理上需要忍受多么大的痛苦才能做到啊！我默默地跟在她身后走着。我满怀愧意地望着妻子的背影，在心里恨自己的无能，连让妊娠中的她吃上一串葡萄的钱也似乎没有。我仰天长叹了一声。

"你叹气干吗，不就是不吃葡萄吗？只当没上街或上街没看见那东西不就完了。"她回过头望着我安慰道。

"你为啥不买半斤、一斤啊？"我问她。

"今天才十六号，还了上月的债，兜里只有六十一元三角钱了，给女儿的四十元还没寄去哟。今天我们去邮局给她寄钱去吧！"——这女儿可是前妻留下来的啊！

我是反对给那扬言外出闯荡的叛逆之女寄钱的，可是她却坚持要寄，还说什么女儿在外比我们还难许多倍。这一次，我更深刻地体会到贫贱夫妻百事哀的深邃内涵了。

那时妻子既要备课、上课、改作业，还要洗衣、煮饭，更难的是挺着个大肚子，还得从深水井里把水打上来，并挑到三楼的厨房里。一言以蔽之，她的任劳任怨是让人感佩不已的。

妻子在我的亲友中声名远播，因为她心怀善意，总是为别人着想。她老是说她这个人待人接物笨得要死，是个上不得厅堂下不得厨房的笨蛋。其实她待人接物既热情大方，又不卑不亢。特别是她与我养父母及其三亲六戚的相处十分融洽，我养父家的两个女儿及纪家的三亲六戚，我唐家的亲友，没一个人不夸她贤良温柔的。

解放初期，我和我同父异母的大姐、二姐失散了。自我懂事始，此后的六十多年里，我无时不在四处寻找两个姐姐。流浪那些年头，找她们，就是想让她们给我一个栖身之所，给我一把果腹之粮，但就是找不着。从教后，温饱无忧了，但我还是四处寻找俩姐，那就是因血浓于水的缘故了。

刊登寻亲广告，是很花钱的，我却前后三次在西南三省一市，另加陕甘两湖，共八省市刊登了寻人启事，花了近十万元，对此妻子总是理解和支持的。

2017年5月，我终于找到了二姐唐淑筠，后来又去东北吉林找到了大姐唐儒筠。这次寻亲过程在后文专章叙述。2018年，二姐一家十余口来我家过春节，2019年、2021年淑筠姐两次来我家小住，每次都两三个月。其间妻与我一起陪淑筠姐去成都，去西安玩。在这些日子里，妻对我姐不仅是悉心照料，而且是毫无色难之状。

我成功时，她为我点赞；我失败时，她安抚、鼓励我；我犯了错，有时甚至伤害了她，她也总是一次又一次地给我以宽容。夏天，她担心我热，冬天，她怕我冷，一年四季，她关心着我的衣食起居。年稍长，身有病，由于她外出总是失眠、便秘，我外出学习、开会，她总是安排细心之人随行照料我。我的书稿也由她校正，有时还提出中肯的建议。

这几年，她在集团担任了领导职务，就更忙了，我家不得不请了保姆，但这保姆的厨艺很差劲，对于年纪大了食欲不很好的我来说，吃饭竟然成了一个大问题。所以她对保姆千叮咛万嘱咐，告诉她我喜欢吃什么，喜欢吃的东西怎么做。

2015年暑假，我因小腿上长疮感染了，住进了大丰三甲医院普外科。住院期间的一天深夜，我手机当的一声响。我从梦中醒来一看，原来是王芹老师发来的一个问病情并安慰的信息。感动不已的我，一时间竟然萌生了吟诗答谢的冲动，于是就在手机上写了一首《夜半回友人探病短信》：

习习馨风叩院门，
缘卿短信问残身。
怀飞绮丽追君梦，
半是相酬半是亲。

诗刚一写完，就想小便了，我本想叫妻子把小便器递给我，但看到她安详睡熟的样子又忍住了，只好自己动手摸到小便器，可就在小便进行时，突然睡意袭来，还没等我拿走小便器，便进入了甜美的梦乡……等我一觉醒来，才发现一壶尿全弄倒在床上了。

我多么不想叫醒熟睡中的妻子，可不叫醒她又怎么办呢？难道睡在这尿湿的床上，让体温把这尿液烘干吗？

我嗫嚅着，几欲张口，然终未发声。

我挣扎着想起身，但稍一挪动，右下肢尚未愈合的伤口就一阵剧痛。

深思良久，我终于鼓足勇气，小声得不能再小声地叫了一声妻子。

处于高度警觉中的她，闻声坐起，揉着惺忪的眼睛问道："你伤口痛得很吗？"

"不，不是。"我一时语塞。

"是饿了吗？我给你削水果。"她柔声说。

"我把尿壶弄倒在床上了。"

"这啥事儿呢，期期艾艾的，直说不就完了吗？"说着，她起身来到我床前，揭开我的被子，左手轻轻地抬起我有伤口的右腿，叫我屁股往上抬一抬，右手轻轻地、慢慢地、小心翼翼地脱掉我打湿了的内裤，接着又给我找来内裤，轻轻地、慢慢地、小心翼翼地给我穿上。

紧接着，她做出了一个只有慈母才可能做到的事。她小心翼翼地——小心得就像把易碎的、价值连城的珍宝挪个地儿的样子，把我扶到她睡的陪床上，而她却睡在我那湿床上了——要知道，有洁癖的她，做出这样的选择，不但需要极大的爱心，更需要战胜自我的勇气。

不管是在我几次住院，还是平时我酒醉后或生病时，她总像慈母疼娇儿一样地呵护着我。

这里再举一个例子吧：最令我难以忘怀的是我做胆切除手术时，第一次做全身麻醉，手术结束后，虚弱的我躺在病床上，意识还不十分清楚，总想睡。

"你可不能让他睡着了啊，你们家属要不停地弄醒他啊，更要注意不给他水喝。""我会照办的。"

在蒙眬中，我似乎听到了一个女人与另一个女人在对话。

紧接着我就听见了一个女人一声接一声地在我耳边呼喊道："纪元初，你不要睡着了！"

"水，水！水！我要喝水……"我喃喃地说。

接着，一根蘸着水的棉签在我干渴欲裂的嘴唇上抹来抹去；紧接着好像蘸着水的一小团棉球儿在如滚烫沙漠的舌头上抹来抹去……一丝丝凉凉的，如甘甜的水汽在我全身扩展开来。我想，我已从死神那里逃脱了吧！

随着棉球儿在口中来回浸润，我的意识也在一点点地清晰。

我终于听出了不停地呼唤着我的是妻子。当我意识还没完全清晰时，我的第一急迫感就是要小便。

往日对着尿壶一泻无余，可是我此刻不仅老半天尿不出一滴来，而且感觉膀胱、阴囊胀痛异常，尿急得不行。于是另一个协助她护理我的小柏高举输液架，妻子搀扶着我上厕所，可是站在马桶边，五分钟过去了，十分钟过去了，十五分钟也过去了，举输液架的小柏双手也酸软不堪了，妻子扶着我也觉得累得不行了，头上渗出了汗，我还是只一个劲儿地嚷尿胀得很，就是一滴也撒不出来。于是，妻扶我在马桶上坐下，忙去找来两个颜值高的女护士。女护士到后，伸出纤手，利用男性的心理反应特性，把我的生殖器摆弄了好一大阵，仍是滴尿不见。在万般无奈之下，妻子才同意护士给我插管导尿。

我手术完回病房是下午五点，直到深夜三点钟，神志才完全恢复正常。这十来个小时，妻子一直守护在我病床前，除了上厕所，一分一秒都没离开过，也没眯一会儿眼睛。

我十分真挚地感谢善良、温柔、体贴的妻子，更是万分真挚地感谢宽容、勤奋、克己的妻子。妻子几十年如一日地既要忙家务，管我和儿子的吃穿，又要忙着教学。

她不仅在教学上与普通教师的工作量一样，还要当班主任。在我七十岁以前，她很少请假，从没迟到早退过，哪怕是一分钟。我七十岁后，她为了照顾我，早上有时要耽搁几十分钟，可每次都按规矩向办公室主任请假，在期末按规矩扣奖金，哪怕她眼下被选为副理事长、校长了，也是如此。

她教了三年小学语文，二十一年初中数学、化学；她当了二十四年班主任，班上学生的纪律、清卫及各项考核指标都是年级前列。

她的宽容大度更是深得师生的嘉许和信赖。有一次，她外出学习了一周回校，班干部向她反映，有个姓唐的顽皮男同学，骂了她许多不堪入耳的话。当我得知这一信息后，雷霆大发，坚持要把这个刺儿头绳之以法，开除学籍。我原以为她会坚定地支持我，可谁知，她不但不支持我的决定，反而多方说服我，什么孩子还小，"开除"他是解了恨，可是在同学们的眼里，他就成了十恶不赦的坏蛋；又说什么留他下来，才会让他改正错误，推他出去，他想改也没机会了……最后，在她的坚持下，只给了那个学生一个记过处分。

她不仅对未成年人十分宽容，就是对成年人也是很宽容的，有时宽容得让我深感不安甚至不满。有一年，复隆一个熟人的女儿来参加插班考试，在报名时指定要读她那个班。家长说郑老师管学生虽严，但从不打骂，刚柔相济的，书也教得好……招生办把这一信息一一记录在案。

可是考试后，由于这女孩子成绩不错，就被一个姓侯的老师抢走了。学校为了避免教师间内耗，在社会上造成恶劣影响，早在三年前就下发文件，规定插班生报名时选择了班主任的，校内任何人不得动员该生另择他班，学校领导也不得将此学生重新分配。

这几年来招生秩序井然，现在可好，侯老师竟然敢成为第一个吃螃蟹的，而且居然抢走我老婆的粉丝。我下决心按规定处分侯老师。妻子知道后，坚决反对，她说："这件事你不张扬，我不张扬，谁知道他违规抢走了我的粉丝？你的纪律被破坏了吗？你想想，我是你老婆，你这样兴师动众开大会处分他，人家不说你假公济私吗？更何况那个小侯老师也是个努力工作的人啊。"

更难能可贵的是，后来我培养年轻干部时，她极力推荐了这个老师。

提拔后，小侯真的干得不错。

在我记忆深处，还有一件事。

2010年秋季招收插班生，一个慕名而来就读她那个班的优秀学生走进校门了，但因找不到她的办公室，在问路的时候，被一个女老师"拐"走了。后来，这个学生的家长找到我妻子，要求转到她班上读。她反而劝慰家长说："在我们学校，每个老师都很敬业且教学水平都很高，你孩子没必要转班了。这样频繁地换老师，变换学习环境，对孩子成长不利。"

在这个世界上，最理解我的是妻子。虽然在一些琐事上，我俩意见也曾相左，但在重大原则上，她总是给予我一般女人做不到的：给我理解、支持甚至鼓励。

尽管我老来得子，我四十三岁那年儿子才出生，但我从不娇纵儿子，严格要求几近苛酷。我不强迫儿子考重本。在儿子成年后不干涉其婚恋自由。

儿子大学毕业后，准备与初中同学周秋筠结婚。在他们确定恋爱关系的那个新年初七，周秋筠来我家认门。吃中午饭时，我严肃地问周秋筠："你们俩的事定了吗？"

"差不多了吧。"

"那你对自力了解多少？"我追问道。

周秋筠低头吃饭，微笑不答。

"他懒，不爱干净，脾气古怪。"我直言道。

"校长，我知道这些，我会教育他的。"这个小女孩瞟了一眼坐在旁边的自力，笑着调侃道。

儿子满面得意的微笑，向我示威性地调侃道："校长，我有哪些臭毛病，都尽管说，若找不出来了，发挥你编故事的特长，胡诌几条也是行的。"

说得严肃的我也笑了。妻子也笑了，一家人都笑了——我对儿子不近人情的怪诞做法，妻子是理解和宽容的。

她对儿媳的宽容胜过慈母宽容娇女。她对儿子儿媳的疼爱是隐秘的，持久的。但在许多关键时刻，她与我保持着惊人的一致，这证明了她对我的理解。

儿子结婚时，周家提出要举行婚礼，儿子儿媳也强烈要求举行这一仪式。理由很简单：一生只有这么一次，应当留下刻骨铭心的纪念。

可是我通过火力侦察，得知，若我这个近二十年没摆酒席的人，一置酒迎客，绝不会少于三百桌。你看这个酒席摆在哪里？摆在吉尼斯纪录大全上去吗？——因为一旦摆酒席迎娶儿媳的消息传出去，客人来与不来就不以主人的意志为转移了。万万没想到的是：妻子居然支持我的决定。

总之，她是个天下难觅的好妻子。

第三十一章　汪洋浩渺困长鲸
　　　　　转向南山路不平

自从 1987 年，我随教的 1989 届学生搬到大兴——乡政府所在地以来，我心里一直快快不乐，怅然若失。尽管转为公办教师后，手头宽裕些，在大兴的生活环境也相对好些，然而入目多浊物，这对我来说无疑比贫穷艰难更难忍受。

1991 年初夏，女儿从武汉回大丰来探亲。女儿回来那几天，我夫妻俩挖空心思，想方设法把她留下来。我说，你要读书，我来想办法；你若要务工，我来找工厂；你若要务农，那就回老家去种地。她说想去工厂上班。

我说这好办啊，就在学校旁边的塑料加工厂去上班吧！可女儿不同意，她的理由很充分：那厂就在学校旁边，她离家出走的事闹得路人皆知，她到这厂里上班，脸上挂不住。

冥思苦想之后，我决心打破不轻易开口求人办私事的陈规，找纪超帮忙。我之所以决定找他，一是因为他为人豪爽，不贪不占；二是他在八区任副区长，分管乡镇企业，且八区那时的乡镇企业量大质优，为女儿找个工作，工资也高一点；三是八区的郑区长、程书记在不同程度上与我有过交集，且我们彼此印象都不错。

第二天一早，乡政府刚一开门，我就去办公室往八区公所给纪超打了一个电话，把事情的原委如实地给他讲了。他说这应该没任何问题，我、区长和书记商量一下，十二点前给你回话。

上午十点过一点，乡政府通讯员跑来叫我接电话。我气喘吁吁地跑过去，抓起话筒就听到那边说道："我跟书记、区长汇报了你的事，他们一听你想来八区，高兴得很，说侄女月工资绝不低于四百元，但有个条件，你必须出任八区中学校长。"——那时我和妻子两个月的工资之和也不足四百元啊！

"喂，老弟啊！我这个一身'匪气'的人，胸无城府，真不是当'官'的料。蒙你们看重、信任，叫我当'官'，我如果勉强答应下来，干砸了锅，不仅害了我，也害了学生，更有损你们的知人之明啊！请转告郑、程两位领导，在下碍难从命。"我最后一半生气一半调侃地说了一句就挂断了电话。我还没离开乡政府办公室，电话又响了。我拿起话筒一听，又是纪副区长的声音："喂，哥子，我去跟他们搓一下，看搓不搓得好哟，不管结果如何，我都会给你来电话的。"这老弟真是个肝胆相照的人。

后来，电话往返十余次，终于敲定了，按我说的办，我暂不任校长——到五墩桥小学任教。于是我就积极准备起来——办调动手续。但是大兴乡政府、区政府都不同意我调离。后来磨破了嘴皮，终于说通乡里，他们说："到时只要区里同意，他们一定签字。"

一天下午，纪副区长又打来电话说："哥子，想来想去，你还是下八区来请区里领导吃顿便饭吧。我知道你手头紧，这没关系，吃饭花了多少钱，我给你买单就是了。"一个无权无钱的穷教书匠受到如此的礼遇，在电话里，感动得我除了连声说"谢谢"之外，什么也说不出来了。

于是，我和纪副区长约定两天后我和妻子去八区请客。我知道客人一方，酒仙、酒神一大堆，作为东道主的我，也应该邀几个酒怪、酒妖上阵才行。于是我到乡政府请了三个人，到供销社餐厅找到了曾三、小学校长，连我和妻子七人，准备第二天上午到八区酣战一场。

可是，到了晚上八点半，女儿突然找到我说，她不在大丰找工作了，她明天就要回湖北去。我问她为什么呢，她说，刚才去乡政府接了个长途电话，湖北那边已给她找好工作了，叫她回去。我叫她三思，她说她主意已定。

这一下可把我气了个半死。"太任性了，太无定力了！"我骂道。妻子劝我莫发火，找她谈谈再说。我和妻子找女儿又谈了好大一阵，可是任我们口若悬河，舌如利剑，她却是王八吃秤砣——铁了心。我唉声叹气，辗转反侧，彻夜无眠！天刚一放亮，我就跑到乡政府，挂了个电话，向纪副区长致歉说明了原委。

这是我第一次，也是唯一一次主动提出要离开大兴乡这片热土。

女儿走了，我心也碎了。女儿走的那天晚上，我独自一人饮酒，醉了个一塌糊涂。第二天一直睡到中午才起床，喝了一碗稀饭，拿起一本书就往外走去。

我走到楼梯拐弯处，看见程晨光副校长门开着，他正伏在桌上聚精会神地画什么。

"程校长，没看出来哟，原来你还会画画？"我走进去问道。

"南山修个农民文化技术学校，我画个简图，再找个人画个施工图。"程校长看了看我，扶了扶眼镜说。

我问他农民文化技术学校学什么？他说全是学初中教材，也学点农业技术，学生毕业后可以考高中、中师、中专，也可以考职业高中。我听了不禁赞了一句，那比普通初中还好啊！

他说道："当然，当然！你愿意上山去吗？"

"你不怕我不听指挥吗？"我反问道。

"怕你？为什么怕你？你不就是爱说点真话吗？"尽管他这样说，我还是有点不放心，因为他是出了名的"老练"。于是，我盯了他一眼，说道："我和我老婆可以一起上去，但有两个条件：一个是教学上的事，我说了算，学什么农业技术必须在不冲淡文化课的前提下才行；另一个是收到的议价费，你儿子管钱，蒋云琴管账，但开支得我签字，你在县里要来的钱不管多少，勤工俭学挣的钱不管多少，我们不要也不过问。"我怕日后因这些事招来麻烦。

"要得！要得！写个协议都要得！"他笑逐颜开地说。

"这学校建在南山哪块地上，我能去看看吗？"我保持着几分谨慎。

"当然可以，只要你不怕中暑。"

说去就去。我们戴上草帽就沿着大丰公路往南山而去。走了一公里多路就来到了南山脚下，又走了一公里多七弯八拐的盘山公路后，就从两旁布满荆棘蒿草的小路往山顶上爬去。

　　那天很闷热，老天像披着一床奇大无比的厚棉被。那个肆无忌惮的太阳，这时也无可奈何地被这棉被捂住了，只是拼命地挣扎着，偶尔露一下忧愁、惨淡、苍白的脸。一丝儿风也没有，树上的知了领着一帮不知名小虫"热啊热啊"地乱叫，漫山遍野都充满着烦闷而燥热的气息。走在小道上，那蚊蚋似乎见到了久违的美味，循着我们的汗味，一个劲儿地往我们身上裸露的地方猛叮，哪怕是某处露出来的一小块，它们也不放过，叮住就是猛咬狠吮，大有要吮干我们一身所有液体方才罢休之势。

　　蚊蚋叮咬后奇痒难耐，忍不住搔两下，一不注意哪个地方搔破了点皮，汗水流下来腌在伤口上，又痒又痛，其痛苦之状，难以言表。

　　真可谓"走尽崎岖路几程，寸心原欲拨云旌"。我们汗流浃背地走了老半天，好不容易来到南山擎天垮山顶上。在山顶一大片一毛不长、页岩裸露的地方站定，程副校长挥手一划说："郑乡长已同意在这里建一所农民文化技术学校。"我不禁一愣，脱口而出："这是山顶，四周无遮无挡，太阳一出，四下都是强光，一遇起风，八面来风，这样学生患病率可高了。再说山顶上，哪来水源？饮用水、洗浴用水从何而来？"

　　程校长听了，脸上有点挂不住了。但脸上阴云没过多久就散去了，他笑着问道：

　　"那你看这山上何处可修学校？"

　　我指了指山腰上一个"∩"字形的山垮中的一小片开阔地说："那里比这里好多了，向阳背风，地势低一些，可以凿井取水，实在不行，还可以修池蓄水，再不行，下山担水也少了一大段陡峭山路。但唯一的一大障碍就是那片垃圾场又脏又臭……"我们一齐向山腰下望去：齐人深的荒草，翁郁的橘树林，随处可见嶙峋乱石。于是我们小心翼翼地向山下走去，走到山腰上仔细一看，最宽的那片有近百米宽，有二三米长，眼界开阔，岩下有一条三四米宽，高低不平的砂石便道，便道内外都是如一道峻岭般的垃圾堆，垃圾堆外便是一道一二十米高的悬崖，便道靠山一面是大堆小堆每天都在长高长大的垃圾堆。大白天，山鼠也成群结队地在垃圾堆窜来窜去，它们目中无人地在新倒的垃圾里寻觅可食之物。几具计划生育的产物——引产出来的死胎儿，招来的一群野狗，一边嗷嗷地或呜呜地向竞争者发出最后通牒，一边争抢胎儿的尸体。

在乱石堆不远处的树荫下有一个小水潭，水潭可能有一两尺深的积水。一大一小两条菜花蛇，大的那条足有一米多长，拳头那么粗；小的那条也有五六十厘米长，它俩正在积水凼里泡冷水浴消暑，不一会儿，它俩便一前一后地游上来，溜进乱石堆下的洞穴中去了。

最令人烦心的"直升飞机"（即苍蝇）一大群一大群地嗡嗡地叫着，漫天飞舞。我们站了还不足五分钟，它们便把我们的头、脸、身上的每一个部位都当作了天然的"停机坪"，整个人身上停满"绿头直升机"。

看到这一切，真是有点令人毛骨悚然。好在我少小久经困顿，什么苦日子都过过，并素来胆大，否则定会"两股战战，几欲先走"了。

看来下面这一片是适宜建房但又没法修房的了。没办法，只好在崖上面这块地想法子了。可是这一片最宽处却也只有二三十米宽，最窄处只有十来米，且北面背靠悬崖，南面对着十来米深、十三四米宽的人字形大石坑，这是石工采石后的"遗迹"。西面有几块楼梯状的小土，梯土与梯土之间最低也有两三米，小土边有一道浅浅的不足五米高的山梁，土里满是橘子树，山梁长满了小刺槐、芭茅、马桑和荆棘；东面是五六米宽、几十米长的橘子园，橘子园靠里面是一道五六米高的山崖。橘子园南面是一个不太大的废弃了的采石场，地面上横七竖八地垒着长的、方的、三角形的，更多的是不规则的大大小小的、厚薄不匀的石头。采石场的崖壁是一道十多米高的断石崖，这是石工们采石留下的遗产。采石场下面是一道泥土混杂碎石的山崖，这道山崖连着下面的垃圾场。

我之所以啰唆这么多，不仅是想说明这里的地理环境恶劣，还想说明，除了"∧"字形崖穴里面那片不大的地方可以修教学楼外，其他的地方都不行，同时，以此释群疑：纪元初绝不是用罗盘查了阴阳地理而找的一块风水宝地——因我后来在这恶劣的环境中创造了教育奇迹，有人就说我精通阴阳风水呢！

就这样，我和程校长两人确定了校址。程校长是个有魄力，也有执行力的人，校址确定不久，就立即动工修建了。

可是对于我去农民文化技术学校一事，各方反应不一。

我带的1992届一班，所有学生和家长都不希望我离开。全班六十一名学生就有三十多人要求跟着我去农技校，他们宁肯降级都行。

而校内的同事则是各自心思不一，像张兴等老教师，多次找我，想让我改变主意留下来，他们甚至去找校长说："纪元初一走，'金杯'没了，副班长——排名在最后可就来了。"

校长和几个管事不干事的人，虽口里劝我留下，但心里却十分惬意，他们私下说：这个刺头走了好。甚至有人当着我的面也说："老纪啊，再过些时候，这个校园里就清静了。"

而大多数的逍遥派则是不闻不问，似乎一切依旧，什么也没发生似的。

是啊，我一介草民，对这大兴初级中学，真是有我不多，无我也不少。

最值得回味的是乡里的常书记，因他儿子在我班上读书，所以他坚决反对我去农技校工作，因为他是书记，修建农技校的老板却是乡长的老乡、战友。常书记多次找我谈话，劝阻我上南山，可我都没点头。有一次，他很直白地对我说道："……今天，我再次劝告你，不要执意去农技校上班，那里是啥条件，我们都知道。你从教书以来，就没败过，但我敢断言，如果你上南山教农民文化技术初中班，你就会一败涂地，臭名远扬。"

"当然，这是可能的！"我一说完，他两眼放光地说道："所以，你不要知不可为而为之。"

"我一生信奉'一诺千金'，我答应了程副校长去农技校工作，哪怕死，我也绝不会后退。"我盯着他，坚定地说道。

"那就没法子了，你必败无疑。这不是老天要毁你，而是你自作孽。"他十分不快，恨恨地说道。

"我不信真有那么一天。"我一字一顿地说完这一句，站起来就走出了他办公室。

后来，我真为我这一不客气的回答付出了沉重的代价，几乎被他弄得灰头土脸。

炎热的8月就快过去了，暑假也快结束了。农技校修得怎样？我得上南山建筑工地一趟。上了山，到工地上一看，心都凉了大半截，一幢两层的红砖楼房，砖体砌好了，底层的水泥地板也打好了，可是没门没窗，二楼只铺上了预制板，地皮没打，楼顶预制板铺在水泥梁上，连顶层的防水地皮也没做好。

工地上一个人影也没有，崖下垃圾场的野狗仍在肆无忌惮地争觅胎儿死尸，绿头苍蝇仍一群群地四下乱飞……进入眼帘的除了冷清、荒寂，剩下的就是肮脏和腥臭。

我回到学校找到程副校长，把教学楼还没修好的情形和我心里的感受噼里啪啦地倒了出来。他默默地听完后，安抚我道："纪老师，你放一万个心好了，楼就那么四百个平方都不到，我叫施工方他们加两个夜班就完工了，保证不耽误9月1日开学。"

转眼间，9月1日过去了，9月2日过去了，9月3日也过去了，但程副校长仍没叫我搬家上南山的意思。我再也按捺不住了，找上门去对他说："我决意明天搬家上农技校了，请你通知学生于后天来学校报名，若到时不来报名，我是要执行纪律的。"我说话的语气中明显地流露出了十二万分的不满。

要搬家，就要花钱雇车，花钱请人上下车。我是个什么都不缺，就是缺钱的人。没法子，只好找干亲家管林借了一百五十元钱，作为请人吃饭、买烟、雇车、付工钱的花销。

家搬了，第二天学生也来报了名。这个班还真是超现代化的小班，全班只有十七名学生。原来这个班招收的是八十七名，一学年时间就流失了七十名。可见他们还真有办法让学生听不懂，否则为什么会有这么多人选择离去呢?

既来之，则安之，开弓没有回头箭。程校长说你一个初中只念了三个月的人，教好了初中，创造了奇迹，那么你一定要在这山坳坳里再创奇迹!

于是在十七名学生报完名的当天，我就举行了入学摸底考试。

考试成绩一出来，真叫人跌破眼镜，语文人均 19.7 分，一个叫龙军的女同学考了 60.5 分，是全班的"学霸"；数学人均 17.2 分，无一人及格；外语人均 11.5 分，无一人及格。

第三十二章　既敢登山何怕虎
逆风顶流勇行舟

这就是我上山遇到的第一只拦路虎。

我面临的第二只虎便是学生无饮用水。俗话说山高水高，可是南山地下是花岗岩，这种岩石渗水力特强，储水能力特差，所以山上很难找到像样的水源。

第三只虎是没厨房。这幢两层的小楼，共四间教室，底层教室的西端是三间住房，第一间是我的办公室，第二间是我夫妻的卧室，第三间是厨房带儿子的一张床。

教室东头格局与西头一样，不同的是底楼的第一间是数学和英语老师的办公室，第二间、第三间是英语老师和数学老师的住房，而二楼东西两端四间小屋共八十平方米，这是女学生的住房。根本就没地儿做厨房。

第四只虎是学生少。在那时，中国的教育是六七十人一个班。十七人叫一个班吗？

这第一只虎学生成绩差，是教学质量差造成的，这在我眼里倒算不了什么。提高教学质量，是个精细活，这需要慢工出细活的韧性和耐性。眼下学生成绩如此差，应该是多种因素导致的恶果。我通过仔细观察、询问、分析，找到了以下原因：

班风班纪特差，这个班组建时，教学点是在红星小学，老百姓给这个班取名叫"恋爱班"。他们的论据是："管隆生院子后的竹林被那些学生搞光了。所以第一学期就东一个西一个地走掉了四十多人——

近乎一半。"后来程校长把这个班迁到了大兴初级中学三楼，与我带的 1992 届一班同处一楼。只不过各楼层的两端，中间隔了二十多米两个空教室、一间办公室、一个楼梯间而已。尽管如此，那个"农技班"的乱象我还是略知一二的，所以一学期下来，又走掉了二十多人，只剩下了这十七名不知什么时候离去的学生。

造成这种恶劣局面的根本原因是一个"怕"字——怕管严了，学生流失。他们不懂越怕事越来事这个最基本的哲学道理。你怕学生流失就不敢管，你不敢管，班上纪律就差，纪律差，学习秩序就不好，学习氛围不浓，学生成绩好得起来吗？学生成绩不好，家长能满意吗？家长不满意，学生能不流失吗？

另一个重要原因是这个农民文化技术学校先天不足：在事权上，它属小学建制，但招的又是初中学生；上级的政策走向是对未考上初中的农村孩子进行现代农业技术培训，使之成为有文化、有农业科技常识的现代农民，从而改变农村"一穷二白"的面貌，可那些制定政策的"肉食者"调研过吗？其一，有多少懂农业技术的大、中专毕业生不想去农业局上班，愿意回乡去当农民呢？其二，农民有谁愿意其子女不去考高中考大学而去考农村职业高中呢？

老师与学生是相互依存的。没有理想的学生，老师再好也白搭；没有好的老师，纵是有一批愿意学好农业技术的学生，也是"瞎忙活"。

先天不足带来的另一个重大缺失是：初中老师不愿来，因为都认为农业文化技术学校是小娘养的，地位不高，名声不响，何况它不在初中这个编制序列。而小学老师来教初中，没人愿意，因为那年代干多干少，收入一样，干好干坏，收入也一个样。何况这农民文化技术学校的专职干部是程副校长，与正校长总是貌合神离的。说直白点，程副校长的教学经验比正校长多，尽管他只打牌不喝酒，可在教师中的威望远比正校长高。所以谁愿意支持一个对自己有潜在威胁的副手呢——除非他真正有搞好教育的情怀。

农业文化技术学校的教师素质极差，主要表现在两个方面：一是思想素质差，他们都不懂得有为才有位，幸福是奋斗拼搏才能获得的这一永恒真理，所以在收入不高、转正无望之际，纪律涣散，工作懒散。这主要表现在：早退、迟到无所谓，只要不被程校长知道就行，作业可批可不批，考试成绩可报假……老师和学生可以不上夜自习，去抓青蛙、捉黄鳝，甚至师生同桌喝酒鬼混。

再看教师的业务素质，我也不敢恭维他们，一个女教师高中毕业教数学，教学水平还差不离，模样儿倒还过得去，可就是说话有气无力，缺乏激情，更缺乏工作热情；另一个女教师教英语，年轻俊俏，本应讨学生喜欢，但学的是汉语言专业，那个年头，英语教师可是十分紧俏的，正牌的高中、初中学校招英语教师都很难，你一个农民文化技术学校，英语专业毕业的谁肯来，何况还是在荒僻的山上呢？于是只好用这个老师滥竽充数了；一个语文老师，年轻男性，不谙世事且个性乖张，又不勤奋。

你看，这样的老师能让学生学知识、长能力吗？

这个问题倒还可以假以时日做区别处理。但没水没厨房做饭，那可是半天也不能耽误的事儿啊！

我一到这南山上任教了，原来任教的那个班就跑了二十多个铁杆粉丝上来，外乡各地方也转来了十来个学生。这个班几天之间，就从十七名学生变成了五十多人。接着又新招了一个初中一年级：1994届，这个班招收六十一人。一下子，这寂静、荒凉、冷僻的山垮里便有了生气勃勃的一百二十人了。可这一百多人要吃要喝，没水咋行呢？程副校长和我原来指望那一小股不知从何处冒出来的涓涓细流，可是由于几天没下雨，山泉早不见踪影，整座南山上早就见不到一滴水了。没法子，我只好带着学生漫山遍野地找水源。东找西寻，好不容易，才在离学校两百多米的一个废弃的采石场的乱石坑中找到了一大凼积水。师生费了九牛二虎之力，才把水挑上山来。可是这一大凼水只用了几天就用完了。

于是程校长叫我带领学生又去更远的地方找水源。经过一番努力，我们终于在离校近千米的小佛寺找到一口水井，在这里又担了一两个星期的食用水。在此期间，程校长和我四处找人，后来在县水利局找到了一个"专家"，他在教室楼外的悬崖边，找到一个水源，打了十多米深的水井，但日出水不过两百来斤，很难满足一百多人的日常用水。

再后来，学生季福燕建议到她家水井取水。她说她家家门前那口井就是大旱之年，也是水涌如泉。但是，她家离学校可有五里之遥且往返要爬一个很高的陡坡啊！

我一时间很难做出决定，因为我心里没谱啊：这么远的路，这么陡的山，这么小的孩子——小的十二三岁，大的不过十五六岁，能担回水来吗？

我，一个山村教师，却犹如一个大决战前的将军那样左思右想，想了两天两夜，最后星期六下午做出了一个决定："同学们，明天你们到校时带两只水桶一根扁担来吧。"大家齐声应道："要得。"没有人问我带这些物件来干啥。我也没跟他们明说。但他们心里已如明镜似的了。

星期天下午，学生担着水桶，背着大米、红薯、换洗衣物，三三两两爬坡上坎地来到了学校。我心里已制订好了"作战计划"：晚上，利用晚自习，分别在两个班先做战前动员，然后再开个诸葛亮会，讨论具体"战斗"的每一个细节。

晚饭后，我先在1993届教室里行动起来。煤油灯次第亮了起来，那晚上没有风，但在没门没窗的教室里，油灯的光焰仍是忽闪忽闪的。就着昏暗的灯光，我在黑板上写下了《七律·长征》这首诗。我先有感情地读了一遍，接着要求大家用二十分钟熟读背诵。

眨眼间，教室里便洋溢起一阵诵读声。在学生完成了熟读记忆之后，我便开始讲述二万五千里长征的时代背景，接着讲了一个又一个爬雪山过草地时艰苦卓绝的故事。讲着讲着，我沙哑的声音哽咽起来了；听着听着，许多男生的眼睛闪起了泪花；听着听着，女生的眼泪流了出来。

接下来，我转过话头，问道："同学们，眼下我们遇到了许多困难，大家说，怕不怕？"教室里这些天真无邪的孩子一齐从内心里发出了干脆响亮且信心十足的"不怕"。和着他们的回应声，我在黑板上写下了"苦不苦，想想长征二万五"几个大字，接着又写下了伟人的名言"与天奋斗，其乐无穷；与地奋斗，其乐无穷；与人奋斗，其乐无穷"。这句话在当时是十分流行的。此时此境，又一次证实了精神可以变物质的正确性。

接着，我让他们讨论担水的具体措施。趁 1993 届讨论之机，我便到楼上 1994 届教室如法炮制起来。

经过鼓动和讨论，学生内心的那股与困难奋斗的勇气和干劲被我激发到了极致。于是我把从明天开始，我们每天下山取水的决定讲了出来，征求大家的意见，教室里一片叫好声。

1994 届的班长仲朝勇、隆平与劳动委员卢申海和 1993 届的劳动委员王天伦、季兴华一起分好了组，指定了小组长。

于是，师生们不分男女大小，不论胖瘦强弱，分好组，排好班，每天出去挑水。强壮的男生一人挑一挑，瘦弱的男生和女生要么挑半挑，要么两人抬一桶。每天下了早自习，大家先出去挑水，挑回来才吃饭，然后上课。天天如是，上演了一场"小英雄"与天奋斗的史诗剧。

卢琼燕、虞长惠等女老师也带头走在前面。很难想象，这两个柔弱的女子身体里究竟有着怎样的钢筋铁骨，有着怎样的勇气和坚强，有着怎样的责任和担当。

取水之路，有田间小道，更多的是林间曲折陡峭狭窄的山路。有一段路，看似不很远，却满是荆棘，满是汗水甚至鲜血，满是坚强和勇毅。因为林间的槐树刺、阎王刺，有时候会上演"伊斯兰"的故事，让大家体验真正的坎坷。

"秋老虎"肆虐之时，白花花的烈日晒在头上，晒得人脑袋发涨发痛，晒得女生"满脸健康色"，晒得男生的手臂脱了皮。

挑水过程中遇下雨的时候少，因为下雨就不用到处挑水了。但有时候，暴雨说来就来，根本不和任何人商量，唯一的通知就是噼里啪啦地打到你身上。于是，农家的屋檐、路边的树林、山间的岩穴，都成了小英雄的"庇护所"。有时候运气好，能够采到一两张大的荷叶（芋子叶是不会摘的，害怕影响农民的收成）。于是大家就轮流体会"荷叶遮头雨湿衣"的意境。更多的时候，大家是冒雨前进，因为大家还要赶回来吃饭、上课呢。

最艰难的是那段接近90度陡峭石壁的一段路。石壁大约1.5米高，是往返的必经之路。换一句话说，这条路只有找水的师生经过，连当地的农民都会绕道而行。

去的时候还比较好办，胆子大的纵身一跃，稳稳当当落地，像是练习了"凌波微步"似的；胆子小的抓住边沿的树枝，慢慢挪动身体滑下去，倒也有些"飞檐走壁"的味儿。回来的时候就很艰难了，通常是个子高一点的季兴华、王天伦、卢江均、季文久几个同学先爬上去，然后探下身子，接过下边的同学高高举起的水桶。有时候，桶里"不安分"的水将身子一扭，就漾了下边的人一脸的水，漾出了声声遗憾。

等到把水全部接上去之后，下边的人才接着往上爬。男生一般身手敏捷，抓住石壁边沿，两脚交替往上蹬，上边的同学一拉，或者下边的同学一顶，就成功"登顶"。可对文弱的女生就困难得多了，尤其是小胖，上面的人要趴在路上，一手支撑或抓住草木，一手尽量拉她，下面的人手托肩扛头顶，使出浑身解数，方才可以成功"解救"。奇怪的是，当时竟然没有人有怨言，也没有人劝她"一边凉快去"。我想，真的是因为师生们的心已经拧成了一股绳，既不会让任何一个人觉得自己占了便宜或者是"多余的"，也不会让任何一个人掉队。于是日子就在艰辛而多彩的来来回回中，在水桶的摇摇晃晃中晃过一年多。

第二年，我用收来的择校费，终于在教学楼下的水井旁修建了一个大水池，紧接着我又决定在山崖下靠水井处再修一个长十二米、宽四米、深二米五的，能蓄水一百二十立方米的蓄水池，大家都很高兴。但是，没有"源头活水来"，天上的无根水撑不了多久就干了，所以找水仍然是大家日常生活的重要话题。

因为水来得太不容易了，所以大家倍加珍惜。吃完饭后，先把碗在淘米水里洗好，再在半桶清水里清洗。清洗碗的水和洗脸洗脚水又被用来浇花。

在这一段堪称奇迹的日子里，虽然浊水常枯天无情，但是师生铁鞋踏破人有恒：石窝农院，一肩挑出画卷；深坎陡坡，双脚踩成诗行。

刘丹、周益菊、程雪、邓秀娟、季庆书、周仁芳、王欣、梁鸿、隆平、秦平、隆晓莉、隆晨曦、易刚勇、卢毅、卢军、黄善刚……一个个像名字一样美丽的女孩子，都变身为坚毅无比的"女汉子"。季兴华、程旻明、牛杰……一个个像名字一样刚强、勇敢的男孩子，都提前成为有责任感、有担当、知善良、懂友爱、明事理、勇奉献的男子汉。

我们——每一个老师和同学，没有因为日晒雨淋而抱怨，没有因为肩挑背磨而流泪，没有因为流汗流血而放弃。我们，用各自的方式，书写了一段传奇，馨香了整座南山，温暖了一份记忆，灿烂了自己的人生！

不知什么缘故，尽管我这个人从教伊始，工作作风属于"鹰派"，甚至还有几许"匪气"，但不管走到哪所学校，也不管那个学校条件何等的艰苦，设备设施何等的简陋，就是人气旺，就读的学生多。有人说这是我"八字"中带来的——你信吗？

没有厨房，有了水也煮不了饭。幸好，程副校长早想好了一个地方，那就是坡顶上清溪村废弃了的一个养猪场，还剩下两三间草屋，一眼大灶，一口大铁锅，这样因陋就简，暂时解决了煮饭的问题。尽管煮饭的问题解决了，但困难还是非常大的。

教学楼离废弃猪场看起来很近，但两者间却隔着一段又陡又窄，两边满是过膝的荒草的山路。第一天，我和学生一起到猪场端饭，我们端着饭正往山下走，突然前方一声惊叫："蛇！蛇！"话音一落，在灰蒙蒙的夜色中，只见一团黑乎乎的东西往山下滚去。

"祝二胖，祝二胖滚下去了。"啊！原来是祝少江被一条横在小路上的大蛇吓得三魂不在了二魂，哪还有心思注意脚下，摔倒在陡窄的山路上，轱辘轱辘地往山下滚了下去，饭盒摔在地上，米饭撒了一地。

这种艰难困顿之状，一直从1991年9月延续到1992年的7月。

1993届的扩充与1994届新招的成功，在大兴乡政府及大兴乡教育界引发了一场"八级地震"。说来话长，当时乡里一个主要领导常书记，资格较老，是转业军人。乡长也是转业军人，但是从招聘的半脱产干部转成国家干部还没两年。

二人在对待四川省人民政府关于建设农民文化技术学校这一新生事物上，观点完全相左。书记态度消极且抵制，他认为能拖就拖，能耍赖就耍赖，等这阵风过去了，这事就不了了之了。从历史的眼光来看，常书记党性有亏，但从求真务实这方面来看，他无疑是正确的，因为省里下达的文件不接地气，且不符合客观实际，好心并不能都办得了好事。而乡长转正不久，正想争政绩，树形象，坚决主张建设农民文化技术学校。

于是二人就明争暗斗起来，两个神仙打架，而我们这些不知内情的凡人——我和一百多名学生却遭了殃。

第三十三章　不为艰难改
潜心向远洋

遭殃的具体表现为以下两个方面：

一、严防死守，常书记亲自开动宣传机器，指示不准学生就读大兴乡农民文化技术学校；

二、指示乡财政所不给修建农技校项目拨款。

我离开大兴初级中学时，常书记十分不情愿。当时我以为他只是为了在我班上读书的儿子这种私恨，后来才知道他还含着"公仇"呢！

他要求各村领导清理跟我上南山读农民文化技术学校的学生，并要他们挨家挨户地去做家长的工作。这里最典型的有两个事例：

一天，清溪村的一个主要领导又去找易连君的父亲"摆龙门阵"了，易连君的父亲易长庚正在修理犁具，看见这领导一进门，心里就涌起了一股说不出的厌恶，因为他知道领导又是来动员他儿子回乡初中念书的——她已经来了好几次了。每次他都态度鲜明地告诉来人：我儿子要跟着纪眼镜走，我支持。农民的秉性，大多还是率直的。易长庚更没有拐弯抹角的本事。

"老易，乡领导要我来告诉你，纪老师教的那个农民文化技术学校，学生毕业后只能考农民职业高中，不能考普通高中，今后更没法子考大学，也不能考中师、中专。"这个女领导一口气就讲了一大堆代人传令的话。易长庚白了她一眼，低下头又一个劲儿地弄他的犁头去了。

女领导见易长庚不搭理，又语重心长地说："老易，亏你还是个党员呢……"

"党员咋啦！我君娃儿又不是投敌叛国，也不是跑到台湾香港去读书。"易长庚毫不客气顶了回去。

"我们还不是为了你儿子好哩，钱花了，时光也费了，今后连个像样的学校也考不上……"她又卖起了"劝世文"。可还没等她唠叨完，易长庚就火了，呼地一下站起身来，大声地说道："我君娃儿跟着纪老师走，关你们什么事？我儿读了初中就不读了，回家来跟着我挖蛤蟆，未必当农民也会犯王法？！"

女领导讨了个没趣，悻悻地走了。

双溪村的领导也是三番五次地去找周益菊的父亲周玉林做工作，把到农技校读书的危害性甲、乙、丙、丁、戊、已、庚、辛一条一款地说了一大堆，可每次老周总是满脸堆笑地迎接"领导来访"，又是敬烟，又是上茶的，忙活了老半天，领导的训示他总是毕恭毕敬地应道："好，好！要得，要得，我明天就去叫她回来。"或者应道："对的，对的，读大兴乡中有前途，前途远大……谢谢领导关心！"村领导离开时，他也是躬身相送。念过书，当过生产队会计的他，老于世故，深谙"念叨任你念叨，好歹我自为之"之道，所以他从不叫他女儿转回乡中去读书。前不久，1993、1994届的开同学会，我向他们提了一个问："'战友们'，当初文技校苦不苦？"

对这两届的学生，特别是1993届的学生，在我心中就不是师生关系，而是曾同生死、共患难的战友关系。

大家齐声回答："苦！"

我追问道："那你们为什么不回到乡中去呢？"

学生们异口同声地答道："为了考中师中专，能跳出农门啊！只有你才能帮我们圆这个梦啊！"这倒是他们的真情实感。

这些近于笑话的事儿，东一句，西一句地从山下传来，塞满了我的耳朵，听了这一件件、一桩桩的滑稽而荒唐的事儿，我哭笑不得，又欣喜万分。客观地说，从大兴乡中1992届跑上山来"落草为寇"的易连君、周益菊、程旻明、黎光勇等十五人，或多或少地受了我的影响。常书记大发雷霆之怒，使用霹雳手段，还有二分道理，因为我这个当班主任的临阵脱逃残留下的那个班已稀稀拉拉的，没剩多少人了。

可是，新招 1994 届，常书记就对我心生嫉恨了。常书记为了实现他"纪老师，你多年来的英名就要毁在南山上"这一"伟大预言"，为了收拾不听话的我，更是为了收拾那个自以为是的乡长，他千方百计要使农村文化技术学校"胎死腹中"。

他天天指使乡村干部去"教育"家长，认清形势，与纪某人划清界限。"挖我的路，拆我的桥。"他不辞辛劳，亲自爬坡上坎找到随我上山"落草"的学生，给他们念经布道，盼他们"回头是岸"，返回大兴初级中学那座庙，以成正果。可是几天下来，不仅收获全无，反而又有两三个叛逃者的家长，抬起床铺，背着粮食，把孩子送进了"虎穴狼窝"。

于是常书记在气得双脚直跳之后，指示开动宣传机器——乡广播站的高音喇叭，一天早、中、晚三次，对全乡百姓的耳朵"狂轰滥炸"，企图让一部分家长"幡然醒悟"，教育孩子重新回到他指引的"正确轨道"上去。谁知不仅没收到一丝一厘的功效，反而激怒了一些家长，他们三三两两地跑上山来找我，一是诉说他们遭到了压力，二是告诉我常书记一日三餐式的宣传读农民文化技术学校的学生今后面临的危险——不能升学，只能回乡当面朝黄土背朝天的农民。

每到这个时候，我往往是把省教育厅的相关文件放在办公桌上，让他们自己看，有不识字的，我就叫一个学生来读给他们听。在他们离开之时，我总不会忘记说上这么一句：

"我这教室门永远没关，你们的孩子随时可以来，也随时可以走，如果我纪眼镜出面强留，那就不配当教师，只配当骗子。"对稍有文化的家长，我说得更简洁：我们这里来去自由。是呀，来去自由，不仅没有围墙，教室、寝室连门也没有啊！

但是，我对常书记无法无天，肆意对政策的歪曲宣传行为充满了愤怒。终于在一天上午，我按捺了许久的"匪气"再也摁不住了。我怀揣省教育厅关于发展农民文化技术教育的文件，就往山下走去，走了几里路，怒气还没削减分毫。我十分委屈，我在这里不也是在为人民服务吗？这农技校不也是党的教育事业吗？你姓常的凭什么如此这般……我已做好了最坏的打算——坐牢。

我冲到乡政府会议室把相关文件往桌子上一拍，就要找常书记理论理论。

"什么领导？连上级的文件也不执行，成天开起广播乱吼乱叫，有种出来，老子陪你到区、到县，甚至到省里都行。我就不相信你能只手遮天……"乡里的多数领导和工作人员向我投来赞许、鼓励的目光。常书记的两个心腹急忙溜出去找他通风报信。后来听人说，做贼心虚的常书记在粮站听到心腹的报信后，骑上自行车就溜走了。

我的叫骂，可吓坏了乡广播员，她马上叫上她丈夫出来阻挡。她丈夫不仅很聪明，而且素来与我关系很好，他出来拦住我的去路说："老表兄，卖老弟一个面子，别再找常书记闹了，今天我向你保证，不再播一句说你农技校这不是那不好的话了。"他好说歹说，又去请来乡长，乡长巴不得我这么一闹，他说："纪老师，我保证今后不会再像前几天那样播些违反政策的东西，今天你来乡政府反映情况的事，我明天一定到区里去汇报。"其实我想大闹一场出口恶气，让他们罢手达到目的就完事儿了。

在我下去闹的前五天，我们新招的 1994 届一个班早就超员了，还有二十一个交了"议价费"才报上名，班额不仅超满，而且学生素质也有了很大程度的提升。

双溪村隆平、岳怀秀等七人，是他们的小学班主任推荐来读农技校的。另有红星村、胜利村、五星村的管龙、管伟、陈兰、杨天斌、代可夫等四十名学生，这些都是铁杆粉丝，而裕麟章则是副乡长的儿子，三区街镇的吴建刚、任长萍等一些外区籍学生也纷至沓来。

一时间，这僻静荒芜的山腰间，除了荒草、垃圾、杂树、蛇鼠之外，来了一百多充满青春活力的少男少女。这座尚未竣工——短时间也没法竣工的，无窗、无门、无防水的小楼充满了勃勃生机。一天到晚，书声琅琅，笑闹声不断，洋溢着青春，伴着梦想的歌声，飘过橘树林，飞向霞光万道的蓝天：

旭日初照擎天垮，

彩霞映蓝天。

文技校的校园里，

花香鸟语满橘园。

在这张张的笑脸上，洋溢着向往。

优美如画的环境中，我们创造着明天。

师生携手洒心血，定把宏图展。

学习文化学习技术，样样务求精湛。

振兴中华刻不容缓，岂能虚掷时光？

坚毅、坦诚、勤奋、前进在求索的路上。

擎天垮，擎天垮，我们的擎天垮。

蕴藏着我们的共同理想：

国殷、民富，兵强马又壮，

幸福日子万年长。

这是我依据《外婆的澎湖湾》填的歌词。

这琅琅书声、嘹亮歌声可以驱走荒凉和沉寂，可是赶不走如天大、似山重的困难。

这座两层小楼，由于常书记作祟，乡财政不敢拨款给承建方。这承建方就拖着门、窗和楼顶的防水工程不完工。加上那时一穷二白的学校，根本没钱安电，因此，这一百多号人，早晚间的照明就成了大问题。

开初，我叫人买来许多煤油，叫学生带来油灯，早自习晚自习就点油灯。可是教室寝室都没门没窗，一到夜里，没风的天气，灯焰也来回忽闪忽闪的。但山里的秋天，没风的日子一二三，有风的天气九八七。每次夜风一起，煤油灯根本没有抗风力，往往是油灯一点燃，风呼地一吹，灯火就没影了，教室里留下的是一片漆黑。

后来，我买了一些塑料薄膜，把窗遮了起来，可教室的前后两扇门是没法子封住的。所以，夜间山风仍然会时不时地突袭我们的薄弱环节，晚自习常常会陷入伸手不见五指，张口不见银牙之境。

再后来，我又去买回四盏煤气灯，用煤气灯照明能抗住一二级风，但若是风在三级以上，它就会把煤气灯的灯罩吹掉。再说要发燃煤气灯，就得先把灯的气打足，给煤气灯加气可是一个重体力活，没点蛮气力是休想打足气，迎来光明的。这副重担主要由季兴华、王天伦、汪兴德、易连君、仲朝勇这些乖孩子承担。

我们面临的又一难题则是没有厕所。那时，擎天坞满山荒草乱石堆。男性师生要解决内急，倒也方便，那石岩下或荒草丛中一站或一蹲，瞬间就通畅方便了；可女同学就实在不好办了。于是我派人去县城，买来几个带盖的大塑料桶，放在阴暗的楼梯处，以解女生的燃眉之急。那楼梯间低矮逼仄，女生在这极不方便之处方便，倒也真是不方便。

塑料桶装满粪便后，就抬到柑橘地，挖上坑埋掉。

那年老天作祟，一个暑假都是烈日炎炎，酷热难当。可是一跨进9月，就时而绵绵细雨，时而滂沱大雨，很少有三五天消停的日子。这种鬼天气真是要把陷入深山的我们逼入绝境。

没有门窗抵挡，斜雨随着歪风，长驱而扑入教室。靠前窗、后窗那一米多地，根本无法坐人，屋中间那一小块干地，犹如汪洋中一个小孤岛，又能坐下几个人呢？于是我创造出了披着塑料雨衣上课的人间奇迹。

一楼稍好一些，因为尽管没窗玻璃，但还有门，何况二楼的地板又为一楼建了一道防护屏障。

可二楼1994届的教室就惨了，楼顶的预制板莫说做防水工程了，就是预制板之间的缝隙也没填好。

晴天，缝隙中的太阳光或直射，或斜射进来，形成一道道均匀排列的白亮亮的光条，像给二楼的地面穿上了一件灰底白条纹的衣服。若是下点小雨，那些缝隙便会"滴答，滴答"地不停滴下水珠儿，要不了多久，书桌上，床上，便是湿漉漉的一片。若是下大雨，顷刻间，屋顶缝隙中倾泻下来的水瀑布至少比屋外的雨大两三倍吧。几分钟内，因二楼楼底中的缝隙除了哗哗地向底楼倾泻外，楼板上便会形成"堰塞湖"，底楼便在霎时间变成了"海洋"，而那张张课桌宛如一艘艘抛锚的小舟，舟上的"货物"早已水淋淋的了。

开初，一当下雨时，我们只有披着雨衣或打着伞，傻呆呆地站在雨里，愁眉苦脸地看着雨水，任它们在教室里，在寝室里，在整幢烂尾楼里任意肆虐。

可就在第一次大雨之后，我们师生便开始想招儿了。

我们去买了许多塑料薄膜。在每张木床的四角各竖上竹棍，用麻绳绑好，再用小一点的竹棍把四根竹棍的顶端连接起来，形成一个长方形，最后把塑料薄膜系在绑好的长方形的支架上，我们想以此来遮风挡雨。

这种办法，挡小雨还是挺有用的，但一下大雨，其作用就十分有限了，特别是在吹大风下大雨的时候，不仅没作用，还会带来"决堤水患"。

我还记得1991年中秋前后几天的事，因这几天的事真令我刻骨铭心了，至死也难以释怀。

那年的仲秋时节，大丰地区秋雨下得特久特大，而一下雨就哗啦啦的似瓢泼，似堤崩，更加上风助雨势，雨借风威，一时间天昏地暗，天上地下全被密密麻麻的雨线织成的一张偌大偌厚的雨网笼罩，这张雨网一张开就是三五天。

那年农历八月十三夜就下起了大雨，十四日一大早，咚咚的敲门声夹杂着一片惊呼声惊醒了三更才入睡的我。我连忙披衣起床，一开门就见门口密密麻麻地攒动着一堆湿淋淋的人头。人群七嘴八舌地说："哎呀！我的床全湿了！""我昨晚上在湖里睡了一觉。""哟，你娃子怕是睡在龙宫里吧！"

我一听，就知道学生寝室出了情况，于是忙叫起还在沉睡中的妻子，让她跟女生去楼上女生寝室看看，我去了男生宿舍。男生宿舍因在底楼，从屋顶渗漏下来的雨水少一些，除了南北两排床，靠窗一面的床，因无玻璃遮挡，遭到了大风吹卷进来的雨打湿了一些外，其余的遭"灾"较小。我一边帮他们一边教他们，将被狂风掀翻了的塑料遮雨棚重新绷紧绑扎好，把被风吹折了的蚊帐竿重新竖起来捆好，在做了示范后，我就往二楼女生宿舍去了。

我这里说的宿舍不过就是一间大教室而已，只不过教室里的是桌凳，而宿舍里的是"挤麻密缝"的床。中间过道窄得仅容一个人侧身而过，有的地方连过道也没有，进进出出，只能从床上爬过去爬过来。

一进女生宿舍，进入眼帘的是：满屋狼藉，惨不忍睹。

楼板上全是雨水的领地，稍低处，积蓄起大凼小凼的雨水，人在昏暗中走动，稍不留意，就会落下鞋湿裤腿污的后果；楼顶上一股股的雨水仍然顽强地从预制板的缝隙里一个劲儿地往下倾泻，它们似乎不把我们这群"愚劣"且不服输的"刁民"惩罚到举手投降不肯罢休似的；床上的蚊帐竿——竹竿，已被风全吹断了；塑料遮雨棚有的被风掀在湿漉漉的床上，有的被风吹垮三个角，也有被风吹掉了同一方向的两个角，凄厉地吊在蚊帐竿上的；遮雨棚上还在滴滴答答、如泣如诉地往下淌"泪"。床上，学生的衣被没半点是干的，真是"床床屋漏无干处，雨如瀑布往下倾"哟！

女同学满脸愁云，三三两两地散立在这个六十三平方米的大寝室各处。我和妻子带领 1993 届班纪律检查小组组长周益菊几个干部，一边收拾整理被狂风暴雨毁坏了的遮雨棚，吹折了的蚊帐竿，被雨水泡胀了的蚊帐、被单和竹席，一边说着俏皮话逗同学们开心。

在我们的示范和鼓励下，女生们脸上的阴霾散开了，大家也开始投入打扫"战场"的战斗，有两三个女生还有了创新的招数：她们在床顶与床顶的两边之间，各横添了一根竹竿，把几张床的遮雨棚连接在一起了，这样既增强了遮雨棚的抗风能力，似乎还给这丑陋的宿舍美了颜。

正当我们在自鸣得意之时，突然，楼下传来了惊呼声："卢老师，快来！弟弟哭起来了啊！"妻子丢下手中的活儿，咚咚地跑下楼去了。我给学生交代了下一步应做的事儿，也匆匆下楼去了。

我一到楼下，看见我卧室里也积满从楼后水沟里溢进来的泥水，还有从二楼楼板缝漏下来的雨水，一岁零三个月的儿子力力已从床上摔了下来，光着脚丫，在寒风冷雨中，双手撑在满是泥水的地上，一边哭喊着妈妈，一边试着想站起来。前脚赶到的妻子，箭一般地冲过去，一把把儿子从泥水里抓起来，流着泪说道："力娃子，谁叫你这么早醒来的哟，你往常不是要睡到八九点钟吗？"妻子一面哭诉，一面左手抱起儿子，右手从旧木箱里找出儿子的干衣服，三下两下地扒下儿子的湿衣服，给他换上了干衣服。在这个过程中，儿子哭两声又望一望妈妈，接着又哭几声，这样断断续续地哭了好一阵子。

儿子刚一止哭，妻子就叫来一个女生，请她照看着小力力。接着妻子从床上和木柜里找出两床旧被子，一床旧布毯，抱起就往女生寝室跑去。她一到女生寝室，就忙着把湿得最透的那几床棉被换掉，又教育那些女生："女娃儿没有那些男孩子抵抗力强，你们不要盖湿被子、睡湿床、穿湿衣裤哦。眼下你们不明白这道理，到今后你们弄明白了，后悔也就晚了。"

我们苦撑苦熬，好不容易熬到了中午，这时，雨停歇了一阵子，我立即宣布放假，让学生回家过中秋节。

学生三三两两地下山去了，另外几个老师也走了。阴暗的学校里只剩下我一家三口和侄女唐利民。一时间，冷清和寂寞包围着我们，我觉得有那么丁点儿惆怅。趁妻子做午饭的当儿，我高声读了几首唐诗，又读了几首宋词，心里顿时轻松多了。

第三十四章　天雷滚滚初心在
雨浪滔滔悔意无

吃了中午饭，我穿着雨靴，踏着泥泞，一步三滑地往山顶爬去。好不容易爬上山顶，我低头一看，雨靴上、裤腿上满是稀泥浆。

站在山巅，我更觉云暗天低，似乎乌云全压在自己的头上了。刚才用力爬山，汗已沾湿了内衣，眼下站在这八面来风之地，阴冷潮湿的山风，呼呼作响地包裹着我，使我感到透彻骨髓的冰凉。

抬头仰望，老天像黑色的大锅，严严实实地倒扣在四周的山峰顶上，而我则是被这口大锅蒸在云雾溽气中的一只大虾。

我的心比天空更晦暗，比山风更阴冷。望着这无边的灰暗，我心里充满了羞愧。在大兴初级中学，尽管我看不惯的糟心事很多，但用水、用电、如厕等这些基本的生活条件是良好的。我却身在福中不知福，偏就因为几句非正式的承诺，就因鄙视那几个见利忘义的宵小，明知山高水远，脏臭弥天，却率性而为，拧着脖子上山遭罪。

我一个人遭罪还可说"自作孽"，可是在这一百多个学生中，绝大多数是被我的虚名所误，入荒山赴困局：没水用，没电照明，没厕所，甚至遮风避雨、排污去臭的条件也没有，这叫什么学校呢？这种条件能培养出什么人才呢？

我更愧对娇妻，她比我年轻二十岁，是正经八百的中师毕业生，冲破万重压力、千层阻碍，嫁给我这个"貌寝"且个性乖张的家伙，可是我带给她的有半点安全与幸福吗？没有，我带给她的只是磨难、贫穷和困苦。

后悔、内疚、羞愧……顿时如三座大山紧紧地压在我心头。我流下了很难流出的泪。

我心痛极了。我一个人呆立在山巅，任凭思绪上天入地地四处乱窜：我眼前一忽儿浮现了在莲花桥被人拉着投河自杀的一幕；一忽儿又浮现出蓬头垢面，打着赤脚，穿着单衣单裤的我，深一脚浅一脚地，行走在成都北门火车站广场上，行走在皑皑白雪里的落魄样；一忽儿又浮现出在大凉山普格县去陡口修厕所的路上的惊恐状；一忽儿又浮现出爬飞车去西安，车被阻秦岭，差点饿死在火车车厢里的惨状……

面对着这一道道生死险关，我不是拼着命冲过来了吗？

面对一重重困难，是在前进中勇敢地面对，还是在后退中怯懦地逃避？对于处于窘境中的人来说，这一刹那的决定常常是关系到事业的成败，甚至是生死的抉择。想到这里，我心底快要熄灭了的野气、傲气、狂气化合成的勇气，又一次熊熊地燃烧起来了。

顿时，弥天的愁云惨雾似乎消散了，天高了一点点，明亮了几分……我踏着泥泞往下走去。耳边再一次响起"与天奋斗，其乐无穷；与地奋斗，其乐无穷；与人奋斗，其乐无穷"这一穿越时空，永垂宇宙的声音。我的心明了，眼亮了，我脚下的稀泥也没那么滑腻可怕了，不一会儿，泥人似的我便回到了家。

当晚，伴着哗哗的秋雨声，就着闪忽昏黄的油灯光，我写了一段日记：

"困难是人类的孪生兄弟，它随着人类的诞生而诞生，也将随人类发展而发展，只有随着人类的灭亡才会灭亡。

"当有着智慧、思想的人没出现或不复存在之时，当宇宙悄无声息时，还会有困难在吗？所以，我们今天遇到了困难，是我们的幸运；战胜了困难，是我们的光荣。"

这段在局外人看来口号式的"豪言壮语"空洞无物，但在那时确实是内心的独白。它给我和我的学生壮了胆，打了气。在农校工作生活的四年里，我无数次地以此来告诫过我自己，我不知多少次凭它的鼓励闯过激流险滩。

日记写了，豪情壮志抒发了，但是眼下的恶劣环境并没有因此而改变一丝半毫，冷雨依旧在哗哗啦啦地下着，屋顶的水依旧滴滴答答地漏着，我的床上也摆起了接雨水的盆。我在不眠中度过了风凄凄、雨淋淋、花乱落、叶飘零的中秋前夜。

第二天一大早，我就把不眠之夜中想出的"最佳堵漏方案"付诸实施了。以下是农民文化技术学校 1993 届学生易连君的回忆文章。

1991 年 9 月 22 日，既是中秋节，又是星期天。

按照常规，学生应该下午返校学习。但是，我一大早就到了学校，因为我给纪老师带了糍粑。那个时候的中秋节，我们农村几乎家家户户都要打糍粑，一是敬神灵，二是祭祖宗，三是增进亲人乡邻之间的感情。糍粑圆圆的，甜甜的，象征着团团圆圆、甜甜蜜蜜，寄寓着家庭和睦、吉祥如意的美好愿望。有的地方还流传着"中秋不打糯糍粑，婆娘儿女不回家"的谚语。

说"几乎家家户户都要打糍粑"，当然是不包括纪老师一家的。他们一家人住在山上，姑且不说学校百端待举，他无暇无心打糍粑，就算想打也根本没有工具可打。正是想到这一层，我才从家里带了两个糍粑，早早送到学校。

看到这两个并不值钱的糍粑，纪老师很感动："谢谢你！你不回家了吧？中午在我家吃饭。"

我一边抹汗，一边憨笑："我们经常吃您呢！不回去了，我下周要吃的米和菜都带来了。"那个时候，学生都是自己背米来，每顿打米装在饭盒或盅里去蒸饭。我说完就去教室做作业去了。

过了一会儿，纪老师到教室门口喊我："连君，来帮我个忙！"

原来，纪老师想到教学楼严重漏水这茬事儿了。开学时，教学楼还未竣工，楼顶预制板都没有扎缝堵水。恰恰连续下了几天暴雨，教室和寝室（哪是什么寝室？就是一间教室摆上十几张学生从家里搬来的木床，几十个人挤在一起）都成了"重灾区"。师生们买来塑料薄膜覆盖楼顶，又将薄膜捆绑在床顶上，但是雨水太大，隔不了多久就要用脸盆、水桶接下来。塑料薄膜兜着水，很不稳定，稍微不注意，雨水就"哗"的一声倒在人身上或者床上。这真是"床头屋漏无干处，四处接漏无闲人"。

尤其是有一天早上更让大家既感动而又伤心。那天早上，纪老师和妻子卢琼燕老师都在学生寝室里帮着接漏，突然听到有人大呼小自力摔到床下了。夫妻俩一下子慌了神：回到寝室一看，才发现儿子在水泥地面上站着。抱起来一看，孩子脸上还留着深深的泪痕。卢老师紧紧抱着儿子，失声痛哭。而纪老师强忍着泪水，一言不发。他知道，他不但是这个家的主心骨，也是这个学校的主心骨，如果他都乱了方寸，这个学校必垮无疑！

男儿有泪不轻弹，哪怕到了伤心处。他虽然仍然微笑着上课，微笑着和学生一起打石头，微笑着和学生玩游戏，但是心里却始终有这么一个死结：怎样解决漏水的问题？自己的孩子是孩子，别人的孩子也是孩子啊！思来想去，突然之间，他想到了农村用黄泥堵漏的土办法，于是他来找我搭把手试一试。

说干就干，我们来到教室右侧的土坡（后来被推平修了瓦房）下。这山上的泥土都不大黏，只有这一片的黏一点。我当时又矮又小，只能挖黄泥。纪老师就负责挑上楼填缝。本来，在泥土里加上一些棉花会更好一些，但是哪里有棉花可以用来"挥霍"哦？我们也就凑合着试试。

时间过得很快，我们大概干了两个小时了，也没顾得上休息一下。我正甩开膀子挖土呢，突然听到教室那边传来"咚"的一声。我扔下锄头跑过去，只见纪老师倒在底楼走廊上，扁担扔在地上，一只箢箕滑在走廊上，另一只箢箕翻倒在走廊外的坎下。我吓坏了，要知道走廊外是几米高的陡坡，如果纪老师滚落到坡下，后果将不堪设想。

我手忙脚乱地扶起纪老师，更是吓得六神无主，因为纪老师已经昏迷了。十五岁的我不知所措，慌乱地把纪老师背回寝室，让他躺在床上。吉人自有天相！纪老师居然很快就苏醒了过来。

纪老师事后分析，可能是因为开学后连日劳累，上课之余不是打石头就是接漏；一直以来生活拮据，营养不良；当天又急于求成，一直没休息，体力不支所致。

为了不动摇"军心"，他叮嘱我不要把这件事说出去。直到多年以后，大家才渐渐了解到这一段惊心动魄的奋斗历程。

"屋漏又遭连夜雨"的凄怆局面在我和全体学生的"三个奋斗"之后，终于鸣金收兵，师奏凯旋。

雨下了二十来天，终于停了下来，且停歇了很长一段时间。这是老天没熬过我们——于是我的阿Q劲又涌上来了，在讲台上，扬扬自得、豪情万丈地向我的"信徒"们，大讲特讲与天地奋斗之乐。

程副校长虽然不常来农技校，一是因为他在山下小学任了副校长，在农技校是兼职，二是因为他与那个抽烟打牌酗酒的校长总有那么点不对付，所以也不能常来"农民文化技术学校"，尽管如此，这老先生的能量和能力还是有的——因为当时，省里都在大张旗鼓地呐喊、鼓噪要大干快干，以建设农民文化技术学校来推动农业现代化，尽管这个美好愿望到头来终被"风吹雨打"去，但那时谁不趁这大好时机向县教育局、向政府要这要那呢？所以程副校长也没少找区里、县里要钱，可收效甚微。

后来我这炮筒子也跑到区里找吕委员、吕应嘉干事轰了几炮，不知是我还是程校长的奔走起的作用，还是乡里老爷们的内斗疲倦了，或是上级强力干预，他们的争斗终于由明争改为了暗斗，其标志性的事儿就是承建农技校的王福终于拨到款了，烂尾楼终于竣工了。

于是我们"与人奋斗"又在"无穷"的痛苦之余有了一点点的兴奋和乐趣。

可是"革命尚未成功"，蚊蝇仍在横飞，臭气虽未熏上九天，但确实弥漫了擎天塝。（学生的回忆录可作佐证）

犹记得大兴农校建校之初，可谓一穷二白，连基础设施都不完善。没有水，我们两个班的同学就轮流去山脚下，个子高的同学就担水，个子矮的就两个人一组抬水。这点都不算什么，因为大家都是农村娃，都经常做这些活。最要命的是没有电！白天还好，悲催的就是上晚自习或者遇到阴天的时候，因为农校差不多是建在一个巨大的垃圾场上面一点点处。垃圾场哎！大家可以想象那是什么样的环境，臭味倒没什么，毕竟还是有一段距离，可是那苍蝇就让人难以适应了。没电就得靠点煤气灯，竟还得上早晚自习呢。那煤气灯当时还是蛮先进的，一般的同学操作不了。当时我记得是王天伦一手操办的，每个教室我记得是需要点三盏煤气灯。那个挂煤气灯的绳子从天花板上垂下来，有密集恐惧症的千万不要看那个绳子！因为上面密密麻麻的全是苍蝇！每次王天伦爬上课桌去挂灯的时候苍蝇会飞走，但是王天伦还没有下课桌，那些苍蝇又黏上去了，现在想想汗毛都能竖起来。条件那么艰苦，即便是有密集恐惧症的我，也依然学得津津有味，因为纪老师总是说："人定胜天。"后来在老师和同学们的努力下用上了"自来水"，也有了便捷的电灯了，更有了同学们活动的操场……以至于现在生活中遇到各种问题、各种困难的时候，总会想起纪老师说的"人定胜天"，便会努力想办法去解决问题。毫不夸张地说，纪老师教我们养成了藐视困难的心态。感谢老师不仅教会了我书本上的知识，更教会了我面对困难的豪气、勇气。——农民文化技术学校1994届学生梁鸿

离学校山崖下面空距不及二十米的地方，就是一个如山似海的大垃圾场，垃圾车每天从大丰县城把腐臭的、有毒有害的残渣剩物，甚至死鸡、死猫、死婴、死胎，全给倒在那里。这里不仅毒臭弥漫，而且蚊蝇铺天盖地。人站住不动，要不了两分钟，你身上保准停满了三五百架"直升机"。学生在教室里一边上课，一边得用手向这些"直升机"开火示威，不准它停靠"空港"。

我三番五次地跑县教育局，跑县政府递请示，发抗议：口头吵闹，可是毫无结果。每次的答复总是那么的一致，要么是我们还研究研究，要么就是你们去找大兴乡政府。在万般无奈，走投无路之际，我才不

得不再次大发"匪性"：组织"匪徒"占领"险关要隘"，中断车辆通行。

我记得那天下着大雾，能见度不及二十米，我带着一大帮清一色的"小男匪"，手执原始武器：钢钎、铁锤，"杀气腾腾"地来到山崖下，站在那条只能通到前方采石场的简易公路两旁。

约莫过了半个小时，汽车的轰鸣声终于从县城方向由远而近开过来了。我叫学生站在马路两旁呐喊助威，我独自一人一下子站到了马路中间，一只手拿一支开亮了的电筒，在雾气中，对着汽车摇晃，口里喊道："停下，退走，这里是学校，不准倒垃圾。"学生也跟着一齐呐喊起来。顿时，山中响起了一波又一波的呐喊声。开垃圾车的司机在几米远外停下车，怒气冲冲地走过来吼道："你们这些人吃多了，胀饱了吧，站在这里吼个什么！"我说："你崽儿不要乱骂人，我们手里的铁家伙可不是吃素的。"司机这才看清了阵仗：这帮人个子高低不一，但手中都是铁家伙，且个个都满脸怒气。于是软了下来说："你们要干啥子嘛？"我见他口气软了，于是开导他说："老兄，看样子你哥子也三十多了，有儿有女吧……"我对他进行了一阵换位思考的劝说后，司机说了句："好吧，我把车开回去，找当官的说说吧，管不管用，我就不知道了。"

车开走了，我们欢呼雀跃起来了。

可我仍没放松警惕，在山坳上，我派了一个"瞭望哨"，一旦有汽车开来的迹象，瞭望哨就吹响哨子，我们这些老少"勇士"，便会手持原始武器，飞快地进入"战斗岗位"。

如此这般地折腾了三天，第四天，县城里派来人——是谁，我已记不清了——告诉我，垃圾车不会再光顾这荒山野岭了。看来这擎天垮的"主权"应该从蚊子、苍蝇手里移交给我们了。当天，我就和班委干部拟订了除臭灭蝇计划。

于是我们这群近乎原始部落的人，便开始了近乎原始的劳动——先用农药喷洒了一次垃圾场，灭蚊除蝇。接着就担土覆盖垃圾场。学生从家里带来箢箕、担钩、锄头、钢钎、铁锤等劳动工具，我规定周一至周五，每人每天担土覆盖垃圾场不得少于八挑，由班委或学生代表轮流记数，每天下午，由他们向我报告劳动成果。超额完成的，及时给予表扬；没完成劳动任务的，及时给予批评。劳动积极的常受表扬的人很多，如：王天伦、季兴华、卢江均、汪兴德、常良刚、黎光勇、季文久、仲朝勇、卢申海、周益菊……

那时大多数学生都知道，在这荒山之中，要想学好知识就得劳动，只有劳动才能改变自己的生存条件和环境，舍此，绝无终南捷径可走。何况这群来自农家的孩子，谁都懂得要想今后不吃苦受累，眼下就得吃苦受累的道理。

没过多久，可以挖的浮土被挖完了，于是就开始打页岩。这活儿可比担浮土困难多了，因为这不仅是体力活，而且还是技术活。这种活分两道工序：先得把页岩从岩体上打落下来，再把打下来的页岩运出去。

把页岩从岩上打下来，俗称打钢钎。这活儿要求两个人一个组合，一个人双手握住钢钎，使其稳住不摇摆，另一个人抡起铁锤使劲地往钢钎头子上砸去。两个人中，任何一个人配合得不好，就可能砸到掌钢钎人的手上、头上，造成严重的伤害事故。掌钎子的人，付出的体力要少得多，但承受的心理压力可要大得多——担心铁锤一旦打偏了，打到自己手上、头上。特别是在钢钎还未被楔入页岩那阵子，掌钢钎的是风险极大，非常吃力的。任你双手如何用力握住钢钎，使劲地往下摁，可等到一锤砸下来，钢钎不是往上跳动就是向下偏倒，稍不留神就会造成重大安全事故。

所以，每天的中午、下午课堂学习结束后，学生的休息——就是伴随着叮叮当当的铁锤钢钎奏鸣曲，"咳哟！咳哟！"的号子声，进行强体力劳动。每当这时，我就身兼数职：教官、战士、前线指挥官——或抡锤，或掌钎，总之与这帮小鲜肉"战天斗地"，享受着无穷的苦中之乐。

大概这样每日"挖山不止"，箕畚运于垃圾场的日子有一个月左右，垃圾场上堆起了五六十厘米的浮土和页岩。我又带着这批"小愚公"在垃圾场上栽起了一片速成林木：刺槐树和洋槐树。垃圾场被覆盖了，腐臭气没有了，教室门口的"∧"形大豁口——大丰话又叫洼岩框，又进入了我的"奋斗"规划中。

这个大豁口，靠教学楼这面有两三米宽，而面向崖外的一面则有十六七米宽，有十多米深。这个是石工采石残留下来的大豁口子，既让我们进出教室不方便，更是天然的安全隐患。

我和学生又与教室后的页岩苦斗了三十多天，打下五百多立方米的页岩，把这大豁口子给填上了。

接着，我又筹划着把这小得可怜的平地——长不足二十五米，宽七八米，总面积不过两百平方米的弹丸之地变成水泥地皮，用作学生的下课活动场所，以改变晴日风过尘土弥天，雨来人至泥浆飞溅的窘状。

可是，想象十分丰满，现实万分骨感。没有钱买水泥，没有钱请工人。总之，没有钱，这丰满的想象就只能是：多少事，夜夜梦魂中，夜里筹谋千百遍，天明总成空。

皇天不负有心人，一天我下山去区政府办事，在吕委员办公室，正好遇到当时的"财神爷"——县计划生育委员会主任龙玉英。吕委员把我介绍给她，说："这个纪教授教书很有一套呢……非犟着要上山当'山大王'不可，眼下弄得十分狼狈，因为那是个无门窗、无厨房、无厕所、无饮用水、无活动场所……的七无学校，你这个财大气粗的财神爷帮他一把吧！"龙主任听完说："吕委员都开金口了，我就是砸锅卖铁也得凑个份子，纪老师你回去清查一下，你农技校有多少独生子女，填好表，报上来。"我一回到学校，一清查，大多数都是独生子女，于是按她的规定填表上交。

表交上没几天，我就收到了五千元的拨款。拨款一到，我就马上找到了石工易正友师傅——因为这个石工技术好，工作努力，不斤斤计较，是个典型的厚道"手艺人"。

易师傅邀来几个石工师傅先开山劈石，把教室外悬崖边的基石和栏杆安好，接着又平整坝子，夯实坝基，最后他们又把教室外那两百多平方米的坝子全铺好水泥地。当同学们第一次在这平整的水泥地上活动时，那高兴劲儿真是难以言表的。学生们天真的笑声又激发出了我的"雄心"，于是我便把目光投向学校东边那块小丘冈，我决定把它除掉，把地面弄平，眼下可作活动场地，今后有钱了，在此块地上可修教室或寝室。

第三十五章　谁说天光无借处
我留明月住高山

　　1991 年冬，在我们熬过了阴冷的秋风秋雨和冬雪冬霜之后，由于我们四处奔走呼告，春节前夕，学校教学楼完全竣工了。

　　过了春节，农民文化技术学校第二学期开学时，两个班又迎来了二十多名外乡的学生，主要是西关乡和兴隆乡的一些学生，当然，其他地方的学生也有慕名而来的，比如跃龙乡的凌世伦，他父亲听人说，我教书认真负责，升学率高，学生品德好，于是就带着他步行二十多里，爬上南山来找我。

　　可是凌世伦一到校，看到简陋的校园在僻静的荒野中，心里就涌出了一百个不愿意、一千个不愿意留在这里读书的念头。可当他来到我办公室，见到我左手手背上一个大冻疮，已经溃烂，正流着脓水，而右手却仍在批阅学生寒假中写的作文时，感动万分的他，终于顺从了他父亲的意愿，决定留下来读书了。不仅他留了下来，后来他亲堂妹凌世媛也转学来了。其中的缘由我当时不知道，还是 2018 年 1993 届同学聚会时，凌世伦亲口告诉我的。

　　当时，凡是户口不在大兴乡的学生，都要多收一部分学费——议价费。议价费，顾名思义，那就是通过双方商议后收取的费用。这笔费用是不必上交上级主管部门的，完全可以由学校教师自行分掉或用来购买教学的设备设施。因此，我们学校里当然也有人盯住了这笔钱。现在看来，这点钱不值一提，而在那时却是一笔巨大财富。有个人多次或明讲或暗示，要求拿出部分钱出来分给大家。程副校长很为难，但他也是个重承诺的人——他承诺过不干预我挣来的钱怎么使用，于是便要我自己拿主意。

"分钱给大家，杀鸡取卵，这是短视之举；修学生宿舍、修厨房、修厕所，是事关长远的'战略决策'。我绝不干杀鸡取卵的蠢事。"我瞪大眼睛，不知羞耻地，以战略家的口吻气呼呼地说。

接下来，我们就开会研究在哪块地上"大兴土木"。

开会地点就是在我那小办公室里，除了我们几个老师外，还有程副校长、包工头王福。我和王福让他们一伙坐在前面，我俩躲在后面抽烟，几个女老师坐在我前面。我之所以不听程副校长"召唤"，不与他并排坐在前面，面对着老师们，而偏要坐在后面，是因为怕别人说我挨着"官"坐，想沾点"官气"，何况，这次会议不过是走过场，修什么？修在哪里？这些事儿，是我和程副校长早就议定好了的。

程副校长在前面讲，我坐在后面和承包商王福吞云吐雾。此时我爱恶作剧的毛病突然发作，我掐灭手中正燃着的烟头，伸手捉住王福夹烟的手，往上猛地一抬，当高过蒋云琴老师如乌云般的头顶时，用力往下一按，这时王福明白了我的用意，用力把手往回一缩。但那截烫烫的烟灰一下子掉在了蒋老师的头皮上。蒋老师惊叫了一声就大哭了起来。

大家都惊诧莫名地望着我和王福。我手中没烟，而王福手中的香烟却正在冒着烟。我笑了笑，拍了拍手，走出了办公室。王福却尴尬地站在那里，又是道歉又是赔礼又是呵哄，可仍然止不住那愤怒的哭吼声……

会议就在这闹剧中结束了，"大兴土木"的事儿也算走完了程序。接下来就是开工奠基，开始修建。那时，建筑业行为不规范，什么规划许可证啊，施工许可证哦，听也没听说过。小型建筑有时图纸也没有，几个建筑师傅一起说一说或在纸上画画，计算个尺寸就开工。

大概过了两个月，六间青砖椽枓瓦房就修好了。这六间房是用来做男生宿舍的。在宿舍的北头，搭了一个偏厦，作为我的厨房；在其南边搭了一个偏厦，作为学生的大厨房。

我的厨房宽不足三米，长可能有六米，从中隔开，一分为二。里间垒了一眼烧柴的灶，一眼烧煤的灶，一个小水缸，一个小木碗柜；外间一张小矮木方桌，四条木长凳，这就是我一家人的"餐厅"兼厨房。

学生厨房就更为简陋了，除一眼大煤炭灶，一口大铁锅——烧水用的，偶尔也炒点菜。另有一口大灶，大锅上四周有个大木框，木框上横着竖着架起木条，木条上放着竹箅。学生的米、红苕或装在大碗里，或装在瓦钵里，或装在金属饭盒里，掺上水，放在竹箅上就行了。

那时学生的饮食十分简单，能吃饱饭，就是天大的好事了，菜大多是每个周日的下午从家里带来的辣椒酱——大丰人习惯称其为胡豆瓣海椒，泡菜、咸菜，新鲜蔬菜则简直成了奢侈品。因为没有厨师，更没有炊具弄菜，何况学生家里也没有更多的钱来承担弄菜的花费——油、盐……

那时师生的饮食扯不上什么营养平衡，更谈不上什么营养过剩。所以高血脂啊，肥胖病……这些富贵病完全与我们这些穷师生无缘，真是因祸得福。

与此同时，我们在教学楼东北边修了厕所。女厕所的门北向对着山梁，有七个蹲位；男厕所的门东向，有六个蹲位、一条小便槽。从此结束了我们这些"衣冠禽兽""更衣入野"的历史。

男生宿舍、厨房和厕所刚竣工，我这个俗人就想重复我在红星小学干的雅事——养花。刚到农校的那段时日，我带领学生主要是清理垃圾，后来是除杂草、栽白杨、洋槐。现在我想养花了。我先在我办公室外边，用修房子剩下的断砖将其断残的三个角埋在地里，让一个尖角冒出地面，一块挨一块地镶了一个三米长、一米宽的小花圃。花圃里栽上了月季花，还栽上了一株香味浓郁得可毒死饕蚊的夜来香，用来煞煞山蚊的威风。接着又在男生宿舍前浇上了一块四米宽、二十五米长的水泥地，以便于学生往来。再在这块水泥地外侧开辟出一块宽两米五、长二十五米的花圃，栽上了山茶花、棋盘花、一串红、杜鹃、万寿菊、龙爪菊……总之丹青扬四季，绛紫映三天。

我认认真真地当了十年地地道道的农民，所以对农活，特别是对其中的种菜十分爱好且颇有心得。因此，在这荒野之中，见有荒地可垦，心里难免痒痒的。于是乎便在百忙中强挤出时间来开荒"拓土"，在这荒草乱石中硬是强挤出三块菜地来——近两亩。春种茄子、辣椒、丝瓜、苦瓜、南瓜、豇豆、四季豆，秋种马铃薯、白萝卜、胡萝卜、青菜、圆白菜、芜菁、葱、蒜……我既把侍候这些蔬菜的过程当成是谋生的需要，更把这看成休闲、养身之必需。每当劳动一结束，我拄着锄头，点上一支烟，望着碧绿的菜畦，悠悠地念道："躬耕本是英雄事，老死南山未必非。"这是篡改放翁的诗哦！改一字，却吟出了我的心声。

这样吟诵，究竟是一种什么心态的宣泄呢？是豁达，是闲适，是抱怨，还是无奈呢？抑或兼而有之吧！总之，在"锄地南山上，草瘦菜蔬肥"的日子里，还真的令我心灵得到净化：望蓝天白云，看日出日落……真是与世无争，天宽地阔，神清气爽，意自悠然。

我不仅种菜，还养了鸡。小鸡苗当然是我岳母提供的。这山上还真是养鸡的好地方，不需要费粮食，更不用花钱买饲料，只要白天把鸡放出去，晚上让鸡回笼即可。山上的草籽、小虫儿是"鸡们"最美的佳肴大餐。由于这山上僻静，少有外人光顾，所以防偷鸡贼之意识淡漠，岂知这竟被内贼钻了空子。直至2015年，一群当年的男学生与我"饮酒论英雄"时，一个龙姓的男生酒后狂言："老师，你破案如神，可我们几个偷了你的鸡吃，你咋不知道呢？"我才如梦初醒。酒席上，我要他连饮三大杯，说这是对偷鸡贼的惩罚，可这个当了律师的学生死乞白赖不肯喝，说什么已过了追诉时效，法院不予受理了。

为了减轻师生下山担水的沉重负担，我下决心"开山化石"，修蓄水池，把下雨时山上流下来的地表水蓄起来。说干就干。头天晚上下了决心，第二天我便付诸行动。我又请石工易师傅上山。

我把我的想法给他讲了。他听了急忙连声说好。当我说到工钱可能一时付不清时，易师傅爽朗地笑着说："纪老师，你就见外了。谁不晓得你纪眼镜是个讲信用的人啊？你啥时有钱啥时付嘛。"说完他就下山去通知他的徒子徒孙们了。

当天下午，易师傅找来了六七个石工，就开始采石了。大约用了近一个月，石头采得差不多了，他们就开始在教学楼后山挖坑夯土，接着就是运石头、砌水池。又约莫过了半个月，一个能蓄水一百八十立方米和一个能蓄水一百六十八立方米的蓄水池就竣工了。

就这样，账是欠下了，但天旱个三五十天，学生的基本饮用水、洗漱水也不用下山担了，计划用水也渐渐变成了过去时。

厨房、厕所有了，学生宿舍也基本解决了，日常生活用水也基本解决了。可就是照明还是停留在与现代文明不搭界的地步。每到夜晚，遥望着山下的农家小院，特别是大兴初级中学那灿若明星的电灯，我心里就泛起难以名状的酸楚。无数个夜晚，我冥思苦想，什么时候能安上电灯，让学生不再在摇曳的油灯下，闻着煤油的臭味上早晚自习，那该多好啊！

可是安装电灯要花的钱可不是一笔小数目，绝不像修几间小瓦房，修三两个水池那么简单。单是电工师傅一天两餐的毛毛菜——鸡，水泡菜——鱼，还有上档次的烟就不是三五几百能搁平拣顺的。买电线、电线杆、变压器等材料和设备，加上电工师傅的工钱，这些对于当时的文技校来说无疑是个天文数字，更何况因"大兴土木"早就负债累累了呢？

"有志者，事竟成，破釜沉舟，百二秦关终属楚；苦心人，天不负，卧薪尝胆，三千越甲可吞吴。"我一路走来，每当遇到重大困难时，就以蒲松龄自勉联来勉励自己，也总能够得到朋友们的鼎力相助。

我班上有个女学生叫汤晋萍。这个学生文静、秀气，学习成绩中等偏上。她父亲是生产队的队长，姐姐汤晋凤是乡财政所所长。汤所长为人和善、正派，对我友善中还带着尊重。

一天我到乡政府去办事——当时"狂妄"的我从不到上级机关——大兴初级中学去开会，更不去搞什么教研活动。原因之一是一些"校领导"伙同乡里那个一手可遮天的人，罔顾省里关于"大力发展农民文化技术学校"的文件精神，开动一切可以开动的宣传机器，妖魔化大兴乡农技校；同时动员基层干部，千方百计地阻止我任教的1992届班的学生随我上山，令我心中十分不快。我曾说过，什么时候，中考场上我败了，我就心悦诚服地下山举白旗投降，到时主动下山受训——这一天，我准备去乡政府办点私事，可刚到大兴，几个酒鬼一见到我，就嚷着说："你娃子躲到山上，从不下来。今天逮着了，非灌死你不可。"我没法脱身，只好乖乖地听凭他们发落——到曾三哥的食店喝酒。席间遇见了汤所长，几杯酒下肚，我便把席间人当成知己——酒逢"知己"饮嘛，大吐苦水，当说到想安电又苦于没钱时，一个酒友手向一个身材魁梧的中年男子一指说："嗨，这事儿你找他，准成。"

我应声站起，满满地酌了两杯酒，双手捧起一杯酒，毕恭毕敬地递给那魁梧男子，然后，自己端起一杯，那中年男子早已站起，我朗声说道："老兄，想必你是'电老虎'家族成员，在这里，穷老弟敬你一杯薄酒，在我安装电灯这件事上还望老兄扎起。"

"在下常天明，大丰电力局安装队打杂的，汤晋萍是我姨妹，她是我老婆。"他指了指汤晋凤所长，接着说道，"你不认识我，我可认识你这个有名气的老师啊！今后有用得着的地方，言语一声，只要我做得到的，我绝不会推三阻四的。"说完，我俩杯子一碰，同时头一仰，干了杯。接着，我放开量与他喊拳喝酒。我们直喝得一个二个都找不着北才罢战休兵。

事后，我们见了两三次面，每次见面都是他请我们喝酒。这位哥子还真是个手眼通天的人物，他为我多方奔走，竟然为我校谋到先提供设备安装，一年后再付货款，且不收利息的优惠政策。这件事已过去了三十来年了，可那一幕幕常常浮现在眼前，就像发生在昨天一样。

事情办得如此顺利，这真出乎我预料。没几天，电线、电杆、变压器等器材先后运来了。而事情进展之神速，电工师傅们轻利而重义更是我始料未及的。

我记得当时大兴乡有个电管站，站长兼负责技术指导的是章迟礼。岳朝富是带队的，岳光华、岳朝金、杨恩光、覃子云、程阳光都是一顶一的技术高手。当时电力部门被民众谑称为"电老虎"，这是因为他们工价高，且生活要求高，烟要抽当时的顶级烟，酒要喝瓶装酒，菜必须水泡菜——鱼；毛毛菜——鸡，有的甚至要求了鸡要乌骨鸡。

当时，这群电工师傅中，我只认识岳光华，其余的都不熟。我找岳光华师傅请他们安电，并直言我囊中羞涩，他没听我说完，就急忙说："纪老师，你放心，我马上去找他们几个商量一下，可以做以下两点保证：一，工钱绝不会收高价，按最低价优惠；二，吃喝问题你更不必要担心，我们都是乡下人，甜也吃咸也喝。在你这里，我们绝不会像给那些人安电那样，吃喝上提要求，有菜能下酒下饭就行了。"

"真的吗？那太好了！"我有点不敢相信地问道。

"你为我们这些乡下娃儿免费补课，我们干这点事儿算什么。"

第二天，山下果然上来了六七个人，提着踩板——爬电线杆用的，腰间系着一圈皮套子，里面插满了安装电的工具，什么锉刀啊螺丝刀之类的。

我校安装电灯，还真的做到了"多、快、好、省"。多：电工及师傅为我想得多，出的点子多；快：工期快；好：工程质量优；省：师傅尽力为我省料省钱省时间。总之，他们在我校安电这个工程中绝对没有用其他工地那种磨洋工的手段。

我这个人在学生面前一副严肃相，但与成年人打交道，我是个嬉笑怒骂皆成文章的粗人，我总爱打趣别人，当然也不会忘记打趣他们的。

"喂，兄弟伙，我这里什么东西都缺，但我保证老烧酒不缺，泡萝卜不缺。"因为那年，我种的胭脂萝卜收了七八百斤。

安装电灯，特别做外线时，很多时候都是高空作业，所以早上、中午严禁饮酒，但晚上是可以喝酒的。用电工师傅岳朝富的话说："纪老师，我们给你们学校安电，喝的酒比吃的米多，吃的泡菜比吃的肉多。"这一句总结性的语言透露了两个信息：一是当时乡文化技术学校穷——吃泡菜下酒；二是我与电工师傅们的酒量都大——喝的酒才会比吃的米多。我这个人是"平时一滴不入口，意气顿使千人惊""哀丝豪竹助剧饮，如钜野受黄河倾"的主。当农民时，我常以诗佐酒，一人独酌，再差劲的酒，在我家里也放不上十天八天。从教后，独自饮酒的习惯就彻底改掉了，但只要有三五个人在一起喝酒，没有人不怕我的。

学校安电那阵子，程校长仍然担任甩手掌柜，很少到学校来过，里里外外都得我忙活，所以连醉后第二天昏睡的权利也自行取消了。但这并不影响我夜间使气任性，在酒桌上八面威风。那个年代喝酒是很有情趣的，不像现在这样喝傻酒，傻喝酒。那时但凡喝酒，有两种套路：一是同桌每人一碰一，当个通庄。一碰一，就是当庄家的人跟在场每人喝一杯酒。那时一般坐的八仙桌，当一个庄就得喝七杯酒，这一轮下来，一个人就得十四杯酒。十四杯在半斤以上。然后才进入娱乐环节，猜子或者猜拳，当庄的每人喊三个回合，三打二胜为一个回合（酒量大也可协商一拳定输赢），也就是喊三拳胜了两次不喝酒，输了的喝酒。这三七二十一拳一轮庄，依着轮下来，你得喊四十二拳，就算拳技还可以，胜负各半，你也得喝二十一杯，也就是六两多酒。若遇到不服气要"上诉"的，那你就得小心了。若你手气不好或猜拳的技艺不佳，那你一定会醉得九死一生。

我喊拳技艺不精但酒量大，很多人都望尘莫及，特别是上酒桌后，一旦坐下那就绝不会离开桌子半步，连厕所也不会上的。

凡是和我一起喝过酒的人都知道我带有几分匪气的喝酒习惯，前三杯酒我还有些许的理性和克制，但三杯酒一到胃，可就酒胆包天，谁也不怕。谁挑战我，到头来谁就只有举白旗求饶的份。

电工师傅没一个是不喝酒的，也没一个是二流水平。所以，我们常常是晚六点或六点半上桌子，夜夜都要喝到十二点，有一两次，我们喝到凌晨两点。夜深了，学生睡熟了。我们的一朵梅啊，二红喜啊……八福寿啊，九在手啊的，猜拳声随着夜风飘得老远老远，最后湮没在茫茫的月色中。

在这一群电工中，有一个姓陈的电工，技术算高手，说话诙谐，爱打趣说笑，与我很投缘。

好几个月光如水的晚上，酒醉醺醺的我们，在凉凉的、徐徐的山风中，放开沙哑的嗓子，别声别气乱吼乱唱京剧《红灯记》《沙家浜》《智取威虎山》的选段。有人说酒壮英雄胆。若是没醉酒，我这个五音不全、沙声沙气的人哪敢一会儿唱什么"小常宝控诉了土匪的罪状……"，一会儿又唱"小铁梅出门卖货看气候……"

竣工的那天早上，我一大早就喜气洋洋地对全体学生说："今天晚上，我们就要照电灯了。"听到我这一句话，全校一百多号人无不兴高采烈的。那天，我走起路来似乎都轻快了许多……总之，整个大兴农民文化技术学校都沉浸在喜庆的海洋中，沉浸在欢乐的期盼中。

"老师，今晚能照上电灯吗？"一大清早，一个又一个的学生问我。

"老师，今天晚上真能用上电灯吗？"中午时分，一群又一群的学生问我。

"老师，等会儿电灯真的会亮吗？"傍晚时分，一大堆一大堆眼里闪烁着焦渴之光的学生问我。

是啊！我们这个荒山僻野的"原始部落"被暗夜折腾得太久了，折腾得太苦了。入夜了，"鸭脚板"终于被绝缘杆顶上去了！整个农民文化技术学校被一层银光包裹起来了。

"电灯亮了！电灯亮了！电灯亮了！！！"学生在欢呼，老师在欢呼，橘树林、槐树林在欢呼，山风在欢呼。

我们欢呼，我们迈进了现代生活的门槛；我们欢呼，我们送走了艰苦的昨天，迎来了光明的今天，向往着辉煌的明天。

当夜，我与支持、帮助我校迈进现代生活的"电老虎"们狂欢到天将晓，才互道珍重，握手告别。

第三十六章　山中无甲子
寒暑不知年

电灯亮了，我心里也敞亮了。于是，我的"贪欲"也急剧膨胀起来了。我开始了我的五年计划和十年规划。

首先，我想到的是从后山架设自来水管道，从后山下面的翠云水库引水上山，彻底解决师生日常饮用和洗涤用水——现在才明白这一设想是永远无法实现的。

其次，平掉东北边山嘴，再修一栋八至十间教室的教学楼；在紧靠现在的教学楼后山再修六到九间学生住宿用房。实现三年内拥有六个班，每个年级两个班，学生达到四百二十到四百八十人；六年内实现每个年级四个班，全校十二个班，在校学生近一千人。

再其次，修一条两三百米的简易公路，让汽车把煤炭直接运到伙食团门口来。

这个近于乌托邦的冲动，都来源于这一年多来，我与人斗，与天斗，与地斗小有"斩获"，这些"斩获"增强了我的自信。尽管这一年多的奋斗，我个人和家庭什么也没捞着，但是，我捞到了自信，捞到了胜利的愉悦，因为我和我的团队拼命奋斗，竟然斗出了成效，达到从未预期到的辉煌。

让那个乡领导的魔咒见鬼去吧！我的教学班不仅没垮，而且人数由十七人增到了一百四十人左右，由一个班变成了两个班。

我奋斗过，我骄傲。我成功了，我幸福。

就在安好电后的一个多月，我就找石工师傅在后山安了三间学生宿舍的基石——现在那些基石还沉睡在芳香的泥土里呢！

我一心为学校发展着想，当然也就伤害了一些人的利益。有个教师就一而再，再而三地给县教委陈云泽主任写信诬告我，当然，这些信都一一转给了我。我很想大骂这个忘恩负义者一通，更想收拾他一番，但仔细一想，在这上面吃苦受累，他们不也是与我一样吗？他们目光短浅，难道我也与他们一般见识吗？没有他们的努力，我夫妻二人又能干什么呢？思前想后，这口气还是忍了吧！直到今天，我与这个人见了无数次面，喝了无数次酒，哪怕是醉得昏沉沉，我也没有在他面前提过他诬告我的事儿。

当时彩色电视机还没普及，还是稀罕物。放暑假了，我就买回一台20英寸的长虹牌彩色电视机。

那天晚上，兴奋无比的我看完了《新闻联播》，马上关上了电视机，妻子不解地看了看我，问道："咋不看了？"

"上课期间，忙完教学上的事再说，业精于勤嘛……"一边说一边走出了寝室，走进了办公室。妻子说："不是放暑假了，师生都回家了吗？"

农技校在南山南面山腰上的擎天墕，从农校再往西的牛角湾，从牛角湾再往西的什么湾什么沟的，几平方公里的荒野似乎只留下三个会说话的"动物"——两个成年的，一个未成年且不谙世事的。

这里不论白天，还是黑夜，除了寂静还是寂静，林中的鸟啼，草丛中虫唱，便是这荒山野岭中的天籁了。这要是换成其他人家，也许会因寂寞难耐而逃之夭夭。可我却认为这儿没有喧嚣，是一种恬静，是一种闲适。这种恬静闲适恰恰能给人心灵放个假。道家辟谷清除体内杂质毒素，而恬静闲适就是我心灵的"辟谷"，它能清除我灵魂深处的毒素——俗尘杂念。

每天早上，我时常沿着山间小径，慢悠悠悠地踱着小步；口里叼着香烟，轻轻地、悠悠地吐着烟圈；看着小径两旁挤得密密麻麻的、顶着小水晶球的小草，看着草丛中、灌木丛里那些五颜六色的、大大小小的知名的、不知名的野花；闻着那泥土气息掺和着野草、树叶的清香，闻着山花浓郁的、淡淡的、不可名状的香味；听着鸟儿此起彼伏奏起的晨光曲。

若是漫步登上后山顶，极目四望，那又是一番景象啰！只见远山隐在晨雾里，活像美人静卧在薄若蝉羽的青纱帐中，山脚下的水田旱地、院落、溪流披着金色的阳光，摇曳出斑斓的色彩；侧耳倾听，隐隐约约听到山下传来的汪汪犬吠、喔喔鸡啼……

午饭后，换上一杯劣质浓茶，苦苦的，酽酽的，喝罢便进入了我观史读经的时段。因为在我少年、青年、壮年乃至我七十岁之前都没有午睡的习惯。在我看来，午睡、早睡晚起都是在浪费生命。我改作业、备课时，总是一支接一支地抽烟，可就是怪，一旦读书，三四个小时过去了，我也不会抽一支烟，有时甚至把抽烟这档事儿给忘了。

我有个习惯，但凡看书，要么勾勾画画，要么边看边做笔记。一个下午下来，一本厚书，总是"遍体鳞伤"，或勾画，或眉批旁批，甚至在天头地头写上三五几句的。总之，我认为开卷并非有益，只有开卷后通过自己阅读思索，从别人的东西中获取自己想要得到的或悟出更深层次的、更高境界的东西来，这才叫"开卷有益"，否则徒劳无益。

傍晚时分，我与妻子儿子吃罢晚饭，就在教室走廊上摆上一张矮茶几，然后把电视机搬出来放在茶几上，再搬两张小木椅放在走廊下的水泥地上，两把小木椅之间放一张小木凳，泡上一杯浓茶。我和妻子带着儿子坐在那里优哉游哉地看起电视剧来了。

当时中央电视台正在热播《雪山飞狐》这部武侠剧，一晚只有两集，每次看完后，剧中的情节总会在我的脑海中掀起万顷波涛，让我久久不能入睡。于是又伏案看书或写日记，直到十二点，方才在恬静中入睡。

若是月夜，电视剧一结束，我就会踏着月色，在山中草径上漫步。一会儿驻足听虫儿的欢叫，一会儿轻吟几首与月有关的诗词，吟诵得最多的是苏轼的"明月几时有……"有时兴致来时，甚至哼唱一段样板戏或几句川戏。

这山中的月亮就是比山下的月亮大得多，圆得多，也亮得多——

直到今日，我仍是如此想的。

1992 年的春节应是我一生过得最有意义的一个春节。放寒假后，清冷、空寂的擎天墕就只剩下我一家三口人了。

可是，除夕那天下午，就有学生送来了鲜鱼、腊肉。傍晚时分，易连君也背着拜年礼物来了。少顷，远在双溪村的周益菊也背着一背筐东西来了。

那天晚上，我们一家就由三口变成了五口人。在雪亮的电灯光下，我们有说有笑地吃了一顿年夜饭。

第二天上午十点左右，黎光勇来了。一会儿，仲朝勇也来了。擎天墕一下子平添了些许人气，涨了几分热闹。

来校过春节的学生，都是图清静、好学习的，而且在这里学习还有我们免费指导呢！

除黎光勇早、中、晚回家吃饭外，其余的都在我家里吃。在餐桌上爱侃大山的我，总是前三皇后五帝的海吹神聊。谈话内容杂乱无章，天文地理、历史政治、诗词、小说，东一榔头西一棒地吹个天花乱坠，如遇上我酒至半酣之时，那我就吹得更欢。

那时我最爱吹，而学生最爱听的是双江民间流传的《十二高潮七十二个小节》的故事。全是讲的中共高层潜伏着美蒋特务，我公安人员如何与特务斗智斗勇的故事。其中有《一双绣花鞋》《奇怪的病人》《坟墓里的斗争》《钟鼓楼的笑声》等。这些民间口头文学，均是口口相传，除了《一双绣花鞋》我看到过手抄本外，其余的均未见文本传世。

每当我讲故事时，他们总是聚精会神、一声不吭地听着，专注极了——似乎这些内容会被编入中考题似的。

一天傍晚时分，周益菊陪我散步。当走到一个坟头前面的时候，我在她背上猛地一拍，突然问道："有人反映你和黎光勇恋爱哟。"

"没，没有啊！"她一怔，断断续续地答道。我诈了她好一阵子，都没问出个所以然来。后来，我调查后才知道，某班干部反映的情况不实。

1993 年的春节，我过得也特别愉快。腊月二十八，纪家、廖家、陈家的男男女女老老少少十六个亲友到我家过春节来了。自他们来到的当天中午开始，我们几个"臭男人"就天天喝酒、打川牌，真可谓：酒气熏天莲花坳，牌声彻夜擎天垮。

最有趣的是笠光明。此人虽是一个农民，却颇有几分本事，修房砌砖，翻盖瓦房……诸如此类，似乎都会几下。为人也豪爽，酒量不大，但敢喝。遇到我这个酒鬼，算他倒了大霉。我记得大年初二的晚上，我把祝老弟劝醉了。他睡在二楼学生宿舍，乱吼乱叫。叫喊声在寂静的荒野里传得很远很远。更搞笑的是，他在醉意蒙眬中居然把两扇窗玻璃打得粉碎，他的手当然也为此付出了血的代价。

毫无疑问，在农技校的生活是枯燥的，除了上课还是上课。1991年 9 月至 1992 年 9 月在这荒野中常住的除了我们一家三口就没人了，到了 1992 年增加了一个女教师与一个教物理、数学的男教师组成的夫妻，妻子教外语。教外语的女教师叫虞长惠，人品端庄，师德极佳。工作认真负责，外语教学水平在当时绝对是超一流的。不过他们小两口星期六下午至星期日下午、寒暑假、传统节日很少在这荒野之中度过，而我却安于这枯燥而近乎孤独的氛围，认为这山野之气养节、养气更养身。在忙完备课、批改作业之闲暇，读诗写"诗"就成了我的最爱。

有时双手握着一本诗词或元曲反背在身后，吸吮着这满是芳草野树清香的气息，徜徉在草丛、林间的小径上，我一边踱步而行，一边喃喃背诵，有记不住之处，展卷一观，双手握书又反背于身后，又开始背诵。若是见一干净光滑的山石，坐下展卷阅读，这下就不知归去了。常常是妻子来找我吃饭了，我才挪身回去。

对于爱喧嚣、爱繁华的人来说，这是枯燥，是寂寞，是孤独，但是对于我来说，这却是一种恬静和闲适。在我心里，恬静、闲适是大自然赐予的最高享受。

不过，我真正能享受到这种悠闲清静的时候也是不多的，因为许多时候，住在山下的一些学生，有时甚至离校很远的双溪村的学生，总是周六下午四五点放学回家，一两个小时后，甚至在家里吃了晚饭就背起米、红苕（冬天、初春）、菜、换洗衣服，摸黑来到学校与我共度周末。有了他们这些小猴精儿，我的"闲""静"之心就飞到九霄云外去了。

总而言之，这就是我一生中最闲适的时光。

尽管我的诗词集名曰《清心堂集》，书房也被我命名为闲适斋，可是，离开农技校后，我就和闲适永别了。看来，若再要真闲适三五个月，可能只有在九泉之下了，因为眼下的世界真是无处不喧嚣啊！

农校初创时期，1993届、1994届两个班，教师只有我、卢琼燕、蒋云琴、黎光惠夫妇等五人。而语文老师只有我一人，有时我不得不上两个班的语文、历史、政治、地理，主持班会并任两个班班主任，一周二十几节课，还有早晚自习。成天备课、讲课、批改作业，忙得不亦乐乎。

那年头，强烈的自尊心异化成的傲气，迫使我对自己特别苛刻。比如：就是教材没做任何改动，我也是从不使用上个年级用过的教案，而是一到初三学生中考结束，我就会烧掉我所有的语文备课本，逼自己重新备课。

在我看来，上届学生与下届学生虽然有一些相同点，但更多的是不同点。因为人是有个体差异的，而以单个人组合成的班集体，这个班与那个班之间存在着明显的差异是客观存在的，而且这是必然的。如果为了偷懒或图省事，图便捷，那么带来的后果就是害己、害人、害事业。

我这观点，可能失之偏颇，但从1977年秋，我执教鞭的那一天开始，直至2001年我放下教鞭，专任校长之前，我都是这么做的。但我从不敢也不可能如此要求我的同仁，因为我怕他们"造反"。

这下子问题出来了，教不同年级的两个班，这么多门学科，如果我都这么做，就是白天黑夜连轴转，我也是忙不过来的。于是我思考出了按主次备课的办法，比如语文备详案，政治则备简案，而历史、地理这些连学生自学都能达到初中毕业要求的，就不写在备课本上了，而是在教科书上勾勾画画要点、重点而已，甚至把课堂上要提出来供学生讨论的问题标出来就作罢了。

在教学方法上，我更是大胆突破教材教参，创新教法，有时甚至置教材不顾，而另辟蹊径。那年代的语文常识不仅要讲语法，还要讲修辞，包括消极修辞和积极修辞。这些知识都很抽象，学生很难理解。比如，"烈士墓前来了队红领巾"，这样的借代修辞手法与"天下乌鸦一般黑"这样的借喻，学生往往会混为一谈，于是我就想法子找规律，然后把规律这把钥匙交给学生，让他们自己登堂入室。我常把抽象的东西形象化，把复杂的东西简单化，找出辨别甲乙不同点的方法来。我就在黑板上写下这样的公式：

任何一个借喻都可以变换成"本体＋比喻词＋喻体"的明喻，而任何借代却无法把它变成明喻。

如："烈士墓前来了队红领巾"，这是以这群人的佩戴的特定标志，指代这群人而不是比喻这群少先队员。所以你不能写成：烈士墓前来了群像红领巾一样的少先队员。

而"天下乌鸦一般黑"就可以改变成"天下的坏蛋的心就像天下的乌鸦一般的黑"。

在修辞手法中还有明喻与没用修辞法表比较的句子，学生很容易混淆。

比如下面这两个句子就很容易弄错：

一、他长得像他爸爸。

二、他像豺狼般的凶狠。

对这样的句子，我也是采取找出钥匙（规律）并交给学生。我告诉他们：第一题是表比较的，把他的长相与他爸爸的长相相比较。第二个句子是用"他"与"豺狼"来打比方。所以第一句的主语"他"与宾语"爸爸"都是同类事物——都是人；而第二句的主语"他"是人，而"豺狼"则是动物，是不同的事物。所以第一句不是修辞法中的比喻句，而是表比较的；第二句则是用了比喻修辞法的句子。

再例如改病句，我就教了学生紧缩法、类比法，但这两种方法对于一类逻辑病句就行不通了。如："井冈山的竹子是革命的毛竹。"

这个句子显然是个病句，但叫学生来判断，真的很困难，于是我举了个例子：

×××的父亲是工人。（正确）

工人是×××的父亲。（错误）

为什么一个字也没变，只是语序变了，就一句正确一句错误了呢？我启发学生思考、讨论，他们议论纷纷，各自讲了一些似通非通的理由，但一换了两个例句，他们又都蒙了。于是，我在黑板上又写下一条公式：在判断句中，名词主语（主概念）的外延小于名词宾语（宾概念）是正确的，反之，则是错误的。学生没学过逻辑学，于是我把外延这个较复杂的概念又简单化地解释道：外延就是指这个名词所确指的范围。尽管这种解释从逻辑学上来看是不十分准确的，但对初中生来说，却是十分实用的。

在讲古汉语、现代汉语词语解释，文章分段，概括段意，概括课文大意，归纳文章中心思想……凡是能找出规律的，我总是千方百计，冥思苦想也要找出一条可供学生作为"判别式"的东西来。

不仅如此，每次考试，我总要出一些题，不仅要他们答出"是什么"，更要他们答出"为什么"，在分值的分配上，"为什么"的分值一般都是"是什么"的两到三倍。这样做的目的是让学生用"钥匙"开"锁"，去"登堂入室"，引导学生学以致用。当然，这类题只适用于 A、B+ 学习水平的学生。

在教学方法上，我早在 20 世纪 80 年代末就借鉴别人、改造别人的教学法，形成了自己的单元教学法并辅之以考试方法的改革。那时的语文教材，是以文体来编制单元的，同一体裁的文章四篇讲读、一篇自读，五篇课文为一个单元。在这之前，我也和大家一样，一课一课地讲，连自读课文也是先消除阅读障碍，然后分段，再逐段逐段地抽丝剥茧地讲。有时候讲得津津有味，而学生则是恹恹欲睡。

第三十七章　牛刀小试犹锋利
老泪纵横已夜深

　　于是我决定改革这种令人作呕的多、慢、差、费的教学方法。改革的原则是：让学生变被动学习为主动学习。具体做法是让学生适度地参与到教学甚至考试检测、阅卷、作业评改的过程中来，让他们成为学习的主人。

　　首先，我精心备课，安排了课前预习作业（现在有人叫作自助学习），将一些通过查工具书、查资料、读读记记能解决的问题，自己能回答的问题，让学生在早自习或晚自习时自行解决。到后来，包括分段，归纳段意，归纳课文大意，分析中心思想，找文中的修辞手法，编者在课文后设置的作业……也让学生先自主学习。弄不懂的由组长归纳上传给我，作为我讲课的重点。

　　其次是对课前作业又叫预习作业，实行小组检查制，学习小组长检查组员完成作业没有——量的检查；科代表及班委一部分干部负责检查或批改作业，检查学生作业正误，这是质的检查；我则检查批改科代表、班干部的作业，每次抽查三分之一的非学生干部的作业，并进行正误概算。

　　这样不仅培养了学生的动手能力和自主学习的习惯，而且还使学生明确了自己有哪些知识点还没有掌握，那么，他们在上课时就会更专注更投入地学习，更重要的是了解了学情，便于讲授时更有针对性，把精讲多练落到实处。这样做也培养了相当一部分学生的责任担当。

　　这样做的另一大衍生物，那便是节约了我讲课文内容的时间，有了带学生"漫游"的可能。比如给学生讲一些与课文有关的背景资料，或讲一些作者的逸闻趣事，或另选一篇，甚至两篇与课文相似的美文，让学生进行比较阅读——当然，那时"比较阅读"这个概念还在一些"专家"的祖先的脑海里。带学生"漫游"不仅增加了学生的信息量，增强了课堂的趣味性、多样性，让枯燥的课堂变得鲜活有味，还能让一个"博学多才"的教师形象吸引住学生——让我这个伪大师成为学生崇拜的偶像。

语文学科的核心素养——听、说、读、写，尽管在当时，"核心素养"这一概念还没有被专家们"玩"出来，但这是现代语文学界的普适性认同，甚至推而广之，可以说是古今中外语文教学的核心素养都是如此，概莫能外。

不过，我认为读、听是手段，而说与写才是目的；读、听是学习，而说、写则是运用。因此我讲授语文课总是要求学生先带着问题去读，然后带着目的去听，以增强读书听课的实效性。为了达到这一目的，我的上课口头禅是："这个问题是重点，要考啊！""升学不考，社会这个大考场就一定会考你的。""考场上考不好，上不了好学校；社会上考不好，做人就难。"既然"说"与"写"是语文学习的目的，是知识的拓展和运用，那么，"听""读"就必须为"说""写"服务。因此，不管是课前、课堂中，还是课后，乃至于测试，都应该而且必须为"说""写"这一终极目的服务。

有鉴于此，我在班级的活动设计上无不烙下说、写的印记。

那时学校教师奇缺，设备设施极为简陋且缺少，所以我只能从更加便捷，且自己能独立完成的方面设计。比如，每天晚自习前，五分钟的自我展示，可讲故事、讲笑话、猜谜语、唱歌、跳舞、对对子……总之，你自己会啥来啥，不拘一格。我设计这类活动即在于训练学生的胆识，去掉农村孩子身上那种与生俱来的小家子气。

另一类则是定向的，我削了许多令箭形的小竹片儿，竹片儿上写着一些要求，竹片儿装在大竹筒里，上晚自习时，我让学生抽签摇号，抽到后略作准备要求其即席演讲。这类活动不仅培养学生的胆识，而且培养了学生即席发言的能力。

因为在我看来，人们在生活中、社会上许多讲话都是在我们没准备的时候发生的，所以，对学生这种能力的培养是十分必要的。

我是一个学历不高而又生性散淡且有几分傲气的人。因为我没受过严格的师范教育，不懂得一些教书的程序和规范，这使得自己对教育教学的理论研究，站位不高，这是对我的教学工作十分不利的。但是这种不懂程序不懂规范，一旦受到某种冲动或刺激，它就可能碰撞出创新的火花。我的"天地大课堂，人生大文章"这样狂妄的理念，就是在这种背景下萌发出来的。

直到年过古稀的今天，我仍然顽固地认为：语文的课堂不应限制在教室中，而应该在社会里，在自然界中。作文的营养不全在课本里，而在生活中。基于如此认识，我常利用南山上能目睹日升月落、雾起霾散等自然景象，特别是在深山旷野中风狂雨骤的景象作教材，让学生尽可能地亲近自然，体验生活。在特殊的情况下，我还会让学生抛下课本，带着他们漫山遍野地"写生"。

更有趣的是月水千里、天光万顷的秋夜，我让学生在橘树下、白杨树树荫里、芭蕉丛下、光滑的石头上，三三两两，东一堆女娃儿，西一坨男崽儿，或静悄悄，或窃窃私语，在幽静的山坳里，尽情地、贪婪地听着天籁，听着近处草丛里秋虫唧唧的吟唱，听着秋风与蕉叶亲昵的私语，听着远处山村汪汪的犬吠……

抬头仰望，只见银轮悄悄地，慢得让人无法知觉地在天幕上挪动着。它无私地倾泻下遍地银光，让大地幻若白昼。远方的玉龙山，宛如一个美女，横躺在天际，山下的农家小院静谧地安睡在绿树翠竹丛中……我穿梭于这伙少男少女之间，这里叮嘱几句，那里警告两声，既担心他们的安全——被毒蛇咬，被山蚊叮，又怕他们偷懒不用心。

学生学习这种无字课本，是十分惬意、十分上心的，常常在清辉玉臂寒的时候还不忍去就寝……当然，这种赏月绝不仅仅是玩玩而已，而是事前指导了观察方法、观察顺序等，事后还需交两篇作文：一篇写景散文，一篇记叙文。当然，这只是偶尔而为。

特别带劲的是雪中授课。1992 年冬的一天大早，我还没起床，就听见外面一阵杂乱的惊呼：

"老师，快起来看哦！"

"纪老师，快来看哦！好美啊！"

……

哦！原来昨晚下了大雪。我急忙忙地披上棉大衣，趿上鞋就往外跑，跑到走廊上，一下子就呆住了。

漫山遍野白茫茫的一片，似鹅毛、似玉屑的雪花还在漫天飞舞。远处，山峰、河流全披上了银装；近处，树林、村落全裹上了素巾。那似乎还冒着缕缕热气的炊烟，正冲破雪花阵，袅袅上升，但最终还是没能逃脱被风雪剿灭的命运，消失在漫无边际的太空中。

树枝、树叶上堆着一小摊一小摊的银亮银亮的雪，草地上堆着一层层厚厚的银片儿，见不到一星半点草枝树枝，连那往日突兀的山石，也看不见它往日瘦骨嶙峋的可怜样子，似乎已变成了白皙而丰满的亭亭玉立的美女了。

"哈哈！徒儿们！今天早课免了，快用早斋，然后随老僧登顶赏雪——可别忘了带上纸笔啊。"我忘乎所以地大喊起来。

早饭后，我与几位非语文教师碰了个头，告诉他们："今天你们的课不上了，全借给我了。你们可以耍一天假，也可以留在山上赏雪，也可以回家去烤火……"哎，那时的我率真极了，直到后来被逼到校长的位置上才知道这真性情是有危害的。

在教学楼前那小块空地上整整齐齐地排好了队。"同学们，我们今天的任务是六个字，那便是：玩雪，赏雪，写雪。"

"保证完成任务！"还没等我说完，这一百多个初生牛犊就齐声吼了起来。我佯装脸一阴，声音一沉："吼啥？忘乎所以了嗉！我说完了吗？一群没规矩的小东西。玩雪，要注意安全，不得到悬崖边去；赏雪，要注意方法并做好笔记。最后一个任务是：写雪。今天晚自习和明天语文课，你们自由安排，但A、B类的同学必须写三篇与'雪'有关的作文，体裁分别是说明文、散文、记叙文，题目自拟。C类同学必须写一篇记叙文，前两种作文可写可不写，能完成任务吗？"

"能完成！"回应的声音不是那么响亮。

"今天早上没吃饱吗？"我笑着批评道。

"保——证——完——成——任——务！"两个班长回头一愣眼，大家便齐声且有节奏地回应道。我高兴地笑了。

"好样的！"我夸了他们一句，然后我便讲起了观景观物的一般顺序：由远及近，由上到下，由大到小，先整体后局部——也就是先写面后写点，"面"略而"点"详。接着我在逐点详细阐述后，便问道："还记得我曾板书过写景前要调动我们哪些感官仔细观摩吗？"

"记得，要调动我们的听觉、视觉、嗅觉、味觉、触觉，进行仔细观察，才能写出景物的声、光、色、味以及质感来。"

紧接着，我宣布了活动的范围及有关安全的相关纪律，最后大声宣布道：玩雪、赏雪，现在开始。

顿时，整个擎天塝可热闹了。打雪仗的，疯跑着，追打着，摔倒了爬起来又继续玩命似的追着、跑着，似乎他们掷出去的不是雪团，而是手榴弹，他们追的不是自己的同学，而是十恶不赦的敌人。堆雪人的，这里一伙，那里一群。歌声、笑声、叫喊声、冲杀声涨满了山谷，随着卷着雪的风飞上天空，飘向四方，最后消逝在茫茫宇宙中。

……

那一次，每个学生都按时且保质保量地上交了作文。总之，我教的语文、政治、历史等复习课的课堂常常设在野外。

我在 20 世纪 90 年代就主张把课堂还给学生，并主张把测试权适度地还给学生，考试绝不能以学生为敌。用当今时髦的语言，那就是：以教师为主导，以学生为主体的自主学习。可眼下，我们大兴教育集团的考试方法是一种后退，我打心眼里厌恶这种考试方法。

那年头，我手里很少有单元测试题之类的资料，这就逼得我不得不下功夫去钻研教材，把握教材的重难点。开初，每上完一个单元，我就得把这个单元梳理一遍，把重点、难点、考点，加以扩充后，明确告诉学生这些必须掌握，然后让学生复习一至两天，再作闭卷测试，这是测试方法之一。

有时一个单元我只讲授讲读课，自读课则不讲，由学生模仿我讲课的思路以及出题的模式，在自己研读后，再自行出题——材料则在没有讲授过的自读课文中选择，闭卷考试，这是测试方法之二。

这种方法不常用，而常用的自测方法则是一个单元或一个章节上完了，我用一节课或半节课作一个单元或章节的总结指导，然后各学习小组集体讨论出一套试题及答案交给我，由我剪裁、组合，最后由我刻蜡纸、油印成试卷，闭卷测试。并对认真钻研、出题有创意的小组给予表扬。这是测试方法之三。

这三种测试都有一个目的，那就是鼓励学生努力温故而知新，挖掘发挥其内驱力，把老师要考他们变为他们自己要考自己，使学生把对考试的恐惧变成一种乐趣。

转眼间，升学考试就到了。1993届学生在日夜发奋复习，而社会的目光早就聚焦在这个荒野中的另类学校。除我的学生家长外，社会各界人士大都以怀疑的目光甚至还夹杂着些许鄙视的眼神看着我们。有的人——如大兴初级中学的某些领导及个别老师，他们总期待着我班升学率为零的笑话出笼。

那年头中考比高考严肃、严谨，而在老百姓心目中的分量比眼下的高考还重。因为那时的家长和我们这些目光短浅的老师，没有诸葛亮"前知五百年，后知五百春"的高瞻远瞩，大都是急功近利的凡夫俗子，大家都盼着学生考上中师中专，早日拿上月供三十斤白米的"粮食供应证"，户口从农村迁到城镇，修成跳出"农门"的正果。尽管如此，不论中考高考，都是由老师带领赶赴考场，考完让学生回家即可。没有家长送学生去考场，考试结束也没有人到考场来接学生，更没有在考场外"陪考"的。眼下这愈演愈烈的"陪考"究竟是社会的进步还是后退？不管时下衮衮诸公如何评价此现象，反正我腹诽此久矣。

当时教育资源十分有限，于是顶层设计者们想出一个预选制。只有在预选中胜出的人，才能参加升学考试。落选的要么读普通高中，要么回家种地，要么改名换姓，融入滚滚的复习大军中去。

20世纪70年代至80年代中叶，预选考试集中在各区政府直管的条件较好的学校。我们区是集中在平桥的区中学。80年代后期，初中毕业学生一年比一年增多了，区政府直管的学校容纳不下这么多考生了，县里就下文件把预选考试的地点改在了各乡政府所在地的学校。

预选考试的卷子，开始由各区文教办公室选调教师阅卷，后来县里在教育局下面设立了大学中专招生办公室，于是不管是预选试卷还是升学试卷，完全由教育局领导从全县抽调教师阅卷，现场具体工作由大学中专招生办公室负责，阅卷完毕，然后公布分数，最后划线定夺。

预选名额的确定常常是1：2或1：1.5，其竞争之激烈程度，远远超过如今高考升重本。

升学考试的考场基本没大变动，很长一段时间都是设在大丰中学和城关一小两处，直至2016年一次偶然事件发生后，我才上书市教委，大兴教育集团的大兴初级中学才争取到设立中考考场的权利。

1993年，大兴乡一百多名考生的预选考场就设在大兴乡初级中学二楼和三楼，一楼设了一个医务室。

当时规定，考试时学生可以请假出考室上厕所和到医务室拿药。这个顶层设计就为作弊——传递答案留下了通道。

从任教的第一天起，我就严格要求，无论什么样的考试，一律不得作弊。作弊者一旦被我查证属实，将受到严厉的惩罚，所以我带的班考试时舞弊者少之又少。这一年的考试，对于我来说，更是意义非凡，若是有学生作弊，定会被乡初中一些别有用心者无限放大，那么我十六年修来的"正果"就将化为烟云。

所以考试前一天下午，我就召开了考生动员会，"声色俱厉"地宣布了参考纪律，要求学生不得同流合污——见别的班有人搞假就跟风作弊。

"从大者看，舞弊者，人格低下，品德败坏；从小者看，是不自信的心理表现。我们农技校的学生要坚定地相信：我们做不起的题，他们绝对做不起；他们不会做的题，我们一定会做。我们乡农校的学生就是大兴第一，一区第一，甚至还有可能争取到大丰县第一……谁要是给我们乡农校抹了黑，我绝不答应。同学们能答应吗？"会场上顿时响起了"不答应，坚决不答应"的回应声。

接着，我又宣布："这次凡是考场作弊被我知晓，立即取消考试资格。"——这一点是吓唬他们的，因为我没有这个权力。监考员、考场主任都是上级从外乡镇派来的。考试结束后，如果有人是因舞弊被录取了，一经我察觉，我就向县招生办公室举报。到时莫怪我不讲师生情谊——这一点我做得到，也敢做。在我这高压之下，还真没哪个敢夹带、传纸条、对答案的。

而另外一些初中却是另一道风景线了。出来看病的、上厕所的简直就如"过江之鲫"，更有趣的是一个教外语的老师，拖着臃肿肥胖的身躯，一会儿跑进女厕所递答案给如厕的女同学，一会儿跑进校医务室把答案放在医生的药箱里……而另一个教生物的年轻女老师，穿着白衣黑裙，犹如一只翩翩起舞的蝴蝶，穿梭于医务室、厕所之间，一堂生理卫生考下来，她递进考室的答案不低于二十份。

这两位"人类灵魂的工程师"，在一次初中毕业生预考中，塑造出了什么样的灵魂呢？

不久，预选结果出来了，真叫人大跌眼镜，大兴乡初中两个班，百余名学生，竟然没几个上预选线，而我们大兴乡农民文化技术学校一个班上预选线的竟然有四十九名学生。易连君以六百七十九分的高分获得了一区第一，全县第二。

上了预选线的学生就留校备战复习。

复习，我采取的是放羊式管理，尤其是语文、政治这两门需要理解记忆的学科。我让学生自选复习地点：草坪、树荫下、山崖下、山顶石头坪上……总之，学生选择自己喜欢的地方，选择自己的复习方式：他们或默看，或小声念叨，或大声朗读，甚至边读边写……

不过，这种放羊式的管理，并不是不管，而是更科学更合理地管理。首先，每天一大早，我就会把当天要完成的复习任务一一地告诉大家，然后在下午最后一节课或晚自习时，或口头或书面检验。其次，把"羊"放出去后，我会不停地东转转，西逛逛，左瞅瞅，右望望，发现极个别"走神"或开小差的人，严加"训斥"，有些学生甚至会受到"皮肉"上的教训。

第三十八章　树欲静时风雨劲
一波平息一波生

这里讲一个故事，以博一笑。

我有个铁杆粉丝——易连君，本是 1992 届学生，但为了追随我读书，不顾乡、村、社三级行政干预，跟着我上了南山"落草为寇"。这次预选，他考得出奇的好，品学兼优这个佳评用于他真是实至名归。不过预选线划出来没几天，我在早自习时，发现他上课时常常用"做贼"似的目光——眼角的余光瞟着绰号"荷花"的班花。老实说，这个小家伙在我眼里，就是个说起话来期期艾艾，不谙世事的小屁孩。可他这种含情脉脉，总想看而又羞于看或不敢看的眼神告诉了我，这个小屁孩已在我不知不觉中"长醒"了。于是我开始把他纳入"早恋"这个圈子的监控对象，从早到晚暗中盯着他的一举一动，因为我太喜欢这个质朴的农家少年了。

那天早自习是复习生理卫生。我轻轻地把我寝室与教室相连的那道门开了一条小缝儿，偷偷地盯着小屁孩的背影，只见他时不时地抬头偏向"荷花"那个方向望了望，又低头做作业了……

早饭后，又是我的两堂语文复习课，依惯例，我将"羊儿们"放了出去，任他们自行寻找"觅食"的乐土。我只需四处巡逻，排疑解难就是了。

可是，小屁孩"失踪"了。任我山上山下、树林、山崖、教室、厨房、寝室甚至厕所都找遍了，就是不见他的半点踪影。

嗬！真是百密一疏，我四处寻找，恰恰疏忽了二楼。二楼的女生宿舍他不可能去，他也没胆量去，但二楼不是还有 1994 届的教室吗？1994 届已经放暑假了。于是我脱掉鞋袜，赤着脚，轻轻地、悄悄地上了楼，走到教室后门一看，小屁孩正坐在教室最后一排，低着小脑袋，聚精会神地写着什么。我已站到了他身后，可他仍毫无知觉。我飞快地伸出左手，抓住他后背的衣领，猛地往上一提，怒不可遏地大声呵斥道："你不复习功课，却躲在这里来给'荷花'写情信嗦！"

我左手把他拖离座位，右手抓起桌上他用英语写成的信稿，揉成一团，揣进裤兜里，放开他衣领，恨恨地说："走，到我办公室去写交代。"

事后查明：这是一场落花有意而流水无情的单相思。尽管小屁孩在学校是"学霸"，但当时他个子矮小，其貌不扬，而文弱的"荷花"端庄秀丽，言谈文雅，表面看来谦恭有礼，然内心却有傲然自矜之气。尽管现在他俩仍是好友，但那时要真"爱上"，几乎是不可能的。

我"棒打鸳鸯"成功了。小屁孩中考成功了——以高分考进大丰县师范学校——在那时的农乡，这可是天大的好事，而"荷花"第二年复习也考上了中专。

1993 届中考成绩一公布后，惊叹声、赞扬声就铺天盖地传来了。因为一个地处荒野、条件恶劣、设备简陋、师资严重不足的乡级农民文化技术学校，考上了中专的有 8 人，考上中师的有 5 人，考上重高的有 11 人，共计 24 人。最差的一个学生汪兴德也考上了五区高中，升学率为 100%！

在赞扬声中，我没有飘飘然的感觉，可乡里有个分管领导苟胜副书记却热血沸腾，豪情万丈地按捺不住了。一天上午，苟副书记带了三个人上山找我，县里一个姓钱的作家、《大丰报》一个女记者、一个羊姓男记者。钱作家和我是老熟人，一坐下，苟副书记便对我赞不绝口，有些话未免有夸大拔高之嫌，令我大倒胃口。我耐着性子给他们泡茶，递烟。在一切应尽礼数之后，苟副书记便说："纪老师，你老兄在如此恶劣的条件下，取得如此辉煌的成就，实属不易。今天，我代表乡党委、乡政府请了'大丰一支笔'和两位记者前来采访你。"

没等笑容满面的他说完，我便极不礼貌地打断了他的话，沉着脸说："苟副书记，我们是取得了那么一点点成绩，让别有用心的人诡计没得逞。但这不能称为'成就'，更无法承受'辉煌'这个顶级赞语，因为我乃凡夫俗子，不够格，更何况这点成绩真的与辉煌挨不上边。再者，这点成绩也不是我一人干得出来的。"

苟副书记明知我在挖苦、嘲笑他，但仍然觍着脸说："不管怎么说，宣传一下你总是应该的嘛！"他来农技校的意图我是心知肚明的。他宣传我是幌子，而趁机宣传他自己，以便捞取升官的资本才是真。我对他印象一直不好。在名义上，他一直兼任大兴乡农民文化技术学校校长，可在此之前，他一次也没上来过。他不仅不关心学校，有时还添乱弄出点事端来。看到他眼前急于捞功的嘴脸，我就想起了发生在1992年深秋的一件事来：

我们学校有一个民办代课教师，年轻又颇有几分姿色，我调查了解后，发现她教学水平还真叫那个低，于是我让她担任了一个班的语文教学，以减轻我课时负担过重的压力。可是这个女教师不知用了什么手段，竟然让苟副书记背着学校，同意她调离农校。这下子我又不得不再次担上两个班的班主任及语文、政治、历史、地理等二十多节课。多上十多节课对我来说倒不是难事，但是我心里总觉得憋着一腔无名火，这个苟副书记挂着农校校长这个羊头，可是连狗肉也不卖，反倒连卖肉的摊子也想拆了。

对于这样邪门的人，我觉得应用更邪门的方法对付他。于是第二天，我就组织了班上十个男同学进行训练。然后每天派两名学生下山去乡政府找苟副书记派老师来上课。软磨硬泡，寸步不离苟副书记左右。苟副书记上厕所，他们就守在厕所外；苟副书记去吃饭，他们就跟进饭堂口候着；苟副书记去会议室参会，他们就乖乖地候在门外。姓苟的知道是我一手策划的，可是任凭他怎么引诱、哄骗学生，学生们都不愿意说出是我"教唆"的，一口咬定，是没人给我们上语文课，我们自发来向您反映情况的。

这一帮人中最能干的要算1994届班长仲朝勇了。此人口齿伶俐，胆大心细，很有应对能力，听说他常常弄得苟副书记哑口无言。

以仲朝勇为首的十来个人，两人一组，轮流下山"上访"，弄得苟副书记焦头烂额。在万般无奈之下，他只好叫学生给我带回一个字条，字条上写着：纪老师，请你找一个语文代课教师，代课经费由乡政府负责。

一时间，我还真找不到合适的代课教师。消息传出，来要求当代课教师的倒有三四个，但一仔细了解，一个也不符合我的要求。后来，我才找上正在四区中学读复习班的吕淑媛。她高中毕业，复习了两三次，时乖运舛，可总是名落孙山，不过这姑娘却有一股韧劲、倔强劲，这就是我选中她的主因。

或许大家会问，她不就是个高中毕业生吗？可是你不要忘了，我不就是初中只念了三个月的小学毕业生吗？你们更不要对时下许多师范本科生上不好课视而不见啊！吕淑媛后来一边代课，一边刻苦自学，最后取得了大学文凭，终于于 2001 年考上了公办教师，现在仍是大兴教育集团语文教学战线上的一员战将。

回忆起苟副书记这些做派，我心中怒、胆里火，再也按捺不住了，眼瞪着他，大声地说："套用伟人一句话，'名曰树我，其实树谁'呢？我是个只求做事问心无愧的凡夫俗子，一不求发财，二不求当官，采访我宣传我有意思吗？如果要写这篇文章，写不写校长你呢？不写，一是不尊重领导，二是没为你升官垫一块砖，不仁不义的；写了，又违背实事求是这一原则。你们这不是有意为难我吗？……"不待我说完，苟副书记的脸就涨红得像猪肝了。

我一说完，他站起来恨恨地说道："我升啥子官哦！我真的是为了宣传你，从没想到宣传我自己。不接受采访就拉倒，说这么多干啥？"不待说完，他转身下山去了。这场活报剧就这样草草收场了。

我这一时的意气用事，为一年后全校教师罢课埋下了祸根。

1994 年的中考，我教的初中毕业班升学率再攀新高，考上中师、中专、重点高中的竟达三十四人，若加上普通高中，升学率高达97%，把什么省级重点中学远远地抛在了后面。

成绩公布后，班委干部建议搞一个毕业典礼。我也十分赞成，于是叫班委会筹备置办所需物品。班干部真能干，一两天工夫竟然把一切都准备好了。

毕业典礼那天，学生三三两两地从家里赶来，人到齐后，开了个短会。无外乎是我讲话，表示对全体毕业生的祝贺并提出几点希望加以勉励。接着是学生代表发言，对老师表示感谢。这些程序完成之后，时近中午了。

兴奋不已的学生，把课桌三张三张地拼在一起，作为餐桌。摆碗筷的摆碗筷，端菜的端菜。一切弄好之后，便把我拖到首席，让我坐首位。可就在这时，教室外走进来一位不速之客——大兴乡教育办公室主任。这个领导可是第一次光临我们这荒野中的学校。

那时交通极不方便，这个领导是顶着烈日爬上山来的，满额满脸都是汗。平心而论，当时我对此人的印象是两个字：不佳。但按待客之道，我可不能怠慢他。于是走出去，笑脸相迎，请他挨着我坐下。

我这个人是个子不大酒量大，所以有人开玩笑说："文化你娃初中三个月，废话你娃博士后。"我先向学生们介绍了领导江明森主任，江主任也说了一番表扬祝贺勉励学生的话。接着我们便喝起酒来了。三杯酒一落肚，我便扯南天盖北网地与江主任神侃起来。

酒已半酣，突然，一个恶作剧的念头涌上心头。我一下子站了起来，手一招，大声叫道："同学们，安静，安静！！！今天，江主任冒着酷暑来向我们表示祝贺，这是对我们的辛勤付出表示肯定和赞赏。现在我提议：考上了中师中专重点高中的同学，每人敬领导一杯酒，你们能喝酒的就喝一点啤酒，不能喝的不喝，敬领导就行了。"

"老师，你不是规定我们不能喝酒吗？"一个顽皮的家伙顶了我一句。

"今天例外！"我愣了他一眼，大声说道。

我这一招手，三十多名学生一下子涌了上来，有的端着小碗，有的擎着小酒杯，也有的拿着纸杯，有端一点白酒的，有端着一点啤酒的，也有端着白开水的。这些少男少女，满脸灿烂着发自内心的笑容，叽叽喳喳的，一个挨一个地站着，依次向江主任敬酒致谢。

江主任率直豪爽，十来分钟竟然灌了三十多杯酒下去。一杯酒少说也有四五钱，眼下喝的一斤多酒加上刚才与我一起喝的那些，一斤七八两酒进了他胃里了。

他已头重脚轻，站立不稳了。我忙把他扶进我办公室，让他躺在我那张简易的沙发上，他整整地昏睡了一个下午，直到金乌西坠、玉兔东升，他才缓过气，醒了过来。

这是我第一次与江明森主任打交道。

这事发生后不久，我去乡政府办事，顺道去乡教育办公室坐坐（以下简称"教办"），以回应江主任上山来参加学生毕业典礼的善意。我一进门就看见乡党委一个女干部拿着一大沓发票，找江主任签字报销。我心想：教办的钱是应该用在师生身上，怎么能把这些钱用来供乡干部吃吃喝喝呢？万一哪一天他们内部倾轧，可能脏水外溢，就会泼到江主任身上。于是等那个女干部刚转身离去，我就忙不迭地说："江主任，乡领导吃吃喝喝的钱大把大把地从你这里拿出去，可能不妥吧，万一哪天……"没待我把话说完，喝醉了酒的江主任涨红着脸，张口就骂道："你知道什么……"没等他脏话骂完，我就冲到他面前，啪地甩了他一耳光，回头就走了。我一边走一边自言自语地骂道："我一心为你好，你可反倒骂起我来了。哼，你总有一天会后悔的。"

这事儿过去了没几天，我也就忘记了。可是有一天，乡党委温仁厚书记却叫蒋云琴老师给我捎来口信，叫我去乡政府一趟。我上山以后，很少去过乡政府，有时即或要办点什么事，也不过找乡政府文书而已。至于党委书记是谁，乡长是谁，似乎与我一毛钱关系也没有。突然间，不知从哪里冒出来温书记、暖书记的找我，我一下子也想不出他找我的理由来。

嗬！肯定是那个挨了我一耳光的主任在书记面前告了我的刁状。呸，我不去，坚决不去。

过了两天，山下又有人带来口信，仍是温书记请你下山一趟。这个口信只是把"叫"改成了"请"字而已，其余的与蒋老师捎来的口信一样。

没过几天，我妻子患了眼疾，必须下山就医。在妻子临行前，我对她说："若是温书记叫你给我捎信，叫我到乡政府去，你就告诉他：'我家眼镜说，要批评教育他，劳驾你们动一下步上山去，送上门来让你们批评的蠢事，他纪眼镜不干。'"

中午时分，妻子回来了。一到家，她就说："你像能掐会算似的，我真的碰到了温书记。不过，他对我说，他不是要批评你，是有好事找你，请你到乡政府去一趟，他还说，你不下去，他就上山来找你。"

好事？有啥好事能落到我头上来？我思来想去，总想不出有啥好事会找上我的！吃了午饭，挨到三四点钟，我终于决定下山走一遭。是福不是祸，是祸躲不过。下山看看再说。

我足蒸暑土气，背灼炎天光，汗流如注地行走在山路上，好不容易来到乡政府门口。高文书一看见我，忙迎了出来，领我进了她办公室，二话不说就拨通了电话。她对着话筒说道："温书记，快回来，纪老师下山来了。"她放下话筒，满脸堆笑地说："纪老师，你坐一会儿，吹吹电扇，温书记马上从大昌赶回来。"说完她就给我泡好一杯茶，转身走了出去。一会儿，她进来了，手里拿着一包"红塔山"香烟，她把烟递给我说道："纪老师，请抽烟，按照书记的指示，我已在下面食店订好了晚餐，温书记赶回来要陪你喝酒呢！"

我在文书室与高文书聊闲聊了一个小时左右，温书记就回来了。他一进屋就嚷道："高文书，你先领纪老师去餐馆等我，我去洗下脸就下来。"

晚餐就温书记、高文书和我三个人。三杯酒后，温书记为我又斟上了一满杯酒，他自己也斟上了一大杯酒，轻声细语地说："纪老师，农技校最多能办几个班？"

"若是解决了饮用水的问题，办六个班应该没问题！"我想了想，回答道。莫非他要为我们学校解决饮用水的问题——只要搞个二级提灌，就可以从后山下面的翠云水库抽水上来的，不过耗资很多哟。我暗自思忖道。

"啊！你一个班能容纳多少人？"

"七八十人没问题吧！"

"几千人、上万人能容纳得下吗？"

我愕然地望着他，一时间如坠云雾里，不知他究竟要干什么。

他望了望满眼迷茫的我，笑了笑说："我想让你下山来当初中校长。"

"啥？我当初中校长？"我惊诧莫名地一下子站了起来，瞪大眼睛，神志有点儿恍惚地看着他。来之前我曾有过成百上千的设想，可就是没想到过，书记会让我当初中校长。

我木立了好半天，才从惊诧中清醒过来。决绝地说："不，我绝不当校长。我绝对当不好校长！"由于心里极度不安，甚至可以说有几分惶恐，我饭也没吃完就起身走了。

"别人削尖脑壳钻，四处请客送礼都想弄个教导主任或副校长来干，你倒好，送你顶纱帽，你还不要呢？"高文书在我身后大声地说。

"慢慢来嘛，人们都说他脾气又怪又倔，我倒要试试看，我这耐心的'王水'是怎样蚀掉这块钢铁的。"背后传来了温书记自信满满的声音。

月儿升起来了，炙热的晚风一点凉意也没有。躲在树根下、草丛里的小虫却一个劲儿地燥叫着：热啊！热啊！山路，像一块奇大的、烧红了的大烙铁那样烫人。

病态，一切都是病态！崇尚无拘无束，喜清静厌喧嚣的我，一直如天马行空，独来独往、我行我素的我，能当什么校长，这不是在开国际玩笑吗？

我个性倔强，固执，缺中庸之术，无拍马之技，能当好这个连杂佐也不是的乡级中学的校长吗？

何况我心中那如山重的誓言时时提醒我，切记不要步入仕途呢！

在双江歌乐山向家湾五十号收容集训队读"社会大学"毕业时，我所悟得的人生真谛就是：仕途不入一生安。

当天晚上，回到南山擎天堷农技校，我通宵失眠了。愁肠百结，思来想去，得出的结论是：坚定信念，绝不就范。

第二天清早，我一起床就在日记本上写上："任尔风吹浪打，我自闲庭信步。"

第三十九章　弯道超车应谨慎
休凭快慢定输赢

当天上午，烈日当头，十二时许，一个光头连草帽也不戴的人，从山崖边冒了上来。他大汗淋漓地，一走进我办公室就喊道："纪老师，不礼貌了，未经你允许就登山打扰了。"话未说完，端起我办公桌的一大杯凉开水，就咕噜咕噜地灌下肚去。看来他渴极了。

这时我妻子从厨房过来拿东西，见状，叫了声温书记，就又给他倒了一杯水。他说了声谢谢，又仰头喝了下去。

我一言不发地打量着面前的这个人，昨天晚上第一次见面时，由于心绪如乱麻，未细看这位"封疆大吏"，只见他身板如我一般的"纤细精致"，面皮微黑，两只不大的眼睛清澈且黝黑，闪烁着倔强狡黠的光。

他见我一言不发地盯着他，可能猜出我对他这不速之客的不友善，于是自我解嘲地说："哟，不递烟，不请坐，不欢迎嗦！算了，你不请我坐，我自己入座总行吧。"说着一屁股就落在藤椅里。接着他就开始展开了他的宣传攻势，一时以我出身苦，求学无门……应为全乡学生着想为说辞，劝我下山任校长；一时又以男子汉，应舍小家为大家这一说辞相劝；一时又说尽管你在教育界众望所归，可你擎天塆地窄缺水，山高路险，能办几个班？你的才华能施展开来吗……

他说了近两个小时。可我抱着任你弱水三千，吾一滴亦不沾的决心，仍是一言不发。在温书记的一再催促追问下，我站起来一边往外走，一边闷声闷气地说："温书记，请回吧，人们都说我是'落草为寇'，你想想，寇岂能当啥'正规军的官'？你还是回去高悬招贤榜，另选贤能吧！"

话一说完，我便把他甩在身后扬长而去了！

这样的戏隔三岔五反复上演了四次。每次都是上午十二点后开始，下午两三点收场。他每次都是光着头顶着烈日而来，他每次的台词大致一样，都没大的改变，而我的台词更是无一字增减。他每次都是带着希望而来，抱着失望而归。

温书记有一周没上山来了。我想他可能死心了，哎！好歹总算躲过这一劫了。

可谁知就在我自以为"平安无事"的当天薄暮时分，惯于死纠活缠的温书记又蹿上山来了。

这一次，似乎与前四次不同，因为他一坐定，就说："纪老师，我知道你厌恶我的死纠活缠，可是我绝不是为了我个人什么升迁才来找你去任校长的。你到大兴这块地方生活也二十多年了，你当然比我更了解大兴乡老百姓穷。他们为什么穷呢？我看就穷在没文化知识这个根本问题上，你说我作为这个地方的党委书记，能不管吗？"

听到这里，我心里那潭死水似乎漾起了一圈涟漪，但刹那之后又平复如初了。

接着他又饱含着深情说道："你看别的乡镇考中师，考中专，升上高中的，哪个不是五个十个的，最少的也有三两个吧，可我们大兴乡，自你一上山后，乡初中连续五年都打'光脚板'呀，考不起学生也就算了，可是八九百学生的学校，今天走一个，明天走一双，到现在只剩下一百多人了。你看，我咋对得起大兴乡的群众呢？"

吃晚饭了，我妻子进来说："温书记，请吃晚饭。"他说："你们吃吧，我在乡里吃了饭才上山来的。"

我说："不再吃点吗？"这是我第一次招呼他吃饭。"不吃了，还饱着呢！"他拍了拍肚子，望着我灿烂地笑着说。我紧闭的心扉，似乎翕开了一条小缝儿，他还真的与那些官儿不一样呢。但这只是我一刹那的想法。

我吃完饭，一回到办公室就下起了逐客令："温书记，对不起，我突然间觉得身体不适，想休息了。"

"那好吧，我也想休息了，今晚我就借你这'避暑山庄'住一晚吧！"他一脸严肃地说。

我惊诧莫名地看了他半天，心想：天下竟有如此黏性十足的男人呢！转念又想，他也许就口里说说罢了，未必他还真敢不经主人允许就强行留宿的？于是我径直回到卧室，连脚也没洗，脱掉外套就躺下了。

"卢老师，今晚上麻烦你跟自力睡一晚吧，我和纪老师打个挤，让我也享受一宵深山夏夜的凉爽。"

"哎呀，温书记，使不得，我家的铺太简陋了，你请回吧。他是不会轻易改变主意的。"

外面传来妻与温书记的谈话声，我装着什么也没听见，佯装已入睡，甚至打起鼾来了。一会儿，他真的在我床的另一头睡下了。

哎呀！这可能是个不眠之夜。我的预料一点也没错，果然，他上床没躺上五分钟就说开了："纪老师，别装了，你根本就没睡着。你可别想让我明天又什么也没得到就下山去，如果你真的这么想，那可就低估了我的耐力和毅力了。我既然决心已下，那就是不达目的绝不会收兵的。"于是他又把那些不知念过多少遍的"经"念起来了。

我仍然继续佯装酣睡，可是他却用脚踢我后背，把我弄醒。

这样如此反复一直闹到凌晨一时，我倒真有点撑不住了，竟蒙蒙眬眬，真的睡了过去。

突然，我像被人抓起举到了半空。我猛地睁眼，只见温书记双手抓住我的汗衫领子把我拉起来。他见我睁开了眼，便轻轻地，但又厉声地说道："纪老师，不同意我的请求，别想睡啊！"

我瞪着他，恶狠狠地说道："温书记，你横我更横，宁死我也不会干那个什么都不是的校长。"我一看手表，已经凌晨两点半了。

"你说清楚点，什么都不是的校长，怎么校长什么都不是呢？"

"校长是什么东西？教师调进调出，校长说了算吗？学校的干部，校长有任命权吗？学校的收入，校长有依法支配权吗？眼下，大兴初级中学是乡办乡管。乡里连教师工资也半年一年地欠着，校长一天到晚愁眉苦脸，缠着乡财政所长讨工资，腿跑折了也讨不上三角两分的，你说这是丐帮头儿，还是校长……"我滔滔不绝地不管不顾地把心中的烦闷吐了个干净。

这下子，他默不作声了。

"其实，眼下的校长比丐帮小头目还不如呢！丐帮小头目，优哉游哉，还有小兄弟伙讨来的残羹剩饭钱粮供他享用，而校长工作没做好，上级批评，甚至撤职。不当差不打紧，可丢了面子，总不是一件好事吧？下面老师领不到工资，不但不好好干，还常把校长当作炮轰的对象。"而当年发牢骚说怪话是老师迫不得已的选择，你当校长的不听，谁听呢？说到这里，我又冒了一句出来，"校长可是老鼠钻风箱——两头受气的角色，我就是死，也不会干这鬼差事，何况转正那阵子，吕委员要我当校长，我就发过毒誓的！"说完这些，我又倒下睡觉了。

可是还没睡上一会儿，他又翻身起床，把我从床上拽了起来，又开始重弹起了他的老调。

一个通宵，竟被他搅得没睡上个囫囵觉，心里窝起的一团火，顿时燃烧起来，我"匪气"大发，高声骂道："温仁厚，究竟还让不让人睡觉？！"

"纪老师，随你咋个骂都行，只要答应下山当校长。"

我又躺下了，可是再也睡不着了，一个国家干部忍辱含羞地五次登门相求，他究竟为了谁？这个问题在脑海回旋着。我那紧闭的心扉，再次翕开了一条缝，而且越翕越大。

"纪老师，你没睡着！别装了。我知道你是个有良知的教师，你会下山当校长的。"

我一个鲤鱼打挺地坐了起来，沉声地说道："你要我当校长，必须答应我三个条件。"

"只要不违法，别说三个，三十、三百个，我都会答应你，快说，什么条件？"他翻身坐起，满脸堆笑地说。

"第一，你们乡里只问我要教育教学质量，学校的副校长、教导主任什么的，乡党委、乡政府不能安插私人，由我择贤任命！"

"行。"我没说完，他想也没想地就答应了。

"第二，德能兼备的教师留下，差的必须调走，特别是无师德之人必须调走，好的调进来。调出调进这一切我说了算。"

"行！"他毫不犹豫地答应了，又急着问，"那第三条呢？"

"第三条就是学校的经费由我开支，乡里监督审核我贪污挪用没有即可！"

"没问题！"

"口说无凭！"我说。

"我会以文件做保证的。"说着他披上衣服，蹬上鞋子，打开门扬长而去了。

我半信半疑地看着他离去了。我起床后和往日一样地干我该干的事。

中午十二时左右，我刚端起碗，正准备吃饭，这时温书记戴着一顶旧草帽，手拿一把大蒲扇，边走边摇动扇子，从山崖下方爬了上来，他走到教学楼前，就高声叫喊起来："纪校长，纪校长，文件到了！文件到了啊！"

我放下饭碗走了出去，他一见到我就把一份"红头文件"塞给我，扬扬得意地说："纪校长，你看你校长的任命文件，上面载明了你提出的三点要求，少了一个字没有？若少了，我马上拿回去修改！"

我接过文件一看，今早上我提出的三个严苛的要求赫然地出现在文件上，只是语序有所变换，词语有所增减而已。

我心里有点儿纳闷，今天不是星期天吗？难道他召开乡党委、政府的紧急会议，通过了对我的任命事项？

我真佩服他的雷厉风行的办事作风！我更佩服他的胆识，我猜测那时西南地区也可以说全国除港澳台之外，可能没哪个区、县、乡级政府，敢于如此把学校的领导权、人事权、财权明文规定下放给一个一般群众，而且还是一个只念过三个月初中的一般群众，而且还是一个桀骜不驯的一般群众啊！

面对乡党委、乡政府的信任、期盼，面对全乡人民群众的期盼，我再也没力量说"不"了。但是我骨子里的厌恶绝不会一下子就湮灭殆尽。

我们在农校奋斗四年，共招了四个年级，每个年级一个班，原带上山一个1993届。

1991年新招1994届，1993届毕业招了1996届，1994届毕业招了1997届，1997届在山上只读了一学期，1995年春被乡政府强行搬到号子口哨亭坡，后为收拾其烂摊，这个班87人一分为二，卢琼燕、常蒯各任一个班班主任，他们名气大一些，好招生。1996届在农校上课一年半（三学期）。

我糊里糊涂地当上了大丰县大兴初级中学校长。老实说，在教学上，经过十几年的摸爬滚打，我已略知一二，但于治校，我却是丈二金刚摸不着头脑。

在乡里派人来学校召开教师大会，宣读了我的任职文件之后，我就跑到乡政府找到温书记。

我提出一个要求："擎天塆的农技校不得撤销，如果一年后我的工作不见成效，我就立即回我的根据地；若有所成效，待我把乡初中整顿好，三年后，允许我重回擎天塆农技校。"

温书记犹豫了老半天，终于还是点头答应了，但要求我兼任乡农技校校长。我心想，反正三年后我就要回老巢去的，我把农技校管好应是有利无弊的。

接着我就大刀阔斧地进行班子建设：首先，党支部书记仍由教办主任兼任，又从大兴乡中心校调来了中共党员、少先队大队辅导员陈布仁，此人高大帅气，中师毕业，学业成绩优秀，我委以他重任——副校长兼毕业班化学教师。我之所以如此布局，是因为他的亲叔叔是县教委主任陈云泽。完全可以这样说，陈布仁就是陈云泽一手培养起来的。我的如意算盘是：三年后，由他出任校长，我才好再次上山"落草为寇"。

我任校长的第二天，才知道前任校长被调离的原因：来人来客公款买烟待客后，剩下的烟被他个人吞云吐雾了。人说化为烟云，了无踪迹，可这次他却被"有心人"盯上了，他什么时候买了什么烟，都招待了谁，还剩下多少，几个"有心人"给他记了个一清二楚，快到期末，一封匿名信举报检举得实实在在：共贪污公款三百二十元七角八分。真可谓做者无心，旁观者有意。

这些"有心人"中的一个与他们的后台老板正准备合伙分肥，谁任什么早就拟定了。他们的后台老板正准备在乡党委会上提出他拟就的"内阁名单"时，温仁厚书记却在各村支书和村主任的强力鼓动甚至可以说是逼迫下，未经乡党委会集体研究，就下发了（大兴府发1994〔22〕号）文件，宣布了我的任职。当然，这一背景资料在当时我是毫不知情的，直到若干年后，我才从他们那些当事人的谈话中东一鳞西半爪地听到。

宣布我的任命文件后的第三天，我才不情愿地到大兴乡初中去实地了解了一下。这是我工作了四年的地方（1987—1991年），我离开这里已经四年了。一眼望去，一座红砖砌成的三层楼房仍孤零零地伫立在稻田边。它的四周没有一株像样的树，连草似乎也没有。在大火般的骄阳炙烤下，这幢楼更是显得了无生气。

走进校长办公室，只见一张只有三只腿的藤椅摆在一张脱了漆的破旧桌子面前，桌面已斑驳陆离了，活像一个满脸沧桑、又老又丑的女人面前蹲着一个跛脚的孩子，煞是可怜。

我找来负责总务的旷万全老师，一问家底，才知道这个堂堂的初级中学，只有六个教学班，一百六十二个学生，班平均学生为二十七人；教师二十七人，班均教师四点五人。看来，他们的理念超前，二十多年前就已经实现了小班化教学。总务旷老师再拿来存折，我一看，上面只有一元钱。所以直到今天，原红星村支部书记程明辉与我见面时，还会调侃我这个"一元校长"。

为什么家长宁肯翻山越岭，宁肯孩子没电灯照明，没自来水用，也要把孩子送到擎天塆农民文化技术学校学习，甚至花大把的钱送孩子去城关中学、外乡的初中读书，也不愿把孩子送到家门口有电灯、有自来水、一马平川的大兴初级中学上学呢？

带着这团团疑云，我走访了大兴街村几户人家才弄明白，造成这种局面的原因有两个：

一、领导班子钩心斗角，争权夺利。一个二级班子成员，倚仗着与温书记是同乡，并拍得分管副书记的信任，千方百计地在各种场合诋毁校长，夸耀他比校长能干，甚至滥用手中有排课、调课的权力，投机取巧，搬弄是非，拉拢一帮人与校长作对。

而校长常某，人倒还正派，虽是"造反派"出身，却无"造反派"的脾气和秉性，加之才干平平，这就注定了他不是"小人"的对手，岂有不"落荒而逃"的呢？

领导神仙打仗，小鬼兴风作浪就是理所当然之事了。于是教师不备课，不批改作业，晚上与学生打火把抓黄鳝，甚至有的与学生一起打麻将，一元两元一炮。

有一男老师，仗着其亲叔父是县里某局副局长，更是肆无忌惮，上班三天打鱼两天晒网，就是到了学校，也从不认真上课。此先生不仅喜欢与学生一起赌钱，而且把学校的保温桶公然搬出去卖了，说什么此物年久没用了，即为废弃之物，放着殊为可惜……

这样的领导班子，这样的教师群体，更何况，乡里经常发不出工资，在这种氛围下，谁会认真教书？谁又能认真教书？神扯鬼闹，学生和家长遭殃。

二、学生和家长选择离去的另一个原因就是教师群体在群众中的形象极为不佳。

当时东风式微而西风渐劲，这就给沉闷的乡村学校带来了些许生气，这生气中也夹杂着些许洋气——跳交谊舞就是其中之一。农村学校不论当初还是今天，都没跳交谊舞的场地和设备，于是好奇的男女教师为了过一把瘾，便把电灯牵到操场上，开启具有收录放功能的收录机，"砰咔、嚓砰嚓"地放着，男男女女便抚着肩、搂着腰，脸对脸地跳了起来。这下子可引来了一圈又一圈的乡下人围观，于是这些无知的人便编排出许多艳丽的故事来了。可以这样说吧：知识越贫乏的人，精神也就越贫乏，精神贫乏的人对色与性就有别样的解读，在他们眼里，只要男女肉体一接触，那就必然会干那个事儿。

在我看来，这个"群体形象"不佳，主要在于乡下人的偏见和无知。我找到这些原因后，心里也就有谱了。

那时，我白天到乡中上班，晚上回擎天垮农技校住宿，利用晚上、早上的时间处理农技校的一些行政事务。

前面所提到的"有心人"和他们的后台及背景资料，我当时是一无所知的。所以一向以大刀阔斧、雷厉风行著称的我，一上任就颁布了我的"新政"。

一是对毕业年级教师的调整，我上政治课，陈布仁副校长上化学课，英语课则是我从农技校调去的虞长惠老师担任。虞老师的英语水平一流，责任心一流，在当时，她是个双一流的教师。语文教师兼班主任的常小溪老师工作勤奋，水平也较高，没有换。二是召开教师大会，宣布了现在看来是非常平常的事，可在那时的大兴乡初中无异于晴天霹雳。具体纪律如下：

（一）任何老师必须认真备课，认真上课，认真批改作业，认真培优，认真补差。校长、副校长、教导主任不定期对以上工作进行检查。在检查中，发现工作不认真的，必须扣分，今后适度地扣发工资。

（二）任何人不得早退、迟到、无假不到校，违规者均视为旷工。旷工按上级相关文件惩处，绝不徇私。

（三）任何人不得与学生赌博，不得与学生晚上外出从事与教学无关的事务。

……

我是个说了就做，有时是做了也不说的人。开学第二周，我就检查了所有教师的备课本，发现一个女教师备两课时的语文课，就有八个不同错别字。这个女教师在男人眼里属于标准美人，娇声如莺，腰若细柳，面若白雪映日，总之是人间尤物，所以当时"有心人"的后台对其欣赏有加。

可她时乖运蹇，偏遇上了我这个不解风情的怪物。当我见到其视备课如儿戏时，决定开教师大会指名道姓地"痛批猛斥"。我口无遮拦地、近于泼妇骂街地批评道："……你的语文水平只相当于小学五年级学生，你配当初中语文教师吗？……"后来，我在日记中痛斥自己：纪元初啊纪元初，你根本就没有领导艺术，更没有行政能力。你把领导农民大爷的那一套拿来领导小知识分子，行吗？……当然，这种醒悟是在撞了南墙之后才有的。

　　这件事为后来不久爆发的狂风骤雨积攒了能量。

第四十章　惴惴心风起
从丛乱草生

人骂了，心里痛快了，教师的工作态度有了一定的转变，这是明的，但暗地里，却在集聚起负能量，社会上对乡初中开始出现了"现在倒还是像所学校了"的认同感。

我心里窃喜：第一把火终于烧旺了。我正在自鸣得意之时，乡里又转来省里一个文件，这个文件规定每个教师月增长六十八元活工资。

当天下午，我召开了有工会主席参加的校务委员会，提议这六十八元既然叫"活工资"，就应用来奖勤、奖优，而不应该平均发放。"绩效优先"这粒种子在我青少年时代就深深地埋进了我心灵的土壤，一旦遇到了合适的时机，它就会生根发芽。

与会者听了我的提议，先是一阵沉默。我环视了一圈后，陈布仁副校长表示支持，接着教导主任也表态赞成，但职代会执行主席则始终没表态。以少数服从多数的原则通过了我的提议。于是，接下来我就召开了教师大会。在会上，我宣读了每人增资六十八元的文件，并宣布了学校校务委员会的决定："六十八元'活工资'全部用来作为绩效考核，实行多劳多得，优质优酬。"

我话还没说完，台下就嗡嗡地闹腾开来了。我两眼一瞪，吼道："闹啥！闹啥！有不同意见的会后找我。"可是散会后，竟然没有一人来反映不同意见。我心里暗喜：我又一次战胜了歪风邪气。只要懒惰之邪气下降，勤奋之正气上扬，大兴初级中学就一定会有灿烂的明天。

我这个不谙世事的人，真是高兴得太早了。我连"平静的海面下，正汹涌着万顷波涛；冰冷的雪峰下面，正奔涌着熊熊地火"这一简单的道理也不明白，还配当校长吗？

我真是"高兴忽略愁来到，倒霉不知在哪朝"。这句经我修改了的民谚似乎正是为我量身打造的呢！

10月中旬的一天早上，我和往常一样，一大早吃了饭，就往大兴走去。一进校园，我似乎就嗅到了一股异样的味道。

已是上课时间了。四下里却鸦雀无声。我走进校长办公室，没见到副校长。我急忙往教室走去，只见大多数教室里没有教师，只有学生不知所措地呆坐着，那些往日顽皮的学生也乖了，既没讲话，也没看书，默默地坐在那里。张兴等几位老教师，有的在教室走来走去，一会儿在黑板写一两句话，提醒学生自学，一会儿又擦掉黑板上的字，走到学生座位上，给学生指指点点，但就是不吭声。

发生了什么事，我已知晓了。为了了解更多的信息，我急忙走到陈布仁副校长任教的教室门口，招手让他出来。他走出教室，压低声音对我说："老纪，今天一到校，几个女老师叫住我说，今天我们大家决定罢课，你也不准上课。若是你去上课，我们这二十几个人一定会骂死你，恨死你这个狗家伙的。"

"几句唬人的话，就让你尿成这个样子了吗？你还是个男人不？"我恶狠狠地对着这个英俊魁梧的青年副校长说了几句，一股懊恼之情油然而生：算我瞎了眼，挑选他来当副校长。我正准备离去，他拉了拉我的衣裳，俯在我耳旁说："他们说，你在这当校长，他们就不在这里教书，要乡里撤你的职。理由是，乡里拨下了三个月的工资，你一分钱都没发给老师。"听了这几句话，我反而淡定多了，我问道："这些鬼话谁编出来的？我倒要查个清楚。至于撤我的职，倒不劳他们劳神费力的。我从来就没想过要当这个屁都不如的校长！更没想过要干多久！"

我想，此时副校长陈布仁的脑海里正在翻滚着窃喜的浪花啊，你老纪下了，不正是我姓陈的转"正"的机会吗？

说完，我回到办公室打开抽屉，拿出公章，放进手包里，不慌不忙地往乡公所走去。

"温书记，承蒙你和乡党委、乡政府对我的信任，委我以重任，奈何我才疏学浅，力不能逮，既无妙法还原疾，亦无良方起沉疴，真是成事不足败事有余。如今给党委政府惹下祸端，愧疚不已。好在他们旨在逐我离职，我已把学校公章带来交还。敬请党委政府另选贤能之人出掌初中。"没待我说完话，温书记不紧不慢地说道："纪校长，我很不习惯听你文吊吊的话，什么力不能逮，什么无良方妙法啊！他们一罢课，你就怕了吗？我就不信，他们敢在大兴闹出'九四教师潮'出来。事情的来龙去脉我已理出了点头绪。你放心好了，阴沟里翻不了船……"

可我没等他说完，从手包里拿出公章，放在温书记办公桌上，淡定而从容地走了出来。

我一走出来，街村的几个家长就围了上来，你一言我一语地嚷开了。

"校长，他们那一伙耍赖了，你一管他几娘母不起来闹，那就不正常了。"

"校长，你不要怕他们，惹毛了，我们组织全体家长到县政府去请愿！看他龟孙子们凶，还是我们这些黄泥巴脚杆凶！"

……

家长们七嘴八舌的议论，使我感受到了公道自在人心。

就在这时，一个乡政府的工作人员走到我身边说："老纪，借一步说话。"我随他离开了家长群，来到一个僻静处，他环视了一下四周没人，便轻声地对我说："学校老师闹事，全是乡里姓苟的挑起的。昨天晚上，我经过你们教师宿舍，听到乡里一个领导正在和几个教师商量今天罢课的事儿。刚才我把这事儿向温书记汇报了。"

听罢这番话，我真是哭笑不得，原来，还隐藏着这么多故事。而我这个故事的主人公竟然浑然不觉。学校怎么样了？我最担心。我并不恋栈，而是担心刚有点起色的学校会重复昨天的故事。于是我回到擎天塝就写了三封信：一封是给陈布仁副校长的，要求他顶着压力复课，并动员几个老教师复课，对那些罢课的组织者静观其变，让他们无所适从。同时告诉他，我这封信可给张兴等几个老教师看。第二封信是写给教办主任兼学校党支部书记江明森的，请他劝说温书记撤销我的任命，另选贤能，但绝不能让"有心人"中的任何一个人窃得丝毫权力。第三封信，是写给温书记的，首先感谢他的信任，为了振兴大兴教育，敢冒政治风险，他这种魄力令我佩服。但是，他未经党委乡政府办公会讨论，私自印发文件，任命我为乡初中校长，有公权私授之嫌，似乎不符合党的组织原则。希望他争取主动，下文撤销对我的任命，以平息这次风波……三封信写好后，我派老师送下山去。

我之所以不去学校上班，主要出于以下考虑：一是因为到校也无法工作。去动员他们复课，不仅效果不佳，反而会助长他们的气焰，令他们以为得计。二是让他们找不到攻击的对象，发泄的目标，使其无法把事情闹大，笑收一鼓作气之效，我不去学校反而会使他们有荷戟彷徨之感。我的目的是避其锋芒，挫其锐气，不战而屈人之兵。谁知我三封信送下山去不久，温书记、江明森主任就把学校公章给我送来了。同时，他们还约我与他们一道去县委组织部汇报情况。

下午，在去县城的路上，我问温书记："你一人做主代表党委政府起草下发人事任命文件合法吗？不怕人家向上级反映吗？"他告诉我说："事前我已知道姓苟的一些非组织活动的情况，并及时向县里相关领导反映汇报过，同时也把各村领导的意见向县里相关领导汇报了，领导都表态，坚决支持我和村上基层干部的意见，只有县教委陈主任提醒我说：'纪元初独立性太强，个性太倔，你可能管不住哟。'"

"我管他干啥？只要他不违反'四项基本原则'，把学校工作干好，家长满意就行了。"温书记如此把事情的大致情况告诉了我。

温书记说完这番话，叹了一口气说道："纪校长，我也为难啊！村上干部说，不请你下来当校长，乡中的面貌得不到改变，他们就不交提留款了，如真这样，乡政府不就停摆了吗？"

听了温书记这番话，我沉默了好大一阵子。

大约是下午四点钟了，我们一行三人来到了县委组织部，见了市委组织部派驻大丰县组织部的组织员，人称"卿二部"的卿清。我们把学校闹罢课的情况大致说了。

"卿二部"皱了皱眉头说："一个共产党员，这样不讲组织原则，太不像话了。你们回去吧，我马上向秦部长汇报，向县委汇报，尽快地下来调查处理。"

第二天一大早，县委组织部就派人来大兴乡调查。当天下午，县里派人送来了姓苟的调离决定文件。

后台一调走，"有心人"自然就无主心骨了，只好偃旗息鼓了。大丰县大兴初级中学历时两天的罢课就此结束了。这件事校志上没有记载，但我失败的历史不能让它烟消云散，因为这是我人生的败笔。

姓苟的调离了，"有心人"发动的罢课也落幕了。

这次罢课，不仅没有吓退我，反倒激起了我万丈豪情。我暗暗发誓，不把奄奄一息的大兴乡初中办成生机勃勃的学校，绝不回乡农民文化校，过那唯我马首是瞻的山大王式的生活。回文技校仍是我心中的唯一追求，今后我所做的一切都必须为此追求服务。

这次教师罢课引起了我终身的反思。这件事的主角"有心人"和他们的后台，不以学生的前途为念，因一己之私，就发动罢课，固然是不可饶恕的错误，难道我就没责任吗？无数个不眠之夜，我无数次扪心自问。

学校各项工作都没做好，学生流失很大，这当然与教师的工作态度、教育教学质量关系极大，但是前后几任校长、书记、教导主任难道毫无过错吗？乡政府几个月不发教师的工资，难道不是这场罢工的导火索吗？

而我的许多做法又合时宜吗？点名批评某老师难道是完全正确的？换种方法，如与她私下沟通，不行吗？教师半年甚至一年也领不到工资了，可我却高调宣布要把每月增加的六十八元"活工资"纳入奖金考核，并扬言绩效差的，这六十八元可能一分钱也领不到。大多数教师上有老，下有小，拖家带口，工资，那点微薄的工资是养活一家人的唯一财源。可是，我这个不谙世事，一心只想搞好教育教学工作的莽夫却挑战教师的心理底线，把他们的期望值压缩到最小，加上"有心人"的煽动，你说能不出事吗？

"弯道超车需谨慎，休凭快慢论输赢。"这就是我任校长几十天来失误的反省，也是我撞了南墙后余下的痛感。因此我内心深处很快地就原谅了这次罢课中无知的参与者。

罢课的事成了过去。但我对学校的管理仍没放松，我的想法是：不仅要当天和尚撞天钟，并且要把钟撞得响响的。不过我在管理方法上有所改变。

首先，不再提把六十八元活工资用来做奖金。

其次，我极力改正棱角分明、是非太清楚的性格，批评人的话尽量克制一点，竭力找出一些"闪光"的人和事来表扬一下。

这一年，我确实运交华盖。罢课风波平息没几天，县里、镇上就先后召开了"普六普九"的誓师大会。这个"普六普九"是要花很多钱的，乡政府连教师的工资也发不起，哪来的钱大兴土木，修建学校呢？

可就在这贫困乡里，有个主要负责人却坚持要买小汽车。这主张遭到了温书记的坚决反对，他说："教师工资没钱发，村干部的补贴没钱发，我们还要拉烂账去买小汽车，就不怕群众戳脊梁骨、骂娘吗？"

可那个领导能说会道，就和温书记顶牛，闹别扭。这事终于被县委组织部知道了，于是派"卿二部"下来调查。调查结束时，也该吃晚饭了。温仁厚书记在谢大嫂开的饮食店点了一桌便餐。他们知道我与"卿二部"卿清有交情，便叫我去作陪。我、卿清、温书记，也有与温书记对着干的领导，共四人。温书记上桌，每人敬了一杯酒，说了一声失陪了，就下桌离席了。而与温对立的那个人却一直陪卿清喝酒。

由于温书记点的菜很少，酒喝至半酣，桌上就菜尽汤光了。这时，就有人说话了。

"卿二部，您在我们大丰县，哪个层级的领导不对您竖起大拇指，哪个不尊敬您呢？您看今天，他是什么态度呢？上桌子十分钟不到，拍屁股就走了，点了几个菜，连酒也下不完，他是一把手，我又没……"

没等他把话说完，我就叫道："谢大嫂，加一个肉片，一个鳝段，一个溜猪肝，一个番茄鸡蛋汤，钱由我现付，不开票，算我私人招待卿二部。"说着，我就起身把这三菜一汤的钱付给了谢大嫂。

我之所以插这么一段，旨在说明温书记的执拗，更想说明当时乡里有多穷，哪有钱来普六普九呢？

天无绝人之路。红星村支部书记程明辉从中穿针引线，由县里副书记厅厚生，宣传部分管教育的部长、常委黄仁明，甄贤坤副县长和教委主任陈云泽去找驻军，把建在红星村二队、现已废弃了的营房扩建成学校，原大兴中学用来扩建大兴中心小学。

乡里、县里领导之所以做出这个很不明智的决定，原因只有一个：穷。部队营房搬迁后，空着一幢办公楼，两幢士兵宿舍楼，另还有两处是不可民用的军用设施：一处是制氢气用的，一处是车库。

在县领导看来，不管是部队的，还是地方政府的，不都是国家的吗？你们废弃不用的，我们地方政府为什么不可用呢？

对此，我是坚决反对的。一是，地处山顶上，四周无遮蔽，风大且当日晒，学生易生病；二是学生多，产生的生活污水多，山坡高，弄不好污水四溢，容易激起民愤，引出事端来。

可是，我的反对是无效的，因为我一时间既找不到钱来建学校，又提不出替代方案来。利用部队把乡初中建在山坡顶上，除了乡里、县里两大推力外，还有一股不可小觑的推力，那就是以程明辉为首的红星村支委会和村民委员会。

支书程明辉是个精明、能干、正派、公道且有经济头脑，善于谋划的人。他当时极力推动将初中建在红星村二社驻军弃房中，这是因为他心里盘算着：纪元初来当校长，这个学校一定会发展扩大，学生人数一定会增加，学生增加了，日常消费也就拉动了。群众种的水果、蔬菜，养的猪、鱼就不愁销路了。何况在这里修初中，红星村的初中学生就免去每天来回奔走二十来里去大兴读书的困难了。

在几股推力的合力推动下，驻军和大丰县人民政府签署了《军民共建大兴初级中学的协议》。于是乡人民政府大约在 10 月中旬正式启动了大兴初级中学教学楼的建设方案。

乡里没钱，只好由副乡长秦邦国找他的族叔秦显松来承包这个工程，几经讨价还价，最后敲定每个地平方米单价一百九十八元，门窗由乡政府找部队提供旧门窗充数。这幢教学楼是典型的豆腐渣工程，由于造价太低，包工头为了略有盈利，砌墙时只用了清砂和水，连石灰也没掺多少，更不用说掺水泥了。

眼看军民共建的教学楼就要修好了，我心里暗自高兴，下学期学生的学习环境、住宿条件都有了一些改善。但忧虑也与日俱增。擎天塆距新建的大兴初级中学也在八公里以上，我每天来回跑两趟至少得花三个小时。三个小时，可得耽误我多少事啊！

期末考试到了。在全县统考中，大兴初级中学的优生率、及格率有了一定的提高，排名由倒数第一往前挪了十多个名次。

但是，一年过去了，全乡教师在年底只领到五个月工资，剩下七个月工资仍无着落。一些家庭负担重一点的教师，还了借债，连买年货也差钱了，怎么办呢？第二天就要开期末工作总结会了。当天晚上我找来农民文化技术学校管钱管账的两位老师，一打听，文技校还结余了非财政拨款近三万元。

我在冥思苦想了一夜之后，做出决定：向文技校借款五千四百元，给大兴乡初中每个教师发放两百元过年费。教学质量的提高和两百元过年费的发放，使与我为敌的圈子急剧缩小，反对的烈度也急剧降低。

可就在我暗自得意的时候，一件我意想不到的事发生了。

乡党委、乡政府决定撤销大兴乡农民文化技术学校，将其师生及课桌凳一并搬往新的大兴初级中学——哨亭坡。一听到这个消息，我简直不敢相信这是真的。因为温仁厚书记亲口答应，大兴农民文化技术学校不撤销，三年后，我重回农技校。

一听到这个消息，我犹如五雷轰顶。因为我和1993届、1994届的学生流血流汗勤奋劳作，和全体教师节衣缩食打拼出来的农民文化技术学校，连续两届初中毕业班拼搏出来的教育教学成绩就将永远成为历史。

第四十一章　莫以阴晴伤冷暖
也怀皓月上山头

一听到撤销大兴农民文化技术学校这个消息，我禁不住老泪纵横。在模糊的泪光中，浮现出了冒雨担泥土上楼顶塞漏水缝口的情景，浮现出了师生一起阻止县清管所垃圾车的情景，浮现出了担水上山的情景，浮现出了师生挥铁锤打凿页岩的情景……

想到这些，我牙一咬，恶狠狠地大声吼道："就是杀了我，我也绝不会离开这所农业文化技术学校的。"所以当温书记通知我到乡里去谈话，当谈到将农民文化技术学校搬迁到红星村哨亭坡并入乡初中时，我怒不可遏地站起来，骂道："言而无信，不知其可！温仁厚，你就是个言而无信的小人。"

我口无遮拦地一边骂一边往外走了。可是当天下午，温书记及乡长却跑到山上来，一个劲儿地说把农民文化技术学校合并到乡初中的好处：一是便于你纪元初统一管理；二是便于……没等他唠叨完，我就冲出了办公室，准备往山上跑去。可还没跑到教学楼山头上的白杨树下，就被他俩挡住了去路。他俩又是一个劲儿劝说，可是这时气急败坏的我就是听不进去。我冲着温书记说："当初我带着学生在山上过着没水，没电，啥都没有的日子，就像原始人一样生活的时候，谁来同情过我们，帮助过我们呢？今天，我们水池有了，厨房有了，厕所有了，电有了……"

"这些东西虽是你们挣的，可这是你们的私有财产吗？不全都是国家的吗？"温书记高声地质问道，他也来气了。

他这句话深深地刺痛了我。我的眼泪像决堤的水，一下子奔涌出来了，我一边骂道："这总是老子私人的吧。"一边抱起一个我私人买的大花钵砰地摔在温书记脚下，扬起手顺手一巴掌向温书记脸上打去。他头一歪，没打着。温书记看到悲愤欲绝的我，一下子惊呆了！他傻乎乎地瞪了乡长一眼，悻悻地说："莫冒火，走，下山去喝酒，我向你赔礼道歉！"

"滚！你们给我滚，滚下山去吧！"没等温书记说完，我便吼道。

温书记没辙了，他俩只好灰溜溜地走了。

我流着泪，久久地凝望着这片我与人斗，与天斗，与地斗，斗出来的安身立命之地。

接下来，连续两天的闷闷不乐，连续两夜的彻夜无眠。

眼看已经是农历的腊月十八了。那天一大早，我下山去大兴办点事。事还没办好，就看见一学生上气不接下气地跑来说道："纪老师，不好了，出大事了，有人开着大卡车来拉我们农校的课桌凳，卢老师请你马上回去！"

"你先回去告诉她，不要慌，更不要怕，我自有办法对付他们，我有办法让他们把桌凳规规矩矩地拉回山上。"我想了想，说道。

学生转身跑走了，我也往回擎天垱的路上走去。刚走到郭家大院前面的彩虹桥，就见一辆十轮大卡，载着满满的一车课桌凳迎面驶来。情急之下，我冲到公路中间，两脚叉开，双臂张开，站在公路中间，大声吼道："要把农校课桌凳拉到乡中去，除非车从我身上碾过去！"

我与货车之间相距四五米远，这样僵持了约莫二十分钟，司机见我毫无让步的迹象，只好把车开回了农技校，物归原主了事。

第二天上午，红星村支部书记程明辉、村主任代昌惠，带着司机又开来一辆十轮大卡。他们是奉温书记之命来给我做"工作"的。任凭他们好说歹说，我就是坚持一点：乡农民文化技术学校不能撤销，三年后我必须重回擎天垱，否则下学期我就不再去乡中任校长了。哪怕他们要开除我的公职，我也不会妥协的。

快到中午了，程支书看说服无果，也只好走了。临走前，程书记动情地说："纪校长，你可要珍惜我们群众对你的这份感情啊！我们村各个社长说的，纪校长回红星来那天，我们来擎天塝迎接他，鞭炮一定要从擎天塝燃放到哨亭坡……"

程书记他们走了。我陷入了沉思：我这种固执对吗？在惆怅中，我迎来了小年。那天上午，乡里分管教育的副乡长毕成来学校对我说："大哥，今天晚上有空吗？有空到城头红云餐馆，聚一聚。"

"啥事？"我警惕万分地问道。

"没啥事，我过生，就是自己几个朋友亲戚。"

"好！我一定来。"

我知道家里仅有四百元钱。于是我对妻说："送他两百，留下两百过年花。"下午六点左右，我和妻子来到县城，找到了那家餐饮店。我送了两百元贺礼。开始毕副乡长说什么也不收礼，在我一阵执拗地推操之后，毕副乡长笑了笑，把钱收下了。

当夜，毕副乡长请了两桌客人，清一色的大兴乡政府工作人员和干部，当然除了我和妻子之外。我是喝酒的拼命三郎，那晚当然也不会例外。

待我们一大群臭男人都醺醺大醉之后，席终人散了。这时毕副乡长把钱还给我说道："大哥，今天绝不是我请客，而是温书记安排乡干部代他请你聚一下。他怕你执意不参加，所以叫我撒了个谎。他这样做的目的，还是想与你见面沟通，说服你服从乡党委的决定，把农技校搬迁过去与初中合并。我知道你哥子极不情愿这么干。但不论你同意与否，你今晚上去当面说清楚就完了。"听完他的话，我只好和妻子随着他去了温书记的家。

温书记的家在二楼，我们一上去，温书记听到我们的声音，忙迎了出来，把我让进屋后，他给毕副乡长递了一个眼神，毕副乡长就把我妻子领进了温书记妻子那间屋，温书记却把我引到他客厅坐下。

"纪校长，你怪我说话不算数，答应你不撤销农校的，现在却宣布要撤销要合并。可你想过吗？你一再宣布你只在下面任三年校长，三年期满就要回擎天塝。你知道你这么一说，牵动多少学生、家长、干部、群众的心吗？他们天天都在我耳边念叨：'温书记，你不端掉纪眼镜擎天埸那个老窝，他可能等不上三年就要犟着回去的……'你骂我，甚至还想打我，我不怪你。因为请你下来当校长，我是有心理准备的。你喜欢独来独往、无拘无束地生活和工作。当上校长，这种自由就不复存在了……"那天晚上他又一次与我推心置腹地讲了许多。

哎！这就是党的基层干部！

夜里十一点多钟了，毕副乡长这个和事佬说道："好了，纪校长，你看哪天搬到红星村去呢？"

"过两天吧！"我想了想，点头说道。从温书记家里出来，毕副乡长找了一辆车，送我们回了农技校。回到学校，已是十二点了，我一点睡意也没有，乘着星光，四处转悠了一圈，我真像一个即将离娘的孩子，脑海涌动着的，全是恋恋不舍的波涛。

腊月二十四、二十五两天，我把擎天埸的山上山下，每个角落，每棵树，每间教室、寝室，甚至连厨房、厕所、水池，都看了一遍又一遍。

腊月二十六，西风凛冽，满地寒霜，天气特别冷。我六点还不到就起床了，又在山上山下、室内室外慢慢地，慢慢地，慢慢地转悠起来。

早饭后，山下开来一辆十轮大卡车，车上下来一大帮人，为首的又是程支书，他们直接把课桌凳往汽车里搬，装好一车就开走了。大约一个小时后，又开过来运第二车，在十一点左右，来运第三车了。

在装车的这段空当里，红星村村委两位领导表面上和我一边喝茶，一边谈天论地，而实际上就是在给我洗脑，以坚定我当好这个初中校长的信心。他们如此煞费苦心，一半是缘于我在红星教了十年民办，有着深厚的情谊——他们的孩子读初中，全都是我教的；另一半原因是他们知道，大兴乡初中搬迁到他们村去，会给村里经济带去一些助力。

拉最后一车了，这一车东西不多了，但人却不少：我、我妻子、儿子，还有村委的两位领导。我和妻儿被安排坐在驾驶室里，程书记和村主任及几个村民坐在货车车厢里。

车子刚启动，程书记他们就放起了鞭炮，汽车开了多久，鞭炮就响了多久。他们兑现了承诺，表达红星村民欢迎我重回红星工作的真情！这一点，让我没齿难忘。

在我这前半生中，我很少向人妥协过，这是我任教以来的第一次妥协。我之所以如此，是温书记不计较个人荣辱感动了我，是温书记对我的大度包容感动了我，是温书记对我的极度信任感动了我，更是温书记一心为民的这种大爱情怀深深地感动了我！

至此，我也清楚地意识到，再过那种半隐的生活已是不可能的了。后来，我终于下定决心，把在农技校积攒下的二万三千多元均分给在农技校与我同甘共苦的几位同仁。当时管钱的蒋云琴老师说："校长，这钱你应该多分些才对，因为你比我们贡献大……"

听了这话，我心里犹如打翻了的五味瓶，苦、辣、酸、辛、甜五味杂陈，那经历过的艰难困苦又一幕幕地浮现在我脑海里：风雨如磐之夜，师生床床无干处……无水为炊，下山五里地担水，历尽坎坷担回的水，一挑水洒泼了一半……困难一个又一个地被克服，这农技校的一切都是那么惬意了，可以说我已建成了安乐窝了。可现在却是：枉费四年白辛苦，如今梦魂归无处。

1994年秋至1996年秋七百多个夜晚，我不枕着南山农技校往事的回忆，就不能入眠，那些个风刀霜剑，雾罩雨帘；那些个蚊蝇鼠蛇，蓬芥荆棘；那些个教室、土坪上与学生的"战斗"；那些个与学生的月夜漫谈；那些个妙趣横生的笑话故事会；那些个紧张恐怖，吓得女同学惊呼的鬼故事；那些个或催人嘘唏泪下，或催人扬眉剑出鞘的革命斗争故事……那些情，那些景，常常幻化入梦。

那些个迎朝阳，披皓月或吟哦于晶露小径，或诵读于霜挂之疏林。此时之我，足履地，心飞天，魂驰宇外。这是多么物化方外，纵驰万方。此时，清心、静心、欢心，三心生翼放飞诗情、豪情、闲情。

哎！永别了，梦幻般的四年。哎！永别了，与天斗、与地斗、与人斗的这四年。哎！永别了，我努力打拼，用心血浇铸而成的武陵源。

哎！这两万多元的分解，就宣告了我梦幻般的四年将成为永远的过去，将成为过去的永远。这永远的过去，这过去的永远，除了我，还能有几人，能记得一星半点？

人说：往事如烟，但我却认为自己付出了真心真情的人和事，统统不会烟消云散的。犹如我写的一首《冬夜不眠凝望遣怀》：

入夜缘何总少眠？
恒沙往事不如烟。
月明清宇心盈梦，
霜冷长河雪满天。
寂寂南林犹瑟索，
巍巍北塔自悠然。
我生但在迷糊里，
遑论穷忙与富闲。

大年除夕至正月初五，我都在乡里、村上的团拜会中度过。可过了初五，村里的领导、乡上的干部纷纷提出要来给我拜年。并说，这是他们代表村民对我表示的尊重。我心想，这不过是他们开玩笑说说罢了，因为我没给他们领导拜年——当初我还真不习惯那一套——按习俗说，他们是不会给我拜年的。

可是正月初八的下午四五点钟，我正在备语文课，突然，门外有人大叫道："纪校长，给你拜年啊！"我循声望去，红星村村委会的程支书、代副主任、熊昌惠主任，还有几个社长走了进来。我一面忙着让座，倒茶，敬烟，一边问道："你们咋来搞我的突然袭击啊？！"我面有难色地说道。

"我们要的就是这种效果啊！用我们大丰话来讲，这就叫'按锅盖'哦！"

"哎呀，有啥吃啥，没菜没肉都没关系，只要有酒就行！"

"啊，还忘了告诉你哟，乡里仲副书记、秦副乡长他们也要来给你拜年！"

大家七嘴八舌地说得我晕头转向了。

年轻的妻子不擅锅灶上的事儿，更何况一下要来二三十个客人呢！

正在我一筹莫展，妻子背地里唉声叹气、愁眉苦脸之际，乡里的秦副乡长和仲副书记来了，他两个是乡里有名的大厨，乡里有时开会，常常是他二人负责煮饭炒菜。

他俩一来，看见我家还是冷锅冷灶的，秦副乡长立即喊道："纪校长，我来给你煮饭，老仲，炒菜就算你的啰。"话一说完，他们就开始生火。程书记又叫人到他家地里弄来许多鲜菜。说实话，因为这里既不挨街，也不靠镇，傍晚时分来二三十个不速之客，还真弄不出什么菜来，总不能让客人饿着肚子走吧！

秦、仲两位领导一来，我的一切困难也就迎刃而解了。我只要把香肠、腊肉等一些东西拿出来就行了。

秦乡长、仲书记带着一帮人在厨房忙碌着，其他客人就或玩扑克，或玩长牌，我和妻子穿梭于其间为他们烧水、倒水。

没等多久，两大桌有荤有素，有炒、蒸、炖、煮的菜肴就搬上桌了。

那天晚上，我太兴奋了。因为这么多领导把我当朋友，他们尊重我这么一个小小的教师，你们说，我能不欣喜若狂吗？

那晚上，我喝了好多好多酒，喝得好醉好醉的。仲书记、秦乡长喝不了，跑走了又被我追了回来，非要逼他们又喝了许多才罢休。到后来我们大家都喝醉了。可是仲书记非要去开施工方拉货的汽车不可。结果，他开车把学校刚修好的围墙撞倒了好几米长。

我妻子见到这危险状况后，发雌威。醉醺醺的我，怎么能甘当"粑耳朵"，于是雄威大发，行使一下夫权，想给妻子一点薄惩，结果头重脚轻，走路不稳的我，反倒被妻子"教训"了一番——这可是我的"滑铁卢"哦！

1995 年春季开学后，学校经济已坏到了不堪支持的地步了。开学时，买办公用品也没钱，我只好找章谷英、谢云飞两位女教师各借了五十元，才买回粉笔、墨水、备课本等必备的办公用品，对这两位出手相济的人，至今我也是心存感激的。

面对这人穷志短、马瘦毛长的局面，我决定任何领导来检查工作，既不买烟，也不请吃饭喝酒，只给来人发十五元的生活补贴。

后来，从农业局调了一个三十多岁的郑修文来任党委副书记，分管教育，此人为人也大度，工作还努力，不过不知力该用在何处。我这个愣头青，不管是上级还是下级，看不顺眼，我就要竖起眉毛瞪大眼睛发火训人，每到这时，他总是退避三舍。

有一天，他陪同县纪委一个领导来学校检查工作。临走时，纪委那个领导在管家店的供销店拿走一条"红塔山"香烟，价值一百元——相当于我十五天的工资。他在欠款簿上载明大兴乡初中付款。我一听到这消息，怒火中烧，立即飞跑到管家店。这时那位领导手拿着烟，已上了快要开动的公共汽车，我气喘吁吁地冲上汽车，从他手中一把抢过烟，说道："对不起，领导，我们学校穷，连买粉笔也没钱啊！"他一愣，还没反应过来，我就噔噔地下了车，然后听到车上传出一阵哈哈大笑声。

我一生好客，但我认为此客无为客之道，故不以待客之道待之。事后，有个与我要好也与郑修文熟悉的老师邹志武抱怨我说："你咋干出这样的事啊？！你真不怕他收拾你？！"

"我怕啥！大不了不当这个校长。古人云：无欲则刚。我不想当校长，怕谁？"

1995届，大兴初级中学共两个班108人，经两年流失，只剩36人了。1995年中考，考上中师3人，重高3人，普高12人，共计18人，升学率为50%。一扫大兴晦气，丢掉了连续五年升学率为零的"桂冠"。

老师们喜气洋洋。我的教育教学管理初步得到了大家的认同。

第四十二章　苗圃场中日夜忙
除虫浇水盼花香

中考一结束，招生工作就开始了。一个酷热的下午，学校铁栅门外拥挤着一大堆男女老少，嚷着要见纪校长。我叫门卫开门让他们进来。

这些人一拥进来，就自报家门："纪校长，我们是兴隆场的。"

"我们是大沟乡的。"

……

我一边给他们倒凉开水，一边问："你们找我干啥？"

"哎呀，我们跑到莲花坳农技校去找你，没找着。碰到个周老头，他说你到号子口当官来了，我们又跑到这里来找你。"

"我们找你还有啥事？娃儿读书呗！"

"好！好！谢谢你们的信任。"我说。

"你纪眼镜在我们兴隆那块地方是叫'响'了的哟！都说你教书得行。"

当年9月，我校收了议价生九十五人，收到议价学费十万余元。大兴初级中学开始挤入了十万元户的光荣行列。这在当时的乡级初级中学中是罕见的富翁，何况一年前，这还是一所濒临倒闭的学校呢？

开学后，每月教师的工资就由学校先垫付，待乡里拨款后再如数归还学校账户——真是手里有钱，心头不慌啊！

这下子，教师人心大定，我在学校的威信已初步树立起来了。这大概是：民以食为天，工资发放为第一呗。期末了，县里统考，我校学生各科不论平均成绩、优生率、合格率还是巩固率，都跃入了全县前列。

在期末工作总结会上，我宣布了以下决定："一、每个教师发八百元春节团拜费。"我话还没说完，就有人高呼："谢谢校长！"甚至还有年轻教师怪兮兮地喊道："纪校长千岁！"

在他们的闹声平息后，我接着说道："今年年终发钱，仍然是'农业学大寨'，明年则不同了，要奖勤罚懒，奖优罚劣，试行绩效优先，兼顾公平的原则。具体考核办法，待春节期间，我写出来再交大家讨论，然后投票通过生效。

第二，学校二级班子由校长任命，校长由全体教师海选，乡里任命我我不干，你们选谁谁当校长。"

学生大量涌来了，可那几年世风日下，社会风气必然影响学生，所以管理起来十分困难。

哈，这一年，还有一件趣事差点被遗漏了。那是期末考试阅卷那天，天气很冷。我叫厨房煮了大锅萝卜，一桌炒了一大盆回锅肉，弄了几个时蔬，买回几样卤菜，打了十来斤烧酒，犒劳犒劳在阅卷工作中辛苦的老师们。

一上桌，我就开始劝酒，没多久，如向二哥这样的"男子汉"就纷纷地"逃之夭夭"了。剩下的大都是我的学生，有的是有点酒量，有的是碍于我面子，觉得我还没离席，他们就离开了，有失礼节。

又喝了一阵，已是菜残酒酣了，但桌上还剩有一些酒，谁都不愿意喝了。这时，邓仁高把大家杯里的酒倒在一起，竟然还有两大碗，每碗至少也有半斤。他笑着对常蒯说道："这两碗酒我两个一人一碗，哪个狗才不喝。"

"那你先喝！"邓仁高素以刁猾著称，常蒯很不相信他会遵守承诺，所以要邓仁高先喝。

但邓仁高却坚持要常蒯先喝，常蒯坚持要邓仁高先喝。两人这样僵持了许久，谁也不愿先喝下一碗酒。

我看了邓仁高一眼，逼问了他一句："邓老师，常老师先喝可以，但是若他先喝了，你不喝咋说？"

"校长，若他喝了，我却不喝，我变小狗，钻板凳脚。"他一本正经地说。

"好吧，常老师，你先喝，若邓老师不喝，你看老子怎么收拾他。"我自信满满地说。

常舔脖子一仰，半斤白酒就喝下去了。我们大家都把目光投向这个豪气冲天的常老师。可我们再定睛一看，邓仁高不见了，那碗酒一滴未动地放在那里。大家望着我，似乎在嘲笑我——看你这个当校长的咋个收场。

我大喝一声："快，分头去找。"

不一会儿，各路"搜索队"都先后回来报告："未发现敌情——连影子也没见着！"

我灵机一动，大笑三声说道："这家伙与山人斗法嗦，待山人亲自去将他擒来，活剐了他。"大家惊奇地看着我问："校长，你判断他躲在哪里？"

"天机不可泄露！"说罢，我脚步踉跄地走了出去。

我在女厕所最后一个蹲位中找到了"高娃儿"，把他带回酒桌前，大声呵斥道："邓仁高，你这一招有用吗？骗得了他们，骗不了我，因为我是使用此招的祖师爷呢！"

因为放假了，学生早回家了，阅完卷，吃罢饭，女教师也全离了校，邓仁高想到了此招，我当然也想到这一个点可藏匿他。在万般无奈之下，他做出了明智的选择：钻板凳脚。

20世纪90年代中晚期，由于我们还未筑牢思想和精神上的隔离墙，就一下子"开放"了，所以当时社会秩序相当混乱，这种乱象直到2000年后，才渐被根治。

学校是社会肌体的有机组成部分，所以当时社会上一些坏思想、坏风气自然而然地如风一般地进入了校园。这些坏风气中的不劳而获、好吃懒做、爱慕虚荣在中小学生中很有市场，故此，偷窃他人财物的事常有发生。

对此恶劣风气，我采取了零容忍的对策，也就是逢被窃事件必查，一查到底，但在处理时却尽量宽容，允许其改正。因为我相信大丰的两句民谚："小时偷针，长大偷金。""小洞不补，大洞一尺五。"

在查处的诸多事件中，我摘取两件典型的事例叙述于下：

1997 年 6 月底，天气已很热了。一天，汤晓尧老师测试了数学，他发下试卷后，就叫学生从两条通道排队上讲台登记考分，登记好的就回到座位上自习。就在登记分数快结束时，突然从教室后面传来一声尖叫：

"汤老师，汤老师，我放在文具盒里的二十元钱不见了。"

汤晓尧是很稳健的老师，等登记完分数后，就开始了对丢失钱的学生的查询，接着他又到办公室向我汇报了情况。

"先展开心理攻势吧，你回班上去宣布私自拿了钱的人，只要迷途知返，主动悄悄地找老师认了错，就既往不咎，若不主动认错，一经查出，必须全校检讨并立即开除。"

汤老师立即把我的话在班上反复宣讲了几遍，见无人吱声，紧接着他将失钱者前后左右的同学反复查询了一遍。第二天上午，胜利村一个叫仲义国的男同学主动找汤老师认了错，并说下周从家里拿钱来赔。汤老师将这一结果告诉了我。

按当时我的要求，凡是查到偷拿他人财物的事儿，一定要交我复查。

汤老师将一大沓询问记录和那位主动认错者的检讨书一并交给了我。

我反复看了那个认错学生的检讨书，禁不住产生了以下疑问：

一、这个认错的学生与失主坐在同一桌，他登记了分数回到座位后，拿了其文具盒里的钱，又过了三四分钟，失主才回到座位，看到文具盒打开未关，而钱已不翼而飞了。那么，那个拿钱的学生有时间关上文具盒而不关上，难道他是有意让失主尽快发现吗？这显然是不合逻辑的。

二、那时学校没小卖部，学生身上纵是有钱也花不掉。要外出才能花掉钱，但没老师签的假条是出不了校门的。一发现学生的钱丢失了，汤老师就没批外出假条了，那么他偷拿失主的二十元钱为什么要下周从家里带来再赔呢？那他偷拿的二十元钱又去哪里了？

于是，我立即叫来了那个主动认错的仲义国同学。

我要他说出拿钱的详细经过。我先后让他说了三次，可他三次说的细节都不一样。问他那二十元钱哪去了？他支支吾吾地说不出个究竟来，一时说借给同大队的同学了，问他那个同学的姓名，他竟然又改口说借给一年级一个不认识的同学了，后来我追问急了，他干脆说掉了。

我知道他没说真话，反复开导他要诚实，"偷"字可不能乱承认。这时他哇的一声哭了，他说他和失主坐一桌，他承认不承认都脱不了干系。我问他，这是他自己这样想的还是别人说的？他说这是校长助理秋军昨天对他说的。我心里明白了，这姓仲的同学自己冤枉了自己。真是傻蛋一枚。

后来不知我还是汤老师，私自垫了二十元，交给了失主，善意地谎说查出来了，并说这是有人从地上拾到了那二十元，拾到钱的学生把钱交出来了。

这事暂告了一段落，但我仍在暗中查访。

那年暑假，我和老师们外出旅游，那时我规定校长助理享有教师的权力，可以免费随老师外出旅游。

我们第一站去的是成都。到成都那天晚上，我给校长助理开了一个会，会议大致内容是：你们大小也是学校领导了，出来可要管好自己，首先要做到不抽烟、不喝酒、不打牌，一切行动听指挥，注意交通安全……

接着我又指定了汤晓尧老师班上的校长助理秋军为组长，负责学生组的纪律监督。

旅游结束时，我偷偷地问了王老师班上的校长助理吕堉：他们晚上打牌没有？吕堉告诉我，他们打了的，是秋军去买的扑克。我问钱是谁的？他说是秋军叫大家凑的，但秋组长没凑钱。我听了，不禁心里一愣：原来我心目中的双优生竟然是一个表里不一的人。我一联想到他劝仲同学"自证其罪"一事，更判断那二十元钱就是这个"双优生"

拿走了的，但我眼下无凭无据，他会认错吗？我决心在秋季开学后想办法破解这个谜团。

在炎炎烈日中，学校又开学了。我装着啥都不知道的样子，仍任命秋军任1998届三班的校长助理。

那时，学校的设备极其简陋，学校没条件为学生提供良好的后勤服务，学生只能从家里自带粮食来，每顿用自己带来的铝饭盒或搪瓷缸装上米，淘好放在厨房规定的地方，然后由后勤人员上甑蒸熟，再把蒸好的饭以班级为序放好，到吃饭时，学生自己端上饭，再去打上一点菜。有的从家里带了咸菜来，所以就连菜也不用打了。

那时学校还没有后勤管理经验，没能力为学生供应菜，只好把卖菜外包给当地有能力的人。

尽管如此，管理工作一点也不敢疏忽，首先是为了保证学生带来的食品安全，一不被鼠耗，二不被人偷，所以我决定耗资万余元，依地势、山势、房势而为，以水泥板为壁，以木板为门，建造了一批高60cm、长65cm、深约40cm或50cm的储物柜，师生叫它为米柜。其实除米外，也有把红薯、蔬菜，甚至衣物装于小背筐而储于其中的。米柜编上号，门上挂把锁。一把锁两把钥匙，一把柜主自带，另一把交班主任。

因为当时社会治安混乱，杀死杀伤人的事是司空见惯的，如此大环境下，学校这个小环境的安全甚为堪忧，教室寝室均可由班长、室长检查，看是否有人带了凶器入校。但储物柜由学生自掌钥匙而不受节制，就恐生祸端了。于是我心生一计，收回一把钥匙由班主任保管，但可临时授权，交由校长助理代为检查学生储物柜的安全状况。

时令已入小雪，白昼短而夜长了。

一天早上，早自习铃声即将响起，我就穿衣起床了。走出门一看，嗬哟，白茫茫一片，冷雾遮天盖地的，学校通道上的路灯、教室里的照明灯在浓雾里显得那么的微弱不堪，真让人分不清上下左右，更难辨东西南北。

戴着高度近视眼镜的我，急忙转身回到屋里，带上手电筒，凭着手电亮光的"资助"，我才找到了教学楼。一到教学楼，我粗略瞟了一下各班的教室，师生均已到位，或开始挥笔作业，或开始朗读，或低声背诵。一股喜悦之情顿时涌上了心头。

可当我来到1998届3班教室一瞅，只见秋军座上无人，我问值班的外语教师秋军干啥去了？她回答说不知道。

于是，我冒着摔跤的危险，尽量快地赶到了1998届储物柜的地段。我关掉了手电筒，蹑手蹑脚地往前挪动着脚步。突然，我听到一阵窸窸窣窣——好像在翻动塑料袋子的声响。

我一下子摁亮了手电筒，手电光直往前射去，只见一个人站起来正想逃走，我一声断喝："秋军，你给我站住！"秋军一下子愣在了那里。

我三步并作两步赶上前去，抓过他手里拎着的一只袋子。我提着袋子掂了掂，里面大约装着两斤大米。

我把秋军带回办公室，开了灯，坐下，他呆呆地站在我办公桌前。我想了好大一阵，长长地吁了一口气说道："人家的米柜你锁了吗？"

"没有，锁开着的。"他低着头，不敢抬头看一直信任他器重他的我。

"坐到我椅子上认真反思你入校来所犯的错误以及思想根源吧！"说完，我走出办公室，随即又叮嘱了一句，"我关注你是从上学期开始的。"接着又说道，"写好交代后放在我桌上，自己下去吃饭，把门关上。"这时快下早自习了，我赶着到那开着的米柜前把那门锁上。因为我还没想好处分他的办法呢。

吃了早饭，我去办公室打开门一看，秋军的交代及检讨已摆放在我办公桌上。他不仅承认了这次私下拿别人大米的事，而且还写出了他任校长助理以来，私自拿别人米、菜、红薯、土豆的数量及次数，还详细讲了那次偷拿别人二十元钱的详细经过。

秋军坐在失主的后面，离前一桌桌面至少也有一米多。他早就发现了失主文具盒里放着二十元钱，而他此时恰好没有菜金了，于是见财起意，想把二十元钱弄到手，但又不知如何下手，就在他一筹莫展之际，遇上汤老师叫同学们排队登分数，教室后面几排很少有人，于是，他脱下衬衣，扔到前排，他见没人关注他，便大摇大摆地走到前排，借拿走自己衣服之名，随手拿走了别人二十元钱。他想若是有人发现了他，他就说他是拿自己的衣服。

事后，他见学校追查得紧，便以校长助理这一特殊身份劝说失主的同桌仲义国主动去找老师认错，后来见仲义国认错后，老师不再追究此事了，他便以为这事就翻篇了。

他在交代中写出了他的家庭背景。

原来他父亲一双手掌已残，但他父亲手残志不残，终于学会了机制缝纫。为了把秋军兄弟二人培养成才，1993 年前往成都黄田坝一家被服厂打工，挣钱为秋军交议价。穷人的孩子早当家，秋军深知父亲辛苦，挣钱不易，故总是推说学校有奖学金，他不需要钱买米买菜……

面对这种情况，少小饱受苦难的我也不忍深究下去了，在教育他之后，我下了个处分决定，没说明处分原因，只将秋军撤职了结了这桩公案。

后来秋军高中毕业欲应征入伍，怕档案上有污点记录，我请汤老师转告他，他的处分并没归档。

1999 年秋，汤晓杰任班主任的 2001 届 3 班也发生了一件教室丢失二十元生活费的事。

那是一个大晴天的傍晚，教室里的学生已经很稀少了：大多数学生去食堂打饭就晚餐了，除了教室后面还有个班干部在办黑板报外，就只剩下几个补作业和扫地的同学了。到最后教室里的人都走光了，失主也是在大家都走光时一起走出教室的，她离开教室时，还打开文具盒看了看她心爱的二十元钱一眼，其时她还想过晚饭后，就去把二十元生活费交了。

可就在她吃了晚饭回到教室打开文具盒一看，她顿时傻眼了，二十元钱一文不剩，全没了。

她急匆匆跑到我办公室来报告，我详细地问了她钱丢失前前后后的情况。从询问中我得知一个奇怪的事儿，失主是最后一批中最后一个离开教室的，又是最先回到教室的人。

这种种迹象表明，在教室空无一人时，这二十元钱就不翼而飞了。

但不管如何，这二十元钱的去向必须得查个一清二楚才行，否则校纪岂能肃，校风何以正？

于是，我把这个班六十七名学生一一地叫到校长办公室来，要他们讲清楚去晚餐时与谁一起走的，又与谁一起回来教室的。后来我又要求同学们写在纸上交给我。

与此同时，我要求班主任在班上加大思想教育的同时，暗中调查哪些同学在小学有不良行为。与此同时还加强宣传，如是自己主动承认错误的，不曝光，不惩罚，不告诉家长。

在这重重压力下，失主前排的一个饶姓女同学找到班主任承认了错误——说是自己私自拿了后桌同学的那二十元钱。班主任喜出望外，找到我来报捷了。

可等我找来这个女同学询问调查时，就发现这女同学的叙述中破绽百出：一是失主丢失的钱是一张 10 元券、一张 5 元券、一张 2 元券、三张 1 元券，但姓饶的同学，一时说是四张 5 元券，一时又说是两张 10 元券，一时又说是一张 10 元、两张 5 元的，总之，说得牛唇对不上马嘴。当问她那 20 元钱的去向时，她也支支吾吾地说不出个子丑寅卯来，问她三次，她就说了三个不同的答案，但就是交不出钱，只是一个劲地哭着表示星期六下午放学回家去拿钱来赔偿。

我已断定这钱不是她拿的。我就一针见血地问她："你为什么要来自污清白呢？"这下子，她才止住了哭，红着脸说："我小学时偷过同学的铅笔和橡皮擦，被老师查出来，全班通报处分了。这次班主任要求大家相互检举小学的不良行为时，又被同学检举了。我恰恰在丢了钱的那个同学前排，转头就看见过她的钱，于是我只好承认了，以求不开除的宽大处分……"

我教育她，今后说话做事一定要实事求是，不能自己污名化自己。以前的过错，改了就行了，不要作为自己的历史包袱，并要求她不要将我和她的谈话内容告诉同学。接着，我找来了班主任，交代了冷处理的方式：先垫上二十元给失主，一是可暂息风波，二是可让真正拿钱的人认为已蒙混过关了，放松警惕，便于查清真相。

事后不久，我与妻子乘火车去成都出差。临出发时，我叫妻子带上了一大卷学生写的那天傍晚的行动轨迹。

上火车后，我选了一个临窗的位置坐下，因那里有一小块供旅客搁放水杯等物品的小平板，便于我展开那些大小不等写满了字的纸片。

我一边看，一边用笔在纸上画着，嘴里喃喃自语：从教室走廊出来到操场需要一分钟，从操场到食堂需要一分半钟……

坐在我妻子身边的一位老者，一再盯着我，可能是好奇心使然，使他实在憋不住了，便轻声地问我妻子："女同志，你父亲是不是有精神病啊？"

我当时黑瘦并显得苍老，而充满青春活力的妻子脸上白中带红，显得稚嫩，被人误认为是父女也在情理之中。

"没什么病，他是在分析一道难题。"我妻巧妙地回答道。

我先将几十页材料通读了一遍，然后将判断为与二十元的"失踪"无关的材料团成一团，扔进了垃圾桶，只留下除了失主外最后离开教室的九人的纸张。

看着，看着，我突然发现了一个怪事，一个叫甄伟（化名）的男同学就有两伙人和他同行。一伙就是失主和另外几位同学与甄伟一起从教室出来，直接从我住房右侧的小巷子中穿过，从我办公室门口下阶梯去的食堂……但又有另外两个同学比他们先行一步离开教室，去厕所蹲了大号出来，又在厕所去食堂的路上碰到了甄伟。我拿定主意：就在这两个甄伟上查下去。

一回到学校，我就找来失主，请她仔细回忆一下，那天她是否和甄伟一起去食堂吃的饭。失主的回答与我在回家路上的猜测基本相同——在转过我办公室下阶梯时，失主没见到甄伟，认为他往厕所那边去了。

我找来在厕所去食堂路上遇到甄伟并一路同行去食堂的那些人，问他们在厕所大致蹲了多久？他们回答可能有四五分钟。

我从我办公室拐弯去了 2001 届 3 班教室，来到了失主桌前，模拟着拿走二十元钱的动作，再沿路走到那两个同学从厕所出来遇到甄伟的地方，也就是三分多钟。

顿时，我脑洞大开，推断出甄伟拿走了那二十元钱的过程，即甄伟在走到下阶梯时，没下阶梯，而是从我办公室左侧上了教室走廊再回到教室……

但无凭据，无法认定是甄伟拿走了失主的钱，再说甄伟也不会轻易承认的。

第二天一大早，自习铃声一响，我就起床去学生寝室检查学生的起床情况。当时天漆黑，而路灯又坏了，我看见走在前面的一个学生照着手电，但一听见我催促同学们去早自习的声音，马上就关掉了手电筒。这个十分反常的举动令我惊讶不已。于是我跟在此人后面，走到有灯光处，我定睛一看，此人就是甄伟。

我马上找来与甄伟同寝室的室长，问甄伟的手电筒是什么时候买的。室长回答我说，应该是在上周吧！

于是，我叫甄伟带上电筒马上到我办公室来。

"把手电筒放在办公桌上。"我十分严肃地说。待他把电筒放在桌上后，我又厉声问道："你什么时候买的？多少钱买的？"待他回答后，我叫他下去了。

接着我带上手电筒去了大队代销店，问老板这个品牌的手电筒卖多少钱一支？得到准确的答案后，我判定甄伟这支电筒是偷别人的，而不是他买的。

我一回到学校，立即召开了班主任会，了解我出差期间，各班是否还发生过异常的现象。这时我从一个班主任口中得知，他班上一个男同学丢失了一双白色运动鞋和一支手电筒。

心中有数的我，马上想好了一个办法。我去教室把正在上晚自习的甄伟叫出来。

我让甄伟站在操场的旗台上，然后，我一言不发地回到了办公室。

他这一站就是一个小时。我估摸着他神经的紧张度已到了临界点了。

然后，我把他叫进我办公室。在雪亮的日光灯的映照下，我一眼不眨地盯着他，猛一拍桌子吼道："你把××的运动鞋藏在哪里了？"

他一愣眼，情不自禁地说："藏在家里柜子下面。"

"失主文具盒那二十元钱拿回去怎么花的？"

"还没用。"他这下子倒还很老实。

"藏在哪里？"我追问道。

"我交给我妈保存着，我说是我在公路上捡到的，让妈给我收着，我今后好买衣服。"

我叫来他班主任，让他带上甄伟回家取来鞋子和钱，归还原主。

后来，甄伟交代出来拿钱的经过与我分析的大致一样：

他与钱的原主人一起走到操场边，钱的主人下石梯后，就与一个要好的同学聊了起来。他见没人关注他，于是转身从我办公室左侧回到了教室，从别人文具盒里拿走了钱……

姓饶的女同学终于长长地吁了一口气。

这是我 1996 年到 2000 年学校管理长河中的两朵小浪花。

第四十三章　若得今世无憾事
初衷不改续前缘

　　1996 年，一到开学，我首先想到的就是我戏称的"陪嫁学生"——从擎天塝农技校带下来的 1996、1997 两届的学生。1997 届一个班（九十多人）被拆分为 1997 届二班和三班两个班，招了一些插班生，我妻子任三班的班主任，常蒯任二班的班主任，而一班是乡中的老班底，由旷万全任班主任。1996 届，大兴乡中那个班由于流失过大，1995 年，我就决定撤销其建制，将留下来的十多名学生降级去了 1997 届。

　　从农校带下来的 1996 届，一直是我任班主任教语文、政治两科。所以我十分在意这个班。那时我实行的班主任负责制，班主任负责全班学生的思想教育、学习成绩、安全等。而我又在班上推行了班委干部组阁制和班委干部负责制，这两个制度的核心就是学生自治——即校长助理及班委会有收生、处分、辞退学生的权力。由我指定班长、纪检组组长候选人，当选出班长、纪检组组长后，再由他们提出班委干部人选。

　　如果按眼下专家们玩的文字游戏，这应叫作培养学生的自理、自立、自律能力，培养他们的领袖、领导能力。那时，我这个土包子，就给取了名字叫作：班主任领导下的干部负责制。

　　这样做好不好呢？我不好自我标榜，学生说了算，家长说了算。反正到了秋后算账，参加中考五十一人，考上中专三人，中师二十五人，重点高中十二人，普高十一人。按眼下标准来看，上线率高达78.4%，造成全县震惊——两年前一个濒临解体的乡级初中，异军突起，再次冲垮省重点中学的防线，夺得了全能冠军——平均成绩、优生率、合格率均第一。

接下来，我就担任 1999 届的班主任了。

1996 年大约在五六月，我发起了一个全校戒烟运动。这事情的起因是：怕死。有一天，我在《文摘周报》上看到一篇文章，文章说香烟的毒性大于农药，并举实验加以证明。

恰好校长办公室外的花台里有一排月季花，正长满了蚜虫，我选取了正对着我后窗的三株做实验。预先用十支双江牌香烟泡上大茶缸的水，十二小时后，我把这黄澄澄的水全洒到中间那株月季上。它的左邻右舍，都喷洒的农药。相同的结果是三株月季上的蚜虫全都死掉了；不同的是，喷农药的两株一个多月后，蚜虫死而复生了，而喷香烟浸泡水的那株却没长蚜虫，一只也没长。我将长满蚜虫的一张叶片摘下来，放在中间那株无蚜虫的叶片上。接下来，奇怪的一幕发生了，不到半个小时，那张叶片上的蚜虫纷纷逃逸掉了。这令我震惊不已。

于是我想在全校戒烟。接下来，我先造舆论，并把一些烟友叫来亲临我的实验现场观看，接着召开教师大会，举行无记名投票表决。表决结果是：有效票五十二张，同意戒烟四十七票，反对票五张。

结果公布后，有老师开玩笑似的说："校长，你一天抽两盒烟，还说带过滤嘴的抽了不过瘾，把过滤嘴掐掉再抽，现在你说戒就戒，做得到吗？"

我说："坚决执行大家的决议。"话一说完，我从衣兜里掏出还剩的十一支烟全泡进茶水缸里，以示戒烟决心。从那时到今日二十七年了，我再也没抽一口烟。

接下来，学校文件规定，在校内抽烟，第一次批评教育，第二次及以后每次扣奖金一百元。这个禁令得到大多数烟民的严格遵守。我尝到民主集中制的甜头，决心凡制度建设都这样走民主程序。

1996 年 6 月中旬，由我独自起草了一份奖惩条例。主要内容为从 1996 年 3 月起，学校自收自支经费除留适当的份额搞基础建设和发展基金外，其余的用来发年终奖。奖金主要由三个刚性指标构成：一是班上的人数；二是班上学生的思想品质，其载体就是守纪律、懂礼貌的现状；三是学生考试成绩，以学生分数来定奖金（每分 0.15 元至 0.2元）。后来几经变动，又做了一些修改。

我起草好了后，又交教师多次讨论，最后获得了全票通过。

1996 年还发生了两件与温仁厚书记有关的事。

1996 年 10 月，我向乡党委乡政府请示：准备购买一批彩色电视机，配备到班上，供学生每天看中央电视台的新闻联播。我的构想是让学生一边看一边记录，期末检查学生的新闻记录本。我认为这既培养了学生爱党爱国，关心国家大事的情操，又能提高学生的倾听能力、概括能力、速记能力……当时，这在大丰县确是首创，但在四川省乡村初中是否首创，我就不得而知了。

乡领导批准了我的请示，于是我就请乡党委和政府加强领导，抵近监督，请他们派两个人与我同行前往省城成都，一切费用由我校承担。其实另一个原因我没好意思说出来，就是我找不到车，也不懂怎样选择彩电。乡里于是就派了温书记和分管副乡长毕成与我同行。

毕成副乡长是个实干家，并懂很多技术活：水、电、气都懂一些。他不爱夸耀自己，不善言谈，在乡里发挥了别人无法替代的作用，在当时大兴乡党、政两个一把手水火不容时，他起了调和作用、中和作用，也起了一定的凝聚作用。

毕副乡长租了一辆人货两用车，我们一行三人，在成渝路上颠来簸去地到了成都。当天夜里，温书记坚持住鸡毛小店，晚上每人吃了二两水饺就睡下了。第二天早上每人吃了二两炸酱面，就去逛电子市场了。逛到中午还没看上如意的电视机。这时，我已是饥肠响如鼓了，提议找好一点的餐馆吃中午饭。

"学校还穷，刚起步，你白手起家不容易，在路边找个小馆馆，随便整点啥子就行了。"在温书记的坚持下，中午每人又吃了一碗面，在我的坚持下，每人又加了一碗麻辣凉粉。

吃了"午饭"，又接着四处找价廉物美的电视机，一直找到晚上九点才终于在一个商场定了一款长虹牌的电视机。电视机买好了，可我们的肚子也饿瘪了。于是温书记又坚持到路边大排档每人吃了一碗排骨面，又回到了那鸡毛小店住下。

一觉醒来，我们吃了一碗面就匆匆地上路了。给我们开车的是一位乡领导的丈夫，他悄悄地对我说："校长，我们吃面都吃得想吐了。"

上午十一点半左右，车子开到了资中境内的球溪河，那里的球溪鲶鱼闻名全国，且价格也不高，四十元一大份，也可花二十元买个小份。吃饭时，我去点餐台点了一个小份。可等端上桌时，温书记见了，脸色一沉，大声呵斥上菜的服务员说道："端回去，端回去！我们这一桌不吃鱼！"服务员进退两难，两眼盯着我，似乎在说：不是你点的菜吗？我呼的一下站了起来说："顿顿吃面，吃得嘴里都淡出鸟来了，吃二十元一份的鲶鱼过了吗？浪费吗？腐败吗？放下，老子私人掏腰包请客。"

全店的食客无比诧异地望着我们。

这次出差，四个人共三天，共报销二百三十一元的食宿费。可就是这二百三十一元，还差点闹出了一个乌龙事件来呢。

电视机安进了各教室，全校师生无不欢欣鼓舞。当时百分之八十的农家连黑白电视也没有呢。

可是没多久，一个女老师悄悄地问我："校长，有人说你们这次去成都三天，花了公款两千三百多啊！"

"不对呀，我们只花了二百三十一元嘞！"

"谁说的？"我追问道。

开始，任我怎么追问，她都不愿意说出那个人的名字来。

后来，我郑重承诺绝不追究造谣者的责任，更不会当众批评或处分这个人。她才嗫嚅着说是隆庆华老师说的。

这件事儿如何处理？不过问不行，会暗中越传越邪乎，引起干群之间的猜忌，我想了很久也不知道如何办，妻子见我愁眉不展，问我为何，我给她讲了缘由。

"哥，你真是聪明一世糊涂一时啊！你叫他看看账本，看后，让他去澄清不就完了吗？我相信他不是有意造谣，一个刚毕业的大学生，不至于一下子变得那么坏的！"她闪着美丽的大眼睛笑着对我说。

我点了点头，走了出去，把隆老师叫到总务处，请他看账本。他红着脸，死活不看，后来，我翻开账本，递给他看。他看了，脸唰的一下变白了，一个劲儿地说：

"校长，对不起，我看错了。那天是我在这儿来玩，不经意看见会计做账……"

"没关系，你在知道这件事儿的人中去澄清不就完了吗？再说，民主监督不是我提倡的吗？"我笑着对他轻声说道。

这件事儿给我敲响了警钟，引起了我的反思，为什么隆老师会传播这个谣言呢？想来想去，原因找到了，那就是校务不公开。于是我、财务人员、校务委员一起制定了《大兴初级中学实施校务公开民主管理细则》，包括指导思想，组织领导，校务公开主要内容、形式和程序，共四大项二十二条。

校务公开领导小组中，除党支部书记、校长和工会主席外，其余四个人全是教师。

校务公开涵盖了人事任命、选举、罢免、教师调进调出、质量监督、奖、惩、评职、晋级、评优、经费收支等各方面。校务公开第十条明确规定：学校各类经费收支情况，特别是预算外收支、管理和使用情况必须公开。

在诠释文本中还有这么一句话：学校任何一个教师都有权向校长申请查阅学校账目，但必须有三人在场，其中必须有财会人员一人。未查阅账目之前，绝不允许散布小道消息，否则将受到惩罚。

这个文件经全体教师投票一致通过公布，全校一片叫好声。

接着我又亲自起草了校长普选制、双向民主管理制度和双向民主考核制度。

这三个制度的建立，可以说是我当农民十年阅读马列著作、毛选中一部分文章在我思想深处埋下的种子，在当时改革开放的空气中，大兴初级中学这片土壤里发出三根新芽。

我制定的校长普选制主要内容有三：

一、校长人选不由任何人提名，也就是没有候选人，全校任何一个教师都有可能当选。

二、一人一票，得票多且超过参选票数二分之一的胜出；若第一轮选举无人超过参选票数二分之一，由得票为一、二名的人作为第二轮选举的候选人。第二轮选举为二选一，得票多者胜出。

三、一年一选，由教职代会主持，当然也规定一些相关的组织措施，比如严禁团团伙伙、严禁拉票等等。

这项制度一直坚持到1999年，在众多老师的提议下，才做了一点修改，将一年一选改为三年一选，而到了2004年改制后，这项制度才逐步退出大兴教育集团的历史舞台。

双向民主考核制度即领导考核教师，教师考核领导的制度。这制度目前在大兴教育集团仍一定程度上发挥着作用，但是已在淡化之中，有待振兴。

双向民主管理制度，一段时间我也叫它为双向民主考核制度，只不过考核的对象有所不同。这就是学生管理学生，考核学生，同时，学生也在学校领导的组织和领导下，通过民主教学工作会、民主考核测评表，对老师进行考核。

对领导和教师的考核结果，将对领导和教师的任职、评奖、评优、晋级、奖金等若干问题产生一系列反应。通过这一系列的制度设计和执行力的提高，大兴初级中学的风渐清，气渐正。学校风清气正，惠及千家万户。

我认为评价一个教师或一个学校或领导、一所学校的唯一标准：是否有益于学生和家长的明天。

这个民主管理，双向监督是适合我和我们学校的校情的，所以它的生命力特别顽强，真可谓历久弥新。

1997年的另一大制度创新就是在充分讨论的前提下，我带领校务委员又做出一个超前的决定：那就是学校任何领导、教师不得在校内及校外公共场所打牌；不准带手机进教室，更不得在教室打接手机、回传呼；禁止教师染发、烫发等，以维护教师良好形象。违反者，领导撤职扣奖金，教师扣奖金并给予校级行政处分。并制定了《大兴中学十不准》规定：下级不得请上级吃饭、送礼……我有一个秉性，那就是一旦制度由大家举手表决通过了，就必须坚决执行，首先我得率先垂范。

比如严禁下级给上级送礼，所以从 1998 年起，我全家就没有过拜年客，没有人过生日收礼宴客，连我儿子结婚也没举行婚礼。

但是偏偏就有"逆行者"。

21 世纪初，学校规模急剧扩大，其间经领导层集体讨论，任命了一个领导。

可就在 2014 年 6 月，我忽然收到一封举报信，信中举报了该校长两条：

一是拉帮结伙。凡其一伙的，在评先评优甚至晋级晋职上均可得其照顾。

二是多次违反学校禁令，接受下级的请吃。请吃得最多的是一位男老师，所以这个校长多次在您纪校长面前举荐他到教导处任主任。听说您回答这个老师人品有问题，不予提拔……

信中举报得十分详尽：什么时候在什么地方，有哪些人参与，吃的什么东西，喝的什么酒，都写得一清二楚。其中牵涉的人太多了，如果直接查下去，不仅是校内一大丑闻，而且是一场不小的地震——好几个领导职务都将易人。为了给犯错误者一个改正的机会，我连发了三次通告，要求有违反纪律接受过下级吃请的领导于通告之日起五日内到我办公室说明问题或发短信息承认错误。凡是主动承认的一律减轻处罚，甚至还可以免于处罚。

在我再三发信息引导后，有一名副校长、一个教导主任主动承认了错误，但那个校长，我三番两次找他个别谈话，他就是坚不吐实。我本想让他主动认错，给我一个台阶下，可他这种不合作的态度已把我逼到了墙角，我毫无回旋余地，只好拿出举报信中的事实和副校长、教导主任交代的事实摆在他面前。他在铁的事实面前，只好一一承认了。

接下来，就该按文件处理，副校长、教导主任均从宽处理，校长受到撤职处分。

这下子，校长除了撤职外，当年的岗位津贴也没有了。

可是，就在公布处分文件的当天，以工会主席为首的一帮人，又是电话，又是到我办公室来当面提意见。第二天中午午休时，他们几个人来到我客厅刚一坐下，工会一个女干部就说："纪校长，这个领导在我们集团的发展过程中没有功劳也有苦劳，这几年学校规模扩大了多少，你比我们更清楚，怎么一犯错就一撸到底了哦？！"

我说："各位，纪律是大家制订的，也是由大会举手表决通过的，怎么现在我按章行政，你们又站出来反对了呢？"

他们一见硬的一手行不通，于是又变了法子，一个二个地央求，对犯错领导撤职留用行不？津贴由正职降为副职待遇，以观后效……

我经不住他们的死纠活缠，最后与他们达成了妥协，第二天重新行文。

这件事足以说明，我集团的民主监督是有效的。

这些年来发生了几件与此类似的事。

有一次，我们在开展一年一度的学生民主测评教师工作，其中初中有个班，有四名学生在测评书上反映班主任刘大伟体罚学生。我一怒之下，下文撤销了他的班主任职务并扣发其班主任津贴，这班主任刘大伟也没提出异议。

可是暑假后，快开学时，我收到一个家长发来的短信息，这个信息是由二十多名家长联名写的，他们在信息中强烈反对撤刘大伟的班主任职务，说他是被几名调皮学生诬告的。

于是，开学后，我只好叫升任了党支部书记的汤晓尧再次去班上进行民主测评。测评出的结果，令我目瞪口呆。全班除一名学生说班主任体罚学生外，其余都说刘大伟老师没有体罚过学生，并有一名学生还举报说明了上次民主测评捏造事实的经过：有一次，一个学生没完成作业，星期六被班主任刘大伟老师留下来补了半天课，他就一直怀恨在心。在上次民主测评前，他就连骗带威胁地要我和另两位同学一起栽赃陷害班主任。这次他又来找我们三人，我们就没再搭理他了。

看到这里，我心里陡然刮起了十二级台风：这就是我们教育出来的学生吗？我们在培养什么样的人呢？我们这种民主测评老师的做法究竟是妥当还是欠妥当呢？

事后，我找来那诬陷老师的学生，狠狠地批评了他的目无法纪，并告诉他："诬陷人是犯法犯罪的，何况诬陷的是为了你健康成长的老师呢！你这是十分典型的以怨报德，是一种欺师灭祖的行为，在我中华民族传统道德中，这种行为不齿于人，让人瞧不起。"我又说："当然，你还小，还不明事理，相信你明理之后，会变成一个懂礼义廉耻，懂得感恩的好青年。"于是在责成他检讨之后，也没再追究他了。

在我调查清楚后的当天下午，我就打电话给了刘大伟，并在电话里向刘大伟老师致歉。事后，在开全体教师会时，我又当着全体教师的面再次向刘大伟老师道歉。

古人云：世无完人。我们任何一个活着的人，只要做事，都有可能犯这样那样的错误。关键是犯了错误，要敢于认错，善于改错。

一个人犯了错误，切不可学蔡桓公讳疾忌医。我认为，干工作犯错误比无担当、无作为要好十万八千倍。

第四十四章　不怕浮名失
但求美梦圆

　　1997 年元旦后，大兴初级中学第一次实行了全校普选。投票教师五十九人，我申请回避。选票结果出乎我意料：我得票五十八张，选其他教师的一票也没有。我妻子反对我再任校长，她的理由朴实而真挚:你累，你身体不好。在我想来，参加罢课的教师中会有人不投票选我的，可是……

　　这么快就得到全体教师的认同，我既高兴也忧虑，高兴的是我的努力得到了大家的赞许，忧虑的是我再回擎天垭过那散淡闲适的半隐生活的难度在一天天增大。

　　2 月 13 日，开学没几天，校务委员会全票通过《班主任工作条例》《教研组长工作条例》《后勤工作条例》《师生请假制度》。

　　在 1996 年 12 月 17 日的全体教师会上，我向全体教师推荐艾思奇写的《辩证唯物主义和历史唯物主义》，我要求全体教师加强政治学习，多读历史书，学点哲学，结合现实，树立正确的人生观、价值观、世界观。

　　在此基础上，2 月 17 日，我宣读并诠释了《大兴初级中学政治思想教育工作条例》。

　　2 月 24 日，学校向红星村二社征土地零点零七亩，打水井，以解决学校日常的师生生活用水。

　　3 月 7 日和 5 月 19 日，双龙乡一次捐赠 1.45 亩，一次捐赠 1.86 亩土地给学校修建校舍——当然，我校付了钱给生产队，之所以叫捐赠，是为了免除冗繁的征地手续，耗费漫长的时间。

我的述职报告连续四年获得乡教育委员会优评。学校连续四年获得区县一等奖。

随着师生人数增加，学校扩建，大兴初级中学的校门第一次改建，向前移动三十余米。

这次校舍新建是我平生第一次主持设计、施工的"大型工程"。尽管修建规模不大，但对大兴初级中学来说具有里程碑意义，因为这不仅是学校全额投资，还是我自行设计的。

7月9日一大早，我去察看学校建设工地，腿被条石压伤。

这年中考又大获全胜。1997届毕业三个班，学生145人，升学140人，其中重高10人，普高42人，中专56人，中师28人，职高4人，升学率为96.5%，雄居全县第一，成绩骄人。

在这骄人的成绩背后，浸润着我美丽贤淑的妻子的心血和汗水，耗费着她的青春。她既要煮饭、洗衣，又要管还没上学的孩子，更要命的是，她还得上一个班的数学和化学，并任班主任。她在学校工作中总是吃苦在前，勇挑重担。每次期中期末考试，她任教的班大都是全年级第一，很少落下第三名，且她班的班风班纪好。

1997年上半年，我校教师安全出了一次大事故。

那是一个星期一的上午约十点钟的时候，我正在办公室备课。突然，邓仁高走进办公室，说要代隆庆华老师请一天假。我问其原因，他说是摔了一跤，脸被剐伤，贴着纱布，隆老师来校怕被学生笑话。我点了点头，答应了一声："可以。"他就转身走了。

一会儿，我起身去倒开水，抬头看见操场南边靠我厨房处的梧桐树下站着邓仁高、汤晓尧几个老师，他们似乎在争论着什么。我遥见此景，疑窦顿生，想起刚才邓仁高替隆庆华老师请假的原因，似乎十分牵强而不合逻辑。

"邓老师，过来！"我站在办公室门口大喝了一声。

"校长，啥事？"他忙悻悻地走过来问道。

"你应该知道我最想问你什么吧！真的还需要我打明鼓唱明戏吗？"我的脸色肯定很吓人，只见他的脸一下子就红了。

"校长，部队军械库对面住着一个姓洪的女大学生，长得很漂亮，隆老师想去追她，去了几次，找她说话，她都爱理不理的。我们几个一合计，决定找几个人在她家门前的部队篮球场上，打一场篮球吸引她的注意。可球一打完，隆老师卖萌，纵身往上一跳，双手抓住篮圈，谁知球架一下倾倒了，隆老师摔倒在地。我们扶他起来，发现无大碍，就送到中医院治疗去了，可能要明天才能出院。"邓仁高涨红着脸连说了一大堆。

　　"你把他摔下去的细节告诉我吧！"

　　"他摔在地上躺起，脸朝上，后脑勺着地！"

　　"出血没有？"

　　"没有，皮都没摔破！"

　　"后脑勺皮那么厚，能摔破吗？"

　　"他住院后的情况怎样？"没等他回答，我急着追问了一句。

　　"很好，输了液，没叫哪里痛，就是一个劲儿地睡觉。"

　　"放屁，出大事了！快叫两个人随我进城。"我转身就往外走。

　　"快点，去叫总务主任多带点儿钱，随我一起走。"

　　他半信半疑地看了我一眼，大概他认为我是小题大做了吧！

　　我掏出 1995 年乡党委奖励给我的价值七千五百元的大哥大，打通了一个出租车司机电话，叫他马上来校接我。

　　在车上，总务主任提醒我说："隆老师上次不是把二百三十一元捏造成两千三百一十元，造谣污蔑你吗？你还这么上心干吗？"

　　"他少不更事，难道我也老不更事吗？睚眦必报还配当领导！？"我白了总务主任一眼。后来没多久，我免了这个人品有瑕疵的总务主任的职。

　　我和邓仁高他们几个人赶到县中医院，到病房一看，只见隆老师双目紧闭，呼唤不应，脸色蜡黄。我立即想起学医时老师对我说过：若人摔跤，额头触地，一般无大碍，因为这里皮薄易破，即或骨折或渗血，易向外渗出；若后脑勺触地，后脑勺皮厚难破，血往内渗，势必渗入颅内，压迫神经，轻者致瘫致残，重者致命……

想到这里，我不由得急出一身冷汗，立即找主治医师问病情。他说他没法判断是不是颅内出血，因为他们医院没有这样的设备。

"你没有这样的检查设备，为什么不告诉患者家属另找医院呢？"我生气地质问他。

"我们大丰全县都没有这样的检查设备！只有大梁县医院才有。"他喃喃地说。

"好了，你们几个分头行动，一个去通知隆老师的父亲，一个去办隆老师的出院手续，办完就去县医院办入院手续。我马上找车送隆老师去大梁县医院检查。"

安排完毕，我就上街打车，直奔县防疫站找二妹夫周权去了。

见到周权，他一听完我讲的经过，就马上给找了一辆救护车送我们到大梁县医院。

大概下午两点，我们来到大梁县医院挂了个急诊，照了个CT（CT在当时是最先进最权威的检查设备），检查的医师告诉我：患者颅内淤血七团，脑髓中央那团最大，已严重压迫神经，必须立即手术，否则会有生命之虞了。于是我们又急匆匆开车回到大丰人民医院。幸好，留下的老师已把一切住院手续办好了。

找医院战友兼朋友的欧邦顺一打听，大丰医院有一个被业内冠以西南第一刀的脑外科专家周达辰。

于是我又马不停蹄地四处打听，找到了周达辰医生。周医生生性率直，称得上血性男儿。他看了影像资料说："哎呀，你们咋搞的哟，为啥不早点送来？若再晚三四个小时，患者可就没命了。"他回过头吩咐身边的人说："快做术前准备，吃了晚饭立即动手术。"

我恳请周医生及晚上动手术的人员到外面餐馆就餐，由我做东。最初周医生坚持不去，但经不住我一而再，再而三地恳请，他终于点头同意了。

在晚餐时，喜欢神侃的我与周医生侃大山，当侃到一些领导人的无能时，他口里喷出了一句名言："人世间从古到今就有一个潜规则，那就是成绩好的搞业务，成绩差的当干部。"这句经典直到今天，我一年一度与他聚会时都会以此为话柄神吹海聊起来。

当晚手术结束已经很晚了，可能是凌晨一两点。隆老师手术时，我和他父亲一直守候在手术室外。等护士把隆老师送回病房，把他放在病床上，告诉我们，患者一时半会儿无法清醒，你们可要休息休息啊！

周医生告诉我："患者手术还算成功，但是由于颅内压很高，随时可能出现病危症状，而这种病危警报要三天后才能解除。"

那三天，隆老师的父亲有时还上街去，甚至有天下午还对我说："纪校长，我家还有点事，我今天下午要回去一下，明天再来。"我忧心忡忡、焦虑不安地守在隆老师的病床前。第二天那个余老师来探病，她附在我耳边说："他那次不是造谣说你去成都花了两千多元吗？你咋这么关心他呢？"

"那你咋来看望他呢？"我笑着问道。

"我与他平时还过得去，大家都来看他，我一个人不来不好嘛！"她一本正经地说。

"隆老师犯的是无心之错，何况他是个年轻人。有个伟人说过：年轻人犯错，上帝也会原谅他的。再说，一件小事我都要记在心上一辈子，还是个男人吗？"

"也是，也是，所以你能当校长呢！"她讪讪地走了。

余老师之流，是小人，常人，还是君子呢？

第四天上午，隆老师脱离了危险，我把相关的注意事项向隆老师的父亲做了交代，才离开医院，回到学校。妻子一见到我，心疼地说我瘦了一大圈了。

许多年后，周医生还在念叨："我们以为隆老师是你儿子。只有守护儿子才会那么诚心诚意的，可后来一问，原来只是你的一个下级，真是想不到啊，这世上还有你这样的领导。"

这次送隆老师去大梁县医院检查，还得多亏精明能干的小谢老师跑前跑后，挂号、交费。原来负责这份工作的老师，在这前不久，因在修建中购木料时，图谋中饱私囊，被我察觉后，强行将他调离了。

这个老师之所以敢胡作非为，是因为他内兄之妻在乡党委身居要职。当时的乡初中是乡办乡管，若惹火了乡领导，随时都可能被撤职。哪知道他遇上了我这一个天不怕地不怕，老虎屁股也要摸一下的"蛮横"人。

大兴初级中学起死回生，并在短时间内异军突起，大出人之意料，在大丰教育界引发了一场地震。

大概是 7 月上旬的一天黄昏时分，我突然接到卿清打来的电话。他叫我马上进城去一趟，并说在天乙餐厅等我。

听他的语气像有急事，于是我只好打电话约了辆出租车进城。

我如约来到天乙餐厅。卿清已点好了餐。刚一坐定，卿清就问道："你哥子顶撞过县领导黄仁明部长吗？"

"没有啊！我和他关系不错。他领导能力、判断能力都强，敢作敢为，且行事果断。我咋会顶撞他呢？未必我吃错了药！"

"那——那我就搞不懂了。"他满眼狐疑地说。

"啥事，你明说吧，打啥子哑谜呢？"我急了。

"没啥！没啥子！来喝酒，喝酒！"他支支吾吾地说。

这时菜上齐了，酒也开了。酒过三巡，菜品五味，我又追问道："怎么，黄部长说了我什么吗？"

"也没什么大不了的事。我给你讲，你可不要四处张扬哈！"

"这是必须的！我可以拿人格担保！"我严肃地说。

他皱了皱眉，看了看四邻几桌没人，才小声地说道："今天下午县委县府开人事工作会，县长、书记都坚持调你到大丰中学任校长，可黄部长却坚决反对。"

"他反对我去大丰中学任校长，总要说出个子丑寅卯来噻。"我淡淡地说道。

"他说大丰中学的校长，纪元初确实能够胜任。但他个性极强，他若到了大丰中学，一定会大刀阔斧地搞点儿名堂出来。到时动到你们中哪一个的亲朋好友，你们再让我去找他收回成命，那我是绝对办不到的。到那时，大家再来提出罢免他可就让我为难了。"

卿清瞟了我一眼说："你哥子精明能干有魄力、有执行力是好的，但也要讲点策略嘛！"

"你看，我该讲哪些策略呢？"我盯他问道。

"我知道你不喜欢听这些话，但我仍然要说：就是要注意一下与上级领导搞好关系，执行纪律既要有原则性，也要有灵活性。"

"好！听懂了，就是说'礼不下庶人，刑不上大夫'，但我做不到，来，我敬你一杯。"我已酒至半酣。

临到终席，我对卿清说道："黄部长是对的。若我去大丰中学，爬上去快，滚下来比爬上去还快。黄部长是知人善任之人，是我知己，终身的知己。"

此事一晃已过二十多年了。这二十多年中，不论黄部长身居何职，我一直都对他敬重有加。因为他让我躲过一次身败名裂的劫难。

此事一直在我心底埋了二十多个春秋，我一直以此事警惕自己：审诸才德，取居禄位，否则害己害人害事业，届时悔之晚矣！

这也是我日记中的一句自诫语。

直到 2018 年，这个部长已从科级升任到正厅了，退休前夕，我才当着卿清的面，把这事儿抖开。这个厅级干部听了，点头称有那么回事，还讲了他当时的想法，并问道："这事，你恨我吗？"

"我终身感激您都来不及哟，我是个怨德不分的人吗？"

1997 年，县府刮起了一股要老百姓"致富"的罡风，要从八区火车站至大丰县城这四五十公里的公路两侧各三百米内，除掉稻麦、竹子杂树，只能种植县里规划的果树。群众思想不通，县领导就向乡镇党委书记、乡镇长施加压力，这种压力有个时髦的名字，叫"层层传递"。

在强大的压力下，群众从自己的认知点上看问题，采取了许多有效的抗争办法：如栽树苗时不浇水，培土时不压实树根，甚至有的把树苗根部用开水烫煮三五分钟，再栽到土里……诸如此类，不一而足。

当时，大兴乡毕副乡长贯彻此项工作最卖力，我写了一首五言长诗相赠与他，事后其气焰稍减。

温仁厚这个接地气的书记，当然不愿意接受这一乱命。在那种不执行命令就换人的强权驱使下，温书记于 1997 年 11 月底被调离大兴乡，降半格到县农业开发办任副主任职务。

1997年，温书记和乡长于11月相继调离。继任书记为余成，乡长为卢建银。

余书记聪明能干，能说会道，在县里人缘不错，他好几个同学都在县里身居要职，但后来因事于1998年10月底被调入统战部任副部长。此事出人意料之外，但又在我预料之中。

1998年1月，我再次被选为乡人大代表，又一次被选为县人大代表。

5月1日，《大丰教育简报》专题报道大兴初级中学为大丰县乡级中学教育的一朵奇葩。10月22日，《大丰日报》专版登载《乡级中学的一朵奇葩——大兴中学》。大丰党政及教委领导分别在该版题词。

1999年8月，我的主要业绩被《中国专家人才库》收录，学校以名校称谓被载入《双江年鉴》。

学校已经迅速跳出了颓败的怪圈，迈出了振兴的大步。升学率1996年100%，1997年96.5%，1998年97%。

1998年教师节，县委书记、县长、分管宣传部的领导、县纪委书记、县妇联主任、县政府副县长以及教委主任来校召开庆功会，并题词以示鼓励，还颁发了奖金五万元。

到1999年，我校学生各类参赛获奖人数年年攀升，学校学生思想品质、遵纪守法、安全意识均在全县前列。我们一所乡级初中连续四年各项指标跃居全县第一。

1999年教师节，县委书记、副县长和教委主任又来校召开全校庆功大会，并颁发奖金三万元。

连续几年，在不推荐候选人的前提下，全体教师无记名投票，我均高票当选为校长——除我自己回避，妻子投反对票之外。

1998、1999年，学校先后两次买得土地2.5亩，用于校舍修建，并修建综合教学楼一幢，建筑面积五百平方米。

1999年9月，全校发展为18个班，在校学生已达1196人，是1994年的7.2倍了。

学校的校舍面积也逐年增加，从1997年到1999年这三年，校舍面积每年均以两千平方米以上的速度增加。

1998年到1999年两年间，我进一步加强干部队伍建设和学校制度建设。先后出台了许多规章制度，在建章立制上有了质的进步。

与此同时，学校进一步加强了校园文化建设，增强学生的内涵发展。在决定停办我班的班刊《新芽》后，创办了校刊《熙风》杂志。

1999年11月，我校被省、市教委，市督导室命名为"民主管理示范学校"。

那几年，我校缺活动场所，缺艺体教师，缺艺体设施设备，就是在这种恶劣的环境下，也开展了丰富多彩的文体活动，这些校志上是有记载的——在大丰县的数次文艺演出中，我校都是获奖单位。比如庆澳门回归、庆大丰申报世界文化遗产成功的两场演出中，我校都获得三等奖。

有识之士对我校是赞赏有加的。其中县委分管教育的宣传部部长便是敢说真话且对我们学校十分赏识的人。

第四十五章　自有丹心耕沃土
更无浊水入清池

一年一度的教师节又到了，县城有所学校请分管领导黄部长去讲话。

庆祝会一开始，某校长在讲话中就大放厥词："……不懂教育的就说大兴初级中学搞得好，懂教育的就说我们学校搞得好。因为大兴初级中学老是炒回锅肉……"

轮到黄部长总结讲话了，他在表示慰问庆祝之后，话锋一转，说道："刚才你们校长在说到学校好坏时，发表了一番高论。对此，我不敢苟同，因为我就是个'不懂教育的'，在我内心深处，我就认为大兴中学比你们学校好。因为你们的校风校纪有待改进，教师敬业精神有待提升，学生的学习成绩有待提高。就是这三点，大兴中学就比你们好多了……"

当然，在当年，我对此事浑然不知，在若干年后，才有知情者告诉我。后来也得到黄仁明主任证实。不过此时，黄部长已升任区人大常委会主任了。

那两年间由于"普六普九"的强行纵深推进，需要大量资金投入学校基础建设中来，但大丰这个既缺水，又缺矿产、缺工业的地方，当然就更缺钱了。

乡里余成书记到县教委找陈主任要钱修教学楼，陈主任却说："你有大兴初级中学，怕啥？你去找纪眼镜，告诉他，乡里没钱，反正只给他十万元，不足部分由他自筹。你要相信，他娃儿挺能自力更生的。"

果然,第二天,余成书记、卢乡长、毕副乡长一行人就来到学校找我,并把陈主任的话原原本本向我传达后,还加了一句——人家教委主任都相信你,难道我们还不相信你吗?

没等余成书记说完,我就沉不住气了,站起来大声嚷道:"别胡说八道了,我是摇钱树,能从我身上摇得出十亿人民币来吗?"

一看到我发火,余成书记就以抽烟为名,走出我办公室躲开了。接着毕副乡长也溜了出去,办公室就只剩下老实巴交的卢建银乡长和我。

我坐在那里生闷气,卢乡长也觉得实在尴尬,于是借口上洗手间也走了出去。

大约过了一节课时间,卢乡长和毕副乡长回到我办公室,这时我的气也消了大半。

卢乡长一坐下就说:"纪校长,你知道的,大兴乡是个穷乡,连政府工作人员、教职工的工资都不能按月到位,一下子要拿七八十万来搞普六普九建设,确实困难啊,希望你理解支持。"他说完,用满眼渴求支持的眼神望着我。

面前这个憨厚老实的农村干部,论国法,他是我上级——乡长;论家法,他是我长辈——没出五服的叔岳父。此人为政简而不繁,为官廉而不贪,说话实而无华。

我点点头说:"三爷,我也难啊!这几年教师工资乡里一拖再拖,甚至有时一拖就是一年半载。我要千方百计为乡政府垫支教师的工资、办公经费、教师的公费医疗费、学校维修费啊。虽说能收外乡镇来就读的学生的一点议价学费,一年下来也不过那么点哟。还真是应付不了。"

一会儿,毕副乡长进来附在我耳边,轻轻地说了几句,我听了差点笑出声来了。但一看毕副乡长一本正经地向卢乡长努了努嘴,我也就只好忍下了。

随着学校预算外收入的增长,领导来检查工作发生活补助费的临时措施取消了,领导来校可以吃招待餐了。

当天中午，乡里三位领导，还有学校几位下午没课且有点酒量的老师，和我一起在号子口一家餐厅去嗨一顿。

我们一边喝酒，一边侃大山，余书记嘴油，特爱侃大山，正当他侃得眉飞色舞之际，我突然对着卢乡长说："卢乡长，您是我长辈，若因我在家里对您侄女不好，有啥错，您打我，我绝不会还手；但若因公事您打我，那莫怪我不客气了，就算我打不过您，我也会找三朋四友打得您满地找牙。您不信可以试试。"

我这么一说，弄得卢乡长满脸通红，喃喃地分辩道："不管论公论私，我都不会也不敢打你哟！"

"余书记，你看我说得对吗？"我盯着满脸不自在的余书记问道。

"是的！哪个吃了熊心豹子胆，敢打纪眼镜呢？人家区领导，开口一个纪教授，闭口一个纪教授的……"余书记笑嘻嘻地说道。

"'老卢啊！纪眼镜傲得很，你可不要怕。论家法，你是他老泰山；论国法，你是乡长。他听话，乖乖地服从安排，也就算了；若不听话，你打他不得嘛！'喂，这话是哪个说的啊！"我学着刚才毕副乡长附耳转告我要当心的话，原汁原味地抖落了出来。

"哎呀，哎呀！老子几句玩笑话，哪个吹到你那里来了哟！来，我敬你一杯，干了，干了。"他喊着。

我装着生气的样子，不买账，不举杯。

他尴尬地说道："好！好，你娃不买账，我自罚一杯还不行吗？"他一仰脖，酒倒进他衣领去了。

"喂，余书记，酒可是钱买来的，你倒进衣领干啥？你认为我没看到嗦。耍赖，罚三杯，不罚三杯，我可不喝了。"大家也跟着我吼了起来！

在一阵又一阵的欢声笑语中，我们都喝得酩酊大醉。

余书记当时三十多岁，高中学历。反应敏捷，能说会道，记忆力好，牌技不错，特别是玩大丰流行的"逗十四"。

他与我一样，爱在熟人朋友中闹恶作剧。

20 世纪 90 年代中前期，建筑业的潜规则是不到一千平方米的小型建筑，是不找专业设计人员设计的，往往是建设方说明建筑物的用途以及规格、规模，承建方自行胡乱勾描一个草图就开工了。谁理会什么砂浆标号、荷载测算……大家都认为，找专业设计人员既花钱，更费时，不划算。

我乃凡夫俗子，学了几天泥水工手艺，又依仗当了一两回失败了的"包工头"所学到的一点建筑皮毛常识，所以1998年除教学楼以外的师生宿舍，都是我自己画图纸，自己当施工员，监督施工队施工建成的。这五栋小楼共计2500平方米。

一个"5·12"汶川大地震，吓得我六神无主，虚汗长流，一个劲地斥骂司机车开慢了。车一开进高中校区，我就大声吼叫，全校放假，那五幢宿舍楼不准再住人了。

多亏老天眷顾我这个冒失鬼，这次大地震，这几幢宿舍居然纹丝未动。尽管如此，就在余震还在兴风作浪之际，吓得屁滚尿流的我，立即下令拆掉那几幢宿舍楼。那场以数万生命为代价的教训，使我们从此后的所有校舍建筑都依法依规地行事了。

1998年，我校校门第三次变迁，往外推出去了一百余米。因为要修一幢综合教学楼（包含会议室、图书室、计算机室、实验室），一幢师生住宿楼。

这次修建，我们被教委"规范"了，要求由专业设计人员设计。

8月，一个酷热的星期六下午，我和余成书记、乡教育办公室主任江明森在电话里约定，去县教委向设计师汇报修建设计上的几点设想，想请他斟酌一番，如我们的设想可行，请他修改图纸。

下午三点多钟，我们乘出租到教委去接设计师到施工现场，车子已到了教委门前了，打电话给设计师，请他上车到我们学校，他坚持不允。我一头雾水，有点生气地说："喂，小兄弟，今天上午我在电话里不是和你约定了的吗，你叫我三点半左右来车接你，我们来了，你咋又变卦了呢？"

"哎呀，纪兄，莫发火嘛，我家遇到了新情况，有个多年不见的女同学今晚要来我家做客。我老婆要照顾哺乳期的孩子，你看，打扫房间、准备饭菜这些就得我一个人干了，这阵子我正忙得汗流浃背呢！改天吧，哎呀说定了，明天下午，客人一走，我保准自己赶到你学校来完成任务。"

在我与设计师电话往来时，余书记坐在车里笑眯眯地一个劲儿地抽烟。

"回去吧！人家家里来客了！"我沮丧地说。

"不怕你纪校长名气大，你有本事阻止他家客人不来大丰吗？他家客人不来了，我们的事儿不就成了吗？"余书记仍是笑眯眯地说。

"我什么名气？一个穷教书匠，文不能等因奉此，武不能理发修脚。名气何来？'大'更无从说起嘛，眼下民间不是流行一句顺口溜'党委有权，政府有钱，人大举手，政协发言'吗？你是党委书记，有权有势，一定有能耐挡住别人家的客人登门的。"我分毫不让地回敬道。

"我一个芝麻千分之一的官，有什么权势呢？不过挡住这个客人不到设计师家里做客，我肯定有办法的。如果你敢赌一百元钱，我就在十分钟把事儿办好！办不好我赔你两百元，我们都把赌资交给江主任如何？"余书记不再笑了，一本正经地说。

他这么一说，我心里就有数了。这个家伙一定有什么鬼花样。

"好吧！我赌一百元！"说着，我把钱交给了江主任。

他也交了两百元给江主任。

一切就绪后，他掏出手机，拨通设计师的电话，变着嗓音，嗲声嗲气地说道："喂，老同学啊，我家刚才突然发生了点儿事，只好改时间来你家玩儿了。对不起呀，毕业后，我一直在想你哟！"

"想我？你是林娟吗？咋声音又不像哟！"

我再也忍不住了，扑哧一下子笑了出来。余书记还想鬼扯下去，江主任一把抢过他的手机，对着手机大声吼道："……你这个女同学是余成书记这家伙装的。"那头骂了一句就挂断了电话，不一会儿，设计师就从教委家属院走出来上了出租车。余书记哈哈大笑地说："老弟，你只记得女同学林娟，就记不得男同学我了嗦。"

余书记另一个恶作剧则是在迫于无奈的境况下施为的。

1997 年，秦显松承建了大兴初级中学一幢教学楼。承建合同价十五万元，承包合同上载明了乡政府付款十万元，大兴初级中学付款五万元。我们学校的五万元早就付给承包方了，可乡政府一个铜板也没给。

眼看旧历年关到了，可农民工的工资还一分钱也没付。秦显松心急如焚地跑到乡政府找到卢乡长，卢乡长叫他找余书记。秦显松又找到余书记，余书记却说：“认账不赖账，但乡里确实拿不出钱来。初中教师的工资，纪眼镜用议价费先垫着发了，小学教师十个月都没发工资……”

“我管你那么多，我只找你拿钱给我挡债，不然老子年都过不清静，那些工人不找我拼命才怪！”秦显松缠了余书记一天了，眼看就要天黑了，他心一横，扭住余书记说，“你不付款给我，我今天就和你抱在一起跳楼算了。”

余书记一看秦显松眼睛都红了，也怕他以死相拼，真的逼出人命，那可不是玩的哟！但乡里又确实没钱给。他眼珠一转，计上心来，和颜悦色地对秦显松说：“喂，秦老板，你我弟兄家实话实说吧，你我就是跳楼死了，你的钱还是没得到。你看这样好不好，我给你打个欠条，保证明年 2 月 30 日，这十万元我一分都不少地付给你。我写好条子，盖上公章，你总该相信了嘛！”

秦老板想了想问：“今天是好多号了？”

“今天是 1 月 25 日，再等三十多天，我就把十万元全给你嘛。”余书记苦着脸说。

秦老板拿着欠条回家了，风波平息了。

一天，秦老板一本正经地对我说：“纪校长，余书记还是‘落教’，过年前没钱，打了张欠条给我，保证 2 月 30 日全部付给我。”他一说完，我就捧腹大笑起来。他还不知我在狂笑什么，呆立在那里，木然地问：“笑啥子，笑啥子嘛？”

“世上哪有 2 月 30 日？”我好不容易止住笑，骂了他一句。

“哎呀，老子遭骗了！唉，都怪我没读几天书！”他说完，转身跑去找余书记去了。

余书记爱捉弄人，但有一次他却被我狠狠地捉弄了。

那时有句顺口溜说：十亿人民九亿赌，还有一亿在跳舞。

在这种不良氛围中，很少有人能置身于浊浪污流之外，而且那时抓赌还不像现在这么严，乡里人普遍存在侥幸心理。故此，乡党政干部也很难免不沾一星半点污浊。

那时盛行一种赌博叫"诈金花"。一个"诈"字，就表明这种赌博游戏的真谛，那就是心理素质好的、胆大的人，往往会是赢家。我会玩很多种牌，就是玩扑克，也玩得出七八种花样来，但我很少参与赌博，往往是别人玩牌，我或坐或站，捧着书津津有味地看。这并不是说我高尚，因为我没时间看书学习。

一个星期天上午，几个领导约我去江明森主任家喝酒。中午酒足饭饱后，他们七八个人便围成一团，玩起"诈金花"，我一如既往"两眼不看身边事，一心只读手中书"。这时一个怪怪的声音从背后传来："你们不要打搅人家纪校长哟，人家正在收集证据，只等证据收集齐了，往上一递，我们可就死定了。"我回头一看，余书记正在冲着我神秘地笑着说。

虽然我知道余书记是在激我下水，但仔细一想，我这样自视清高，万一他们真的被谁告了，我不是最大的嫌疑人吗？

我放下书，走过去说："看两盘就下场，免得有的在那里乱叫唤。"

看了一会儿，我果然"参战"了。

我打得十二万分的谨慎小心，牌小，胜算不大，就不再下注了，就是拿到较大的牌，我也显得十分谨慎，下注一般不超过三次就起牌了。一个下午过去了，我不仅没输，反而还赢了十元钱。

吃了晚饭，牌局继续。我仍然保持晚饭前的玩法，我拿了一副"K金花"，在金花中排行老三，算很大的牌了。如果余书记拿到这副牌，一定会千方百计地把对方"诈"出很多钱才罢休，可我下了两三次注后就起牌了。

"喂，纪校长打老实牌，看到他走起我就不干了。"他这样说了几次后，我认为收拾他的时机已经成熟了。于是我决定出手了。当我拿到一副最小的牌时，我神情自若地下注了。余书记瞥了我一眼，也下了注。接着，除了余书记外，其他人都把牌"丢了"。我仍然在下注，他瞪了我一眼，见我不动声色，于是下了个五十元的大注，按规矩，我要么"丢牌"，要么跟上五十元。我毫不犹豫地跟上了五十元，这样反复几个回合后，我们各都下了四百五十元的注了。他看了我一会儿说："算了，我牌都不比了，大家准备喜钱吧，校长肯定拿到'滚筒'了。"他丢了牌，我把桌上的钱全收进了衣兜。

我把牌往桌上一摊，大笑道："地道的最小的牌——235——杂牌。"

"哎呀，老子可是金花之王'A金花'。"余书记气得吹胡子瞪眼睛。

从那以后，我再也不跟他玩牌赌钱了，任他怎么激我，我却总是激而不怒——不上"贼船"了。惯于捉弄人的他，终于遭我捉弄了一次。

余书记另一次被我捉弄，是在大丰街上十字口。

只要不是在学校，有好几个人都爱跟我神恍恍地开玩笑。一个是余书记，另一个是五星村支书张超，再有一个就是包工头秦老板。我们在一起时，常把对方叫作儿子。

一天，我在十字口碰见县委组织秦部长、卿清和余书记。

秦部长为人谦和，平易近人，一见到我，就走过来，跟我握手寒暄起来。不甘寂寞的余书记站在一旁打趣道："你看，你看嘛！名气大的人就是不同，组织部长见到了又是握手又是聊天，我们这些乡干部站在一旁理都没人理。"

卿清睖了余书记一眼说："你吃飞醋了！"

我瞟了他一眼，一本正经地对秦部长说："秦部长，我想向你提点意见行吗？"

秦部长一怔，马上说道："有意见请尽管提，我洗耳恭听。"

于是我严肃地说道："你们组织部搞人事安排，也要调查研究一下嘛！我也年将五十的人了，体弱多病，大儿子当包工头，成天东一撞西一闯的；二娃子当个乡干部，原来离我近一点，但你又把他调进了统战部；现在只剩一个幺儿在身边，还不满十岁……"

"纪校长，你有三个儿子哇？"秦部长吃惊地问。

"部长，莫听他的，他是在开玩笑骂余书记和秦老板。"卿清笑着说道。

顿时，十字街口扬起一片欢快的笑声。

第四十六章　遭谴何须常抱恨
蹉跎铸就一狂夫

在余书记、卢乡长主政大兴时，还发生了两件事值得补叙一下。

一天一大早，书记、乡长便来找我。一坐下便开门见山地说，昨天县委县政府召开全县乡、区、县三级干部会，强调任何学校、机关单位的公款必须存进农业基金会，还动员个人存款也要存入农业基金会，不听招呼的领导一律撤职查办。

一听这话，我顿时意识到农业基金会出了大问题。

于是，我立即叫来会计，让他马上开转账支票，把我们存在农业基金会的三百多万元，只留下四千元零钱，其余整万的全部转存到信用社里去。

余书记、卢乡长面面相觑，长叹说："哎呀，纪校长，我们两个咋交得到差啊？"

"到时我亲自去县里认错，要杀要剐我认了。"

后来发生的一切，证明了我当时的决策十分果断且正确。这事发生不久后，上级就宣布农业基金会解散。个人存款分期分批还本不付息；集体所有制，全民所有制及厂矿、单位、公司的存款本、息都不还。

在这里，我还得补叙一个小插曲。大兴乡从温书记执掌权柄开始，除余书记、卢乡长当政外，大兴乡的党政一把手总是不和的，不同的是有缓急之分、明暗之别而已。

个中原因只有一个，因为有个叫钟明高的干部在作祟。此人出身行伍，思维另类。此人聪明能干却十分圆滑世故。他能说会道，搬弄是非不动声色，不留痕迹。

那为什么这届乡党委、乡政府没内讧呢？

这得从卢乡长到任后的一次聚会说起。卢乡长既是我的长辈，又是我的顶头上司，人憨厚正派，工作踏实勤奋。我怕他步入温仁厚书记的后尘，于是决定为他举办一次"接风宴"——邀请他到双龙乡狗肉店去聚一聚。并且我对他说："今晚上除你是我请的外，其他的客人由你邀请吧！"

那天晚上，卢乡长邀请来的客人有八人。我一看这些来人中有姓钟的，心里暗道：坏了，你老人家入套了。于是我心生一计：那就是当面戳穿钟某人的面具，使三爷免入钟某的圈套，与余书记不和，坏了自己的官声。

酒至半酣，已当了两轮庄的我，以酒盖面，借敬酒之机，双手捧起酒杯说："三爷，恕晚辈酒后多话，我不会说，各位会听。"停了停，我把酒递给三爷，自己端起一杯说道："三爷，我俩爷子干了这杯再说吧。"

我俩干了杯，我又接上话头，指了指钟明高说道："三爷，这个大兴乡除了他的话以外，听了谁的话都不会有大错，但若听他的话，你就要多想想后果了，因为他能够在不知不觉中挑起你和余书记的矛盾，前一任温书记及卢乡长的教训应是深刻的。"

没待我说完，钟明高就站了起来，嬉皮笑脸地与我争论开来。此人十分理智且有城府，他绝不会怒气冲天地与我争辩，因为在大兴这一亩三分地上，村上的领导和群众大多数是信服我的。有个乡干部曾开玩笑说："眼镜，你娃站出来竞选乡长，保准能以百分之八九十的票打败任何一个挑战者。"

我见他如此老练，也便开玩笑式地一条一款地说出他拨弄是非的事实。最后我说道："是你在温书记那里出谋划策，撤掉农技校，断我退路……"

"我这是出自公心啊，我是为了全乡老百姓的娃……"他口气一下子强硬了起来。

"公心，倒有那么一点，但是你背后在乡长面前又是如何说的呢？要我挑明吗？"

他无语了。

事后，钟明高收敛了不少，乡长、书记也很少听钟明高的摆布。

2000年1月2日，在教职工代表大会上，我因体弱多病，提交了书面辞呈，辞去校长职务。我提出辞职是经过深思熟虑的，基于以下想法：

一、我回南山擎天堎已不可能了。若继续任校长，则许多事是自己曾鄙视过、不屑于做的，但现在又不得不如此做，而且还得千方百计地去做好，比如收补课费，原十余年，一文不收的我，眼下唯恐收少了……这真让我瞧不起自己的人格，在心里，昨天之我常常痛批今日之我。

二、一所即将解体的学校，我已让它起死回生了，"赢架不可久打"，我该"急流勇退"了，以免今后学校业绩倒退，今天的一切将化为乌有……总之，是个人患得患失之心作祟。

结果，职代会全票反对。同时，他们还开出一个颇具诱惑力的条件，要求我只管校务，不再上课了。但是我仍坚持上课直到2001年9月，确因诸事繁杂，应付不过来，我才迫不得已离开了三尺讲台，当上了职业校长。

当年2月，家长大会通过了学生周六在校开展活动的决议，并成立了以纪元初任校长，汪昌国、秦高雷、王天淑三位家长为副校长的家长学校。自此之后，我校的家校共育就搞得风生水起，这使学生思想的德育教育再上了一个新台阶。

2000届初中毕业二百五十二人，考上重高五十三人、中专四十六人、中师十二人、普高一百四十一人，合计二百五十二人，再次实现了升学率100%。这就让大兴初级中学、纪元初这几个字再一次火爆了。

从1998年开始，我的办学思路开始变化，学校的教育教学模式也开始转型。不管在任何困窘的环境下，我都坚持在学生中抓思想品德教育。

但自从 20 世纪 80 年代始，在东风式微、西风渐进的大环境下，我清醒地认识到，教育作为上层建筑的一部分，必须坚守民族文化底线，自觉抵御西方的文化侵蚀，这既是教师的职责，也是教师的义务。

1998 年 9 月，我就发现了"一切向钱看"这股拜金主义的歪风已经翻过围墙，吹进了学校。我就强力推行教育加惩戒的方式，推出并执行"大兴初级中学六不准"：

一、全校教职工、学校领导不准收受家长礼金、礼物；

二、不准接受家长宴请；

三、不准接受家长以下邀请：钓鱼、跳舞、打牌；

四、不准有偿为本校学生补课；

五、不准在校内校外从事或参加封建迷信活动；

六、不准在校内校外组织或参与西方宗教仪轨有关的活动，过西方的宗教节日。（现在已经修改成了《大兴教育集团十不准》了）

我是个认死理、钻牛角尖、令出必行的人。当年圣诞节，有八位英语教师不遵号令，晚上到大丰宾馆参加"圣诞夜冷餐会"，闹腾半夜。第二天上午，我便分别请这八位老师到我办公室个别交流沟通，八个人中七个人都认了错，愿意接受学校的处罚。

但有一个女教师，眼露不屑，语带讥诮地说道："校长，如果你非要认为我们昨晚的行为错了的话，那也不是我们的错，更不是我一个人的错，因为对外开放不是我提出来的。既然上级都提倡对外开放，那为什么你还要设这个禁区呢？听说今后还要取消春节，过圣诞节呢！你阻止得了吗？"

这个女教师洋洋洒洒、义正词严地讲了一大堆。

我好不容易才按捺住心中的万丈怒火，瞟了她一眼，淡淡地说道："你下去看一看鲁迅先生的《拿来主义》一文吧！"

"鲁迅先生，请问骨灰盒里的话还有意思吗？"说完，她傲然地一转身，走出了我的办公室。

这女人英语教学还不错，在人们面前不苟言笑，显得很庄重而高雅。她之所以热衷于过洋节，正是当年时代风气之使然，何况她学英语，爱看英文书籍，岂能不受其浸润呢？

第二天晚上六点半，我召开了专题会。会上，我从我对中国近代史、现代史中得来的一些知识进行概括、归纳、比较、分析，最后得出结论说："西方分裂中国、侵蚀中国、掠夺中国之心不会死。我认为我们与西方现在是合作大于竞争，但随着我们国力的强盛，竞争就会大于合作了，更有可能发展到打压我们，甚至还有可能引发战争。"

在此基础上，我顺理归纳总结出不过洋节的重要性、必要性，特别强调了我这一规定的正当性、合理性。

这件事过去二十余年了，前些年学校里腹诽的人很多，因为绝大多数人都认为我太"左"了。直到中日钓鱼岛之争爆发，2018 年，中美贸易战爆发，那些人才不得不说我预言无虚。

2000 年，我们县发生了一件十二万分好笑的事——全县中小学一律实行"零户统管"。"零户统管"就是各学校的账户和存折由所在乡镇的财政所统一收缴、保管，学校需开支的一切经费必须由乡镇长批准签字后，方可支取，使用后由乡镇长审核、签字报销。

乡里召集我们校长开了两次会，"赤贫户"——大兴乡小学毫不犹豫地把存折及银行账号上交了，而作为"土豪"的我，却一直迟迟没有行动。

一天之中，我召开了两次校务委员会，只有一个人态度鲜明地表示支持我，其余的人都认为胳膊拧不过大腿，钱、账号、账簿早交迟交，总是得交，倒不如早交。

当天晚上我脑海里反复翻腾着几个问题：这几年来，乡里负债累累，连干部教师的工资也发不出来，我把这笔预算外的三百多万元资金交出去就是羊入虎口，保准有去无回。当初我向老师们承诺"大家好好干，等积攒到钱了，我们领大家天上飞水里游，去北京去上海玩他个十天半月的"，一旦把钱交出去，这承诺就会成为镜花水月了。如今乡政府发不出工资，我还能用预算外资金垫资吗？学校要发展，还有很多基建需要资金投入，又哪里去筹钱呢……

左思右想，瞻前顾后，在金鸡啼晓时，我终于下定了决心：在我任期内，坚决不把存款上交。反正我从来就没想过当什么校长，大不了撤我的职。一旦我不在其位，就不谋其政，任他们怎么胡折腾了。

当天下午，乡长带着乡财政所长到我办公室，要我交出存折、账簿、账号。

"不交！你就是撤我的职，我也不会把这些交给你们，你们若要逼我，我就把这些付之一炬，然后自首坐牢去。"我气愤地说完，把他俩撂在我办公室，气冲冲地走了。

全县的其他学校都"零户统管"了，但我却拒不从命。这事很快就被反映到"零户统管"的发明者那里去了。

一天下午，毕副乡长给我打来电话，说晚上乡里书记要在他开的餐馆用"三巴汤"招待那个"零户统管"的发明者，要我去作陪。那个"大官"大度，有魄力，但没文化底蕴，典型的事例就是把老县政府办公楼——老县衙门卖掉了，这个衙门建于明末，有三四百年历史了，这座斗拱结构、典雅、庄严的三进两层、小青瓦建筑物，却卖给开发商拆掉了。故此，我对这个败家子没半点好印象，但我还是决定去"陪陪"他——想戏谑他一番，出出心中的这口恶气。

那晚上晚餐，有我、毕副乡长、乡里书记和县里那个"大官"。

我们四人坐一张八仙桌，一人坐一方。一上桌，两位乡里领导就轮番向县领导敬酒，当然，我也被"敬"了酒。乡里书记见我不敬酒，多次给我递眼色，可我装着没看见。我不仅不敬酒，反而还向那位领导发起了"攻击"。

"你是大领导，我想请教你一个问题。"我说。

"请讲。"这个县领导惊诧地望着我。

"这个零户统管，不可理喻。"我直斥他的发明。

"啊……"他一时张口结舌，不知如何回答。

"校长开支钱，乡里可检查，可督察其是否有贪污、挪用、浪费行为，这是合理合法的！但这个'零户统管'究竟起什么作用呢？"没等他回答，我就又挑衅性问道，"乡级学校的开支由乡长核准签字，那么以此类推，乡政府的开支应由区长核准签字，而区政府的开支则应由县长核准签字，县长花钱，又该谁签字……"

毕副乡长瞪大惊慌的眼睛望着我。乡里书记一脸镇静，脚却在桌下踢我，示意我不要放肆。谁知我这狂妄之徒对善意的他，不但不买账，反而还有意嚷道："书记，你踢我干吗呢？我对这'零户统管'弄不懂，虚心向县领导请教，有错吗？如果按照'零户统管'的办事逻辑推论下去，省政府的开支就应该是国务院总理签字核销了，那国务院的开支又找谁签字核销呢，找联合国吗？这个办事逻辑不是滑天下之大稽吗？"

我说完这些，自己倒了一大杯——不少于三两酒，一口喝下，佯装站立不稳，说了一声："对不起，我喝醉了。"就转身歪歪倒倒地走了出去。

一待走出门来，我就迈开大步，走到公路上，招了一辆出租车，绝尘而去。

回到学校，我立即召开全体教师大会，启动全体教师外出旅游的计划。因为，我这次彻底开罪了乡县两级主要领导，被撤职是早晚的事，我必须赶在撤职文件下发之前，给老师兑现1995年许下的承诺。那就是让全校教师外出旅游一圈。

要去的人和旅行路线很快就定下来了。

我们决定不找旅行社。

为了确保我不至于成为众矢之的，我采取了两项自我保护措施：一是打电话给纪委书记郑英，告诉她，我将带全校教师外出旅游。这个纪委书记是大兴乡回乡知青。此人有本事，工作既有原则性也有灵活性，会协调关系，有正义感，也很有人情味。我之所以打电话给她，是因为我们彼此间印象还不错，我不怕被撤职，但怕被小人构陷。若真到了那一天，我想她会仗义执言的。

她听完我的电话，说道："你们去吧，可要注意安全呀。"我把我抵制"零户统管"准备被撤职的想法、做法全告诉了她。

她沉默了一会儿："你崽儿就是犟，你再犟，你再能，也要尊重领导嘛！"

"尊重乱命的领导，我真做不到。"

挂掉与美女书记的电话，我又拨通了县委分管教育的黄仁明部长的电话，汇报工作。我说："我拒不执行'零户统管'，可能被撤职，但在撤职之前，我想兑现我向老师们做出的承诺。"

他听了说："我知道了，带队外出，安全是最重要的，但我今晚上没接到你的电话。"这位领导不温不火地说道。

老实说，那位大领导的决策是绝对错误的，虽然他们不敢站出来反对，因为下级服从上级是铁律，但我却是另类——不唯上。

两位领导对我带老师外出的默许就是最大的支持了。我心里十分感激。后来，我才知道，那位县领导的"零户统管"这一乱命在县委办公会上就遭到了包括县长在内的绝大多数人的反对，但个性极强的领导却坚持要在全县所有学校推行。

这一乱命没到一年就夭折了。客观地看，这一乱命制约了各校发展的主观能动性，所以邻县——大梁县就迅速抢占了教育制高点，成了地区教育的领头羊。

暑假到了，除了因事不能外出的以外，其余的老师都跟着我旅游去了，当然也有的是带着家属一起去的。

这次旅游由学校财务人员负责订票订餐等一切杂务，平心而论，这财务老师精明能干，还是不错的。

我们从大丰乘汽车到双江，再从双江乘游轮到宜昌。沿途游览了丰都、白帝城、小三峡、大三峡，在宜昌起船，乘汽车到武汉。

我们这一船"土鳖"沿途所见的名胜古迹、奇峰秀水，甚至一草一木、一峰一石，无一不觉得新鲜奇异。无不由衷地感叹：祖国河山无处不奇丽，无处不锦绣。

在武汉，我们游东湖、鹦鹉洲、黄鹤楼之后，又乘车北上首都北京。在北京，我们参观了故宫，登天安门，吊煤山，游天坛，逛颐和园，转了转十三陵，爬上八达岭长城，观赏了恭王府——和珅故居，见识了电影城，知道了电影电视中风、云、雷、电、杀人、放火这些镜头是怎样拍摄的，还到了革命历史博物馆、军事博物馆。

为了目睹天安门广场的升旗仪式，我们全体教师夜里十二点就赶到天安门广场，可那里早已是人山人海了，我们根本找不到最佳位置，观察升国旗的全过程。

当天上午，我们一行人怀着对伟人无比崇敬、感激的心情，去瞻仰了伟人遗容。当我随着巨龙般的人群来到伟人的悼唁厅前献上一束鲜花并虔诚地三鞠躬时，不争气的眼泪夺眶而出了。尽管青少年生活并不幸福，但在我这个熟读历史的凡夫俗子的心灵深处，根深蒂固地认为：伟人把他的一生献给了他深爱着的劳动人民，不管他干的正确还是错误的事，他老人家的主观目的都是利国利民的，我是不怕骂我愚忠的。

当绕着伟人的水晶棺走一遭时，我不由得暗想道：如果没有他，会有二万五千里长征胜利吗？如果没有他，抗日根据地的游击队会壮大成百万雄师吗？如果没有他，解放战争能打过长江去，解放全中国吗？如果没有他，我们积弱积贫的中国，能取得抗美援朝、抗美援越、中印边界反击战、中苏边界反击战、西沙海战这一次又一次使中国人扬眉吐气的胜利吗？

斯人已驾黄鹤去，赤县还有风雨楼啊！

那天，我们看到的瞻仰的人中，没有一个人的神色不是沉重而肃敬的。

我们瞻仰了伟人纪念堂，又瞻仰了人民英雄纪念碑。但这半天的活动中却发生了一件把双江人的脸丢到大西洋里去了的事。

进伟人纪念堂，安检是十分严格的，任何人都不能带任何东西进门。所以我们几十人带的大包小囊都堆在广场边的一个角落里，由我们住地派出的那个"女导游"看守着。当我们从纪念堂出来，往回走到堆放行李的地点时，只见一伙女人正围着给我们看守行李的小王"导游"。

我们一阵小跑跑到行李堆前，只见七八个涂脂抹粉、穿金戴银的中年妇女围着小王导游张牙舞爪、指手画脚地操着双江话乱骂，另有两三个女的坐在我们的包上，正抽着香烟，得意扬扬地涎着脸笑着，吐着烟圈。

小王导游镇定自若地说："你们这样蛮不讲理的，未经别人允许，强坐别人的行李，是不对的。我是他们的导游，帮他们守护行李是我的责任和义务，你们这种不文明的谩骂，没有侮辱到我，被侮辱的恰恰是你们自己的人格和品行……我劝你们快从行李上起来。"

那些没脸没皮的女人还在那里吵着、骂着。我们赶到了。他们一看我们人多势众，灰溜溜地站了起来，想溜走。

我虎着脸说道："一看你们几娘母抽烟的造型，说话的声音，就知道你们是来自四川的，你们不觉得这样是给四川丢人现眼吗？"我扫了她们一眼，沉声喝道"还不快滚！"

小王导游满脸歉意地向我们道歉。

"这怎么怪你呢！都怪我们四川那些有娘养没娘教的东西。"我们七嘴八舌地安慰她。

小王导游是在火车站招揽到我们的。这个中年妇女四十来岁，人矮小瘦弱，脸苍白得近菜色，衣着朴实，说话温柔大方，待人彬彬有礼，书香味浓郁。据她自述，其父及祖以上五代都是高知。父 1957 年死于狱中。眼下与寡母、丈夫、儿子度日。其夫为小职员，收入微薄，故她入聘旅行社，任地导兼解说，以挣薄酬，贴补家用。

尽管她家不富裕，然拒收自认为非义之钱。例如晚上带我们逛书市、商场，这些不在我们约定服务项目及服务时间之内的事儿，我坚持要付给她加班费，她坚决不收一分一厘。她说："你们从千里之外的四川来到我们北京，你们是客，我是主人。主人陪客人在自己家里逛逛玩玩，还要收陪客人的钱吗？"听了她的这番话，一想到我们大丰人对游客，特别是对境外、国外游客乱宰的残酷劲儿，我就不禁脸烧面热起来了。

后来，我几次带老师去北京，总是住进她受聘的那家旅馆，总是主动找她为我们带路并长期保留了她的电话。后来不知是何缘故，电话打不通了。

祈愿好人一生平安。

接着我们又从北京出发，登泰山，游济南，再从济南去上海。老实说，上海除了一座东方明珠塔，一个外滩夜景，城隍庙以外，还真的没什么看的玩的。

就是这个驰名中外的外滩，除了殖民者残留下来的、渗透着血腥味儿的西方列强侵略中国的历史证物之外，还有什么呢？今天的游人是来这里干什么的呢？来痛忆当年的屈辱，振奋今日的斗志，还是来赞赏这些建筑群的雄伟壮观呢？我看是前者寥若晨星，而后者多似恒沙吧！当然，这里盎然着商机，散发出创业奋斗者的气息，有着浓郁的改革开放的氛围。

虽说在上海我们觉得不好玩，但有一次遇险的经历在下章专题叙述。

接着，我们又来到六朝古都南京。在这里，我们游了秦淮河，凭吊有忠贞于汉民族气节的李香君、寇白门等一干胜过须眉的风尘奇女。

逛夫子庙，吃灌汤包；登钟山，遐想风雨起苍黄之景象；游南京蒋介石总统府；看太平天国历史陈列馆，议论着过往烟云，笑谈着今是昨非。

游完南京，又乘火车到了古都西安。在西安，我们吃羊肉泡馍，喝胡辣汤……遍尝西北风味；看兵马俑、阿房宫，感受古代陶艺文明，领略到秦王朝的强暴蛮横；登骊山，看烽火台，谈历史趣闻，笑幽王、玄宗之荒诞；观明长城，逛华清池，探捉蒋亭，指点蒋家政权之式微。

最后一站，我们来到西南文化之都——成都。在这里，我们游杜甫草堂、青羊宫、武侯祠，然后载兴而归。

我之所以拉拉杂杂地记下这些，是因为，这些景点对于我校外出的绝大多数老师乃至于我，除了成都、西安、武汉外，都是人生的"第一次"。第一次都是值得珍惜的。

第四十七章　光阴荏苒随流水
莫以当年论是非

2001 年暑假发生了两件值得我铭于心扉的事，因为这两件事都差点给我这卑贱的生命画上了句号。

那年正遇上了"伏旱"，天气热得要命，每天太阳总是提前打卡上班，且一上班就十分卖力地把它的灼热火焰无情抛向大地，而我们——人类，难道就只能听任上天的折磨么？

那年代，整个校园，除校长办公室有一台空气压缩机与风机还没分离的空调外，全校教师都只有散热力有限的电风扇。还有一种消暑的办法俗称泡冷水澡，书面语叫游泳。

一天下午，我两夫妇、王欣两夫妇、易连君两夫妇、卢玉朋两夫妇一行八人乘车去四区碧云湖游泳。

一来到碧云湖，我就和几个女教师坐上一只小船，叫船夫划到湖面宽一些、水深一些的地方去。船夫说那就去吴家沟那个方向吧！易连君、卢玉朋他们租游泳圈（又叫救生圈）去了。

可我这狂妄自大之徒，一来到水边就半开玩笑半认真地对着身后几位女老师说道："老纪游过大江大河，什么狂风巨浪没经历过，游这么个小小人工湖，还要救生圈么？那就把老纪说俗了。"一边说，一边就脱了长衣长裤，我望了望两三百米宽的湖面，扑通一声跳进了湖里，就向对岸游了过去。

岂知这湖水并非河水、江水，湖水是死水，没流动性，也就没推力，所以在湖水里游泳比在江河水里顺水而游吃力得多，消耗体力也就更大。此为其一。

此时，我年已半百，体力呈下降趋势，此乃自然规律。此为其二。何况我任教以来，要么登台喋喋不休授课，要么伏案疾书备课，要么圈点勾画改作业，一年三百六十五日，殊少锻炼。此为其三。故体力已大不如以前，然自以为是之我，下水前何曾虑及于这些呢？

刚游及半，遂觉体力不支，咬紧牙关，又游一段，益觉游速低而手脚无力了，身子也不由自主地往下沉了。抬头一望对岸，尚有一百来米之遥。我心里一悸，顿感末日已至，一股悲愤涌上心头：唉，如此殒命，太不值当了哟！然，此只为刹那之思。说时迟那时快，一个念头猛然占领了脑海：冲、冲、冲！绝不言败。于是我心里默默地念道："下定决心，不怕牺牲！排除万难，争取胜利……"说也奇怪，经我这么鼓劲，我的游速虽没下水时快，但身子往下沉的势头终于刹住了。

我猛然想起潜泳可能比蛙泳省力一些。我憋住气，拼尽全力游呀游，游呀游，好不容易游到了岸边，可是那岸没多大倾斜度，我试着爬了几次，都没爬上岸，心里不免有些着慌。我前胸贴着岸壁，定了定神，喘了喘气，猛然间看见两大束芭茅倒垂在岸壁半腰。此时的我，犹如看到了救苦救难的观世音菩萨，于是，我双手努力伸长，再伸长，一个垂死者看到一丝生机时，那强烈的求生欲会在一刹那间转化出巨大的能量。我憋足了洪荒之力，不顾芭茅叶缘的小锯齿会给手带来剧痛，一只手抓住一大束芭茅。

好在我命不该绝，这两丛芭茅若是长在土边路旁，根扎在页岩上或浅土里，我猛一用力，芭茅就会被我连根拔起，那么我就会扑通一声摔进湖里，几口湖水一灌，我就会装着满肚子的湖水去阎王那里报到了。万幸的是，我抓住的这两丛芭茅，长的地方土层蛮厚的，它们的根系也就发达一些，扎得很深很深。

催人泪下的悲剧终于避免了。

爬上岸，我一点儿力气也没有了，仰瘫在滚烫的地上，手掌、手指发出撕心裂肺的痛。我很想看看我那划裂得伤痕累累的手，但抬不起手来。

歇了好大一阵，突然对面岸上隐隐约约传来一阵嘻嘻哈哈的笑声，接着又听见一个女人的声音传来："你们看，你们快看哟，校长的pose摆得多好看呀……"

我这时已缓过气来了，翻身坐起来，说道："pose，啥pose？我差点葬身湖底喂鱼虾了。"

又过了一阵子，租救生圈的易连君他们乘着船过来了。他们几人说说笑笑地拿我开起涮来了。我们换上泳装，带上救生圈，跳进湖里就闹腾开来了。

下面这件事发生在我们上海旅游期间，也就是我上章没写，专门留在这章再写的。

上海这个大都市，人文景观真的不多，除豫园、大世界、城隍庙、外滩、东方明珠值得一游外，就没什么地方可玩的了。所以，第三天上午，老师们就一再向我提出建议，去海边玩玩。

我到过海南的三亚，下海玩过。可老师们却没看到过大海。来到上海，怎么不想去海边玩玩呢！可是上海吴淞口是海军基地，怎么可以设置旅游景点呢？海军基地平时是严禁游人去的。

在老师们的一再恳求下，我答应找当地导游和司机协商试试看。导游是女的，司机是男的，两人都很和善。谁知，我在车上给他们一说，他们异口同声地回绝了："不行啊！海边不能去，没开发景点，没安全保护设施，出了安全事故，我们会坐牢的。"

这下子，我可没辙了。我对大家说："刚才你们亲眼所见，亲耳所闻啊！我已经尽力而为了，人家不同意，我有啥法子呢？今后有机会去三亚吧！"

吃中午饭时，老师们围着导游和司机七嘴八舌地求他们帮帮忙。我对导游说："我们这一群人来自内陆，没亲眼见过大海，所以迫切希望一睹大海的真容，万望你们成全……"我想想，接着又说，"超出我们行程的里程，油费、车辆磨损费、导游资费我双倍甚至三倍地增加，并且也可以不要发票。"他们见我如此真诚而迫切，于是交换了一下眼色，一前一后地起身往外走了。

没一会儿，他们就回来了。女导游满脸堆笑地对我们说道："今天下午我们可以领你们去吴淞口看海，但是你们必须根据我们提出的要求行事。因为那里既是海军基地，下午五时又是涨潮期，所以你们不能在那里待久了。"

大家听了，顿时欢呼雀跃起来。

在车上，这群只在书上、影视剧里见到过风狂涛大的人，想到一会儿就要亲临海滨，亲眼看到"四海欢腾云水怒"的壮观景象，人人都亢奋不已，前两天那种上车就睡觉，下车瞎胡闹的现象，成了"车上瞎胡闹，无人睡大觉"了。

他们你一句我一句地问导游一些问题，大多数的问题，服务好、素质高的导游都一一作答。有一些奇葩问题，她微微一笑："对不起，这个事儿我还没听说过呢！"

更为甚者，几个坐前排的老师隔一会儿就问司机："师傅，我们还有多久才能到海边？"这个男司机也总是十分睿智地回答："前边转几个弯就到了，别急嘛！"我们一点半登车出发，两点半就到吴淞口海边了。

还没下车，我就急忙站起来，招呼大家安静。我说："老师们，我提两点要求：一、俗话说，欺山莫欺水，这海水深且浪大流激，一旦跌入海中，十之八九是有死无生，故切不要离堤下海嬉戏；二、一切行动听导游指挥，按导游规定的时间上岸，规避涨潮危险。大家听到没有？"

"听到了！"

车门一开，当他们让我和妻子下车后，车里的人便呼啦啦往外涌了出来。大家一下车，便飞也似的往码头奔去（有人说这是防波堤，有人说是海军的码头，在我看来应该是军用码头更恰当）。因为这不是旅游景点，所以长龙般的水泥堤两边都没有防护栏。我和妻子牵着儿子自力也随大家往码头那端走去。

那水泥码头很长很长，大约三四里吧。带有相机的老师，都一边走，一边一个劲儿拍照，没相机的，也三三两两地凑在一起，请人拍照。当然，也有如我们一家只是远望空、近观海的。

我们这几十个人一边走一边喧闹，不知不觉一个多小时就溜走了。突然，一架飞机在头顶上盘旋，并传来"赶快离开，赶快离开，涨潮了"的声音。这从飞机上传来的喊声并没引起我们的注意，因为连我在内，都以为是海军基地骗我们离去。

接着，岸上不远处又传来了高音喇叭呼喊的声音："还在码头上的游客，请迅速离开，请迅速离开，马上就要涨潮了！马上就要涨潮了！"

几乎在与高音喇叭呼喊的同一时间，导游和司机也在岸上大声地喊我们赶快上岸，否则就来不及了。这下子，我才着急起来，一边叫校领导飞快跑过去通知比我们走得还远的老师火速回撤，一面叫妻子牵着十来岁的儿子快往回跑。可妻子死活不肯，十分执拗地要拉着我一起往回跑。我拗不过她，只好一边大声喊："老师们，快跑上岸，涨潮了！"一边跟着妻儿往回飞奔。

可是却有几个不知死活的老师，还迷恋着他们从未见到过的海景。特别是梅久传、何江两位老师装着没听见我的呼喊声，仍举着相机咔嚓咔嚓地拍照。我从他们身旁跑过时，又直呼他们的姓名，叫他们快跑，等我跑出一百多米时，回头一看，他们还在照相。我回转身，飞快地跑到他们身边骂道："还照，还照个屁！信不信，我把你们两个家伙的相机扔到海里去？"吼完，又转身飞一般地跑。我追上妻儿，这时海浪呼啸着扑上了码头，漫过了我的脚背，我蹬掉了皮鞋，赤着脚，拉着妻儿又一阵猛跑，海水已扑打着我的小腿了，我们喘着粗气拼命地向岸上奔去。

我们好不容易奔上岸，刚一站定，回头一看，海浪一个劲儿地狂啸着，早已将码头淹没得没了踪影。我惊魂未定，忙着清点人数，万幸！万幸！我们的老师和家眷悉数上了岸。

吓得脸色苍白的导游一个劲儿地说道："还好！还好！你们晚上岸一两分钟，可全都没命了！"

这一年，真可谓：白虎当堂坐，无灾也遭祸！

2001 年还发生了一件事，那就是我校创办了民办高中。说起这件事儿，就不得不回顾 2000 年 5 月发生的那件事儿。

2000 年 5 月，我又召开了全校家长大会，与会家长二千一百多人。当时学校的管理权限是乡办乡管。大兴乡初中开家长会，当然得邀请乡党委乡政府领导到会做指示。一个朋友当面问我："纪眼镜，大家都说你是个狂人，你开个家长会咋要请乡里领导到场呢？"我瞪着他问道："教育是经济基础还是上层建筑？"他迷惘地望着我说："啥基础，啥上层，老子不懂。"

"你不懂，就不要满嘴喷粪。我告诉你，教育是国家上层建筑，关乎国家命脉，党委政府不领导，难道让你来领导？我什么时候狂过，对不正确的争辩与瞎指挥抗争，这叫狂吗？你懂个啥？！"我把那个朋友骂了个一佛升天，二佛出世。

开会那天，我先做主题汇报，然后由党委书记做总结讲话。乡党委书记是个讲演天才，讲话放得开，收得拢，但宏观的多，微观的少。有一次他邀我一起陪领导乘车外出考察，一路上只听他口若悬河，夸夸其谈。我当着众领导的面说："书记，你讲了一路了，滔滔不绝，真是个理论家，不过是空头的。"

这天上午，他夸夸其谈，一谈就是一小时。可说到最后，他却给我嘴里硬塞进一枚苦果。只听他振振有词地说道："我们元初校长是个既有雄厚的教育教学理论功底，又有二十多年教育教学实践经验的校长，他让大兴初级中学办学的主要指标连续五年超过省重点中学，我们乡党委政府决定明年创办高中，大家拥护吗？"

他话未落地，台下掌声就噼里啪啦地响了起来，足足响了五六分钟。可是，我却十分不高兴了。一是因为他事先没和我商量，二是我校师资力量确实薄弱，担心办不好。所以会一散，我就冲着书记一阵臭骂。他却笑着说："眼镜，怕啥！办个民办高中嘛，国务院有文件，省里有规定。你骂我在放臭屁，我告诉你，这是县领导的意思，不信，哪天你问他们嘛！"

但是，我还是谨小慎微的。我谋定之事，一干起来会不管不顾，可是，对没琢磨透的事，我却是不见兔子不撒鹰的主。

2000 年 9 月，我就派了殷雄老师到省城一所重点高中学习。我给他的任务主要是一方面拜师学艺，学习高中数学的教学；另一方面是从各方面了解高中办学的必备条件，评估我校是否可以办高中。

九个月过去了，我通知殷雄老师回校汇报工作，以便下是否办高中的决心。殷老师回来告诉我说："我们完全可以办高中，因为我们的老师比他们学校的老师敬业，我们学校的管理更比他们精细……"当然，他也说了我们的劣势："师资力量薄弱，基础建设、实验设备比人家差很多。"

其实，我内心也暗涌着一股要办高中的热流。因为在大丰教育界有些所谓的高学历者，说什么大兴中学办初中行，办高中就不行。所以，我想办一所"争气高中"。不过我心中的规划没对任何人讲过，我是准备在 2005 年才开始办高中的。由于县里的逼迫，乡党委承受不住县政府的压力，这个高中就提前五年问世了。可以说它是先天不足的早产儿。

2001 年 9 月，我校高中招了两个班：高一（1）班班主任郑建锋，高一（2）班班主任常昌朋。两个班招了 108 人，很吉利——梁山英雄一百单八将。这两个班是民办班，县里批了，没报市教委批，所以是没户口的"黑市班"，这一点不仅我们没弄懂，县里也没弄懂。但县教委批准了大丰县大兴初级中学更名为大丰县大兴中学，从此，我校跻身于高完中的行列了。

这一年，我凭借较强的经济实力，把校门至空军基地公路处的大路变成了混凝土公路。

这年 2 月，我校设计、安装了校园网络系统，这是乡镇中学的"第一"。这一年，在大丰公路至上云公路三岔路口处设指路牌，与省直属重点高中签了推进素质教育的合作协议，均属全县"第一"。

这一年，修公寓，修食堂，修公共浴室，添置热水锅炉。

2002 年，我校初中、高中在校学生已达 39 个班，共计 2028 人。教育教学资源第一次显得严重不足，特别是宿舍，人均不足 2.5 平方米，教室也差16间，于是又于6月1日动工，8月30日修建竣工了朝晖楼，并配套修建了厕所。

接着，又租地十余亩修建了现代化的运动场——篮球场及全塑胶颗粒彩色环形跑道。由于这个运动场外是高十二三米的斜坡，为了填平这十二三米高、四五十米长的斜坡，我做出了加宽基础、加大泄水缝的修建方案。

由于设计合理、科学，这道"微缩的万里长城"已成功地度过了汶川大地震地震波的冲击，也熬过了珙县地震波的考验，已平安地度过了它的青春期，年满二十二岁了。

这一年，校委会开会一致决定花九万元为我买了一辆二手的桑塔纳轿车。买轿车，这在大丰乡级学校中应该是第一回吧。

这一年的初春，我校被人举报星期六违规补课，给学生补课竟然违规了——咄咄怪事。《人民日报》驻双江站站长叶祎来大丰调查。我讲了我的教育观，我的办学理念，特别是他听了我的人生经历后，我俩竟然成了好朋友。忧事成了喜事，真令我心花怒放。

第四十八章　定力难由强势改
初心岂为雨雪摧

　　真应了一句古训：乐极生悲。清明节，我邀请了知青朋友十余人外出游玩，右脚踝骨不小心受了撕裂伤，被庸医诊断为韧带拉伤。医了很久，也没法扔掉拐杖。

　　真是屋漏偏逢连夜雨，船破恰遇逆来风。就在我回校的第二天上午，乡里通知我前去开会。会上，党委、乡政府传达了县委书记指示：大兴初级中学必须多方融资，扩大规模，将袁家湾全部买下，搞基础建设，并规定要将校门修在大丰通往八区的公路边。

　　没等他们传达完，我就坐不住了，我竟忘掉脚伤，拐杖也没拄，站了起来，不顾疼痛，大声嚷道："你们预算过吗？征地、平整场地、修围墙、修房屋要借多少钱呢？我们学校有吗？学校不是工厂，更不是公司，靠举债度日……我恕难从命。"

　　说完，我拄着拐杖出了乡政府，上车走了。

　　那时候，西方的超前消费，一时间在神州大地闹得个乌烟瘴气，是随波逐流，还是保持定力，不急不躁，稳步发展呢？这是我必须做出的抉择。当天晚上，我在校长日记上写下这么一段话：

　　"做事应瞻前顾后，左顾右盼，在全面而认真分析清楚形势的前提下，方能做出判断，形成决策。当天时、地利、人和均呈可为之势，或通过努力，大致能收可为之效时，而故步自封，无所作为，那就是保守'右倾'；若天时、地利、人和皆不备，或三者缺二时，鼓噪而进，则为'左倾'。而眼下大丰初级中学，唯天时可用——上有政策可做支撑，然地偏一隅，已失地利，若负债千万，仅利息一项就达几十万，甚至上百万，教师奖金福利无处筹措，势必再失人和。若地利人和皆失，焉有不败之理？"

于是，我下定决心，抗命到底，宁丢掉"小吏"之纱帽，也绝不为此非理智之事。下定决心乃弹指之间之事，但要贯彻始终，则须尽洪荒之力。

从第二天开始，乡里天天派人到我办公室来"泡蘑菇"，向我展开攻心战术，教办的，乡里的分管领导，再加上其他几个领导，一天一个人轮番上阵来做"劝导"工作，我总是晓之以理、动之以情地告诉他们："大兴初级中学这棵幼芽，经不起风霜，若把几文储蓄折腾殆尽，那么大兴初级中学就会回到七年前。如果真是这样，你们和我虽然得到了县里的夸赞或者提拔，但半夜醒来，扪心自问，良心能安吗？"

所以，这些凡胎肉身来"劝降"者，一个个无不折服而去。这事延误到5月初，县里仍纠缠此事不放，不仅天天派人劝降，甚至放出狠话："……你们乡党委皆无能之辈，连一个初中校长也撤换不了……"

这话传进我耳里，当天下午我拄着拐杖召开教师大会，并将县里强力推行的方案交付全体教师无记名投票。投票的结果一公布，是清一色的反对票。

这时，我发表了言辞犀利，甚至有些刻薄的讲话，话锋直指乱政的领导，当然也就伤及了乡里的某些领导。

这事的初始阶段，县委分管领导、县政府分管领导、县教委主任都态度坚决，旗帜鲜明地站在我这一边。可是经过一个月"高压锅"的蒸煮，他们三人也被"蒸煮"软了，他们一说到这事，要么沉默不语，要么劝我妥协，修个校门在大丰公路上敷衍了事。可是，我计算成本，这一敷衍，三百万人民币就被敷衍进去了。这是我们教师的血汗钱，我绝不会答应的，也绝不应该答应的。看来我现在唯一能做的就是主动辞职，免得乡里两个一把手为难。

我不在任上，任他们胡来一气，由他们葬送掉起死回生的大兴初级中学，虽心有不甘，但总比毁在我自己手里要轻松得多。于是，我写好了火药味十足的、辛辣味很浓的辞职信：

尊敬的县委各领导：

……我不愿做满清政府奉命办差的奴才，而愿做一个独立思考、明辨是非的人民教师，所以交回"大丰县大兴中学"印信一枚……

一切准备好了，我就托人将辞职信和公章送到县委办公室。这样做的目的，就是让他们撤我的职。

可是，第二天，这枚公章就被送了回来。尽管公章送回来了，但逼我就范的势头丝毫未减。说来也凑巧，就在县委办公室送回公章的那天下午，友人叶祎——《人民日报》驻四川站站长，到大丰来采访，电话约我晚六时去城里"金苑"聚一聚。

我拄着拐杖上了"金苑"二楼，进到一个豪包，在一阵寒暄之后，叶祎问道："纪兄咋脸色这么不好？"

"叫他们气的，缠的。缠得我食不甘味，夜难安枕。"我说。

"谁？"

还没等我回答，同行的老师就把来龙去脉全盘托出了。

"真是乱来一通，他的做法与党的现行政策背道而驰，现在不是提倡落实学校办学自主权吗？"叶祎听了，气咻咻地说。

更凑巧的是，在隔壁大包间里，县里的几个主要领导也正在那里吃晚餐。他们听服务员说我在隔壁喝酒，分管教育的副书记便过来非要把我拉过去不可，当我介绍了叶祎的身份后，他们更要拉叶祎和我一同过去。

我们过去后，酒席间，有个与书记有嫌隙的副县长故意批评我辞职，为难人家县委书记。

我完全领会了他的用意，我也愿意替他当一回枪手，于是也有意识地当着全桌人发火，说了一大通的牢骚话。

这下可把书记弄了个大红脸。他正待发作。

"这可不行，谁这样违背中央的指示精神，我可要在《内参》上反映一下哟。"叶祎不经意间地冒出了这么一句似乎玩笑的话来。分管教育的副书记一见这阵势，忙把话题岔开了去，他端起酒杯说："哎呀，喝酒，喝酒，闲言少叙，干脆我们来喊跑马拳如何？"

包房里顿时响起一阵"三桃园啊""五金魁"的猜拳声。后来，逼我买地，负债搞基建的事再也无人提起了。

2000 年，教育部领导提出教育产业化，省里行文要求区县选择一至两所公办学校改制为民办的试点。不过，这些改革举措，对于偏于一隅的我来说是一无所知的。

到了 2001 年 11 月，我突然接到县里通知，要我随县里考察团到江苏无锡考察，时间为半个月。通知空白处不知谁用钢笔楷书写了一行"考察经费不由大兴初级中学承担"。我知道这是他们怕我这只"铁公鸡"不愿去，特地做了这点说明。

这次考察由分管教育的副县长带队。县里的各位领导，加上群众纪元初共八人。

到了无锡，接待我们的是一个姓岳的美妇，三十多岁，身材颀长，长相清秀，仪态万方，接待我们大方得体。原来副县长老家也在无锡，他与这位美女既是高中同学，也是大学同窗。岳美女好像任无锡市教委副主任，主管职业教育和对外联络。

我们一行到无锡主要学习制度创新与改革。我们学习考察了七天，主要是副县长给我们洗脑，他要求我们学习江浙一带的先进经验，特别是要学习他们对外开放的先进经验，在改革开放中胆子要再放大一点，步子要再迈大一点。

在无锡，我们看到一个令人震撼却无法解释的现象：职高学校门庭若市，而重高门前则车马寥落；职高录取线比重高录取线高二三十分。

究其缘由，原来是无锡市的职高学校全部与德国企业或中德企业签了用人合约。无锡市职高学制三年，国内学习两年，第三年在德国带薪实习，其工资为国内工人的两倍，实习期满或留德务工，或回国入中德合资企业务工，工资均为中国国企工人工资的三四倍——这就是"一切向钱看"的最好注释。

考察学习快结束了，副县长要我们讲一讲考察的心得体会。同行的几个都七嘴八舌地发表了高论。我最后一个发言，只讲了一句心里话：如果我们全国的中考都如无锡，又会怎样呢？大家愕然，许久没人开腔。

我看见副县长脸色一下子晴转多云了。我看也不看他们，自言自语地说道："如全国中考都如无锡，那么我们的技术工人世界一流，而科研可能是世界不入流；如全国职高都如无锡，那么，休说德国，就是整个欧罗巴也容纳不完中国的务工人员。"

在无锡，主人招待我们是高规格的太湖三白——银鱼、白虾、白蟹。在无锡，我看到另一个百思不得其解的事儿：我在公众场合一说四川话，顷刻间，鄙视之目光就会射向我。

这使我想起了前不久上海之行坐地铁的那一幕：上地铁时，我校六十多人分散上到几节车厢，我夫妻二人和另外十来名教师上了一节车厢，紧挨着其他的乘客坐下。没多久，我们开始交谈了。霎时，靠我们坐着的乘客纷纷起身走了，有的甚至宁愿站着也不愿与我们挨着坐。

这些诡异之事，于好奇心重的我来说，简直成了一个心病。于是我就缠着岳主任要答案。开始，她死活都不说。她越不说，我就越想问个究竟。直到我们要离开无锡的前夜，在副县长的劝说下，岳主任才说出个中原委：在江浙一带的社会意识中，认为川人素质极差，文化程度低，粗俗得与文明不沾边，动不动就打架骂人，在江浙一带，川人大多从事苦力型劳动，最高级别的也不过是开个"川菜馆"或小旅社什么的。

听了这番话，我红着脸，低下了头。可后来发生的一件事，更印证人家鄙夷我们还是有几分道理的。我们离开了无锡，在副县长的带领下，来到黄山脚下。适运交华盖，上山缆车因冰冻停运检修，我们只能靠步行上山了。

可是，我那几年身体很虚弱，没走多远就气喘吁吁了。这时乡里的书记就调侃起我来了。这时疲惫不堪的我心里怒火正熊熊，于是劈头盖脸地给他一顿臭骂。走在前面的副县长转过身来，冲着乡书记批评道："……你真的没道理，'纪教授'身体差，身为领导的你应该挽着扶着他才是，你反而还打趣他，这叫什么话？"

乡书记过来挽着我走了一小段路后，副县长又对书记嚷道："你去找一乘竹轿来让'纪教授'坐，若找不来，你们几个就是轮换背，也要把'纪教授'给我背上山去。"

我一个教书匠，竟然受到县长如此尊重，如此礼遇，我感动得差点流出泪来。心里暗暗地叮嘱自己：一定要努力工作，一定要把大兴乡初中办得更好，以报其万一。上得山顶，已是明月当空，夜雾四溢的夜晚了。

第二天一大早，我们爬到住宿楼对面的高峰之巅，只见漫山云雾飘来飘去，时聚时散，轻若烟，渺似气。倏尔，晨风轻拂，东边天际云飞雾散，蔚蓝如海的天边，一轮火红的旭日腾地一下子跃上了天幕，我们目光能及处一片清朗，接着我们又缓缓地往上爬……看到那喷薄而出的红日，真是心旷神怡。

黄山山石峻峭奇美，雾如梦幻，不仅天下无双，且令人遐想无限。

离开黄山，我们来到六朝古都南京。在这里，我们瞻仰中山陵，游总统府，看天王府，逛夫子庙，夜游秦淮河……在这里有两件趣事，值得留下一点痕迹。

一是去瞻仰中山陵那一天，由于景点多，时间紧，所以教委主任决定请一个导游——因副县长另有事要办，离了团，就由教委主任带队。主任叫一个年轻人去买票请导游。

出面买票请导游的那家伙在选导游时，色眯眯地挑三拣四选了一大阵子，一边选一边调侃我："你们这里的小妹咋没个好的呢？我们纪大校长在四川可是知名人物哟，他最爱清纯靓丽的……"他话说说倒不打紧，最不堪的是还用手指着我说。

"……你少满嘴喷蛆！"我一下火了，独自一个，气冲冲地大踏步走开了。心里暗想：难怪江浙人认为川人素质低呢！一个受过大学教育的公务员都如此拙劣，更遑论他人了。

当天夜里，我们去游了秦淮河，回住地途中，大家闹着喝夜啤酒，那时，是有女人陪酒促销的，吧女不仅闹着要小费，而且还要我手机号码。我眉头一皱，计上心来。我接过她递给我的卡片，就写上了其中一个领导的手机号码。

第二天那个领导回到家了，那吧女又是给他发短信，又是打电话，害得那个领导两次三番地给其妻解释，妻子就是不相信他的说辞。

这次外出考察，开阔了我的视野，让我学到不少的东西，但又埋下了一大隐患。

回到大丰没几天，副县长和教委主任就找上门来，向我宣讲上级的"教育产业化"的政策，引导我把学校改制为民办，当即遭到我的抵制。后来，乡里领导又"轮番轰炸"我。迫不得已，我只好集股二十九万多，修了一幢"公寓楼"，现在高中的"雅士"们给他取了个雅号"雄飞楼"。不过这楼怎么也雄飞不起来，有的人三番两次地闹着要拆除它，嫌它不好看，碍眼。在我看来，只要我活着，小楼还能苟延残喘！一旦我蹬腿了，它也可能会随我"驾鹤西去"。

这帮子人啊，究竟是否明白"校园文化""历史沉淀"的内涵呢？我原以为修一幢小公寓楼，成立了一个董事会，就能意思意思搪塞过去，蒙混过关了。谁知这只是"万里风霜路"的第一步呢！

时间很快进入了2002年7月，暑假到了，天气热而政局更热——撤乡并镇的热流远远超过了三伏天的暑气。大丰县成立了"金碑街道办事处"，我们大兴乡并入。

开始，我对这一波热浪不闻不问，宛如东风射马耳，甚至金碑办事处召开成立大会，召我参会，我也婉言拒绝，未曾与会。可是后来又接连召开了几次名目翻新的会议，大多邀请我参会，我仍然不愿去。我不仅不去参会，也不愿与办事处的新领导见面。

后来，江明森主任的教办主任保不住了，托我找办事处书记，并告诉了书记的名字和电话，我才知书记姓甚名谁。江主任这一说，我倒想起一件往事：1998年某一天，时任城关镇党委书记的钟武请人捎信给我说，请我去县城城关中学任校长，酬劳除国家规定的月工资外（那时大兴乡有时半年一年都发不出工资来），另外奖给我一套三室两厅一卫的住房。一套住房，对于根本买不起住房的我来说，是极具诱惑力的，我真的怦然心动了。

可回到家里对妻子一说，她皱了皱眉头说："算了吧，还是坚守你常挂在嘴里、浸在诗里的'安贫乐道'吧。你这一身怪脾气，到城关中学去任校长，保准只要两天半，城关中学的老师就会把你从校长宝座上掀下来。"

妻子的一番话让我顿时冷静下来，我当天下午就回绝了钟书记。

这时江主任提起这位未曾谋面的钟书记，顿时激起了我对他的兴趣。于是我决定给他打电话一试。我拨通了手机，手机里传出了清亮的男中音："你好，纪校长！我啥时候得罪了你？我们办事处几次请你参会，想听听你对振兴金碑街道办事处教育的高见，可是你却一次也没到……请问你找我有啥事？"

我把建议江明森留任一事讲了。"啊！这个事儿哇！这样吧，我找班子成员研究一下，半个小时内答复你！"

二十来分钟后，我的手机响了。"纪校长，我们本已研究好了，主任由李渝担任，江明森任副主任，既然德高望重的你都发话了，我们党委一致认为你的建议更有利于工作，所以我们决定采纳你的建议。"

这真有点出乎我的意料，更有点受宠若惊。时令已至初冬，早上起来，露寒霜轻，逆风掠面，已有些许寒意了。一天上午，我突然接到省教研室一个去厦门参加教研工作会的通知。通知规定，我校有三个名额，于是我决定我和妻子以及我学生王欣一同前往厦门。

飞机在厦门一着陆，我刚开手机，就接到县教委尹才的电话。尹才告诉我："这次要评一批中学高级教师，教委初步拟定的名单中有你，请你明天下午四点三十分到县教委二楼政工人事科填写草表。"

"我刚在厦门下飞机。"

他说："那后天上午十点前飞回来填表也行。"

我说："算了吧，日子还长呢，今后有的是机会。"

他说："别人为职称常常争得你死我活的，你咋就这么淡定啊？你没听说过'机不可失，时不再来'的民谚吗？"

"有什么可争的，不就是为名利二字吗？为此拼争，我以为不值。"

我淡淡地说道。

那次厦门会议一结束，我们便租游船游了金门海域，在金门岛边游览时，岛上军民与大陆游客一起欢呼雀跃之声不绝于耳，但当时"三通"仍未进行，手足骨肉之情，血浓于水之义，只好遥相响应而已。

接着我们又游玩了武夷山，最后乘飞机回到省城。回到大丰我才知道，我被评为了中学高级教师，相当于副教授。一打听，原来我的基础分即教龄得分、各类奖励得分等就得了七分。

就这样，我人不在大丰，在没亲自写一个字的材料的情况下，评上了中学高级教师，而眼下一些人总是为了评职称百般钻营，钩心斗角，反而常常是"希望如肥皂泡似的破灭了"。古人云：争为不争，不争为争。可能就是这个道理吧！

第四十九章　壮志难移上云霄
勇踏崎岖成大道

撤乡并镇，似乎我的身价、地位一下子高了许多。

我去厦门学习前，金碑街道办事处的官员为我饯行三次；我从厦门学习回来，他们又为我接风"消毒"四次。"哎，县城里的领导素质就是要高一些，将尊师重教做到了极致。"有一天，我对江主任赞叹道。

他听了，笑了笑说："大哥，你说他们的素质高哇，可总有一天你会骂他们娘的。项羽的鸿门宴只摆了一次，就名垂青史，我们的书记、吕刚主任可是一个月摆了七次鸿门宴啊！"

果然，就在最后一次"鸿门宴"后的没几天，街道办事处就通知我去，说有要事相商。我去了，书记、主任十二万分热情地接待了我：烟、酒自不必说，还有水果。

一阵寒暄之后，又是一阵对我的褒扬，接着，书记转入正题："大兴中学在我们县乃至整个地区都赫赫有名，我们党工委想请你们帮个忙，这个忙帮了后，对大兴初级中学的未来发展也是非常有益的……"

"说了老半天，还是云山雾罩的，你们指示我干什么明说不就得了，这么弯来拐去，我还真的不适应。"生性率直的我很不礼貌地打断了书记的话。

"好，大家都说纪校长的脑壳不好剃，今天看来你倒是个性情中人，好说话。我们为了金碑这片热土上的教育事业发展得更好，想让大兴中学与城关二小合并……"接着他又说了优势互补等一大堆理由。

"这事儿我可从来没想过。"我淡淡地应道。

"那回去找老师们商量商量吧，他们一定会同意的。"吕刚主任笑眯眯地说。

我心里乱极了，迷迷糊糊地从办事处出来，坐上车，脑海中翻腾起了万顷不自信的波涛。每当我一回忆起刚到大兴乡初中任校长的那段经历，我心里就满是苦涩味。眼下，学校已步入正轨，不管从哪个角度来预测，我校都已进入了良性发展期，只要脑海中有定海神针，不乱折腾，这种良性发展将会保持相当长一段时间。但如果与一所劣质小学合并，那么，今后结果如何将很难预测。

所以，我听了书记、主任的话后，心中杂念丛生，很难静心思考。好在已快放寒假了，我想先把这事压一压，等拖过了春节再说吧！

可是街道办事处三天催五次，几个家住城里的"消息灵通人士"，在书记找我谈话的第二天，他们就知道了这一信息，他们打开"小喇叭"，没半天时间，就闹得全校妇孺皆知了。

没法子，我只好在2003年元月6日召开了全校教师大会。在会上，我先声嘶力竭地讲了合并城关二小的种种不合适，并夸张式地描绘了合并后将面临的种种风险。在这鼓动工作完成之后，我就叫人下发早就准备好的民意调查表——当然是无记名的。我想应该大部分的教师会与我保持一致。

可是投票的结果是我根本没法接受的——95%的教师竟然赞成合并城关二小。

我当时就火了，骂了大家一通，并威胁说："若你们执意要与城关二小合并，那我就辞职，你们看着办嘛！"说完，拂袖而去。

第二天下午，我又为这事召开了全校教师大会，再次举行无记名投票表决。投票后的结果仍然是52%赞成合并。这是1995年以来，我第一次与我的队友意见如此相左。

散会后，我召开了董事会。参会的董事除我还有方伟、易连君、汤晓尧、江明森。他们都表示坚决不与城关二小合并，不仅如此，他们四个人还信誓旦旦地说："我们四人绝对不会背叛你，一定与你共进退。"

过了两三天，街道办事处通知我们董事会五人去座谈。我们到了之后，他们就安排办事处人大工委主任来陪着我抽烟、喝茶、聊天，就是去洗手间，主任也给我带路，而易连君他们四人却不见了人影。

约莫过了一小时，有人来请我和主任到小会议室座谈。我进去一看，方伟、易连君他们四人早就坐在桌前了。我一坐下，书记就说了一大堆冠冕堂皇但又不着调的废话——中心就是夸我，赞大兴初级中学。这些话掩饰着一个目标，那就是大兴初级中学必须合并二小。

紧接着，吕刚主任讲话了。他语言不多，但"图穷匕见"，他说："纪校长是一个很讲民主的人，就是与二小合并一事，就在老师中搞了两次无记名投票。但是据纪校长讲，董事会没一人赞成大兴初级中学与二小合并，今天我们请你们董事会各位再投一次票，这次投票是最终投票。"票投了，几十秒钟后，结果公布了：有效票五票，四票赞成合并，一票反对。

当一进会场，看到那阵势，我就明白我的防线已被击溃了。但叫我万万没想到的是，我会输得这么惨——竟然成了孤家寡人。特别是我任班主任时培养出来的学生易连君、汤晓尧的反水，让我痛心不已。

局势已不可逆转。我三次提出辞职，都未获上级批准。一条满是荆棘的崎岖山路，我只得鼓足勇气走下去了。其实，早在两三个月前，江明森主任就给我提起过：城关二小校长要找大丰中学合作，以摆脱设备老旧、校舍破烂、资金匮乏、生源不足的困境。似乎也想和我见面谈谈。我记得有个星期天，我们在一个茶楼谈了一下，但谈后，我就没印象了。

后来才知道，县里也在酝酿大丰中学初中改制成立股份制中学。城关二小也想主动与其结盟，但不知什么原因，到头来未修成正果。

眼下木已成舟，我回天乏术，但是我得尽最大努力去争取一个宽松的办学环境。我能够与县政府讨价还价的筹码，就是我任校长以来的好名声。所以我每每提出辞职，领导们都做出一些重大让步。不过，我所提出的要求，没夹杂一丝一毫私利和私欲。我在"讨价"时总是在权衡国家、社会、学生及家长、教师诸方面的利益，更权衡法律、政策方面的规范。

由于我的讨价还价，县里文件还没下来，办事处催我买地修学校的事儿又忙开了。

首先要忙的是征地。办事处以十四万一亩的地价出让二十九亩地给我校，用地性质，当然是教育用地。到最后办好了一切手续——房产证、土地证每亩又花去三万五千元，亩价共十七万五千元。

而有个姓吴的就挨着我校买了一片用于房屋开发的商业用地，一亩却只花了九万元。

这怪谁呢？这怪当年满身土气，长年蜗居乡下不进城，对市场行情毫不知情的我。再说，我也没有讨价还价的时间与本钱，因为城里征地建校舍了，乡下——大兴初级中学就不再征地修建了。那么，城里的地不尽快拿到手，开工修建，当年9月1日的新生怎么入学呢？

我以超声速的速度征地，又以超声速的时间修楼。首先，在招标时，我就化整为零，五栋楼的修建，我就分包给了四支施工队承建。从4月签承包合同，到9月1日交付使用，只花了四个月时间。知情者都夸我校的修建是"超深圳速度"。

夸奖的话虽如此好听，但个中的辛酸除我妻子知道外，还有谁知一二呢？

别的不说，单就是8月15日到8月31日，眼看着快开学了，可学生的餐厅、住宿楼的散水、地皮均未完工。于是，我天天早上六点就赶往工地督战。8月下旬，几幢校舍先后进入竣工阶段了。可是，若按当时的进度，地皮、散水可能要到9月8日才能完工，而水、电可能要到9月10日教师节后才能弄好！这是绝对无法容忍的。

于是，8月15日，我通知总务处找电工给三楼准备留作校长办公室的那一间屋子临时安上电灯，给我买好沙发、办公桌、书橱，我17日上午八点半准时住进去，准备夜以继日地亲自督战。

17日没到六点，我就赶到工地，召集承包水、电和散水、地皮工程的施工队伍全体职工开会，要求他们中午吃完饭后休息一个半小时，晚上必须加班到十二点。工人不准磨洋工，加班费由工程承包人发放，校方适当给予一点补贴。若在 8 月 30 日前不能完工交付使用，余下 30% 的工程款，我有权拒付。

要求施工队伍加班，我当然也就跟着加班了。那十来天，我早上啃两个干馒头，喝一杯白开水，对付一顿；中午、晚上有时叫小炒店送个盒饭，甚至吃碗凉面就了事。那十五天，从早上六点到晚上十二点，十八个小时，不管艳阳当头，还是狂风骤雨，我都穿梭在工地上。下大雨时，无法施工，我就跑工棚里找包工头，要求他雨一停就必须把下雨误的工补上。

那十五个夜晚，我就睡在沙发上，点着蚊香，吹着电扇入眠。那十五天，我根本没法洗澡，好在我是个出再多的汗，不洗澡身上也不带异味的怪物。十五天的肮脏，也不会给人"臭气熏天"的感觉。

8 月 29 日，水、电完工了。8 月 30 日上午，散水、地皮完工了。8 月 31 日下午，我在大兴中学小学部（原城关二小）召开了合并后的第一次全体教师大会。

大会上，我神情凝重地宣读了《大丰县人民政府关于城关二小与大兴中学合并的批复》文件。读完文件，我发表了长篇讲话。在讲话中，我要求全体教职工发扬大兴精神：艰苦奋斗，团结奉献，坚决而彻底地与懒散的作风分家，与懦夫懒汉的世界观说再见。全校上下齐心协力，争创全县一流学校。要求初中、高中必须继续确保全县第一，小学两年内必须争创一流，把落后的帽子甩进太平洋，让我们的小学也成为一枝花……我讲完了，稀稀拉拉的掌声响了起来。

9 月 1 日顺利开学，小学和初中一年级入驻了大兴中学新校区。

两校合并了。但我内心深处根本不认同这种合并，因为我认为：这所学校得天时——教育政策有利于其发展，可以收议价费，经济困窘的瓶颈应可以凭自力更生予以突破；得地利——地处城区，生源丰富。然而输在人和——人心不齐，精神不振，怕苦怕累，赏罚不明，纪律废弛。

有鉴于以上诸端，我内心十分排斥这所学校，于是在行动上有以下表现：拒绝接管原城关二小账本，他们原来的存款任他们分掉，不闻不问；修一道围墙，只开了一扇小门，让大兴中学初中部和原城关二小教师选择通行，而严禁初中学生到小学去，小学学生也严禁到初中来。来校返家，初中从前大门进出，小学从后大门进出。泾渭分明，河水不犯井水。城关二小的事务我是管而不束，闻而不问。

办事处之所以合并两校，主要有以下两大原因：生产化肥的东风化工厂倒闭了，办事处政府欠下职工的钱，职工隔三岔五跑去办事处闹事；原城关二小只有一幢教学楼，这幢教学楼却竖着裂开了一条五六厘米的大口子，被评为 D 级危房，必须立即拆除另建，但要新建一幢教学楼，得花费一两百万，办事处没钱，由于欠银行的债，只欠不还，银行就不再贷款给办事处了。

他们没钱，也贷不到款。而我这个人，素来讲究一诺千金，从无失信记录，所以银行都争着贷款给我。这就是县政府想尽千方百计，也要逼我合并城关二小的根本原因。

洞悉其中原委之后，我更"清醒地认识"到办事处官员们给我挖了许多"陷阱"，其中最大的"陷阱"莫过于让我真正地接过城关二小那幢"D 级危房"。因为，这样一来，我只好向银行求贷。可我害怕贷款量大了，一时又还不出来，会失信于人。

除了对城关二小腹诽外，我当时确实也没钱来帮助城关二小——大兴中学小学部排危建房。因为仅修建大兴中学初中分部的教学楼、住宿楼、餐饮楼，掏尽了大兴中学老底也不够，不得不贷款三百二十万元。这笔贷款直到 2005 年才还本清息。

办事处为了能让我全身心地融入"合并"这一"伟大事业"中去，也算是煞费苦心了！

金碑街道办事处党工委规定：办事处每个干部必须向大兴中学交纳股本金五万元，一般职工交股本金两万元。在"红头文件"的催促下，这个五万，那个两万地交了上来。可是还没到两个月，他们就悄悄地今天一个，明天一双地找上我，编了许多似乎在情理之中的谎话：孩子病了要住院啊，母亲治病要花钱呀，没房住要买房呀，要还债呀……

总之一句话就是要退股。

而两个主官：一个书记，一个主任，就根本没入股。而我，内心深处更害怕唯利是图者入股后使学校的决策方向改变，不利于学校的发展，于是凡是暗中要求退股的，我都一一答应，从不挽留。所以后来只留下了两三个未执掌斗柄的铁杆粉丝。

城关二小和大兴中学貌合神离的合并，既使我心生芥蒂，也使原二小的教师心生疑窦，更为我披上了两件现在仍没褪色的罩衣：一件是我的崇拜者给我量身定制的——能人；一件是我的嫉妒者、对立者、不知内情的人，给我量身定制的——追名逐利者！认为是我把一所公办学校变成了民办。

由于貌合神离，在这年放寒假时，终于爆发了一场异常难堪的闹剧——"哭餐"。

放寒假了，我勉为其难地开了一个全体教师会。会上，我轻描淡写也慷慨激昂地总结成绩，指出不足，讲了下步规划。按照惯例，放寒假时，都要举行个团拜会——吃个团年饭。我当然照例安排了几桌团年饭，发了奖金。

可是，原城关二小的老师却大多数拒绝用餐，并有人哭泣。有人来叫我去劝劝那些不吃饭的人，我摇摇头说："他们吃，我欢迎；不吃，拉倒。"我之所以态度如此，是因为他们生气、哭泣的原因是：合并后，工作不轻松了，压力大了，不敢偷懒了……甚至还有一种找不到归宿的情绪。

2003 年，尽管我没有全心全意地投入两校合并中去，但凭着这些年挣来的品牌效应，不仅高中发展到了 416 人，初中达到了 1780 人，就是原来招生困难的城关二小，一改名叫"大兴中学小学部"之后，2003 年 7 月收的插班生加上新生一年级学生，在校学生达到 1221 人。因此，小学部增加了 6 个班，学生增加了，可是没老师，于是在上级领导的支持下，考调了任运平等 27 人。全校在校学生达到 3417 人。中考、高考继续雄居全县第一，初中、高中非毕业班成绩也居全县第一，而原城关二小——大兴中学小学部期末全县统考也有非常大的进步。

我始终不愿意全心全意地合并城关二小，更不愿意花钱为办事处排除危房，另建新楼。而此时办事处书记调任国土局局长，人大常委会主任调往别处任镇长，办事处主任吕刚则升任金碑办事处书记。

吕书记是个多干少说，甚至干了也不说的领导——实干家。我曾开玩笑地称他为"阴谋家"。

办事处的人事异动，在我心目中只有一句话："事不关己，高高挂起。"

第五十章　逼上天梯路
悬悬欲何知

新学期的工作开始了。从表面看去，一切平静依旧，然而，暗地里正汹涌着万丈波涛。

办事处的领导们，面对这张着裂口的 D 级危房，欲管不能——因为没钱，且贷不到款；欲罢又不敢——因为一旦教学楼倒塌，就会造成群死群伤事件。那么，办事处的主要负责人轻则撤职，重则有牢狱之灾。所以他们处心积虑地想办法把包袱甩给我，这也是情理之中的事。

开学后没几天，吕刚书记和新调来的分管教育的人大常委会主任就来找我，说要把大兴中学与城关二小合并，彻底改制成民办学校，一切国有资产均通过评估折价卖给大兴中学的教师股民。我先并不在意，以为是说说而已——在我国的体制中，关乎上层建筑范畴内，怎么能允许民营的出现？

谁知道吕刚书记与相关领导"策划于幕后"，是秘密进行的。不仅我这个小人物不知其然，就是县里分管教育的领导，乃至于教育主管部门的主官也是不知其然的，更不用说谁知其所以然了。所以，当他们打开天窗说亮话时，我茫然不知所措。领导们叫我回去找班子成员商量商量，也找妻子商量商量。

我找班子成员一商量，他们的意见惊人的一致：唯你马首是瞻。可找妻子一商量，她那里就成了雄关险隘，难通过了。

妻子凭着她女性心思的细腻，想得更多，想得更远。她坚决反对的理由很多，但最重要的只有两条：一、担心我担子加重，身心会垮掉；

二、担心我俩好不容易挣来的铁饭碗被改制改掉。

我的担心倒没有那么多，我只担心一旦改制成功，学校失去了国家财力支撑，若教育教学质量或安全工作出了问题，家长就会用脚板投票，那么学校就会面临灭顶之灾。好几个白天黑夜，我都在忧心忡忡中度过。我很想找个地方躲起来，神安气静地思忖一番，可是吕刚书记他们似乎打定了主意，不给我喘息之机，他们几乎是天天派人来缠我。任他们口若悬河，我却是坚不吐口——始终不同意彻底改制。

3月22日下午，金碑街道办事处传达县府通知，叫我去办事处参加座谈会。会议内容不必说，我也是猜得到的：就是研究我校改制的相关事宜。中午我邀约了几个人一起喝酒，有意喝得酩酊大醉，决心在下午开会时搅局。

下午，我一进会场就看到县委县政府分管教育的两位领导早就正襟危坐在那里了。我不管他三七二十一，张嘴就爆粗口骂道："教育这种上层建筑也要搞什么民办……"

"你骂哪个？"县里那个领导猛地站起来，拍着桌子瞪大眼睛，恶狠狠地问我。

"谁要我改制，我就骂谁！"我毫不示弱地"砰"的一巴掌拍在桌上，怒声回应道。

"你是什么校长？！给我出去！"那领导怒不可遏道。

"我从来没把自己定格为校长——你不用号叫，我也会出去的！"说完，我犟着脖子，倒倒歪歪地走出了会议室。我要的就是这种结果。我一边走一边喃喃自语："你去给你的上级汇报吧，马上撤老子的职才好呢。"

醉醺醺地回到家里，倒头就睡，醉入梦乡的我，当然无法知道，也不想知道那天下午他们究竟怎么"座"怎么"谈"的。直到第二天上午又接到电话通知，要我到教委去参会。我对着手机说："对不起，我没空。你们找别人参会吧！"我气咻咻地说完，就挂断电话并关机。

可是，我参会与不参会只是我自己的一个态度而已，螳臂安能挡车呢？3月23日下午，县里的、教委的、办事处的、教办的八位领导参加了座谈会，并"谈妥"了。于是下发了《中共大丰县委办公室会议纪要》。

你发你的文件，我却仍是按兵不动。所以2004年8月9日前，我和校委会、董事会一班人，除了教书育人之外，在学校建设中，唯一做了一件事——安装了电子监控系统及学校广播，还安装了露天大屏幕。

那年秋，我校第一届高中学生毕业，再次勇拔头筹。2004年高考，旗开得胜，创造大丰教育史上的神话。重点上线率理科为23.89%，文科为18.75%；本科上线率理科为88.5%，文科为87.5%；加上专科上线率理科为96.46%，文科为100%。其中，张云同学夺得全县文科状元（全市第五），距市状元仅5分之差，考出了大丰学子多年来的最好成绩；秋明月同学获得全县理科第一。

初中毕业生升学考试继续雄居全县第一。特别值得一提的是，截至当年9月1日，大兴中学小学部注册学生1766人，初中学生2579人，高中学生730人，在校学生共计5075人。

大兴中学旗下的小学、初中、高中已成了一位难求了。每到招生录取时，我只好关机"逃逸"，否则就会被人揪住不放，非要我答应他的学生就读才放手。

从3月23日后，我耳朵根子就再也没清净过一天。天天有人来"劝降"，但我却软硬不吃。请我喝酒吃肉，我从不推辞，且每吃必醉；若派人来威胁我，要撤我职，我就说："好，我交公章吧！——我对当校长没瘾儿。"总之，不管你说天道地，我就是不愿承认彻底改制。这一次，全体教师真的做到了唯我马首是瞻，且说到做到，无一人敢站出来说愿意改制，因为谁都怕丢掉这旱涝保收"饿不死，撑不倒"的公办教师身份。

我倒真羡慕那些辞掉公职纵身一跳就下海的人。扔下"旱涝保收"的铁饭碗跳入海中捞食，这需要多大勇气啊！在这一点上，我的勇气比妻子大那么一点点，而妻子以女人的细腻和小心谨慎，对"改制"的反对则是更坚决而激烈的。

妻子是个真正的贤妻，她对我几十年如一日的关爱是真心的，无微不至的；她对我暴躁、放纵的秉性的宽容，更是任何一个女性也没法做到的。对此，我将永铭终身并期许回报于来世。可是这一次，她却成了我前进路上的"绊脚石"——当我在反"改制"问题上有所动摇时，她就会做出十分激烈的反应。

一天下午，我、妻子、向永红、原办事处人大主任余中来及办事处现任人大常委会主任，邀约去香茗茶楼喝茶。不知谁又扯起了我们学校改制的事儿。妻子一听这事儿，就气冲斗牛。我说："你发啥火啊？不就是公办改成民办吗？我教了十年民办初中，不也活过来了吗？"

"哟，看来你也摇白旗投降了嗦！若你同意改制也行，但是你必须辞去校长职务，否则我俩就离婚！"她气咻咻地一本正经地说道。

"嫂子，莫生气，生气伤身啊，大哥也不是这个意思，何况现在还没最后决定啊！"温柔美丽的永红一看这阵势，马上温言相劝开来。

余中来立即走了出去，掏出手机给吕刚书记打起电话来了。这时吕刚书记正在县政府向县领导汇报工作，从电话中听到这个消息，就立即把电话内容向县领导做了汇报。温文儒雅的县领导对吕刚书记说："你马上回去把纪校长后院的火灭了再说。"

吕刚书记一出县府就直奔香茗茶楼而来。一进屋他就急着问道："卢老师，你是个通情达理的人，为啥闹离婚？"

"还不是你们闹改制闹的！"我妻子气还没消，硬硬地顶了一句。

"哎呀，我们有啥法子呢？上级分下来的任务哦！"吕刚书记一张苦瓜脸，一副受害者的模样。

"有任务？有任务为啥非要改我们学校呢？"我妻仍然一副咄咄逼人的样子。

"谁叫你家眼镜这么优秀、这么能干呢！若是你来当领导，会放着能干的不找，去找那黑不溜秋的吗？"吕刚书记苦笑着说道，"刚才县领导发话了，你有啥困难，尽管提出来，我们办事处一定给你解决，我们解决不了，县里一定会解决的。"

妻子思忖了好一会儿，怕改制改掉了我夫妻的"铁饭碗"的理由是说不出口的，因为县里早已三番五次地表示，学校现有的公办教师的编制一个也不会变，今后还会视情况增加。

"他当校长、董事长，经常喝酒，身体又差，万一有个三长两短，我娃儿还小，咋办？"顿了顿，她又说道，"我既要上课，还要当班主任，煮饭、洗衣一大堆家务活都得我去做，孩子读书成绩也不好，我根本没时间管……"她倒了一大摊苦水。

吕刚书记听完，笑了笑说："我还以为好大个事儿呢，这两档子事根本就不算啥难事。从今天开始，凡是纪校长与办事处任何一个人喝酒，他只喝三杯酒，其余的酒由我们办事处的人代喝。你卢老师可选择到我们办事处任何一个办公室上班，且每天只上半天，上午下午任你选，工资奖金全发。其余时间你搞家务，管孩子。"

我知道吕刚书记说得真诚，但执行起来是很难的，特别是第一条。

我这个喝酒拼命三郎，能允许别人代酒吗？

你看，我这种德行，谁能给我代喝酒？吕刚书记那第一条承诺，不是废话吗？

说到代酒，还有一件趣事，2006年，董事会一帮人，担心我应酬多，专门请了曾倩倩女士做我的生活秘书，帮我代酒，她原来是大丰宾馆的工作人员，颜值高，酒量大，能说会道。那年正值大丰宾馆解体，我们就把她招了过来。

叫人喷饭的是，她的工作除了接接电话就是陪我应酬，可是工作一年三百六十五天，却只给我代了几杯酒。不是她工作不努力，而是我根本不给她代喝酒的机会，第二年我就把她给辞了。所以吕刚书记抓住我这个软肋，在我妻子面前虚晃一枪就过去了。

第二条承诺，也未能兑现。快开学了，大约是8月27日下午，吕刚书记打电话问我："你家卢老师选中了办事处哪个办公室？告诉我，我好安排。"

"我还没问她呢！我明天一早给你电话！"说完，我就挂断了电话。

当晚我把吕书记的来电内容告诉了妻子，妻子说第二天早上回答我。第二天一大早，妻子就对我说："我还是不去办事处上班为好。"

"为什么呢？"我对她的正确选择感到惊讶。

"因为丢掉我的专业，去干陌生的工作，干不好，给你丢人。再说，我不会溜须拍马，不会处事说好听的话，在政府部门干不了。"

我说："小妹，你能想到这一层，真的是聪敏过人。不过还有一层你没想到，那就是铁打的衙门流水的官。去年金碑街道办事处书记姓魏，今年姓吕，明年不知道姓什么啊！一个头一套人马，一套人马一个章法。今年吕书记让你选工作并每天只上半天的班，若明年换了一个书记，和我的脾气又对不上号，你在那里还待得住吗？所以你的选择是绝对正确的。"

"其实，我那天吵的原因并不是那两点，我怕丢掉我俩的铁饭碗才是真的，但这话我还真的说不出口。"

我说："你和我结婚时，我不还是民办教师吗？"

第二天我给吕刚书记回了个电话，这页书就算是翻过去了。

办事处与县政府加快了改制的步伐。从那天下午茶叙之后，他们前前后后找我谈了二三十次话，有时一天两三次，记得有天晚上十一点了，有个副县长还把我找到他办公室去谈。

谈来谈去，后来，他们找了一个评估公司，对老大兴初级中学和老城关二小的国有资产做了评估。2004 年 8 月 9 日，大丰县人民政府下发了文件。

文件的下达，等于给我校套上了紧箍咒。无奈之下，我才开始拆除那幢 D 级危房，运筹修建小学部的另一幢教学楼，并聘请了施工员，对整个施工过程进行技术、质量、安全监督管理。

客观地说，要公办学校改制，不过是政府不得已而为之的权宜之策。当时教育事业亟待发展，而普六普九所需资金缺口巨大，但是地方政府的财力连教师的工资也发不出来。为了甩包袱，才提出"教育产业化"这个决定，此为其一。

当时正值改革开放高潮期，创新路、找捷径已成时尚风气，穷国办大教育，当然也可试试改制。现在某些"左"先生，拿着放大镜对民办教育横挑鼻子竖挑眼的，不得不说他们是一群无知之徒。

我这个人有永不言败的个性。眼下再也没有退路了，而前行之路在哪里？我忐忑不安，相当长的一段日子是茫然无措的，好像误入了洪荒之地，不知路在何方，而董事会里的其他人，更是不知着力点应放在何处。经过一番琢磨，我向董事会、校务委员会提出了"塑形象、增内涵"的六字方针。

要塑形象，必须千方百计地抓好硬件建设；要增大硬件建设投入，就要努力提高教育教学质量，这样才能让辖区外的家长对我校青睐有加，用脚板向校内这种方式来投票，来点赞。

要增内涵，必须通过各种方式提高教师思想业务水平，只有这样才能提高教育教学质量，否则，那外塑形象就会成为一句空话。要增强内涵，就要厚植校园文化，而在我看来，校园文化中的核心要素就是规章制度，没有规矩不成方圆。有人说过，好的制度能让坏人变好，坏的制度能让好人变坏。

在硬件投入上，我是舍得花钱的。从 2005 年到 2009 年这五年间，我运筹的硬件投入达 18 项，共 29348.34 平方米，投资 11933340.91 元。在加大硬件建设投入的同时，我们先后出台了教师奖金分配制度及奖惩制度的文件。在加强对教师思想引领、制度管理、业务培训的同时，也适当进行了吐故纳新，这五年中，被调离的教师有 21 人，通过试讲、考核新调入的教师有刘茂等 45 人。

这样，教师的思想素质、业务水平均有了很大提高。初中在校生数 2009 年增加到 4483 人，是原大兴初级中学在校学生数的 27.67 倍；小学在校生数 2009 年增加到了 2900 人，增加了 2.6 倍。客观地说，从 2005 年开始，由于教学质量的大幅度提升以及学生品质的提高，精神面貌焕然一新，大兴中学的小学部由 2002 年的"豆腐渣"变成了一位难求的"香饽饽"了。高中也由创办时的 108 人，发展到 2009 的 1199 人。

每年 7 月，蜂拥而来的小、初、高三个一年级新生给我们带来泰山般的压力。所以从 2004 年开始，我便决定了 7 月上旬举行小升初考试和高中一年级新生录取。每到这时，我只好关掉手机，躲到外地一个不被人知的地方。因为要送孩子来读书的人太多了。若在家里，那一天二十四小时都不得安宁。有时夜半三更也有人来敲门找我，有时天还没亮，就有人堵在门口，我一开门准备外出，就被抓了个正着。

因为一旦进入7月，再从大学新招老师是根本不行的。这就决定了，我只能扩大班额，而不能扩班级数，因为找不到教师了。还有一类奇葩人物，没报上名，找人来求情报名，一旦同意收其子女或亲戚入学，他又得寸进尺，求减收或免收学费，这种人令我十分头痛，因为我必须兑现教师工资及福利，那你要我给你减学费免学费，可是我能免发少发民办教师工资吗？对于另类人，当然得用另类法子对付：一躲二拖三办。

大兴中学之所以受到家长青睐和社会赞誉，主要缘于以下三点：一是校风正，学风浓，教育教学质量高；二是学生安全有保障；三是收费合理。这三点对于外出务工人员的子女——也就是眼下最时髦的"留守儿童"是很有吸引力的。

在2005年，一切都是那么的正常，学校已进入了民办教育的轨道，小学、初中、高中招生，初中、高中的升学考试也都是那么的正常，反正各层级的考试，各项评价指标，全县第一。

眼下，有些"专家""学者"说评价一所学校不能看学生成绩好坏，而开出了大串完全可以不干实事，弄点几朵"镜中花"，搞一片"水中月"就可以"蒙"得个什么"最美"的学校，但在平民百姓心目里，那种"镜花水月"可一时间迷得人眼花缭乱，但终难使家长神魂颠倒，因为社会用人，国家选拔人才，只有一个法宝，那就是"考试"——也就是成绩高低定成败论输赢，哪怕是零点一分。所以高考及社会用人，德、智、体、美、劳全面考核的框架至今仍不见踪影。

尽管我校表面风平浪静，但暗流涌动却常被人忽略。

大兴中学分部基建已初见规模之时，一天，县里两位领导"光临"我校，在一阵寒暄之后，他俩提出了一个令我惊诧莫名的要求：要我以一千二百万元的高价把新建的大兴中学分部转卖给一家国资公司。我当即就果断地回答："不行！坚决不行。"我如此回答，弄得两位领导尴尬万分。

那个县级领导，在他们不久后的一次同学聚会上，口出狂言："我明年第一个要弄下台的就是纪眼镜——那个'土匪校长'，他一点面子也不给我留。"

后来中纪委转来一封矛头指向大丰县领导有关改制的举报信。中纪委派人来调查，谁知我对来人说："我从来就反对公办学校改制为民办，请你查县府的座谈纪要，我签字了吗？我告诉你'被强奸是无罪的'。我希望今天马上改成公办，把出资人的钱退还了就行了。"

后来，他们查阅了所有应查的档案，没有发现县级领导人有一分钱股份在里面。公办学校改制在那个年代是合法的，而且每个县都是有改制任务的。再后来，有一次我陪客人在大丰宾馆喝酒，突然，那个县领导不知从哪个包间出来的，端着一大杯红葡萄酒向我走来，笑嘻嘻地说道："纪校长，我敬你一杯！"

眼看他杯子快碰到我杯沿上了，我不由得下意识地把杯子往后一缩，说道："杯，暂时不碰嘛，等你哪天把我撤掉时再来为我庆贺干杯吧！反正我是个不想当校长的人！"

"谁撤你的校长？你民办学校的校长，不是由董事会任命吗？"他瞪大眼睛，佯装惊诧地问道。我把他在某地和某些人说的话重复了一遍。他愤愤地一边往外走一边说道："造谣！造谣！我什么时候说过这样的混账话？"

与他同来的另一个领导，对我可就没这么客气了。他连续报复我三次，直到后来他明白了我并非一个势利之徒，才与我友好相处。

第五十一章　莽莽洪荒须放胆
滔滔浩海勇行舟

　　我这个人有个不好的秉性——不信邪，不怕吓唬。金碑街道办事处在 2005 年走马换将结束了。由于某领导听不得半句逆耳之言，所以我在不知不觉中就开罪了那个领导。

　　这段时间，一家公司随着权势来到大丰。这家公司以办民办学校为名，行圈地捞钱之实。他们一开办就打着"专家办学"的幌子，从一所专科院校招来一名未入流的大学老师任校长，并在大丰四处高薪招聘"专家"级教师，于是乎，一时间此校"冠盖如云""甚嚣尘上"，大有撼天陷地之势。

　　对于嗡嗡喧叫之辈，我既不怒于色，也无怨于心。不过我预料在一阵喧嚣之后，他们终会归于沉寂。

　　然而，绝大多数人，特别是一些逐利之徒，却不如是观，他们或引吭为之高唱赞歌，或趋之若鹜投怀送抱，一群攀龙附凤之辈更是主动效力呐喊。而金碑街道办事处某领导正是攀附之徒。在许多次灯红酒绿、莺歌燕舞之后的一天，他领着一帮人光临这所学校，并召开了教职工大会。在大会上，他打着茅台酒的香嗝，回忆着娇娃的柔嫩，大放厥词说要把办事处某某调到这所学校去任职，以加强这所学校的领导力量；二是信誓旦旦地表态，在他的全力支持下，让那所民办学校的在校学生翻两番，而让大兴中学垮掉。其实，你要支持谁不支持谁，是你权力分内之事，与我无关，然要让我垮掉，我能等闲视之？！

　　后来，那位能力强的主任拒绝了他的安排，当然，这也埋下了被"修理"的祸根。两个多月后，那个手握小权柄的人，就下令那个主任"让贤"。这下子我的"匪气"再次大发，直接打电话给这个"官"，我说："你一屁股屎，难道就不怕别人说你臭吗？就不怕别人揭发你吗？"

当然，我这样一半是出于打抱不平，一半是因为听人转述了他的狂言，有意挑战他这个几近疯狂的上司。结果是这个主任的职务保住了。

这所学校正如我所料：在喧嚣浮躁中折腾了两三年，就"寿终正寝"了。其原因就是学校的老板与原县里某领导是铁哥们。老板可能教过几天书，于是就带着其门徒仇莫明，凭着靠山铁哥们就来大丰圈地捞钱，可是还没等他钱捞够，铁哥们奉命他调，加上仇莫明本不懂中小学教育，而聘请的"专家"或"专"不起来，或各树朋党，如此不成鸟兽散，那才是怪事了。

仇莫明曾托人传话给我——其本人是放不下这个架子的，希望我与他们合作。我听后，笑了笑，未作任何答复。

一天上午，我去建委办理一件棘手的基建手续，迎面碰上一胖一瘦高矮差不多的两个男人。这俩人见到我，忙上前与我握手。我不认识他俩，只好虚与委蛇。他们可能看出我脸上茫然的神色，瘦一点年轻一点的男人指了指胖一点的那个男子说道："这是我们董亨前董事长，我是仇莫明。"

"哦！哦！我成天忙于教书，孤陋寡闻，连你们这两大名人也不认识，真是'坐井观天'哦！"我点了点头，转身欲走。

"纪校，你看我们两校能合作吗？若能合作的话，我们十分愿意。"胖一点年龄大一点的老总拦住我说。

"对不起，董总，道不同不相与谋。你们是'专家治校'，而我们也是'砖家治校'。不过，我这个专字多了个石旁。因为我学过泥水工，是个砌砖头的。"说完，我望也没望他一眼，就扬长而去了。

那个领导要让那所学校翻两番还真的是做到了的，不过翻一番是翻倒在地，翻两番时却翻倒在臭水沟里了。

就在这风平浪静之际，突然间掀起了滔天巨浪。那就是教育新政的颁布，新政主要有以下三条：

一、增加义务教育阶段教师的薪酬，取消奖金。

二、对小学和初中学生，全面实行两免一补。两免，即免除学杂费、书本费；一补，即由国家补助寄宿学生的生活费。

三、禁止为义务教育阶段学生补课，不允许收补课费，更不允许收择校生。

这个教育新政开始推行起来困难重重。主要困难是地方政府没钱，其次，公办学校也不积极响应，因为这样一来，公办学校的小金库没有了。教师的灰色收入没有了，而增加那点阳光工资似乎没有原来的灰色收入那么多。

所以，这个教育新政从 2001 年颁布，一直搁置在政府的文件柜里，直到 2006 年双江市才开始实施。这一新政对普罗大众无疑是喜从天降，可是却引发了全体民办中小学校举办者的极度恐慌。那时有一股恶流：闹而忧则通。于是，市内几所民办学校的投资者召集了一伙人，到市政府、市教委静坐示威，后来发展到占领市教委相关负责人的办公室，严重妨碍其公务活动。面对这阵势，我不仅沉着应对，并且电话告诫全县另八所民办学校的校长及投资者，冷眼旁观不参与。不过我的忠告和劝阻收效甚微。除了我校没参加之外，其他八所民办中小学校都不同程度地卷了进去。

这一波"怒潮"的结果有两个：一是双江市人民政府启动了对民办中小学校业务费的财政补贴。这是令人高兴万分的事。"闹事的英雄们"四处为自己唱赞歌、颂功德。这事发生在 2007 年。

可另一个却是引发了中央高层对民办教育的关注——开始对民办教育进行调研。调研后得出的结论就是对 2002 年颁布实施的《中华人民共和国民办教育促进法》及其实施细则进行修改。修改后的《民办教育促进法》相关条款在 2008 年就开始启动了。

虽然我没去参加群体事件，但面对这突如其来的巨大冲击，还是担忧不已——担心家长们会选择免费的公办学校，那么我们这类收费的民办学校就可能因无人问津而垮掉。

可谁知，在家长的认可与赞扬声中，我校不骄不躁地稳步发展着。

到了 2006 年，小学在校生 2666 人，41 个班；高中 1117 人，15 个班；初中 4144 人，54 个班。全校共 117 个班，在校学生 7927 人，班平均人数为 67.7 人。学校各项工作均走在全县同级学校前列。

全县及邻区县社会各界对我们学校的认可和赞誉有了极大的增强。正如民谚所云："金杯银杯不如群众的口碑，金奖银奖不如群众的夸奖。"在得意扬扬的心态支配下，我决定放寒假时——腊月二十一开期末工作总结会，当晚，筵设"丰足苑"大酒楼，好好庆祝一番。

那天晚上，我神采飞扬，满面红光，一桌一桌地敬酒。我劝别人喝酒，当然是把自己抛出去了。这一点是我妻子最反对的，于是她选择了及早退席，以示她无声的反对。但被酒精刺激得极度亢奋的我，哪里还会顾及她的这些举动呢？待大多数老师陆续散去后，我和号称大兴中学大酒缸的刘大伟等几人又聚到一桌，豪气干云地每人又连干了三大杯——一杯可是二两啊。

灌了两斤五十多度老白干的我，跌跌撞撞地上楼回到家里。这时。妻子早已酣然入梦了。可我这个醉鬼却兴奋得睡不着，非要把她摇醒，让她听我的"豪言壮语"。

"喂，老婆！今年这个'两免一补'真把老子弄得胆战心惊的。在老师面前，我强作镇静，但是我心里还是打鼓。"

"哎呀，说这个干啥子！睡觉！"她极不耐烦地说。

喝醉了的我，冲着不耐烦的妻子吼道："哼，我终于冲过了这道险关，学校今年人增、钱增，教学质量也有了进一步提升……"

第五十二章　嘉禾岁岁争祥瑞
少有辛酸多有甜

　　学校的快速发展，优异的成绩，良好的服务，吸引了许多周边区县的学生前来就读，尤其是家长在外地务工、经商的，比如云南、贵州等地，家长把孩子送到我校就读，粗略统计，每年有五六百学生。那时网络不发达，家长们对学校的认知主要是通过别的家长口口相传。为了架起家校沟通的桥梁，了解家长的需求，办好家长满意的教育，真正做到为家长服务，学校决定在家长相对集中的一些城市召开家长会，让远隔千山万水的家长近距离了解学校。

　　2006 年 3 月，我带领游海燕、刘利、王欣及驾驶员，开车到云贵地区召开家长会。

　　我们准备先到遵义，再到贵阳，最后才到昆明。

　　在去遵义途中停车小憩时，见路旁有一座闲适的青山：松苍柏翠，流水潺潺，花香细细，鸟语嘤嘤，更让人称奇者，山很高，然从山巅到山麓的坡度竟然十分舒缓。左右山谷里，乳白色的岚烟袅袅——"真是一座俊美、清幽而又透着闲适气息的名山啊！"我站在公路边不由得赞叹道。

　　"老师，在这山上修幢楼房住下来，该多好！"胖乎乎的王欣迅速地接上了话茬。

　　我望了望她，戏谑道："修房子干吗？你这么一个大美人，还用自己来修房子？"

　　"那咋办？"她也装疯卖傻地问。

"你嫁给山里人呗！"我还未回应，游海燕就接上了话题。

上车后，一路上大家仍以此话题逗乐了好一阵子。

在遵义开了家长会，我们又去看了遵义会议陈列馆，然后驱车去了贵阳。

第二天上午，我们在贵阳召开了家长会，事先王欣就安排游海燕、刘利和她一起给每个家长打了电话，通知他们前来开会的时间及地点。

那天应该参会的110人，来参会的只有101人，有9人因外出他地办事，一时半会儿赶不回来。

会议主讲人是我。我讲的主要内容是五心教育，最后归结到一个节点上：即家校共育，把学生培养成有情操、有志向、有学识、有强壮身体的社会主义合格青年。只有这样的人，他们才有能力尽忠于国家，尽孝于父母……

我一讲完，台下就响起了热烈的掌声。接着，王欣、游海燕一边向家长发放资料，一边回答家长的质疑。

这些事完后，我们邀请家长们餐饮。

参加餐饮的家长大概只有八十多人，因为有些家长早就约好了饭局或应了别人的饭局。

我恍惚还记得共坐了九桌，我和王欣当年都能喝点酒，我俩端着酒杯每桌去敬了酒，这下子可摊上事儿了。

我们刚一回到原桌，与同桌的每人碰了一杯酒，菜还没吃上几口，那些桌的家长就蜂拥而至，在我和几个老师身后围了几大圈，都争相向我们敬酒。这下子，真让我和王欣既喝不了，又不能兜着走。

好不容易，我们才从酒阵中逃脱出来，可又被一大群家长围了个水泄不通。

"纪校长，今中午你请我们撮了顿，今晚上，该允许我们家长还个礼哟！"

"我们商量好了，地点也定了，你就赏个脸吧……"

"你们千里迢迢跑来，为了什么哟？还不是为了关心我们的孩子嘛！冲着这份真情，我们家长也要请你们留下来聚一聚。"

......

　　可任家长们怎么七嘴八舌动情地留我们吃晚餐，我们都坚辞不允。我严肃地说道："从 1998 年起，我们学校就有文件规定了《大兴教师十不准》，其中就有一条，大兴中学的任何领导、教师不得接受学生、家长的吃请，不得收受家长、学生的礼物。我作为校长，怎敢带头违纪呢？这种表里不一的校长，你欢迎吗？你愿意把你的孩子托付给这种严于律人宽以待己的校长吗？"

　　这样一说，大多数家长表示理解，但仍有几个家长坚决不让我们离去，他们说："你就是不愿意我们请您吃饭，也不能这时开车去昆明，因为中途有一座山，夜里云雾浓得很，能见度极差，一个小时，车开不了十公里，就是翻那座山也要四五个小时呢……"

　　我想，天下哪有这样的事儿呢？一定是他们为了留我们吃晚饭而编造出来的善意谎言。

　　于是，我们几人匆匆上车，只留下一众恋恋不舍的家长们在原地挥手致意。

　　我们原计划天黑前赶到曲靖，但贵阳到曲靖的高速路正在建设中，有些路段要断道施工，那时又没有导航。在有段路上，司机兜兜转转，又回到原点，这样开了好几个回合，实在没办法可想，最后花 100 元请了一个摩的司机带路，才走出那个"迷魂阵"。但是，天色已晚，山上果然起了大雾，能见度只有七八米，在荒无人烟、弯弯曲曲的山路上，汽车时速不过 10 公里，真是前路迷茫而后无退路。每个人内心都焦虑不安，但他们几个老师又不敢吭声，因为怕一叫苦，就会遭到我的批评。

　　此时，几个女老师因内急，叽叽咕咕的议论声打破了车内的沉寂。在荒山野岭中想找个厕所，谈何容易？找个隐蔽点的地方，大家又有点胆怯。这时，素来大胆的王欣说："这个山旮旯头，没得人，也没得车过，就在公路边的排水沟里解决嘛。"

　　王欣和游海燕两个女老师下了车，急匆匆地来到公路上坡地段的拐弯处，内急万分的王欣占据排水沟较高处，而游海燕则只好居于较低处，但两人相距不远。谁知王欣水量充沛，不经意间冲湿了游海燕的鞋子，情急之下，游海燕提起裤子，站起来准备跑开。可就在这时，迎面开来了一辆大货车，大货车在夜雾中开着大灯，灯光不偏不倚，射到排水沟边的两个"目标"上，万分尴尬的两个"目标"急忙提起裤子，转身用背对着车灯光，等那车开走后，这两位完全解决了内急，才回到车上。

她俩回到车上，又免不了一阵戏谑哄笑。

当天晚上，我们赶到曲靖住下时，已是清晨两点过了。

第二天上午，我们在曲靖开了家长会，接着又往昆明赶去。为了提高工作效率，当我在曲靖开家长会时，三位老师就分别给在昆明开厂、经商、打工的家长打了电话，所以当天下午赶到昆明，就在昆明某宾馆开了家长会。

晚上，我和王欣去找杨达文和谭英，在交谈中，我向他夫妻俩了解了大丰籍家长在昆明生产、生活的情况。

第二天一大早，我们就开车往回赶。由于吸取了来时的教训，就决定不再原路返回，而是从昆明往昭通，再到延津，然后由延津到水富去宜宾，最后从宜宾回大丰。

以为得计的我们，后来才知道上了大当，吃了大亏。

上路的第一天上午，我们从昆明直奔昭通，途中有很长一段路都荒无人烟，因此从贵阳去曲靖遇到的困难又再次出现了。前次出现无厕以解内急时，好在天黑且雾浓，这次可是在大白天啊！当一听到她们说内急难耐了，我打趣道："这大白天的，不好办哟，只好麻烦各位辛苦地忍耐一下吧！"

"停车，停车，我有妙计解决困难。"坐在副驾驶位置上的王欣大声嚷了起来。

车刚一停稳，王欣打开车门，下车转到后备厢边，开箱从里面拿出三把大花伞，对另两位女教师开玩笑道："要解决问题，马上下车跟我走，否则待会儿再叫内急，那就只好由校长想办法给你们解决了。"

我连忙说道："我可没那个本事啊！"

她们三人嘻嘻哈哈地走到公路外边的深草丛中，各自在面前张开一把大伞……不一会儿，三人就笑容可掬地回到了车里。

　　眼看中午了，可还没有一个场镇出现。正在我们枵腹待食之时，忽然一个简陋的路边店映入了眼帘，我急忙叫停车。

　　停车进店一看，不仅设施简陋，且菜少，卫生条件极差，我们一进去，一群苍蝇就飞来迎宾了。但此时的我们已顾不上讲究这些了，忙不迭地点了饭菜，狼吞虎咽地塞满肚子，又匆匆上路了。

　　当晚住在延津。

　　一大早，我就将还在美梦中徘徊的大家叫醒，胡乱地吃了早餐，又急忙上路了。因为一打听，从延津到宜宾，就是车速100公里也要开十几个小时。

　　那时，我们心里根本没有安全行驶这根弦，什么超速啊，什么疲劳驾驶啊，谁也不懂，谁也不管，反正沿途都没监控，总之，车能跑多快就开多快。

　　沿路上，除了吃饭、上厕所外，司机张师傅根本就没休息。

　　夜里十一点左右，我们终于到了水富。一打听，水富还是属于昭通地区管辖，离四川的宜宾市还有好几十公里呢！于是我又催着司机开快点，可是天不顺人意，心里越急着赶路就越来事儿。

　　出了水富，走了一段路，来到了一座山脚下的三岔路口，司机开了几个来回，总以为走出很远了，谁知总是又回到了原地。从语气中，我听出王欣她们心中颇有怨气，却憋着不敢发泄出来。

　　"找一个宽的地方停下来，大家闭上眼睛休息十分钟。"这是我20世纪60年代从大兴去兴隆，成功地战胜了"倒路鬼"取得的经验。

　　二十多分钟过去了，疲倦万分的我们在车上发出鼾声了。不敢大意的我，猛然从睡梦中惊醒过来，叫醒大家。司机似乎头脑也清醒了，他兴奋地说往山上这条道开，保准没错。

　　找到道儿了，大家心情顿时好了起来，于是都笑呵呵地掏出手机，给家人报平安。

　　谁料王欣给她家先生打电话却受到了冷遇，当电话打通后，手机那头传来一句冷冰冰的话："啥子事？"这下可把王欣这个很要强的女人气了个一佛升天二佛出世。她一边气愤地骂着，一边关手机。我打趣她说道："怎么了，你想老公了嗦？"

王欣转怒为笑，说道："远水解不了近渴，反正远隔千山万水，鞭长莫及哟！"

这个"鞭长莫及"用得恰到好处，后来竟然成了王欣老师的"金句"——在我集团广泛流传开来。

在嬉笑声中，山间公路的颠簸，大雾、饥饿、疲劳、焦虑等困难也随之烟消云散了。

当天夜里十二点多，我们终于到了宜宾，在宜宾住了一宿，第二天回到了大丰。

2007年、2008年……我带领王欣等人多次去省城成都甚至玉溪，云南红河州的开远、芷村开过家长会。

直到2017年5月，我还带领邹艳、姜文、王舜尧几人前往贵阳、昆明开过家长会，并准备前往成都、凉山，后因感冒厉害，才从昆明返回大丰。

邹艳回忆录：2017年5月20日，纪校长、姜文、王舜尧和我一行外出开家长会。我们先到的贵阳开家长会，那场家长会有一百多人参会，家长从四面八方而来，情绪高昂，听了纪校长、姜文校长的发言，家长们特别感动，他们说，听了这些领导的讲话，觉得把孩子送到大兴中学读书是做对了，我们放心了。我们在贵阳家长会结束后，还请家长吃了午饭。餐后，有好些家长还抢着去付钱。我们告诉他们，这是学校纪律不允许的，家长听了这话，只得作罢。

接着我们又往昆明赶去。在昆明开家长会时，纪校长因严重感冒而失声，说起话来不仅声音沙哑，而且十分吃力，但他仍带病坚持开完家长会，为此，家长们特别感动。会议结束后，纪校长请家长质疑或提意见，家长见纪校长带病坚持工作，都七嘴八舌地关心他，请他保重身体，甚至有人争着要送纪校长去医院。要请我们吃饭的就更多了，但这些都被校长一一婉言谢绝了。

在昆明，因校长生病，急于赶回大丰，所以我们就没有请与会家长们聚餐。我们走时，家长们送了一程又一程，说了很多感激的话。

送家长会上门，可谓是我校的独创。我们所到之处，家长们踊跃参会。我们不仅给家长带去了学生给家长的亲笔信，还有班主任对学生的评价、建议等，以便家长了解学生在学校的生活、学习情况等。

这些家长会一方面使远在他乡的家长较全面地了解了我们学校的办学理念、教学方法、育人宗旨……另一方面也扩大了我集团的影响力，使我们较顺利地经受住了2007年"两免一补"带来的强大冲击波。

后记：本章中，除照录了邹艳老师的回忆录，还采用了王欣老师撰写的相当长一段回忆录，限于篇幅，未能一一照录。在此特以致歉并致谢。

第五十三章　已然病树千虫蛀
欲使青山万木春

　　1994 年开始任校长，特别是在 2004 年改制为民办后，在巨大的求生存、谋发展的压力下，我的身体健康已显现出诸多问题，尽管我强打起精神，自作精悍状，但身心疲惫，衰老之态是无法掩饰的了。

　　最先出现的问题是视力急剧下降，近视眼镜配置到了最高度数，仍然是两眼昏花，看东西模糊不清。这样的结果是上楼下楼或扶着护栏走，或有赖妻子扶持。

　　视力下降带来的心理压力——以为自己大限将至，而由此派生出来的体力下降，腰酸腿软，肝部胀痛，加上三番两次地摔倒。严重的摔伤就有两次：一次是摔伤膝盖半月板，一次又摔折胸椎。所以，2006 年到 2009 年间，我先后住院做了双眼白内障摘除手术、胆切除术、置换右膝半月板术、胸椎内固定手术。

　　手术住院，少则三五天，多则十天半月，但不管什么时候，妻子总是累死累活跑上跑下地悉心照料，有时也请一个女性朋友帮她护理。我这个人性急，痛感神经似乎特别丰富，只要有点痛感，我轻则呻吟不止，重则大声喊叫，每当这时，我妻子就戏谑地说：你若生长在战争年代，一定是叛徒坏子。

　　我胸椎受伤那次是颇具戏剧性的。那是正月十五元宵，那天一大早，几个在公安部门工作的友人隔三岔五地打电话来，闹着要来我家拜年，我没答应。谁知他们几个家伙就像商量好了的一样，一会儿是这个打电话来，一会儿又是那个打电话来，总之看样子不答应他们就没法消停。

直到下午四点半了，一个蒋姓干警又打电话来，这是他当天第三次打来电话了。他在电话里半开玩笑地说："我们哥们几个约好的，不管你老兄答应还是不答应，我们几个五点半准时到你家来拜年。你若不开门，我们就叫开锁匠来把你家的门打开再说。"

"别，可千万别乱来，我楼上楼下住的全是我校的老师。有的老师曾经还是我任班主任时教过的学生，你们这么一来闹腾，会给我惹来许多拜年客的。你们打听打听就知道了，我任校长后，不论是我一家人的生日还是年头岁节，我都不请客也不收礼，特别是近几年，我谢绝了所有的这些俗套。今天，你们闹了一天了，我看这样吧，今晚我请大家到美味橱餐馆撮一顿，但不能送礼哟——这是我的底线。"

很快，我就和他们达成了约定。接着，我又邀请退了休的老书记冯科、学校支书江明森，并叫来了王欣夫妇、易连君夫妇。常、易两个曾是我的学生，平时也是走得很近的。

吃了饭，他们闹着要夫维纳斯跳舞，叫秦显松老板买单。酒足饭饱之后，我们一行人就往大丰宾馆的维纳斯舞厅走去。

我这个五音不全的人是不敢唱歌的，我曾打趣地对人说道："我的歌声优美胜过鬼哭狼嚎，若听众不后撤三公里，那么吓死了他，我可是不承担责任的。"跳舞，我有一定的乐感，但舞步十分难看，就像螃蟹爬一样：横起走。故此，我进舞厅，很少下舞池，常常是在别人轻歌曼舞之时，找个清静的地方喝点小酒而已。当时维纳斯娱乐部经理的办公室就成了"我的酒吧"。

这天晚上，我却一反常态，没去"我的酒吧"独自品红酒，而是和王欣、梁静两位青年老师各跳了两支曲子，突然心血来潮，觉得这跳舞真没劲，于是端起一杯清茶，站在舞池边上，欣赏起墙上的油画来了。可就在我专心致志地欣赏艺术作品时，突然，背后一团软绵绵的东西猛力一撞，在猝不及防之际，我手中的茶杯砰的一声，落在地上摔碎了，我也一下子坐在地上。就在坐地那里的一刹那间，我觉得脊梁传来撕心裂肺的痛。好在我跑江湖时学了"两天半中医"，有那么点"三脚猫"的常识，我估计我的脊椎一定出了问题，于是我顺势往右侧倒下，躺在地上。这时王欣及其丈夫和我的小车司机汪建松见状，忙将我扶起背下楼去，把我平放在"桑塔纳"车里，往大丰县人民医院送去。

在大丰医院照了片，可是片的清晰度太差，看不太清楚，办好住院手续，准备住院，可是没房间，只有过道的加床。时值倒春寒，天寒地冻，住过道，我不同意。于是王欣一干人建议到省城陆军医院去检查。

那晚有雾，车开得很慢，来到陆军医院已是凌晨一点钟了，照完片，一个帅气十足的男医生看了看，淡淡地说道："无大碍，软组织受伤。"

睡在检查床上的我腹诽道："放屁！软组织受伤会是这样的症状吗？不动，一点儿也不痛；一动就疼痛万分，这不是骨折的明显特征吗？"

可是，我那工作狂且毫无医学常识的妻子却相信了庸医的鬼话。一听说没事儿，就忙着叫司机来把我弄下检查床，忙着回校，说她第二天上午有两节课。

"不行，这医生绝对是来培训或者实习的货。再说已是凌晨两点过了，天寒雾大，司机已疲惫不堪了，还能雾中开车吗？你们不怕死地走，我怕死，我留下来，我不走。不让我住院，我就躺在这间检查室里过夜吧。这屋子反正开着暖气，空着也是空着。"

第二天早上，天还没亮，妻子就闹着要返校，理由很简单："人家医生都开了处方，给了药，你却非要说不是软组织伤，是骨伤，未必你比医生还懂行？若真这样，人家军医院咋不聘你当医生呢？再说，昨天就开学了，今天正式行课，我是班主任，不回家行吗？你要知道校长的老婆不好当，村看村，户看户，群众看干部哦！"她一番义正词严、掷地有声的话，说得一向被人称为铁嘴的我，也哑口无言了。

回到学校，已是早上八点多钟了，司机把我背上床，妻子服侍我躺下，又喂了我早餐，把开水、药、小便器呈条形地摆在床前，就上课去了。一下课，她就气喘吁吁地跑回来照顾我，真够累的。我嘴上不说，心里怪心疼她的。中午，她一回来就煮饭，煮好后，就端来喂我。

吃罢饭，我又再次说了，我不是软组织受伤，并讲了我的医学依据。说了这些后，我叫她通知几位二级班子到我床前，我把开校工作做了详细的布置。

约莫过了一个小时，妻子又急匆匆地跑上楼来说："眼镜儿，你对伤情分析得完全正确，刚才我和曾光健（学校开生活车的另一名司机）去请中医院的骨科医生看你的片子，他说陆军医院的片子拍得很好，一眼就看得出胸椎十三椎与十四椎之间压迫性骨折，必须手术才能尽快恢复，若保守疗法，少则半年，多则一年两年，那真不是个办法。医生当时要我办入院手续，我估计你不会同意在大丰手术，我就推说要回来拿点日用品，把住院的准备工作做好后再去办理入院手续。"

听完妻子的一番话，我笑了笑说："知我者，婆娘老大人也！"

说完这话，我就从床头拿过手机，给省城的知青朋友曾春风打电话，因为他是跑药品销售的，与各个大医院的人都混得很熟，特别是部队的几家医院。可是两个小时后，他给我回电话，说几个好一点的医院，骨科都没有床位，连加床也没有，至少要等七八天。

我的心一下子凉了。就在这当口，办公室的常利打来电话说："县政协会明天开幕，大前天就通知了今天报到。"

哎，我差点把这事给忘了。我叫小常来到我床前，口授了一张请假条，请她前去报到处代我请假。她走了不到半个小时，我的电话响了起来，我一接听，只听见电话里传来一个中气十足的声音，那是县委副书记曾仲举的声音。

"纪元初，你听好啊，近两届你当选为人大代表，很少参加代表团的讨论，当选政协委员也从不参加讨论会，这是啥态度？这次县委书记决心整顿会风会纪哦，你得当心点！"

这个曾副书记心直口快，干工作可是个拼命三郎，他比我小十五岁。他任一区副区长时，我还是一个民办教师。他认可谁，信任谁，说起话来就十分随便，常常是大声呵斥，甚至谩骂。所以他在我这个老下级面前就显得十分真实。

听了他的电话，我就立即反驳说："人大开会，我绝大多数时间是参加了讨论的，至于参加政协会议两年来，确实很少参加讨论，因为看不惯一些人在讨论时，不着边际不着调、不筹盐铁不筹禾地胡侃。我认为参加这样的讨论会无异于浪费光阴，所以前两次除参加开幕式、闭幕式和大会外，都请了假。但这次，我确实是胸椎压迫性骨折，一动弹就疼痛难忍……"

"那你咋不去省城住院呢？你在家等死吗？"他没等我说完，就十分关切地问道。我把省城各大医院都没床位的事讲了，他挂掉了电话。

可能过了十来分钟，我的手机又一次响起来了，点开一听："你准备好，明天早上七点钟，劳动局局长亲自护送你去华西医院住院治疗，你跟老子的面子大啊，县里书记、县长听了我的汇报，都十分重视你的伤势……听好了，尽快地治好伤回校啊！"听完曾副书记的电话，我既喜出望外，又感铭五内。我一个无党无派，在大丰无战友、无同学、无一个亲戚立身官场的教书匠，不过是尽了一个教师的本分，却赢得了地方党委政府这么高规格的关注、关心和爱护。

真有点受宠若惊。

晚十点，劳动局局长打来电话，他说明天市人事局有人来大丰，他脱不开身，已安排社保局负责人来陪我去华西医院。

第二天一大早，那个社保局的负责人如期而至，他负责开车，我睡在后排座上，妻坐在副驾座上。

大概八点半，我们就到了华西医院。由于社保局负责人管的事务中就有医疗保险，与华西医院负责人很熟，所以我一到，就被弄上了检查床，只痛了这么一阵子，就一顺溜地把该做的术前检查全做了。

这一切完成之后，才给我安排床位。一切停当后，我妻子才去办理入院手续。入院第二天，县领导给我找的主治医生钱建华就来找我签手术同意书，但我不同意签。妻子问我为什么不同意手术？我告诉她："我不怕死，但我害怕残。脊柱周围神经密布，若万一伤到哪根神经，我就残了。若残了，那可苦了我，更苦了你，这样活着还不如死了好！"

妻子一再劝我做手术，我却执拗地不同意。一些老师、朋友，甚至县教委主任、省教育厅的领导到医院来探视我时，都劝我做手术，可我当着他们点头称"是"，他们一走，我就摇头说"不"。

这样一拖就是八九天。我仍不同意手术，但不手术又如何办？保守治疗？那可是旷日持久的事儿啊！总不能住在华西医院里保守治疗。

我心里矛盾极了。

一天早上八点，钱建华医生按惯例查病房。他一进房间，就笑呵呵地说："老纪呀，你在大丰是个什么人物啊？你住院八九天了，不同意动手术，而你大丰县那些领导有的亲自给我打电话，有的叫秘书给我打电话，要我确保你的安全，要做到不死不残。我今天明确告诉你，让你不死不残，我能保证，但让你不痛，我可做不到的。"

他一番坦诚质朴的话，让几天来笼罩在我心头的疑云顿时消散了。我向他请教了在手术时是否会伤及神经致残等几个问题，他都一一直言相告。于是，我决定签字同意手术。手术顺利，术后半月我就出院返校了。不过是穿着铠甲——塑料的硬甲护胸。

那几年，我失眠十分严重，白天黑夜都无法安睡。一晚上能睡上两三个小时，那就是大幸之事了，常常是夜里十二点也无法入睡，半个小时，一个小时就醒了，有时甚至是迷糊一下就醒了，而且醒了就再也没法入睡了。由于睡眠不好，身体素质也急骤下降。

为了能入睡，我想过、尝试过很多招数。比如：听音乐，心中默默数数，入睡前多想些快乐轻松的事儿，甚至喝酒助睡……可是这些千奇百怪的招数，却均以失败告终。

特别是喝酒助睡不仅无效，反而让我变得腹大颈粗了，更为严重的是，还患上了脂肪肝。

其实，我睡眠不好的原因是心病。因为考虑到自己身体不好，年纪偏大，就急于想培养接班人。妻子再三表态：绝不接棒。于是我只好在现有的二级班子里考察能干、精明、有创意的人来培养！

当时，我选定了一女三男来培养。他们当然都是我信得过的人，其目的是打造一个领导集体。我相信他们一定会把学校办下去，甚至有可能办得更好。

特别是对其中一男一女，我更是耳提面命，悉心指导。常在茶余酒后，不经意间就给他们讲治学、治校以及待人接物之道，尽管这是我一孔之见，点滴之慧，但我是真心相授——这一点是毫无疑问的。他们也投我所好，常常陪我纵酒欢谑，这些饮宴大多数是我自掏腰包。

可发生在 2009 年"五一"劳动节的一件事，让我从幻觉中回到了现实。

我趁"五一"小长假搞了一次民意摸底，结果令我大失所望，不论是出资人，还是一般老师，对这四个人都表示反对，对于我们这样的民办学校来说，人心向背决定一切。

这次民意调查，证明我私下培养接班人的想法是错误的。幸好我还有那么一点民主意识，搞了一个民意调查，才避开了我自己制造的危机。这次危机给我带来的教训是沉痛的，给我后来的思想带来了极大的影响，差点让我陷入多疑的泥潭。

中午，我气得连饭也没吃，任妻子怎么劝，可就是没有食欲。我想培养接班人，尽快交班的梦，被残酷的现实打破了。

当天晚饭我也没吃几口，一个通夜也没睡意。满脑海只是翻滚着苦浪酸波，我一个劲儿地问自己：纪元初，这就是你呕心沥血培养出来的接班人吗？休说老师们不放心他们掌权，难道你就能把学校托付给这帮拉帮结伙、满嘴谎言之徒去管理吗？让他们管理，这学校能走多远呢？

我失败了，我败得很惨。因为我用心血浇灌的希望之花，顷刻间就香消玉殒了。看来我这棵已被虫蛀的树，还得屹立于风雨中啊！为了求得心灵的解脱，我从书店里买来《放下》《舍得》两本充满道行和禅意的书。读后仔细一品味，神清气爽，也轻松自在了许多。

顿悟自己这几年来，想培养接班人，并想在有生之年交班，是一个很笨很蠢的办法。伟人选接班人也大多失策失算，何况我这样的凡夫俗子呢？再说，我两眼只盯着自己的学生来培养，这种做法是极其自私的。因为我这种自私的做法，成了他们拉小山头、拉小集团的榜样。做领导人，靠的是胆识，他们有吗？若他们没有，活生生地把他们拉上领导之位，岂不是害人害己害校害社会吗？

想到这些，我心里释然了，轻松了。说也奇怪，心里一释然，失眠就不治而痊愈了。

我这个弹簧似的脾气，你不压我，我不动弹，你一压我，我就反弹。你压得越重，我反弹就越高，可是也有压力太大，弹簧弹不起来的时候。

第五十四章　胸藏定海一神针
静看风狂笑雨淫

2010 年春，开学不久，学校发生了一起安全事故。这是我从教至今发生的唯一的一起重大安全事故。一天晚上，班主任吴之梁打来电话说："我们班上学生章贵，下晚自习后就不见了，在校内各个角落都找遍了也不见其踪影。"

"请你们马上组织人员兵分两路，一路重查一遍校内，另一路到城里所有网吧寻找。"我果断地回答，并指定了两路寻人的负责人。

这时是晚上九点。第一路人马在校内重找了一遍，也没发现章贵的蛛丝马迹。在他们电话汇报时，我叫他们立即去三区的网吧寻找——那是章贵的"根据地"。

两路人马，四处寻觅，直到凌晨一点，也不见章贵的影子，我只好叫他们"打道回府"了。

第二天清晨六点半，围墙外的居民大喊"有人遭电打了"。听到这一消息，上早自习的老师蜂拥而去，到现场一看，原来是章贵被高压电击落，摔在围墙下了。

老师们一面打 120，一面给我打电话。我接到电话后，立即给县医院打电话，请他们对患者的创面稍作处理后立即送双江医院——因为其烧伤科在全国也是排名靠前的。

后来了解到：当老师们在校内四下寻找时，章贵出人意料地竟倒在校园的树丛中睡着了。直到凌晨一点，从睡梦中醒来的他，才翻围墙出去，进网吧玩电子游戏。在网吧，他混到六点，又从原路返回。

疲惫的他爬上围墙时，异想天开地站在围墙上高举双手伸个懒腰。当他双手举过头顶，往上一举时，只听"砰"的一声，巨大的电流毫不留情地把他这个浑小子击下围墙，倒在地上了。

事情的经过就是这样的。在一个正常人眼里或在一个法制健全的社会里，学校尽到了监护责任，应是不担责的。首先，学校的安全教育是每周一次，教师有备课，学生有记录；其次，每节课以及学生就寝，学校规定了相关教师及工作人员清查学生人数；再次，学校发现章贵不见后，学校在告知家长的同时，派出三十余人四下寻找，发现其受伤后，在家长未到的情况下，主动送医院救治，既尽到人道主义的义务，也认真履行了学校应尽的职责。

何况章贵长期沉湎于电子游戏，屡教不改。班主任在无计可施之时，曾向我反映。我也当即同意，让其退钱退学，回到父母身边，由父母监护就读。可是因其父母远在外地经商，其堂舅父为我校高中教师吕向建，他一再求情，并同意签安全责任书，表示出了安全事故绝不找学校负责。

可是，这下子出了事故，那个当时信誓旦旦向吴之梁担保的高中教师成了缩头乌龟，既不站出来说一句公道话，也不劝一劝他家亲戚。而章贵的父母自知理亏，自己不好出面胡闹，就唆使自己年迈的父母出面，到学校来寻死觅活的。闹的目的无外乎就是讹钱而已。为了讹诈到钱，章家不讲理，更不择手段，把治愈后失去了双臂的章贵放在学校，一时又在学校纠缠老师，不准老师上课；一时又在操场上哭闹；一时又跑到教室里哭闹……真是无所不用其极！

其实，从事情发生之后，我们就从人道主义，从对学生未来负责这方面考虑，准备给他家六十万元，以备章贵日后医治或生活补助之需。可他这么一闹，蛇吞象的贪婪，使我说什么也不愿向他家人妥协了。

我叫他家人诉诸法律，他坚决不同意；我们要起诉，县领导人又不准允，章家更发誓不应诉。更可恶的是，那时的所谓舆论监督更是乌七八糟的。一拨"记者"来了，花点钱打发走了，承诺不把信息传播开去，可过不了一天，他们就会把这个信息"交流"出去。其中一个最会"交流"的记者,脸皮最厚,且手段也最高明。

可我也没让他猖狂多久。一天,在龙头寺火车北站,他向我索贿,我给他钱时,我叫我的一个同行用手机暗中拍下了他接钱的照片。事后,我发了个短信给他:请你今后依法依规履职尽责,绝不要把记者变成拨弄是非者,更不要变为诈骗犯,否则这张照片最起码会让你丢掉饭碗,并且总有一天,你会为你的行为付出沉重的代价……

这件事,变成了我与家长与县里分管领导及教育主管部门三方的博弈。家长的企图十分明显,那就是不管是非曲直,只想利益最大化,除了钱,什么都不讲,什么理也不讲,什么法也不顾。

上级领导只有一个目的:那就是"维护社会稳定",为了家长不去政府闹事,不上访,于是他们就一个劲儿地对我软硬兼施,要我尽量花钱搁平捡顺。除了教委尹才和几个科室干部实事求是地说了几句公道话外,大多数涉事领导都要求我不起诉,私下谈判,花钱消灾。

这事闹到后来,校内一些老师和领导也开始劝我:不管花多少钱,只要免去烦扰也是值得的。然而,执拗的我却坚持两点:一、分清是非曲直,划清责任有无或大小;二、在分清是非的基础上,可以从人道主义出发给家长一笔钱。

于是,这事就这样僵着:闹的,天天加压升级地闹,花样翻新无所不用其极地闹。领导给我捎口信、打电话、发短信,内容只有一个:花钱买平安。总之,压,高压再加高压。

而我,任你雷霆八万里,我自岿然不动。坚持一条原则:分清是非,不予赔偿,可人道资助或援助。

这事闹久了,涉事家长看我们始终坚守那道固若金汤的防线,也就从狮子大开口的狂妄胡闹,逐渐回落到理性对话的渠道上来了。调子也从学校该赔他两百万,逐渐变成了补助他家一百五十万……一百万……八十万了。

谈判有基础了。直到2010年4月28日下午,这场闹剧才落下帷幕:大丰县教委给了他二十七万元,大兴中学资助他三十万元。

在这次事故的处理过程中,我一直居于幕后担任总导演,在前台与家长和领导对戏的是学校支部书记江明森，教导主任兼该班班主任的吴之梁，另还有王欣、刘大伟等人。事后，校内领导层好几个人都主张处罚吴之梁，我坚决不同意，理由是：班主任已事前尽其职责，事后也有积极作为。若无过而被问责，那么，今后谁敢任班主任？谁还会任班主任？

这看似滑稽的校闹，后来扩展到医闹……总之，闹而优则仕。这几年法制健全了，各种"闹"也少了。在这次事件的处理过程中，我有意识地考察了刘大伟和王欣。考察的结果是：二人比较会办事，特别是刘大伟，敢于坚持底线。

2010 年，真是我交华盖运的一年。

章贵出事后不多久，我就接到去上海开会的通知，但通知中没有说会议内容。直到正式开会时，我们才知道原来是准备修改《中华人民共和国民办教育促进法》，想听一听专家们的意见。

会议的主要讨论内容是将原法中民办教育投资者可以从办学结余中取得合理回报删除，并强行规定所有的民办学校，不论是已建好的，还是将新建的，投资者投入的钱与物，一律视为捐赠。所谓捐赠，就意味着投资者所投入的资产的"权"和"利"都必须失去。

会议从一开始直到即将结束时，都呈现一边倒的态势：即修改《民办教育促进法》，取消民办学校投资者投资资产可取得合理回报的权利，甚至提出管理权——交由政府成立的半官方组织基金会进行管理。

他们这些言论的依据是：与国际接轨。其潜台词是：你看人家资本主义国家投入的几千万甚至上亿美元办学都是捐资而不要任何权利的——除任命校长外。我实在听不下去了。眼见已到十一点四十——会议快结束了，我三番五次地举手要求发言，好不容易才得到了准允。

我在发言中，强烈抨击了那些对 2022 年《民办教育促进法》的抨击言论。我说从刚才透露的修改《民办教育促进法》的信息来看，如果《民办教育促进法》真的做大修改，那无疑是一次"打土豪分田地"，同时，这也说明 2002 年颁布的《民办教育促进法》就是个大骗局，就是场闹剧。接下来，我代表西南诸省市讲了西南诸省市的民办教育的出资者与江浙及东南诸省市的民办教育的投资人的诸多不同。

最后，我激动万分、怒火万丈地说："你们这些没有实践经验，不知人世间油盐柴米的人，从学校出来又进学校去的人，对民办教育做出了三个误判：

"其一，你们误判了中华民族与西方民族伦理道德方面的根本区别：中华民族的家庭观、亲情观根深蒂固，不论生儿还是育女，不仅要把儿女养大，还得为儿女拉扯子女，直到他们动弹不得为止，就是穷人，也要节衣缩食，在临死前，为儿女留下点遗产。而西方人在这方面是淡薄的，所以要民办教育的投资者放弃资产的继承，这既不科学，也很难做到。

"其二，误判甚至美化了西方民办教育，特别是哈佛之类的大学的投资者的捐赠行为，认为他们投资教育是非营利，而实际上他们牟取了暴利。他们培养的学生，出将入相，只要那么一两个过去的学生嘴皮一动，手一挥，他们昔日的投资就成倍成十倍百倍地捞了回来。中国有这样的政治气候和土壤吗？

"其三，你们也搞了些装模作样的调研，但调研的地区都在上、深、广、京、津、冀，调查的对象，不是国家机构举办的民办学校，就是国营厂矿企业举办的民办学校。请问，他们是民办还是官办？你们了解西北、西南地区的升斗小民靠借贷，或三家五家合伙掏空积蓄，或卖掉厂房，或停掉生意，把身家性命都赌了进来办民办学校的吗？现在好了，你们口一张，笔一挥，键盘轻轻一敲，他们不仅致富梦成黄粱梦，有的甚至还可能债台高筑，倾家荡产……"

我滔滔不绝地"大放厥词"，甚至说着说着，嘴上跑了调，说了一些大不敬的话。高坐在主席台上的民主党派的某领导，听了我的话，怒形于色，呼地一下站起来，正要发作，幸好，教育部领导发话了："那就委托纪元初对西南三省一市做一调研，给教育部交一份调研报告上来吧。"

从上海一返大丰，我向县领导汇报了工作后，就开始了和合川巫勇校长繁忙的调研活动。

我从渝西到渝东，从川北到黔南，跑遍了三省一市一些具有代表性的各级各类民办学校，获得了较丰富的调研资料，可是由于我不会用电脑打字，只好请好友巫勇与我一起完成这个调研报告。因为在上海参会时，全国人大的教育部参会领导一再强调会议纪律，修改《民办教育促进法》正在启动阶段，尚属国家机密，严禁外泄，所以我一再叮嘱，此稿除上交教育部，我们留一份底外，绝不能外泄给任何人。

　　稿子写好交上去了。可是没几天，教育部就有人打电话给市教委相关负责人，说我把给教育部的调研报告挂到百度网上了，限我三天内必须删掉，否则将依法追究我的责任，并要求我写出书面检讨。

　　我一再申明我不会使用电脑，也不会上网。市教委相关领导、市民办教育协会陈姓负责人都再三替我证实我不会电脑，不上网。教育部答应不问责了，但要求我尽快地删帖。我没这个能力删帖，只好打电话找在县公安局任副局长的朋友王勇。

　　可第二天九点半，他来电告诉我："哥子，对不起，这帖子不违法不违纪，公安部门网监也没法删除。现在唯一的办法是叫发帖的撤帖了。"

　　这可能是我的一个"朋友"所为。我拨通了那个"朋友"的电话，他说他马上查，并且，我俩共同写的那份调研报告，他只发给了开州的一个民办学校的校长。两天后，开州的那个校长才答应删除帖子。显然，这个人又在做螳臂当车的美梦，期冀此帖在社会中广泛流传，引起社会震动，阻止《民办教育促进法》的修改。他真的是一个天字第一号的大蠢货——小虾米能掀起滔天大浪吗？

　　开州那个民办学校校长转发的帖子撤下来了。这一页也翻过去了。可是，我与这个"朋友"那种无间的信任也中断了，我也足足有两年半时间不再理睬这个"朋友"。

　　从2010年至2016年，我先后写了调研报告达十一万余字。

　　2013年、2014年、2015年，全国人大、教育部、各省市教委召开了若干次公开的研讨会，又三次在全国公开征求修法意见。全国人大常务委员会两次投票均未获通过，其原因是对是否取消合理回报争议颇大。2016 年 10 月，在某种高压下才勉强通过其法定程序，并于 2016 年 11 月 7 日正式颁布。

闹腾了近十年的《民办教育促进法》修法争议之所以时间如此漫长，波及面如此之广，归纳起来就是：当已获得的权益将被剥夺的前一刹那是痛苦而愤怒的，于是被剥夺者通过发出声音，在行动上拼命挣扎，这就把时间拖长了啊！

尽管明知挣扎无济于事，但仍有人妄图在挣扎中得到些许的发泄，或妄想从中找到一丝半毫可怜的慰藉。或许，这就叫作不认命。

不过，几年的挣扎仍是有成果的。

第一，除民办初中、小学外，其他的可登记为营利，也可登记为非营利。但民办初中、小学因受上位法《中华人民共和国义务教育法》之约束，不能登记为营利。

第二，2016 年 11 月 7 日前获批且建好了的民办初中、小学学校投资者可以获得补偿和奖励，据说补偿为原始投资额，奖励即为利息。但是在 2016 年 11 月 7 日后新投资举办的学校则为无偿捐赠了。

第三，2016 年 11 月 7 日前建立的民办初中、小学的投资者虽然被剥夺了分红权和亲属对校产的继承权，但保留了一项"管理权"。不过，这些权能否依法执行，是否会生变于须臾之间，只好让时间来回答了。

接下来，又发生了一件令我左右为难、进退失据的事儿。这事源发于 2003 年，当时我校的教学资源特别是教室和学生宿舍十分紧缺，而群众对就读我校的愿望又非常迫切。于是我向县政府申请购买一块地皮，准备再建一分校。很快，县政府就答应把九宫庙那块地出让给我校，预付款为九百八十万元。

可就在这年冬天，大丰民办教育出了一件事——一所民办学校因资不抵债，资金链断而垮掉了，其举办者蒲俊忠因非法融资被捕入狱，社会舆论汹汹然。人抓了，但问题却远远没有解决。

这块地皮反倒有几家民企盯上了，可他们想买过去干吗呢？原来，他们想买过去，改规划，修商品房大赚一把。但教育用地，改规很难。

可是，教职工、农民工、债主天天到县政府上访，弄得县委县政府分管领导焦头烂额、束手无策，卖给民企吧！医得眼前疮，可留下了改规这一大难题，又埋下了一个不安全稳定的隐患，分管领导曾仲举副书记看得十分清楚。

于是，县委、县政府想到了我们学校。因为他们知道大兴中学除了办学，别无他图。县领导三番五次劝我，让我顶下坍塌的这所中学的雷。我犹豫不决，因为我已付了买八角庙那块地的预付款九百八十万，眼下又不买了，岂不失信于人？

蒲校长的今天，早在我预料之中。因为他办学校不是有教育情怀，而是想千方百计地从中捞一大把，赚个缸盈钵满。说起这个蒲校长，还真是个害人精。他曾两次三番给我下套，但这些套都被我一一解了。第一次大概是1998年的一天，素昧平生的他来到我办公室，一坐下就对我好一场吹捧，简直把我吹得功盖世，智超人。我的秉性是不吹捧别人，也不喜欢听别人吹捧我。在我看来，吹捧人的人大都有坏心思，最起码都是有私心的。所以我对这个口若悬河的中年男人满腹戒心。他在一阵吹拍之后，终于扯上了正题，那就是要我出任他学校的名誉校长。

"蒲校长，你别说让我当你的名誉校长，就是我现在这个实权校长，我也早就不想当了。谢谢你的美意，可我实在无才无能担任这一职务。"我婉言拒绝了他。

可是这个人还真有"三顾茅庐"之风范。后来又三番五次地来找我，我都没答应他，但他还是纠缠不休，经常打电话来，约我吃饭，可我就是不肯前去。似乎又过去了半年左右，一天，他又来找我，说要每个月给我三千元月薪，先预付给我一年的薪酬三万六千元。

休说给我三万六千元，就是给我三十六万元、三百六十万，我也不会与他合作的，因为我怕合作会损害我们大兴中学的利益。但是为了揭穿他的"西洋镜"，我想了一个办法：派出汤晓尧和另一个中层干部前去他学校的开户银行——农村信用合作社查看他的存款数。因为我料定他拉我入伙有两个目的：一、利用我在群众中的声望，吸引生源；二、利用我诚信的名声去贷款。

两个中层干部调查回来，笑着对我说："校长，你真神。蒲所长那所学校在银行的存款只有两千多元。"我听完，笑着说："我料定这三万六千元他会借起来付我，然后再找我给他贷款。"

没多久，他又来找我。我这次毫不客气地揭穿了他找我合作的两个目的。他一时语塞，只好讪讪地离去了。可是，时隔两年后，蒲校长又找来我头上一大堆领导：教办主任、教委主任，甚至搬动分管教育的副县长来为他说项，要我为他担保贷款五百万元，并答应先付我一百万元做劳务费。

我知道替他人担保贷款，若贷款人不还或还不起贷款，担保人是要负连带责任的，所以任凭那几位领导磨破了嘴皮，我死活都不干。

2009年，蒲校长由于非法集资，资不抵债，被捕，被判刑。后来，知情者都纷纷夸我有先见之明。我说，你们说得不对，这并不是我聪明，而是因为我无贪欲而保全了我自己。

话归正题。当时《中华人民共和国民办教育促进法》的修改不仅提上了议事日程，而且要求投资人"活着不分钱，死了放弃继承权"已经初见端倪。莫说买这所倒霉的学校，就是上交县政府准备买那块地的九百八十万元，股东们都想撤回来分掉。

蒲校长的这所学校是块烫手山芋，已经被法院拍卖了两次，由于土地无法改规为商业用地，结果都流拍了。于是县里便加大了对我的劝说："你想要九宫庙那片地吗？我敢和你打赌，五年内你都拿不到土地证，更拿不到施工许可证。你若参加拍卖，除了四十亩地，还有一栋食堂兼住宿楼，一栋教学楼，今天交钱，明天就可以使用；再说，你交到县财政的那九百八十万土地预缴款，我保证三天给你退回来。"——这些是分管教育的县领导多次在我面前念叨的。

其实，我和我的领导团队意见也不统一，这才是我迟迟不愿参加竞拍的根本原因。老实说，生存在这富光荣穷可耻，甚至到了笑贫不笑娼的社会中，勘破名关易，挣脱利锁难啊！早在2008年12月至2009年2月这段时间，就有出资人撤资退股。出资人由六十二人锐减成了三十人。在投票表决是否参加竞拍育民中学时，我的伙伴们一而再再而三地投反对票，这一点也就不奇怪了。

其实，我也不是一个高大上的人，不过，我认为能坚守办学初心，又能得到一点合理回报，这是最佳途径，但由于法律修改，我们不能得到合理的回报，那么坚守初心就成了唯一的选项了。如果要选择退出或任学校衰败，那我是坚决不答应的。但董事会是一人一票的票决制，为了迈过这道坎，我耍了个小聪明，那就是召开出资人大会（股东大会），依股份投票，一股一票，我占股为31%，另有四个股东一般都是委托我投票的，若再加上我在会上晓之以理，动之以情，赞成票超过二分之一的可能是很大的。

果然，投票结果完全超出了我的预期，赞成票竟然高达80%。显然，相当多的出资人是相信我的，我这主心骨的地位还是没改变。决议一通过，我便组织汤晓尧、秋文建、常蒯等五人组成了一个小组，报名缴纳保证金，参与大丰县人民法院对××中学的资产拍卖活动。

法院依法对拍卖做出相关规定。其中有一条大意就是：在竞拍中获中标的竞标人必须在三个工作日内，将收购资金足额打入县人民法院指定账户中。若第一中标人未能在规定时间内足额交纳收购资金，就由第二个竞标人以第一中标人的竞买价成为中标人。

我校缴纳保证金报名参加竞标的消息传出后，几家民营企业似乎嗅到了人民币油墨的香味了，他们也急匆匆地投入了战斗。一时间，竞拍的狂风骤起。当我搜集到相关信息后，召集一班人仔细分析了利弊，于是做出了以下安排：了解到志在必得的几家民企，都是想中标后，找县里改规，改变用地性质，把教育用地改为商住用地，建住宅以牟利。得到这一信息，我第一时间向县政府汇报了情况。县里分管教育的领导代表县政府发声说："教育用地无特殊情况如军用或政府急需之外，是不允许改规的。"

这下子有三家蹦得很欢的企业偃旗息鼓了，但还有一家企业抱着侥幸心理参与竞拍，但这家企业并非"殷实户"。于是我制定了以下方略：参拍的三人，其中一人举牌竞标；一个注意观察另外三家参与者的神情，并迅速通过手机向幕后的我汇报；另外一个人则及时把举牌的数额报告我。我之所以不到竞拍现场，而躲在幕后——宾馆里指挥，是怕掩饰不住自己脸上的神情，被对方捕捉了去。我方每次报价，只在对手报价上加两万。当我们报价到一千六百一十八万时，对手报价已到一千六百二十万。我立即叫场上举牌的人停拍了。

他们当时感到愕然。而我心里明白，这一家三天内一定凑不齐一千六百二十万，因为有消息灵通的人士向我透露，他们几个股东凑起来也不过八九百万。如贷款，三天时间手续都办不好；找人借，谁有这么多钱放心地借给你呢？如果我们再举牌，把标的逼上高位，到头来就是搬起石头砸自己的脚。

第五十五章　假事空言休说道
冰心一片写春秋

　　果然，三天后，也就是 2010 年 3 月 10 日的下午六点钟，那家公司没法凑足那笔钱。我马上叫总务主任找到我校的开户行——大丰农村信用合作社，把一千六百二十万一分不少地打进了大丰县人民法院指定的账户中。

　　但是那家公司不甘心落败，第二天要求延期付款，并通过其在法院的"朋友"违法办理了延期付款的手续。这下，我急忙从外地赶回大丰，找法律顾问写了情况反映上交县政府、县人大、县委政法委。我在上交材料中明确指出县法院有人违法，那家公司更是违法，要求相关部门依法对县法院进行法律监督。

　　由于县人大常务委员会的依法监督和县政法委的指导，3 月 12 日上午，大丰县人民法院亲自宣布撤回同意那家公司延后付款期的违法决定。我们胜利了。这胜利初捷于 2010 年 3 月 10 日，完胜于 2010 年 3 月 17 日。

　　于是，我这个急性子的人便紧锣密鼓地筹谋着，把荒草丛生的那所中学修建成大兴中学初中部。5 月 17 日，建筑商进场，开始装修那幢烂尾楼——师生食堂和住宿楼。5 月 29 日，另一建筑商进场修建两幢学生公寓。9 月 1 日，大兴中学初中部与小学部分离，大兴中学的一校三部——高中部在离县城四五公里的哨亭坡上，小学部在金刚桥头，即红星大道北段 23 号，初中部则定格在金凤路 214 号。

　　2011 年，我遇到了两件十分烦心的事。越来越多学生有强烈愿望就读大兴初中，学校原来那幢教学楼已经无法容纳那么多学生，于是决定招标新建一幢教学大楼。经过投标，秦显松中标，承包这项工程。

在开标时，我就对负责签约的总务主任交代：承建合同上一定要载明，此工程只允许秦显松承建，不允许其两个儿子参与。谁知总务主任竟然没把我交代的话写上去，这就为后来发生的坏事埋下了祸根。我之所以不允许秦显松的两儿子来参与工程承建，是因为他两儿子奸猾成性。

果然，在施工过程中，秦显松的大儿子勾结监理和施工员，擅自把大梁的高度改小了五厘米。在大梁的施工中偷工减料，实为建筑业中的大忌。这家伙真是唯利是图、胆大妄为哟。

他这种唯利是图，不顾师生死活，只想赚黑心钱的行为被质量监督科刚正不阿的质监员薛梅发现了。于是薛梅要求秦显松停工整改。我知道这情况后，大发雷霆，把监理员、施工员一股脑地炒了鱿鱼，并且要求施工方依法依规整改。

这下子可惹恼了这个狼心狗肺的家伙，他想报复我一下，但又找不到我有什么劣迹。可是，任你怎么正直廉洁，但小人要找你麻烦，他是有办法的。因为我们急着要投入使用，所以施工的相关手续没有完善就忙着开工了。这家伙就打举报电话举报我没施工手续就开工修建。

不过，我们边修建边完善手续是经过县政府同意的，并由县里分管领导召集各职能部门开了协调会的。所以他的举报也无损我一根毫毛。

这一次，让我真正领会到了小人的卑劣，让我体会到"无商不奸"的内涵。这一次经历教育了我，和包工头打交道除了必需的廉洁外，还要谨慎小心。

另一件烦心事就是寻觅教师活动基地。由于我校规定全体教师不得在公共场所打牌，不得进营业性歌舞厅……总之，不得在众人面前干有损教师形象的事，但老师也是人，也有喜怒哀乐，也有需要休闲、娱乐的时候。我想：关上了这道门，就应该打开那扇窗吧。于是我四处寻找一个合适的地点，准备为教师建一个"工会活动基地"，以供教师休闲、娱乐。

我好不容易才找到王家山寨。这里距县城三四公里，原是主城区一个老板修建的餐饮点。这里不仅有餐厅、厨房、住宿，还有观景台，而且这里四面环山，下傍公路。山上的不规则梯田梯土纵横于苍松翠柏之间。这里季季花香，天天鸟语，空气清新，幽静闲适。完全符合我的要求。

更令我高兴的是，听说那老板因为经营不善，致使生意萧条，连续两年亏本了，所以他早就在四下找人接手呢！这真是打瞌睡就遇上了枕头——太惬意了。我也几次在他那里喝过茶，饮过酒，相互认识，所以，我俩没谈几次，就谈成了：租期三十年，租金三十万，一次性付清。另外还有一些次要条款，此处就不赘述了。

就在我们准备签转包合同时，发现这个地方的原承包人是三个，而此次转包给我们的人只有姓王的老板一人，其中还有着法律纠纷，只好作罢。

尽管这次寻找师生活动基地失败了，但我并没就此罢手。一个星期天的上午，我随意走走，不经意间来到原农技校。

当初我被迫离开这里时，校园是绿树森森、花香四季、鸟唱晨昏、虫鸣清夜……可眼下的农技校羊粪满地、猪粪溢坑，臭气熏天；噪声四起，鸭叫鸡鸣。屋檐上，屋梁上，蛛网四布，蝙蝠横行；墙泥剥落，窗毁梁倾……教室外，草深鼠窜，池裂水涸，花萎坛毁，树折石崩……一派残败不堪的景象，令人心痛不已。

我一打听，原来是金碑街道办事处将校园租赁给化龙乡一个农户饲养猪羊，年租金五百元。这个农户租下来，既不修圈建栏，也不筑池蓄粪，居然让猪羊鸡鸭遍地横行。哎呀，为了区区五百元，居然毁弃了一个曾经斯文教化的场所，我真不知他们是如何想的。

我曾想把这里买下来，修一个大兴教育博物馆，可一打听，这里是南山公园规划区，不能买卖的。可眼下这污秽遍地、臭气熏天的情景，与公园搭界吗？他，一个农户能租下来，我为什么就不可以租下来呢？

我急匆匆地下了山，直奔金碑街道办事处而去。可是去了一打听，谁也不明白承租文技校者是哪路神仙，也不知道当时是谁拍板定夺租给他的。

我找遍了办事处的每一个角落，就是没找到一个说话算数的人，只好垂头丧气，铩羽而归。

事后，我叫总务主任汤晓杰多次去找过办事处管事的人，可是毫无结果。我也找过办事处的一把手，他一见到我，十分客气地说，我们研究研究再回复你。这样一而再，再而三地不知有多少次了。

尽管办起事来万分不顺心，但我是个"咬定青山不放松"的主儿——绝不允许我苦心经营四年的大兴乡文化技术学校就这样稀里糊涂地被糟蹋了。在他们研究研究的回复声中，这事儿一拖，六个月就过去了。

一天下午，我接到县委分管教育的领导电话。他在电话里约我晚上六点去"谭记酒楼"聚一聚。这个领导正派、直爽，他请我，我能不去吗？六点，我准时到了"谭记酒楼"，一进包间，就看见全是官，就我一个"兵"，那群官中间就有那个金碑街道办事处的"一把手"。

酒桌上那一套，此处不必赘述。轮到那"一把手"当庄敬酒了。他敬我一杯酒，但我就是不肯喝。他问我为什么不喝。"我不喝，但也不说为什么。说了要得罪你的，可我得罪不起你，所以不说为好。"我半开玩笑地说道。

可他一再说："你我两个有啥子不可说的？你大胆说嘛！有啥得罪不得罪的呢？"

"那好嘛！你叫我说的哈！你们写工作总结时，就要把我们学校的工作成绩搜集个遍，可请求你们帮我们解决实际问题时，你们就一拖再拖。一个农民办得了的事，我们却花了六个月也办不成。"

"一把手"有点坐不住了，红着脸忙打断我的话说道："纪校长，哪有这种事儿呢？我可不是这种人啊。"

"一个农民用五百元钱就可租一年原文技校，我出价到了一万元你们也不答应。"我当着众领导的面，一点面子也不给他留，不依不饶地说。

"喂，你这就不对了哟！纪校长是为了师生租这地，你应该支持才对！"分管教育的领导盯着他说。其余几个领导也神情异样地盯着他，教委主任瞪了我一眼，用开玩笑的口气为那"一把手"打圆场说道："纪校长，谁要你一万元一年的，人家是收你高价的人吗？"

"就是，你崽儿把这杯酒一口气干了，我马上就拍板。""一把手"借驴下坡说道。

"十万一年吗？"我狐疑地问道。

"一万以下！你敢喝下这杯酒吗？"一把手答道。

"你小觑洒家了！"我站起身来，端起装二两五的酒杯，一仰脖子，咕嘟咕嘟地一气喝完了这52度的五粮液。其实，这一把手人品官声都不错，只是那几个月因为应付上面几个检查，忙了个昏天黑地，哪有心思来理我这芥末小事儿呢？

我抹了抹嘴，刚一坐下，一把手就说道："三千元一年总可以了吧？"

"什么？三千元一年？"我有点不敢相信我的耳朵。

"纪校长，你还不快敬书记一杯酒！"教委主任提醒说。

"好，我敬大家一杯酒。"我一边端着酒杯说道，一边劝大家的酒。敬罢酒，我对随我来参加聚会的总务主任说道："章主任，你明天上午一上班就打九万元到办事处的账上去，再去办事处把租赁合同写好。"不用说，租赁手续很快就办好了，于是该修建这座被人遗忘的学校了。

我之所以千方百计地想租赁下这片地，是想在我有生之年留住这段历史——大丰教育史上的奇迹，此其一也；也想让师生们明白一个道理：幸福不会从天降，任何幸福都是心血和汗水浇铸而成的——故此，我将此地命名为励志基地，此其二也；当然，给教师们创设一个休闲的地方，也是目的之一，不过这还真成了副产物了。

图纸有了，承包商找好了，合同也签了，准备动工修建了，可问题来了：这里是南山公园预留的一部分。当然，谁都心知肚明，三五十年是发展不到这个"深山老林"来的，但是规划图上有，谁敢改动？

不过熟悉政策法规的一个副厅级领导说："这里的楼房大梁已断裂，墙也倾斜了，你们可请办事处相关部门派人来现场拍照存档，并明确因 D 级危房排危所需重建。另外，还得注意政策法律底线，那就是必须在原址上修建样式依旧的建筑物，不得大面积地扩大规模。最后一点，那就是不能颁发房产证给你。"

至于是否颁发土地房产证，倒不在我的考虑之中。在拦路虎清除后，于 2013 年 1 月 5 日，由承建方杨昌明——我 1979 级的学生开始修建，于当年 9 月竣工投入使用。

由于家长对我们学校十分认可和信任，所以初中发展十分迅速，原有设备设施远远不能满足社会需求了。特别是一些中产阶级向我发出了强烈的吁请，希望我校在满足草根阶层需求的同时，要为他们服务，那就是班额小一点，学习条件、生活条件好一点，就是收费高一点也无所谓。

于是，2012 年 8 月，我们花了 518 万元，买了约 20 亩地修建学术报告厅——能容纳近六百人的大厅和总校的办公楼以及一幢满足中产阶级子女就读的教学楼，土建工程共耗资 1956 万元；学术报告厅二次装修及设备设施花了 365 万元；接着又新建了明德楼、齐松楼、兰蕙楼，共耗资 7180 万元。

当时，我们创造了教育界全区两个之最：一是最大最高档的地下停车库，二是最大最豪华的学术报告厅。

那次修建是公开招标的，但在公开招标中也有限制性的条款：学校任何一个领导人含总务处、后勤处的均不得介绍、引荐自己的朋友、同学、亲戚参加投标，若某建筑公司中标，有其亲友参与其中，必须事先向学校修建领导小组书面声明，请求相关事宜一律回避。

邀标、投标、组织选标，一切都十分顺利。通过修建领导小组集中讨论，议定中标者。由于我们的招标过程规范且透明度高，所以比同期公办学校的招标价每平方米要低一千元。

但这基建工程，也给我留下了一个深刻的教训，那就是：招投标应进一步规范，不能让总务主任这一类管经费的人参与招投标的决策。

因此，我亲自起草了一个招投标方案交董事会讨论通过，这方案主要包括以下四点：

一、大型购物及五万以上的大型基建，必须在网上公开招标内容、规格及质量、工期要求，投标者的一切资料只交到办公室一个文秘人员的邮箱里。

二、标书交齐后，由文秘人员将标书上的公司名或自然人的名字隐去，再将其主要内容摘要出来，编上①②③……的序号。

三、最后由监事会随机摇号，选出三至五人参与讨论议标，但董事长及亲属、总务主任及亲属不得参与。

四、董事长事先必须委托第三方进行预算。若议标小组所议标的与预算价格相差不大时，才算议标完成，董事长宣布开标。开标后再通知中标者前来签署合同。

我想以此来阻塞漏洞。谁知却因此事埋下了他人怨恨我的种子，直到2017年才暴露在我面前。此时，学校内外暗潮涌动，一是树大招风，不论公办学校还是一些民办学校，对于这十来年间，我集团（大兴中学已更名为大兴教育集团）的迅速崛起，怀着羡慕、嫉妒、恨的复杂心理，时不时地放出明枪，射出暗箭。更叫人不安的是《中华人民共和国民办教育促进法》的修正案框架已定。民办小学、初中以法律的形式，规范成非营利的公益事业。这个修正案，"规范"成了主题，成了核心。《民办教育促进法》修正案中关于民办初中、小学的修改内容，我概括为"出资人"活着不分钱，死了没有权——也就是说，出资人活着时，不能从学校的办学结余中分红；出资人死了，其妻子及子女没有资产继承权。

因此，出资人都主张趁新法尚未公布，在当时法律的框架下把学校卖掉分了，对此，我坚决反对，我认为这种唯利是图的举动是非教师可为的。另一种声音则是不卖学校可以，但是不能再把结余资金投入基建中去，应该把每年结余的钱全部分掉。这一点我也不同意，我认为他们太急功近利了。

我对局势的分析是：尽管有种来自教育界的声音，遏制或最好是取消民办学校，但人民群众对优质民办教育的需求愿望正在日益高涨，特别是中产阶级。顶层设计要明文废止民办教育，在相当长一段时间内应该是不可能的，最起码在短暂的一二十年内应该是如此。

而我们大兴教育集团眼下充满生机的发展形势，更是令我不敢停下前进的脚步。到2015年9月1日止，小学在校生已达5732人，初中在校生4438人，高中在校生人数2415，全集团在校学生已达12985人，仅民办教师就达到了500多人。这些看似不起眼的数据向世人证明了：社会各界用脚板给大兴教育集团投了赞成票，给我纪元初投了认同票。这种认同与赞许是金钱、资产能换来的吗？

再看民办教师是相对稳定的，每年流失率在3%～5%之间，这在民办教育界是少见的。其中除了我们民办老师与公办老师同工同酬这一具有诱惑力的待遇之外，我无数次在教师大会上向民办教师保证：只要国家政策法律允许，我就会将学校办下去，他们的福利待遇是绝不会缩水的。

如果我现在决定卖掉学校或者停办，我怎么向世人交代，我不成了一个"食言而肥"的人了吗？我多次扪心自问，难道一个教师有必要卷入追名逐利的大潮中去吗？

那时的情形是：出资人内部渐退和骤退的心绪占了上风。要扭转这一局面，我必须先安内。在好几天的思索后，我决定开办一个"双江市大丰教育发展有限公司"，将双江市大丰区大兴长青小学、双江市大丰区大兴初级中学、双江市大丰区大兴高级中学的举办者，由原来的自然人改变成公司。并向出资人承诺，我会依法尽力保证大家的权益。这一招真灵，出资人内部的反对声浪渐渐平复了。

第五十六章　不羡虚名名偏至
但求实惠惠不来

2001 年，我们开始进行高中招生，可到 2005 年，我们高中还是没有合法手续的"私生子"，因为县委、县政府及教委相关人等，在督促创设民办高中时，不知是不懂或"不愿意懂"设立高中必需的法律程序，即乡镇向县教委申请，县教委再向（省）市教委行文上报，待上级教育行政主管部门下文批准才行。经过一番周折，直到 2005 年 9 月 5 日，大兴高中这个"私生子"才"认祖归宗"，更名为双江市大丰区大兴中学校，由市教育委员会委托大丰教育委员会管理。

这一关过了，本该消停一阵了，可让我们潜心静气地研究研究教育教学了。

谁知，一股创建重点高中的飙风又生于青蘋之末了。

前几阵风头，我佯装充耳不闻，视而不见。可到了 2011 年下半年，我终于装不下去了，区委分管教育的领导找上门来，要求我必须拿到这块"金字招牌"。

人说："不怕县官，只怕现管。"何况这既是县官又是现管呢？于是只好：有条件要上，没条件也要上。

我召集大家开会，把工作分下去。可工作才分下去没半天，各小组组长就登门叫苦来了，其中一个油滑的组长一脸"奸笑"地望了望我，又转过脸去，话中带刺地说："你们叫苦干吗？！万事开头难嘛！我们认真做资料吧！你们怕难，人家纪校长要筹集两三千万资金，还要征四五十亩地都不怕，你们怕什么？"

这家伙的话，我听出了他似乎摸到了我的底——干这活儿是在应付上级领导的催逼。

其实他是知其一，而不知其二的。我心里有两种打算：其一诚如以上这个组长的猜测；其二则是想软实力要超过这次参评的十二所高中校的三分之二，而硬件则尽量不硬，采取混、拖、假三字诀。混：比如图书的数量要求，本是脱离实际的，盲目照搬西方某些国家的，不符合中国国情的。于是我征求高中教师的意见之后，新购了一批高中师生所需书籍，不足的部分，就把小学、初中图书室的图书及我私人的一万余册，选了一些适合高中师生阅读的运到了高中图书室，这些就属于"混"。

又例如师生占地比例，我认为是浪费国土资源，就是中国的台湾、香港也是惜土胜金的，所以台大、港大的校园并不大，在我看来，我们高中要解决的问题是师资而不是土地。于是就决定"拖"到一个适当的时候向区委区政府写用地申请，向验收组表明我们在积极努力征地，但由于程序如此烦琐，我们正在积极办理。待重高验收打分时，亮出一张区府的复函就可将此项得分收入囊中……诸如此类，不必一一列举了。

但软的必须硬，真正的过硬。

教育教学质量则必须过硬。认真备好课，讲好课，认真批改好学生作业，这既是教师的良心，也是为人师者的道德底线，更是党的教育方针、教育政策所规定的。所以在软件上，我一再向老师们强调，决不允许对教育教学有丝毫懈怠，我还特别强调，绝不允许歧视学困生。谁能点石成金，予以重奖；谁以淘汰学困生来提高教学质量，将被严惩。

我自执掌大兴学校，就建立健全了各种规章制度，有相当多的制度是具有超前意识的。

在校园文化方面，我既重视隐性文化建设，也十分重视显性文化建设。所以在这个方面，我是信心满怀的。

但不管成也好，败也罢，反正我纪某人已尽力了，若谁说我投入不到位，只要你借不要利息的钱给我，我保证：一不会拒绝，二会有钱就还你的。

但为了减少不必要的人力浪费，我决定去双江市教委一探究竟。

我记得那是一天下午，我去了市教委民办教育管理处，找到了卓处长。卓处长是个热心肠的人，他在大丰工作时曾是我的领导。他听了我的汇报，很是关心，他说："你难得来市教委，今晚上我私人请你吃晚饭，顺便找两个分管此事的同事，我们边吃边聊。"

果然，卓处长找来了分管此项工作的两个负责人，一个是基教处的处长，另一个则是管会计事务的处长。基教处长一上来就大谈特谈硬件问题，特别是强调生均占地面积问题。我越听越不是滋味儿，就把那"交浅言深，为交往之大忌""逢人且说三分话，未可全抛一片心"的民间金句忘得一干二净了，也把自己此次来市教委的目的抛到九霄云外去了。

于是口无遮拦、无所顾忌地说道："重点高中还是非重点高中应该有一个金标准，这就是看培养了多少优秀人才，什么样的优秀人才，是否按党的教育方针在办学。如果三者均优，那么这所学校在考评时起码也应该是及格分，若它的校园文化建设——文化内涵、规章制度合理且可操作，那就应再加 15 分，若师德师风好，那就还应加 20 分，余下 5 分再来看硬件……"

我话音没落地，他就红着脸说："当时设置硬件投入的标准，就是要求地方政府拿钱拿地投入学校，如果不这样规定，政府是没有积极性的……"

他的话还没说完，我就急不可待地接上了："地方政府哪个官员有钱投入，有地投入？他们的钱也好，地也好，还不全是人民的？钱花错了，没关系，想办法补救，可土地是不可再生的资源。就目前来看，能养活人的地球只有一个，而靠地球养活的人却越来越多……我们现在是用儿子的儿子、孙子的孙子赖以活命的土地资源在讲排场，闹阔气啊！"

我俩唇枪舌剑闹腾了许久，坐在旁边的民办教育管理处卓处长认为我说得在理，他表达了他的意见。处长既指出了我的偏激之处，也对我的大多数观点予以了肯定。

此时，另一位管财务的领导，一直面带微笑地坐在一旁一声不吭，这时他微笑着说："纪元初校长说得不无道理，但是这个规则，不是哪一个人定的，也不是今年才定的，所以是具有一定的约束性的；但是任何事物都具有两面性，我们领导机关的具体负责人，必须把死的条条框框用活才行，否则就成了伟人批评的那种官僚主义了。对于一些贫穷一点的农村县，我们是否可放宽一些硬件条件？对农村的民办高中也应如对贫穷农业县一样……"这位处长的话还未说完，那位基教处长就按捺不住了，愤声说道："你这样一'活'，那不全乱套了吗？"

这可把管财务的处长惹火了，可他仍微笑着说道："按规矩，中考收费应上交市财政，但你们没上交，全由你们处支配，若全交上去，你办公室买茶叶的钱都没了。没上交，我们教委乱套了吗？"

"喂，对不起，我没想过与你抬杠……哎呀，我自罚一杯酒吧……"基教处那个处长只好败下阵来了。

饭后，卓处长私下对我说："尽最大努力创重，但我认为你的思路是清晰的，就是绝不高额负债创重。"

我接着他的话说："卓处长，谢谢您的支持和提醒。我曾在多个论坛被批评为保守，说我不知道用未来的钱办眼下的事，用国家的钱办自己的事。但任他们风浪起，我稳坐我的钓鱼舟。这次，我一如既往，绝不会把创重变成对学校的重创。"

回到学校，我立即召开了主任以上的干部会。在会上，我宣布加大加快创重资料的搜集整理之后，重申了软件不软，硬件不硬，绝不把创重变成重创。并说这是个大原则，换言之，宁可不要"重点高中"的牌子，也要捂好我们的钱袋子。

2012 年 12 月，市创建重点高中验收开始了。迎接验收的是经过第一轮淘汰后留下来的十二所学校，这十二所学校中又还需淘汰六所。

验收那天来的除市教委的领导外，还有郑唯泉、汤主旺、王永玲等专家级人物。

在专家听取我们学校的创重汇报时，我重点汇报了我们高中学校组织建立了党支部、团支部、工会、教职代会、家长委员会，对党团群组织赋权赋能……建立健全了规章制度，并坚决做到依章治校，在规章制度面前人人平等。当我讲到我醉酒违反校规，全校开师生会当众检讨并交了罚款三百元；因控制不住感情，体罚了学生，在全校师生会向学生鞠躬致歉，并自罚五百元，同时下发文件严禁学校领导、教师体罚学生……我妻砍了校园柏树枝熏腊肉被扣发奖金五百元时，专家们听了这些，都不由得发出赞叹声。

讲到教育教学的成果时，更让他们吃惊不小，一个小小的民办高中，升学率咋个这么高？在他们看来是见所未见，闻所未闻的。

整个一天，验收工作在有条不紊地进行着，在听取我的总体汇报之后，专家们就分组查资料、看现场、进课堂了。他们一个专家往往和两个非专家教师一组，查某一项资料。

到了薄暮时分，各验收小组纷纷向验收总负责人郑唯泉汇报，验收完结，并交上了评分资料。这一切结束后，验收组组长郑唯泉召集我们开了个总结会，在表扬我们一番后，也指出几处微小的不足，并按惯例要求我们立即整改。他在讲话中明确地表态说："经过认真查资料、看现场、进课堂、查备课、查作业批改等，大兴高级中学都是优秀的，符合重点高中的标准。"这下子区委分管教育的常委和政府分管教育的副区长高兴万分，急忙吩咐我找个大酒店为专家们践行。其实他们的吩咐是雨后送伞，因为晚餐我早就安排好了。

当天晚上，筵开四席，除专家及验收组人员和两名政府官员外，校委会成员及以王芹为首的一部分参与搜集、整理及参与撰写创重资料，而当晚又无自习课的教师也悉数参加晚宴。

开席后，区领导一桌桌一人人地敬酒致谢。接下来，我又带着一帮校级干部一桌桌、一人人致谢。这下子各桌气氛热闹起来了，闹腾了一大阵，验收组的专家、老师就纷纷起身言谢道别了。

区领导和我送别了验收组，已是微醺的我，正准备握别领导回家，谁知区委领导拉着我的手半开玩笑地说："纪校长，咋啦，想溜？这事儿人家花几千万上亿创个重，你才花了两三百万，区里还要奖励你校一百万，你看你整得好巴适啊！"

他一边说，一边把我往酒店大堂里带。

一进大堂，他就高声叫道："给我们重新整一桌，这一桌庆功宴不由大兴中学买单。"当时后勤处的人员已经离去，我妻只好又叫了一桌菜，没办法，已有醉意的我也只好硬着头皮上，再次冲入酒阵。

这一场推杯换盏，把我喝了个七荤八素。

当晚，我和高中副校长洪志章都喝了个酩酊大醉。幸好事前洪校长做了妥善安排，要求王芹及汤晓尧等人等着我，并再三叮嘱一定要送我回家。

一回到家，待王芹众人走后，我马上就抱醉入梦，鼾声如雷。

创重成功后，我自感责任重大，因为在我的人生信条中有一条：做人做事必须名实相符，否则为盗名以欺世。于是我决定带一些教师和中层领导外出学习考察。

我们为了取天下之妙法而用之，真可谓殚精竭虑，东西皆学。无论是办学思想还是教学模式与教学方法……总之，择善而从，择恶而去。

我无数次带领教师前往山东、山西、河北、河南……除新疆、青海、内蒙古、西藏外的外省市知名学校的学习考察，这些学习考察不仅开阔了我们的视野和眼界，也使我们获得了不少教育教学信息，并得到有益的内化，充实了我们的管理，甚至改变了我们的教育教学模式。

特别是我出任中国民办教育协会中小学专委会副理事长及连续两届任双江市民办中小学专委会理事长之后，外出考察学习的频率就更高了。

受中国民办教育协会的派遣，由我和另几位校长带队先后赴广州学习，又游了"鸟的天堂"，因为小学语文教材中有此篇目。接着，我们一行人又到了深圳、香港、澳门、珠海，然后返大丰。去香港学习考察多达三次。在这些考察中，我有如下感悟：

一、同在一个国家，然台湾、香港的私立学校要比我们内陆规范得多。他们的出资人逐利是在合法并合理的区间内的，所以我料定那些自诩为高大上的，以清华、北大、北师大……之名搞的名校办民校的好日子将要到头了。

二、台湾相当一部分学校的官员和教师对民族文化是认同的，而香港学校的殖民化教育色彩十分浓厚，我当时料定早晚会出大事儿。

三、港、澳、台的教学模式、方式比我们先进的较多，但能复制的极少。这是为什么呢？这应是先哲所说"'兵无常势，水无常形'，则教学无一贯天下之法"，知道这一点，港、澳、台有别于内陆，就毫不奇怪了。港、澳、台人民与吾辈同种同源同文脉，而眼下所处的政治环境、制度、经济制度有异，岂可全部搬用？

故我择善而从之，择不可用者弃之。

第五十七章　问道不辞浩海远
越洋何惧雪涛高

我们派出去学习的教师，返校后都是要写心得感受的。

赴美学习的常娜、纪湘林及王芹，赴北欧学习的周仁菊、周秋筠等都写了一些心得体会。这些心得体会我已在筹备将其编印成册，供教师们参考。变一人研学为全员研学，全员受益。

常娜赴美学习回忆录: 六年前学校给予我一个难得的学习机会——参加了由北京民办教育协会组织、美国法拉古特学校中国天津校区协办的为期十二天的赴美教育考察团。在这次美国之行中，我受益匪浅，终生难忘。尽管由于文化差异和社会背景的不同，中美两国在教育体制和模式上有着极大的不同，但我认为，我依然可以从此行的见闻中取其可用之精华来进一步改善我现有的教育教学方法。

譬如，我在麻省的 St. Sebastian's School 里听了十来分钟的化学课，学生在课堂上的参与度都非常高，他们能够自信大方地发表自己对某一问题的观点，而其他学生在认真倾听后，能够及时给出自己的判断，老师作为引领者，并不急于给出自己的评价，而是引导学生通过讨论或课后查阅资料自行解决问题。在这一点上，其实与我校的教学改革在某种程度上是相契合的，目的都是提高学生的参与度和促进学生思考，因此，我的英语阅读课堂会根据内容，将原本的学生讨论或直接勾画文段中的知识点改为让学生自主出题: 或针对考查学生的某种能力去挖空，或模仿任务型阅读去出题，旨在让学生跳出学生思维，站在出题者的高度更为全面地进行思考。我记得在七年级的一次阅读课的挖空时，我班学生就勇于对教材用语提出了质疑，在我的进一步引导下，其他同学一致判断这位同学的质疑是合理的且正确的。从那以后，班上慢慢地就会有学生质疑，虽然大多数时候此类质疑被推翻，但在印证学生质疑的过程中，班上的学生在阅读课文时就会更加深入，其思维就会逐步得到提高。

再如，美国学校的招生系统都很重视学生的平时表现成绩，即出勤率、课堂表现、平时作业、社会劳动等，而非仅看重某一次的考试成绩，这样的做法可以使得学生的平时表现得到大大的控制和改善，从而提高课堂效率，同时也能够更好地促进学生全人格发展，增强学生的社会责任感和奉献精神。我们班级内部一直在通过平时的表现给学生进行操行分的统计，对大多数学生有一定约束作用，但是我个人认为还不够规范。如果能够从年级或学校层面统一制定德育分加减细则，这样显得更加系统、更加规范，让学生更加明白和正视平时表现对自己的影响，或许会进一步提升学生的自律意识。

历经十五年的教书经历，在学校的引领下，老师们一直在为更好、更高效地教书育人不断做出尝试和改变。目前我认为，我们学校一直以来提供的是高品质的教育教学服务，不论是学校对教师队伍的管理还是教师对学生的付出，其高要求、高品质在社会上都是有口皆碑的。但是，随着社会的进步和周边其他公立学校的发展，我们未来的长远发展的优势应该立于何处？如何才能让更多的家长愿意为我们有别于其他学校的、优质的教育教学服务买单？

我个人认为我们的目的不会变，那就是做社会满意的教育。而要想做社会满意的教育就一定要明确家长和学生需要什么样的教育。

首先，要明确家长们的需求。为何家长愿意花钱就读我校而不是选择义务教育片区所在地的学校？是因为家中无人看管、辅导孩子，需要我们的精细化教育吗？是因为孩子难以管教，需要我们的严格管理吗？还是因为想要通过我们这块"跳板"，培养出更为优秀的孩子，让孩子步入所谓的名校？只有了解其需求，才能在后期的服务中尽量让其满意，我们的教育才能做到有的放矢。

其次，要明确学生的需求。是因为迫于家长施加的压力，还是因为自身认可我们学校的管理模式和教育理念？如果是前者，我们要进行及时有效的疏导；如果是后者，我们要了解其信息来源，并努力做到不让其乘兴而来，败兴而归。

纪湘林美国参访考察感受回忆录：

1. 美国基础教育学校有三类：公立学校、私立学校和特许学校。

美国三类学校的主要区别是经费来源和教育行政管理不同。私立学校经费来源有二：一是校友和社会捐赠，作为发展基金；二是学生学费，作为运行经费。私立学校管理较自由，不受政府约束，自己组织考核学生。公立学校的经费来源于学区居民的房产税，由政府提供，学生不交学费，政府派人管理，学生必须参加政府组织的统考。特许学校由政府提供经费，学生不交学费，私人经营管理，对政府负责，类似于公助民办。公立学校是普惠性质的，跟私立学校在软硬件设施上有较大差距，私立学校拥有最优质的教育资源，其教育质量远高于公立学校。

2. 一校一特色。

一个学校生命力的表现首重特色，而美国的中小学校都有自己的特色，不搞同质竞争。学校根据实际情况以及区域环境的特性，从愿景、目标、策略、行动方案等方面构建独特优异的教育环境，创造出自身的学校特色，从而吸引学生。如法拉古特学校，由于是纪念海军将领法拉古特而建，且学校濒临海岸，所以以海军的半军事化管理为特色，选修课开发也与海军相关，如潜水、帆船、飞行等。

3. 小班教学，导师制，服务跟踪到位。

无一例外，美国所有的学校都是小班教学，这缘于美国教育资源丰富而人口相对较少的国情。通过课堂观摩，我们发现，小班可以让每一位学生都有表现的机会，老师也更容易关注到学生的表现。他们的老师平均一天有四节课，有时还有课外活动，但感觉仍然比较轻松，这都是由于班额较小，负担轻。

在外出考察期间，也是有花絮可记的。

卢蜜蜜深圳香港之行回忆录：

2015 年 11 月，在香港一所学校参观、听课时，在一节英语课上，我看到每个学生都有一台平板，通过远程外教授课的教育模式（类似于翻转课堂），这种课堂感觉很高大上，但是不接地气，纪校长和我们一行人特别反感这种模式。后来，在一次讨论会上，纪校长还和一个所谓的专家因此事而争论得面红耳赤的。在讨论会上，纪校长力陈中小学生玩手机的危害，力陈禁止学生带电子产品进校园的观点。这下子，就有"专家"觉得纪校长守旧。但性格倔强的纪校长罗举了很多事例，证明了手机及平板电脑入校的弊远远大于利。当时，我们对纪校长的观点并不十分理解。可到现在，我们学校的老师才认识到纪校长是有预见性的，他在若干年前就预见到了的事，而我们那些什么研究的"专家"除了附和时俗的本事外，似乎一无所知。

我们在香港看到，他们的家长学校搞得有声有色，家校互动做得很有特色，学校为家长提供了活动场地，家长自发组织在校内跳舞、打乒乓等，有时优秀家长还要给学生上生涯规划课程等。我们认为这样就增加了家长与学校之间的联系和沟通，真正做到了家校共育。

卢蜜蜜的回忆，自然勾起了我对一段往事的回忆：2015 年，当时任中国民办教育中学专业委员会理事长的是个刚退休的正处级公务员，而副理事长则好几个，我也忝居其一。

有一次，理事长带领我们前去沿海考察，考察中有一个去香港的活动项目，但理事长因是刚退下来的公职人员，过境证被上交统一管理了，于是他就把考察团一分为二，由我任组长带一个组，有三十多人；由北京的于鲁任组长，带另一个组，也是三十多人。

我们七十多人，浩浩荡荡一条龙似的通过海关，再乘车去了香港。

记得到达酒店后已是薄暮时分了。

吃罢饭，我与王欣相约维多利亚港坐游轮。游轮没开多久，似乎已出海了。一向健谈的我，此时却沉默无语了。

我望着灯火璀璨的香江两岸，望着那似烟非烟、似雾非雾的远山，悬在暗蓝天空中的一轮明月，眼前似乎浮现出《虾球传》中亚娣与虾球在渔舟中相恋的情景。《虾球传》一书是我十四岁看到的描写香港一对少年由懵懂走向成熟而相恋，由不谙事理而最后投身革命的故事——这是我第一次知道香港这一地名，今天又亲历此地，兴奋之情真是难以言表的。

"老师，在呆想什么呢？"王欣一声呼唤把我从缥缈的回忆中拉了回来。

当天夜里，我做了一个美梦。

第二天参观了几所中学，傍晚时分，一个导游转告我们说："晚饭在某某饭店，中联办主任要请你们全体考察人员吃饭。你们一定要珍惜这次机会哟！"

当时，我心想，一个"主任"请吃饭，值得如此夸张么？事后才知道，中联办主任级别高着呢——部长级。

本来这应是喜悦之宴，却发生了一件令人不愉快之事。

晚宴时，中联办主任致了欢迎词，我们应致答谢词。

接到晚餐指令不多久，我就接到理事长电话，他要我致答谢词，我再三申明，我不会说普通话，担心考察团成员和中联办主任听不懂我的四川话。可理事长说，他已经和中联办主任通了电话，主任说四川话他完全听得懂。

我推荐另一个组长于鲁——北京一所中学的"名校长"去致答谢词，但理事长带着火气地说："纪校，你咋不把我放在眼里呢？"

没法子，我只好硬着头皮上了。

我致完答谢词，主任举杯敬了大家一盏酒，我又站起来，请全体考察团成员斟上酒，感谢中联办对我们一行人的关照。

主任喝完这两杯酒就走了。

这下，桌上就只剩下我、王欣几个和北京的那个名校长于鲁了。于鲁一脸不高兴，我敬他酒，他不喝。似乎是爹死娘嫁人的样子。刚上桌子时，于还和颜悦色的呢，看来，他是因为我出面致答谢词，致答谢词的不是他的缘故吧！于是我与于鲁发生了很不愉快的争论。

争论的焦点有二：一是如卢蜜蜜回忆录所叙的翻转课堂；二是民办中小学营利非营利的问题。

"……我们学校的投资人坚持是非营利。"他自信满满，扬扬自得地说，说完用眼角乜着我。

我岂是一个逆来顺受的人？立即驳斥道："贵校办学历史悠久，这是党在延安时就创办的一所干部子弟校，迁京后也是高级领导人的子弟校。建筑高雅精美，不仅设备设施精良，而且教师非常优秀——博士、博士后也是常见的。改革开放后，因被抨击为特权的象征，中央转给了地方，在你任校长期间，你弄成了民办，现在又高唱什么非营利。你说你们是非营利，请问，贵校收入多少个亿？钱去哪里了？交了租金吗？你不是年收入三百多万吗？听说还是税后所得啊！……"我一连串排炮轰过去，令他无言以对，于是他只得愤然而起，拂袖而去。

这次香港之行，我还干了一件事，让人忍俊不禁。

考察结束后，我宣布散团了。我校去的几人，可以自由活动一天。我趁自由活动之机，逛了一次书店。那时香港的书店，什么乱七八糟的书都有卖。

我买了几本书，其中有两本为内地禁书。其中一本，我抓紧时间读完就扔了，而另一本我实在不忍心丢弃，但过海关要检查啊！于是学以致用，顿时有了反应——我用上了从小说书上看来的过关卡的方式过海关，这纯属于闹着玩，能混过关，书就带回家，不能出关，大不了书一扔完事儿。

于是在过海关时，我左手拖着一只拖箱，右手拿着那本翻开着的书一路走一路看着。过海关了，拖箱过了安检，在关口上，我将左手拖的箱子放下，从上衣袋摸出相关证件递上去，但眼睛始终盯着右手拿着的那本"禁书"。

我轻松地过了海关，那本"禁书"也安然无恙地过关了。

现在看来，那本"禁书"真的没有"禁"的价值呢！

特别值得一提的还有两次去台湾学习考察的事。

台湾，可爱的宝岛，有我的亲人。

中华人民共和国成立前，我养父的二弟被国民党抓壮丁，参加了国民党军队。1949年，国民党败逃至台湾时，我二叔被裹挟而去。在两岸实现"三通"后，二叔获准回大陆探亲。二叔第一次回来时，祖母还健在，第二次回来后不久，祖母仙逝了，不久二叔也病逝了。

二叔死后，他的一个儿子好逸恶劳，而女儿阿慧与其夫季长工开了一个工厂，生了两个女儿；二女儿阿伦在台北一家医院工作，由于生活压力大，她感到抚养后代太艰难，于是选择了不结婚——独身。

两个妹妹多次回大陆探亲，与我这个没有血缘关系的兄长建立了很好的感情，于是，我也决定借此机会去台湾一趟——公私两便。

去台湾的人员除了我和妻子，还有吴之梁、王欣及我儿子（除我儿子一切费用是由我私人掏钱外，因为他不是我集团员工），其余四人的考察费用均由集团财务列支。

我先后两次随民办教育考察团去台湾考察教育，为了行文简洁一些，我就不一次一次地叙述，就概而言之吧。

我两次赴台考察教育，第一次是2013年3月底启程，4月初返校，历时约一周。第二次应是2014年秋。

台湾这个孤悬海外的宝岛，在教育上有两个值得我们思考、借鉴的地方，一是在继承民族传统文化，国学教育方面，他们做得比我们更优秀，比如我们目之所及的学生、教师、家长，都表现得很有教养，彬彬有礼，诚实守信。比如吴之梁、王欣和我儿子他们随考察团去了阿里山，我妻子晕车，不想上山，我也佯装怕上山，留下陪妻子。因为我们两人是自愿离团的，若按我们的推想，由此而产生的一切费用就该我们自己负责。可出乎我们的预料，导游专门拜托路边一家售货店老板照顾我们。这老板免费给我们泡上好茶，送上小吃、水果。我们付费，他们诚恳地说："你们参团已经付了费了，不需再重复付费。"

更不曾料到的是，店主见我夫妻坐着喝茶似乎索然无味，就背着我们去与导游联系，然后把店交给别人为他看守，亲自开车把我们送到十公里外的一家宾馆住下。住下不多一会儿，宾馆侍者就给我们送来了两份丰盛的午餐，并告诉我们，这里吃、住不需另行付费，导游已与他们商量好了。同时侍者还告诉我们说，饭后好好午休，导游会在下山后来接我们。

还有一点，台湾无论公立学校还是私立学校，家长不仅大力支持并积极向学校捐赠财物，而且还深度参与学校管理，这些都是纯义务的。

以下是同行的教导主任吴之梁的一段回忆，也比较有趣，特摘录于下：

有人说："中华五千年传统文化，我们这一代人没有继承和发扬。传统文化没有得到应有的重视。"说这话的人既没有依据，更没有关注社会文化的进步。

不得不承认，在改革开放初期，由于社会的浮躁之气波及到了文化传承，教育也受到了波及，但后来高层发现了这个问题，采取了强有力的措施，这一问题得到了矫正。据相关研究人员讲，眼下每一年民间组织的诗人写的诗词是以六位数计。就以我们大兴教育集团而言，纪元初董事长在十年前就提出了五心教育（忠心献给祖国、孝心献给父母、爱心献给社会、关心献给他人、信心留给自己）。他还成立了诗社，举办各种师生诗词活动，创办了诗词杂志《大兴诗韵》（已印刷十二期）。可以说，在民办教育中，这是难得一见的，是独树一帜的传承优秀传统文化的教育集团。现在回想起来，我再次感受到纪校长教育思想的深邃与坚守。

在考察之余，纪校长带领我们去观赏了台湾的旖旎风光，有两件事给我留下了深刻的印象。

由于台湾多丘陵，交通基础设施不如大陆，道路较窄，加上天公不作美，又下起了雨，旅游车在山间蜿蜒前行，雨中美景别有一番韵味，行走在林间，轻拂脸颊的细雨也带有甜味。纪校长说，他驻足小憩在一驿站，老板一听是大陆来客，甚是热情，免费供茶，甚至免费提供宾馆给纪校长休息，倍感温暖，真正享受到了两岸一家亲的同胞温情。他感叹道，如果两岸人民没有交流，哪来亲情？！

另一件事发生在美丽的澎湖湾，我在20世纪80年代读高中时，会唱的一首歌是《外婆的澎湖湾》。这首歌经台湾歌手潘安邦深情演绎，在华语乐坛非常流行，我心里很早就想去一趟澎湖湾。此次研学，纪校长让我们梦想成真，到了澎湖湾后，我们发现在游船边，在石梯旁，在供游人短暂休憩的凉椅上都放着一些小蜜蜂，正反复播放着污蔑中共领导人的一些所谓"真相"，也播放着歪理邪说，旁边往往还坐着一个贼溜溜的中年男人，只要一发现是大陆去的游客，就犹如见了猎物一般，鼓动三寸不烂之舌，进行反动宣传，据说这些人除台湾人外，香港去的也有。这些人很让人讨厌。这种厌恶感让眼下的美景也蒙上了不爽。我在经过一"宣传点"时，终于按捺不住愤激之情，于是大声骂了一句"汉奸，民族败类"。这下子可惹祸事了，一个彪形大汉尾随了我几里路，一路反复指着我说"这是一个共产党员"，好像要将我示众似的。我听到这话，走路时腰杆反而挺得更直了。中华民族能自强自立，连列强也忌惮三分，不就证明了中国共产党的伟大吗？！我敢料定，这些逆历史潮流而动的民族罪人一定会被历史的车轮碾得粉碎的。

对于这些，我也和吴主任一样，感同身受，尽管我不是中共党员，但我是一个爱党爱国的中国人，所以在飞机上及后来的几年中，我写了一些期盼两岸统一的诗并将这些诗通过微信发送给我台湾的妹妹及妹夫，我妹夫是台湾国民党党员，他也期盼祖国统一。

特录诗如下，以作本章结尾。

赴台机上吟（二首）

（一）

大海茫茫两岸遥，飞鲸掠过白云飘。

海涛源自江河水，岂惧潜流与暗潮。

（二）

飞腾霄汉长精神，俯瞰山河万里春。

欲出机舱伸巨手，撩开障眼一浮云。

（后记：障眼之云能撩开乎？）

飞台参访走笔赠同仁①

树人厚德大工程，何惧云涛驾巨鲸。

眼里篇篇先进语，耳边阵阵后贤声。

三天考察传承事，两岸称扬友善经。

华夏振兴同一梦，炎黄儿女共荣生。

注：①题解：赴台交流传统文化育人树德一事，离台时吟诗以赠。

寄台湾弟妹

血脉相连续汉家，一衣带水共烟霞。

虽曾孽火燎枝叶，却有深根续种芽。

大海狂潮夷搅浪，漫天黑雾蜮喷沙。

填平巨壑添肥壤，兄弟同栽强国花。

中秋夜寄台湾弟妹

久盼团圆却未成，高天总不定阴晴。

雷霆难断同根脉，万里波涛共月明。

中秋夜寄台湾亲友

一寸西风万丈凉，更兼阴雨夜登场①。

团圆月影埋云帐，拆裂亲情刮骨伤。

海大犹流龙脉血，山高岂挡日光芒。

凝眸总向东南望，共盼归来好主张。

注释：①场：今仄声古平声。

第五十八章　四海翻腾谁见腐
三山耸屹不辞尘

我十分厌恶那些精心打磨，极力包装，以营利为目的的"经典学校"介绍的"经典经验"。但我从不反对到国内、国外学习交流，也不反对有真才实学的学者来校讲学。

20世纪90年代，我们先后与波兰、法国、意大利、新加坡的学校交流学习过。其中以与新加坡裕廊（音）中学学习交流较深入。

据说，当年新加坡不从事养殖业和种植业，故相当多的学生，甚至包括一部分青年家长既不能识别粮油作物，也不认识家畜家禽。有一次，一群高中生去邻国旅游，导游指着一群活蹦乱跳的鸡，给学生讲解有关鸡的常识，可那群高中生都不相信导游的解说，并批评导游说错了——鸡是不长毛的，也没生命———因为他们只见过橱窗里出售的鸡，冰柜里储藏的鸡。

这一近于笑话的故事传扬开后，终于传入了社会高层。于是，他们的总理下令：初中、高中学生到国外去"找苦吃"。通过搞国际交流的常明凤，他们找上了我们学校。

新加坡师生前后共来了两次（一年一次），来的学生都是新加坡裕廊（音）中学的学生。常明凤给我校提出了明确要求：

要照顾他们的民族生活习惯，比如信奉伊斯兰教的绝不食用猪肉、猪油，甚至不得用盛过或烹饪过猪肉、猪油的器皿或炊具，为这些师生盛食物或烹饪食物；

盛在师生碗里的食物必须吃完，哪怕他们肚子已填满了，也必须胀下去，绝不允许倒掉，因为他们坚决反对浪费；

他们来中国不是来游玩的，而是要参加劳动锻炼的，其锻炼合格的标准是：衣服要弄脏，人要劳动疲倦，否则不能回国哦！

朋友们，你们应该知道：新加坡当时可是亚洲最发达、最富有的四小龙之一嘞！你看看，人家国家的管理者是多么的聪慧，怎样的优秀呢！我们今天的中国家长，除了让孩子养尊处优之外，还会什么呢？

从事国际交流工作的常明凤是大丰人，高中毕业于大丰中学。

常明凤明净的额，两道蛾眉下忽闪着明亮而充满睿智的大眼睛。她个子不高，但衣着、修饰得体，显得典雅大方。她不仅为我们带来了与新加坡学校的交流，后来还促成我们与德国洪堡德学校的长期合作——从2006年开始一直延续到今天——除疫情三年外，我们都履行了签约时达成的协议。据负责对外联络的卢蜜蜜校长汇报：不出意外的话，他们准备2024年10月恢复与我校的互访交流。

在与德国师生的交往中，我们被德国人的严谨、守时、认真等诸多优良品质所折服，更为他们的自觉守法而感佩。比如，州议会没批准他们来华访问学习的经费，他们就自觉遵守议会的决定，绝无怨言，更无牢骚。

他们大多数的时间都是拘谨的，但也有极个别的时候，他们变得天真幼稚，活泼可爱，这种时候就是他们在喝醉了之后。

有一次，德国师生顺利地结束了在中国的访问学习，要离开大丰返回德国了。我方负责联系德方的老师汇报说："中华民族是既好客又喜交朋友的民族，德国师生就要回国了，他们想去我们市里看看。"我听了汇报，决定亲自送他们去机场。我交代负责送别的人要安排妥当，比如当天下午怎么玩，晚餐又如何安排，都得先弄个方案给我看看。

方案一交给我，我就指出了三个不足：一是出发前往双江的当天中午在我们学校应早点吃午饭，然后让他们下午在双江玩的时间多一点；二是安排他们下午在磁器口玩是对的，但晚饭后应安排乘游轮游两江；三是夜游结束后还是应该安排一场夜宴，让他们这些惯喝啤酒的，晚上喝喝我们的白酒，给他们留下深刻的印象。

当天下午玩古镇口及"夜游两江"都按部就班地进行。

游完了两江，我们找了个环境好、味道不错的地方请德国师生吃夜宵。

上桌时，德国教师喜欢喝冰镇啤酒，而我只喝"白干"。这"白干"都是我从大丰带去的泸州老窖。这时负责翻译的老师用流利的英语对德国朋友说道："我们纪校长为什么喝白酒？因为他对饮酒颇有研究。他今晚喝的这款酒，比茅台、五粮液都好，不仅好喝，而且就是喝得酩酊大醉，也不会头昏脑涨，不伤肝伤肾呢，不信你们尝尝吧！"

王欣回忆录：德国洪堡德中学来签约那一次，学校派英语老师全程负责翻译。在我校完成签约及相关活动后，纪校长亲自送洪堡德师生去双江市，并陪同他们游览了古镇等特色景点。古镇的悠久历史、文化底蕴、美妙的夜景深深地吸引了德国的师生，赢得了他们的美赞。

晚上请洪堡德师生品尝古镇附近的小天鹅火锅。

由于所有的正式活动圆满完成，德国师生第二天就要离开双江，所以他们也比较放松，按各自的习惯点了菜和酒。德国师生怕辣，单独围桌吃清汤，喝山城啤酒，纪校长及其他陪同人员吃红汤火锅，喝白酒。负责翻译的老师为他们介绍了双江火锅和双江啤酒，着重介绍了我们当时喝的"泸州老窖"的历史、口感等，并说这是中国继茅台、五粮液之后的第三大白酒，引起了德国朋友的兴趣。本来他们单独围桌，安安静静吃着清汤火锅，品着双江啤酒，听了翻译老师的介绍，洪堡德中学的校长史林和老师们也把碗筷搬过来，和纪校长一起，喝泸州老窖，尝红汤火锅。他们对泸州老窖不断竖起大拇指，对我们学校的办学成绩及纪校长的个人魅力更是赞不绝口。大家频频举杯，德国教师遵从我们当地的"酒文化"，碰杯即干，杯杯见底，好像这才能表达他们对主人的敬意和谢意。也许是就餐时氛围太好，随着一声又一声的"起尔食（干杯）"，大家都喝得忘乎所以了，简直是把白酒当成凉白开在喝了！不知喝了多久，反正每个人都有醉意了，想到客人第二天还要远行，我们不得不提议请大家喝一杯"大团圆"酒，才恋恋不舍地离开餐厅，回酒店休息。可在餐厅门口，大家却像久别重逢的老朋友一样，有说不完的话，半天都迈不出餐厅的门槛。

这时，身材高大的托马斯老师对我们的纪校长直接来了一个新娘抱，因酒意而摇摇晃晃的托马斯抱着纪校长原地转圈，有几次还把校长高高地抛起来，再接住，吓得我们尖叫连连，大家疾步上前把他俩围住，不约而同地伸出双手，半蹲双腿，做出一个接住的动作，生怕托马斯一不小心把我们的纪校长给摔了！就在大家惊魂未定时，托马斯放下纪校长，笑着解释，他曾获得过德国的柔道冠军，有的是力气。说着又一把抱住纪校长，两眼还"含情脉脉"地望着他，真是"情到深处自然浓，意到浓时怎忍去呢"！

当然，在交往的这些年间，也发生了一些因文化差异导致的突发事件。

艾娅娅回忆录：纪校长思想开明，目光长远。他认为从长远的观点来看，举办中外师生交流活动对学生的成长和发展很重要，国际交流活动应该成为我校工作的有机组成部分，因为学生参加国际交流可能会成为个人发展的转折点、学生优良学风的新机遇，国际交流既能增强学生的公民意识，拓宽学生的文化视野，也能促进中国文化的传播，让世界更好地了解中国。

经过长期大量的准备，我校成功与德国杜塞尔多夫市洪堡中学达成共识——两校师生定期互访，进行国际文化交流。2008年，我校迎来了第一批德国朋友，史林校长率四位老师来访考察，签订了互访协议。2009年10月3日—10日，在秋高气爽的季节，我校再次迎来了远道而来的德国师生二十五人。这是我校第一次接待一个大规模国际交流团队，由于缺乏经验，一切都是摸着石头过河，接待压力可想而知。尽管接待团队事前就活动日程、活动安排、吃住行安排、语言要求、交流内容、参加交流的师生、寄宿家庭等具体事宜反复推敲，做了周密的组织和安排，还是出现了始料不及的突发事件。

这件事就是二号垃圾站拍照事件。某晚，按照预定安排，德国师生游览广场和步行街，近距离感受盛世中国，体验中国人民幸福安康的生活。德国师生非常喜欢披上国庆盛装后壮观美丽的广场，饶有兴趣地在广场四处转悠。他们时而被热闹的广场舞吸引，纷纷加入广场舞，随着音乐的节奏欢快地舞动，成功被中国大妈同化；时而被以柔克刚、连绵沉稳的太极拳吸引，平心静气有模有样地练起太极；一会又被舞剑的队伍吸引，看那剑时而如游龙穿梭，时而轻盈如燕，时而骤如闪电，银光乍起，他们也不禁加入剑阵，那东倒西歪、站立不稳、张牙舞爪的姿态引来阵阵笑声；然后又看见武术学校的少年们习练中国武术，一套套行云流水的动作让他们眼花缭乱，心痒难耐，发出阵阵喝彩声，几个德国师生纷纷拜师，想学得三招两式回国去炫耀摆弄。广场的活动如此丰富多彩，引客人不断驻足惊叹，流连忘返，经我们多次催促，他们才恋恋不舍地离开。

此时还有游览步行街买礼物这一活动安排，但时间已显仓促。陪同人员与德国领队迈克商量可否取消，但德国的少男少女对买中国礼物回国很感兴趣，不愿意取消，迈克只得妥协，陪同人员也只得尊重客人，主随客便。为了节约时间，陪同人员决定改变既定线路——从广场经北苑到十字口绕一圈到步行街，改走另一条线路——走捷径从广场直接穿插到步行街。就这样，突发事件发生了。一个走在后面的德国学生发现街边有个奇怪的门市，里面不是摆满琳琅满目的商品，而是整整齐齐摆着几个桶，空荡荡的，出于好奇，他拍了张照片。他的这个动作被我校的学生发现了。这个同学回校后报告了老师，也报告了纪校长。老师们正在紧张思考如何解决这件事的时候，纪校长的电话就来了。四个老师知道犯了大错，怀着忐忑不安、紧张而愧疚的心情蹑手蹑脚地走进纪校长的书房。纪校长正坐等大家，满脸秋霜，不怒自威。老师们心里怦怦直跳，大气不敢出，都心虚地垂着头，等待着狂风暴雨的洗礼。纪校长了解了事情的详细经过，严厉批评老师们组织活动不周密，缺乏时间观念，擅自改变活动路线，缺乏政治敏锐性。他说："你们还带德国朋友走这个烂巷子，你们不是不晓得那里有个垃圾站！德国人拍的垃圾站的照片一旦发到德国的网络，就是丑化中国形象，侮辱我们的国格。你们没读到过这方面的新闻吗？有个别外国人专拍中国落后的地方，以此来丑化中国。我们既然承担了国际交流活动，就要对交流活动负责，既要保证德国友人的安全，又要让他们看到中国最好的一面，把中国的发展进步展示给他们看。"

纪校长一番严厉批评，让老师们如醍醐灌顶，对这件事的严重性有了更深刻的认识。认识到错误的我们，压力更大了，头垂得更低了。然后纪校长又语重心长地指示，要想办法看到德国学生拍的照片，看拍的什么，了解发到网上没有，想办法让德国学生删掉，但又不要太刻意，不能让他觉得我们很在意这张照片。西方人注重人权和自由，一定要注意方式方法，不要上升为外交事件。最后他又补充说：这件事解决好了就不是什么大事，解决不好就后患无穷，我们就会成为民族罪人。纪校长的一番话，让老师们明白解决这个问题非常棘手。

按照纪校长指出的解决方向，老师们绞尽脑汁想出了两步方案。第一步：安排与这个德国学生交好的中方学生和他接触，一起分享彼此的照片，看他拍了些什么，了解他拍垃圾站的意图，并带头删掉自己拍的一些难看的照片，伺机建议他也删掉垃圾站照片。这一步老师暂时不介入。若他不删除，我方再采取第二步：找带队的迈克老师直接交谈，首先说明我方对这次文化交流的期待是美好的，接待是重视的，我们希望过程和结果也是完美的，希望这次交流访问能增进彼此的友谊，增加对彼此文化的认同；再谈学生拍二号垃圾站照片的事，我方认为此举欠妥，对此深感不安；然后再视迈克的反应提出下一步解决措施。如果迈克赞同我方的观点，主动提出删除照片，我方就表示赞赏和肯定。如果他认为这是学生的自由，我方就正式提出我们的要求，请迈克妥善处理。当然，根据与迈克的多次邮件往来和这次来访期间的多次密切接触，老师们了解到迈克是个很豁达严谨的人，作为这次中德交流的组织者和活动的全权负责人，他并不希望节外生枝，一定希望活动能顺利进行，不然，交流就会中断。而且回去后市政厅还要对这次互访做问卷调查，迈克还要向市政厅写报告，如果这次互访发生不愉快的事件或效果不好，他们就申请不到下一次交流的活动经费，活动就会终止，一直为这次交流做出诸多努力的迈克一定不愿意看到这个结果。经过仔细分析思考之后，老师们认为这个方案有可行性，也有解决问题的把握，因此向纪校长汇报了我们的解决思路。我们的思路得到了纪校长的肯定。不出所料，事情得到圆满解决，而且解决这件突发事件比老师们预料的容易得多。

中方学生和德国学生一起分享彼此的照片时，看见那张垃圾站照片拍得黑乎乎的，可能是匆忙之间又是晚上拍的，拍得并不清晰，就问德国学生拍的啥，德国学生说他也记不清了。中方学生问：这么难看，你还要保留啊？德国学生说不保留，太难看了，立刻就删除了，同时两个人又浏览完了彼此所有的照片，把照得效果差的都删除了。据了解，没有发现其他不当照片，也没有发到网上。危机解除，老师们心头的石头才落了地。

纪校长也才放下心来。

经此一事，在后面几天的接待中，接待人员谨小慎微，力争不再发生意外，每天都如履薄冰，战战兢兢，外松内紧，给每一个德国学生都派了一个陪同学生，既做好陪同，也做好随时引导他们的行为的工作。一直到德国师生在江北机场登机，再也没发生意外了，老师们一直悬着的心才放了下来，如释重负。第一次访问终于顺利落幕。

但在2011年德国师生第二次来访时，意外又不请自来。一天，在常青小学观摩听课期间，德国师生沿着教学楼下的林荫道走向另一个班级时，一对十六岁的男女学生走着走着，突然拥抱接吻，引来趴在教学楼走廊上的我校学生一阵哗然。由于文化差异，他们视为理所当然的行为在中国被视为早恋。这种行为在我国的学校是禁止的。处理这件事相对简单，我校老师们向德方带队的迈克老师说明我们学校对学生恋爱的态度和管理后，迈克立刻表示是他们做得不好，保证以后不会再发生此类事件了。我们也提出了中国文化注重男女有别，相处不能过于亲密，希望德方学生在校内交流时要克制的意见。

纪校长一直密切关注着德国师生在学校的交流活动的反映，他再次语重心长地提醒接待要用心，对文化差异要有充分预判，不要让交流访问的效果打折扣，更不能出现反作用。

前两次德国师生来访，双方都处于摸索阶段，对意外事件的预料不足。这两次交流过后，双方都积累了丰富的经验，在后面的交流中提前做好文化培训和更周密的接待准备，后来基本没出过类似的突发事件，进展顺利，达到了交流的预期目的。

我们学校与洪堡德中学的友谊，经历住了时间的考验，从2006年起，德方来考察始，至今已有十八年时间了，但我们之间的情谊，犹如佳酿，历久弥香，历久醇厚。

听说史林先生即将在校长任上退休了，而明年洪堡德中学要重启因新冠疫情被迫中止的交流互访，我十分期待着那一天的到来。

第五十九章　浮利虚名轻似土
风涛万里守初心

1994年秋，我接任了大兴初级中学这个烂摊子，由于我坚守教育初心，心无旁骛，不追名逐利，所以学校从162名学生发展到眼下16960人，规模已扩大了近104倍，同时，小学、初中、高中的教育教学质量均为上乘。

对此，有许多人问过我其中的奥秘。每当面对如此场景，我或一笑了之，或顾左右而言他，或答曰：努力而已，别无他法。

现在究其根底，则是：守初心而无旁骛。

举如下例子可证上言非假语虚言。

2008年，我校正值蓬勃发展期，其时，房地产发展也进入高峰期，许多人都劝我应挤进房地产业去分一杯羹。对此好心劝告，我总是笑着回答："我不精于此行，还是等等再说吧。"

可在2010年春季，县里一个分管经济工作的领导，几次叫人传话给我，说有一个房产商要与我共同搞个什么产教合作。

我听完这个"精神传达"，就想，什么产教合作？教育的成果是什么？是人，是学生，而房地产业终极产出的是货币，这二者是风马牛不相及的，咋个合作？我心里真打鼓。管他的，懒得与之争辩，不理他就完事了。

可是，我真是书呆子气十足，难道你不理他，他就罢了不成？

一天早上，刚吃过饭，电话铃突然响了起来。

"喂，校长，早上好！请你九点半到你家对面的酒楼客悦厅喝茶，一定要来哦，不见不散啰！"电话又是那个领导打来的。依我的秉性，我是十分不想去什么茶楼的。因为在我的词典里，闲聊胡侃无异于谋财害命。但这些年的校长经历又提醒我：事到头，不自由。做一个一般教师，只要不干违法乱纪的事，我怕谁？可作为一个校长，为了工作方便，你谁都得怕！谁我都不敢轻易得罪的。

那酒店与我住的地方仅一街之隔，没几步路，所以我准时到了那里。

进去一看，嘀哟！他们早就到了。我一进去，高大壮实、满面红光的县领导就站起来与我握手寒暄，接着，他身后走过一个身材发福，个子不高，微黑的脸上挤出了一丝丝笑意的男子。县领导忙说道："这就是我几次在电话中给你讲过的梁总，他的楼盘做得大哦……"

"哪里！哪里！比起纪校长来，我们这些算得什么呢？"接着他握着我的手说："纪校长，大忙人哦，要见你一面，真难呢！"

"这样说，就太客气了！我一介布衣，既无会务之劳神，也无迎来送往之累赘，哪像七品县尊和梁总日理万机呢！惭愧，惭愧！"

没等我把话说完，"县大老爷"就把我们让到了座椅上。

茶品两盏，废话说了一大堆，终于扯到了正题。县领导先吹了一阵子，梁总这个企业家怎么优秀，梁总旗下的企业如何如何生机勃勃、欣欣向荣……他还没说完，梁总就一面敬烟，一面说道："纪校长，领导知道我是个耿心直肠的粗人，所以不会说话，若有言高语低之处，就请别介意才好……"接着就图穷匕见——他的真实意图是与我合作，既经营房地产，也从事教育投资，也就是把学生来校就读与购房捆绑在一起……并且还说："你纪校长可以个人入股，也可以学校入集体股，股本金多少，你自己说了算。"梁总一边说，分管经济工作的县领导就一个劲儿地帮腔。

我没等他们说完，就站起来说道："副县长，梁总，刚才你们讲了一大堆合作共赢的事，我认为这些都不错，但是由于我才疏见识短，如果我只身一人来入股，怕不懂行，坏了你发财的大事。再说，我只身一人来入股，我们那几十个股东会认为我没团队精神，见利而忘义。古人云：千夫所指，不病即死。如果要让我们以集体名义入股，我校可有六十多名出资人，必须由董事会研究，形成方案，然后交由出资人投票表决才行。"其实，我早就厌恶了这种舍本逐末的游戏。

舍教育之本，逐金钱之末，此在我眼里堪为下品之作为。

能寻到本末均可之模式，方为上品，实在不行，保本舍末也为中品。我脑海里飞旋着的这些念头，指示着我应该设法离开这里了。

于是，我说我上个卫生间，离开了茶室。

上厕所方便倒真有此需求，但借机想脱身之计也为必需，因为他俩已商量订餐，请我这个高阳酒徒了。

方便还没结束，我就想好主意了。我立即拨通了我妻子的电话，我对她说："再过十来分钟，你打电话给我，然后编一个谎话叫我马上回家。"同时我也告诉了她我出此下策的原因。妻子连声说："好，好！"

回到茶室不多一会儿，我的手机果然铃声大震，我装着不经意间点击了一下免提，急问妻子找我何事，她说我岳父突然昏厥在家里，要我马上去岳父家。我故作慌张地骂道："你们是白吃干饭的吗，为什么不先去呢？只知道给我打电话。"

话一说完，我就向他们说了声："两位，对不起了！我只好先行离开，哪天得闲，再置酒向你们致歉！"说完，我即扬长而去了。

后来，县领导与梁总又多次相邀于我，我有时借故婉谢，实在推不掉，也只得前往赴约，但都是带着总务主任一起。每次见面，他们总是提什么合作共赢，我想如此拖下去，也不是个事儿。于是，我决定摊牌。为了不牵涉他人，也不太伤梁总面子，我找了个机会单独与县领导来了个月亮坝耍刀——明砍。时间我选在一次酒半酣之时，地点选在广场一个茶楼。

我叫好了茶，服务员将茶送来，我让他出门把门带上。然后我就轻言细语、慢条斯理地说："老领导，我知道您在分管经济工作，总想干出点业绩来，同时，您也想让我们学校能鹏生双翼，凌云高飞。可是您想过没有，房屋是易耗品、易碎品吗？不是！房屋的寿命在非受自然灾害的前提下，完好率少则六七十年，多则几百年，而土地是不可再生的资源，中国有多少土地可供我们浪费的？中央会对此熟视无睹，继续放任自流吗？我敢料定，今年下半年，最迟不超过明年，房价就会转向拐点，中央就会降低房产贷款，这样一来，一些在建的住房会变成烂尾楼，一些房产商将会受到沉重的打击甚而破产。不如此，我国将会步美国、日本之后尘。"

听到这里，县领导的脸色由晴转阴，好一阵才口不应心地说道："不可能吧！"他的语气似乎已不像先前那样底气十足了。

接着，我说道："半个月前，一个有月亮的晚上，我和几个诗友上南山观景台赏月，可运气差了点，我们刚上观景台可能还没半个小时，突然一大堆乌云涌了上来，不一会儿，云越涌越多，越堆越厚，月亮已不见了踪影，山头上顿时一片漆黑。诗友们正在唉声叹气之时，我却说道：'在黑夜中看大丰城灯景，岂不美哉？'我们望着老城，只见灯火璀璨，照得如同白昼，可转身一望新城，只见开发最早那一片，可能是五六年前开发的那些楼盘，倒还每幢有几处闪着灯光，而这两年建成的楼房，却漆黑一团，真如人们口中描绘的鬼城一般。那些可怜又可恨的房产商们连薄利多销的营销之道，甚至连少输当赢的赌徒之法则也知之甚少。如此下去，他们可有倒霉的一天哟！"

说完这番话，我看了看满脸阴霾的县领导，说了声再见，径自去台上结账就走了。

2010年秋，我和妻子（作我陪护）以及区外的另一所民办学校校长（以我的文秘人员名义），在上海参加了一个会议。这个会议是教育界的高层和立法界的高层主持召开的。会议主题是关于修改2002年颁布的《中华人民共和国民办教育促进法》。修改的核心有二：一是取消合理回报，二是取消投资者对校产（主要指房地产）之拥有权。这些都是合法的，因为民办教育乃是公益性的，这在国外许多国家的法典里都是这样规定的。

但是，这对于只相信且擅长人治的我们而言，是很不适应的，许多人甚至绝对不相信这样的修法是会发生的。

因此这就使我的一些明智而理智的做法，不被领导、同事们理解，甚而招来一些背后谩骂和人身攻击。对这些，我不愿意也不应该一一指出他们的姓名，以此来彰显自己的"高明"。

比如 2012 年，两位区领导（大丰已由县改成区了），强力向我推荐一位从海南创业且已入富豪行列的程俊豪。程俊豪希望与我合作，征地两三百亩，准备在其新建的小区内修建大兴中学分校，以此拉高房价。

这个提议被我拒绝了。

于是，校内校外指责我"不谙时务"者有之，责备我"故步自封"者有之。

对这些流短蜚长，我往往嗤之以鼻。

特别是在 2013 年前后，不知上级机关谁突发奇想，允许民间登记注册开办小额贷款公司。一时间，一些企盼日进斗金的上司、友人纷至沓来地邀我以学校流动资金入伙，面对这些高利润的诱惑，我却有更深层次的思考：一、这些借债之人一旦还不了债，会带来什么样的逼债乱象？二、这些小额贷款公司仅凭一纸上级文件行事，一旦资金链断裂，债权人的利益能受到法律保护吗？但在高利润的诱惑下，连我们集团的个别教师也"与时俱进"了一盘。

结果，凡是"与时俱进"的投资者，没一个不是铩羽而归的，甚至有人连自己的住宅也赔了进去。

董事会中也有人主张参与，但我坚决反对，如果我一时冲动，将学校上千万的流动资金都拿去打了水漂，那其后果是，教师的工资、奖金得不到保障，学校不就坍塌了吗？

由于我坚守办学之初心，我校又逃过了一劫。

小额贷款公司一事，我未参与，没受到任何行政压力，但下面这件事，我却扛住了泰山压顶般的压力了。

2015 至 2016 年期间，为了开发碧云湖，吸引了一个财团前来投资，当时分管招商引资的区领导想出了许多妙招，其中一条就是引进省重点中学来碧云湖边上创办一所民办学校。

此校的负责人真可谓绞尽脑汁，算尽机关，他们怂恿区领导、区教委相关负责人"劝"我入伙，目的有二：一是借我大兴在当地的名望，分走一些生源，真可谓借我之鸡，为其生蛋；二是他们不仅可以此捞钱，还可以将优质初中毕业生送往其本部，以达到削弱我高中，最后廉价收购我高中，建一个这所重点高中的分校，甚至最终达到吞掉我集团之目的。

当然，这一切，搞开发的领导没认真想过，教委的个别负责人也未仔细分析过，也或许他们为了完成上级交办的任务，根本没去顾及其他。与此同时，他们也低估了我这个流浪六载的人，对他们的"深思熟虑"能洞若观火，他们更低估了我的倔强和耐压的秉性。

这种劝中带压，压中带诱地直接折腾的一年多，直到2016年上半年，已经无数次参加过《中华人民共和国民办教育促进法》修改讨论的我，决心向他们摊牌，以彻底摆脱他们的纠缠。

有一天上午，我给区里分管领导、教委分管领导及民办教育科科长打了电话，也给那所小有名气的公办学校校长及招生办主任打了电话，请他们当天晚上六点，在广电大厦二十四楼餐叙。

在电话中，我已一再言明："今晚纯属我私人宴请。"这就暗示了我不与他们学校合作的态度。

当天晚上，我只叫上了总务主任一起，因为他酒量还可以。五点半一过，客人陆陆续续地来了，一到六点，客人一到齐，服务员菜也上得差不多了，我叫来三瓶五粮液，斟上酒就开席了。

酒过三巡，按常规，该我坐庄敬酒了。我敬了每个客人一杯酒，最后一杯应该我与总务主任碰杯了。我端起一杯酒，先致歉道："各位领导，今晚上借着酒胆，我有几句话要向各位澄明，以昭心迹，若言语有不当之处，万望各位海涵。"

套话一完，我即转入正题："首先我万分感谢各位领导对我及我集团的认可和赞许，然而我出身卑微，学历低下，才识俱拙，实难堪当大任，况我集团既无财团为支撑，亦无政界友好为后援，若贸然加入贵财团创办的湖光中学，不仅会辜负各位之信赖，还恐为累赘。故经我及我董事会成员思之再三，将作如上表白，以表诚挚之谢意……"

未等领导们及那位校长缓过神来，我又站起来举起酒杯，再次请各位干杯。尽管几位领导和那个财团的人面露不悦之色，有个区领导甚而眼露愠怒之光，然他们不好当面发作。

大家一坐下，为了打破这沉闷的气氛，区民办教育管理科科长就开始敬酒了，席上顿时活跃了起来。

此时，坐在我身边的那个校长就撑了我一句："难道纪元初校长是瞧不起我校吗？"此校长当时是个非常嚣张之人，心里几无国法，眼里只有金钱。我知道他对我十分不满，然而仍以赤诚之意待他。于是我提高音量说道："各位，我多次参与了《民办教育促进法》的修改研讨会，高层的有全国人大召集的，低层的有市教科院主持召开的，大大小小，几近百次。这些会议的主旨一言以蔽之：合理回报必须废除，出资人既会失掉分红权，亦要失掉资产拥有及子女继承权，特别是公民的，如你们这类学校应为首当其冲！"我一讲完，全场人除我与总务主任外，没一人不说这是不可能的。我没再说什么了，只是对我身边的那个校长耳语道："你可得当心啊，听人说，你们区纪委已盯上你啰！"他疑惑不解地看了看我，没再说什么。

后来，2017 年，先后出现的事儿有力证明了那晚我的预判是准确的。特别是那位校长几个月后即被他所在区的纪委约谈，后就消失在了我们的视野中，听说到外地发展去了。

如果这几次，我们领导层，特别是我心里没有坚守住办好教育之初心，很可能大兴教育集团就会湮灭在大丰人们的视野里了。

第六十章　长箫不奏凄凉调
碧海难行谄媚舟

　　大丰县已于 2009 年 10 月升格为大丰区了。新组成的区政府为了使大丰区的经济得到跨越式的发展，决定建九所高职院校，也就是相当于原大学专科学校，以此来拉动人气，拉动房地产，房地产拉动了，区财政也就有钱了，只要有了钱，什么人间奇迹创造不出来呢？于是我开始谋划起我的新一轮扩张计划。

　　当时，我是区人大代表，接着又当选为市人大代表。我不自量力地认为：作为人大代表——且是双料人大代表，是应该在调查研究的基础上反映社情民意，发表自己看法的。

　　我通过调研了解到，这九所高职学校均是由民营资本运作的，每所学校圈地大多在两百亩以上，每所学校计划在校学生数均为两万人。这就是说，大丰区每年可以招收高等职业学校学生十万余人，而家长对高职类学校的需求量还不足两万人呢！我在调研中得知，这些民企老板有的办学未必是全心全意的，圈地才是真的，有的如意算盘是：一旦学校办不起来，就向政府要求改规，从事商业开发。对此，我在区人代会代表团的讨论时，在会上多次对此弊端发言指出并提出了建议。

　　可其结果是，除了招来几所高职学校代理人的仇视、鄙夷不屑的目光外，似乎没引起任何反应。当然，会后我也与教委主任和当时分管教育的副区长有过好几次脸红脖子粗的争论，我明确地判定我区修两三所民办高职院校应该是为民办好事，若非要修九所民办高职院校，那就是劳民伤财的坏事了。

2015 年，区人民代表大会结束没几天，市人大第三次代表大会就召开了。在讨论市政府工作报告的那天下午，我们代表团新来了几位列席代表。也活该我要惹事。那天我因闹肚子，去晚了一步。会议主持人在介绍来宾时，我还没去，所以没听着。

在讨论到教育与经济协调发展时，我瞅了个空当，打出了怨气冲天的排炮。

"……教育要加大投入，这是千真万确的好事，利在当代，功在千秋。但投入前应该认真地，而不是敷衍走过场地做一个市场调查，弄清楚群众需要哪一类、哪个层级的学校，而不是盲人骑瞎马，临深渊而不知……我认为我们不能用儿孙的钱，砸儿孙辈的饭碗啊！……"

我这里炮火连天，区里领导气了个目瞪口呆。我刚一说完，气得脸发紫的区委领导正要发起反击时，坐在他们身边的一个列席人员用手拍了拍一个领导的背，说："同志，这个纪代表的发言，虽然火药味太浓，太刺耳，可是在我看来，他是教育界的内行，说的也是真话。我建议你们一班子人应该认真调研调研，才最后决策为好！"说完他就起身离去。区委、区政府、区人大几个主要领导随即起身送出楼外。

"你胆子太大了吧！当着市政府常务副市长的面向区领导发难。"靠着我坐的派出所牛所长关心地对我说道。好一会儿，区里几位大员返回坐下，脸上的怒容消散了大半。

讨论仍在继续，原副市长，时任市人大常委会副主任、全国人大常务委员会农林委副主任委员郭辉在发言时一再夸赞我敢说真话，发言没套话空话，直奔主题……并说这些年来，他第一次听到这样的逆耳忠言。他还说："纪元初上次会议的几次发言以及这次大会讨论会上的几次发言毫无溢美之词，能够反映社情民意，这是难能可贵的。"

我这次在会上开炮是有战果的：区领导返回后，立即召开了紧急会议，已签约的五所高职院校必须履行协议，手续还没办好的四所立即叫停。时至今日，这五所高职占地上千亩，可学生总数还不足两万人。

在我们代表团，只有我是来自教育界。

我在履职市人大代表的五年中，还做了一些别人不敢想更不敢做的事。

2016 年元月，我参加市人民代表大会第四次会议。在听完市长做的政府工作报告后，我顿生疑窦：我市今年经济快速增长领跑全国？

当天下午，市领导亲临大丰代表团参加讨论。我一直在暗中叮嘱自己：千万要沉住气，不要再像去年那次会上那样出言不逊。可是，当听到一个接一个的发言者，无一不是一味地颠倒黑白、阿谀奉承时，我再也按捺不住了。趁别人发言刚一落音，我立马就抢先发言了：

"市人大常委会主任向代表们作的工作报告说，代表的意见和建议件件有回应，98% 的都得到了满意的答复……我认为这段话说的不全是事实。因为我从履行市人大代表职务开始，连续四年都上交了两件建议稿，其中有一件是连续四年都交了的建议稿，内容一个字也没变，主题也只有一个：就是建议由财政给民办高中适量地发放财政补贴。因为民办幼儿园、民办初中、小学、民办中职、高职、民办大学，市财政都发放了生均补贴，唯独全市 3713 名民办高中生没有一分钱的生均经费补贴，这于情于理于法都是说不通的。就算一个民办高中生一年补贴一千元，全市债务增加 3713000 元，难道市财政就无法承受了吗？……"

"你的建议未必没给你落实吗？"市领导惊奇地问。

"建议拨款补贴，结果是让市教委给我回复。市教委哪有这个权来表态给不给补贴？于是回复的全是些不着边际的套话、废话。对这样的回复，第一次我表示不满意，第二次我表示非常不满意，第三次市教委就派人来做我的思想工作了，先是打悲情牌，最后叫我回复个满意，以使他们免于年终考核被扣分……于是我年年写这样的建议，年年的结局都是一样。明年是我任这届市人大代表的最后一年，所以我今年写了，明年还准备写……"

"哎，你们财政局及相关部门的咋这样干呢？今年你们财政会同市教委拿个方案出来，争取让纪代表明年不再写这样的建议了。"市领导伸出左手的大拇指和中指，其余指头都卷着，动作十分优雅地扶了扶金丝眼镜，表态式地答复。

这应该是个圆满的答复了。可是我这个不知好歹的家伙，却记不住"见好就收"这个熟语，反而在表示感谢之后，画蛇添足地把心中的疑问一下子倒了出来："尊敬的市长，你作的政府工作报告中说到，今年我市的经济发展领跑全国，可是，我作为基层代表却没看到这'形势大好'的一丁点儿迹象呢。这领跑全国的经济数据，究竟有几个点子是水分呢？"我这话一出，我们代表团成员无一不大惊失色。而市领导终归是高级干部，经过大场面，见过大世面，脸色忽然一阴，倏而又转晴了。他看了我一眼，岔开话题，说起了明年的交通建设。

市领导起身离去时，全团人鼓掌相送，市长一个个地与我们握手道别。当来到我面前与我握手时，他紧握着我的手说："老纪，你还真敢说！"我心里一忺，不知他是在赞扬我还是在警告我。

这次向市领导面对面提意见的结果是：2016 年，市财政局下发文件，每个民办高中学生，政府财政每年补贴五百元，其中市级财政承担 20%，区（县）级财政承担 80%。

我详写这些事，意在证明我们的民主还是真正的民主，哪怕人民代表的发言火药味十足，冒犯了领导，也不会遭到责难，更不会被打击报复。

春季开学了，一切工作都如往常一样地开展。可是在全校教师大会上，我呓语般地说道："我校实行的小班化教学已经收到效果，得到社会的认可。但是我们应看到小班和大班混杂在一个校区，是很不利于学生成长的。今年，我们一定要有所作为，力争二至三年内建一所新学校，以满足家长对教育的多元化选择。"

那天晚上，我给领导发了个"莫名其妙"的短信，现回忆抄录如下：

尊敬的区领导：

对不起，下班时间打扰您了。我自 1977 年任教以来，都在为大丰教育做自己应该做的事。现在，我是一个退休老头，别无他求，也无多想，只是想我所在的大兴教育集团，能享受到与其他民办学校同等的国民待遇。遥叩。

晚安！

纪元初即刻

第二天上午九点，我的电话响了。我一看，是区领导的办公室主任打来的：

"您好！纪校长，您发给领导的信息，领导读了。他叫我转告您，您有什么诉求，请于今天上午十一点交一个书面报告上来。"

电话挂断后，我暗自思忖道：看来我新建一所学校的用地已经有点眉目了。

我心急火燎地把总务主任叫来，要他立即将早就拟好的书面材料交到区府去。

第二天上午，招商局局长来电话，要我去面谈。面谈的结果是：包括地价完全按那几所高职学校征地的条件和标准，并尽快办理好手续。

招商局的麻局长是个精明、能干、口才极好的干部，所以到了2015年9月4日，该在招商局办理的手续就已办好了。

轮到规划局、土房局办理用地手续了，这又花了好几个月时间。用地手续办好了，办规划许可就难了。一时说间距不合标准，一时又指责设计不合领导意图，甚至连外墙漆的颜色这样的小事也得由区规划委主任——区长决定。

2016年，区委书记调到市里工作，原区长升任书记。从市里调来一位区长，区长上任不久，就召开了一次规划委员会。在会上，他火药味十足地质问土房局局长、规划局局长和招商局局长："修一所小学三四十亩地就够了，怎么一批就是七十多亩？"

几个局长大眼瞪小眼，连大气也不敢出。这时，原任区长、现任区委书记——七十亩地的批准者，一个很有政治智慧的领导，轻言细语地对几个局长说道："你们会后找纪校长了解了解情况，最好给区长写个情况汇报。"

会后，土房局局长打了个电话给我。我是个一触即跳的人，电话还没听完，火就燃了起来。我冲着电话吼道："政府的批文已经下了，与招商局的协议也签了。再说七十一亩地不是经过了几次规委会再三论证了的吗？书记不是经过了全过程的吗？怎么还要写个什么情况说明呢？在玩什么鬼把戏？情况汇报我不写，土地愿意卖就卖，不愿意把我的钱退我就完事了。"

"你冷静想一想吧！人家区委书记这样做是十分光明磊落的，也是有政治智慧的。"电话那头解释道。

我仔细地想了想，似乎明白了什么，又似乎什么都没明白。但我还是按要求把七十一亩地的使用说明交了上去。下午，区长办公室传来话：区长说，原来是小学、初中两所学校，那七十亩地生均占地面积还是不够的，现在不好改动了，只好将就用吧。看来区长不仅通晓教育基建的规范，还是个十分直爽的人。但当我问到规委会啥时通过我们的方案时，办公室主任说："这很难说，区长对设计有三点不同意见，一是外墙颜色缺历史厚重感，二是校门设计无文化底蕴，三是校园缺一长廊，景致显得单调，少层次感。"

当天（星期五）晚上，我给区长发了一个长长的信息，就以上三点做了说明。说明的主旨即除了外墙漆颜色是在我的坚持下决定的外，其余两点均是规划局和设计公司制定的，至于长廊一事，我乐于建一条风雨长廊，待设计好了，再请区长定夺……总之，希望少折腾，尽快批准我校开工建设。

最后这一句是十分犯忌的。信息发出后，我有点后悔了：怎么把"总之"后面那句说了出来呢？但后悔有用吗？

星期六上午，我在南山独步锻炼。突然，手机响了起来，拿出来一看，竟然是区长打来的。

区长在电话里爽直地说道："纪校长，昨天在市里开了一天的会，很晚才回家，看了你的短信后已是十一点了，就没打电话给你了。你可以安排推土方的进场了，只是把风雨长廊的设计图做好后发给我看看。"

"推土方的进场？不是还要上规委会？"我满腹狐疑地问道。

"哎呀，你咋这么啰唆呢？！你放心开工吧！"区长有点生气地回答道。"外墙漆的主色就用紫色间以黄色吧，紫色是富贵色。为什么把故宫叫紫禁城呢？"接着区长又补了一句。

没过几天的一个下午，我接到区教委办公室的电话通知："今天下午区长要带队来大兴中学调研。"

傍晚六时，区长一行人才到校门口。我忙上前握手致意，接着在前边带路，一边走一边介绍学校的概况。可走进校门没几步，区长回过头望着校门就站住了。

"你这校门太小气了。"区长说。

"我是摸着兜里钱干事儿的人，寅吃卯粮的事我不干。"我直言道。

接着，我就介绍了这初中部的前世今生："这所学校原来叫育民中学，老板贪大求洋好形象，结果弄得资不抵债，加上非法融资，被判刑三年，校产被拍卖抵债，先后两次流拍。县政府领导多次向我施压，第三次我才参拍，最后以一千六百二十万元买了下来……"紧接着，我又汇报了我校的收支情况，多少有点叫苦的味道。

区长回过头望了望我说："你找人设计一下，重修一下校门，这笔钱区里来想办法。但是你要设计好，壮观、独特且要有文化底蕴，与你这大兴教育集团的名声相匹配才行。"

我真不敢相信自己的耳朵。因为我作为区人大代表，深知区财政状况十分不佳，说句大实话，全靠中央转移支付度日。

"纪校长，还不快谢谢区长！"教委主任提醒我。

"嚯，我还以为区长开玩笑呢！"

"我给你开啥玩笑？你们办这所学校也真不容易，没财团支撑，没官方背景，这些，我来大丰不久就知道了。"区长严肃地说道。

"你是啥学校毕业？"区长问我。

"初中只念了三个月。"

"啥？初中只念了三个月！"

"是啊！"我就简单地讲了讲我坎坷而悲怆的人生经历。这时我们已走到校总部办公大楼外面了。

"你真不容易，也不简单。"区长向我点了点头说道。

"你这个校区多少学生？"区长问。

"五千零一十三人。"

"一个班多少人？"

"最大的班七十八人，最小的班六十一人。"

"嚯哟！班额这么大？"

"一座难求——家长都想把孩子往这里送呢！"陪区长随行的教委副主任回答道。

随行的人都以异样的眼光望着我。这种眼神的含义，我是读懂了的：为啥子要说大实话嘛！尽给主管部门惹祸。

"郭建啊！你压力也大。你公办不收费，人家不去，这里收费一年几千元，人家来挤，你想想，这是什么道理！"区长意味深长地对随行的教委主任说道。

区长又勉励了我一番，走了。

我送走了区长一行人，站在校门口望着这沉睡在灯火中的天边的暮色，思潮翻滚：人们都说眼下贪官多，可是我真没遇上贪官。这个区长是从市区调来的，与我既不沾亲，也不带故，没抽我一支烟，没吃我校一餐饭，为啥对我们学校如此眷顾呢？他不就是在尽职履责吗？

后来设计了几次大门造型，都未入他法眼。他又从网上搜集了全国各著名大学校门的照片，叫办公室主任发给我们做设计的参考，又两次派办公室主任与相关部门的技术人员实地勘查。经过一番努力，设计方终于把设计方案、效果图都弄好了。交上去，区长看了，他觉得还行，不过有些细部还未考虑周全。

根据这图纸，我找人一预算，好家伙，这大门长四十一米，高十一米，最少也得耗资一千一百万。在这当口，校内校外知情者都主张先行破土动工，倒逼区里拨款。可是我却一反常态，一拖再拖，迟迟不动工。

谢天谢地，我没像自费修建学校、住宿楼、教学楼那样超深圳速度地大干快上，而是不见兔子不撒鹰。没多久，区长就调离了大丰，而那套图纸也就寿终正寝了。

第六十一章　皑皑雪岭迢迢道
纵马挥刀闯险关

区长来我校没多久，区委书记又调离大丰了，接任的书记是从外区调来的。新任书记履新不久，就来教育口调研。那天调研共四所学校，我校也是其中之一。当时的调研方案是调研结束后，在大丰中学座谈，参加座谈人员的名录中没有大兴教育集团。

下午四点多钟，书记一行在教委主任及教委相关领导的陪同下，来到我集团总部。

握手问好后，我便与领导们一起，边走边谈，汇报学校概况及特色亮点。所以一边走一边等领导提问，也就是他问啥我就答啥。

书记问完我校规模、在校生人数、收费标准等等之后，突然话锋一转，问道："你们大兴教育集团是哪个财团举办的？"

"没财团支撑，是我和几十名教师集股举办的……"我把大兴教育集团的前世今生概述了一遍。

"纪校，你是啥学历？"这是我的软肋，更是痛点。但是我毫不犹豫地告诉他："我只念了三个月初中！"接着，我把我青少年时代的坎坷经历概述了个八九不离十。

"哦！"书记惊诧地望了望我，感叹地说道："你真了不起。"当我汇报了《民办教育促进法》修正案出来，民办初中、小学的举办者、投资者是"活不能分钱，死了子女没得继承权"后，书记无不担忧地问：

"那你准备怎么办？"

"如果举办学校只是为了钱和资产，那他就是商人。所以，我们不管营利还是非营利，只要法律、政策还允许民办学校存在，我们都会不忘初心，把大兴教育办好，办成百年品牌学校。"说完，我顺口吟出了我写的诗：初心不改向云天，不惮汪洋卷巨澜。

"你多大岁数了？"

"七十有二了。"我又讲了我找到失散六十年的姐之后，一夜之间就增大了五岁的笑话。

天色已晚，书记一行还得回大丰中学座谈呢。我在校门口，送走了区委书记一行人就回家吃晚饭了。

刚吃完晚饭，我就陆续接到电话。电话有教委科室主任打来的，也有政法委书记打来的。这些电话内容只有一个：区委书记在座谈会上表扬了你，表扬大兴教育集团，批评了……

政法委书记后来好几次对我说："区委书记多次在常委会上说：'在不违反国家法律的前提下，应大力支持纪元初校长办好大兴教育集团。'"

后来区委书记又多次指示教委党工委书记、教委主任要依法支持大兴教育集团。这下子，我们董事会、监事会成员中的相当一部分人已经头昏脑涨，不知方向了。

后来教委主任亲自带领各科室负责人来校调研探讨，想找到支持大兴教育集团的办法和途径，但结果收效甚微。这下子董事、监事中的一部分人又怨天尤人了，并在一次会上发起牢骚来了。

"违法的东西人家不敢给。即使人家敢给，你敢要吗？一个利令智昏，踩踏法律红线的学校能行稳致远吗？其负责人能寿终正寝吗？"我气愤地批评了那几个人。

有了区领导的重视和支持，我们决定开工了。最先必须推土石方。但找谁推呢？一听说这里有工程可承包，从中可捞好处，于是有职能部门的人打电话、发短信。唉，要是那时有扫黑除恶就好了。遗憾的是开始扫黑除恶，我的工程已经完工了。

接着是修挡土墙、围墙。这时需要监理和施工人员。我们为了让施工员秉公办事，认真履职，我们给的月工资比别人高出五百元，并且约定，只要认真履职，不配合承建方偷工减料，确保工程安全，待工程结束时，每月将另发奖金三千元。

可是在围墙承包时，就遇到了当地的泼皮在社长带领下，在没有任何资质的前提下，强行承包了减力墙、挡土墙和围墙。我不愿意在威逼下签字，而是承包给了另一家有技术、有资质的小公司。可是，这小公司正式施工没几天，一个蛮不讲理的农民带着一帮人强占了施工现场。工地现场负责人打电话给我，我马上向110报警，可是警察一来，这群乌合之众顿时作鸟兽散，而警察一走，这群人又聚而复来。如此一日玩"猫捉老鼠的游戏"好几次，承包方没法施工，而工资得照发给工人——亏大了。承包方自愿解除合同走人。

这次，工地现场负责人向一个当地混混妥协了，同意他来承包，而我担心他不懂技术，不同意。可如此一拖就是一二十天，没人敢来接这个烫手山芋——谁不怕地头蛇搅事呢？没办法，我们只好怀着侥幸心理和那个混混签了承包合同。

更要命的是，我方施工员和监理工作极不负责，放线就超过了红线图一米。当挡土墙已修了两米多高时，被规自局察觉了，规自局要求我们必须推倒重修。这一推倒重修，近二十万元人民币便冤枉花了。可是，推倒重修后，由于施工员的不负责，施工方没技术，结果挡土墙弄成了豆腐渣工程——还没验收，挡土墙就裂口开缝了。

这下可惹下大祸了。建委质检部门不依不饶地多次找上门来。安全部门联合几家职能部门通报批评。顿时，黑云翻滚，大雨将至，压力山大。

更要命的是，挡土墙得全部推倒重来，这样一来，我校仅这一项工程就要浪费近五百万元。于是我们找来专家论证，又四处找人通关系。但不论专家怎么论证，也不管你怎么好说歹说，有关部门还是要求有一部分必须返工重修，有一部分还是得整改加固。这样折腾来，折腾去，不仅延误了工期两三个月，还冤枉花了七十多万元。

两幢教学楼、四幢住宿楼的设计图纸很快就被批准了。区里也同意了我们边修建边补办相关手续。这下该楼房修建招投标了。好家伙，一下子涌来七八家建筑公司。办公室主任从邮箱里下载好标书，隐去公司名及投标人的姓名，编上号。经过董事、监事组成的招标办，最终定下了两家公司——因为工程量大，工期时限短。

开工之初，我就以"红头文件"的方式告知了承建方，对图纸以外也就是报价以外的任何增加工程都必须经过我亲自审查、亲笔签字才行。可是他为了多赚钱，却不管三七二十一，糊弄一通再说。尽管他修的二号教学楼在 2017 年 9 月就投入使用，可直到 2023 年，承建方仍没结清账目。

对于新建的这所学校，我是十分用心的，真可谓"挖空心思"了。眼下，学校的名字大都或媚俗或崇洋，我决心反世态而行。思虑良久，决定新校名为"东方学校"。

为了打造一个有传统文化底蕴的校园，我专门设计了一条长百余米的诗词文化长廊，选了《诗经》至现代的诗词 144 首，其目的是让学生在移步换景时，于潜移默化中受到传统文化的浸润。

我打心底里认为：继承并弘扬优秀传统文化，就是坚守住了我中华民族的根与魂！

在诗词长廊转角处的六角亭柱上，我自撰了一副楹联：

朝吟雅集三千句，
夜梦鹏飞一万重。

此联借朝吟咏诗词，晚梦鹏飞，勉励师生勤读书，读好书；立志高远，报效国家。

在诗词长廊东头，建有六角思源亭一座，我自撰楹联于其柱上：

树高果硕安能忘本，
海大涛狂敢不思源。

此联化自南北朝庾信语句："落其实者思其树，饮其流者怀其源。"

兼有“不积涓流，无以成江海”之意。此联寄寓师生若有成就，不能忘本，要感恩父母，感恩社会，回报国家。

在男生女生公寓之间的大道两旁，除了摆放传统文化的“礼、义、廉、耻”几个大字之外，在大道东头，我策划建造了四角亭一座，自撰楹联于其上：

静气常思亏欠处，
憩心自省善良方。

此联意在提醒师生员工，在闲暇平心静气，反躬自省，严于律己。荀子云：“君子博学而日参省乎己，则知明而行无过矣。”

在小学部四楼，我们党政办公区，我自撰楹联三副：

双塔竦山，忘悲欢顶天立地；
百年强校，经风雨沥胆披肝。

壮志难移，勇踏崎岖成大道；
初心不改，敢攀迢递上高峰。

自有豪情催健步，
敢夸圣手育英才。

这三副楹联，第一联，意在自励并告诫同事们，要如南北二塔一样不计个人得失，立场坚定不动摇，为建设百年强校呕心沥血。

第二联旨在自勉并告诫同仁，在前进路上，不管遇到任何艰难险阻，都要不改初心，为办好人民满意的教育努力。

第三联则是豪情萦怀，自信满满，充盈着几分自豪。

我还自撰以下两联，刻于擎天塆“大兴乡农民文化技术学校”旧址墙柱和门柱上。

脚踏拔地雄峰，莽莽洪荒须放胆；
眼观冲天恶浪，滔滔浩海敢行舟。

莫怪山深人到少，
且看天远鸟飞高。

　　第一联，我意在告诫师生，无论在何等的恶劣环境中，也无论遇到何种艰难险阻，都要脚踏实地，更要放胆前行。在我看来，一个真正的人就要有勇气和担当，绝不是也不应该是一个趋利避害之徒。这种临危不惧的勇气和担当，常常来源于责任和情怀。每个人都会被生命所追问，只能以"负责"来回复生命的垂询。一个人不能以能力不足为托词来推卸责任，一个人的能力取决于能够承担多少社会责任。

　　大兴教育，之所以有放胆前行的勇气，就是因为，他们承担起了"为党、为国育才"的社会责任。此联告诫大兴的传承者，就是要继承这种博爱的教育情怀。

　　第二联寓意在于告诫师生要安于平淡平静而弃浮躁与喧嚣，要站位高，眼界远阔，唯有如此，方能潜心静气，教书育人。

　　在我看来，继承优秀的传统文化，继承传统美德，绝不是挂在口头上、钉在墙上的几句口号，而是应该切切实实地落实到行动上的。

　　我从红星小学一路走来，特别是到擎天塆农民文化技术学校任教时，面对蚊蝇满天飞舞，鼠蛇遍地乱窜，没水没电，也没学生活动场地这样恶劣的环境，我也凭着一身胆气和情怀，硬闯了过来。

　　我毫无愧色地说：这几副楹联就是自己从教以来自勉的精神动力。

　　1977年9月，我为了活着，爱上了教书这一职业。而现在，我还想活着，是因为我爱上了育人这一事业！

　　2017年从春至秋，雨量分外充沛，这给建筑工地施工带来了极大的困难。但在我的催逼下，两支施工队伍仅用了八个月时间，建好学生宿舍两幢，教学楼一幢，学生餐厅一幢，主要通道基本成形。

那年暑假，全集团教导主任以上的干部都集中去了贵州六盘水学习，研讨未来的办学方向，当然也权作避暑休假——那里三伏天最热也很少超过二十七摄氏度。

新建东方学校采购许多杂物之事就只能交给留在大丰的公司董事、监事了。到了8月下旬，后勤人员也回到大丰了。

没几天，我们全体与会人员也都返回大丰，准备开学了。可是新校区此时还是一团乱麻。回校后，我寝食难安的是新校区是否能投入使用的问题。若不投入使用，市场份额可能会大打折扣。因为有人在宣传上，大肆抨击我们：大兴班额太大了，他们学校15个人一个班，最多25个人一个班——其实是他招不到学生的一个托词，此为其一。我们新校区小学一至五年级共招了7个班268人。初中一至三年级共招了16个班663人。全校共计已招了931人，如果现在突然一下子宣布：新校区因修建未遂，暂不开学，已招收学生另择地安置就读，那可是失信于大众了，这可能成为大兴教育史上的一大污点。

可是，如期开学上课，困难多如牛毛，压力比昆仑山大：学生公寓的床及课桌凳未到货，就是货到了也要安装好几天啊！来得及吗？热水系统、饮用的开水系统还未安装验收，教室、公寓的甲醛未除，天然气、自来水管都还没接通，女生公寓楼扫尾工程没完工。为此，我连开了几个会。在会上，我进行了分工，把责任落实到人。一天一检查，凡是没完成任务的，就会被我狠狠地批评一顿。

接下来没几天，大多数的问题先后解决了。紧接着遴选家长代表，筹备成立家长委员会。

在我的再三催促下，总务主任联系上一家除甲醛的公司。

"只要三万五千元！"总务主任喜形于色地告诉我。

"咋只要这么点钱呢？"我不由得一愣，狐疑地问道。

"人家只要那么多，难道我们非要多拿些给人家吗？除非我们是神经病。"总务主任嘀嘀咕咕地发着牢骚。

我为了让除甲醛这一敏感的问题做到透明化公开化，到了除甲醛公司约定动工的那一天，我就召集了四十八名家长代表到学校亲眼见证并监督这一重要时刻，以免家长怀疑我们弄虚作假——因为当今社会，"诚信"竟然成了奢侈品，差点就成了"凤凰""麒麟"这样的神鸟神兽，只闻其名而不见其形。

那天，我差点失信于新校区学校的家长代表。约定除甲醛那天一大早，太阳就蹦上蓝天，将那炽热得烫人的万道金光洒向大地。人们坐在家里，若不开空调，那汗水就会往外直冒。可家长代表却不畏酷暑，全都来了，有的还是从四五十公里外的地方赶来的。看到这一双双充满信赖的眼睛，听到他们一句句充满期待的话语，我真有如沐春风的感觉。

总务主任对我说，除甲醛的工人八点半一定到校。可是我和家长代表们顶着酷热在教室里苦等到十点，仍不见除甲醛工人的身影。

"打电话问问，啥时能到？"我有些不耐烦了。

"说市里塞车，可能要十点四十才能到。"总务主任拨通了电话后回答我。

我和家长们闲聊了一会儿，又到办公室整理了一会儿文件，已是十一点了。我走下楼去，恼怒万分，大声地问道："咋搞的？"

"他们说快到了！"总务主任打过电话后回答我。我隐隐约约感觉这里面可能有名堂。

我和家长们在焦急中又枯等了半个小时。

不是快到了吗？！半小时又过去了！我立即又叫副校长去问问。副校长是我非常信任的人。

一会儿，副校长满脸凝重地走到教室门口说："校长，请出来一下。"

"他们啥时到？"我急着问。

"校长，我说了你可别发火！"她小心地说道。

"快说！少废话！"我火气十足地吼道。

"那公司负责人说他们不来了，过三天把除甲醛检测达标报告给我们寄来就行了。"

"乱弹琴！这不是典型的欺世盗名吗？"我发火了。

"校长，莫生气，怒气伤肝。那公司主管说，眼下大家都是这么做的。他还说我们大丰有所学校去年除甲醛也是与他们这样合作的……"

"他的良心被狗吃了，但我们绝不能做这没道德底线的事……"我骂开了。

"校长，这咋个收场呢？我进去对家长们说，除甲醛的车被擦剐了，处理交通事故，今天不能来了。"

"鬼扯！能骗人一时，你能骗人一世吗？"我冲她发了一通火，毫不犹豫地回到教室，把事情真相一五一十地全告诉了家长。并再三向家长致歉，因为耽误了他们一上午的时间。

家长纷纷说："我们选择大兴选择对了，有你这个敢说真话的老校长掌舵，我们放心。"

"现在像你老人家这样讲真话的人太少了。"

"纪校长，谢谢你，感谢你对我们说真话。"

……

家长们走了。满心懊丧的我气得话也说不出来，回到办公室闷坐了好久好久，终于拨通了市教委分管领导郑睿副主任的电话："郑主任，我只好向您这个人脉广的市教委副主任求助了……"我把除甲醛之事向他和盘托出后，他满口答应帮忙，给我找一家国资公司来除甲醛。

不多一会儿，一家除甲醛的公司给我打电话了。这是一家国有企业，真实可信。就是收费偏高。一万三千平方米，每平方米单价十四元，共计十八万两千元。

到了除甲醛的前一天，我又一次通知前次那些家长，请他们亲临现场，监督校方与施工方除甲醛的全过程。

"除了一幢楼了，还继续下去吗？"一个除甲醛的工人小声问我。

"当然要全部弄一遍啊！"我回答道。

"哎呀，现在像你这样的人太少了，这可是一二十万元哟！"工人说。

"良心才值一二十万吗？"我笑着说道。

他点了点头说道："我的侄儿明年读初中了，我一定叫他来读你们大兴集团的东方初中。"

第二年，不仅他的侄儿从双江主城区来了，他另一个朋友的女儿也来了大兴中学就读。

困难一个接一个被我们克服了。

第六十二章　莫叹无能担道义
应须有意做橡梁

　　该开学了。可就在学生注册那一天上午，突然接到教委信访办一个电话，说我大兴东方学校初三年级有两个学生的家长到教委反映，学校刚修起一个月，甲醛那么严重，却要开学，请求教委制止大兴东方学校投入使用。同时还给我校安了一些莫须有的"罪名"。我马上叫人把除甲醛合同送到了区教委，用事实回击了诬告者。

　　这是怎么回事呢？一时间，我丈二金刚摸不着头脑。可是第二天，又有人以家长的名义到教委、建委质检站告发说："大兴东方学校施工证还没办好，也没搞竣工验收，就招生了，就办学了，这是违法办学，应加以取缔。我的孩子不在他学校读了，应将所收经费退给我们。"总之一句话，就是想阻止我们行课。

　　区教委和建委负责信访的同志耐心地给他作了解释，但来人坚持要求教委、建委查处并回复他。

　　我听了后，就决定分别召开东方初中和小学全体家长大会，向家长出示除甲醛合同、付款凭据，以及检测公司出示的检测结果，并宣示我们集团"学生安全大于天"的安全观。

　　这样的会，前前后后开了三次：首先是东方初中家长会，接着是东方小学各年级家长会，紧接着又再次召开了初三和新生小一的家长会。那天在会上，我怆声说道："你们家长绝大多数是信任我们的，但是有极个别的家长实在不像话，你信不过学校，退款走人就完事了。你钱不退，学生不走，却成天这里告，那里上访，你究竟想干什么？"

就在我宣布散会，家长们陆陆续续地离开的当口，两个女家长走到主席台上来，小声地对我说道："纪校长，你总怀疑我们家长中有人告学校。你是个明白人，你细想想，若是家长对你们不信任，他何必花这么多钱送子女到你这里来上学。告你的人不是我们家长，而是招不到学生的学校干的，他们心生嫉妒，招募外地打工的，一天五百元工资，叫他们到区教委，到区建委告你们刁状。你给我们开了第一次会后，我俩就开始四处打听，昨天晚上我们才打听到这一消息。"

"谢谢你们的信任，谢谢你们为学校做出的贡献！"我感激、愤慨交织在一起，真有点语无伦次了。我愤慨万分，是因为世上竟然有如此阴毒的小人。

我感激不已，我们的家长竟然如此信任学校，如此上心帮学校查明事情真相。于是，我立即将此事原委向相关部门领导做了汇报，但是因为尚无确切证据，不便也不敢指名道姓地说是谁在背后捣鬼。

可是，这事仅过了两天，另一场闹剧丑剧就上演了。

那一天下午，几个四五十岁的妇女不仅跑到我常青小学散发招生传单，而且还厚颜无耻地宣传她那所招不到生的学校如何如何的好，小班化教学，诋毁我校班额大，七八十个人一个班，他们七八个人一个班……

可怜见的！他那所学校实行楼盘营销策略，定价很高，为了收到学生，他们就大搞虚假宣传，把小学一年级开设了两节英语课程宣扬成双语教学。可是，一见骗不来几个学生，于是打折营销，推出什么早来报名的可享受八折甚至五折优惠；自己孩子来报了名又去宣传带动别人的孩子来报名的也可以享受若干优惠，或领到现金若干。还别说，这可真收到一定短暂效应。可当家长一细想，你那学校不是很好吗，咋就降价了呢？——没多久，这一招就不灵了哟！

他们不知道，"诚"为立身行事之本啊！尽管几个女人吆喝了大半天，可就是没人响应。那校从2016年开办以来，从我校转往他那所学校的仅十六人，且转去他那所学校的都是有钱的学困生，而从他们学校转到我校来的却有四十一人，我们可从没有在他学校周围做过任何宣传，也没向他学校的学生发过一张传单。

真是苍天不负诚信者。我们反映到区相关部门的情况，经相关部门查证，诬告我校的两拨共三人——一男二女，都是待业人员，都是主城区的专干这个营生的人。调查人员在电话中查询得知，他们都是受雇于我区那所民办学校，一天高价酬劳，往来途中按半天计算，若该校还要继续诬告，学校电话通知他们，他们必到，但得另行计费。

卑劣到如此地步，还有什么资格办学育人哦？！事情真相已经清楚了，该是反击的时候了！我决定以阳谋对付其阴谋。我拨通了区教委分管民办教育的副主任和民办教育科科长的电话，向他们汇报了事情真相，并请他们通知那所学校的董事长，第二天来我校南山上的师生励志基地见面一叙。两位领导同意我的意见，并对这种不光彩招生手段和暗箭中伤的行为进行了口头谴责，但又表示难以置信。

我知道这是他们的工作方法，他们是在安抚我，怕我这个霹雳火把事情闹大。其实，对这种小人，我是无所畏惧的，因为我满怀自信。

第二天，区教委两位领导和那位不很懂事的董事长，先后来到我校励志基地的小会议室。

教委两位领导各自讲了几句略带批评的话。在领导讲话后，我把事实经过及真相陈述了一遍。我语气之平和，出乎他们三个的意料。

在铁的事实面前，那个董事长既不敢承认那些下三烂的招生招数是他们所为，也不敢表示非他们所为，只是一味地赌咒发誓，说这些事儿都是其下属背着他干的，事先他一点儿也不知情，今天才知道。回去调查后一定给区教委领导、给我一个交代。

轮到我表态了。首先，我历数了在他们学校的筹建过程中，从收费标准的审批到《民办教育促进法》的修改过程中，我如何给他们以忠告和建议——旨在使他们免撞法律这座冰山……

接着我掷地有声、底气十足地宣誓般地说道："若你们真执意不讲规则玩阴招，我奉陪到底。三年之内，我玩不垮你那所学校，那舟溪河就是我生命的归宿。"

最后，我又语重心长地劝他，应潜心静气地教书育人，把走歪门邪道的心思用到正道上来才对。话说明了，气也出了。中午我备了一桌丰盛的酒菜，宴请了他们三人。酒席上，我们推杯换盏，就如什么事儿都没发生过似的。

2018 年 5 月中旬，我带领我校诗社的易连君、王芹、吕平、姜文等人去剑阁采风。一天上午，我们正在景点深谷玻璃桥上游玩时，突然接到初中校长的电话。他告诉我，那所学校的总校长助理陈某找他，要我的电话号码，问我如何回复那个姓陈的。

我告诉他："你与他在周旋中摸清对方底牌再说。"

没多久，初中校长又打来电话说："陈某说，他有要事，必须亲自找你才说。"我沉默有顷，对初中校长说："你告诉他，我在外地考察，一时半会儿回不来。他确实要见我，可先找我妻子谈，她能代表我的。"接着，我告诫妻子和陈某见面时先摸清对方的路子及见我的目的，谨防上当。

第二天，在陈某的强烈要求下，我妻与陈某在客悦茶楼见了面，刘大伟作陪。他们见面结束后，妻子电话中告诉我如下情况：陈某，外市人，曾在某私立学校工作过，后被我区那所学校的董事长聘请为总校长助理，其聘请陈的初衷是欲打造其旗下的小学、初中。谁知陈某与总校长意见相左，陈某觉得受了排斥，欲拿着学校所有的私密文档投奔于我。

"怎么办？"

"暂不做回复。待我返校后再作区处。"

第二天，我们从剑阁返回大丰。当晚我便召开了董事会、监事会，五所学校的校长列席。

开会只解决一个问题，那就是如何对待那所学校的"叛逃者"。我先没表态，而是让大家先议议。没花上几分钟，大家的意见就趋于统一，就是把那"叛逃者"收归旗下，用他手里的秘密去搞垮那所学校。

大家同仇敌忾的心情我是十分理解的，因为那所民办学校的操盘者出的招数全是拆烂污见不得天的阴招。所以在报复心态下的人们，很少会有理性思维的。

"我希望大家思考以下三个问题：一、狗咬了你一口，你是否咬狗一口？小偷偷了你的东西，你是不是也要偷他的东西？二、你能搞垮全国所有的民办学校吗？三、你们谁看过《三国演义》？如果你看过的话，那就请你讲一下吕布兵败被俘，曹操怜其才欲招降，后来为什么又把他杀掉了呢？被俘的张辽投降后，为何还加官晋爵呢？"

　　我没正面批驳他们，只是反问了他们一串问题，但他们似乎感到了一种威压。我见没人回答我的问题，便侃侃而谈开了："我坚决反对'招降纳叛'，特别是陈某这种人格低下的'叛徒'。俗话说得好，来得清去得明。吕布当初降丁原，后来为名利又杀害丁原；投靠董卓又杀董卓。当曹操在白门楼欲招降吕布，询问刘备的意见时，刘备巧妙地暗示了吕布卑劣的人品。曹操恍然大悟，遂下令杀死了吕布……陈某与其上司意见不合，可选择一走了之，而不应选择窃走别人机密并以此作自己进身之阶。再说，我们以其人之道还治其人之身，似乎正大光明，但是，如此我们不仅会使自己的人格、学校的品位被玷污，更重要的是为我们全校的老师树立了一个小人的学习范例。更可怕的是，我们招来的不是人才，而是一个随时都会背叛我们的祸害，一颗定时炸弹。"

　　后来，我在励志基地备了一桌酒招待了陈某。在席间，我毫不客气地批评了他那种不轨的做派。我说："今天你可以把别人的秘密出卖给我，明天你也可以把我的秘密出卖给别人。我告诉你，我不仅不会让你留在大兴教育集团，还会把真相告诉你昨天的老板。"

　　就在他离开大丰的当天晚上，我就把陈出走的内幕告诉了那所学校的董事长。后来的事情，证明了我的决定是正确的，因为有些事儿说不定什么时候就会落到自己头上。

　　这年，还发生了一件令我痛心不已的事。我一个十分倚重并准备培养成接班人的人，背叛了我，其中缘由不必赘述，一言以蔽之，为私怨遂结公仇。

　　对于此人，在调查清楚后，我立即关闭了潘多拉盒子，没再深挖其同伙了——她的同伙，我是略知一二的。

2018 年 7 月，东方学校第二期工程完工，也需要除甲醛，这期工程共 22000 平方米，单价协商成 11 元，共计 242000 元。两次除甲醛总计花费为 432000 元。

2018 年这一年是十分平稳的。但这一年的发展却是快速的。仅东方小学 2018 年就已经发展到了 21 班，771 人。东方初中发展到了 23 个班，962 人了。全集团小学达 94 个班 6115 人，初中 95 个班 5966 人，高中 36 个班 2445 人；全集团在校生总数为 14526 人。

到了 2019 年，我校仅东方小学在校生就增加到了 32 个班 1261 人，初中 29 个班发展到 1288 人，整个集团小学 106 个班 6008 人，初中 99 个班 6570 人，高中 35 班 2426 人，共计 240 个班，15003 人，班平均 62.5 人。

原来区规划局规划我东方学校全员入住也就是 2600 人，当时区领导担心我招生困难，而我决心搭上这条老命，利用自己的余晖，亲任校长，大致在 2028 年全校满员。可谁知这"满员"却在开始招生的第三年就凸现出来了。这既出乎我的意料，也出乎集团领导层的研判。

在这两年中，我觉得很累很累，但又觉得很充实，同时令至亲好友们感到十分不解。他们有时一见面就得问上两句："……哎，你咋还没看透哟？！你辛苦打拼近二十年，两个多亿的资产，法律一修改，说没就没了，什么公益事业哟，还不是得了红眼病吗？都这样了，你还干什么校长——顶上第一线干什么嘛……"

"老兄，你不是说眼下民办中小学，你们出资人不是活着不分钱，死了子女没有继承权吗？那你还蹦跶啥子啊？！"

"哎呀，你已经是市教委任命的专家了，又是全国民办中小学专委会副理事长、市民办教育协会副会长、中小学专委会理事长，在市内外乃至全国都小有名气了，你咋不急流勇退呢？……"

对这些好心的亲人、友人的"金玉良言"，我除了说谢谢，就无言以对了。因为他们心里装的是生命的量之可贵，而我心里思考的是生命之质才可贵。在我看来，没有质量的生命延长是毫无意义的，它无异于苟延残喘。于是我写了两首七律《复友人劝息肩》和《流星》，以诗明志：

复友人劝息肩

石破天惊一闪光，流星焚骨赴汪洋。

羸牛负重翻高岭，漏舫迎风过大江。

莫叹无能担道义，应须有意做椽梁。

人生不死谁曾见？岂以时间论短长！

流星

风流自在九重天，今别家园去不还。

是破层云潜大海，或穿淡月下高山。

拼遭晦暗千般劫，愿化光明一缕烟。

莫叹牺牲无价值，焚身换得叟童欢。

这两首诗刊出后，劝告声停了。

从2018年到2019年，我干了一件事，在趋利避害的人看来，这事是愚不可及的。有一天，我看见区里某部门颁下的红头文件，要拆除城区学校的砖混围墙，改为栅栏式围墙——美其名曰镂空见绿。对规模大的民办学校可以给一定的补助。

尽管如此，我打心眼里反对这个措施，因为这样增大了学校的安全管控风险。于是，我在得知这一信息的第一时间就打电话给教委主任。这个主任是个很有思想、有智谋，也敢于作为的领导。他在电话里告诉我说："我也不赞成这种做法，但下级服从上级，这是规矩。"我一听，知道他很为难。于是在一番考量之后，决定赤膊上阵——亲自给相关领导写信。

在信中，我指出他们下发的文件不接地气，不合时宜——因为这会给校园安全增大风险，甚至可能为社会上卖烟、贩毒大开方便之门。我毫不客气地说，镂空围墙见到绿枝绿叶伸出栅栏外的同时，烟、酒、毒品这些严禁入校的物品就会从栅栏外传进来，打火机、管制刀具也会递进来。这样就有可能导致我们见到的不只是绿枝绿叶，还可能见到白色的香烟和毒品、殷红的鲜血……接着，我又以我修建常青小学时为了贪图蝇头小利而修门市所造成的严重后果，以及后来建的大兴初级中学、大兴东方学校，我加强安全风险管控措施收到的良好效果作例证。最后我说，我一个退休老头，本不该妄议政事，但我忝居区人大代表之职，故冒昧陈言，以达上听……

两天后，关于"镂空见绿"的文件已收回。我内心感佩不已：领导没架子，从善如流。

领导不仅没迁怒于我，反而在他召集的一次会议上对我赞赏有加。

那次会议的主题是落实教育部关于集团化办学。开会没几分钟，区长就要求与会校长向我学习。学习我的办学情怀，敢于开拓创新的思路。

第六十三章　忘悲欢顶天立地
经风雨沥胆披肝

　　另一件事就是 2019 年 12 月 20 日上午九点，我接到区委办公室的电话，叫我十点半去区委书记办公室。他转告书记的话，上次见纪校长只预备了二十分钟，结果谈了两小时二十分钟，我和他谈教育，谈得很投入。他是一个敢于说真话的人。今天我留下一个小时给他吧。

　　我到了书记办公室外，他秘书对我说："书记有个会，请你等半个小时，这个会是临时定的，对不起哟。"我坐在秘书室，一时无事，就想起近两年我与书记交往的几件事来了。那是 2018 年的一天上午，书记的秘书通知我九点去他办公室，汇报新建高中教学楼规划上存在的障碍问题。我九点准时到了书记办公室，可是他的办公室走了一拨人，又进去了一拨人。等了半个小时，秘书才把我引进书记的办公室，这是我第二次见到这位身材魁梧高大、满脸儒雅气的领导了。

　　我坐下后，先汇报了修建中遇到的困难："就是按您的要求，规自局怕下批文，说是不合规划法，但他们又不敢顶撞您，于是就拖着不办。"他听了，笑了笑说："我还是规自委员会的负责人呢……这样吧，哪天我抽空到现场看一看，叫上规自局的同去，来个现场办公。"接着他又叫他的秘书记下这事儿。

　　我顿时被书记直爽的性格、雷厉风行的作风折服了。接着，他说我搞教育四十多年了，要与我探讨一些问题，希望我像刚才那样知无不言，言无不尽。

于是我两人你一言我一语地就聊开了。过了三天，我接到区委办公室电话，说书记上午十点到我们高中工地开现场会。

前几天下了大雨，工地上可满是泥泞啊。他会来吗？我赶到大兴高中门口等他。

可是到了十一点，区委办公室主任又打来电话说道："刚才书记已经下楼了，突然接到了市里的紧急电话，他又只好折身回去召集人开会。书记说会一结束，他马上过来。"

果然，十二点三十分，书记带着规划局设计院的刘院长和几个科室的人员来了。

下车，握手后，书记就直奔主题说："走，纪校长，把设计图拿出来，我们现场办公吧。"

"工地上满是泥水，不好走哟！"我担心地提醒道。

"没关系，大不了擦皮鞋多费点事而已。走吧！"

走到工地现场，因为场地平整了，书记认为看不出个名堂来，他喊了一声："走，我们上坡去看看吧！"

"纪校长，你年纪大了，就不上去了吧，回头我们下来再向你汇报吧！"同领导一起来的规资局设计院的刘院长好心地劝我。

"书记都要上去，我能不上去吗？"

"董事长，我陪领导上去吧！"跟在我身后的高中部校长洪志章劝道。

"哎呀，莫劝，我这是须眉绝不让巾帼哦！"大家一起笑了。因为刘院长是个美女。

走到一半路程，我就感到有点力不从心了，因为还带着雨水的齐腰深的荒草遮没了一条巴掌宽的山路，既不好找，更不好走。但年轻力壮的区委办主任带着书记第一拨上去了，接着刘院长她们第二拨人也上去了，最后上去的是我们这第三拨人。我们上去的人，不管是谁，裤腿都湿了，可皮鞋上的稀泥反而被一路上的荒草擦拭得干干净净了。

在那山尖上，我们无法聚集在一起讨论，只好各找一处能站稳的地方站着"隔空喊话"。

看了一会儿，我们下山了。唉！上山不易，下山更难。我几次差点摔跟头。

下山后，书记说："我原想把你们学校修得高大上一点，既然规划法有明文规定，那就算了吧。不过把外墙往外凸出一二十厘米总是可以的吧！"书记最后拍板说。

"凸出去四十到五十厘米都没问题。"刘院长说。

"那好吧！"说着，书记就与我们握手告别了。

拖延了近三个月的问题终于解决了，我心里太高兴了。握手告别，除了连声道谢外，我连留他们在学校吃工作餐都忘了说，这可能和我情商不高有关吧！

直到晚上，按我的习惯，临睡前，得把当天发生的事过过电影。这时，我才发现，我竟然犯了这么一个低级错误，顿时懊悔不已。我立即拨通了教委主任的电话。教委主任听了，安慰我说："这没关系的。书记是个很大度的人，不会计较这种小事的。你就是留他吃饭，他也不会留下来。因为正风肃纪就有这么一条规定哟。"

想到这里，我立即拨通了书记的电话："……今天你累到中午一点半，我连请你吃工作餐的话也没说一句。这实在过意不去……"

"纪校长，别客气，到你那里现场办公是我的职责，是我分内之事。你不用感谢。我回来得再晚，我们区机关食堂都会给我留下饭菜的，何况我为了减肥，很少吃中午饭，中午常常吃点水果就算了。不信你问漆林吧！你不要过意不去了。"

挂断电话，我心里五味杂陈，呆呆想了起来。在人们眼里，贪官、庸官遍地，为什么我就没遇到一个呢？

手机突然响了。我一看，是书记打过来的。"纪校长，说老实话，我还未到大丰任职时，就听到你许多传奇故事，到大丰来任职，去你们学校调研，再从人们口里听到你的故事，我对你的自强不息、奋斗不已，特别是你的教育情怀，为大丰教育做出的贡献感佩不已。我想，在不违法的前提下，我们怎么支持你都不为过……"

书记是这么说的，也是这么做的。他没因为大兴教育集团是民营的就视之以白眼。后来，他多次在区委常委会上说："不管公办还是民办，都是在教书育人。所以，在法律允许的前提下，凡是公办学校能享受的优惠政策，大兴教育集团也应该享受……"

时隔多日，有个常委就向我讲起："书记很欣赏你老先生哟！"

"此话从何说起？"我莫名惊诧地问道。

此常委就把书记的几次讲话透露给我了。

在2019年大丰区教育系统庆祝教师节时还发生了一件小事。那天的会议议程中，最后还有书记讲话这一重头戏。讲完话，书记回机关用午餐，与他同桌的除了区委几个秘书外，还有政法委书记。据政法委书记后来告诉我："书记说大兴教育集团不论小学、初中，还是高中教育，在全区都是一流的，名列全市前茅，他们给我写的这个讲话稿就没提到大兴教育集团，这是偏见——我在讲话中，有两处就顺口加了上去。"这消息一传出来，区教委拟稿的人都捏了一把汗。

正当我坐在书记秘书室回忆往事时，他的秘书轻轻拍了拍我的肩说："纪董，书记散会了，请您去呢！"

"不是快到十二点了吗？"我不安地问。

"他说与你谈了再去吃饭。"

我急忙起身，来到书记办公室。一坐下，未等书记问我，我就直奔主题："……我们东方原规划最大容量是招收学生二千六百人，这是因为吸取了区内另外一所民办学校的教训，到今年秋季，学校在校生人数就已达到二千六百四十九人了，所以只好来向您告急，请求区委区政府按招商引资优惠价再出让四十亩地给我。"

书记又询问了我准备新征地的规划和布局的一些细节，表示在政策法律允许的范围内可以优惠，不过要享受2016年那个优惠价可不行了，因为国务院有了明文规定。

我立即应声道："那是自然的，反正依法办事吧！"接着，我又说："书记，我向您提一个意见，不知行不？"

"你说，你大胆地说。"他笑着说。

"对学生升上重本，特别是考上清华、北大、香港大学、香港中文大学及留学域外知名大学予以重奖的做法是不妥的，因为这与中央的相关文件不吻合。所以，我认为，这对你来说是会承担政治风险的。再说，学生能考上什么大学，能否考上大学，当然和教师教学有关系，但绝非唯一关系，这与学生的智商及一些非智力因素也有千丝万缕的联系。适当奖励无可厚非，但如这两年的重奖，我觉得太过了——仅我集团高中校，两年奖金就高达八百多万元。当然，我们是利益获得者，可你就成了风险的承担者了。"

接着，我就把在群众中听到的意见如实地向他提出，他也认真地记录在了笔记本上。

告别时，书记紧紧地握了握我的手说："你真诚、正派，敢说真话，难得难得。"谁知这一握手，竟成了他在大丰任上，我俩的最后一次握手。因为当天晚上八点，他就收到调往市外侨办工作的调令。

书记在大丰工作时间不长，但他的作风——民主，从善如流；勤奋，不畏劳苦；亲民，没有架子，深入基层，实事求是……这些共产党员的优秀品质，已镌刻上了我的心扉。

知道我的人，常夸我能干，更有人夸我是什么家、什么家的。每到这时，我总是笑着说：我是男家（大丰方言，把男人叫成男家）。这并非我故作谦虚，更不是卖萌。在我看来，我幼年、少年及青年时期的不幸，既有时代之使然，也是自身倔强性格之必然；青年后期至今，我小有所获，亦是时代之使然，也是磨难中铸就成我性格之必然。

我，就是时代潮流中千百万只小船上一个小小的船员，由于我持之以恒，勤苦努力地划船，最后成了一只小木船上的舵手。但木船没江水、海水推动就是一堆柴火，没有源头的水流，哪来大江大海？没有大江大海，又哪来小船穿梭其间？

我，就是参天大树上的一片小叶，哪怕树上面结出了再大的果实，没有本——根，小叶一天也活不了。

这个源，这个本，大而言之就是时代、时局、时政；这个源，这个本，小而言之就是我生活、工作的集体，就是这个集体中的每一个勤奋努力的人形成的团队。

除了前文写了两个陈书记及红锋村、红星大队的家长、干部给我的帮助、支持和关爱，下面我还要讲一段区教委各位领导到我教育集团的调研实况！

区教委到校来调研的前三天，我们就得到了通知。我因此也召开了一个董事会。在会上，董事们纷纷发言，特别是几个"望天派"，他们总想去争取钱、物、教师配置等方面的最大化。

我笑着说："违法的，教委不敢给，纵是他们敢给，我也不敢要。如果你们说我胆小怕事，你可以不选我。"

果然，第三天上午，区教委主任、副主任和各科室主要负责人都来了。调研会上，教委主任简介此次他们来校调研既是受区委区政府的委托，也是早在他们教委的工作安排中。主要是听取大家的意见、建议和诉求，区委、区政府、区教委会依法依规在力所能及的前提下，给予大兴教育集团以支持、扶持。目的是使公办民办齐发力，使办好有温度、有良知，让大丰人民满意的教育这一计划早日实现……

接着，我向领导们汇报了我们一融合二结合、赏识＋惩戒的教育教学模式的改革。在汇报工作的计划和近期目标，以及为实现计划和目标拟采取的措施之后，我又做了一段表态讲话。无论发展途中有多大的困难，也不管营利还是非营利，都要做到四个坚持不动摇：一是坚持党的领导、坚持贯彻执行党的教育方针不动摇；二是坚持以立德树人为本不动摇；三是坚持提高学生的核心素养，为学生终身发展奠基铺路不动摇；四是坚持一心为公，不图一己之私办学不动摇。最后还宣誓般地说道：只要国家法律政策允许，我们就有决心、有信心把大兴教育集团各校办成百年品牌学校……

接着，各董事、校长纷纷发言，有些人的发言，乍一听起来，似乎像是外星人讲话似的，他们讲的与当前的法律政策完全不合拍，有点像自由市场上的"漫天要价，坐地还钱"的味儿。特别是一个出资人的发言差点使我笑出声来。他说我们现在既然是非营利了，那么民办教师的工资和福利及社保，我想应该也全部由政府埋单吧？

"……那你还叫民办？那你还收学费干吗呢？"我在心里骂道，

但怒未敢形于色。

再接着，教委各科室表态式地发言。

这样的会，后来又开了两三次。可是真的没落实什么。教委主任一提到给我们增加拨款，财务科科长就以市教委的文件来反对，哦豁——没戏了。至于高中部提出要公办教师编制作支撑，教委主任找政工人事科一研究，政工人事科的人找出一大堆文件，只说了两句话："依我们看，不得行。当然，你是主任，最后由你定。"后来，各科室似乎与此同一模式。

当然，也不能说毫无结果，经过教委主任上下左右八方协调，我集团真得到了扶持：

一、市政府出台对民办高中因公业务费补贴，前两年政府没有拨款，经过教委主任的努力，不但拨发了当年的一百二十万，还补发了前两年的欠款，共三百多万。

二、教委主任还清查了我校历年上交的信息技术维护款，从中返回了百多万给我校添置信息化技术教育的设备。

三、2019 年，教委主任把大兴教育集团纳入全区首批智慧校园建设项目中，拨款一百五十万元，使我校教学手段更加信息化。

四、尽力落实县政府 2003 年、2004 年的文件精神，在我集团有编制的前提下，需要调进来的全调进来，并且每年为我校补编在 12 人至 20 人之间。

五、在制订旱厕改造计划时，将我集团列入其中。

总之，他在法律允许的情况下，给予了大兴教育集团支持，落实了区领导的指示。

教委主任人聪慧，有能力，协调、交际、执行力特强，能干、肯干且善干，是我最佩服的教委主任。他上任伊始，就连续几次正风肃纪。为了做到实事求是，有的放矢，他十分注重亲临其境调查研究，甚至微服私访。举个例子吧：

一天晚上八点过一点吧，我的手机突然响了，我一接听，就听见主任在电话里问道："老辈子，你猜晚辈这时在哪里？"

"你不是在办公室就是在家里，当然还有可能在锻炼身体，也可能还在应酬的酒桌上呢！"我自以为这个瞎猫总要撞到一只死老鼠的。

半个小时过去了，我的电话铃又响了，我一看，是主任打来的。

"你好，老辈子，对不起啊，刚才去你们学校顺便看了看晚自习。你老人家治校真是有一套，学风很浓，纪律很好，老师都很敬业。你的执行力也超强，区里下拨的升学奖你早已下发了。可是你们班额也太大了。有的班七十多人……为什么不调几个去六十多人的班呢？"

好家伙，不动声色地打了老夫的偷袭，连哪个班多少人都数清了，还是顺便看一看吗？连教师待遇都调查了，还是顺便看一看吗？我略思忖，对着手机说道："主任，有的餐厅门庭若市，有的餐厅门可罗雀，你看能把门庭若市的食客赶到门可罗雀的那儿去吗？——我们实行了分班选班制，就是任何一个学生可以选择同年级的任何一个班，只需要有正当的理由即可。"

第三天上午，他召开校长大会。会上，他大大地表扬了我们集团，不管你走到这个集团的哪所学校，都能看到其认真负责的影子……当然，也没点名地批评了自诩为大丰区了不起的一所学校和另外几所有寄宿生且做得不好的学校。

没多久，他又亲自到一些学校推门听课，从不先打招呼。用他的话说，我不看表演式的讲课，因为那是许多人打磨出来的，那是一种导向性的课，我要听原生态的课，因为这是我们的学生天天都要听的课。听了课，马上就检查备课本和作业批改，这一招就更绝了，因为你想作假也来不及了。

他上任后，逐渐建立并完善了较为完整的、趋于科学的素质教育的考试测试制度。他上任的前半个月，没发任何一条指示。在大量的走访调研之后，他召开了校长和分管教学的副校长会议。在会上，他开宗明义地宣布：素质教育不是不要质量的教育，而是需要更高质量的教育；素质教育不是也不应该是不要考试的教育，而是需要更全面的考试的教育。

于是他与其团队研究了一套科学的检测方法。这套检测方法既包括了统考科目，也包括音、体、美、科学、思品、历史、地理、生物等非统考科目，并且事先告诉大家考试结果是要张榜公布的。这在当今这种减负提质的高压态势下，如此为人民教育负责的人，真是凤毛麟角了。

他更难能可贵的是，对奉迎不开心，对污蔑之词不上心，对批评意见则十分用心。比如，在实行他的素质教育抽考测查的第一年，就被一些平时不烧香，急时抱佛脚的校长钻了空子，其中包括一个自诩为专家治校的民办学校校长。这些学校开学时让外校转来的学生不上学籍，从中大做文章。这事被我发觉后，我十分不友好地提了意见。对此他是十分用心的。

第二年开学之初，他就牵头制定了更为缜密、更为科学的测查方法，让弄虚作假的人无处遁逃。

他做事有原则性，也有灵活性，人缘好，口碑不错，对下不骄，谦恭有礼；对上不谄，进退有节。

在我看来：有德无能是庸吏，有能无德是猾吏，有德有能是干吏。教委主任就是一个干吏。曾经有个熟人问我："老纪，你看我是认真做事好，还是认真当官好？"你看，这是一个"公仆"该问的话吗？

"这是你自己的人生追求，认真当官，不过钻营而已；认真做事，不过苦干善干而已，两个认真兼得，不是更完美吗？"

问我话的这个人，最后选择的是认真当官，四处钻营。但钻来钻去，钻去钻来，又能钻出个什么来呢？而主任应该是二者兼得者，我想他总不会老在"正处"这个圈子里吧！

第六十四章　树高果硕安能忘本
海大涛狂敢不思源

这个集子，应该快结束了。这一集我主要写了我四十二年的教书生涯。我的教书生涯，现在可以暂时画一个分号，因为我现在仍然拼打在教育一线，所以还不可能画上句号。我任了十年民办教师。1977年至1986年，在公办学校任教十年。1986年至2003年，其间任公办学校校长近十年。2004年至今十九个春秋，又在民办学校任校长、董事长。

但是，不管是在公办学校还是在民办学校，我都如一个忠贞不贰的女人一样，从一而终——坚守在"大兴"——我的第二故乡。

我在这四十多年的教育之路上，回首看看自己的足迹，粗看似乎走的路子大都是直的，但细看却是弯来拐去的。1977年到1986年这十年间，我属于拼命三郎型，时间加汗水是我的独门暗器。1986年后，我开始检讨自己，开始了我当时琢磨出来的三步教学法：学生预习＋课堂针对性地注入＋课后习题"轰炸"。这种方法一直维持到1991年上擎天墕农技校，到了农技校，一周二十六七节课，还得任两个班班主任，那个三分法用不上了，于是我便重新琢磨出了另一种以学生自学为主的教学方法。

1994年，出任校长后，我那一套自主学习的方法就不能用也不敢用了。因为我以学生为主体的自学＋点拨＋课后作业点评的教学方法，必须建立在精心构思、及时反馈的基础上，否则就会使学生的各科素质江河日下，而我接手的这个烂摊子怎么敢用这个法子呢？！因为任何一所办得差的学校，其主要根源大多源于人类的一个共有的原始劣根性——惰性。惰性的具体表现为一个字——"懒"。老师懒，学生懒，如果把我那一套生搬硬套过来，岂不为"懒"大开了方便之门？为他们的不作为找到了理论支撑？于是我把1986年到1991年的那一套拿出来略加修改，就作为了全校主要学科的教学方法。不过这方法还很灵，对老大兴中学的起死回生发挥了一定的作用。我不满足于那么一点点的收获，加上我是个非科班出身的人，骨子里的不自信总是时不时地往外冒，甚至有时摁都摁不住。这种不自信就迫使我老是琢磨改变自己。

改革开放如海浪，一波接一波的，有中国的什么镇东镇西的，什么书生什么剑侠的，也有外国的什么斯基，什么娃的，于是我决定带领教师们走出去，请进来。走出去，就是走出去听讲座，参观学习。请进来，一是请一些"专家"进校来讲课，二是把一些"专家"的书用钱请进书橱来。这样一来二去，还真花了不止十万八万的钱。

2003年，我对一个宣扬自己三年不上一堂课，学生个个都非常棒，全升上重本的专家崇拜得五体投地。仅买他的书，我校就花了五六万元，每个老师一套十来本，四五百元。他的讲座，我听了不下十场。在心灵深处，我把他奉为神灵，对他的一些理论奉为行动的指针。之所以如此，一是缘于我的不自信，一个初中只念了三个月，凭自学那点三脚猫功夫，混个教师还可以，任校长行吗？二是急于想让这个学校身着双翼，一夜腾空高飞起来。我曾在诗中写道："升腾却乏双飞翼，欲借仙人点化功。"

直到2008年的一次外出学习后，我才开始大彻大悟过来。那一年的5月4日，我和王欣老师到商丘兴华学校学习成功教育法。学习结束准备返校时，我突然想到，这几届高中毕业生中，每届报考吉林大学的都有十人以上。我想去了解一下我校就读这所全国排名前十的大学学生的就业情况，以便今后指导学生填报志愿时更具有指导性、科学性。与此同时，我决定第一站先去盘锦实地考察一下我崇拜的那个专家，纸上写的、口里讲的那些事儿的真实性。他说的那些事儿，似乎轻松平常，而我们使尽了洪荒之力，却总是做不到。

到盘锦住了一夜。第二天早饭后，我便叫王欣打听清楚那个专家教书育人的诀窍究竟在哪里。十二时左右，王欣垂头丧气地回来了。她一进我房间就吐槽："老师，我到了盘锦中学，以家长身份向门卫保安打听那个人的事儿，保安说他到这里工作四年了，从没听说过这个人。我又跑到教师办公室问了两个女老师，她们都很和善，也都说不认识这个'专家'。最后，我找到一个五十来岁的男老师打听，他说有这么个人，来教书没两年，就出了一本书，后来就提了副校长，没几个月就到教育局去了。好像现在到处讲课去了。听他的口气，他对那个什么专家并无好感。"

"你没问他那个人是不是三年不上课，学生照样自己管理，做到品学兼优吗？"

"咋没问？那老师说，莫说三年不上课，三天不去教室上课，班上就可能打死人。"王欣笑了笑说道。

"你没问问学校周围的居民？"我对心中的偶像仍不死心。

"也问了的。问了好几个人，他们都说没听说过这个人。我问他们这所盘锦中学的办学品质怎么样，有个老头儿说一般。接着他又补了一句，最好的是人家油中，那一直都是大拇哥。"

听完这堆话，我的心凉透了。

我的天哪！难道能拿教育教学经验来吹神话吗？这会害多少家庭啊！

当天，我们赶往沈阳。在沈阳待了一天。第二天一早，我们又买了去长春的火车票，中午时分，我们就到了长春。当晚约了在吉林大学的几十名学生出来聚了聚。学生们听说我去看望他们，无不欢呼雀跃，他们围着我亲热地问这问那。

我详细地询问了他们的学习及学校毕业生的就业情况。听了他们的情况后，我觉得他们学校相当一些专业存在着就业隐患。接着又去了哈尔滨。到哈尔滨的这个早上，我可出了一个大洋相。

我们住的这个宾馆很大也很豪华，应该是五星级吧。入住宾馆大概是早上八点多，但街上阒无人迹，各家店铺，无论大小，都关门闭户的，所以想吃早餐而不得。只好叫出租车开到宾馆入住了再做打算。

我住的是二十楼，王欣住的二十五楼，她把我送进房间后就上她房间去了。约定洗漱好后，在大堂等，一起出去吃早餐。我洗漱完毕，匆匆取卡出门。门外两步之遥就是一部电梯。我也没多想，摁键上电梯就下一层。

可到一层出电梯一看。嗬哟，电梯外四门有三门挂锁，一门无锁，但从里闩死了。任我如何用力推也推不开。这下子可把我急得细汗直冒。于是，我只好又乘电梯上二十楼，另寻通道。可是，找来找去，没找到其他电梯，又只好乘那电梯下去。下去一看，通道的四门仍然紧闭。

如是者三。我终于沉不住气了，也不怕丢人现眼了，拨通了王欣的电话。

"你在哪里？"我问。

"我在大堂等你好一会儿了。"

我把我遇到的问题告诉了她。她笑呵呵地说道："校长，你小心哦，可能是遇到美女鬼了哟！"这个家伙，居然拿我开涮了。这时的我满头大汗，这汗是急出来的，还是吓出来的呢？还真说不清楚呢。

我情急之下，什么文明啦，什么礼貌啦，这些全不管不顾了。举起拳头使劲擂那扇从里面闩着的门。不一会儿，门开了。一个胖乎乎的姑娘瞪大眼睛问我："你干什么啊？"

"咋这里出不去呢？我乘这电梯上上下下好几次了。"

"哎呀，这是我们职工的内部梯子，你没看吗？"她笑着说。

"我眼近视，没看见那行小字。"我不好意思地低头说。

"你乘这梯子去二楼，出这电梯往左走，然后往右拐，再往左拐过去，上那电梯就可到一楼大堂了。"她看我进了电梯，又呼地关了门。

我这个人是个典型的路盲。这是因为我有一个不好的习惯，不管在哪里，也不管在何时，只要走一段路，我就会情不自禁地去想事儿，根本不会去看路，更不说会去记一下所走过的地方的特征和标记。

我走路闹的笑话岂止这一次呢？2018年4月的一个星期六的上午，我要去总校办公室办公。我出门一看，天清气爽，决定不叫司机开车，走路去上班。我从小区后门上了南山，一边往学校走去，一边思忖着一首诗的颔联，这颔联的对句写翻山，我原句用的"穿过"陡峭崖，但觉不妥，于是改成"翻过"，还是觉得不妥。这样冥思苦想，我居然从大丰医院直到转盘过去的工商银行处迷路了。就在那里，一时不知学校在何方了。站在工商银行门口，好一会儿才从沉思中清醒过来。

"哎呀，我从校门口走过而浑然不知，竟又走出了两三百米，现在还得往回走两三百米哩。"诗改好了，"穿过陡峭悬崖险"改成"攀缘陡峭悬崖险"，当然更贴切，更生动，但我在自己的校门口走迷路了，这个笑话不是更生动吗？所以，我出差，总不敢一人独行，学校总会派一人陪伴，不是怕走丢了，大男人丢得了么？而是怕我出洋相。

有人问，你流浪那些年咋没迷过路？我流浪那几年，是"家乡土地随身走，万贯家财一背篓"的主，去无定向，居无定所，所以是走到哪里天黑，就在哪里住下来。这样走路，无对错之别，何来迷路一说呢？

好，又扯远了，还是重续旧章吧。从东北回校后，我决定学习河南商丘兴华学校的成功教学法。成功教学法，直到今天我仍认为其中有相当一些"成功"的内涵。

成功教学法的模式主要包括以下内容：导学案（学生预习）＋课堂反馈＋教师点拨。这里面有一个重要的环节就是老师的工作量略有增加，那就是老师在备课之外，还得花精力制作"导学案"，一篇课文（语文），一个章节（数学），有 A4 纸那么大的一至两个单页即可。

可一公布方案，当即就遭到保守势力——注入式、填鸭式、满堂灌的领导和教师的强烈反对。但他们的反对都是"地下的"，不敢公开，一是因为他们的那一套是逆时代潮流的，这一点他们深知；二是我接着以文件的形式注明了奖惩。整个改革项目奖励经费五万元，同时规定：成功了，成绩归他们；失败了，责任我承担。这一点本是为了给他们减压，也是为了消除一部分改革的阻力。可是我未曾预料到的是，这就为他们图省力、图轻松撑起了一把保护伞。我原本是要求初中部也必须同步改革教学模式、教学理念的。我找初中部的老师开了十二个会，他们果真动了起来。可就在这时，一个教数学的女老师找上门来说："纪校，你能不能在小学改革取得阶段性成果后，再启动我们初中的课堂模式改革？如果你一意孤行，万一有个闪失，那大兴中学兴在你手里，也可能亡也在你手里。小学即使改革失败了，也是能较好地转型弥补的，初中可是要参加中考的哟……"

对她这种火药味浓浓的谈话，我有点受不了。但一细想，这个老师十分敬业，十分热爱学校，我对她也十分敬重。所以，我点头说，让我想想吧。

当天晚上，我又一次失眠了。改革难，改革难，改革难于上青天。第二天，我下文表达了以下意思：根据部分教师建议，为了不冒进，求稳妥，初中部暂停课堂教学模式的改革。

不久，常青小学一个女领导研究整理的两个过程文件在大兴常青小学出台，一个是大兴常青小学关于课堂教学模式的思考；另一个是关于导学案的说明。

由于我过于相信权力下沉有利于学校发展这一观点，也可以说是我领导作风漂浮所致，在我认为常青小学教改已获得了阶段性成果的时候，给常青小学下发了奖金两万元。没过多久，我派我妻子到常青小学去督导教改工作。她回来说，事情的实际情况并非如此美妙。常青小学教改并没按你那个《方案》和说明去做啊！他们把一张导学案当了教案，什么备课的基本环节全都没有了。我听了，把小学校长找来严肃地谈了一次话，并在常青小学开了一次教师大会，严肃批评这种只图自己轻松快活，不顾学生死活的做法。我的目的是希望他们立地成佛。谁知他们在个别人的带领下，不仅没有立地成佛，甚至连屠刀也没放下一会儿。

当然，他们也有一套本事，那就是报喜不报忧。整个小学校务委员会架空了总校，把常青小学搞成了拉帮结派的独立王国。直到2014年一次与区教研室一个领导的谈话，我才知道常青小学的教学质量已是王小二过年——一年不如一年了。连续四年语文全县统考排名在15名至27名之间浮动，数学则在8名至20名间徘徊。

就在我追根溯源的当口，在一次与老师的摸底谈话中，一个老师给我谈及他不是那些团伙的人，在评职、晋级、评优各方面都要被打压，以及他们公然违反学校相关文件规定，大搞吃吃喝喝、团团伙伙。后来，我查证核实了以上所曝内幕，对相关责任人予以了重处。我只好宣布我的教改失败。由于我事前有言在先，失败了我担责，于是我做了检讨，自己处罚了自己三万元，却没处罚任何下级领导和教师。

但我仍对教改不死心。后来，我多次带队去当时全国一所炒得很热的中学学习。为了学真经，我请求那所学校的副校长收我校的咸大光为徒。咸大光时任我集团办公室主任。这次，吃一堑，长一智嘛，我聪明了一点，没见到真经，绝不乱拜佛了。我之所以派咸大光，是因为我相信他会对我说实话。当时有人说：没有教不好的学生，只有不会教的老师。可现在仔细一想，这还有辩证法的味儿吗？

他们提高教学质量的措施是：日日清，周周清，月月清——即每天把学过的知识全部弄清，每周每月亦是如此，真是好一个"清"字了得。要做到"清"，唯一手段就是考，于是就天天考、周周考、月月考、科科考。

咸大光主任去学了三个月回来，他一见到我的第一句话就是："老兄，我老实地告诉你，那所中学学不得。他们是弄起这个架子来卖钱的。"接着他就讲了不能学的原因。那所中学有几大亮点——多是包装而成的。

一、集体备课，大家讨论，一人执笔；

二、上课全程监控，领导轮流到监控室值班；

三、教师轮流承担对外公开课；

四、月考低于平均三分及以下的扣奖金，若连续两次的，就得"自动申请"调离；

五、可以在全市抽调最好的老师；

六、招生来者不拒，成绩再差的都收，只要多交钱就行，成绩差的以上升幅度奖励教师；

七、学生学习知识，做到日清周清月结。

对学生堪称是"监狱"式的管理，看押式管理。早上起床洗漱后，公寓生活管理者让学生集合好，送到早自习教师手上，点数，签字；早自习结束，教师又将学生点数看管，送到食堂交给食堂管理者；学生吃完饭，食堂管理者又将学生集合点数送到教室。总之，一天二十四小时，学生都在教师职工的监管之下。我去了三个月，除了做操上体育课，就没见几个学生到操场上锻炼过身体。

第六十五章　升腾却乏双飞翼
欲借仙人点化功

　　经过董事会、校务委员会几次认真研究，我们决定不能照搬那所中学的教学改革中的一些不适合我们校情的理念，可以批判地吸收其优秀的、合情理的部分，而扬弃其作秀的、不合情理的部分。

　　我认为那所学校的一些理念是值得借鉴和学习的，如集体备课、先学后教、当堂训练、学生的全面发展——不歧视学困生等等，时至今日仍然有着现实意义和指导意义。特别是不歧视学困生、先学后教是应传之于世的。现在那所中学，已归于平寂、常态和理性了，依然沿用老校的传统管理，但已经不再喧嚣了。

　　这所中学的崛起是时代的产物，甚至可以说是教育界的无奈，它的回归也是教育发展的必然。我们的教育，从一个漂浮狂躁之波峰，跌落到一个低谷，然后在进入平静常态之后，又再次掀起浮躁、狂热之潮，就这样周而复始。

　　这些年的教育改革，概括起来就两个字：折腾。若概括成四字语：反复折腾！

　　这种折腾让我们的社会和百姓付出了巨大的代价，有些学生则付出自己一生的代价。一讲均衡发展，不管民意如何，就大兴土木；一讲均衡教育，就对边远地区教师发补贴……钱砸进去了，教师待遇上去了，硬件好了——学生却少了。学生去哪里了呢？去城里了。眼下教育界有种现象，那就是乡下的学生往县城跑，区县的学生往大城市跑，大城市的学生往国外跑。这事谁也不想，谁也不管了。

这样反复折腾吃亏的是家长和学生，受害的是民族和国家。

有人说：十几年的新课改探索历程中，很多学校、老师从迷茫到清醒，又从清醒到迷茫，很多人都在摸索中前进。学习、参观、培训，似乎是那几年的主流热潮。

对这段话，我既认同又不认同。因为我认为还有一点他没有点破或者不敢点破，那就是这股狂潮的背后有一只巨大的推手——利益。

学者归纳总结，推动教改，著书立说，既可收取稿费，又可为晋级评职奠定基础，这真是名利双收的事儿，何乐而不为也？

媒体炒作，不仅可以吸引眼球，还可以刊登专版，登广告。少则几万，多则几十万上百万的收入，记者可提成，广告商赚个盆盈钵满。又何乐而不为？

地方政府官员，既可借教育树形象，又可招商引资，吸引人流。人流一来，物流就上来了，吃、住、行、购物……于是钞票纷至沓来，如此名利双收之事，何乐不为呢？

作为学校，不论公办还是民办，谁愿意扔掉这部花不了多少成本的"印钞机"呢？因为外地来学习、参观的教师，都得交"门票"钱，最先是五十元一人，后来涨到一人一百元。有时一天就有一两万元的收入，你算一算一个月是多少现钞？一年（十个月）又是多少呢？在2006年前后，这可是一笔让人心跳加速血压升高的财富啊！

一句话，在"一切向钱看"的年代，许多鲜艳夺目的旗帜都没法掩盖住它的"铜香味"儿。

如果说××中学是情不自禁地卷进了"课改演出活报剧"的旋涡的话，但它的剧本倒还是内容丰富且生动形象的，盗名欺世的成分极少。

而下面我要讲的另一所中学的"教改"，则就是一场货真价实的"折白党"的现代版。

2011年10月，一家知名教育报长篇累牍地刊登了那所中学的辉煌业绩，把其课改的教学原则归纳成十大性：即民主性、问题性、创新性、拓展性、尝试性、实践性、技巧性、全员性、主体性、合作性，同时还归总为两大规式……在学兴华又失败的我，并没有停下来反思一下自己是否走对了路子，而是被教育界浮躁的、狂热的气流裹挟着，向前勇猛地冲刺着。

10月22日，我带着教导主任吴之梁和教师王芹等共三十一人到了北方的一所中学参观学习。

到了那个不太大的镇上，我们住进了一家宾馆。这宾馆的饮食卫生条件极差，一尺来长、小茶碗粗的馒头，用装过化肥的尼龙袋子装着摔在地上，不一会儿，尼龙袋上就爬满了苍蝇。

第二天一大早，我们列队随着参观学习的人潮缓缓地涌进了教学大楼。下面我引用我的同事、物理老师史明的回忆：

我看到这如潮水般的人流，心想这是赶集吗？这么多的人去围观，学生能安心学习吗？前行几十米，便听到教学楼喧嚣声不断。这时已经上课十分钟了，学生们讨论的声音已经传入我们的耳里。于是我们加快脚步进入教学楼。

我选择的是初二、初三物理各一节，最后还听了一节化学课。每堂课都是一个模板——而且是机械地、刻板地执行同一式的流程。那就是学生自学十分钟，导学员（老师）根据《导学案》提问，学生讨论或分组实验十五分钟——讨论时热闹异常。课堂应用——也就是做作业十分钟，最后是学生总结五分钟。听了看了这三节课，我和几个老师心里都充满了疑问，议论道："这么能干的学生，还用老师干吗呢？"

吃了中午饭，我召集大家开了个短会并布置了下午的活动。按我对外出学习的认识：外出学习是想学自己想不出来的东西，但绝不能受人愚弄。所以每到一处，我总要想法子听听街谈巷议。因为，在我看来，只有大多数的群众叫好的才是真正的好。

在会上，我问大家对今天上午的观摩课的观感是什么？大家先是一片沉默。我知道他们在想什么，但我没道破，等待他们讲出来。有几个爱揣摩我心理的就纷纷发言，他们的发言是一片叫好声。我问老成持重的赵老师如何看上午那几节课，他摇了摇头，说："我说不出什么道道。"我说："你说不出什么来就是说出来了。好吧，今下午大家不再去听观摩课了，自由活动。可以逛街，打车看市容市貌，可以洗头，买水果，买小玩意……玩的过程中得完成一个任务：那就是了解这所学校的前世今生，做出一个符合事实的判断，以便决定我们明天的去留。"

我一说完，大家便纷纷散去了。两个多小时后，老师们纷纷回来了。

一回来，他们便跑来我房间七嘴八舌地嚷开了。这里我仅录一男一女两位老师的汇报如下："老大，我出去洗头，问当地老板娘，这个学校咋样？老板娘嘴一撇说：'这所学校原来有一千四百多个学生，全是我们当地的孩子；现在叫他们这一折腾，我们当地的孩子都转学走了。眼下这七百来人，大都是从外地整来的……'你看，我们学他们啥呢？"这是有几分男子汉的爽朗，又不失女人柔媚的王芹，满脸不屑地告诉我的。

"你知道我是个实用主义者！"我喃喃地说道。

没过一会儿，小帅哥史明和吴之梁、赵老师回来了。一到我房间，吴之梁就气咻咻地说："老大，你带我们这一大群人，不远万里，来看这么一场戏嗦！"

还没等我答话，身材修长、长相俊朗的史明就说开了："那天上午，我们一边看他们上课，心里就疑云密布，学生这么能干了，要老师干什么？但我们不敢明说，怕你批评我们不谦虚。

"下午，我们决心再去看个究竟。我们几人一走进校门，发现上午我们去听课的教室后面，树荫深处，还有一幢楼，但这楼门窗紧闭，外面人进不去。我们几个人，瞄准了一个机会，趁门卫不注意，一下子钻了进去，我们一边走，一边说我们交了费的，咋不允许我们进去看呢？我们进得楼去，只见一排排教室门紧关着，玻璃窗离地面有一米六七，我们这中等个子够不着。

"进去一看，里面的导演、演员全是上午那班人马。不同的是，上午的导演——教师，现在变成了演员。这个演员表演的内容与上午完全重合。不同的是上午的主角——学生，下午完全成了观众。此时上午的主角正在听'导演'喋喋不休地讲解……这个魔术玩得太过认真了，也太损了。"

没听史老师讲完，我就再也按捺不住怒火了：这些家伙也太缺德了吧！这会害多少家庭、多少学生哦！

"买票，明天一早去济南，再转去大连，我们还联系了大连两所学校呢！"我大声吼道。

我在对谁发火呢？是对那所学校还是对那家报社，或者是对我自己呢？

"发火干吗？那些没发现这个骗局的人还不是高高兴兴走了吗？你就当没发现一样不就完了。"妻子劝解我说。

现在那所学校似乎已经悄无声息了。据说前两年还有人网上骂那所学校的教改是一场被人精心包装出来的骗局。这两年连骂它的人也没有了，这说明它的光荣也好，无耻也罢，已彻底被湮没于时光的尘土中，已彻底被人遗忘在笑料里了。

经过在浮躁、喧嚣中拼斗、挣扎之后，在希望中品尝了失望的痛苦之后，在领悟了被人欺骗的羞辱之后，我现在似乎悟出来了一点道理：不管鞋子是什么品牌，也不管它价高价低，只要穿起来合脚，那就是最好的。同理可证，再好的经验，不能内化成自己的，不能融入当地的政治、经济、文化中去，特别是不能与自己的办学方向、特色以及师资、生源相匹配的，如果你一味地盲目搬用别人的经验，那就是不合脚的鞋子。等待你的，那就是失败的教训，那就是后悔的长叹，那就是伤心的泪水。

但是时代在变，社会用人的标准在变，我们的教育教学不论从内容到形式，从理论到实践，能不改革，能不创新吗？不能因为摔了跟头就不走路了，吃饭噎住了就不吃饭吧？

我投身教育四十多年了，课堂教学方式、课堂模式老是改来改去，但有一点我从未改变过，那就是"尽力培养学生学以致用的能力"。在我看来，一个人做人成败，智力因素固然重要，而非智力因素更重要。

在非智力因素中，我认为"德"是居首要地位的，甚至可以说是居核心地位的。不论人品、人格，还是恒心、信心、决心、毅力、魄力等等，无一不与"德"沾亲带故。有的就是直接的父子、母女关系，有的就是关联的兄弟姊妹关系，再远一点的也是三姑八姨的亲戚关系。可以说：无"德"之人百事无成。所以，在几十年的教育工作中，不论任教师，还是担任学校领导，也不论是教民办，还是教公办，我都坚持把"传道"挺在"授业"前面。在"一切向钱看""月亮都是西方的圆"的那个年代，不管是大会小会，也不管是对老师还是对学生的考核上，我都常把德育挂在嘴上，落实到行动上。这让一些刚从大学毕业，受过"洋奴"教育的人，心里很不好受，暗中骂我是"胖左派"。

这些话传到我耳里，我不禁勃然大怒。但冷静一想，大气候如斯，我又能其奈何哉？唯一能做的，就是坚持自己，所以事后，我以奖金为杠杆，强力推行我的德育观。

可是，到了2010年后，为了锻炼干部，更是因在校师生达到一万余人了，我不得不简政放权了。权放了，"德育为首"这事儿也被一些"当权派"渐渐地去"纪元初化"了。

当然，这里面既有各校"当权派"们的自身原因，也有社会因素。在社会这个大气场中，几人能独善其身？我们常说的雅与俗，往往是"雅"孤而"俗"众。这大概就是伟人说的：真理常常掌握在少数人手里。

因为近几十年，不论升学从政，还是其他遴选人才，似乎都取消了政审。他们美其名曰与国际接轨，可又成了邯郸学步。西方能力分数均看重，并重德——诚信，还要看一个人的服务意识——义工等，然而我们呢？政审一取消，对学生的训诫也一风吹了，相当长一段时间，不知是哪只"海龟"搞的，连未成年的杀人犯，也得到校随班就读，并不得予以歧视。

大约十年前吧，县法院就派人来我办公室，动员我接收五区一个十四岁的女杀人犯来我校就读。可我不买账，被我软拖硬扛地顶了回去。听说后来又带去祸害了一所公办初中。

在我看来，教育是广义的。处决了十恶不赦之徒，教育了活着的人，警醒有作奸犯科之心而尚未付诸行动者。高考，不应该看其家庭背景如何，但应该视其十四岁后的品行礼仪，看其践行社会主义核心价值观的程度及学习状态，是否遵纪守法等等，要做到这一点，学校就应该严格其校规校纪，对进入青年时代的学生进行有效管理，督促他们改错向优，改恶向善，如屡教不改，对升学——特别是升本科大学应予以一定限制，以警世人，这才是一种性价比非常高的教育。

可现在的高考制度呢？"分数"两个字就解决了一切问题。由于我是个说话无足轻重的人，很难将意见上达天听，于是，我信奉人们常说的一句话：我们无力改变世界，但是我们可以改变自己。于是，我从20世纪末，就在全校推行五心教育：忠心献给祖国，孝心献给父母，爱心献给社会，关心献给他人，信心留给自己。

尽管我集团学校的德育工作受到各种外部、内部环境的影响，德育工作近些年来有所弱化，出现了一些不好的现象，如教师驾车致行人死亡两例，校级领导醉酒驾车被抓一例，违规参与赌博一例，学生有事不找学校，挟私诬告五例……这意味着我的教育管理的疏忽，甚至可以说，这是我们集团德育教育存在着跟风而不守初心造成的后果。

我始终认为：教育界对学生的思想品德教育是提高国民素质，特别是提高青年学生的思想政治素质的关键，改革开放以来的任何一次学潮，无一不是与当时的思想教育缺失有关。我一介山野匹夫，说了这么多无理论支撑的废话。我改变不了别人什么，但别人也管不了我干什么——因为我坚持以德为首就是把"立德树人"落到实处。套用伟人的词中一句作为本章的结尾吧：我"不管风吹浪打，胜似闲庭信步"。

第六十六章　修枝拔草除蚜蚁
保蕾催花补镁锌

　　在前面的章节中，我简述过我的教学理念及课堂模式改革的心路历程，我准备在本章讲一讲我的教育理念改变（狭义的教育）心路历程。

　　当今之世，"名师""专家"的帽子满天飞，于是"名师"校校有，"专家"满地走。

　　对于这个"名师""专家"什么的，我并不全盘否定，因为我也被分成了几个"家"。但是我认为，基础教育、高中教育、大学教育应各有各的名师，各有各的专家，而不应该强求一律，更不应将名师、专家脸谱化，尤其不能将其庸俗化，将此头衔当作晋升或捞钱的敲门砖。

　　一个医生，只能医伤风感冒是庸医，能治疑难杂症，甚至能起死回生者，方可称名医。对某一方面能根据其一般规律别开生面，总结经验，著书立说者，方可称专家。

　　作为小学、初中、高中教师或作为小学、初中、高中学校的校长，评价其是否名师，应有一个金标准，那就是看他是否有因材施教之功夫，是否有点石成金之功力。

　　我认为，学生来自社会各个不同层面，不同的家庭，有他们各自不同的成长环境，所以禀赋、禀性各异，其在学校的种种表现千差万别就在情理之中了。所以，因材施教能否成功，就是检验一个教育、教学工作者的试金石。

　　特别是在面对个别特情学生时，一个教师或校长的思维方式、个人品格、教育教学理念之正误，业务能力之高低均可在此显现无遗。

2012年高中文理科分班后，即这个年级已进入高二了。一天下午，区委分管教育的领导打来电话："有个省重点中学的学生要转到你们高中来读书。"

"省重点中学的，咋会转到我们这个设备设施简陋的穷乡僻壤来哟？"我满心狐疑地问道。

"他随母亲工作调动来的。"领导在电话那头答道。我一时语塞，只好应道："好吧！"

接着，我拨通高中校长的电话，把领导的电话内容大致说了个八九不离十。

可这个叫汪文敏的学生来校两个多月，班主任、校长要求我劝退他的电话就不止二十次。当然，我在电话里也回应了一些对应的教育之策。可在2013年的元月初，高中校长又气咻咻地在电话中说道："纪校长，这个汪文敏不想读书了，他说若不允许他退学，他就要翻围墙或跳楼自杀。"

我听了为之一愣，握着手机的手不由得抖了起来，好半天，我才冒出一句话来："你们想办法稳住他的情绪，也可以告诉他，说我今天晚上会找他妈妈商量他辞学回家的事。"校长与班主任果然稳住了汪文敏。

第二天上午，我赶去了高中部，请校长叫来了汪文敏。

"报告。"

"请进。"随着一声报告，一个身高一米八多一点的学生进了我办公室。我上下打量了这个学生。这个学生个子高高的、瘦瘦的，一副金丝眼镜后面闪烁着一双秋水般的大眼睛，眼波里漾着狡黠的光。

"坐嘛！"我指了指办公桌对面的一把椅子。他说了声"谢谢"就坐下了。看来他毫无胆怯之神色。我心里拿定了主意，先摸准他的底牌再说。于是我盯着他问道：

"听说你要退学，这是真的吗？"

"真的。"他毫不犹豫地回答道。

"听说，如果不同意你退学，你就要跳楼自杀，这也是真的吗？"

我直端端地问道。他期期艾艾老半天才回答了一句完整的话："我说过这话。"

我心里暗忖道：这小子很聪明，他没像上句那样回答"是真的"，而回答的是"说过这句话"。我立即做出了判断，就是不允许他退学，他也绝不会自寻短见。这种判断进一步强化了昨天晚上我与他妈妈通话中形成的共识：不允许他退学。他说要跳楼自杀是胁迫校方允许他退学的手段。

预判到他的此种心理，我便暗自想好了劝告小汪的措辞。

我轻声地问道："小汪，你为什么要退学？"

"不为什么，只是不想读书。"他毫无愧意地答道。

"昨天晚上我给你妈妈打了电话，你妈听说你坚持不读书了，哭了起来。后来，我把你在学校的表现在电话里告知了你妈妈的领导，并告诉他，鉴于你在学校不听课、不做作业等种种不良表现，准备给予你劝退的纪律处分。你想知道那个领导是怎么对我说的吗？"

"不管他怎么说的，我都不想再读书了。"

"那领导对我说道：'纪校，求你再给小汪一次机会吧，他妈妈为了他读书的事儿可哭了好几场了啊！你也得为他妈想一想呀！'"

"妈？我妈？我没有妈！那个天下最坏的女人不配当我的妈！"

啪的一声，我气急败坏地一下子站了起来，一巴掌拍到办公桌面上，怒火万丈地呵斥道："你这个禽兽不如的东西，连人皮也不配披。俗话说得好，'儿不嫌母丑，狗不嫌家贫'，哪有儿子辱骂母亲是坏女人的道理？"

"她就是坏，她就是坏女人。"他也一下子站了起来，大声地嚷道。

这下子我更是怒不可遏了，于是我骂道："我告诉你，就算你父亲是杀人犯，你可以举报他，但不可以辱骂他；就算你妈是坏人，也不是你当儿子的能辱骂的，何况你妈还是受群众拥护的国家干部……"

我一口气呵斥了他十来分钟。接下来，我又向他讲起了我幼年、少年时期的悲凄经历，以及后来养母对我的慈爱……

听着听着，他低下了头。我见时机成熟了，便说道："今天我不需要你表什么态，做什么承诺，你下去认真思考我今天说的这近一个小时的话，然后再写一份感悟。"我原想叫他写一份检讨，但话到嘴边，检讨变成了感悟。

后来回到家后，我又找他妈妈的单位领导打听了小汪的家事。

该生原为省城某重点中学学生，因其品行恶劣，多次违纪，曾数次被这所学校开除，但因其祖母为这所学校享受国务院津贴的特级教师，又多次找校方拉关系，又回校就读，可他仍然我行我素，不思改正。

经过调查了解，我方才知道这孩子是其祖父祖母骄纵溺爱的受害者。

小汪之母人才出众，可谓百里挑一，在读大学时被骗嫁入汪家做儿媳，谁知他夫婿初中也未毕业，开出租车常是彻夜不归。

小汪之母屡次规劝无果，于是只好决绝地离婚了，可汪家争得了小文敏的监护权。那个特级王牌教师对孙子的教育，也复制了他教育儿子的模式，更增添了新的添加剂——那就是千方百计地丑化污蔑其已离异的儿媳。

岂知，人算不如天算，人争命不争，就在小文敏混上高中二年级时，汪家一脉单传的长子却因故一命呜呼了。后来，汪家就把这个刺头孙儿、烫手山芋甩锅给离异之儿媳了。

在我了解到这些情况后，就又立即赶到了高中，找到了小文敏。我向他提出了几个问题："请你回忆一下，在生命中的十六七年里，你父亲在家里过了多少次夜？陪你吃过几餐饭？带你逛了几次公园？你妈妈离婚前、离婚后又陪过你没有？你说你妈坏，有何证据？想好了，明天告诉我。"

第三天一大早，我又赶到了高中，找到小文敏。他大概已经知道了我会去，所以一进我办公室就递给我几张写满字的纸，我拿过来，读着读着，心里不由得漾起了一圈一圈喜悦的涟漪。因为我看得出他已自悟了。

没过几天，就放寒假了。

放假还没几天的一个晚上，我突然接到一个电话。这个电话是小汪的妈妈打来的，她在电话里欣喜地说："纪校长，您真不愧是个教育专家呢，我家文敏这次回家不仅开口叫了我妈，还叫了他继父叔叔，而且还做起了家务，洗碗、拖地板、抹桌子、择菜，哎呀，校长，您可真是我一家的大恩人呢！"

我默默地听完电话，听到那头激动的声音趋于平静了，我才开口说道："×领导，这确实值得我们高兴，但我认为这只是万里长征的第一步，我们应有心理准备才对，我料定文敏的许多不良习惯会有反复的……"

电话那头沉寂了片刻。我理解一个母亲听了我的话心里会是什么滋味。

寒假很快就过去，新学期开始了。

大概开学后二十来天，小汪的班主任谢老师在电话中高兴万分地说："校长，小汪变好了，早上别人还在睡觉，他就到教室看书或做作业了；晚上睡觉时，他也千方百计地要学到十二点，这是违纪的哟，咋办？"

"违纪？这个违纪，我们老师和学生干部都应装着不知情……但他迟早有一天会崩溃的。我们还应有应对之策才行呢！"

"崩溃？咋可能！"谢老师半信半疑地应道。

2013年4月下旬的一天早上，我接到了谢老师打来的电话，他说："汪文敏这次彻底崩溃了，因为他这两个月起早贪黑，上课也认真听课，可是他的成绩只是从年级倒数第一变成了倒数第三，所以他说他这一生完了，彻底没戏了。他闹着要回家，怎么办？"

"不要慌乱，我马上过来。"说完我挂掉了电话，又打通了小汪妈妈的电话，把小汪今天早上发生的情况大致向她说了一下。

小汪母亲还没听完我的话就气愤地说道："校长，你千万别同意他辍学回家，他一回来，我和他叔叔都要上班，可没人管他呢！"

我赶到学校找到了小汪。我叫他在办公室坐下后，轻声地问道："小家伙，咋又不读了？"

他默不作声，只是紧低着头。

"奋斗了两个月，付出了巨大代价，可只得到了小收获，然后就崩溃了？"

"那算啥收获啊！"他苦笑着，抬起头，摇了摇。

"总有进步哟！"

"校长，莫安慰我了。我这辈子完了！这都怪我误听……"

我没等他说完，就厉声说道："男子汉，怎如此怯懦，就轻言完了？项羽之耻，不在于败退乌江，而耻于怕丢人，不肯过乌江，力求东山再起，反而自刎身亡。"

"我绝不会自杀的。"他低声说道。

"你自认完了，无异于自杀。"接着我又说道，"人生前进之路千万条，这条不通走那条。民谚说：'东方不亮西方亮，除了星星有月亮。'我流浪六年，三次差点饿死，其中有一次饿了三天，后来因饥饿无力，抱着一死了之的决心，双手抱头从火车（货车）上滚了下来……即使如此凄惨，我仍坚信'天生我材必有用'，仍以'仰天大笑出门去，我辈岂是蓬蒿人'之李太白名句自励自勉……"

"校长，我听了这些万分感动，但是我现在真的是听不懂了哇！"

"什么课也听不懂了吗？"

"那倒不是，语文、政治、历史这些文科也能听懂，但是数、理、化就听不懂了。"

我暗中思忖了一会儿，站起身来说道："你等我一会儿，我去想个办法再说。"

我走出办公室，给他妈妈打了个电话，讲了我的想法。她先是不赞成，经过我一番开导后，她终于同意了。

接着，我又找来洪志章校长，请他找了间小办公室和一台电脑。然后回到办公室对小汪说道："从现在开始，凡是班上你能听得懂的课，你都得去认真听，认真完成作业，其余时间就在这台电脑上看小说，看了后每天写一篇文章，写你读后的感想或体会，甚至赏析，写好发给你班主任、你妈妈和我。"

从此，我们相安无事。他的作文水平也有了质的进步。

眼看暑假又将到了。一天下午，我给小汪的妈妈打了电话，对小汪下学期的学习地点与方向提出了建议。小汪的妈妈答复我不同意，理由很简单：太远了，管不着。

　　"现在在你眼皮下，你管住了吗？我们为什么不敢放开缰绳，让他自己管住自己呢？"

　　我这一反问，恰好中其要害，他妈无言以对了。只好说："我征求下他自己的意见吧。"

　　几天后，我的意见被他母子俩接受了——

　　我的意见是让小汪随另八名同学前往大连读留韩预科学校，这是一所教育部旗下的培训机构，在这里，只要韩语学好了，其他学科有一定的基础就可以上韩国的大学，韩国大学管理体制是宽进严出，而我国由于人口众多，则实行严进宽出。

　　去大连的学生定了，一共九人。这九人是家长送去，还是派老师送呢？高中领导层是有争议的。他们请示我，我踌躇了一下午，当晚回复道："谁也不许送，他们自己组织前去。"

　　我做出如此大胆得近于冒险的决定，是基于以下考虑：

　　一是这些学生已成年或即将成年了，应有自己管理好自己事的能力；二是日后他们孤悬海外，学校怎么想办法也管不着，唯一的办法是驱动他们蕴藏于内心的潜力和责任担当。

　　但不管怎么说，这些小青年见识有限，阅历尚浅，要让他们自行越过千山万水，乘汽车乘飞机，没个领头羊是不行的。那么这个领头羊选谁呢？眼看两天后他们就要出发了，可我仍在思索中犹豫，在犹豫中思索，我终于决定让汪文敏任组长，另一个女同学任副组长。

　　我之所以如此决定，是因为我想到几个因素：一是小汪本质是好的，一旦明了是非，他会往正确的方向迈进；二是这小伙子人帅，在女同学中有号召力；三是他有较强的组织能力；最后一点是非常重要的，在这九个小青年中，他是唯一一个"出过远门"的人。

　　于是，我把他叫到我办公室。他一进我办公室，就笑吟吟地问道："校长，你又有什么要教导我的？"

"教导暂时没有，我倒想听听你这次去大连学习有何打算？"我口气十分严肃地说道。

"我打算关山万里从头越，努力争取在班上任干部，成绩考在年级前20名。"他自信满满地说。

"那你要我奖励你什么呢？"

"我可以随便提吗？你不要骂我哟！"

"只要是合法的，都可以随便提！"

"那好，如果我兑现我的诺言，你可要来看我们，请我们九个人吃海鲜，并由你自掏腰包不报销哦！"文敏一说完，又诡异地笑了笑。

唉！真是个还没长大的成年人哩！

我说："你提出的奖励，只要你兑现了承诺，我也一定会兑现承诺。不过我现在还有个任务要交给你，但就怕你完不成。"

"什么任务？"他惊诧莫名地问道。

"你把你们九个人平安地带到大连报名注册入学，不能出半点差错。"我严肃地说完，他哈哈一笑，然后两脚一并，举起手来，规规矩矩地敬了个军礼："报告首长，文敏保证圆满地完成任务。"

听完这个顽皮的报告，我也不由得开心地笑了。

时间过得真快，一晃就是2013年的国庆节了。几天前，我就收到了汪文敏的微信消息，他说他当上了他们班的班长，正带着同学们在排练庆国庆的节目，争取拿全校特等奖。我看了激动不已，并要了他班主任的电话。后因为忙，这事儿也就搁下了。

国庆节我是去资中过的，于是，我趁闲给他的班主任和崔院长打了电话，在电话中，我听到的是一片赞扬声。高兴万分的我，也高兴地给文敏去了一个电话，鼓励他再接再厉，不要骄傲自满。

约在11月初，我收到一个去北京开会的通知，经商议，学校决定派我和妻子及周益菊三人同去。

事有凑巧，就在收到开会通知的同一天，我接到了小汪班主任的电话，在电话中，小汪的班主任告诉我，汪文敏不仅组织能力、领导能力强，学习能力也是一流的，两个多月，班上进行了两次韩语考试，他获得了年级第十五名和第二十名。

我听了，特地给小汪打了祝贺电话，并告诉他，在北京开会时，我将专程去一趟大连兑现我的承诺。

北京会议一结束，我就和周益菊一同去了大连，兑现了承诺。

那晚上，我不仅请他们九人，并请了他全班同学，同时还请了崔院长和班上的所有老师。学生们喝的啤酒，我和一些老师是全程高档白酒。

那晚上真是兴奋不已，我为小汪的转化成功而高兴。

后来，汪文敏以优异的成绩考取了韩国国立忠北大学，毕业后携恋人回国工作了。

故我认为：因材施教，一人一策方为正道。

第六十七章　望闻问切犹须细
切莫跟风乱动粗

近几年，骤然刮起来的一股飙风，席卷了中国社会各阶层，这就是心理学。伴随着心理学、心理咨询、心理治疗而来的就是：焦躁症、抑郁症层出不穷。于是乎，跳楼自杀和其他五花八门的自杀都不加分析地、统统地归入心理疾病名下，于是乎，"心理疾病"一词就成了一些不调研的人推卸社会责任的托词；于是乎，一批又一批"心理学专家"就应运而生；于是乎，一个又一个心理学讲座就风起云涌；于是乎，一个又一个"专家"的钱袋子就胀破了。然而，自杀的、被"抑郁"的学生愈来愈多了，家长脸上的愁云惨雾就愈来愈浓了。

特别是近几年，各级各类学校都建立起了心理咨询室，还要培训心理辅导教师。似乎冥冥之中有一股神奇而不可知的力量，在与这些声嘶力竭地叫喊大抓心理教育的人们作对似的，越是抓得紧，自杀的人就越多。仅 2020 年 10 月，好些省市的自杀人数就在三位数以上。

近两年，自杀人群在扩大，二十岁至五十岁的人在积极报名参加"自杀敢死队""抑郁症志愿者"呢！不过，不幸中之万幸的是，六十岁以上的老年人很少有自杀者，反正我很少听说过老头、老太婆因抑郁症自杀的，连患了老年痴呆症的也鲜有自杀身亡的。可能是他们体力不行，跳不动了吧！也可能是像我这样的老家伙怕死，或者有老年人自杀的，因人们认为该死，所以不值一提。

我是七十五岁的老人了。从 20 世纪 50 年代中叶懂事始，至 2015 年止，这么几十年，不论是读书、务农，还是从教，很少听说过有几岁或十几岁的孩子跳楼自杀这类奇葩事，当然，也可能是我耳聋目瞆吧！

历次运动，三年自然灾害时期，人们经受了多大压力，遇到过多大的困难啊，可是那些年有多少人自杀？那个年代，心理学是被打入禁宫的。

眼下丰衣足食，政宽人和，成天念叨心理教育，自杀人数却"蒸蒸日上"，岂不是咄咄怪事？我们先来分析一下不会自杀的学生人群吧：

首先，经常受到批评教育，受家长责骂的学生，自杀的人还少见。似乎他们在批评、责罚、打骂声中不知不觉地对挫折产生了抗体。

第二类，性格外向、活泼、阳光，曾遇过挫折的这类人，自杀的也不多见。是不是因为他们就是有了苦闷和烦恼，也会自己宣泄掉呢？

第三类，喜欢艺体，特别是喜欢体育运动的及双差生很少有走上绝路的。

而自杀的往往是以下类型的学生：

一是家庭溺爱型、教师娇宠型。这类人自小就被父母或祖父母辈骄纵，而导致其"为所欲为"已成为惯性，一旦受挫，则其惯性就会使其在冲动之路上无法刹车，飞快地开往死亡之城。这死亡之责任，自然应由施以溺爱者承担。

不过，我认为更深层次的原因则应归咎于社会。因20世纪计划生育这一基本国策施行后，不论生的是儿还是女，其父母及其他长辈均对其珍爱得无与伦比，真可谓：含在口里怕化了，捧在手上又怕飞了。这种"玻璃人"在复杂的现实生活中一碰钉子，岂有不碎之理？

这种人生还派生出一亚种，那就是这种"宝贝"在幼小时，其父母、祖父母或外祖父母对其溺爱无比，一到小学高段或初中阶段，这些长辈为了把这些"宝贝"打造成"世界级的学霸"，于是又施之"严苛绝伦"的约束。幼树已长成畸形，岂能企盼一夜之间以外力使之笔直而参天——这不折断，那就有鬼了。

其二，我们教育界的"洋专家们"，借改革开放之名，不加鉴别、不加取舍地从西方搬来"赏识"这一单一的教育方式，让越来越多的学生成为一碰就碎的"玻璃人"。

更多的是社会误导，这一形态中又可分若干：舆论及影视文学误导型、伪科学误导型、家长误导型、教师误导型、医生误导型等等。

现在我们来看看以下这些用鲜活生命写出的事例吧：

我集团常青小学一名叫于琛的同学，家住大丰印象城，2017年就读于常青小学五年级。其父文化程度不高，其弟就读于我区另一所著名的公办小学。一天下午傍晚时分，两兄弟先后放学回家，完成作业后，就开始看电视频道的一档"美食"节目。正当两兄弟看得有趣时，其父从外回家，大声呵斥道："作业不做，书不读，看啥屁电视。"说着，抄起电视遥控器，关掉了电视机，又吼道："读书去！"

在我校上小学五年级的哥哥急忙拿出书来就读，而比他小两岁在我区另一所小学读书的弟弟则睡在床上，喃喃地说："什么都要管，我真想跳楼了！"其兄以为他乃是说的一句气话，就没理他。

谁知这小孩真的从窗口纵身一跳，顿时命丧黄泉。难道一个九岁小孩就有心理疾病了吗？难道他是因为作业多压力大吗？

此事发生后，家长中、社会上舆论一边倒，连我们学校一些浅薄的老师也跟着往那所学校的教师头上泼脏水。我看不下去了，马上告诫集团下属各校，必须实事求是，不能对那所学校污名化。

我认为，这类案例，与心理疾病既不沾亲也不带故，实在是因影视剧拔高描写英雄人物所误导：你看，地下党员被敌特发现了，于是，推窗纵身一跳，拔枪朝楼上"叭叭"一梭子，一蹿身，便淹没在茫茫人海中了；又如网络游戏里，虚幻的打打杀杀……老师成天忙于教"书"、备考，家长成天忙于挣钱养家，有几个人会指导孩子正确地鉴赏、观看影视作品呢？就是陪同孩子观看，相当一部分人自己也不知影视拍摄的技巧，更不能正确指导学生认识网络游戏中的打打杀杀是虚幻的，在现实生活中是根本不存在的。这样就导致学生误认为现实与游戏中一样，人死了还可以活过来。

更没有人指导过学生如何正确对待父母和老师的批评教育，当父母、老师有错时，应如何与家长沟通。一个涉世不深的孩子不知死的恐惧，更不知此一纵即会死去。

我们再看下面的事例吧：

我校一女同学任蕊，出身小康之家。父母均有文化。该生性格开朗，思维敏捷，交友广泛；对集体事务认真负责，也有主见，成绩优秀。但在初一下学期某日因感冒引发头痛失眠，去某医院就医，被某护士引诱至睡眠中心（因为介绍一个患者是有若干回扣的），被诊断为重度抑郁症并发性轻度焦虑症，陪同就医的家长立即与班主任杨老师联系，当我得知这一消息后，要求班主任杨老师反复强调该生不会有这两种病，但医生却一意孤行地开了一堆药。

班主任与家长沟通后，该生父亲的看法与班主任完全一致，不准学生再服用治疗抑郁症、焦虑症的药。

这学生感冒痊愈后，性格、爱好、学习一切如旧，现在我校高中尖子班就读，本学期即将毕业参加高考了，据高中副校长告诉我，这个学生考985或211类大学不成问题。我的担当，让这学生躲过了一劫。这是"被抑郁""被焦虑"的一起典型事例。

我们再来看看下面这些事例吧：

我集团东方初中初一年级一女同学王琼，父母均在云南西双版纳经商。2020年由于疫情到4月才开学。开学后，她失眠，食欲不振，于是请假去医院看病。医生叫她在电脑上答题，其中有一道题问学生是否性欲减退，是否有性冲动（初一学生，只有十一二岁，问其是否有性欲减退、性冲动，真是怪哉）。更为奇葩的是，最后的诊断结论竟然是重度抑郁症。于是开了六七百元的药，并要求她每周末到医院做理疗。

我听说后，大光其火："世上哪有在电脑上答几道题就能诊断病的事儿？"

我把学生叫到办公室来，详细地询问了情况。在询问中，我了解到，她之所以食不甘味，寝难安枕，其原因是她认定父亲重男轻女。

我追问她认定其父重男轻女的事实根据。她说出两个证据：

其一：今年除夕，其姑姑、祖母无端辱骂其母，而父亲作壁上观，不替其母撑腰。母亲受辱之根源，因其只生了两个女孩，家里没传承香火之人。

其二：其姐在西藏经商，生有一子。父亲长年把这个小外孙带到西双版纳抚养，而把她送回大丰读书。

听完这个女孩的陈述，我心里有底了。我告诉她："小王，你父亲真是个男子汉。你今后找男朋友就要找这种人。"她睁大迷惘的眼睛瞪着我。

我看了看迷惑不解的小王，分析道："在阖家团聚之时，你姑姑和祖母向你母亲发难。这时，你父亲若向着你母亲，'战争'肯定会升级，闹不好口水战会变成'全武行'，你父亲也会落下顺妻逆母的恶名；若你父亲向着你姑姑和祖母，那么，会使受辱抱屈的母亲更是雪上加霜。所以你父亲沉着应对，采取两不帮的策略。"我停了停，又说道："但是事后，你父亲一定规劝了你祖母，批评了你姑姑，所以你母亲没找父亲闹，你姑姑、祖母也没再挑起事端了。若你不相信我的判断，可以马上打电话问你父亲。至于你说的第二点，完全是你小心眼，瞎胡闹。你父亲若不爱你，为什么不送你去读义务教育辖区内的小学和初中呢？那可是一分钱学费也不交的啊。你算一算，仅仅是你读三年初中，会花掉父母多少血汗钱啊！再者，你姐在西藏经商，能把你侄儿带到身边吗？那里不仅是高寒地带，而且还缺氧，不利于小孩子健康发育，如果换成你，能忍心让自己的小孩去西藏生活吗？"

她听我说完了这些，点了点头，脸上漾起了笑意。我接着说："从今天此刻开始，你在搞好学习的同时，还要完成三大任务：一、清除小心眼；二、吃好饭；三、睡好觉。"

等小王走后，我对她班主任说："对小王采取以下措施：一、马上与其父联系，不准让小王再服治疗抑郁症的药物；二、对她实施明松暗紧的监控管理，观察其吃饭、睡觉及课后神态是否异常，半个月后再作区处。"在观察期中，她吃饭香，睡觉沉。半个月后，我要求完全取消对小王的"过分关注"。

此事后没几天的一个下午，东方小学六年级（4）班的校长助理向我反映说，他们班有两个女同学吕琼玉、王心悦有自杀倾向，接着她说，今天吕琼玉来校后一边流泪，一边用碎玻璃划手腕，说不想活了，跟在她身后的王心悦也用碎玻璃划手腕。

　　我立刻通知班主任先稳定两个学生的情绪，接着分别把两个学生叫到我办公室问话："你为什么做一些危险动作，伤害自己的身体呢？"我闭口不提"自残""自杀"这些禁忌字眼。

　　她们缄口不语。

　　我说："……有什么委屈给我说，我一定给你们做主，还你们一个公道……"

　　小吕沉默了一会儿才说："我妈重男轻女，我很郁闷。"

　　"你能举例说明吗？"我轻声地问道。

　　"我有个哥哥在我们大兴读高三，一到节假日回家，他总是想法子捉弄我。我一与他理论，妈总是骂我'一个姑娘家，嘴尖舌利的，今后嫁出去不被打死才怪'。她处处帮哥哥说话，我心里真憋屈……"

　　"你算过账吗？你一年读东方要花去家里多少钱呢？你再想想，你吃的、穿的比哥哥差了多少？"我追问道。

　　她认真地想了想，摇了摇头说："不差。"

　　那你说说："你今天这事儿干得对吗？"

　　"校长，我错了。我保证今后不再干傻事了。"她想了想，说道。

　　"好了，知道错了，就行了。今后想问题要周全，不应只站在自己的立场上思考问题，要学会换位思考啊！"

　　当天晚上，我电话约请小吕父母第二天八点到校面谈。在第二天与其父母的谈话中，我毫不客气地批评了她母亲在教育女儿时，带有偏袒和误导的言行，并商量好了如何解除小吕心结的措施。事后，家长很好地配合了我的工作。事情过去一年多了，小吕已经进入我校初中二年级了，但我仍不放心这事儿。经过两次跟踪调查，得到的答案是小吕的心理不仅毫无异常，而且阳光活泼。

　　另一个王心悦同学，则更是搞笑。我问她心里有什么委屈，为什么要伤害自己的身体呢，她说："我看吕琼玉这么在手腕上划一划的，很刺激，蛮好玩的，就跟着玩了起来。"

若这两个小女孩，遇上我们那些喜欢显示高深莫测道行的心理学家，把这些事理论化，再往高深处一折腾，或者遇到那些只顾捞钱的医生，或者只看现象，不探究竟的老师，其后果大致一句话：判为心理疾病，致使学生终身误，误终身吧！要知道，"被抑郁"或被判上"心理疾病"的人，相当一部分是没法走出"病"的阴影的，姑且不说服药给学生带来的毒副作用。

为了说明问题，我再举一例吧：

初三年级学生杨渝给家长留下"遗书"出走了。学校与家长发现后，及时四处寻找。这下子，老师、家长都一个劲儿地把小渝的行为往心理疾病上靠。后来学生找回家了，这下子家长怕惹学生再次离家出走，送其到学校读书，校领导怕惹事，于是乎就强装笑脸，"欢天喜地"地让他来校读书了。

我知道该生就这样返校后，气不打一处来。一个男孩子就因为家长不让他玩电子游戏，留下一封既不通情也不达理的"遗书"就离家出走，然后又轻易地回校上课了。我认为这样处理会为学生的成长留下后遗症，因为他第一次"出走"取得完胜，今后对父母，成年后对妻子、对同事、对领导也会如法炮制，甚至弄假成真，最终走上绝路。于是我一方面叫班主任立即通知学生停课，交由我亲自教育；另一方面要求班主任及安稳办主任、门卫室加强对学生的安全防控。

做了这些之后，我把学生叫到我办公室来，叫他立正站好后，我声色俱厉地说道："违纪学生进校长办公室接受训诫谈话，大多数是坐下谈话，今天我为什么让你站着，且还必须立正？请你回答。"

他思忖了一阵，嗫嚅地说道："不知道。"

我说："因为你是个不知天高地厚、是非不明、善恶不辨、不忠不孝的人，所以，你没资格受到我这老头子的尊重。"

这是许多无担当的人不敢这么说的。于是，我把他写的"遗书"递给他，声音柔和了一些说："你是初三的学生，早就会使用词典了，请你查词典或在电脑上查资料，查出'自由'与'剥削'的含义以及它们的相关资料，并回答你父母剥削了你什么，剥夺了你哪些自由，我好替你写诉状，到法院控告他们。你今天下午这段时间做好这件事，明天上午十点前带着你写好的东西到我办公室来吧！"说完这些，我请班主任把这个学生带回教室。

估计那个班主任已和学生分开了，我给班主任打了一个电话，请她观察那个学生的情绪变化，若往负面方面急转，要她第一时间打电话通知我。当天我没接到那个班主任的电话，第二天早上也没接到班主任的电话。

上午下了第一节课，那个学生带着"作业"来到我办公室。我接过他的"作业"，看着看着，脸色不由得由阴转晴了：因为这孩子写的还算是一份认识较到位的检讨书。由"遗书"转变成"检讨书"，思想上已经有了"质的飞跃"。于是，我请他坐下，趁热打铁，轻言细语却严肃地批评说："……你不听父母教诲，甚至以'遗书'威胁父母。在信中，你把一些莫名其妙的侵犯自由、剥削等'罪名'，强加到含辛茹苦生养你的父母头上，这就是不孝；你沉迷于电子游戏，荒废学业，把忠于祖国写在纸上，挂在口头上，而不落实到行动上，试问，你长大后，凭什么为国效力，为国尽忠？所以，昨天我说你是不忠不孝之人，不配受我的尊重，你服气吗？"

"服气！"他点了点头道。

"你初中毕业后准备考哪所高中？"我问。

"大兴高中。"他说。

我强调："你不改正不忠不孝的缺点，哪怕你科科都考满分，我也不会录取你的。"

接着，我引导他制订了改正错误的计划。

这事已过去两三个月了。我多次与其班主任和家长联系，了解那个学生的近况，得到的回答是比以前好多了，回家玩电子游戏的时间少了，听父母和教师的教育了，也肯与老师、家长交流了。2021年秋，这个学生成功地考上了高中，学习生活均阳光向上，毫无抑郁之气。

这与抑郁有关吗？我认为这是过度赏识之误，是电子产品的泛滥成灾招来的祸水。

又如小婧同学：小婧，女，十六岁，该生本是初中2021届的学生，因某医院诊断其为抑郁症，休学一年，后于初二上期降级转入我校。

转入我校后，班主任发现该生性格内向，敏感胆怯，不爱跟同学老师交流，在任何地方都是独来独往，也不怎么去食堂吃饭，要么等她母亲送饭，要么吃干粮，学习倦怠，生活态度消极。

后经调查了解到，造成这个孩子出现问题的主要原因是其家庭带来的影响。其家庭条件较差，父亲对其进行打骂式教育，母亲对其施以激将法教育。父母间关系不和，经常争吵。且当父亲骂了母亲后，母亲会将气"转移支付"到孩子身上。而由于父母年龄较大，文化水平不高，孩子觉得跟他们无法沟通，故在家期间几乎不与家人说话，总是把自己关在房间里，甚至多次因手机问题与父亲发生争执后离家出走。

我了解情况后，通过仔细分析并与学生面谈后做出判断，该生不是心理疾病，要求其停药。我认为，问题的根源不在孩子，而在家长身上，于是多次找家长沟通，并严厉批评家长，要求父母缓和关系，改变教育方式。

第六十八章　多被庸医误
幸逢老师优

后来，我让学校副校长卢蜜蜜负责对该生进行自主教育。卢蜜蜜的教育是很有特色的，如让学生写出自己的优点、缺点，然后制订改正缺点的计划。但是小婧只写了自己的缺点，优点一条都没有写。于是班主任就引领她去寻找她自身的闪光点，针对她自身实际情况加以引导，对小婧的优点加以肯定，有缺点也指出并督促她改正。就这样，孩子慢慢有了点自信，偶尔脸上还会露出会心的笑容。接下来，我又让班主任引导该生回家去寻找父母的优缺点，并把父母的优点当面告诉他们。又引导学生通过查阅资料、请教老师等途径寻找父母在教育中的问题，并就这些问题的根源帮助他们改正。在这个过程中，孩子慢慢能够欣赏父母，有时也能够理解他们了。

……

在长期的自主教育浸润中，小婧逐渐意识到，当上帝为你关上了一道门，一定会为你打开一扇窗，她觉得虽然自己的父母没有文化，不懂教育，也没有给她优越的生活，但是父母给了她美丽的容颜、聪明的大脑。与其他家庭条件很好，但是学习成绩不佳的同学相比，自己是幸福和幸运的，所以一定要感恩父母。她对自己的原生家庭也能坦然接受。渐渐地，这个孩子的心结解开了，性格开朗了，自信心足了，脸上有了灿烂的笑容。成绩也进步了不少，通过两年的努力，她以优异的成绩免费进入我校高中。

以下这段内容是小婧现在的高中班主任发给我的：

小婧初中升入高中时就分到我班（两个凌云 A 班中的一个）。去年暑假，我们两个凌云 A 班组织学生进行了十天的初高中衔接上课，这期间，小婧的初中班主任卢蜜蜜就给我打了电话，介绍了小婧的情况。那之后我就特别关注她，经常对她嘘寒问暖，我也感觉她一切正常。虽然她性格有些内向，但是每次见到老师或老师跟她谈心时都是笑眯眯的，她在班上跟同学相处得也挺好的。她心态较为积极，还是学生会干部，并且工作认真负责。分班前，她在班上（凌云班）成绩中等。这学期选了科，她选的历史方向，所以继续留在了我原班上（历史方向凌云 A 班），上次半期考试考了年级第 29 名。今年开始，我们与远轮合作办了清美美术班，她参加了培训。我问了她，她说感觉还可以，她很喜欢。感谢董事长持续对她的关心！作为她的高中班主任老师，我也一定向董事长和卢蜜蜜老师学习，多关心、引领、帮助她。

再来看另一个例子吧：初三一男生黄帅，该生爱憎分明，讲规矩、守纪律，疾恶如仇，对老师彬彬有礼，只是不太合群，也不善于交流。初二下学期时，因故与家长发生矛盾，使性子不到学校上课。这显然是青春叛逆期之正常表现，却被某医院"睡眠中心"诊断为"重度抑郁症"。服药六个月，学生心病未了，身病却有了。药物副作用致使其双手震颤，已无法握笔，翻书亦十分困难，只好停学在家。

这是典型的"被抑郁"所害的事例。

最后再来看一个高中学生的悲惨事例吧：高中学生小壮（为了尊重亡灵，且用化名），出身于农民家庭。从小学习认真且自觉，十分乖巧阳光，备受父母、祖父母及族人宠爱。在学校读书时，特别是高中阶段，成绩优秀，一般保持在年级前 200 名（年级共 800 人），好几次考试都跃进了年级前 100 名。他是个有理想、有志向的青年。他理想中的大学是双江大学，理想的职业是建筑工程师。

在悲剧发生的前半个月，在一次班会课上，班主任要求学生向她倾诉烦恼、憋屈、苦闷或迷茫。总之心里有什么就写什么吧！班主任此举的目的有两个，一是了解学生的思想及心理状况，发现问题及时矫正或沟通解决；二是让学生发泄，以排解压力。

全班六十余名学生均实事求是地写出了自己的心声，班主任觉得收到了预期的效果。

小壮在给班主任的信中写道：我家庭和谐美满，父母非常爱我；我的学习目标明确，保持年级前200名，力争考入前100名，考上双江大学。生涯规划中的职业选择也言简意赅，就是当一个建筑师。

可就是这样一个青年，在出事的那个星期天下午，小壮收拾好行囊，兴致勃勃，乐颠颠地去小区麻将室，找其母要钱——生活费。其母迷信一句"赌桌上的钱——准收进不准拿出"，加之当时手气不好，输了钱，心里正窝着火，不仅没给小壮钱，反而还斥责了他一顿。

"没钱交生活费，我咋去学校？！"小壮气咻咻地说。

"你不去学校就拉倒，明天再去。"其母一边怒不可遏地说，一边掏出手机就给小壮的班主任打电话撒谎说小壮病了，明早上才能到校。家长打电话请假，班主任能不同意吗？小壮赌气地回到自己家里，关上寝室门。

可是他妈直到夜里九点也没回家去问过儿子的去留、饥饱。于是，夜九时过，悲剧上演——小壮跳楼自杀了。

小壮死了，又有人不问青红皂白，导致他"被抑郁"了好大一阵。其实，小壮之死与"抑郁症"相去十万八千里，而与心理素质相关联。我认为心理素质差不是疾病。

幼时乃至小学、初中、高中时的娇惯、宠爱和一帆风顺——从未遭受过挫折，那玻璃瓶似的心是十分脆弱的，一旦遇到突如其来的情况，如被人蔑视、打击时，其心顿时破裂成了碎片儿，于是就发生了这惨剧。这个小伙子心理上有问题吗？是有的。但严重吗？不严重。使他付出生命代价的是两个：一是娇惯使之无法面对挫折，二是缺乏适应社会上突发的千奇百怪情况的能力。

眼下"心理疾病"被"专家""学者""媒体"滥用到了无可复加的地步。大、中、小学都卷起了一波又一波不可抗拒的龙卷风，可除了"心理教育"几个苍白无力的字眼外，再无其他。

试问，我们要培养什么样的人？解决了吗？

试问，作为教师的良知到哪里去了？

试问，学校领导的担当又到哪里去了？

别人如何，我管不着。我得管住我自己：保持清醒头脑，牢记"实践是检验真理的唯一标准"这一永世箴言。

首先得承认一个残酷的客观现实：社会上及学校学生自杀人数破天荒地逐年飙升，当初，我们讥讽西方的社会病，正席卷神州大地。

前面我笔触及的都是表象。

病根究竟在何处？！

一、从改革开放起西方的极端自由主义、极端个人主义、拜金主义腐蚀了人们的心灵，使一些人的人性渐渐寂灭。

二、在于没有信仰教育，没有伦理道德教育——这两点才是病根。

于是一些自杀的人，误把幸福当成了痛苦，把爱误认成恨。

最令人难以接受的是：心理疾病大众化，抑郁症普及化了。仅2020年6月前两周，我集团东方初中部一年级四百余人，就被一个"睡眠中心"诊断出七个重度抑郁兼焦躁症。在那些人眼里，似乎全国人民都有心理疾病，只是程度轻重缓急不同罢了。

而他们诊断的依据仅是患者自诉睡不好觉，再加上叫患者在电脑上回答一些如"你有没有性冲动""性欲是否减退"等雷人的测试题。

"性冲动""性欲增减"仅仅是心理问题吗？难道没有生理问题、年龄问题吗？真是乱弹琴！十一岁多一点的孩子，这些还没给亚当、夏娃学艺到手的黄毛小儿能有这么些"冲动"吗？大部分都不会有的。

对于这一诊断，有的老师由于缺乏医学常识，唯"医生"之嘱从之；有的老师心知肚明，"医生"在误导学生，但怕冒险、怕担责，也唯"医生"之命从之。

此事终于被我知道了，我在找学生了解了情况后，及时向家长表达了我的判断：你的孩子没有抑郁症和焦虑症，他们有的是心结没解开，有的是感冒，有的是肝阳上亢引发的失眠等。前者，沟通以释心疑便可消心结；后二者假以时日，延中医诊治即可。

这七人中，六个家长听了我的建议，其子女安然无恙；可有一个家长对瞎掰深信不疑，致使其子休学在家，服用了几个月治抑郁症的药后，致使两手颤抖，不能握笔，几近于残。（如前所述）后来，我给某医院写了一封信，请他们不要一切向"钱"看，真正做到对人民大众的身体健康及生命安全负责。

后来，由于我向相关领导反映后，也在家长群里告诉了家长，此事没再发生了，我这封信也就没递交了。接着，我在集团制定了严格的心理疾病预判及就诊程序。

不过，从2015年开始，我还真遇上了三个有心理疾病的学生。

那是2015年10月某天十点左右，我从校外走路返校。在离我集团初中校门大约五十米远的围墙前，我看见一个男孩子背着书包面壁而立。

我一问，才知道他叫肖成健，是副校长刘大伟班上的学生。他说因胃痛请了病假，回家治病后返校。我问了他胃痛的症状，把他带回校内，让他去上课后，就叫来班主任刘大伟，请他转告食堂，给小肖打餐时，饭要软，打馒头、稀饭给他最好，菜要免辛辣……

可是，如是反反复复地折腾了好几个星期，小肖病情仍然如故，我判断他心理上有问题。因为他一走进教室，就觉得胃撕心裂肺地痛，一回到家，一粒药都不用吃，胃就不痛了。叫他转学，他又坚决不转学，他说大兴中学是最适合他的学校。

经调查，他父母在他未满一岁之时，就外出打工，只有每年春节回家待几天。祖父、祖母一字不识。于是我领他去大丰最好的医院——三甲医院去看了几次消化科。不管胃镜检查，还是检查其他项目，医生的诊断结果均为：一切正常。

于是，我估计他出现了精神疾病或心理疾病——中医叫癔症。

这是我从教三十八年来第一次遇上心理疾病。于是，我联系了省精神卫生中心为其治疗。据小肖家人说，他们去了三次省精神卫生中心，大概用了一个月时间。

小肖的病终于治愈了。他初中毕业后，考入了高中，一切都归于正常。但2021年春疫情缓解，他回到就读的高中学校后，其病又复发——到校胃痛，出校就痊愈。现在辍学在家"清休"。前两天我与其祖母交流，听其祖母说："从小到大都是我们娇惯他，才落到今天的下场。"

在我看来，此话未必道出了病因，但该生退学不再上学，已成定势。

这几年，我还遇上了两个真的有心理问题的女学生。

小靖，其母是教师，其父系公务员。父母为追求"优质教育"，就在省城附近购买了学区房，所以该生小学毕业后，考上了这所省重点中学。由于该校疏于引导、疏于教育，这孩子初一就爱上了班上一男生，真可谓爱得死去活来，刻骨铭心，家长没法子了，才让其转来我校考插班生。该生初二来我校不久，便出现了焦躁不安、失眠、上课走神等症状。

家长和班主任力主去看心理医生，按抑郁症治疗。我坚决反对。

我认为：此疾非药、针剂能作为者。于是，我找来小靖详细询问了她在原初中学校学习、生活的情况。当然，我要求她讲的一切必须真实可信，我给她提出的保证是：一是绝对保密，包括其父母和班主任都不告诉；二是一定尽最大努力帮助她实现合法的梦想。

于是，她向我吐露了心声："……我十分想和省中那个男生在一起，甚至我无数次地设想好了我与他成婚的场景……我现在脑海里浮现的都是他的身影……"

我除了给她讲了一堆正确的婚恋观之外（我知道对于她来说，这些都是废话，但我作为过来人，一个校长，这是我必须说的），最后，我郑重向她承诺，只要她努力学习，不做出危害自身健康及安全的举动，我保证在她初中毕业时，会说服她家长，让她回原校就读高中。

后来，她"病"好了。初三升学考试，她考了六百七十多分，班主任千方百计留她在校读高中，我坚决反对，主张兑现承诺，但她又没上那所省重高的录取线，我私下找了一个在该校任副校长的朋友，让她在该校报名注了册，兑现了我的诺言。

小姗同样是那所谓的王牌学校转来我校的。该生天资聪颖，但认死理，使她的自信心变成了虚荣心。在省重点中学读书期间，她认识了一个英俊、高大，爱好广泛且学习成绩特棒的男生。但这男生不爱她，可是小姗不死心，决心拼死攻读，以优异的成绩博得心中男神的青睐。如此走火入魔，终致神情恍惚。家长见势不妙，急着转入我校。在插班考试中，小姗考取了五个名额中的一个。

入校不久，她的病情就暴露出来了。班主任多次与其交流，未见任何效果，于是只好写情况报告给我。

我找了小姗两三次，弄清了原委。在交谈中，从她偶尔的胡言乱语中，从她偶尔出现的神情恍惚来分析，该生应该休学治疗精神疾病了。

后来，小姗服用了一种"高档"的抗抑郁症的药。据我校一王姓女教师透露：她咨询过其表兄，他是医治抑郁症方面的专家。他表兄说服用这种药，哪怕就是抑郁症治好了，可能另外一种怪病也就缠上她了。

我从1994年执掌大兴中学近三十年时间，从大兴中学走出去的近十万学生中，真正有心理疾病或精神疾病的也仅三人而已，只有十万分之二三吧，均发生在初中、高中阶段。

由此可见，有心理疾病、心理危机的学生极少，在小学生中基本上没有。我希望我们的家长在孩子小的时候不要溺爱，不要让他变成"玻璃人"；我更希望我们的家长把当今的孩子，培养成像他们的祖父母、曾祖父母那样吃苦耐劳、经风霜抗雷霆的人。

当然，要实现这样低级而又崇高的理想，单凭家长朋友努力改变教育方式是不够的，应该由全社会，特别是掌控着教育模式的官员、各类媒体共同努力才行。

总之，我希望象牙塔里的"专家"们，特别是那些喝了几天"洋奶"，吃了几片"洋面包"的专家们，走进基层，听听我们这些下里巴人的心声吧。

终篇之时，我申明一点：对心理学我没办法，也没本事品评其效力有多大，效率有多高，更无资格、无权力决定它该不该进小学、初中的校园，只是求求大人先生们行行好，千万别滥用，更不要把它普适化、大众化了。我们这些教书匠也千万不要动不动就给学生贴上心理疾病的标签，戴上心理疾病的紧箍咒。

希望我们教育界的大人先生、教师应该学会中医的辨证施治；作为学校校长、教师，应该多一些担当，多一些责任心，一生一策，不要统统戴上"心理疾病"的帽子。当然，这需要社会，特别是家长给教育人多一些宽容和理解。这样，是否会让"自杀"的少男少女们少一些呢？我不敢这么论断，因为世界太大了，我太渺小了。

但我希望我们集团应对"特情学生"一人一策做到极致。终篇结语是：心理疾病是客观存在的，但不是普遍存在的。

第六十九章　高峰晴望远
俯仰是河山

2019 年 8 月底，我接到一个电话，来电人自称是中央电视台发现之旅频道。她在电话里说，她们台里根据各方信息研判，并报上级相关领导批准，认定我是个改革的先进典型，邀请我去中央电视台接受采访，并说正式邀请函近日发出。

听到这个信息，我既兴奋又担忧。兴奋的是：我一个流浪儿，一个被人鄙视、讥讽并认定不能教初中的人，居然因赶上改革大潮，做出了些许成绩，我的事迹不仅被《大丰报》《人民日报》和省报等诸多纸质媒体赞誉，还被市里评为先进，荣膺了"九五立功奖章"。倘若此次真能获得中央电视台的采访，那也是十分荣幸的事，因为这是再次获得社会及舆论界认可和赞同的机会。

令我担忧的是德不配位，恐遭灾殃。我一生鄙视虚名，然为学校壮大发展计划，我作为一校之长，无名气又似乎不行，所以我常生活在矛盾中。担忧之二是怕被人骗，倘若如此，就不仅贻笑大方，并且更有损学校声誉了。

真是"知我者，谓我心忧；不知我者，谓我何求"哦！

当天夜里十时，我向区委分管教育的区委常委、宣传部部长汇报了此事。常委说他在中央电视台有熟人，明天他亲自打电话求证一下。

第二天上午，常委就电话回复我说，经他了解，中央电视台发现之旅，正在组织一个活动，活动名称叫"发现·华夏之星"。这个活动是国务院相关部门指示筹组的，旨在传递坚持改革的信息，参与活动的共八十多人——来自各行各业的先进典型人物，但最后筛选出来的只有十多位——这当然是电视台的相关人员后来说的。

在弄清事情真伪后，我立即召开了领导层的会议，按相关程序交由大家讨论，在取得大家的共识之后，与央视《发现之旅》栏目组签署了协议书。

后来，我又两次接到央视相关部门的电话和微信通知，进京商讨接受央视《发现之旅》的采访相关事宜。

第一次，我与常利一同进京，住在北京星光电视节目制作基地的星光梅地亚酒店。

说实话，这个采访，对于出身低微，心灵深处常常妄自菲薄的我，是个极大的挑战。我的讲话稿，前后经过易连君、王芹两位高中语文教师起草并再三修改，但我始终没能最后定稿——因为不自信。

我无数次地在心灵深处拷问自己：你能在采访中对答如流吗？更要命的是，我一个说不成普通话的人，在央视讲四川话，这不出乖露丑了吗？我向电视台提出了换一个气质、容貌优于我，且普通话讲得标准流利的学校领导，替我"出征"，但电视台的答复十分干脆："不同意。"

没办法，我只好硬着头皮，厚着脸皮上了。

第二次，常利、邹礼陪同我进京，这次住在北京和平宾馆，录制、采访节目的地点是在全国人大会议中心——"发现·华夏之星"新时代先锋人物高峰论坛。

第一天预备会议。会议主讲者讲了一些注意事项，并签署了采访结果的运用协议。该协议明确规定采访我的主持人是王宁，新闻播报者是央视大牌明星刚强。采访结果及对集团的报道，将在中国新闻网、中国网、中华网、凤凰网、腾讯、网易、搜狐、环球新闻网、今日头条、焦点新闻网、今日北京、时代网、大众生活网、第一新闻网、光明经济网、中国商业周刊等近一百家媒体上播放、转载。

第二天就该"上阵冲锋"了，我心里满是"战前的焦虑"，总担心背诵不了讲稿，这就犹如一名战士，在上战场前，连用什么武器好也未拿定主意一样，心里彷徨不安，五心不定，翻来覆去，总是睡不着。眼看已过午夜十二点了，我终于心一横，起床理了个讲话大纲，把那些高大上的条条款款的羁绊，率性抛开，决定来一个我口表我心的聊天式谈话。

下面是第二天下午我接受采访的谈话记录：

【王宁】纪元初先生，请您对电视机前的观众作个自我介绍吧！

【纪元初】我来自大丰区的一个民办教育集团。我们教育集团一共有六所学校，两所小学，两所初中，一所高中，一所培训机构，有师生近两万人。我们这个教育集团主要是服务低中收入的群体，但是也兼顾了一些高收入群体，所以收费的标准，高、中、低都有。在办学当中，我们的办学目标就是办一所百年强校。曾经有人问我们行业的目标是什么，因我个性之使然，我就说我想办一所全国唯一的梦境般的学校。我理想当中的学校是唯一的，这个唯一，不是高大上的唯一，而是不可复制的唯一。也就是说，民办学校很多，但我们要与众不同的。原因是我出身就很贫寒，是个想读书而没有书读的人，后来自学走上了教育之路。我想的就是让我们的学生受到优质教育，成为有自主教育、自主学习能力的人，这就是我的梦想。

要走出这一步，在《民办教育促进法》修改后的今天，我们除了认真贯彻党的教育方针以外，还要提高办学品位，更要想到的就是坚持公益办学的初心不变。因为民办小学、初中是公益事业，如果不坚持这一点，办百年强校那就是不可能的。我们整个集团的领导团队都有这种决心和勇气。

【王宁】现在您觉得这个百年老校离您的目标有多远？

【纪元初】我认为我们只要坚持两个创新，一个是校园文化的创新，当然校园文化创新里面就包括对制度的创新；另一个就是我们的办学理念要不断地与时俱进，跟上时代的步伐。在这一方面如果能创新的话，我认为我们办百年老校这一目标是能实现的。尽管我七十三岁了，但我相信我的继任者们也会怀着这个教育梦想，一步一步地向目标迈进的。

我们学校在当地信誉度高，常常是一位难求。当然，跟那些名校办民校的不同就在于：我们就是一所草根学校。

【王宁】其实我特别好奇，您这样的年纪，您说您是草根出身，为什么非要在那么艰难的环境里面去做草根学校？

【纪元初】这样说吧，我是历经了很多磨难的人，曾经流浪了几年，甚至乞讨过三个月。但在那个年代，我仍然是背篓里背着书，我从小就喜欢看书，但那时是没书看。后来，生活逼迫我走上民办教育之路，我就决心当好教师。我开始从教是1977年，教了十年民办，后来因跟邓小平写信讨说法，转成了公办，又当了一段时间公办学校的校长，那时，我就决心要办好教育。2003年，我任校长的学校又被强行改制，改成民办。改制，我是不愿意的，我认为学校不应该搞民办。

【王宁】但现在就算是民办了，你也希望它能够像公办学校一样要有公信度、有美誉度、有专业性吗？

【纪元初】不仅有这些期盼，而且更应该比公办学校做得更好，因为，家长是会用脚板来投票的。只要党的政策、国家的法律允许，我们会永远好好地办下去。

在第一次进京后，第二次进京前，央视《发现之旅》栏目组派记者带着摄影器材来集团录制了各校师生学习、生活的场面。

两名记者深入我集团各校进行了为期两天的拍摄，拍摄内容涵盖校容校貌、教师大会场景、学生课堂情况、大课间特色活动展示、各社团开课情况等等。

以下为中央电视台主持人刚强对我集团的播报内容：

义务教育在整个教育工作中处于十分重要的地位，也是为大学教育打基础的关键环节。看似简单，实则内涵丰富，在某种程度上，孩子在中小学时期的表现可以折射出其未来的发展方向。有这样的一所学校，创办多年来，始终坚持以改革创新求发展，以先进管理求突破的办学理念，以学生思想道德教育和课堂教学改革为抓手，以打造精品学校为目标，把握学生黄金发展期，树立正确人生观，为学生的健康成长开辟道路。

为民育好人，为国造良才是大丰大兴教育集团的办学理念。

大丰大兴教育作为全国民办教育中小学专委会副理事长单位，下辖六所学校。继承传统，面向未来是纪元初制定的育人总方向，他把立德树人放在首位，实行德育为首，五育并举的全人格教育，以赏识和惩戒进行德育，以慧生课堂模式代替传统课堂，以学生自治代替学校单向管理，教师管理学生，学生监督老师的双向管理办法。

大丰大兴教育，在西南地区率先实行目标考核、绩效考核制度和岗位责任制，对学校的学生实施精细化管理，时空全覆盖，师生共协作，采取渐进式的学生自治管理办法，多渠道、多层面、多形式开展丰富多彩的校园文化活动，培养了学生的自主能力。

纪元初认为，与时俱进，不断创新，才是民办学校生存的法宝。因此，大兴教育集团二十年来紧贴时代脉搏，在制度设计、管理方式、教育理念、课堂教学等方面不断革新，刷新认知。

正如上文中我提到的，未来，我集团将坚持办学初心，与时俱进，不断创新，定会朝着办百年品牌老校的方向一直走下去。

第七十章　休让风飙掀大浪
远离歧路止徘徊

　　原计划写完前一章"就此打住了"，然而，2020年（农历庚子年）注定是多事之秋，所以，任你怎么"打"它，还是无法让它"住"下来的。

　　元月十九日上午，区第二届人民代表大会第三次会议闭幕。第二天上午陪同区领导、教委主任看了患了病的老师，二十一号（腊月二十七日）才回到了简州，筹备过年了。可是除夕夜还没到，就传来了武汉疫情大暴发的噩耗。

　　除夕一过，武汉疫情已蔓延到了全国。我顿觉大事不妙。于是正月初六（元月三十日）吃了中午饭，我就决定回大丰。

　　"明天回去不行吗？"妻子说。

　　"不行，明天就可能回不去了！"我斩钉截铁地说。

　　"我必须赶回去，才能就近指挥。我已隐隐感觉到了，这是一场没有硝烟的'战争'。大兴教育集团就是参战的一个战斗小组，我这个小组长是必须冲锋陷阵的。"接着我又补了一句。

　　"没这么恐怖吧？"妻子将信将疑地说道。

　　车一到家的当天下午，区里就接到省里封城抗疫的通知了。大丰封城了。当天夜里，我就发出通知，要求第二天上午全集团五所学校教导主任及以上的干部参会研讨对策。接着，我又通过微信，组建了以我儿子为骨干的"线上教学技术支撑小组"。

　　在全集团的干部会上，我首先阐明了我对疫情的预判，我说："从时间上来看，这场灾祸少则两三月，多则一年半载。现在疫情在武汉蔓延，其他地方不多，但要不了多久，肯定会殃及全国。由于地缘关系，大丰很有可能成为武汉第二。下一周将会有一波大暴发，不可有侥幸心理，更不能掉以轻心。"

现在看来，我小看了新冠病毒的持久性了。同时，我要求各校校长约束、教育教师，并提醒警告学生和家长非必要千万别外出。有事外出回家后一定要洗手，把外衣换下，晾在通风处，并且要求大家不要在微信群、QQ群里发负面信息，不传谣，不造谣。

紧接着我号召大家在疫情防控期间一定要做好停课不停学的心理准备，做好线上授课的准备。我语重心长地对与会领导说："抗疫保学是一场攻坚战，能否保质保量地打赢这一仗，是对我们集团有无凝聚力、战斗力、创新力的一次大考，也是对全体领导、全体教师组织能力、教学水平的大检测。因此，我们必须上下一心，群策群力，打好这一仗。"

接着，我让昨晚上临时组建的"线上教学技术支撑小组"负责人骆满堂、陈强、纪自力向与会人员讲授了线上上课相关的技术问题。然后，分为高中组、初中组、小学组就抗疫保学的准备工作，如技术工作、物资准备工作等相关工作进行讨论，达成了共识。

讨论结束，我听取了各组汇报后，做了总结发言，共十四条。

1. 无论采取何种技术模式上课，均要保证质量。

2. 拟好《告家长书》，交我审定，然后下发。《告家长书》中，应让家长、学生体会到老师假期备课、线上授课的辛苦和无奈，希望得到家长及学生的尊重，自愿加入学习的阵营中来；尽力对直播中出现的故障等不可控因素，向家长、学生预先予以告知，以免故障出现时，家长、学生的不满情绪爆发出来，溢向社会，造成社会不稳定。

3. 教导处的功能不能弱化，各校教导处必须做好排课、教学安排及上课检查等工作。

4. 参加直播的老师录课地点分开，做好安全防护工作，轮流到岗即可。

5. 上课老师到校录课期间，车费予以报销，口罩由学校提供。

6. 录播室课前课后均要消毒。录课人员戴好口罩，口罩用后不能带出学校，放置在校门口统一的口罩处置桶内。

7. 教师到校录课期间，中途不得下车停留，更不得与他人交谈。

8. 建立专门的联络群，便于技术方面统一解答和指导。

9. 线上授课负责人：东方小学姜文、周秋筠，东方初中刘茂、卢蜜蜜，大兴初中刘大伟，常青小学汪锋，大兴高中洪志章。

10. 语文学科建议可先上古诗词，备课内容统一把关。

11. 建立一套考核管理制度。

12. 各校准备一套入学考试题，解封开学线下上课时检测线上授课成果。

13. 对于有条件不参与或不认真参与的学生可予以惩戒。对无条件参与的学生，开学后利用周末统一补课。

14. 从明天开始，各校长随时汇报进度——疫情防控和线上授课情况。

2月1日，我又召开了一次领导干部会，再一次统一了思想。在这次会上，我规定了必须直播，未经批准，不准用知识胶囊等技术手段。因为只有线上直播才能实现师生互动，提高教学质量。

2月2日上午，我又召开线上上课技术支撑组会议。在会上，我要求他们沉下去，教会四十五岁以上教师，因为他们当中的相当一部分人不会制作课件，不会使用现代网络技术进行课堂教学，有的即使会那么两下，也不熟练。

接着，我又先后亲自起草了集团〔2020〕2号文件《关于成立抗疫保学领导工作小组的通知》、3号文件《关于成立抗疫保学线上教学直播技术保障工作小组的通知》、4号文件《关于线上上课人员防控疫情，确保自身安全的相关规定》、6号文件《关于停课不停学，线上上课考核方案》、7号文件《关于"非常时期，线上上课"考核指南》、8号文件《关于开展"抗疫保学——我身边的感人事迹"征集活动的通知》、10号文件《关于安全发放教材的规定》、12号文件《关于安全发放教材的补充规定》。这些文件分别对抗疫期间的保学、安全等一系列工作进行了规范。

这些文件都先发在校务委员会工作群里，领导们讨论修改后下发予以执行。

2月7日，线上上课全集团行动起来了，初中全部开班上课了，而高中早在2月3日就闻风而动，全校开课了。2月9日，小学也全部开班上课了。高中2月3日开始上网课，没有一个老师来电话、来微信、短信求援或诉苦。

初中开始准备上网课，尽管有几个年近退休的老师和退休后返聘的老师学制作课件、学直播，遇到了很大的困难，不过，他们一声不吭，找子女、亲戚的子女拜师学艺，很快就学会了。但刚入门，加上年纪偏大，领悟力下降，动作也迟缓了一些，所以，别人只需两个小时就能录制剪接的一节课课件，他们却要花三四个小时才能完成。

小学教师中也有学习录制课件十分困难的。一是平时从不涉足现代教育，所以学了一天一夜也没学会，只好不再学习了，他们的课由别人代上。

另一类人则是学校的领导干部，他们平时经常使用课件，策划课件录制，但他们从没下水亲自制作课件，都是叫下属"下水"，他们在"岸上"指挥。这下宅在家里，谁也不敢进别人的住宅小区，更莫说进别人的家门了。所以他们只得熬更守夜，亲自学习录制课件，典型就是东方小学常务副校长姜文，她在大学毕业已参加工作的女儿指导下，用一个下午方才入门，直到当晚凌晨三点，一节语文课的课件还没录制成功，没法子，只好第二天接着学。不过她还好，终于学会了，并成功、有效地投入了线上教学。

姜文副校长这种事例在大兴教育集团可就不少了。经过上下一心，努力学习探索，闯过了课件制作关。可接踵而来的困难却不是我们能解决的了——那就是直播时"卡顿"。

最先，我们用的是"希沃白板"这个平台。"卡顿"时，我校技术支撑组多次电话与其公司技术负责人沟通，求助，但毫无结果。不是他们售后服务差，而是全国约两亿人同一时段使用这一信息工具，网络拥堵。这下子全集团乱了阵脚，纷纷打电话给我请求改直播为知识胶囊投放。而我却耐心劝导他们：知识胶囊无法与学生互动，也无法了解学生是否参与了学习……但老师们却不愿意再用直播了。处于前沿指挥的我，焦灼得近于气急败坏。我急忙打电话找技术支撑组自力、骆满堂、陈强这三员大将，严令他们六小时之内必须解决这个技术难题。又先后打电话给各校长，下令：坚持直播，不准畏难后撤。

2月10日上午，我又召集了校长紧急会议，在会上，我说出了在焦灼中想出的解决"卡顿"的三个办法：

一、要求网上授课教师学习、掌握并灵活运用钉钉、QQ、希沃白板三种信息工具，哪个好使用哪个，不拘一格。

二、错时错峰上网课，早上六点以后，晚上十点以前，任何时段上课均可，但上课时间必须提前告诉家长、学生。

三、废止各校总课表。大胆相信教师，把指挥权下移给各年级组长，由年级组长在集团规定的学科及课时的前提下灵活机动地组织教学。

大家一致同意我的意见。这三点意见一传达下去，教师、家长反响十分好——我欣然了，坦然了。接着，我又通知各校校长，在上网课期间，必须每周通过微信群收集家长意见反馈。收集后第一时间把家长、学生意见、建议反映上来，以便我们总结经验，吸取教训，改进工作。

第一次家长意见反馈其满意度为94.5%，到第二次家长意见测查时，满意度上升为96.5%，第三次及以后的测查满意度就一直在98.8%～99.5%区间波动。家长的意见越来越少了。

我在抗疫保学阶段共进行六次调研，召开了八次会议，解决了一些重大问题。含辛茹苦，终于熬到4月20日高三、初三复课，4月27日初一、初二及小学高段复课，5月7日小学低段复课了。

这期间我写了抗疫保学诗词11首，其中有一首五律《抗疫，线上授课遇困，有感赠师生》：

不辞劳昼夜，勠力抗瘟神。

峻岭三条道，书山两亿人。①

参差还困顿，迢递且逡巡。

助鹨高飞去，良师重沐熏。

注：①三条道：希沃白板、钉钉、QQ平台。两亿人：两亿多学生线上上课。

这次抗疫保学，检验了我集团全体教职工的向心力、凝聚力、应变能力，更检验了大家的耐力，同时也检验了我集团领导层在风云突变时的应变能力和核心意识。检验的结果是：八十分。等级为：良。

之所以不能算优秀，是因为初中一学生，高中也有一个学生无端地向上级诬告学校（说上网课让他的眼睛快瞎了）——这说明我们学校的德育教育出了问题，起码是感恩教育出现了缺失。

几个月的焦灼，几个月的挣扎，几个月的拼搏奋斗，几个月的期盼，终于迎来了阶段性胜利的曙光。似乎是上苍不让我在庚子年有一丝一毫的惬意。

开学复课后，正当紧锣密鼓地对学生进行入校测查，摸清网课带来的缺漏和差失，以便补缺辅差之时，另一件糟心之事又找上门来了。

疫情还在闹个不停，可市教委关于民办学校摇号招生的事儿又接踵而来。

民办义务教育学校招生将纳入统一管理，与公办学校同步招生。全市义务教育阶段的公办、民办中小学于每年6月20日同步开展招生录取工作。民办学校按招生计划实施分类报名、分类录取。报名人数小于或等于招生计划，采取登记注册方式直接录取；报名人数超过招生计划的，由区县教育部门统一组织电脑随机摇号，全程接受社会监督。市教委将进一步完善"双江市义务教育阶段学校入学报名信息采集系统"，统一开发电脑随机摇号录取软件，供各区县教育部门统一使用。民办学校电脑摇号和公办学校首次录取同时进行。电脑摇号名单公布后，经摇号录取的学生家长在规定时间内进行确认，确认后立即导入学籍系统。未在规定时间内确认的，视为自动放弃。未被民办学校录取的学生，回到公办学校录取体系，按相关规定由区县教育部门统筹安排，保证公办学校"兜底"，防止学生辍学。

不过由于受疫情影响，市教委投石问路，文件规定得还是很宽松的——所以我校2020年没遭遇"核冲击波"，只不过还是挨了几颗"手榴弹"。

好在我是早有心理准备的。因为一个教书的人，只要他真的有热爱教育事业的情怀，那么，就应该：休让心风飘浩荡，远离歧路止徘徊——努力办好教育，休管天圆地方。

常言道：欲说还休。而今我却是欲休还说。在修改这册书稿时，又猛然想起了眼下泛滥成灾的两句话所引发的两种现象：

教育公平（均衡）引发的不准择校，实行无差别的教育。国家烧了大量的钱，把村小修得十分漂亮，并实行高额的边远乡村教师补贴，小则一月三两百，多则一月上千。为迎接部、省、市级的均衡教育检查，全国各地，相当多的区县，都是资料做了个如山似海。检查组一到，大多数都是真实地获得通过，极少有弄虚作假的成分。可是，老百姓却用他们独特的语言对此做出评价——那就是不送孩子去读村小。

其原因有三：一是乡村学校硬件设施上去了，教师文化素质上去了，文凭也高了，但是"山高皇帝远"，对教师的管理也疏忽了。教委也好，学区办也罢，文件下了一大堆，会一个接一个地开，可是都成了水上之萍——无法落实。有的村小，一个教师一周十来节课，都集中安排在了两三天中，没课那天教师可以不上班。家长看在眼里，恨在心里，你让他能不择校吗？这带来的副产品就是学生品学兼差。

第二就是大批农民工去城里务工去了，乡里留下的"六一队"归"九九团"管理，这些"九九团"的"指战员"大多学历低，甚至是文盲，你说他们能配合学校管好学生吗？

第三就是眼下交通方便了，交通工具多元化了，所以学生进城镇念书与在乡村念书花在途中的时间也多不了好多，如果换成教育部制定政策的那些大员们在此境况下，你会作何选择呢？

所以眼下的学生是：村上的盼进镇，镇上的盼进县城，县城的盼进省、市，省、市的盼漂洋过海镀金去。

就是如此现状，我们的大人先生们把自己关在笼子里，挖空心思地冥思苦想什么均衡、优质教育，并冠上人民满意的、有良心的教育。

但事实上却并非如此。其实，公平与否，均衡与否，还真不是靠打造出来的，更不是靠上级验收出来的，而是老百姓用脚板来投票的。

我们的教育改革，不论是中考还是高考，无论是教材还是课堂模式，无一不是在演绎着一个概念的内涵和外延，那就是"折腾"。总之，老是从一个极端跳到另一个极端。比如前些年裁、撤合并了一些乡村中、小学，可是没过几年，又下大力气花大价钱重建这些学校。这样一来，一撤一建，一个区县，几十亿甚至上百亿的钱就打了水漂了。

又例如20世纪末至21世纪初，因为穷国办大教育，提出学欧美搞什么教育产业化，甚至将一些资质好的公办学校改制为民办学校，以减轻政府的财政压力，并且于2002年颁布了《中华人民共和国民办教育促进法》，以法律的形式确定了民办教育的合法性——这本是一件利国利民的好事。

可是，由于各地的急功近利，为发展经济而缺乏前瞻性，一时间，乱象丛生。一些捞钱的大鳄便闻风而动，一些公办学校也用国家的人力、财力资源办起了"民办学校"。一时间，大的、小的、传统的、国际的，幼儿园、小学、初中、中专、高中、大专、本科、留学预科等犹如雨后春笋一股脑儿冒了出来，在教育之林中竞放"异彩"。

特别是在某些专家大佬的引领鼓吹之下，一批又一批国际学校、外国语学校掀起了一阵又一阵"西风"热——读原版美国课本、英国课本，甚至把美国宪法、美国历史、地理也纹丝不动地搬进了民办学校的课堂。

有些人每次召开这样的会那样的会，大多是在这些"假洋鬼子"的学校举行，介绍经验也总是如何培养出了多少留学生，与哪些国家有合作关系等。更为甚者，在一些"洋买办"的垄断下，把大、中、小学文史教材中关于伟人、鲁迅等的文章，把中国的传统文化唐诗、宋词、元曲等删除或大量减少，而把浸润着西方宗教文化、意识形态甚至赤裸裸的西方宗教意识、殖民意识的东西，编进了语文、历史等教材中，在有的所谓的"国际学校"甚至挂起了美国国旗。

他们这些"民办"的贵族学校，在某些专家的带领下"蓬勃发展"。从他们的言行中看得出，他们是看不起我们这些"草根学校"的，认为我们这些为留守儿童服务、为平民百姓服务、收费低的学校，近乎是"民办教育的乞丐"。

我多次在各层级的研讨会上，直言不讳地对这种崇洋媚外的民办教育予以批判，还为此以"草"为题写了诗《山中草》：

山中草

萋萋一片向天涯，不见蜂飞不见花。

乐得清贫甘寂寞，白云深处是吾家。

又写了《过假花店》《再过假花店》等对此予以无情的嘲讽。

过假花店
——赠某些民办贵族学校

娇艳非常百态新，枝繁叶茂长精神。

到头不见群蜂舞，哪有微馨献世人！

又过假花店

八宝花瓶巧样装，五光十色置明堂。

斑斓只供人观赏，点缀门庭大用场。

一小部分民办教育投资者，为了达到牟取暴利之目的，什么能吸引家长的钱包，就说什么做什么。什么道德底线、民族利益，怎能比得上"钱"呢？

还有的民办教育者，牟取了暴利就买豪车、建别墅、玩藏獒……奢华无度，甚至摆阔招摇……更有贪得无厌者，既要收取学生高额的学费，又要政府给予像公办学校一样的补贴。政府不答应就软暴力：

静坐示威，占省（市）教委，闹省（市）政府……

虽然，大部分的民办教育投资者是有道德底线、有教育情怀的，他们利用民办教育束缚少的机制、体制，精打细算地谋发展，大胆探索教育教学新途径、新模式，给中国教育带来了生机和活力，促进并推动了公办教育的改革——这是不争的事实，但是一少部分民办教育投资者的胡作非为、妄自尊大，引起了社会的舆论哗然，特别是底层民众的愤慨。这就不可避免地会在每年的全国人民代表大会、全国人民政治协商会议上成为会议讨论时的热门话题，引起高层的关注。

究竟民办教育去向何方，我将拭目以待。不论如何，只要不是法律强行禁止举办民办学校，我将不改搞好教育之初心，鞠躬尽瘁，死而不已。

第七十一章　性僻无他爱
偏亲酒与书

　　从我步入社会算起，至今已六十余年了，要说兴趣爱好，倒真不少。

　　象棋、军棋、围棋均有肤浅的涉猎，玩起来胜少败多，已有二十余年没与它们亲近了。

　　玩扑克那会儿的花样可多了，拱猪、双扣、争上游、百分、千分……不一而足，不胜枚举。在 1968 年到 1991 年这二十多年，是我打千分"战功卓著"的年代。当农民时，我与表兄打对家，破译过张、孙两位老师的暗号密码，把"常胜将军"打了个落花流水。我常挂在嘴边的有两次"大捷"。一次的"战场"在上云小学，时间是晚上。我和吕善述老师一方，"敌方"是咸大光和常朴。有一局几个回合较量下来，对方已经九百八十五分了，我们才四百一十五。

　　"纪老师，这一仗你总得认输了嘛！"年轻气盛的常朴说道。

　　"我们在两种情况下都有可能'反攻'的，打你们个倒光，就是六百分，六百加四百一十五分就是一千零一十五分，而你们却只有九百多分，谁胜了？第二种可能就是抠你一个大底，如抠底九十分，九十乘以三，就是二百七十分，再打你们一个光头，加个三百分，就能超过你们。胜利就会'属于我们人民的'了。"

　　当然，说这话时，大家都是开玩笑，可是这后来发生的事情却真如我所说的。说这话时，他们是庄家，我们得分九十五分并抠底。他们下庄，为零分，我们得二百八十五分，总分为七百零五分。接下来，我们坐庄，又如愿以偿打了他们一个光头，又获分三百。

我们出奇地赢了。

在我的"玩牌史"上，还有一次侥幸万分的胜利。

那个晚上是在区政府玩牌。我的搭档是数学老师吕善述，对方是一个区领导和我的顶头上司。开局不久，有一次，区领导在拿了三张牌之后，就将一张方块2摆在桌上，表示这盘的主牌是方块。刚一拿完牌，区领导就高兴万分地吼道："这盘你们完了，你们挨个光头，我们牌都不出，就可写上三百分了。"

我不服气地说："未必见得，山人自有妙招，是可制敌于死地的。"说归说，但我们能得到多少分真不敢说。因为我手里是一把副牌，梅花5到A，十张牌全连上了号，而主牌方块只有一张小王，一张小主牌方块4。

区领导之所以如此"豪情万丈"，是因为他手里十张主牌，除了一张小王以外，余下的大牌全在他一人手里。更要命的是，他们是庄家，第一手牌该他们出。出第一手牌的往往是能控制牌局的走向的。

那领导第一张牌出的是大王，我心里升起了一丝希望，看来中心7没在他手里。但奈何我手里主牌没分，所以现在唯一的希望是我的对家吕老师有三张主牌且有中心7，到时我可以垫点副牌分过去，这样我们就可以免掉"光头"这屈辱的头衔了。

谁知区领导第二张牌出了一个主牌2，而我手里只有唯一的主牌小王了，只好打了出来。

正当我在唉声叹气时，我的搭档垫了五分，我的小王居然胜了。原来中心7在区领导手里。我手里的梅花一把连号牌，全扔了出去——摊牌了，他们谁也打不起。原来区领导手里十张主牌两张副牌，他出了两张主牌，手里只剩八张，可打不过我十张副牌的。

这一局，我们得了满满的一百分，这叫倒光，倒光乘六，我们一下子得了六百分。这下子，可惹得区领导不高兴了，他把牌一扔，瞪着比牛眼睛还大的双眼，愤怒地对着我顶头上司吼道："你打个什么牌，第一手我出大王时，你为什么不送十分来。你乱弹琴！"

分明是他自己打错了牌，这是谁都明白的事啊。可我的顶头上司哪敢争辩，只是喃喃地说道："哎呀，我怕吕老师手中有中心7嘛。"因为他知道如果据理力争，那后果可能使小小乌纱不翼而飞。

素来不怕官的我可不吃这一套。我连讥讽带挖苦地说道："校长也真是的，上级打牌水平不高，可对你要求高啊，你没洞穿牌的本领，配当领导的搭档吗？再说，领导用大王吊主不是暗示你他手上有中心7吗？你看你，什么下级，一点也不会领会领导意图……"

本来，按常规，一般庄家手里有中心7而主牌不是很多时，第一张牌是不吊主的，就是要让搭档帮忙解决什么困难，也是用小主牌探一下搭档的实力，让搭档用大牌镇住，马上就可以分析搭档的意图，尽力为搭档排忧解难。如实力雄厚，为了迷惑对手，也会先吊主，但会从大到小地出牌。哪有像他这样出牌的？！

我这么一数落他，可把他气了个七窍生烟。他很想冲着我发作，可他深知我是不好惹的角色，只好恨恨地瞪了我两眼。他猛地站起来，冲着校长吼道："还打个屁牌？"说完气咻咻地走了。我站起来，躬身拱手滑稽地说道："领导大人，慢走，不送！"

直到前不久，我请一些退休领导小聚时，说起此事，那个死要面子的领导，还否认说："没这回事。"同桌的一位退休老领导说："哟，莫耍赖，当初我在场的，目睹你十个主牌输个倒六百啊。"

其实打牌还是我喝酒的"副产品"，那时我们打牌从不赌钱，都是以酒为赌注。那阵子玩扑克每千分为一局，三局胜两局者为赢，输家两人罚喝二两六十度老白干。有时是打了三局再喝酒，喝了酒又打三局。当然也有些时候是输了就钻桌子脚、贴胡子的。不管打三局还是打六局，我一般都是三打三胜，六打六赢，三局输一局的曾经也有过，但这种情况很少。不过每次牌局，我赢了也会喝得迷迷糊糊的，因为我没喝醉是不下餐桌的。

说起喝酒，我真是出了不少洋相。有一次，朋友老丁请我喝酒，到他家一坐上桌，他却安排一个少妇坐在我身边。他说："老弟，我今天叫个美女陪你喝酒。"我瞟了那女人一眼说道："谁陪谁啊？！"

可酒过三巡，那女人就说："纪兄，妹妹和你走三拳吧！"

"行！"我漫不经心地回道。

岂知三拳下来，我输了个三不响，于是我又提出"上诉"。可"上诉"三拳还是走麦城。连喝六小杯足有三两酒的我，绝对不认输，又要与她血战到底，结果约定六拳为一个回合，可我一般是一比五，或二比四败北。一两个小时就在喝五吆六中过去了，我也喝得个酩酊大醉。

他们都挽留我，不让我回家，说我醉了。岂知喝醉了的人，最不喜欢别人说他喝醉了，我又岂能免俗呢？于是，我坚决要回家，想以此证实我还没醉。

那时正值初秋收割稻谷之际，乡下田埂两边满是稻草个子，有的路中间留一个缝隙，让人行走，有的干脆满田埂都摆起稻草个。那年月，稻草可是农民很稀奇的物资之一。它既是饲养耕牛的必需品，还是生火煮饭的引火物，编织草鞋的主要原料。可是我这醉鬼可管不了这些，一路跌跌撞撞，偏偏倒倒，大有逢山开路，遇水架桥之势。一路不知踩倒了别人多少个稻草个子，也不知把多少稻草个子撞进了水田里。

那天晚上，老天有意刁难我似的，除了闷热难捱之外，月亮在磨砂玻璃般的天空中显得十分昏暗，可就是这一点点可怜的昏暗不明的月光，也时隐时现。好不容易我走到了双溪五队的地界了，再过两个田坝，翻两个小山垭口，就到家了。可就在这时，我眼前一块圆圆的地块中间，一个稻草个子也没有，这是一个装得满满的露天蓄粪池，在月光下，不注意看，真很难识得其真面目。醉眼蒙眬的我，想也没想到这一层，更没看清楚，竟毫不犹豫地走了过去。

"扑哧"一下，我双脚跨进了蓄粪池。由于粪蓄得很满，与地面几乎是一个平面，在昏暗的月光下，酒醉未醒的我，哪有"不误入歧途"之理？粪池齐我腋下这么深，我好不容易才爬了上来。在水田角捧了点水把溅在脸上的粪水洗了洗，我的皮鞋已陷进了粪池中的淤泥里拔不出来了，于是我赤着脚，带着一身臭粪水跑回了家。

一到院子前，我就高声叫妻子把水桶提出来，打来两桶冷水，从头浇下去，才回到家里生火烧起热水，提到屋前晒场上，身上抹满香皂，彻底清洗了好几遍，才算完事。

我之所以在青年时就嗜酒如命，应是主观内因和客观条件之使然。客观条件是，养父虽仅是一个公社干部，但他分管供销社，在那物质极其匮乏的年代，他一个月弄个三五斤不用酒票只付钱的酒回家，还是做得到的，加上养父养母对我的溺爱，这就为我纵酒奠定了物质基础。

我们那一代人是生活在文化的荒漠里的，心里渴望甘泉般的优秀文化的滋养。当无法得到甘泉解渴时，那么，酒便成了一个稍有思想的男青年不二的选择。另外一个更重要的主观因素，那就是我从看小人书开始，武松、鲁达这些豪饮无状、行侠仗义的绿林豪杰就成了我的偶像。迈入青年的门槛后，一个"哀丝豪竹助剧饮，如钜野受黄河倾"的陆放翁，另一个"斗酒诗百篇""醉卧金殿"的李太白又进入了我的偶像群。可以毫不掩饰地说，这些偶像是不坏金身的，直到现在，他们在我灵魂深处，也还占有重要的一席之地。

有了以上客观条件，加上主观内因，从20世纪的1968年冬，我就开始豪饮、狂饮。我现在已是奔八旬的老头子了，但时有吞下七八两五十二度白酒的记录，这就是纵意使气之使然。

在五十多年的饮酒生涯中，我有我自己独特的饮酒习惯，或者叫作个性吧。

一、不管喝得再醉，都不乐意别人代我喝酒。

二、一上酒席，不论餐饮时间长短，绝不会离座位半步。眼下有些人敬酒，端着杯子四处走，一些走到靓女前，搜肠刮肚说个不休。于是我编了几句顺口溜：屁股一抬，喝了重来；两脚一站，喝了不算；端起酒杯走，先喝三杯酒。不论来客是官是民，我的规矩决不允许谁打破，除非他想喝得趴下去。

三、如果我因病不喝酒，我一般不劝别人的酒，不论敌友，也不论官民，端杯凉开水去劝别人喝酒，我认为是"中英南京条约"——不平等。

四、我三杯酒下肚，话匣子打开就关不上，陈谷子烂芝麻地讲个不停。有个领导批评我拿起酒杯当话筒。我反唇相讥，说他连"无事烟上当，酒醉话遭殃"的民谚都没记住。

五、喝醉了酒，总要缠着别人喝，其用心就是我醉了，你们也要醉吧！我喝了酒常常率性而为，心里郁积的爱恨情仇也会一下子喷发出来，而事后却一无所知。

有一次，县里刚调来一个分管教育的副县长。对此人，当时社会上谣传颇多负面新闻。我听了这些东西，眼里就瞧不上这个领导，在一天夜里，别人请我餐叙时，那位领导也在场。我喝多了，与那位领导就话不投机，竟然爆粗口骂了他，他就批评我，可在他猝不及防时，我扇了他一耳光后，居然扬长而去。回去后，当然是"君莫笑，古来不醉是痴人"。

第二天，这位领导居然来电询问我身体状况——后来，我和这心宽似海的领导成了好友。以上这些叫个性也好，习惯也罢，能列为"好"的不多，列为"坏"的倒不少。对一些坏个性、坏习惯，我多次暗下决心要根除，可是一个习惯一旦养成，要根除，真还比上天入地难。

这些年，我改了一些，但程度不同的还留着孽根，没达到"根治"的标准。

爱读书前面写了一些，此处就一笔带过吧。总之，我读瘾成癖了。不管在家还是在办公室，甚至出差在火车上、飞机上、宾馆里，只要有机会，我总是要看书学习，乃至于老眼昏花的今天，也是如此。因为我知道我学历低，知识浅薄，只有勤奋学习，才不会误人子弟，也不枉来人世走一遭。

我身为教育工作者，但很少研读有关教育的书，前面我已做了交代，因为我被那些"教育家""学者"骗傻了。再说，当今的教育理论著作汗牛充栋，教育理念瞬息万变，花样纷呈，高峰论坛啊，理论研讨啊，观摩示范啊，都打着一个个金光闪闪的幌子：以会养会。其实说白一点，就是"以费养肥"。一次什么研讨会、论坛会，除食宿费、交通费与会者自理之外，仅会务费一次少则十来万，多则几十万，除了花个三两万支付讲话的什么特级教师、专家、学者的劳务费和交通费之外，剩下的全落入了那些举办者的腰包，早让他们脑满肠肥地迈不开步了。

所以，我的信条是任何模式，任何"先进"的，不论是土的洋的，得先试试后，"再听下回分解"。我的口头禅是求真务实。唯真唯实不唯上，更是不唯书。

我书橱里藏书一万六千余册，多是文学作品：小说、诗词、传记，还有一些历史、政治书籍。这些书与教书治校关系不是显性的，而是隐性的。稍微显性的一点就是形式逻辑、写作知识、现代汉语、古代汉语、修辞之类的书。但这些显性的书量不大。

我最多的书是诗词：《诗经》《楚辞》及各朝代的诗词曲赋，现代如毛泽东、朱德、董必武、陈毅的诗词。一些著名诗人的诗词集我还收藏着几个不同版本呢！

我喜欢看川剧、京剧、黄梅戏、湖南花鼓戏、河南梆子，不太喜欢越剧、高甲戏，因为听不太懂。

在诸多戏剧中，我特别喜欢川剧。还在三两岁时，我就开始接触这个艺术瑰宝了。在念小学时，学校买了留声机、唱片。从那时起，我就开始爱听川戏。唱片中的都是折子戏，什么《挑滑车》《五台会兄》《辕门斩子》《江油关》《别洞观景》《思凡》《下游庵》《花仙剑》《秋翁遇仙》《乔志爷上轿》《拜新年》《劝夫》《赶潘》《迎贤店》……《骂媒》的唱词，我全能背诵，直到现在也能背个八九不离十。但由于自幼就五音不全，从不敢在人前小声哼唱，更不要说引吭高歌了，不过，在家里没人或在旷野中四下无人时，我就肆无忌惮、荒腔走板地唱几句。在20世纪的60年代初期，川戏常演，但去看可要跑三十来里路哟，一个往返，可就是六七十里。那时往往是下午四点钟就往剧场赶，饭也顾不上吃，七点半戏开演，九点半左右结束跑回家，已是凌晨一点了。尽管如此辛苦，但我带着"儿童团"冒雨冲风地去看戏，乐此不疲。

改革开放后，区县不演川戏了，但有川戏DVD出售了，也有收集川戏剧本的书出售，我闻讯大喜，花了四千多元（是20世纪90年代的钱哦，四千多元就是我一年多的工资）把能买到的DVD都买了——包括新编川戏《金子》《山杠爷》《死水微澜》等。2012年又花了一千多元，把《川剧传统剧目集成》十一卷和《川剧经典折子戏》三卷、《川剧经典唱段》一百首全买了回来。买回来，放在书橱里，苦闷时翻一翻，找一个喜欢的熟悉的段子，哼一哼，似乎愁呀气哟就烟消云散了。

我也爱看电影、电视、话剧。不管是什么影视，只要是正剧、喜剧，我都十分喜欢，但我十二万分地厌恶荒诞无稽的穿越剧、戏说之类的东西，因为在我看来，这不仅无稽，且无聊，纯粹是胡闹，是文化中的垃圾。它们与现实主义、浪漫主义都毫无任何血缘关系。

在所有的小说中，我十分讨厌台湾一个女作家的小说。她的小说毫无艺术性可言，就是一系列刻板的公式：一个有钱有势的阔少爷（有钱有势的小姐）爱上一个穷少女（穷男人），遭遇家庭或什么阻力、压力，被爱的一方也十分爱另一方，但觉得自己与其或门不当户不对，或因某种原因逃跑了，另一方又去追寻，最后终于心想事成，花好月圆。这种只应天上有，地上无的东西，不但我不看，而且我也禁止我的学生看，因为在20世纪末，这种小说风靡于世时，祸害了不少的青少年。

我对流行的东西并不是一味排斥。但我常有探其究竟，或等一等、瞧一瞧的心态。此种心态，在某些人看来是抱残守缺的、不可取的。

对于成年人的童话——武侠小说，我倒很喜欢梁羽生、金庸的，而古龙的则次之。但由于忙于工作，常常是心甚爱而时不待。于是购了八大家的武侠小说束之高阁，准备在七十七岁后——如视力允许，再去读一读。

我曾对妻子说过我和阎王订了协议，书架上的书没读完，我是绝不去他那里报到上班的。妻说那你永远不会死的，因为你看完一本又买回两本。你的书是永远看不完的，你就永远不死，那就真成了一个老东西。

诗词，我从小喜欢读且背诵唐诗宋词，就是在居无定所的流浪的几年中，也未曾被"饿忘""冻丢"掉这个爱好。

我真正萌发"写诗"的念头，应该是我年轻的时候。一天，我编了几句顺口溜，这几句狗屁不通的东西，却受到人们的夸赞，受到了领导的表扬和奖励。于是在后来《我的理想》这一作文中，我写下了我的理想就是当一名诗人或作家，这真有点蚂蚁缘槐夸大国的味儿。

1967年，定居于大丰后，生活有了着落，我开始学写诗了。后来，在大丰师范学校第一任校长陈维城老先生的鼓励下，我从1969年就开始"批量生产诗"了，不过这些东西除了质劣，还有一个就是不合时宜，即对时事有所抨击，那是非常危险的。所以只好贴在墙壁上，外糊白报纸把它们隐藏起来。经湿气潲，虫子蛀，到1982年取出来一看，没多少还看得清楚。后来，又写了不少。杂七杂八，直到2011年一清理，有近两千首——但大多属于垃圾或半垃圾类的玩意儿。

2011年，县委宣传部要出版一套《大丰丛书》，这套书计划出十个分册，但不管怎么凑合，也凑不足十本。不知谁出招找上了我。后来，在几个友人，特别是宣传部副部长的再三动员和劝说下，我同意编一本诗词集，名曰《清心堂诗词选》。

当我在筛选这些"诗词"时，用关于近体诗和词的标尺去一量，没一首是合格的，且不要去说什么诗味意境了。这时，我打起退堂鼓来了，可是那九位要出集子的，都是万事俱备，只待出版社的那股东风了。以我一人之执拗而影响大家的事儿，我在别人眼里就有装愣卖萌之嫌，于是只好由"不敢苟同"变成了"权且为之"。

我狠下心肠，成批地"屠杀我亲生的孩子"，尽管他们不成器，但总是我的心血凝结而成的呀。到成书时，我只保留了41首"白话诗"，515首"古体诗"，"词"只留下了87首。全书共有"诗词"606首。从现在我已知的诗词知识来评判，这606首应全都在"死啦死啦"之列。

我这本书由当时的县委书记作序，我校高中语文教师易连君亦作了序，我自己也作了自序。书由长江出版社于2011年11月正式出版，由开源印务有限公司印刷，全国各地新华书店经销——这些正文前面的文字表明，这套书是合法出版物，是有"良民证"的。

但其中出现了三个不和谐的插曲。

其一是书记的序言中载明我是中国十大杰出民办教育家——当时某机构授了牌的，我坚持要去掉，但书记不允。在"大师不如狗，专家遍地走"的浮躁年代，这样的专家，那样的大师真的不仅是毫无含金量的，反而有盗名欺世之嫌。这是第一个不和谐。

当书记看到我的自序中出现了流浪时"曾要过饭"这样的话时，

书记坚持要我删掉，说有损我这一"知名校长的形象"，而我则坚持：不论是非成败，都是我的经历，我的历史；既是历史，那就不容篡改，也不容我自己粉饰。

在这两次不和谐的争论中，都因我的倔强和固执，最后删去了假光环，保留了我的真性情。可是，我没料到后来碰上了更大的争论。

在那浮躁的岁月，动不动就召开新闻发布会，动不动就全国发行。可是每个人心里都知道，这些书虽然有放在新华书店橱窗里的资格，但是卖不掉的。尽管如此，有人还是坚持要开个什么新闻发布会。

我坚决反对。亲自给宣传部部长打电话，阐明了我对这套丛书的看法，包括对我的《清心堂诗词选》的评价。我坚持认为：这套丛书不值得兴师动众开新闻发布会，更没必要自吹自擂一番……

当然，我的意见，被人视为异端。再后来，我直接给县委书记打了电话，讲了我的观点。还用短信发给书记一首七绝：

《清心堂诗词选》出版后拒售

> 荒郊野外且栖身，
> 陋质天生欠韵神。
> 拼以真诚交挚友，
> 岂将蒲柳骗千文。

后来，这次新闻发布会终于胎死腹中。这本书的出版，刺激了我。我在羞愧之余决心学习格律诗的一些常识，并交费报了《中华诗词》杂志社的高级研修班。这个杂志社给我指派的老师是成都较有名气的诗人。

师从老师一年有余，我交给他的作业近百首，然而得到他老先生的指导就只有"可"或"不可"。至于为何"可"，为何"不可"，我始终如坠雾里云中。就是有时求他面谕，老先生讲自己的作品多，而讲写近体诗的技巧特别是如何捕捉意象，如何锤词炼句，言之寥寥。老师这种教学法逼得我不得不认真钻研，现在看来，他的不教倒是一种教学的好法子。

于是，我买了《佩文韵府》、王力先生著的《诗词格律》、赵京战先生著的《中华诗韵》这些书，决心在老师"可""不可"的指引下，借助这些工具书，摸索着前进。

接着，我便开始向一些刊物投稿了。不知是何缘故，北京一些诗词杂志开始关注我了。2012年下半年开始，我就陆续在北京的诗词刊物中发表格律诗了。

由于我看不惯某杂志社几个人的野蛮粗俗劲，2016年，我拒不听杂志社的再三挽留，辞去了该杂志社副社长职务。继而又退出了一个全国知名的诗词杂志。我退出这个杂志的主因，是这份杂志始终把自己定位为"武林正宗"，欲把各省、直辖市的诗词协会统一到它的旗下，特别是那个社长——更是一副君临天下的派头。

在北京，我先后认识了诗词界的江岚、刘庆霖、王海娜、刘宝安、杨逸明等诗词大家和做诗歌评论的杨志学，在这些人当中，江岚、刘庆霖、杨逸明、刘宝安对我的影响、帮助是很大的。虽说他们都没对我耳提面命过，但他们的诗、评品诗的文章以及他们来我校举办的讲座，对我的创作不仅起了潜移默化的作用，甚至可以说浸润了我的心灵。

刘庆霖、杨逸明的诗，在我看来有个共同点，那就是意象丰富而饱满，酣畅淋漓，而从不落俗套。他们的诗的字里行间充满了灵动的气息。刘庆霖、杨逸明两位诗人的诗句往往是出人意料之外，而又在情理之中。而庆霖老师的诗多弥漫着军人气息，逸明老师的诗充满着都市生活情调。

总而言之，我从他们那里得到许多教益和启迪。

从2012年开始学写格律诗至今，我写了2000多首诗，有时甚至是一天一首。从2019年开始，我先后请了当今诗坛有名气的刘庆霖、江岚、刘宝安等五人为我挑选作品，以他们五人中三人共选的为准，第一轮淘汰下来，淘汰了400多首。待我亲自定稿时，我又删掉了100多首，只剩下1672首可以付梓，名为《清心堂·风雨集》。

2023年1月，我又出版了一本诗集《清心堂·刘余集》。6月17

日，"《清心堂·刘余集》诗词研讨会"在北京中国现代文学馆举行，会后又由长江文艺出版社公开出版了我的诗词评论集《心路诗语》。

2024 年 6 月 7 日，我被评选为中国作家协会会员。

我在小学三年级开始写作文时，曾立下宏志：长大要么做大诗人，要么当大作家。

看来，此生难酬壮志了。虽作家之梦已圆，然而似乎与"大"无缘。

俗语云：有话则长，无话则短。如此看来，我的故事应该打住了。

跋

古人云：峣峣者易折，皎皎者易污。俗谚曰：树大招风。

二〇二三年，大兴教育集团招忌妒者构陷，顿时谣诼四起，大有翻江倒海之势。然，面对汹汹来势，年逾古稀之纪元初先生淡定自若，稳若泰山，办学初心坚胜磐石，其复友询之微信中云："清者自清，浊者自浊，何足惧也。"

幸今世，政通人和。谤语一出，上、中、下各级遵令有序而动。

未几时，真相大白，铁之事实证明大兴教育集团及纪元初老先生皎洁若无瑕白璧也。

窃喜：广大家长以脚板为大兴投了赞成票——大兴教育集团旗下之小学、初中、高中仍是门庭若市，一位难求。

纪元初带领团队依然故我，意气风发，昂首阔步地前进在公益性民办教育之大道上。

读者诸君，欲知大兴教育及纪元初先生日后状况若何，敬请静待几时，或许不久之将来，《雪岩劲松》之续集定会呈现于诸君眼前。

独孤氏

2024 年 7 月 31 日

于贵州六盘水